席扬 著

中国当代文学30年

观察与笔记

海峡出版发行集团 | 海峡文艺出版社

图书在版编目(CIP)数据

中国当代文学30年观察与笔记/席扬著. 一福州:海峡文艺出版社,2014.12

ISBN 978-7-5550-0350-2

Ⅰ.①中… Ⅱ.①席… Ⅲ.①中国文学—当代文学—文学评论—文集 Ⅳ.①I206.7—53

中国版本图书馆CIP数据核字(2014)第235240号

中国当代文学30年观察与笔记

席 扬 著

责任编辑	李永远
出版发行	海峡出版发行集团 海峡文艺出版社
经　　销	福建新华发行(集团)有限责任公司
社　　址	福州市东水路76号14层　　**邮编** 350001
发 行 部	0591—87536797
印　　刷	福州万达印刷有限公司　　**邮编** 350008
厂　　址	福州金山橘园洲工业园仓山园19号楼
开　　本	787毫米×1092毫米 1/16
字　　数	400千字
印　　张	25.25
版　　次	2014年12月第1版
印　　次	2014年12月第1次印刷
书　　号	ISBN 978-7-5550-0350-2
定　　价	58.00元

如发现印装质量问题,请寄承印厂调换

自　序

从1983年发表《门外谈〈人生〉》，到今年给一位学生的著述写序，居然与这类“感兴”文字打交道，一晃便三十多年了！

现如今，当这些“隔”年“越”代的文字一笼统堆在自己面前时，我自己真是恍惚复恍惚，一时竟不知是“读”还是“睹”！

瞭过一个个题目，有的是一直记着的，有的想想好像有过这么回事，而另有很多文目，纵然使劲捉摸，也难忆起何时何地竟弄出如此这般的长吁短叹来！

也许，是因为自己年岁已暮日渐喜好简洁疏朗，对这些“情胜于质”的铺陈，不免生出些“不满”与“鄙薄”。不单单是“悔其少作”的心思作怪，一时竟涌出满肚子的委屈与无奈——当年自己用十分真诚、万分温暖呵护的文学，现如今落得个灰溜溜、穷兮兮模样，岂不使人心酸断肠？不能不愧悔——三十年时光便在这“劳什子”上面浪费了不少！

不过，话又说回来，在那些让人激动的春夏秋冬里，自己付出的毕竟是没有掺假、不论成败的“真性情”。那些日子，自个儿说不出缘由地为着文学发狂发癫，常常是妙文未读毕，漫思罩心头。一无倦意，二无他念，左手夹一支劣烟，右手捏一管蘸笔，自以为是的评说喟叹、浅尝辄止的新意锐句，一股脑儿地泼洒在稿纸上，浑身憋足了文不结尾不睡觉的蛮劲！更有甚者，多是一文写就，满心欢喜，呼朋唤友，把酒“临风”，煞有一派壮怀激烈、舍我其谁的豪迈！想想，也许正因为有这些文字与那段日子一同生长，才有了刻在心头的难忘与爱怜。

这阵子，为了把这些东西尽力都找出来，着实费了不少劲儿——一是年代久了，自个儿农村出身，没有保存东西的习惯，总觉得东西旧了，留着无用，无意间随手扔了不少，现如今要用了，自然是无法。二是多年来家庭东搬西挪，总感到东西越少越好，想想在情急之下也必是扔掉不少。

当时年轻，谁还会有藏之名山、传至后人的心思呢？这些看着一年年发黄的玩意儿，只当是废物罢了。第三个原因，要属自个儿心里头的变化了。在老家人看来，我在他们眼里算是个“学问人”，可是“学问”是个啥玩意儿，他们其实不懂得也没心思弄懂。我每年回老家，好像也从来没有与人讨论过这档子事。可是，我自个儿知道，“学问”和“做学问”还是有许多讲究的。比如说，也要看世道行情，这几年时兴这个，过阵子就不新鲜了，就得琢磨着变个样儿。仔细回想这几十年，“学问”在我这儿变过几回——20世纪80年代那会儿，“新时期文学”被人宠着，那时节自己年轻自然免不了被它吸引。各样儿杂志很多，翻开就有你愿意看、一看就丢不开的东西。看了就有感觉，有了感觉就心急火燎地写下来。投出去发表了，就有了这一篇篇的“稿子”；后来一些事，有些想不开搁在心里，猛然觉着“文学”或者说“学问”没劲，简直是太没劲了！大约有两年多，书也懒得看，写的念头也灭了，无思无想地混日子。再后来，有点醒了，既然搞“当下”的东西麻烦多，那就弄点“远”的——这才有了看看“现代散文”的想法。在这里，心平气和地做了几年。再后来到了福建，根据需要，自然又转了方向。20世纪90年代以来，“学问场”里外的情况多有变化，“真学问”的标准多了不少新规矩，自个儿的文章越写越“像”“学问”了。久而久之，连自己都有些看不上过去的“感兴”了。相比较，“喜新厌旧”便成了下意识，好不容易留下来的几本杂志，也不知不觉塞到找不到的地方去了。

我说不容易凑全，全是实话。

把一堆三十年的东西——勉强算作“学问”的“稿子”整理清楚，也是劳心费神的事儿。先得起个书名儿，读读这些文字，都有着即看即说、随性顺意的味道，称它“观察”“笔记”是合适的。又根据对象、说法的不同，分了几类。

《倾向与热点浅议》探讨的都是某一类的现象，与后面几种相比，有些“大”的模样。说的时候，好像更正经些。

《现象与症候漫说》几文搁在一块儿，它们都有大致相似的面相：有感而发，短而有刺。说话的口气，俏皮里面夹着点不满。

《作家与作品随谈》这部分篇数最多，提到的作家作品，大多不“名”不“典”，但总是自己在那时候感兴趣的，无论好孬，权当留个念想吧。

《书里与书外游赏》，大家一看就明白。现如今，给别人的书为序作评，好话总得多说点，但我自觉没有胡吹乱捧，常是一心一意要看出别人的好处、别致处，攒着劲儿说深说透。

《附录》里的东西，都是给我说好话的，收在这里，一是想借这样机会再感谢一回，二来是为着“纪念”——其中，给我的第一本书《选择与重构》写序的鲍昌先生，第二年就去世了。多年来，一想起他，心里总有说不出的滋味。余峥——我那位极真诚的好友，已离世二十多年了，我总觉着欠他太多。1988 年我第一次来福建开会，故人相见，格外亲热。记得去看他老母老父时，特意把自家种的香菇送我。在武夷山，我们在路边买了双草鞋，一起在雨里爬山，一起在庙里磕头烧香，一起在美庐照相……而我来到福建十五年了，竟没有去他坟上看看！与他那份情谊，怕是今生今世不会再有了！

我知道，书里这些东西，实在没太大“意思”，“高人”自是不上眼。我只想留住对自个儿还算有点“意思”的念想。里面有真情实意，也不乏纯洁豪壮，送给知我信我的朋友们、学生们，该是有情义的礼物。

席　扬

2014 年 4 月

目　录

倾向与热点浅议

陌生化的文学现实
——对近期文坛的一点宏观思索 …………………………………… (3)
新时期文学对现实主义的深情眷恋 ………………………………… (11)
双向互逆选择中的文学与时代
——关于“改革文学”价值的文化思考 ……………………………… (20)
农村现实与农村题材创作
——从一个视点透析当今文坛的困惑 ……………………………… (24)
新时期萧红研究述评 ……………………………………………… (27)
捍卫文学的健康与清洁
——“九十年代文学”的批评状况漫议 ……………………………… (40)
“城市化”思潮中文学的无奈与可能……………………………… (45)
今日的作家将被谁所创造
——试论当代批评与创作的新型关系 ……………………………… (49)
封闭性系统的打破与新时期军事文学的勃兴 ……………………… (60)
在时代理性中崛起的“军人” ……………………………………… (68)
当代战争笔墨的文化思索 ………………………………………… (77)
中国当代军事文学的审美反思 …………………………………… (83)
新时期知青题材创作系统试论 …………………………………… (91)
知青笔下的中国农村 ……………………………………………… (97)
黄河与高原之神的时代雕刻
——晋文化小说的抽样分析与思辨 ……………………………… (109)

历史契机与现实选择
——新时期山西文学批评研究（之一） …………………………（119）

现象与症候漫说

理论的“感觉存在” ………………………………………………（127）
“创作谈”外谈 ……………………………………………………（129）
文坛内外的“热”与“冷” ………………………………………（131）
“玩”与“缪斯” …………………………………………………（133）
“海派批评”乱弹 …………………………………………………（136）
“技巧”是葱，是蒜，还是盐 ……………………………………（142）

作家与作品随谈

门外谈《人生》 ……………………………………………………（147）
也谈《糟糠之妻》 …………………………………………………（150）
张平的家庭系列小说 ………………………………………………（153）
张平，我想对你说……………………………………………………（161）
哲夫论 ………………………………………………………………（164）
王安忆十年创作批判 ………………………………………………（172）
评《槐花岭人家》 …………………………………………………（180）
在同一时空中的“意味”落差
——对山西省内外作家的一种抽样定点比较 …………………（184）
在文化的“厚土”里
——读李锐近作《乱弹》 ………………………………………（192）
现代与古代的沉重对话
——1989年《黄河》中篇创作巡礼 ……………………………（199）
关于权文学创作的几则笔记 ………………………………………（218）
智慧构筑的小说世界
——钟道新小说创作漫论 ………………………………………（226）

变奏于历史风尘中的沉郁与隽永
——张行健小说创作漫论 …………………………………… (235)
历史与生命的沉重交响
——重读张炜长篇《家族》 ………………………………… (244)
“主体”与“历史”的可能性
——论“可能六人”的“新演义小说”系列创作 ………… (251)
忧思与壮怀的放飞
——漫论“莆田六人”创作 ………………………………… (261)
作家书简
——席扬给乔忠延的信 ……………………………………… (267)
本真的情愫　撩人的韵致
——乔忠延散文谈 …………………………………………… (270)
拟儿化、视点、选择
——舒婷《我的儿子一家》阅读分析 ……………………… (273)
“回忆”的过程性和“韵致”的生成性
——《父子情》阅读分析 …………………………………… (276)
隽思的复杂与凝重的澹然
——评黎晗三篇散文 ………………………………………… (278)
舒婷论 ………………………………………………………………… (280)
“符号”与“歧义”
——《红旗歌谣》“情诗”解读 ……………………………… (295)
生命，在爱的激励中收获昂扬
——评十二集电视连续剧《情韵》 ………………………… (300)
现代戏《山凹人家》漫议 ………………………………………… (303)
昂扬起时代的正义
——评电视连续剧《忠诚卫士》 …………………………… (305)
“戏曲”处理“历史”的难度
——读林瑞武新创历史剧《枫落寒江》有感 …………… (307)
文学能否给我们一些独一无二的东西
——读福师大学生获奖作品有感 ………………………… (313)

书里与书外游赏

中国现代文学思潮研究的一部力作

——评刘骥鹏《变革中的启蒙诉求——中国左翼启蒙派文艺思潮研究》

…………………………………………………………………………（319）

敞开 20 世纪 90 年代文学学术化的可能

——关于《传媒语境与 20 世纪 90 年代文学转向》的审思

……………………………………………………………………………（323）

如何让“美”成为“震撼”

——关于徐志坚“新型彩墨画”创作的透析 ……………………（329）

文学：在释读中成长

——写在《广西文学的哲学解读》前面 ……………………………（335）

散文的风神：走向清远

——序在乔忠延散文集《梦幻岁月》之前 …………………………（339）

中国现代诗学研究的可能性探索

——评郑家建《被照亮的世界——〈故事新编〉诗学研究》

……………………………………………………………………………（345）

大漠孤烟直

——评李建义诗集《杜鹃啼血》 ……………………………………（351）

“学术”与“史”的可能性

——孟繁华《中国 20 世纪文艺学学术史》（第三部）读后

……………………………………………………………………………（354）

“文化”“文学”双重意识的直面渗透

——评朱晓进《“山药蛋派”与三晋文化》 ………………………（356）

对话：具有生命意义的哲学命题

——《人与人的对话》浅释 …………………………………………（361）

漂泊与眷恋

——读《冰心与长乐》感言 …………………………………………（363）

《中国现代文学思潮导论（1917－1991）》序言 ……………………（365）

附录：

《选择与重构》——一部当代人“灵魂的历史” …………… 李红卫（367）
序席扬的《选择与重构》 …………………………………… 鲍　昌（368）
一部颇有价值的“价值论”
——浅评《选择与重构》
…………………………………………………………………… 杨士忠（371）
现代散文研究的出“新”落“实”
——读《知识分子的心路历程——中国现代散文名家新论》
…………………………………………………………………… 余　峥（373）
散文的风流
——评《知识分子的心路历程——中国现代散文名家新论》
…………………………………………………………………… 杨立民（377）
散文天地的“锦绣中华”
——评《中国现代散文精品集萃鉴赏（六卷）》
…………………………………………………………………… 乔忠延（379）
开启新风的选家品味
——简评《中国现代散文精品集萃鉴赏》
…………………………………………………………………… 王建江（382）
人类精神现象的审美观照
——评《中国现代散文精品集萃鉴赏》
…………………………………………………………………… 杨新敏（384）
赵树理研究的新收获
——评《多维整合与雅俗同构——赵树理和“山药蛋派”新论》
…………………………………………………………………… 黄修己（387）

后记 ………………………………………………………………（391）

倾向与热点浅议

陌生化的文学现实

——对近期文坛的一点宏观思索

面对着今日的文学现实，我们已难以看到以往批评家那种坦然而又自信的神情了。“老派者”自不待言，他们仿佛还在静观中沉默。就是那些叱咤评坛的新手们，也似乎失去了早先的坚强，整个文坛的思想茫然已不仅仅只指向未来。社会理性已经无力或不愿意提供一个逻辑框架，来对个体意识的多维发展加以先验说明。在文化大反思的历史背景下，时代理性的选择与个体选择出现了前所未有的悖性、矛盾甚至冲突。全方位的价值追求和尝试，使近十年来不断建立起来的每一个参照系统，在实际运用的长期考验里，都显露出诸多的偏颇。社会经济的空前发展给每一个社会成员所提供的机会，使人们的物欲追求由过去的理想梦幻时态一变而为现在进行时态。一切行动、奋斗甚至冒险，仿佛都被开放的时代所认可、鼓励，并总能获得自己所期望的结果。实在的、物欲的、市俗化的商品意识已在悄悄地改变着整个国民的精神结构。生存意识和生存方式里所表现出来的对一切“非实在”现实的疏远，对社会一切“务虚”劳动的有意漠视，直接构成了对精神产品生产领域的巨大威胁。文学能够呼唤战争，平息争斗，缓和冲突，左右民族局势的时代似乎正在迅速地成为遥远的过去。不论人们或者艺术家愿意承认与否，文学爆炸时期结束了！恐怕今日没有哪一位作家还在一味地炮制文学“炸弹”，以期振聋发聩、醍醐灌顶——这样做，未免天真，甚至招来迂阔之讥。

整个社会精神与意识的新的结构和价值取向，向文学提出了残酷的挑战。选择的时代所特有的选择困惑，袭击着每一位作家和评论家。

这就是我们所面临的“陌生化的文学现实”。

也许，这是一个带有某种永恒性的困惑。一切关于文学诸多方面的论争，不都是人们面临困惑而又试图冲出困惑的表现吗？只不过是今天表现得更为奇怪与明显罢了。近一两年来关于中国现代主义与“寻根文学”的讨论，也许正是这一困惑——陌生化的最为具体的表征。这两类作品骨子里所浸润的现实主义，无论他们如何加以否认都无济于事。事实上，他们都在试图解答中华民族如今是在怎样的意识支配下生活，又如何在现实的诸多制约下生活等重大问题。这一基本母题构成了上述两类作品的共同基调——即基于民族又超越了民族而放眼宇宙的人生忧患感。然而，我们在他们的具体艺术实践里看到的却是这一母题的两个极端表现：前者说，人活得多么腻味，即艰难的另一极端，而后者则想说明人为什么活得如此艰难。活得腻味和活得艰难，一个民族生活的两种形态，似乎都难以让普通的人们用直观在现实中找到印证。艺术创造主体在创作时有意对作品“社会功利性”进行绝对排斥，淡化甚至故意模糊可能导致人们激情喷发的审美因素（他们认为，在现代社会里所有激情都不免浅薄），用超前意识来统贯作品和艺术。为此，艺术势必离开广大人民而进入圈子（作者并不在乎这种指责），社会成员的物欲追求对崇高品格作品已经具有的潜在漠视，便由文学自身对陌生化的执着而偏颇的追求而得以完成。似乎是，处在文学以外的人们，还没有能力回视自身，还没有可能意识到自身的悲剧。接受者对“本体悲剧”的描写，因缺乏现实生活的切身直感而无法反馈。在另一方面，“寻根”者则更多地从历史与逻辑的统一来置放他们的超前意识。无疑，是现实人生的存在悲剧触发或不断激励着他们去用笔进行战斗。他们没有那种认为人生已经到了什么欲望都可以实现从而活腻了的感觉。与中国式现代主义一样，他们也在极力避免使艺术陷进纯粹政治的泥淖。他们在向文化的大纵深开掘中，显然想得到这样的答案：什么原因使民族直到今天还活得如此艰难？那些形形色色的重负是靠什么力量紧系在民族的背上，以至于几千年来也难以卸掉？正是这些事关重大的目的指向，使“寻根”者们用从未有过的眼光去看取和组合历史的一切——包括艺术中常常出现的民俗乡风笔墨。在这里，我们只要稍稍把鲁迅和李杭育做一点比较就能得到一些基本的认识。他们对生在斯、长在斯的故土一样怀有深情。虽然文化的悠久历史和丰富的内部构成，每每使他们难以忘怀。他们也一样看到这一文化深层里所早已潜伏的危机。对既定传统的批判意识，同样使他们对本土文化采取了苛刻选择。然而毕竟有所不同：民族文化的悲剧在鲁迅那里多表现为一种对人际关系的剖析。而李杭育的“葛川江系列”则重在提示文化环境中人生的悲剧——本体悲剧。“文本”

和接受者的隔膜，也可能就在这里产生。经济发展的日新月异，作用于人的精神领域，必然是导致人的多方面本质的平凡化、世俗化、市民化和实在化。文学对文化远古渊源的孜孜以求与民族在现实条件下的时代追求，形成一个巨大的时空落差——落差使“寻根文学”与现实普通人开始陌生。

由现实触发而产生的“活腻了的文学”与“活得艰难的文学”，不由自主地离开了现实，似乎各自找到了自己独属的王国——未来和以往。生活于这二者之间的现实普通人，就只好以陌生者的姿态，对它们敬而远之。

未来与以往之间更大的时空落差，又使这两种文学在审美范畴里变得难以理解和亲近。在文化大选择和现代文化民族式重构之中，它们似乎都以为找准了“力”点，旁若无人地加剧着自我进击。在平分秋色的态势之中都又给予对方尽可能多的“可疑”宽容——因为这一宽容没有理解构成前提。相对于上述“文本”与“接受者”之间的陌生，这也许是更为深刻的陌生。因为，二者之间从一开始就没有萌生寻求相互理解（有时候论争也是理解的一种方式）的动机。宽容也成为高雅的“贵族式”东西，表面上的认可代替不了骨子里的讥评。这种“贵族式”的陌生化意识，在脆弱的宁静里导致着对自身的悄悄封闭，并推拒着来自任何方向的影响与渗透，使得他们难以在寻求理解的真正宽容里一同发展——基于民族忧患，从民族未来发展的大背景上或总目标上，看取对方、剖析对方、理解对方，最后达到完善自己的目的。我们从已经有了几年历史的中国现代主义和“寻根文学”发展情况来看，大约正是这样走来，也许可能就这样走去。为此，人们对文学发展态势产生担忧并非多余。“可疑性”宽容里能否完成文学更深刻的蝉蜕？同时，这一状况的历史还表明，这种互不理解的“陌生化”使二者都付出了代价：最具有价值的、浓烈的民族忧患意识开始淡漠了。力图摆脱功利制约和必然由此产生的远离实在现实的这一悖性矛盾，渐渐凸现在他们面前，困惑袭击着每一个人，而每一个人又试图依靠个体力量去冲破困惑——文坛陷入空前的紊乱状态之中。

人们多么希望批评家来消除这种“陌生”啊！然而遗憾的是，直到今天，所有的批评都未能奏效。近一个时期以来，我们看到，理论在抽象领域中的赫赫战果，却未能减弱它在文学具体观照实践中的尴尬程度。理论研究的宏观预测和微观考察，显然在上述这一棘手的文学现实面前出现了不一致的地方。当它以抽象的面目出现时，作家们从中获取过深刻的启示。而它的微观剖析却每每使作家们表情漠然。理论存在形态的抽象与具体、宏观与微观的落差（又一个落差！）标志着新时期文学研究大踏步前进中的危机所在。危机由自身存在形态所孕育并在面对新的文学现实时显示出来。一旦当我们的艺术理论，在研究文本时只能够就事论事，那么就只能说明理论存有问题——看来，批评界之于创作现实而具有的陌生甚至是双重的。它除了自身的陌生感之外（批评的理论形态与实践形态），而且由这一陌生必然带来对观照对象的陌生。这实在是新时期文学批评的悲剧式现象。例如对“寻根”的解释和关注，直到今天批评界依然没有对这一文学现象所兆示的历史意义做出充分估计。讨论寻根的文章及论点，依然超不出“寻根”作家们的宣言。文学发展的许多新事实似乎正在证明，力图在文学自身找到文学现象的根源，是难以站住脚的。新时期文学每一个思潮和现象的出现与形成，都与社会其他存在有着千丝万缕的联系。抛开历史与逻辑的统一，离开民族精神构成的整体历程和阶段历程特征，一切文学现象确属难解。这一点在我们中国更是如此。新时期文学批评崛起后的危机也正在这里产生。得之于对传统历史框架的突破（指对社会历史学派），也失之于对这一框架非理性的完全抛弃。因而，它难以在陌生的文学面前再保持自信。

与此同时，文学研究在观念上的时代革命，包括概念在内，其对于传统的陌生本来是件极为正常的事情。但在选择——一切选择都仿佛要经过个人加以肯定的精神自由时代，人们在这里不仅仅发现新奇，也在开掘危险。所以，关于研究方法的讨论就不能停留在“武器的批判”的层次上，否则，就可能发生选择的逆转——以时代对传统的选择关系开其端，而导致传统对时代的选择关系结其尾。

——这似乎就是我们所面临的“陌生化的文学现实”及其潜在危机。

毫无疑问，我们今天所面临的文学陌生化现实，其生成过程绝不是一朝一夕的事情，而是一个历史性过程。提出“陌生化的文学现实”，这也不是我们的全部初衷。要解答它，还必须到历史中去，必须着眼于十年来民族精神艰难的裂变、聚变，不断选择和不断重构的历史事实。

在这一陌生化的文学现实面前，我们常常可以听到许多人对以往文学存在的留恋之声。新时期文学在复苏时期内和接受者的密切程度，今天不论从什么角度评价，都值得人们深刻回味。人民借文学表达心声、抒发感情，并得到在现实中难以觅到的精神补偿。而文学也似乎正是由于对普通人生的深情关注，渐渐确立和巩固了自己的受宠地位。现实人生对文学的直接功利性要求，在那个时期内已经内化为作家忧患人生的一种真诚的自觉。艺术创造者们也无意追求文学在政治以外的任何“超然”，文学的使命感和现实发展的实际需要融合为一个整体。艺术的现实主义功能在我国仿佛从来没有像新时期文学开始那样，表现得如此强烈、热烈。“文学是战斗的!”这不仅是普通人对文学的价值评价，也是艺术创造者们的自我感觉。“战斗性”给文学找到了位置，奠定了威信，艺术也为自己的主人争得某种崇高感。

但是，也许正是这一过于“急功近利”的存在形态，促使着新时期文学开始了面对自身的反思与选择。文学创造者们已从人们对艺术的同声赞美声中听出了廉价，看到文学在获得时代政治狂热认可的同时，也在悄悄地丧失着自身。当历史的新生代要求文学拿出自己在今天的独特性时，复苏时期的文学便感到汗颜。早些时候已被觉察到的问题明朗化了——这就是，能够显示新时代艺术美学风神的创造性和独特点，竟是对以往十七年审美水平的复归！尽管文学在拨乱反正中结束了专制政治（“文革”）对自身愚弄的历史，但又不自觉地陷入了自我迷失——即，文学作为一个自足的人生存在形态，其独立性在新时期文学中依然无法看到。它不能在时代政治的概念范畴之外找到自己，难以看到自己完整而又独立的存在形态。价值评判也还是依附性的。我以为，正是这一对自我迷失的清醒、反思与选择，构成了新时期文学向纵深发展的基本转换机制，是文学创作中主体意识崛起的第一个信号，是新时代美学风神独立塑造并迸射光彩的辉煌开端。这种来自于时代推动的历史必然，就构成了文学自身运动的逻辑必然。在此时此刻，“陌生化”是对传统的审视，是对传统的扬弃。陌生化进程就是新的时代观念对文学自身历史存在的否定、批判、肯定的积极进程。

诚然，值得我们再加强调的应该是，文学在新时期开始所表现的对现实的亲昵，艺术创造者们在对现实拥抱过程中渐所确立的民族忧患感，并没有在“陌生化”自责过程中丢弃，而在开放的、成熟的主体意识中得到更高层次的理解与把握。它成为作家面对人生时的基本眼光，构成作家艺术地把握世界的精神支撑与平衡力量——这一点非常重要！它保证了新时期文学在以后大规模的中西文化冲撞中能够拥有清醒，始终以扬弃的态度迎接一切思潮的挑战，推动着民族艺术沿着积极、健康的方向发展。

一如当年欧洲文艺复兴需要把古希腊艺术存在作为不可动摇的参照坐标一样，我国新时期文学在发展中也逐渐把世界文学的共同意识作为自己的重要参数。立足于现实和已有的文化存在，用全球式现代意识对自己民族的全部存在形态进行开掘组合，最终获得对自身文化的时代再塑。在新时期内，民族文学封闭性的打破，无疑为文学面对历史的“陌生”式叛逆提供了信心和手段。我们民族在相当一段时期内对自身封闭造成的恶果，已经使人们一致认识到：缺少异质参数的自我陶醉都是虚妄的。面向世界，面向宇宙，在全球时代发展与文化背景下确立自己的选择，包括纵向“历时”的和横向“共时”的。几年来，对于来自异域的陌生文学，中国作家的惊诧感要远远大于对自我迷失的清醒。尤其是“共时”性横向参照坐标的确立，使新时期文学那种以自我迷失的发现为基本起点，继之以反思、选择所构成的转换机制，得到了艺术的认可和巩固，并且在异质文化因素的刺激下得以完善自身。我们欣喜地看到，20世纪80年代的中国文坛，文学开始了大胆迅速的“陌生化”过程。

由诗歌率先亮出的现代旗帜，已在“东方意识流”小说家手中高高举起。他们以自己全新的面目，给人们以“陌生”，让人们困惑，供人们选择。同时，它们也在选择人们——读者。艺术创造者们早已萌动在心的“陌生化”艺术意识已经外化为艺术实践。“陌生化”进程迅速改变着新时期文学的格局。这一行程，不仅使主体创造意识找到了突破口，使自己获得了自由，而且还成为主体意识进一步强化并在实践中完善发展的载体。随着艺术主体巡视眼界的不断扩大，艺术意识的构成成分在改变，从“物”到“心”的文化结构在动荡，审美模式趋于现代型。作家们把深沉的民族忧患意识作为自己文化选择的吸附中心，开始了文学全方位、多维性的大规模选择——也许读者已从上面阐述过程中看到了，“陌生化”不仅是历史走向的必然，也是文学自身发展的逻辑结果。正由于那些在作家创作活动中一直起着主导作用的民族忧患感，使得新时期文学“陌生化”没有走向猎奇、怪诞，或仅仅为了标新立异而独出心裁。它一开始就被纳入东西文化的大交流旋涡之中。以自己的独特功能和力量，从自身的改造开始，直接加入到民族精神的时代塑造工程之中。

我不想在这里多举什么实际的例子（可以说不胜枚举），看看吧：同处在湘地的周立波与韩少功是多么不同。再看看同在全国产生了巨大影响的贵州青年作家何士光与李宽定，他们所贡献给读者的东西，很难进行比较式评论。孕育了“山药蛋派”的吕梁山，马烽西戎的“英雄传”与郑义、李锐的“老井”“厚土”真是恍若隔世。晋地人生在郑义、李锐的笔下显然被创造了、重新组合了。它是一种文化表现，而非“表现文化”。刘索拉、徐星那种社会局外人的感觉与莫言语言的“陌生”，更是令人莫可置词。叙述方式、情绪触角等一系列“陌生化”，不仅用已有的理论无法说明，就是“新”论也颇感挠头。一切既定理论对它们感到陌生都是自然而应该的。也许正是在这样的陌生中，艺术可能获得一种永久式魅力。在这里，“陌生”是一种再生和发展机制，是艺术在开放环境中自由发展的必然逻辑走向。文学的陌生化过程，正是文学的发展过程，我们面临的“陌生化的文学现实”正是如此。看来，要使我们摆脱在一个又一个陌生现实面前束手无策的局面，就应当站到这样的角度，在历史与逻辑的统一上理解它们反复出现的必然性，取得艺术意识之中的认同。我们在宏观上的不陌生，方可能达到具体现实实践的不陌生。

但是，“陌生化”在历史与逻辑相统一的前提下所取得的时代价值，并不包含对“陌生化”具体现实的辩证理解。这就是说，上述阐述并不能解答今日文坛现实的几重陌生原因。这需要我们重新回过头去在上述原则指导下来审视笔者一开始提出的问题。

我们必须从历史的必然性来看取每一次艺术“陌生化”的出现是否具有自身逻辑的必然，看它采用什么样的“中介”来达到对人生的审美契合。就 1985 年出现的中国现代主义与文化寻根文学来讲，他们在这方面都似乎经不住严格的推敲，“你别无选择”“无主题变奏”里那种“活腻了”的感觉，显然无法在现阶段普通且普遍的人生实态里找到说明或者印证。它确是一种别样的情绪，但这一情绪却无法找到生活依托。如果仅仅瞅准这一非常态情绪不放，并予以主观定位，从中托出某种纯自我意念，再用意念去组合生活——从横向看，即与世界文学对话的层次上似乎达到了某种水准的接近，但因没有民族历史和现实人生的支撑，不能不给人以真正的“陌生”——隔膜。“陌生”与既成缺乏必然的层递关系。艺术画面中对人生的扭曲式、变形式组合，显然是在用非理性改造生活，导致作品一问世就被悬空。从其间，人们难以捕捉到民族在大选择时代的文化起点，民族忧患感淡化了，甚至没有了，只有个人情绪的“专制式”强化。

文化寻根文学在理论上似乎更接近于它的本意。但表现文化生成过程和成型文化对民族心态、人格的反复塑造，只有在未来意识与现代理性的参与下方可能实现，否则将会陷入混沌之中而无法自拔，例如阿城的《棋王》一开始就把“道家”人生意识作为作品先入为主的基调，进而用此调侃历史，写出在那荒漠式文化环境中的道德风范，显然不合于历史的原象真实。如果你的作品价值评判需要到文学以外去寻找，那么，就决不能把文学的过程说成是自给自足的过程。历史与逻辑的统一在价值论体系中显得尤为重要。文化寻根文学所具有的博大的民族忧患意识，（主要指韩少功、郑义等人作品），因环境陈旧无法完满表现。看取历史的目光缺乏批判性，无法在现代意义上显示文化回溯的价值指归。无怪乎，人们对此并没有表现出巨大的热情。

文学的陌生化应从历史的发展中寻求动力，同时在审美逻辑上确立——这样也许能使我们对不断出现的文学陌生化现象予以正确解答。

新时期文学对现实主义的深情眷恋

今天，我们无论从什么角度，也无论我们使用怎样的方法对新时期文学进行整体解剖，都很难剔除现实主义美学因素在其中的重大存在。尽管文学界的忧患之士如高尔泰先生等曾因一时激愤，断然否定了新时期文学中“纯”的现实主义的本质存在，尽管他因看到了新时期文学的贫血症从而把近十年来我们标榜的现实主义一概斥之为“伪现实主义”，但事实总归是事实。十年来，现实主义在我国文学中的深化幅度可谓前所未有。不管人们如何煞费苦心、努力拼搏，都无法把现实主义这个幽灵从文坛上驱除出去，反倒让它制造了一个又一个文学热点，一次又一次“轰动效应”。就连颇有些现代味的《你别无选择》《爸爸爸》《小鲍庄》等，也在批评家那里最终被拉进现实主义怀抱之中。甚至像今日文坛的普遍困惑，大家好像不约而同地又到现实主义这里找“偏方”：有人疾呼“真诚”，有人指点毛病出在缺了“实在”，还有人重新提出了文学的“真实”问题。事实不止一次地提醒人们：新时期文学与现实主义的关系及其演变，应当成为我们今天反思的一个重要角度。

一

对于什么是现实主义精神，恐怕不是所有弄文学的人都能够准确回答的。当我们这么多年一再把它当成靶子不断抨击的时候，也许现实主义这个对象就始终处在一种含混不清的混沌状态之中。《辞海》是这样说的：“现实主义提倡客观地观察现实生活，按照生活的本来样式精确细腻地描写现实，真实地表现典型环境中的典型人物。”《辞海》在谈到批判现实主义局限性时这样下结论：“但由于批判现实主义作家受到历史和阶级的局限，不能指出产生罪恶的根源，揭示其解决问题的出路与社会发展的必然趋势。”当20世纪30年代现实主义被加上“社会主义”的限定之后，它的定义则是这样：“它要求作家、艺术家从现实的革命发展中真实地、历史地和具体地去描写现实；同时，艺术描写的真实性和历史具体性必须与用社会主义精神从思想上改造和教育劳动人民的任务结合起来。”（出处同上）

从这些辞典定义上看，我们至少可以明白一个事实，即，现实主义在发展中越来越失掉了“本我”，越来越蜕化。现实主义在产生伊始所具有的活泼的精神被日渐强化的时代政治的附加“特征”所代替。它在产生时面对现实的情感态度，变成了必须具有某种功能和效力的“工具”。原初的“本质”不见了，而附加物却成了中心意义。在上述这些定义中我们很难寻觅到什么是现实主义的“精神”和“灵魂”，看不到这种精神作用于人生的特殊转换机制。而看到的只是功能和效用范畴里的“特征”、“要求”、“必须”、“应当”之类。我窃想，当文学青年按照上述定义进行创作后，他不跌入“高大全”泥坑才怪呢！

“真实”，这应当是现实主义美学精神的首要而基本的因素。但恰恰是这一点，一开始就被搞得面目全非。何谓真实性，辞典是这样说的：它是“文学艺术作品通过艺术形象反映社会生活所达到的正确和深刻的程度。在有阶级的社会里，作家和艺术家总是站在一定的阶级立场上，按照一定阶级的世界观来认识和反映生活。只有当作家、艺术家能够认识社会生活的某些本质方面并且有较高的表现能力时，才能程度不同地反映出社会生活的真实，揭示出某种社会现象的本质意义……无产阶级作家、艺术家要从实际生活出发，运用马克思主义世界观，在最大限度内认识和反映社会生活的本质意义及其发展规律，从而创造出政治性和真实性完全一致的文艺作品”。不难明白，这种极端庸俗的真实观，要求的是“政治性”，真实的程度取决于政治性的高低和政治色彩多寡。这是一种完全抹杀了文学本质的“伪真实”，说它是“伪真实”，是因为这种观念已经把真实从生活中挤兑了出去，真实不再是生活的结果，不再是人类精神过程的结果。真实被剥去了“普通而又实在”的色彩，而成为时代政治对艺术的“专制”要求。现实主义追求的真实应当是而且必须是普通人生的喜怒哀乐，尽管这种喜怒哀乐在许多时候与时代政治要求恰好相反；现实主义所崇尚的真实首先应当是对人类良知的恪守，尽管这一恪守会给自己招来麻烦甚至灭顶之灾；现实主义所需要的真实，应当是现实人生实在而又严酷的存在，尽管艺术表现这些可能使时代政治显出不快和尴尬。它信奉的不是既得利益者们的空谈与私欲，而是公德、良知，普通人的意志。正因为如此，“真实”的行程总是严酷的。富于同情的天性总是与任何方式的专制难以相融。真正的艺术家总是在求全责备——这也是艺术本身的又一天性。因为艺术本身就是走向至善至美的一个典型过程。因而它有权力漠视时代政治所标榜的“莺歌燕舞”并用力展示其光明背后的阴影和鲜花脚下的腐臭。尽管真实并不应该沉溺在“展览丑恶”里，但毕竟“展览丑恶”要比奴性的歌颂要伟大得多——真实的生命力也许正在于此。我以为这恰恰是文学真诚的最好表现，也是它追求至美至善天性的自然外化。否定之中的创造力正预示着人类自身的不断进步。也正是在这样的意义上，真实构成了现实主义精神的基础。只有在这样“真实”浸润着的艺术世界里，我们才可能窥见艺术家的真正的主体精神，艺术真正的创造源泉和真正美的本质。当一个作家以这样的“真实”情感观照人生时，他也许才能真正达到理想的境地，才能完成自我主体精神的独立外化，他的独特价值才可能得到说明。也许人们以为，这种真实和想象难以共存。其实错了。想象的价值归宿在于创造，而创造的价值阀限只能是人生。想象如果没有真实结伴，最终只能走进“童话”——而文学不能只有童话。新时期文学十年中许多令人缅怀不已的东西，其价值也正在这里。例如“伤痕文学”或“苏晓康现象”，许多人认为这不能算真正意义上的文学，但是不论怎样你无法否认它的真实及真实中的巨大震撼力——不在于它们的纪实性即同于生活的原有存在，而在于把这些材料黏合起来的真实情感——真实的痛苦、觉醒甚至斥骂。文学在这样的时刻并不曾想过怎样表现自己，或发挥什么功能，但一切都有了。“伤痕文学”虽已成为趋向淡漠的过去，但它所培植的精神，却是地道的现实主义货色。

在不完满的社会形态和人生形态中，上述真实的客观效果就只能是对不完满的批判——而批判就又构成了现实主义精神的又一个重要因素。真实的展示与时代政治因自身需要而不得不加掩饰的行为之间所形成的批判性，这自然还只是需要媒介化合的间接结果，批判性还只能到两种事物发生作用的范畴中寻找。也就是说，它还不曾表现为创作主体的自觉意识和理性精神、批判精神，尤其是现实主义的批判精神，并不是每一个艺术家都可以轻而易举具备的。同理，一个艺术家在自己的作品中表现了一些独到的东西，我们也不能轻易认可他获得了批判精神。现实主义批判精神表现为一种人格修养，一种思想的境界，一种博大的胸襟，一种比别人更加完美的情操。总之，须进入忘我境界方才可以体味得到。患得患失，卑卑且且者自不待说，那些总把既得利益当作人生终点，并由之而视文学为敲门砖的人，根本上是无法接近于这个精神层次的。就是那些并没有什么功利性的私欲目的而仅仅凭一时兴趣搞起了文学，想以此显示一下自我价值多元色彩的人，也与这种精神对不上号。至于那些早就想靠艺术给自己弄个一官半职并且果真如愿以偿的人，到头来，他的人生存在只能成为对艺术本性的讽刺而已。真正的艺术家，他不仅敢于直面现实，更重要的是他勇于以自己的独特方式积极而有效地参与现实——“干预”也许只是参与的一个层次而已。因为“参与”决不只是因为某种偶然而冲动起来的“直入”，不是哗众取宠式的为民请命，而应当是艺术家终身恪守不移的理性，并且异常自觉。在这一理性主宰的精神世界里，“爱”是一个常数。只因为对普通人生爱得热切，他才能够“恨”得残酷，批判得严峻。正因为他爱和平、民主、幸福和真的、美的，所以，他才敏感于人生的丑恶，才能一针见血地批判战争、专制、残暴和假的、丑恶的。因此还可以推出，批判仅仅是一个过程，批判精神的价值指归最终将导向对“爱”的觅求和人类完满的理性。在这样的范畴里，“爱”就绝不会是抽象的，而是非常具体、非常实在，他凝集着人类全部历史的启悟和时代人生的需要，由爱所充实的激情，对内便促进着作家人格和理性的完成，对外则是人类良知的现实外化。也许正是这样，托尔斯泰比陀斯托也夫斯基更伟大，海明威比卡夫卡更深刻。

现实主义精神的又一个因素是“忧患”。这几年“忧患”一词可谓提及者很多，但最近一年来它却奇怪地不怎样受宠了。一谈“忧患”，许多作家就认为这是“政治”的事情，对于非文学任务，文学最好不要招惹。文学的价值和意义只在本身，文学是一个可以得到自身说明的完满自足体，它既不必求助于外在，也不用作用于外在。我认为这种认识不仅显得过分不负责任，而且谬误甚大——放在今日中国尤为显然。不论怎样说，“忧患”是作家责任感的一个有力说明，在某种意义上讲，也还是作家从事创作的最直接动力和最高的出发点。新时期以来有些作家在早年曾轰动一时到后来则甘于沉默，问题不仅仅是“江郎才尽”可以释然，更重要的原因也许正在这里。随着地位的变化，实惠利益的不断获取，他不再忧患了，甚至对忧患感到了陌生——“生活不是很好吗？还能忧患什么呢?”

忧患与批判、真实是联系在一起的。失去了对普通人生苦痛的揪心忧患，就等于有意远离了真实。没有了真实，理性的批判就无从谈起，更遑论责任与真诚?！在有些作家那里，是有意推拒责任感的。认为责任构成了对自由的限制——殊不知，我们在厌恶强加于自身的政治责任之余，却不可没有基于艺术良心的责任。比如，时下兴起的文学的“玩”法，就大有可商榷之处。如果是想用新奇的说法来表达一下自己的创作体验倒也无妨，但如果是想有意凭借新奇在自己与作品的空地上制造些花样，让人猜，费人心思，那倒真是一种“自虐”或“虐人”的毛病了。责任在某种意义上就是人的一种本质。每个人都生活在要别人为自己承担责任，自己也为别人承担责任的现实氛围之中，况且，艺术从起源发生的那天起就含有责任。以“愉悦说”为例，引起愉悦不就是一种责任的范畴吗？以后，随着艺术的发展，它成为人类社会中一个重要的文化现象——意识形态，它成了社会系统中一个不可或缺的组成部分，成了塑造灵魂的手段，有了自己明确的价值归宿，即它总是企图借助于自己的努力使人类变得更加美好。艺术的责任决不可混同于某一政治对现实人生的要求，它也绝不仅仅被限定为单方面的输出，而是包容，是一种具有强烈的独立性质的文化运动。只因为过去短命的时代政治曾经强加给艺术许多“拍马溜须”的责任使艺术蒙受了耻辱，便在今日再不敢或不屑提艺术的责任，这是不是有点因噎废食、自我萎缩的味道?

责任托起忧患，忧患不能没有批判，只有批判的真实才是现实主义的真实——这就是我所理解的现实主义精神，也是我们这个“初级阶段”的社会人生形态里所需要的艺术精神。

二

采用现实主义的视角来反思新时期文学，如同以它来概括新时期文学十年一样令人不快。早在前些时候，就有人讽刺说，现实主义成了垃圾桶，什么东西都可以往里乱扔。但是讨厌并不能说明无用。也许从这个角度探过去，还真会有些别致的收获呢！

新时期文学的头几年，正如有人已经指出的那样，是现实主义文学的恢复时期。“伤痕文学”便是这一时期的最大收获。尽管“伤痕文学”在无意之中和当时的时代政治贴得过紧，以至于随着时间的推移越来越不像文学的样子；尽管它所使用的半死不活的结构浪费了许多活生生的人生“材料”，以至于造成了文坛至今还难以产生出与“史无前例”的历史相配匹的“史无前例”的艺术作品；尽管一大批作家在当初的起点是那样低，艺术准备是那般不足，创造的作品其意蕴又是那般的单薄；尽管它引起的轰动里有那么多非艺术的激情，以至于被今人目为“廉价”；尽管它的社会效应常常被“左撇子”们用来叫喊文学只有服务于政治才有出息的口实；尽管它的光荣已被历史岁月的风雨冲刷得所剩无几；尽管在某种意义上它都失去了对今日文学进行评判的背景价值；尽管它相对于今天已失去了很多很多……但仍然留下了不少令人回味不已的东西——例如作家的良心和艺术的真诚。这种真诚因为发乎自然，毫无矫饰从而更加令人珍视。关心新时期文学的人们都很清楚，当时拿起笔来写诗弄小说的人，在其心里并不曾先有一个玫瑰色“作家梦”，也并非为了出名或挣钱，而是内在激情促使他们拿起了笔。笔端凝聚的是痛苦、激愤和一颗从灾难中挣扎过来的真诚的灵魂。也许一开始如知青作家，他们并不懂什么叫艺术，怎样的创造才能构成艺术家。也许他们还不曾有几人弄懂了什么叫小说什么叫散文或什么叫报告文学，艺术的种种概念在此时显得太灰色太不重要了。但是他们却拥有从事创作的精神——生活启迪了他们的艺术的力量在于真诚、真诚、再真诚。他们只知道如实地写下自己的所见、所闻、所感、所触罢了。在今日看来，当时他们在各方面的无知和匮乏，也许根本没有资格希望当一名艺术家，甚至没有资格梦见作家，但他们就是凭着真诚这一点踏进了文学大门，并且登堂入室，十年后成为中国文坛的中坚。同时，也正因为这难得的真诚，造就了普通人生对文学持久而又热烈的宠爱。真诚，不仅造就了作家，造就了作品，造就了读者和文学的价值，还造就了文学的新时代。当我们今天一味从纯而又纯的艺术上要求历史的时候，是不是连这一点都不敢提及了呢？是不是我们认为稚嫩的文学所包孕的真诚也是稚嫩的、浅薄的呢？由此便从而失去了让人理会的价值呢？我想并不尽然。真诚无所谓稚嫩与成熟，也无所谓浅薄与深沉。真诚的分量在任何时候都一样。当我们的文学翻着筋斗玩花样的时候，让人眼花缭乱之后所感到的不正是缺乏真诚吗？另一方面，真诚也同样造就了新时期文学伊始的真实和深刻。那种“纪实性”的真实笔触，曾几何时被一些批评者讥为缺乏空灵。而奇怪的是，在倡导空灵的1985年以后的中国文坛上，却依然对刘心武的纪实小说、张辛欣的实录、梁晓声的自传体、苏晓康的“社会报告”一次又一次叫好，一次又一次报以激赏的掌声。这与其说这是对“空疏”之风的反拨，倒不如说是对真实失去之后的呼唤。面向自我的文学固然不缺乏真实，可是当这种真实失去了客观检验对象之后，那么，这样的真实除了创作者自己能够体验之外，还有谁能够理智地认可呢？真实似更应当在广大人生中取值，它的对象是普通人生的喜怒哀乐，是人类的良心，是整个世界的过去、现在和未来。真实只有在这样的范畴里才能赢得真诚。马克思当年所激赏的希腊神话，并非因为希腊神话的一切都超越了19世纪的文学与艺术，而在乎它本身所含纳的真实与真诚，因而才被马克思誉为希腊全部艺术的“武库”。说到新时期文学伊始阶段的深刻，恐怕又有许多人大为不然。我也承认单凭真实并不能成全艺术的深刻。然而，缺乏真诚的深刻却是全然没有的。例如近年来第五代诗人喊着要“打倒”的北岛，他在20世纪80年代左右于诗歌中所达到的深刻，那种把感性的激愤和理性的冷峻结合在一起而产生的厚实与深沉，现在又有几位诗人可以企及呢？甚至包括所有小说家在内，能够与北岛在这一点上比肩的简直可以说是绝无仅有。他那与屈原、司马迁、李贺、辛弃疾、鲁迅一脉相承的博大精深，经过时间的检验，今日愈发显得卓然不群。北岛的激愤式真诚与舒婷忧伤式真诚、顾城童心式真诚一起，造就了新时期文学至今不衰的光辉。他们被历史时代所宠幸的原因不能有别的，只能是真诚，他们也将因此而拥有未来。

再看看我们已经持续了十年的文学评奖。请数数，有哪部作品不是因其现实主义魅力而被选中。当我们的大规模文艺观念更新已经进行了若干年，当我们的各种实验文学也已经硕果累累的时候，千千万万读者总还是痴情于文学的现实主义风采，这不能不令人深思。仅仅把这些斥责为是“恋旧”“顺于传统”等国民劣根性所致，显然是不能全部说明问题。它肯定有更隐秘，更深层原因——也许我们今天的社会形态及国民所面临的人生，就只能繁荣与乐于接受现实主义范畴中的文学与现实的关系类型。在我们的体制远不能尽如人意地解决一切弊端的时候，文学所承担的非文学任务就在所难免。文学仅仅追求自身的价值看来还不到时候，文学的功能也许还大半须在现实社会人生范畴中看取。尽管这样一来，我们似乎又远离了世界文学的一体化格局，在其他民族眼里也许这样的文学显得“土”，但是我们以此可以走向民族、却能够拥有今天，拥有民族文学的“自我”和拥有民族的美学精神。刘心武从《班主任》到《钟鼓楼》再到《“5·19”》《王府井》《公共汽车》甚至最近的《白牙》，收获并没有因为他贴着现实而少了。而韩少功离开“茅草地”之后，斜刺里冲入“鸡头寨”，也不见得比前者收获得更多。(这里不谈《爸爸爸》的探索意义) 写过《爱，是不能忘记的》《方舟》的张洁，看了她《她得了什么病?》之后，我总感到张洁在创作上似乎出了毛病，而谌容则不能不说是日见精进了。从《人到中年》到眼下《懒得离婚》，困扰她的依然是现实人生，是国人那些看不见摸不着却感受极深的痛苦。我这样说，决无意否认韩少功、张洁他们在创作上的独特价值，也知道每个作家长期“坚守阵地”是痛苦的。但是，任何探索总不能以牺牲真诚为代价。我个人感到，他们两人后期的真诚要逊色于前期。而今日的国民又是多么需要文学给他们一些真诚的力量啊！他们也许更深刻，但是离开普通人生感觉世界的抽象深刻并不值得提倡。

三

十年来，每当文学陷入困惑的时刻，人们就不自然地想到了艺术与现实的关系问题。这是为什么？我以为绝不是单单因为思维惰性所致。而应当是现实民族人生所面临的普遍困境对我们价值观念的无形制约所造成，也许还说明，关于文学与现实的关系问题我们根本就没有解决，或者说在观念上没有解决好，事实明摆着：我们没有办法使文学从现实头上飞过而跃入未来，也同样没有办法使文学超越民族而直接逼向“诺贝尔”。与此同时，历史也在时时提醒着我们：过去我们曾因为信奉那套被政治改造过的“现实主义”，而收获了大量的庸俗。这种“现实主义”使中国当代的许多作家吃了不少苦，干了许多费力不讨好的蠢事。由于上述两种存在，我们便时时面临着悖性的选择！文学发展的实践总在提出艺术与现实的关系问题，而文学的历史却因“现实主义”造成了贫困——正是这种“两难”，使我们的文学一而再，再而三地陷入困惑与寂寥之中。现实是“除却巫山不是云”，而历史则是“曾经沧海难为水”。问题看上去好似“二律背反”，实际上并非不能相融。我们的文学应当永远有真诚在。至于这真诚放在什么式样里则大可自由选择。造成各种“主义”相互对立的是我们自己犯的错误，正如高尔泰先生所精辟指出的那样：从当前现实出发，我们中国迫切需要文艺领域的各种新形式。因为新形式的探索，总是伴随着新的思想方法和新的对事物感受方式的试验。这种试验是我们思维空间的开拓和存在方式更新的特殊途径。事实上，每一种新的艺术形式的出现，都是对大一统封建文化的挑战，具有深刻的现实意义，都应当竭诚欢迎。问题是我们不要避难就易，在严峻的现实面前怯阵后退，把它弄成神秘高深、虚玄莫测，谁也不懂因而不起社会作用的个人游戏，最终同荆棘丛生的现实主义道路相背驰，以至于以脱离现实为“现代”，以愈是脱离现实为愈是现代，结果是在为艺术而艺术的名义下，逃避了一个作家在艰难世时应负的道义责任。这不是说作家、艺术家有权以天下为己任，有权充当什么人类灵魂的工程师；而是说他起码应当像其他人一样有一分热发一分光，即使不能够给别人以温暖和鼓励，最起码也要能喊出自己的痛苦和悲哀，使人们惊醒和想到应当着手改变自己的生活，而不是致力于把人间的黑暗空灵化为诗意的朦胧，或者用一些奇异的古老的故事，甚至一些毫无意义的拼图游戏，来转移人们对于最迫切的现实问题的注意，使人们将就凑合着就这么过下去。这样的作品，至多只能流行一时，只有那些深刻影响历史进程的作品才具有伟大的生命力。

真诚、真实、忧患、批判，应是我们今日中国文学的基本风貌，也是我们需要的现实主义的美学精神。

双向互逆选择中的文学与时代

——关于“改革文学”价值的文化思考

任何时代的文学价值的确立，都必须有时代的积极参与。不论过去，还是现在，在决定着每一时代文学发展、繁荣的多重关系之中，其中最主要的关系就是审美与时代的关系。谁忽视了时代，如果在“生存决定思想”的意义上说，谁就等于忽视了审美的一些根本属性；谁拥有了时代，也就在未来意义上获得了审美的永恒和深刻——这一点，已为悠久、丰厚的中外文学历史所证明。尤其是在我国，审美与时代的相互制约性质显得更为明确。仅就“五四”以来中国现代审美发展的历史就可以充分看到文学的发展节奏、自身构成、内蕴世界甚至包括那些纯审美的形态演化，总是与时代风云或曰时代政治同偃仰，共起伏，同患难，共命运，联袂而行，连理结根。社会运动在它整个发展过程之中的选择，总是在很大程度上被审美世界或曰文学自身所认同，从而在根本上制导着文学在基于自身发展规律的审美选择。诚然，这一认同，绝不是失去了自身独立性之后的、毫无创造与活力的僵化的“挪移”，也绝不是为了某种现实利益和目的而进行的违心的机械拼凑。这一认同，充满了痛苦、理性、反复和别的无法替代的创造。文学对时代选择的认同是痛苦的，因为文学向来就不是“留声机”。认同的过程就是创造的过程，就是时代理性与审美理性相互冲撞、最后臻于融合的过程。尽管我们许多习惯于把文学看成是生活教科书的人，没能从这样的审美世界中看到他们期望的东西，但这于文学的伟大无损。文学总是在自我理性的无形牵导下，去创造它所值得创造的一切，去展示富有审美自我光彩的大千人生。它与时代的相通，决非机械庸俗论者所强调的那样——应当成为生活的复制品，而应当是文学在自己特殊结构世界里所体现出来的理性和思想，与时代政治所显示出来的文化指向相暗合，也就从此把自己与时代牵到了一起。

——把时代的一切风云际会，均看成是一种文化现象，并通过自身的特殊手段去捕捉这一文化现象的灵魂、价值指向、未来归宿及深刻的文明建构意义，这就是文学对时代的态度。时代的文化主潮在选择着足以体现自己面貌的文学，而文学也在独立的创造活动中选择着时代。双向互逆选择，成为文学发展的一个重要现象或曰模式——新时期“改革文学”可做如是观。

前几年，或者现在也是如此。许多人一谈到“改革文学”，总是有意无意地把它放在政治的概念范畴里予以研究，也常常喜欢以现实社会改革的成败得失来评判“改革文学”的优劣利弊，这是很要不得的。如果前几年，人们由于对改革陌生从而对改革文学产生陌生感，随即在对其评判上采用了庸俗社会学观念还情有可原的话，那么今天再持这一看法，将会导致改革文学在改革时代里自身发展的紊乱。因为评判的观念和范畴，无形之中与改革文学这一新的审美现象产生“错位”从而影响文学在评审压力下走向对现实生活的复制，而不是在最自由的境地里对生活进行“表现”。这样一来，就会使改革文学在社会体制化过程中，在漫长的社会接受过程之中，在紊乱难定的左右摇摆之中失去独立性、失去独立发展的可能，从而就失去了根本——审美对现实的创造，最后造成“改革文学”失去自己的存在空间和价值，仅仅只具有题材意义。

现今之中国，改革已成为生活的潮流。它既不仅仅表现于经济领域中商品意识的骤然强化，企业改造过程之中广泛引进的竞争机制，也不只是民主呼声的日渐高涨，衣食住行的鹜新入时，而是一场极为广泛、持久、深刻的社会改造运动和文化重构运动。正如原苏共中央总书记戈尔巴乔夫在《改革，苏联人民的新思维》一书中所屡屡强调的那样，这是一场革命！改革之中由于种种机缘而爆发的千变万化的冲突，归根结底是现代模式与传统模式的文化冲突。尽管这场革命在我国是由物质层次开其端（一般来讲，广义的文化包含物质、制度、精神三个层次），已经广泛涉及了制度层次和精神层次，即面对改革的时代趋势，人们不仅对中国社会的发展战略提出了许许多多设想和模式，而且更为重要的是，千百年来相沿已久、几乎窒息了的国人的文化——心理结构正在发生剧烈的、痛苦的，然而却是必需的蝉蜕。每个社会分子，都自觉或不自觉地加入到这一时代运动之中，都在改革的时代浪潮之中扮演着各种各样的角色。改革对中国的全方位的震动，国人对历史的全方位的重新审视及在对世界的横向参照之中对现实的全方位选择，实质上已构成了远比“五四”和新民主主义革命更加深刻的文化运动。一种新型文化正在改革的声浪之中迅速崛起。文学对社会改革（时代）的青睐，正是被它空前的伟大意义和深刻性所吸引。现今的改革向人们推出了一系列重大的文化命题，背负着沉重历史包袱的民族心态是如何蝉蜕的？新旧文化较量的激烈程度、复杂程度如何？新型结构的文化前景如何？它在民族文明历史建构之中是如何赢得自身的独特价值？……这种种伟大而又迷人的诱惑，在多情地向文学招手！审美创造者没有退却，他们以罕见的真诚拥抱了时代。大家可以看到，新时期文学十年来，20世纪80年代左右审美悲剧狂潮之中具有英雄主义格调的浪漫主义的顽强表现，在雄性节奏之中一直搏击在新时期审美潮头之上的军事文学，甚至就是像“寻根文学”这一常常被某些人目之为和改革文学相对立的创造，无不渗透着民族在改革之中所特有的忧患意识。人们在许多场合听到或看到，某些人为了强化改革文学的意义，甚至不惜以牺牲文学的全方位繁荣为代价——著名小说《你别无选择》《无主题变奏》的遭遇可以说明。对上述类型作品，有人称之为“活腻了的文学”，有人谓之为“吃饱了撑的文学”，凡此种种，不一而足。因为从表面看去，它们与正经的“改革文学”是多么格格不入啊！其实并非如此，在某种意义上这可谓是审美接受过程之中一种常见的错觉。当我们今天以一个实实在在生活者的态度来看取它们的时候，不是很容易理解作品中那“杂”“乱”“忙”的情景吗？不是很容易理解其中的悲剧情怀吗？《你别无选择》中人们在那“你别无选择”的环境中而进行的自我选择，那种“虚”的和“幻”的体味以及强烈的自我悲剧感，不正是今日的改革时代所特有的精神现象和文化心理吗？这一切恰好和其他种种格调的作品一样，构成了改革之中新型文化的多元色彩。

——时代对文学的选择是苛刻而严酷的，但同时又是充满诱惑和多情的。

这是问题的一个方面。另一方面，担起了“表现”改革文化重任的审美创造者们，并没有在对这一使命的认同之中丧失自我的独立品格。他们始终不渝地相信，文学就是创造，文学创作根植于选择。他们不想也不能够仅仅满足于对生活做一些记录，哪怕这一记录真实得令人掉泪。他们将面对所有对象进行自我的、真诚的而富有个人创造活力的选择。文学对他们来讲，显然已不是一般的记叙、描述之类，而是表现出前所未有的严肃——对象的激情因素要内化为创造主体们的内在激情，传统的真实观已不再具有头等的意义了。每个创造个人对人生的感知与体味，被目为“最高真实”。审美活动不再只是靠“艺术消费”取得了社会效益才富有价值。文学要表达一种意味——一种具有特殊历史背景和现实境遇的文化意味。为此，我们在已有了几年历史的改革文学中看到，蒋子龙早期“开拓者家族”成员身上所萌生的商品意识，到陈祖芬的报告文学世界中已化为人物的理性化的价值眼光，刘宾雁作品中独擅其胜的政治思辨色彩，在柯云路笔下已成为作家结构作品世界的主导逻辑，冲突的悲剧意味展示了“黄土地”上任何改革都将付出代价的痛苦过程；《祸起萧墙》的主人公，佳津地区电业局长傅连山那基于人事纠葛而产生的悲怆感，《花园街5号》里主人们所遭逢的现代难堪，则在以后出现的改革作品中全部集中在“人”这一伟大问题上来了。“寻根文学”的倡导者们，透过蛮荒古涩、野趣杂味的表面，透示了一种我国文学中前所未有的现代忧患感。他们所不约而同采取的对对象描绘的“绝对客观”态度，本身就显示了他们对历史与现实的独特把握——经久不变的生活式样是如何扼杀着富有才智的民族人生，从而在人类学层次上揭示民族在自我难以觉察的死寂状态里承当的惊心动魄的文化悲剧。不论是颇具现代意味的“喧哗与骚动”，还是温柔静穆的安贫与达观；不论是自我迷失的痛苦，还是在人际交往之中所背负的悲哀；不论是王蒙式的宽容，还是莫言式的冷酷；不论是军旅文学的阳刚豪气，还是言情之作的低唱微吟，爱与恨，生与死，法与德，悲哀与驳，都被作家们以自己独特的眼光赋予了今日时代里特有的文化冲突意味。就是金庸、梁羽生的传奇，琼瑶爱的痴迷，之所以会在大陆一时间令“洛阳纸贵”，风靡一时，无不都是审美对时代文化的一种选择。况且，文学与时代在双向互逆模式之中所显示出来的个性，本身就成为一个饶有兴味的文化现象。

时代在选择文学，文学也在选择时代，二者将在民族文化重构的深远意义上一并被历史永恒地收留。把改革作为文化运动来对待，并自觉地强化今日时代感中的文化意识，不仅是审美创造者的事情，也应成为文学接受者的必有态度。只有这样，“改革文学”才能显示出它不同凡响的气魄来，才能赢得未来！

农村现实与农村题材创作
——从一个视点透析当今文坛的困惑

纵观当今文坛，困惑已成为普遍存在的现象，农村题材创作，其困惑更为突出。我们知道，农村、农民及其关系所构成的农村创作题材的整体，在新时期十年来所取得的成绩是有目共睹的。它曾数度领骚于文坛潮头之上，为文学在新时代里创造自己的价值的的确确奉献了许多。也许正因为如此，它在目前的沉寂和困惑才这样引人注目，也从反面说明着对之进行反思的必要性。

我想到这样一个问题：是不是日下的农村现实在我们的审美创造者眼中显示出了陌生？是不是陌生化的现实使作家们进入了一个重新寻找“艺术与现实关系”的沉思之中？是不是陌生化作为一种潜在力量正在冲击着已有的农村题材格局？如果这一猜测成立，那么，它将召唤转机还是预告危机？看来，“陌生化”将使我们获得一次充满意味的探寻。

当我们接触一下当今的农村现实，“陌生”应当说是确实存在的。由承包带来的农村兴盛已经成为昨日的事情。承包之中农村心态的剧烈动荡，正在因现实发展和缓、沉寂而日益削弱着它的文化价值意义。农村在过去迫于外在驱迫而不自觉地对内心世界的检视，而今又变为注目于外在现实了。这似乎怨不得农民，当变革实践没有或没有能力及时把农民从“温饱层次”带向人生更高层次时，这不但意味着外在力量之于农民这一主体时的“效益自耗”，更重要的是，农民阶层常常必须在外力推动下进行自我精神更新的必然中断。现实正是这样，农民的痛苦又从精神方面转回到生理方面——他们不得不全力应付因涨价、“倒爷”现象和官商勾结所造成的腐败对自身生存带来的巨大威胁。当年在“乡场上”挺起腰杆向世人证明今后他要做一个堂堂正正的“人”的冯幺爸，眼下不得不为怎样在土地之外多弄些钱而东奔西跑；也许类似于《鸡窝洼人家》中那样已抵中年的男男女女，不会再有多少精力去煞费苦心地考虑“离婚”“结婚”

的问题了。“焦大轮子”买回的“带彩的电视”，恐怕再难逗起村民们那样多的好奇、嫉妒，“老焦”也很难再像当年那样，因此而获得了那么多的满足、陶醉、欢娱与自得，因每个人都想发财而使生财之道显得拥挤不堪，发财变得异常困难。总之，我们那些散布在全国各地的大大小小的“父母官”们，也许很难再想出一个什么绝招并以此把下属“臣民”感动得涕泪涟涟、叩首三拜了。他们听到的倒是骂骂咧咧——这一切难道不陌生吗？现实的农村中更多了一些“秋天的愤怒”，更多了一些“鸡头寨”挣扎绝望之后的浑浑噩噩，更多了一些引动“单家桥的闲言碎语”，更多了一些在农村与城市的交接地带徘徊的年轻的“高加林”……

——这一切，都以空前的严峻对作家们所说：你，看着办吧！农村现实的陌生使作家面对农村的情感世界里显出了前所未有的空白。直观的感觉他们已经觉得不值得用文字加以表达，纵深的观照也难以凭借已有的模式，不论象征的，还是文化的，表现出了少有的对把握农村的未来趋向的茫然和困惑。由此而产生的另一重困惑是：艺术观念与艺术对象之间的巨大落差。普遍地来讲，今日中国文坛的绝大多数作家都已经在很大程度上接受了西方现代文艺观念，同时已有相当一部分作家痴迷在展示“自我”的本体痛苦。对“自我痛苦”的渊源揭示正在大踏步趋进世界格局，即任何刺激都觉得无聊的痛苦。然而有趣的是，我们作家所体会到的或者说从“蔚蓝色文明”中“拿”来的痛苦，却很难“栽”活在我们这块土地上。我们的普通人生的痛苦依然具有浓郁的“初级阶段性质”，即，因活得艰难而挣扎的痛苦，冲突的构成，依然是社会和个人，依然是善与恶的对峙，痛苦依然是善良者被欺侮被坑害的痛苦。相对于西方世界来讲，“温饱”问题依然是一个须时时提起的难题，就文学的功能来讲，我们最需要的仍然是它的暴露性质，是它的批判性质，并且希望来得赤裸裸一些，干脆利落一些。我们的艺术本质依然需要靠功利性极强的“批判”来完成或充实。我们的艺术审美价值依然需要在这种被人认为是“非驴非马”的二元功能逻辑中加以肯定，一句话，我们的文学难以舍弃现实和普通的人生。而现实和普遍人生的痛苦，总相似于西方进程中的19世纪。

我想，当我们的艺术创造者在面对农村这个人生领域时，只要保持“实在”也就够了。当我们在接受新的文学观念时，务必不要轻易地放弃对现实的痛苦神情，我们付出的代价必须在民族精神的时代重构上现出高低。

我想，我们的文学乃至整个艺术都应当是民族精神全部历程的形象见证，任何一厢情愿的“超越”和向隅自守的“落伍”都一样会愧对于我们的历史、时代和人民，都一样值得惋惜。困惑并不可怕，困惑也许就孕育着新的生机。我窃以为，疗治时下的困惑有一个方子可以试试，也就是说我们不妨多一点切切实实的，正儿八经的，名副其实的，毫不矫揉造作的，赤裸裸的但实实在在的现实主义精神！

新时期萧红研究述评

真正有价值的作家，往往会越来越引起人们浓厚的研究兴趣，我们不必担心他会因世事的沧桑而被淹没。萧红的文学创作生涯仅仅十年，留给我们的却是十一部集子，早在 20 世纪 30 年代，她就有“多产作家”之称。然而，由于她的思想和作品的复杂性，使得她的创作长期以来得不到公允的评价。新时期以来，在国内掀起了一股经久不衰的“萧红研究热”。在这个研究领域，人们开始严肃地审视以往的足印，力求以科学的态度，求实的精神，对保持着自己独特风格的女作家做出正确的评价。于是，在一批批开掘者的辛勤努力下，萧红的真正价值逐渐呈现于人们面前。

一

对于萧红研究这块学术园地来说，最初的主要的成绩在于“拨乱反正”的再评价和史料的收集整理。坚持实事求是的原则，清除蒙在其表层的滞积物，成为新时期最初萧红研究者的自觉选择。

一个知名度很高的作家常常是和他的作品紧密相连的。提起萧红，很自然会想到《生死场》《呼兰河传》《马伯乐》等一连串的名字。《生死场》是萧红的代表作、成名作，首当其冲地被历来的评论家肯定，称赞它不仅写出了愚夫愚妇的悲欢苦恼，而且写出了蓝空下的血迹模糊的大地和流在那模糊的血土上的铁一样重的战斗意志，力透纸背地描绘了北方人民对于生的坚强和对于死的挣扎，在艺术上则显出了明丽和新鲜的特色。许多研究者分别从主题和人物、艺术风格等方面对《生死场》进行了充分的肯定。但他们往往为突出问题的症结，为证明某一论点而无意中失却了一点分寸，把《生死场》当作萧红创作的最完美的代表，认为以后的作品都不过是脱离生活的故弄玄虚。这一评价就其敢于廓清笼罩在这部作品上的政治迷雾来说，无疑是值得肯定的，而且对当时这一领域尚沉寂的现状也不啻是一次有力的冲击和唤醒。但如果从实事求是原则出发考察，这一评价的确有着明显的不足。这就涉及对其另外两个代表作的评价。

文学批评不是政治批评，不可以以“反帝反封建反旧制”倾向的有无作为衡量和评价的绝对或主要标准。如果说《生死场》以诗一般的感情，散文一样的手法以及清丽练达的笔法，以描绘为死而生的人们被生活激励成为生而死的人的形式和内容享誉文坛，奠定了萧红在中国现代文学史上的绝对地位的话，那么《呼兰河传》该是《生死场》在艺术上的继续，在内容上的扩展，而绝不是倒退。然新时期最初的研究者们却不约而同有着共识，甚至奠定了最初出现的几部现代文学史评价这部作品的基调。请看几种文学史书对《呼兰河传》的评价：

“写在抗日战争时期的《呼兰河传》，在过去生活的回忆里表现了作者对于旧世界的愤怒，但也流露出由于个人生活天地狭小而产生的孤寂的情怀。”

“《呼兰河传》里，个人的寂寞和苦闷成了影响全书的情调。这是和她后来个人的遭遇和不幸有关系的。”

“《呼兰河传》浸染着当时作者的寂寞心情。1942年，作者在蛰居生活中带着这种落寞悲苦的情绪病死于香港。”

《不幸的萧红和萧红的不幸》一文中，评论者用很长的篇幅对《呼兰河传》作了再评价。文中认为《呼兰河传》是萧红阅尽人生之后写的一部童年生活回忆录，是“一篇叙事诗，一幅多彩的风土画，一串凄婉的歌谣”，是“含泪的微笑”，正因为此，它便与“悲壮的斗争的大时代”不相吻合，反映了她在现实的创作源泉已经枯竭之后的无可奈何，以至于我们看不到封建专制的压迫和剥削，看不到日本帝国主义血腥的侵略，只看到芸芸众生的愚昧保守，自得其乐和麻木无求，一切都证明萧红屈服了，这是萧红一生中最后一幕悲剧。

萧红一生的最后的确是孤独寂寞，怀着炎凉世态给她心灵的创伤而死去的，但站在新时代评论的制高点上，我们不难看出最初一些评价的局限和不足。《呼兰河传》是不是主要因此而使整个作品蒙上一层忧思，削弱了其自身的思想性呢？我们认为：一部作品虽可以有多种评价，理论上讲当然只有一个接近于作品的实际价值所在，历史总会给予作品一个正确的评价的。

类似的评价还推广到其他作品上。萧红后期创作的《马伯乐》被认为从内容到风格都是灰沉而琐碎的，失去她原有的新鲜与反抗的朝气，是萧红本人晚期实际生活中摆脱不掉的孤独、烦闷与琐细等情绪的反映。而《小城三月》则尽管在艺术造诣上诗意浓郁、缠绵悱恻，而在思想风格上却几乎丧失了反抗的力量。究其根本在于萧红后来缺少一种动力，缺少一种内在的“冲撞”，只把自己的心沉浸在悲痛中，让眼眶溢满着苦闷的泪光，让丑恶、不幸和痛苦占据大脑，总之，因为生活的不幸而远离生活，是萧红终生的最大的不幸。

我们似乎要为作者严密的逻辑推理折服了，但默想静思，便有怀疑和惊奇了。类似的研究由于一味强调心情对作品的左右作用，故而忽视了另外一个更重要的创作动力：那便是作者所处的时代的感召力。这便成为研究者们后来研究的一个出发点和共鸣点。

在史料的收集整理方面，最初的成绩是毋庸置疑的，包括萧红的生活经历，笔名的由来，作品的年谱、年表及交往的信件等许多的方面，都显示了人们对萧红研究的极大关注和空前的热情。热情往往由冷落生成，正是由于以往的“尽遭白眼冷遇”，才致“萧红热”的掀起，短短几年，仅萧红传记或评传就有好几部。这也反映了新时期最初人们便开始关注长期以来无人问津的东北地区的现代文学，展现了研究者视野的开阔。然而表面的繁华不能证明实际工作的毫无缺憾。王观泉首先发现了隐藏在热闹中的被冷落。任何一种热情的过分均会导致理智的衰退，史料的研究整理中，由于过分地强调甚至误入歧途。许多研究者比较偏重于生平史料的发掘和整理，对于作家思想，尤其是作品的研究则比较弱。从原则上来说，这是本末倒置的。作家的生平是需要考证清楚，因为生活环境、个人遭遇和亲朋间的悲欢离合对于作家的创作是有关系的。且萧红的全部作品中有很大一部分是生活回忆，实录式的创作。但把注意力过分集中于此，而且还有一些考证不太负责任，出现了一些毫无意义的争论，这就未免失之偏颇，近乎旁门左道了。后来的研究者便注意到这一点，而且指出：研究工作可以从此入手，却不可沉迷于此。

当然，由于最初的研究工作还刚刚起步，人们还来不及多方面多角度地研究，因而显得孤立、静止，往往是就某个事件或者某一具体的作品进行论事式的分析，而未把它放在整个历史运动中去综合考察，因此不仅有的结论不够确切，而且从一些互相游离、零散的结论中，也很难对作家有个完整明确的了解和把握。这些弱点当然为后来的研究者避免、克服。总之，这一时期的萧红研究功绩与缺漏都明显存在。

二

面对萧红这样一位颇有争议的作家，必然引起研究者注意并引其深入考察的是：她那为多舛的命运所驱策的十年文学创作究竟追求的是什么？显示了何种倾向？又如何同时代的生活相连？

质疑问难精神、多向开掘、理论气质、历史主义原则、世界眼光、比较方法，构成这一时期萧红研究最醒目的标志。研究开始向深广延伸，逐渐进入多维视野。而研究者也开始由“理性的激情”向“激情的理性”发展，个别的直觉经验升华为普遍的理论突破。

研究者们一开始便注意到了萧红特殊的人生经历。萧红是位富有才气的女作家，加之她从一开始登上文坛便受到文学巨匠鲁迅先生的指导和帮助，坚持着“为人生”的创作目的。故而对人民大众的疾苦十分同情，对中华民族的命运密切关注，这便使她的创作从一开始便有了坚实的思想基础，有了一种厚度和力度。

如果说最初对《生死场》这部萧红代表作的评价透露了萧红前期创作的消息的话，那么，如下的系统考察则使我们获得了比较完整的认识。萧红前期创作曾引起很大反响，“给上海文坛一个不小的新奇和振动”，得到鲁迅、胡风等著名文学评论家的中肯评价，而对这些评价的理解也似乎已成定局，不可更改，难能可贵的便是一些不大有名的研究者敢于冲破先前的格局，另发新论。值得一提的是《谈谈〈生死场〉的主题和人物》一文中对人物的评价颇有新意。研究者认为：历来人们对鲁迅先生“这自然不过是略图，叙事写景胜于人物的描写”的言论的理解是不确切的。鲁迅先生所言并非指《生死场》中没有典型的人物形象，所有的人物形象都只不过是“略图”式的人物，而是指相比较而言，叙事写景胜于人物描写，王婆就是一个典型的人物形象。研究者认为，《生死场》的创作类似散文那样铺张，没有着意编造的情节，没有着意刻画的人物，故事也似乎零零星星，但却始终贯穿着一根主线，引导着故事情节的发展和人物性格的展开。而萧红似乎自始至终在同你谈心，侃侃而谈，却又娓娓动听，一切都那样朴实、自然，仿佛她从来不想感动谁、吸引谁，可我们却在不知不觉中被她吸引和感动了。这便是萧红早期创作风格，也是她一贯的特色。研究者由于比较准确地把握了萧红创作的风格特征，因而对其作品的思想内容也做出了比较恰当的分析与评价。研究者指出，萧红这时正处在生活的激情和苦难当中，充满着相信人民的乐观主义精神，因而满腔愤怒地控诉荼毒生灵的恶魔，满怀激情地歌颂人民的斗争。萧红的早期创作是成功的、可贵的，虽在艺术上有不尽如人意之处，但这是可以克服的。这一评价考虑到客观现实，显得很是宽厚。

随着研究的深入，对萧红中后期的创作也有了较为客观的评价。《呼兰河传》《马伯乐》等许多受到不公正待遇的作品，开始为研究者重新评价。这一时期的研究很少为“左”倾思想的阴影左右，研究出现了许多可喜的突破。研究者们认为萧红后期的生活颠沛流离，情绪也不很稳定，但她对写作有着不可否认的执着。《呼兰河传》描述了一个完整的东北古城的人情风貌，几千年的封建意识和生活方式给予古城诸色人的精神上的影响，带有严重封建色彩的残暴的压迫和被压迫者的屈辱生活。地主的凶残和佃农的屈辱苟活，构成一对尖锐的矛盾，矛盾的双方被捆绑在封建土地关系和手工业生产方式上。这是旧中国农业经济社会的一个缩影，《呼兰河传》确是一部探索人的精神世界的地方志。今日的我们不必由于它没有表现抗日战争，而冷淡了这幅使人忍俊不禁的世态风俗画。在研究者看来，萧红作品表现的悲愤之情，正是她“哀其不幸，怒其不争”的表现。而且《呼兰河传》被认为是萧红个人“回忆式”文体的巅峰之作。

与此同时，研究者还对《马伯乐》《小城三月》等作品进行了广泛的再评价，为其力争在文学史中的地位。这些评价大都从具体的作品出发，以不实之词为批驳对象，具有较强的针对性，从而取得了可喜的进展。如《论萧红的〈马伯乐〉》一文中，研究者指出：人们对《马伯乐》的评价中责难大于公正的认可。《马伯乐》并非有些同志所言是“向下滑着”时期的作品，所谓主题开拓不深，政治教育意义不大，没有产生很大的影响的提法是值得商榷的。一个庸俗的卑琐的无聊的人，在一部艺术作品里，就会变得意味深长而又富有现实性，因为他表现了现实生活的一个方面，通过他的个性，代表了包括同一个概念的整个人类，整个一群人。马伯乐便是这样一个胆怯、自私、庸俗、卑琐的小人物。研究者认为《马伯乐》恰恰是萧红作品中在艺术上别具一格的典型形象。作品则由于运用了以往作品中极少使用的讽刺语言，通过漫画和夸张手法。个性化的人物语言，收到了强烈的艺术效果。《马伯乐》的结构也有特色，没有完整的故事情节，没有严格的时间顺序，镜头只对准主人公的行踪，使结构为人物性格的发展变化服务。这种更加剀切的解释，深化了以往研究者的研究命题，被越来越多的人理解和接受。对只把视角局限在作品中人物的表层分析上，难免看不到人物形象所蕴藏着的深刻的内涵，看不到作品的真面目的研究不啻是一种有力的推进。以后的研究者凭着自己睿智的眼光，深沉的理性，大胆的设疑，冲破一个个陈旧的评价框，拂去了蒙在作品上面沉重的污垢，使《小城三月》《北中国》《给流亡异地的东北同胞书》等萧红的晚期著作都获得了应有的评价。

在这一阶段中，研究者除了对萧红各个阶段的创作进行了纵向考察以外，还对她创作的构成，如除小说之外的散文、诗歌等作品进行了广泛的横向考察。研究者认为，萧红是一位不以诗名，别具诗心的诗人，她的诗，无论是爱情诗、感怀诗还是哀悼诗，都有着自己独特的诗歌风格，具有鲜明的个性：简洁、不雕琢，自然得体，“是从她心中滴出的快乐和忧愁的血”，全是她心底的歌。爱情诗展示了她芳心初动时的不安和兴奋，表现了她对新生活的向往和对爱情的执着，也坦率真实地表露了她在难喝的爱情的苦酒面前的失望和痛苦。而最能代表她思想成就的诗要数《拜墓诗》和《一粒泥土》这两首哀悼诗，抒发了诗人对为祖国解放事业而牺牲的革命烈士的缅怀和崇敬，对自己导师的怀念和留恋。

关于萧红的散文创作的研究比较深入。研究者指出，萧红的散文创作不是步入文坛的试笔，也不是偶一顾及的“闲适”之作。我们不能因其小说成就的巨大而忽略她在散文创作方面的才华与成就。她的散文成就不在小说之下，她用她那忧郁的彩色笔勾勒了乱离社会的风俗画卷，用她那喑哑的歌喉唱出了爱国者的心声，她醉心于对“温暖”与“爱”的憧憬和追求。追踪萧红的创作履迹，我们不能不承认这样一个事实：以创作基础而论，萧红是从散文的阶梯登向小说的高峰的，她对散文这种体裁最熟稔，运用得最自如，而且一直以散文的笔法写小说，形成了独特的“散文美”；

以创作才悟而论，她更该属于散文。因此，研究萧红就不能不重视萧红的散文。研究者认为，萧红的散文起码有三个点突出的艺术个性：一是严格的写实，二是长于叙事写景，三是语言鲜明、恬淡、清新、沉郁、富于柔美。

从上面的分析中可以看出，研究者对萧红散文的研究也不是孤立、单一的，而是和小说创作结合起来进行研究的，指出萧红整体创作的散文化倾向。当然就这一点来说，论述还不够全面系统彻底，后来的研究则比较令人满意了。

研究的深入往往以从人生领域的拓宽和方法的创新上看出征兆来，这也是这一阶段研究的主要成绩之所在。在这一阶段，研究者们开始侧重对作家作品本身作更多的观照，开始进一步研究作品的思想内容、艺术特色、人物形象以及作家的追求、思想个性等内在的东西。这一阶段，研究者们还利用学术界“百家争鸣”的有利的研究环境。积极引进外国萧红研究的成果，使得研究在中西方的交流中有所突破。如美国萧红研究专家葛浩文博士的研究中有许多独特的见解，发他人之未发，使中国的萧红研究者深受启发。如他认为《生死场》从纯文学的观点来看至少要算部分失败，但从另一个角度分析却有着重要的意义：无论书中的文采多么欠完善，政治气氛多么浓厚，读者能从书自最后的三分之一篇幅中看出作者对当时燃眉之急的问题——日本的侵略和战争的逼近已难能可贵。如他认为《商市街》的一直不为人重视也实在是令人费解和不合理的。再如他认为《马伯乐》这部书是非常成功的，读来令人捧腹，书中的幽默与讽刺笔调，刻画出战时中国的形形色色，在当时可以说是非常难得的。

在这一阶段，一些以往不被重视但却有着重要的文化价值的作品如《弃儿》《手》《牛车上》等也开始因为研究者倾心关注而显示了应有的“有机”地位。研究者认为《手》用白描的手法、朴实无华的笔触，为读者描绘了一幅旧中国下层劳动人民在痛苦和不幸中挣扎的缩影。故事不但对所谓高门大户残酷的罪行进行了有力的评述，而且对那些罪行所加之于这个恭顺的农家女子的影响，也作了动人的描述。《牛车上》的成就要小于《手》，但本文中倒叙手法和迂回技巧的运用使文章收效甚好。《家族以外的人》被认为是一篇令人全神贯注、不忍释手的作品。

这一阶段，研究者们开始探索并试着运用新的方法进行研究，比较法和系统论的方法在萧红研究中初露端倪且初见成效。而且由于20世纪80年代以来萧红研究讨论会逐年召开，使得萧红研究成果显著。然而这一阶段的研究工作也存在着明显的不足。第一，研究方法从基础的反映论到比较研究，由题材内容的诠释到艺术特色的分析，虽然层面颇多，但还是就文学论文学，缺少对文学这门综合艺术的全面理解，因而使得作品某些独特的外延无法为人知晓。第二，研究视野还有待进一步拓展。萧红与时代文学、东北文学，与思想潮流，与丁玲、冰心等女作家的联系等，这样一些极其重要的开放性命题，认识还是朦胧不清。第三，见仁见智的微观研究多而全面综合性的理论概括少。即使是宏观研究也有着很大的局限，由于理论高度的不够，影响了研究的价值。总之，还缺少一些研究论文，令我们从萧红的成功经验中获取现代文学发展的某些规律，并从理论上借鉴一些美学指导。

三

历史总是要在曲折中前进的，研究总会在深入中卓见成效。随着多种研究方法，研究理论的不断丰富，随着研究界“整体观”的讨论，萧红研究发生了很大的转机，跃上了一个新的台阶。这一阶段研究成果累累，令人惊喜。

萧红和她的作品虽众说纷纭，评论不一，却始终为人们所系念；一个作家的个性如果不是特别鲜明和深刻，那么，是不可能那么长久地唤起人们的探究欲望的。而作为展示丰富的现实人生的文学绝不是单一孤立的学问，对它的研究也应该是广泛地多角度地进行。更何况是一个较为合适的思路或角度，也不能用以解释一切。随着研究视野的开阔，文学家的萧红进入了文学外的多维视野：单一的文学研究成为纵横的跨学科的研究，因而出现了许多有价值的研究论文，如《论萧红的文化心理和悲剧根源》《萧红小说思乡情结》《萧红作品的民俗特色和二十世纪的乡土文学》《丁玲萧红小说比较论》《从小说看萧红的世界观与人生观》等。

这一阶段对题材和艺术风格、文体特色的研究最为突出和引人注目，也颇有深度。研究者认为，萧红在文学道路上的艰难跋涉和勤勉探索可以用她自己的一句话来总结：一个题材必须跟作者的情感熟习起来，或者跟作者起着一种思恋的情绪。20 世纪 30 年代初跻身文坛的萧红对为一般女性作家所熟悉，所喜爱的题材弃置不顾，而是侧重描绘了宏阔的社会画面，在品尝过男性社会中第二性的滋味之后却不借此传达自己的感受和体验的这种选择，与阶级矛盾日趋激化的大背景和萧红本人所处的“左翼”倾向很浓的文化圈这样的小背景有关，也与她的文学渊源有关。应该看到，萧红这种选择不但表现了她对社会问题的关注，同时也表现了她的勇气和胆量。但是，这种选择实际上变成了一种缺乏充分自主意识的别无选择的选择。这样就不可避免地造成了题材与把握这种题材所需的主体能力之间的紧张矛盾，从而使她自己处在“要我写”与“我能写”这样的两难处境之中。20 世纪 30 年代中期是萧红创作的发展期，这一时期，她的重点表现的题材有两类：一类是东北农村生活题材，以《生死场》这部作品为代表，被葛浩文评为“至少部分失败”。研究者认为，对题材的生疏不可能不造成一系列艺术表现上的失误，萧红在自己熟悉的题材领域中冒险，“浪费”自己的才能的原因至少有二，首先与她亡国妇的地位有关，其次与“左联”当时的提倡有关。而对萧红，属于她自己的那一部分东西，首先正是她对自己生命历程的感受与对故乡生活的刻骨铭心的体验。《商市街》即是她这一时期重点描写的第二类题材的代表作。在这个时期的创作中，萧红试图建立自己的自主意识和独立品格，力图摆脱初期创作中那种“要我写”与“我能写”的两难处境。这一时期她对题材的选择，不再采用全景扫描式的方法，而是开始了重点透视、重点表现。这固然造成了她外部视野的缩小，但是由于她大多熟悉这些题材，所以使题材本身的意蕴得到比较深刻的开掘，从而使作品的内部视野大大开阔了。但是，从某种意义上来说，描写重大题材又导致了概念化，描写小题材又导致思想力的相对贫弱。20 世纪 30 年代后期和 20 世纪 40 年代初期萧红的作品被誉为成熟期的作品，从总体上来说，在题材的选择上基本摆脱了趋时应景倾向。尽管她当时在文坛上受到误解和责备，但她仍初衷不改、我行我素，表现了很强的自主意识和独立品格，而这类题材，正是她所把握的最能反映时代生活本质和时代需要的题材。在这类题材的表现和开掘中，少儿时期关于故乡的情绪记忆，“梦回呼兰河”的家园意识，“改造病态灵魂”的创作思想这三者之间得到了完满的交融和统一。我们从《论萧红的创作道路——从题材说起》这篇论文耳目一新的观点中，不难看出萧红研究的成就和见解的独到、系统和精辟。

对于一个作家独特个性的发掘，必然连带起对其形成原因的探讨，从而更为深入地把握这种个性。关于萧红创作个性的形成，研究者除注意到社会和历史原因之外，还注意到萧红自身心态的原因。这种研究方法就其实质来说是从心理学的角度探讨文学的源流。过去我们总习惯囿于从文学本身研究文学，习惯走单向思维、线性因果的窄路，而在由因溯果的研究中，对一果多因的辩证关系掌握不够，对文学是人学的真理认识不透。唯其如此，采用跨学科的综合研究，才能思前人之未思，识前人之未识。

萧红无疑是中国现代文学史上最有个性、最杰出的女作家之一，研究者认为，萧红小说呈现在我们面前的是一种活泼的共时心态，可称之为心态小说。即透过多种多样的人物素描，总体勾勒出一种社会群体的普遍心态。而她的心态小说不仅描示了群体心态，同时又是她本人个体心态的展现。许多研究者注意到萧红是寂寞孤独的。萧红生活和写作的年代，是个悲壮激愤的大时代，是真理和荒谬，善良与罪恶，光明与黑暗彻底决裂，战斗方酣的大时代。那时候，全中国的土地在悲愤中颤抖，到处是艰苦的挣扎，沉重的喘息。萧红由于感情的一再受伤，由于她批判不了的情感胜过理智，所以产生了一种深沉的寂寞孤独感，这种寂寞苦闷心情，自然也影响了她作品的情调。但这种情调恰恰是萧红的独特之处。

作家作品的独特性又往往首先体现在笔下人物身上。如同丁玲刻画了独特的女性形象系列一样，许多研究者注意到在萧红仅仅十年的文学创作中，她也一直把女性作为自己作品的主人公，寄予同情的热爱。从《冰心、丁玲、萧红与女性文学》一文的论述中知道：从丁玲到萧红，现代女性文学从以知识分子寻找自我世界为主旋律的阶段发展到女性作家的广大劳苦女性的苦难和悲哀而发出呐喊的时期。研究者认为，由于萧红的人生经历比冰心和丁玲更为不幸，加上她一再受到男性的凌辱和欺骗。因而创作中的女性主义色彩更为浓烈，她的寂寞感也比她们更为强烈。统观萧红的全部作品，几乎都是女性，并且是生活在社会底层的寡妇、农妇、乳娘、童养媳等形象。萧红将她的寂寞与痛苦的灵魂，融进她笔下苦难女性的身上，使“萧红式”的女性充满着悲剧美，负着时代和社会最深沉的灾难，在生死场上呼喊，诅咒着人生。萧红正是在寂寞孤独中寻求美，并以此进入新文学园地又引起人们关注的。她是最能在文学作品中反映女性孤寂心情的，她善孕“人生荒凉感”的作品。而萧红往往在死亡的悲哀里寻求生命的价值，这就使她的寂寞孤独有所寄托，使她笔下的苦难女性充满着悲剧美。

不仅如此，萧红不但寂寞孤独，而且还有忧伤与失落感，尤其是对女子性生活境遇的一种满含忧伤的情调，表现在作品中则是一种“无根”的感觉。实际上萧红的心态有两对矛盾：成年的心态与童年的心态交织；现实的心态与回忆时的心态交织。萧红的作品具有童年的诗心，童年的不谐尘世感和童年的语言，但负载的却是一颗历经世事艰辛之后的复杂心态，现实的心态特征则往往通过回忆表现出来。萧红一方面是个感情细腻、纤弱、依赖性极强的女子；另一方面她又受到了“五四”余波的冲击，在观念上，在理性思维的层次上又希望做个自立自强的新女性。这种心态便决定了她笔下人物的心态。

研究者认为，萧红有一颗早醒而忧郁的心灵，她对于生活曾经寄以美好的希望但却屡次“幻灭”了，她对于自己的能力有自信，对于自己的工作有远大的计划，但生活的苦酒却使她颇为悒悒不振。她把永远的遗憾留给了眷念她的人们。作为觉悟的女性，萧红自然也站在时代先进的位置上，这方面造成她作品内涵的超前性和浓重的现实感，当然也派生出作品表达的不够成熟的缺陷。萧红创作更为主要的方面是她充分的个人化。她的大多数作品是自传性的，她没有因为革命化的群体意识的传达而放逐与她的生命体验和生活经历紧密相连的感受，她忠实于自己的这种接近于澄澈透明的“个性化”。萧红由于她某些方面的专注，也由于她某些方面的忽视或无视，她在特殊的容易流于一般而取法公众的年代赢得和保全了自己；萧红似的缺憾处闪光诱人，享誉当时，时至今日，这看似一个悖论，却已为中国现代文学所证实。

近年来的萧红研究注意到萧红作品中“情调”的追求。她通常不是依“时序”而是直接用场景结构小说，最基本的结构原则也即是“传情达调”。研究者认为，萧红对于“过程”漫不经心，而且肯于把气力用在一些富于情致的小片段上，这可算作萧红独特的艺术风格。在这一方面，研究者还注意到，萧红所创造的介于小说和散文诗之间的新型小说样式，突破了传统小说单一的叙事模式，为新文学小说创作的散文化、抒情诗化和绘画化带来了种种新奇的美学景观，在中国现代小说散文化的审美历程中具有独特的地位和意义。秦林芳则从语言和结构的陌生化、怀旧倾向、第一人称的叙事角度、感情评价上的心理视角以及持久而强烈的抒情性上论述了萧红创作的文体特色。单元从鲁迅对萧红创作的影响角度论述了萧红创作的个性特征。

综观以上的分析，我们不难发现，萧红研究一方面越来越细，一方面则形成了更高理论水平上的综合概括。20世纪七八十年代的研究成果，在新的时代精神背景里。得到更严格的推敲。新命题不断提出，新观念悄悄渗入，研究范围急剧扩展，较浅层次的意义论释更多地转入深层的审美价值分析。然而近年来的萧红研究还存在着一些潜在的争论契机。如果我们用“缺憾”这一词来概括的话，则表现在：其一，横向研究还显得单薄，散文、诗歌、戏剧等体裁的作品少有人加以全面地研究。我们认为，系统应包括纵、横两个方面，研究只有包孕所有的作品才能令人信服。其二，对一些命题的研究还停留在较浅的层面上，如对萧红作品审美风格的研究，前后期创作的对照研究仍有突破的可能。最为遗憾的是，至今尚未见有人把萧红放在“五四作家”与“东北作家群”这样特定的历史坐标点上，从整个文学发展的角度对她进行全面的研究。

四

许是由于历史限制，更由于我们自身的局限，我们始终还未能论及萧红的全部，无论是新时期最初还是20世纪90年代的今天。近年来，尽管萧红的名字和创作已为人们所熟知，而且新时期以来的短短十几年里，人们的收获已远远超过了以往好几十年的研究成果；不仅较为全面地考察了她十年的创作历程，探讨了她独特的创作个性，而且还出版了详尽的研究专著和研究资料，使萧红研究趋于系统化、完整化、深刻化。但与冰心、丁玲等作家相比，萧红研究还有明显的差距，更别说与鲁迅、茅盾等文学巨匠的研究相比。从客观上看，历史的贻误使人们的注意力不得不在很长一段时间里为单纯的拨乱反正和零散的史料收集所牵引而徘徊于学术研究的外围，造成了研究起点偏低的局面；主观上，由于不少研究者难以从根深蒂固的旧的思想观念和批评模式中脱离出来。对于萧红这样一位作家，要把握她的创作风格，了解她的创作思想，不能不注意其创作历程的内在统一和前后联系，不能不注意她的文艺思想和审美理想，近年来的研究者已把研究触角向这些领地延伸，但还需深入。

在现代文学史上，萧红本该占有着不容忽视的重要地位。因此，尽管许多年来，许多文学史编写者们不约而同地以两页的篇幅对其进行论述，但随着研究的深入，对萧红其人其作的认识逐渐加深，萧红研究显示出了它应有的历史地位。在杨义主编的现代文学史中，我们会欣喜地看到，萧红一人占了一节的篇幅，这不仅是数量的增加，更是人们观念的更新。当然仅此还往往不够，我们的任务还不仅在于认识到萧红及其创作的重要性，更要通过研究掌握一大批作家甚至时代的命脉，以此为鉴，为我所用，为今人所用。萧红是位从不满足自己成绩的女性，临死前“身先死，不甘，不甘”的言语不能不令所有热爱她的人刻骨铭心，故对其研究也没有理由停止。

捍卫文学的健康与清洁
——“九十年代文学”的批评状况漫议

“九十年代文学”作为文学史的分期术语，是一个包含从20世纪90年代初至今全部文学实践活动在内的文学批评概念。虽然这一概念本身有其权宜性或伸缩性的一面，但我们已经从最近几年这一概念被广泛使用中看到，它不仅进入了“共识”范畴，而且人们对它的“言说多样性”，也在形成一个可资探讨的话题，包括文学批评在内的整个“九十年代文学”研究，也因此呈现出某种“学术化”或“经典化”的可能。

与以往20世纪中国文学其他各个历史时期所大为不同的是，作为已在研究界获得独立自足身份的“九十年代文学”，文学批评在其发展过程和构成样态中扮演了重要角色。它既不是跟在作家屁股后面讨吃的可怜虫，也摆脱了单靠追踪式评论确立自身的“附丽”身份，虽然它不是像“文革”或“十七年文学时期”中个别特殊境况那样，以靠“代言政治”或借“时代晴雨表”功能呼风唤雨，调控时代与民族人生的精神指向。但也呈现出独属于自身的一系列特性——与20世纪80年代相比，它似乎一下子平静了，务实了，实现了所谓从“广场”到“岗位”的自觉转移。或者像某些人所认为的那样，它已皈依“规范”、回归“学术”，老老实实地夯筑着时代文化的大厦之基。甚至有人认为，若从历史和时代的角度看，对“九十年代文学”的批评实绩，再怎样估计都不会过分。学术界有关“九十年代文学批评”的种种人言言殊的观点，都似乎显露出这样的迹象：论者都不由自主地要对这一时期的文学批评状态进行“史性”定位，试图对它的性质、功能、作用和实践过程给予学术史的评价和审美历史意义的价值评说。

我们对这些努力不能不表示敬意——但也正是这些“企图”同时引发了我们的隐忧：“九十年代文学批评”究竟是一个怎样的状态？它在“九十年代文学”的整体构成中饰演了怎样的角色？它应当具有的特殊承担是

什么？我们究竟应当在怎样的价值系统和意义范畴里来把握它的所作所为？

若从这样的“问题意识”进入对“九十年代文学批评”的观察，它的实际存在状况并不乐观。

首先是文学批评责任意识的隐匿。在20世纪90年代的中国社会现实中，政治、经济、文化乃至市场、大众、网络等大小因素，其作用于时代、社会的结构性功能不但与历史相比发生了巨大变化，而且这种变化随时都在发生。生发于这种语境之中的“存在多元论”对文学批评产生了极大影响。从20世纪80年代后期就逐渐“失语”的文学批评，在20世纪90年代初回过神之后迅速朝两个方向突围：一是对西方后现代话语大规模引进，使文学批评找到了可以离开具体文学实践而进行自我建构的操作平台；二是为所有出现的各种类型的文学创作寻找其存在的合法性依据。其实，“九十年代文学批评”在这两个向度的努力，都在某种程度上起着淡化文学批评职能本性、隐匿文学批评责任意识的不良作用。如果说前一种努力毕竟为文学批评的当代发展找到了一种可资借鉴的理论资源，那么后一种文学批评行为，以它的存在泛性逻辑，腐蚀并摧毁着责任意义上的文学价值根基。在“九十年代文学批评”中，“存在多元论”作为支撑其批评信念的“元话语”，多年来不但未受到过有效质疑，甚至正在泛化为“学理常识”迅速普及开来。其实，它在认识论上也不过是“存在决定意识”的一种机械简单的翻版。那种认为生活应当是无限丰富多彩的看法并非无懈可击，由此推论文学的生命就在于创新或任何创新都意味着审美进步的论调，掩盖的恰恰是批评在介入文学活动变化之中的无力感，或者批评主体对主体功能的放弃从而走入审美价值判断的泛化境地。文学批评的价值认同与其说感觉或经验领域，毋宁说是从感觉、经验出发直抵文明之于社会、人生的多重影响。说白了，文学批评的价值关怀，既含有对审美活动的鉴别，并更负有对文学活动及其成果整体的价值测定并决定取舍。如果文学批评也像文学创作那样可以感觉化，这显然是对自身职能的亵渎。文学批评的良知早已规约着它必须对人类的精神健康负责——而且要负责到底。不幸的是我们看到，“九十年代文学批评”在至今为止的十多年间，对于文学创作，要么一路护送、小心翼翼如保姆，要么全程叫好、兴高采烈如乐手。一向正经严肃的文学批评已不再为价值的选择费神，那些钟情于文学的读者也就只好碰到什么读什么——文学无疑成为可怕的“自然保护区”。

其次是文学批评直面当下勇气的匮乏。进入20世纪90年代以来，文学批评鉴于“十七年”或“文革”当中自身所遭遇到的“异变”之苦，有意造成与历史的“断裂”。在相当长的一段时间里，以“创新”和建构“文学批评新范式”相号召，决绝地放弃了历史中文学批评与时代和人民所紧密相连的可贵传统。文学批评正在被从复杂多变、忧苦依然的现实生活中剥离出来，正在走向纯粹的职业化。文学批评的职业化所产生的危险性，既体现为可能滋生的贵族气对主体良知的全面侵蚀以及面对实际生活是非与邪恶的麻木漠然。也可能走向如西方20世纪以来文学批评态势那样——理论创新的目的仅仅是为了把“交换原则”运用于文学批评而已，或者理论创新仅仅是为了支持文化出口贸易。20世纪90年代以来的文学学术界，对“学术规范”已呼吁多年，从目前看这一呼吁正在得到越来越多学人的认可与追骛。我们更是从多方面看到“学术规范”意识正在以一种新的面目、一种不易为人察觉的蔓延方式走向“权力化”：各种各样规范学术的体制被建立了起来，规范策略体现为职称晋升、成果评奖、项目争取乃至人才培养模式等等方面的有意引导或强调，从而使“学术规范”与每个学术人的生存联结为一体。服从这些已被“权力化”和只能由少数人操纵的“学术规范”，几乎成了学人们的唯一选择。为了获取“学术规范”所颁发的长效身份证明，大量的为学术而学术、为实利而学术、为承传某种规范而学术、为生存而学术乃至“操作的学术”等等“非学术规范”层出不穷，唯独缺了为民族和百姓未来深深思虑的真诚有力的学术。在“学术规范化”的倡导下，学术被明目张胆地允许离开生活、社会、现实、人生。学术规范的纯粹要求内在地排斥着主体有意或无意介入“公共领域”、言说大众需求的可能性。学人们其“学问”的大小，关联的只是研究对象的“历史感”，关联着与世隔绝的纯粹感，关联着学人与大众的差异。文学批评也自然会跟着规范——不敢指责，更遑论谴责！我们既不敢说文学无用，也对文学有多大用处说不出多少理由。“规范化”的文学批评是不免要加封“贵族”尊号的。高高在上、自说自话、你捧我逗或间接来点“小丑卖乖”和“泼妇骂街”之类的节目，热闹的背后是文坛正气的消亡。20世纪90年代以来文学批评发展中所崛起的各色流派——学院派、圈子派、骂派、媒体派等，恐怕很难找到还有文学批评的骨头。在我看来，以时下文学活动实践为对象的文学批评，永远应当是“耳听八方、眼观六路”，任何只仅仅注目于文学自身而又只是面向文学自身的文学批评，都只能是从自我矮化开始走向自毙。我们既要求有“与群众打成一片”的创作，也要求有“与群众打成一片”的批评。我们不应该在引入西方现代与后现代批评话语时，遗忘掉那种从法兰克福学派直到詹姆逊一脉相连的批判精神。如果说文学批评对文学教育有其灵魂，这灵魂就是人民大众所要求的凛然正气。

再次，文学批评对文学教育体系的疏离。文学教育是文明教育的一个重要方面。在任何一个时代的文明教育体系中，文学教育的独特性都是不能替代的。文学教育的实现途径常常表现为两个方面：一是借助于学校等国民教育体制，通过教材编撰、科目设置、考试选拔等环节，使文学成为受教育者素质要求从而加以实现。二是自由阅读。即文学以自身独特性介入社会公共领域的知识谱系，通过读者的自由选择和阅读，完成它的价值外化与意义传播。文学教育实现的两条途径都离不开文学批评的选择引导功能——前者的“经典性”应是文学批评长期汰选的结果，而后者则应当是文学批评指导下的即时性接受。20 世纪 90 年代以来的文学批评，在把“圈子批评”合法化的前提下，逐步放弃了它在文学教育体系中的监控功能。大学里中国当代文学的教育几乎不涉及文学的当下内容和状态，中小学教材中的当代文学部分也只是点缀——除圈子之外，当代人对当下文学发展状况的陌生，已经到了令人瞠目结舌的程度。20 世纪 90 年代中期以来，文学批评实践话语日益被商业风气所操纵——“红包批评”、“友情批评”甚至“批评买卖”等恶习也时有耳闻。介入文学批评的大众媒体，围绕利润原则，不遗余力地把文学欣赏扭变为一个个“时尚”阅读，文学阅读已出现了巨大的价值空洞。一如南帆所戏谑的那样：文学批评乘机“休闲”、“享清福”去了。文学批评界率先提出 20 世纪 90 年代文学边缘化的判断——这也确属事实。但可忧虑的是“文学边缘化”也正在成为文学批评悬置自我使命的由头。文学教育意念走向淡化、文学教育之于我们现在时代文明教育的独特优势亦遭重重遮蔽。文学难道真的成了晴天里空中的流云？

我们也确实知道包括文学批评在内的 20 世纪 90 年代文学，在其发展过程所已经遭遇到或还将面对诸多困难。但是我们也看到，文学教育还是在继续，而且渴望着更新与深入。在这样时代里，20 世纪文学的经典化也迫在眉睫，当代文学尤其是当下文学如何介入其中，是文学批评应当郑重对待的问题。我们自然不能回到像 20 世纪五六十年代那样把文学批评异化为纯粹的意识形态，但它是有责任的——它应当严正地面对、庄重地剖析与选择。文学批评应当以自身十足的诚信姿态，介入文学教育过程，留住价值与崇高，为社会的进步努力。

“城市化”思潮中文学的无奈与可能

“城市化”在地理与精神两方面的全力扩张，导致了众多原有神圣既存的空前压抑——这是我们中国自20世纪90年代以来所遭遇到的令人惊异的严酷现实。文学在此语境中的被迫“转型”无疑具有悲壮的意味。“城市化”趋势在历史逻辑范畴里所获得的必然性身份以及其在民众的日常生活进程里所赢得的认同与赞许，已经使“城市化”生成为一种新的意识形态，并且以思潮化的方式得以大规模的传播。这是一种巨大的力量。生活的变化——甚至是巨大的变化，都已经是人们逐渐习以为常的状态。值得我们注意的是，“思潮化”语境对于主体的制约不仅是强制性的，也是主体所习焉不察的。城市化的步伐极其迅速地改变着我们还来不及熟悉的文化景观，视域景色的玄迷状态早已超出了人们基于过去经验而对于城市的想象。被驱赶着进入城市化路途上的人们，所能从容思考的对象已经不可能是身边不断变幻着的客体，而只能是个体的人的自己——即人的对世界的感觉方式，并且可能更多的是对人的自身认知能力的怀疑。我们遭遇到了可能完全被“客体化”的境遇。

诚然，这一状况在西方发达国家所走过的20世纪后半叶已经上演过了。在他们的众多哲学家——试图重新定义“现实”的努力中已经注意到了这样的事实：人们对于现实的感知只能是“语言”这一层面。人们对于对象体认的丰富性及其价值，不可能再有被所谓“真实”的生活验证的机会，而只是说明了现实的虚幻性及其所带来的多样阐释的可能性。后现代生活里在文化建构过程中所生成的那些日渐原则化的基本准则——比如强调多元、青睐差异、推重对话、依托互融等等，都在以一种无处不在的强大渗透性改变着人们的思维方式和经验世界。世界将呈现出这样的景观：任何可能出现的因素都可能也同时被合法地容许拥有介入生活的机会与权力。在这样的情形下，文学所面临的困境具有多重性。以市场化借口进入公共领域的文学，失去了许许多多能够提前只身进入时代前台的特许通道，所有的照顾与保护统统取消，只能脱掉那些过去的种种高贵且华丽的衣饰，一身素服跻身于众数之群里，重新接受面试与挑选。被已经否定的文学的意识形态功能，在如今文学所置身的公共领域中，却反倒成了文学所要苦苦寻回的自信来源之一，这是因为文学介入生活的方式亦需要权力的支持。文学事件不再具有广泛的社会效应，并且将日益地被领域化和专业化。文学在走进谋生式境遇中，势必只能成为一种并不重要的知识生产方式与文化信息传播工具。

凡此种种，都集中而鲜明地昭示出“城市化”思潮中文学的无奈。

但被放逐于平庸化的城市化思潮中的文学，与此同时也赢取着过去所不可能出现的重塑自身的多种可能性。

生活的城市化思潮对于作家来讲，应当被视为是一种新的诱惑，即有着多重限制的诱惑，这是一种似乎是通向自由的微笑。我们在20世纪90年代以来的文学与现实的某种新型关系中已经看得出来，无论是主流意识形态，还是生活的其他方面，对文学的限制是日益地趋向减缩状态。从表面上看，写什么、怎么写似乎已经不需要作家再考虑了，但“自由”的代价是市场需求的卖点，这势必影响作家对生活的感受方式与对生活价值的确认。其实我们知道，市场的需求并不完全是人类的无节制欲望状态的产物，文学作为一种进入社会公共领域的并直接影响人类精神的产品，依然有着各种各样的来自历史的或现实的不同利益主体在平衡自我前提下对文学的制约与约束。纯粹且甘愿走向只为利益不顾良知的作家是不会有的，崇高与落后从来都是作家们不能放弃的最高利益，作家们在各种利诱甚至是胁迫面前，所拥有的不只是困惑，更是一场铸炼自我、提升自我的战争。自由的文学借此机遇完全可能在新的公共领域里重建自身的权威，重新获得有效介入社会生活的方式与信仰。如果说，在20世纪50～70年代中国文学面对的农村化语境中，文学不得不以“乡村价值信仰”来改造自身的话，那么，今天的文学却也不得不在日益强劲的“城市化”思潮激荡里重塑自身。城市，不仅是文学视域里的一个需要正视的新的对象，而更重要的是它可以激起文学主体新的想象，并同时获得展示新的想象的方式。文学主体所面临的所要攀爬的高度，不再是主客体之间的对应能力或寻找历史真实的真诚，而是“再造现实”的能力，是对人们被现代生活的无奈所日益非我化的、空洞化的想象功能的补充及其超越。在平庸而边缘的位置上，文学的创造者也许会远离文化英雄或牧师的神秘，而这正是文学进入人类日常必需范畴的有利前提。我以为，这是作家们乐意为之的审美冒险——文学因此可能成为人们生活离不开的必需品。

城市是一个特殊的公共领域，随着社会城市化步伐的加快，城乡之间在过去长期存在的二元对立的状况将得到根本性的改变。就目前而言，城市文化的强势状态已经被充分地显示出来了，并且必将得到进一步的强化。以强势面目出现的城市文化置于目下现实的意义的重要性在于，它显然不是一种可能自我封闭并在自我封闭中自生自灭的存在，它的扩张是必然的，它对乡村社区的覆盖也是必然的。也许从“后现代”角度看这种覆盖不免带来差异消遁、“总体性”代替“多元性”的不足甚至其他的灾难性后果。但城市化所带来的繁荣毕竟是另一维度的发展和可以看得见的有关幸福的承诺——并且正是我们现在的广大区域所需要的。构成城市文化的各种因素——知识精英的文化、主流意识形态文化、被历史堆积而成的市井文化、华侨文化、由打工者带进来的乡村文化，以及以青年文化、传媒文化等为代表的各种各样的亚文化，都以自己的顽韧与特性参与到城市文化的建构中来，甚至我们可以这样说，走向现代的城市文化是活力无限的，这必将带来民族文化的大融合与一种新型文化的建构运动，文学于此时此刻能干什么呢？可以肯定的是，文学绝不是无作为的，文学那种可以游走于各个文化之间的独特性，那种在文化整合过程中无以替代的黏合剂作用，那种通过自己独有的审美呈现方式把各种文化因素熔铸为一的功能，还有那些别的学科所可能漠视的诸如大度、宽容、选择的审慎与忧患式反思、批判等等，既是文学所独有的，又是文化整规过程所必不可少的。从这个意义上说，城市化思潮不但没有也不可能拒绝文学，并且在更为广泛的时空里，为文学提供了更新、更多的机遇。

城市化思潮带给文学的困惑，我认为是一个有趣的话题。也许我们现在可以依据以上种种有利的分析推断说这一困惑是暂时的——不过，这种乐观可能是过于兴奋的想象的结果，这是因为，城市化思潮不仅是一种我们未曾经历过的人文状态，而且它的来临也是各种因素合力作用的结果；城市化思潮中可能产生的冲突、动荡及其新的精神困惑、心灵的失衡等等，都显然是不能无视、不能轻轻放过的。文学的每一次正视，都需要胆量；文学的每一次介入，都离不开智慧。那种顽韧地固守于传统现实主义成规的作家们，会因为主体自身的局限，从而在主体与客体的变与不变的错位、对峙中被闲置而失声；如果作家们想在一味地讨好平庸里企图获取实在的物质利益，那必然地会因为自己日益远离尊严与崇高，而被日益走向理性化的城市文明所抛弃。为此，我们可以这样认为，文学在城市化思潮中的冒险，不仅是必然的，也是其获取意义与价值的不能绕开的必经之途。

今日的作家将被谁所创造

——试论当代批评与创作的新型关系

“二十世纪是批评的时代！”——这一在某种意义上使用未来意识把握文学的宏观口号，引导着我们看到：自从文学进入近代大门之后，批评与创作的关系就已开始了其隐动其中的变易，这一变易并由渐化过程中的模糊状态，实现了其在文学发展的现代时空中的完全错位。以往只有附丽于创作实体方才得以产生自身价值及价值体系的文学批评，整体存在的机能不再只是对创作实践和创作成果的单线性的回应和反馈，它在把握对象时所产生的对对象存在的超越，不但扬起了自我创造的旗帜和树起了自我开始独立发展的里程碑，而且，这一超越过程从一开始产生就具有了独特的外化功能——即对创作及创作主体的强有力影响。如果我们在探讨这两个文学的基本存在相互关系时的思考，是立足于它们总体面目的现在时态，而不是用直接回溯过去的老路子提出创作与批评到底谁先产生的问题的话，那么，开头的口号就可以在我们可靠的经验世界里深切感到——批评在现有艺术范畴、观有艺术格局中的独立性已成为铁的事实。一种新型关系的存在，已经向今日仍在受到崇奉的传统艺术哲学提出了挑战，并且已经开始以这一新型关系的结构功能，日益强烈地左右着艺术哲学理论体系建构的现代模式。

我们并不想否认创作之于批评在传统源流解释上的一元性属性和母体性质，不仅仅是因为这种承认与上述论题毫无相悖之处，而在于保留这种承认会使我们时时清醒：在艺术的审美范畴之内，它们二者存在着延续至今、也许还将延续下去的血缘关系。同时还提醒我们，对它们两者中任何一方的研究，不能不把对方的存在形态作为重要参照，不能淡漠对方的存在而任意强调一方的重要性——且不论这一重要性将会得到什么样或怎样多的历史佐证和现实说明。尤其是在今天，它们二者互为依存、相互包孕、共荣共枯的性质，用不着多加说明就已经十分地清楚。接下来我们还需要承认，文学是对现实的模仿这一古典命题，也或多或少地影响到文学批评的生成历史，并且它对于批评也和之于创作的情形一样，可以成为我们对以往文学批评存在加以理论说明的先验框架。如果说，“模仿说”的确道出了人类艺术在童年期里和现实关系的某些本质，那么，我们也可以说，批评是现实模仿的模仿。稍稍有所差别的只是，创作所模仿的对象只有完全以实体形象存在从而使主体感知的现实；而批评不仅具有这同样的模仿对象，并且还有创作存在——与现实毕竟不同的——艺术对象。基于此，我们甚至可以说，创作对现实的模仿性质，决定了它在反映现实时隐藏在其中的还愿意欲、归宿和功能，即，“美在精神中的第二次诞生”（黑格尔语），也就是说，模仿本身已具有了高于现实存在的“象征”“意蕴”；批评在对现实和艺术的双重把握中，立足点是艺术与现在的关系，所要挑剔的是模仿在这一关系中的各种形态。因而，同样具有还原就本的意味，但后者比前者更理智，更富于鉴别和判断。也许正在这一点上，批评从产生的原初起就孕育了它可能在日后某个时刻完全独立于创作的生命基因。当批评在传统艺术哲学那里仅仅被看作只是为创作“做嫁”的手段，也就是说当真正的文学批评体系还未产生的时候，批评的上述模仿必然要经历一个漫长的过程，同时这一过程在批评发展到今天的现代独立模式之前的必要性，是其对创作先天附庸性造成的——这就是我们以往的文学史以创作为主、以批评为辅而对文学现象进行描述的历史原因和本体原因。但是，当创作不再以自然存在为蓝本而决定取舍，不再把现存实体当作艺术再现的最高神圣，把理想作为主体意识觉醒的标志嵌入艺术创作活动之后，那么，自然，包括第二自然，就不是艺术驰骋的某种限制了，艺术还要模仿瞬息万变的心灵——在心灵世界里，所有自然便成为一种区别于古代崇拜而可以任意配合的对象。为此，人和理想受到重视，体现着主体意志的各种各样对现实和历史的把握方式便随之产生：神话、史诗、古典主义、浪漫主义、现实主义、自然主义、现代主义等等。批评家对这一流动不息的历史转换，不能不感到困惑、窘迫、棘手和沮丧。原来借以判断和鉴别的“体源”消失了，艺术“表现”——与模仿完全不同——的中心和着力点是自我，即自我观照下的和现实大有不同的艺术的现实。困惑迫使批评开始反思，其结果必然是，面对创作，批评发现了自身的先天性痼疾——对创作的附庸性，唯一缺少的只是基于自我的历史、结构与功能的创造。“认识你自己!”“世界上最重要的事情就是认识你自己!”——这些自古希腊以采就成为“哲学悬念”的有名格言，在历史的演化中已经超越了它仅仅作为“人”学的范畴，而成为每一种现实存在的恒性警醒：“认识你自己!”——这也是批评不无焦灼、痛苦的自我呼唤。呼唤自我、寻觅自我、发现自我、界定自我、认识自我，从而达到创造自我，这是批评进入哲学思辨领域的历史性转变。它不再把创作的母体性质当作唯一，对自我在“二度模仿”中拥有的价值产生了越来越多的怀疑和不信任。反转过来把自身产生发展的历史看作基础、挣扎着摆脱一切束缚、努力回归到自身的土壤上再生。严整的体系结构和动态的理论涵盖功能实现对创作的大胆超越，并在这一对客体的超越中也完成对自身传说“质”的规定性的彻底突破。为此，我们在历史上看到，批评开始有意无意地疏远创作本体向其他人文学科靠近——中世纪，它找到了宗教的靠山，顺从宗教残酷的意志，以上帝的名义把文学打入奴仆、婢女行列。批评成为打手，在人类这一漫长的悲剧时代里，不仅牺牲了创作、也搭进了自己；文艺复兴时期，它又亲昵于人文主义的社会思想，和其他学科一样，在古希腊人与自然的理想王国中找回了自己。凭借“本源”，由“宗教的先验”挪到了“人的社会实践与存在”，以此来确定对所有作品产生和取舍的时代标准，在促进文学繁荣的同时，也把“主体”灵动性塞进了封闭“理性”的框子中。进入 17 世纪，理性萌芽被时代政治大大强化且成为批评的价值标准，又为文学制定了诸如三一律之类的形式桎梏，在蔑视理性的浪漫主义时代，批评又不得不尾随着创作把自然和心灵这一对相对自由的对象存在树为艺术的时代标志，反理性主义成为它时髦的身价；19 世纪，它不得不和社会历史学联姻，把一切创作纳入社会批判的视野之内评其优劣……只有到今天，经过了将近一个世纪的选择，批评方真正跳出了不得不依附于其他时代某种人文学科的非独立境地，把人文学科的全部作为建立自己系统的营养范畴，它自身因为有了多种多样的系统从而可以对千变万化的创作进行独特说明。在这里，批评自身的多元化和多功能性，就使自己不再满足于对创作的模仿，而是在创造。批评为创作而创造的时代结束了，批评与创作相互创造的新时代，构成了文学史发展的一个新的里程碑!

在这一新世纪初期，我们就不得不提出：

今日的作家将被谁所创造?

也许有人马上会说：生活——如果我们肯承认生活和艺术确有不同的话，那么，当作家一旦亢奋于创造心境之中，他难道仅仅受制于生活的逻辑而没有艺术的逻辑？

也许有人会这样回答：时代——不能因为作家是时代中人，就说明时代会创造他。时代在一个成为作家的人那里，是整合的对象而不会成为他的束缚。他是审美创造者，如果时代不是一个审美完型，那么，它就不可能对审美创造者进行力不能及的创造。

那么，谁将是今日作家的责任创造者呢？是批评，只能是文学批评。起码可以说，它和生活一起成为玉成作家的“二元”——“生活是创作的唯一源泉”——“一元论”被打破了！它在今日，已不再是仅仅研究作品，更重要的是要解释什么样的人方是作家——审美创造者，它要描绘审美创造者的历史全程——已经怎样、如今怎样、还将怎样；预示审美征程上的危险与坦途、黑暗与光明、伟大与渺小、崇高与低劣、死亡与新生及价值永恒与昙花一现。

对已有事实存在的科学描述和对未来未知事物的科学预测，无疑是每一门类科学独成体系的两大标志——批评学正在这里宣告了自己的光荣诞生！

这绝非耸人听闻。只要我们做一点横向考察也就不难明确。

首先，当我们把批评的考察范畴扩展到整个20世纪的世界之内，那样，我们就会发现在我们本国文学发展史上和区域之内所领略不到的东西——即，什么才是真正的文学爆炸。自19世纪以来，两次世界大战给整个人类造成的浩劫；它本身的罪恶意义在相当程度上，已在今天人们心目中不由自主地淡化了，取而代之的是对现今人类存在的思索和未来预测的忧患。人类心灵在这一忧患中，变得比以往任何时候都更加沉重，更加敏感。人类的精神不仅一旦面对历史的血污时感到时时痉挛，而且在现实生活近乎紊乱节奏的实在影响下无法确定自我的位置，精神难以找到一个可靠的、得以宁馨喘息的无风港湾，价值体系的建立也就是它末日的庆典。精神运动失去了它的理智中心，“当这样一种能够指挥所有个别的努力的中心力量不再存在时，这个问题的真正危机出现了。在知识和研究的所有的不同分支中，人的问题的至高无上的重要性仍然能够感觉得到。但是一个可为人求助的公认的权威不再存在了。神学家、科学家、政治家、社会学家、生物学家、心理学家、人种学家、经济学家都从自己的角度来探讨这个问题。”① 在这样的外在情势下，需要寻找一种和自己形式相契合的节奏的文学，不自觉地滋生着无所适从的内在意识。它最后不得不进入心灵，靠心灵对万千世界感应的功能来实现自我，获得自己无法完全离开现实的审美观照。这样一来，文学的“人”学性质，就在并非由理性牵导的自由状态中被大大强化。文学借助于人类的极其复杂的精神构成——至今无法说明其构成奥秘——依照主体的直观感受来记录历史，因而也就形成了文学对于现实关系的尽可能多样的观照与评判，形成了心灵有多么复杂、文学就有多么复杂的超繁荣态势，以至于最后形成连文学得以成型的基本材料——语言都被怀疑的地步（如在后结构主义那里）。于是乎，当人们从批判现实主义那里发现了文学的做作、无力、虚弱狭小和不真实之后，便开始了对文学的恒性因素进行集中探讨和突破。例如，象征主义、超现实主义，未来主义、新小说派、黑色幽默、荒诞派、魔幻现实主义、存在主义文学等等都相继出现。这种种文学思索，也许在某种意义上是对文学凝固历史的反拨，但更为重要的是它们首先是从批评——欣赏角度发现了过去文学存在的欺骗性才得以产生的。在古典美学的反映现实理论牵导下，过去的任何一种探索都似乎没有突破文学对现实的依附局面：不论正面也好，反面也好，象征也好，纪实也好。而现实的文学则是二度创造的结果：现实被心灵所创造，而心灵——创造了现实的心灵又被艺术（包括批评）所创造。因而，文学便具有了这样的魔力——把心灵的无限性与艺术的有限性结合了起来，使自己的触角可以延伸到任何一个地方——已知的或未知的。为此，批评便不可能把任何单一的人类属性当作底色和背景，从而完满地理解作品。同样的，作品内容所追求的与现实的变异性，在客观上促成了当代批评对对象形式的重视。批评不再以为仅是内容的诠释可以打开艺术堂奥的大门，纯形式的恒性因素——语言、节奏、韵律甚至标点被批评分外地宠幸。批评以期在这里，或从这样的角度，去把握隐藏在作品深处的美丑观念、是非标准、生活的运动及生命的气息。有了上

① 《人论》：（法）恩斯特、卡西尔著，上海译文出版社 1985 年 12 月版，第 29 页。

述这一战略性大转移，文学批评就迈出了困惑的自缚状态，找到了自己的领地，并迅速地拓开了地盘，一个又一个批评的独立体系被建立了起来。

在现象学批评那里，客体本身已不具有决定性的认识价值，而被认知主体置于“括弧”之内，专注于客体的行为。它所要揭示的是客体的现象方式，即主体对客体的感受方式。现象学——反对作品背景、作品产生过程、作品现实反馈过程等外在因素的分外看重，而把自己的研究目的置于对独立自足体——“文本”的完全的内在的把握上。因为文本被看作是作者意识的纯粹体现。因而在现象学那里，文本、文体和语义的一切是被当作一个复杂整体的有机部分来把握的。了解并在批评中展现的是“文本”的“深层结构”——即“文本”如何表现了作者意识这一本质，从而完成批评对作品意蕴中的有关作者是如何生活在他那个世界中的方式的重构，完成主体与客体之间现象关系的说明。

而阐释学说在文学批评中的运用，则和上述现象学相反，它的目的是把作品的每一部分都组成一个整体，因为在它看来，作品的意义不是被语言所规范，而是被语言所创造。

我们说，以作品语言为自己研究对象和切入角度的结构主义学派，它们认为语言是一个个包括一组组对称的能指词和所指词的含义明确、界线分明的结构。而后结构主义则与之恰恰相反，它发现语言本身是一张漫无边际、头绪错综的蜘蛛网，各种因素都在那里相互作用、变化。这样一来，不仅作家使用的语言不可能构成一个系统，连作家本人也不能统一。因为语言的材料在一旦进入创作过程后就也在塑造着“我”——它自身。为此，后结构主义认为说明者和被说明者在相互渗透、相互说明、语义模糊，因而也就不存在什么永恒、真实、真理、可信。

此外，还有诸如符号学、语义学、接受美学及原型批评、神话批评等等，形成了远比创作流派更加众多、也远为独特的批评学说。这些学说，我们如果仔细地研究一下它们产生的背景，基础和时代条件等因素，也许会发现它们的共同点，那就是：不是以创作实践和创作结果来触发它自身的内部潜力，而是直接和自然科学及其他人文学科联姻、继而把作品的某些恒性因素割裂出来加以精密地分析与说明，建立起超然于经常发生变化的内容之上的结构，然后再反转回来，对作品进行观照。

诚然，我们并不否认诸多形式主义批评学派因为走得太远而具有了某种反理性、反历史主义的倾向，因为仅从形式本身解释作品而导致对作品认识的虚无和荒谬，因为在确定什么是“文本”的开始，就把内容排除在外使之对象范畴偏颇、狭窄而导致对象把握上的极端。同时还因为这些学说在对主体心灵、精神或意识进行界定时有意忽略了客观历史运动对构成心灵的决定作用，这样，批评的玄学色彩之于心灵，其解释便具有了相当浓郁的神秘主义、把文学研究导入不可知或无法说明的死胡同，从而抹杀了文学作为意识形态的社会功能作用。

但是，他们在形式上进行的探索，的确为文学更能适应现实生活变化而准确地加以描写，提供了更为广阔的审美范畴，解决了许多疑难，诸如，情节不再成为叙事作品非有不可的因素，语言的有序性也不再成为表达心灵内在的唯一节奏形式等等，象征不再是修辞手段，而成为语言的某种存在特性。

另一方面，我们还发现，这些批评学说在一旦具有了和创作比肩的独立性之后，就自觉地把自身的历史当作再生的土壤，并按照自身系统的逻辑运动来确定自身的未来发展。每一种批评学说都会成为未来批评得以产生的母本。如果人们要写这个时期的文学批评史，那么，就必须自始至终地专注于他自身的历史生成和内部转换，批评困惑的突破不再只是外在刺激而促成，多半则是由自身的机制和内发力使然。例如，现象学和阐释学之间，符义学和语义学之间、传播学与接受美学之间、结构主义与后结构主义就是如此。这样一来，批评因为发现了自身，创造了自身，所以能在外在冲击下保持相对独立和稳定，这种独立性又为它吸收其他学科的积极成果建立了一个可靠主体。为此，依附于创作而苟延残喘的批评历史结束了，它开始了一个辉煌的世纪，开始强有力地作用于创作，成为文学发展的第二个客观动力。

在今日批评以独立面貌出现于文学领域的时刻，艺术创作者们比起他们的先辈们也许被更多的困惑所纠缠。这种纠缠有来自于时代的驱迫，也有来自于同仁们的竞争，而更多地是来自于批评——来自于批评对创作的深层的、常常是出于作者意料之外的惊人准确或深刻的把握。批评主体不再为作家创造品的神圣所迷醉，不再以童心般的激动陷入作品的情感圈套之中，而是以冷静、严峻的审视目光透过“表达”的表面结构，挖掘那内在的、对作家的审美制约的力量。他们随时都可以把作品及创作者拉入自我体系的某个系统之中加以评头品足，把得出的结论高傲地向作家出示，仿佛在说：瞧！这就是你的货色，也是我的货色！且不管在这种结论面前作家们是目瞪口呆、惊诧莫名，还是心悦诚服、点头称是，或者不屑一顾、怒发冲冠。这种结论并不企望得到作家的认同，因为在独立的批评那里，作家的认同与否，似乎无碍大局。它所追求的是自我的发现、创造，是自我体系的完成。同时，批评的结论也决不需要作家的皈依。如果作家因为不同意结论而勃然大怒，甚至辩诘，批评者则决不会像过去的先辈那样诚恐诚惶，忙于检点自己、修正说法，而是表现出异乎寻常的自信和坦然——他会亲切地说，你不必激动，因为在我这里，你的东西只配有这样的命运，你我并无成见。此后，对峙的局面也许会持续一些时日，但最终的胜利也许多是批评者。因为，对作品存在的任何刻薄评价，在批评者那里也是不得已而为之，一句话，受批评体系规律的支配使然。为此，批评家就有了强大的后盾，可以支撑自己和作家的诘难对峙到底，一同理直气壮地走进历史、接受选择。上述论述要说明的是，因为作家在很大程度上并不具备这种严谨的理论体系，妄图以某种直感去矫正它，哪怕这一直感一千倍的真实，也无法使批评者随便接受。这就使我们油然想起新时期文学中王蒙的遭遇。当王蒙在文坛出现之后，批评便把“意识流”的桂冠奉送给他。尽管他曾大声呼吁、拒之不受，但这顶桂冠已刻上“王蒙”的名字，似乎是你已经戴过了，不过临时摘下来放在那里。他本人所呼吁的结果的最积极性反应无非是使人们把这种意识流纳入“东方化过程”加以考察罢了。那么，创作者对自己的作品在批评者那里异乎自我的创造，却无法恒久地置若罔闻。要么你据理力争，使作品在批评者那里二度创造时所具有的错误被批评者所认可；要么你则“顺化”，点头称是，接受指教，二者必居其一，沉默是没有力量的。这种说法，并不希望给人造成创作是被放于被动地位上去了。我只想强调地指出，在独立的批评面前，他们可能被推到被动的一面。在聆听批评教导的同时，自我省醒、积累力量、寻找突破，以期以新的优势再回到主动地位上去，换言之，复归到独立的自我。在这里，我们将从今日批评与创作关系变化的历史中看到，批评的独立性在批评者那里得以持久坚守之后，如果长期得不到作品创造者的宝贵经验世界的论证和认同，这种理论就有可能被架空，成为废物。实际上，批评和创作在分离之后，都在渴求一种高层次上的、新型的携手和联合，因为他们有史以来就没有割断过的血缘关系无法使之长久各行其是，互为生存的条件关系使得它们二者不得不时常对那些共荣共枯的历史频频眷顾，并且努力在被创造过程中融进更多的相同因素，寻找更多的、更适合的、更恰切的接近角度，创造一种新型的关系形式。批评这种内在欲望的完全实现则需要两个必要步骤：

第一，作家们不再那样鄙视理论了，表现出对纯粹理论的少有激情，在宽容和理解的前提下，加入了对批评理论的共同探索之中。

这在我国新时期文学的发展中表现得尤为突出。作家们已不再把艺术形象或艺术感情的创造传达作为他们自己对世界的唯一把握方式和观照角度。他们在众多的批评学说面前一开始就表现了豁达大度。例如在1978年、1979年时期内，创作者们以默认的方式，宽容了批评界对所有作品的“伤痕”概括。继而在开放的背景下，现代派思潮的引入和冲击，使作家们再无法面壁静坐、在哄闹中恬淡相处了。人们也许清楚地记得，在1982年、1983年有关现代派的大讨论中，围绕《现代小说技巧初探》一书，叶君健，李陀、冯骥才、刘心武等作家表现了少有的理论热情与胆识，尤其是老作家徐迟的《现代化与现代派》的短文，至今令人莫敢淡忘。作为新时期文学杰出代表的王蒙，在一边推出大量优秀之作的同时，于理论方面也花费了惊人的劳动，以致使人不得不把这些理论文章与其作品放在一起加以重视。他的文章绝不同于“创作随感”之类的小玩意，他无意于把创作活动中的直感，不加修饰地抛向文坛，而是深入于理论范畴之内来融合自我的经验世界，并以思辨的形式予以呈现。随着时代的前进，文坛的这一少有的现象逐步得到了深化，就连在1985年才在文坛露头的阿城，竟然不顾自己理论功底的欠缺，为“寻根”之说贡献了不少的理论笔墨。

当然，这种现象并非完全只在现代才产生的，历史上这类例子很多，比如，歌德、席勒、车尔尼雪夫斯基、萨特、艾特玛托夫……还有我们的曹丕、欧阳修、公安派、竟陵派、前七子、后七子、鲁迅、茅盾、何其芳等等。但是我们在承认这一历史事实的前提下，还想反问：上述这些人，又都在多大程度上构成了自己的独特体系呢？又在多大程度上把理论当作与创作同等重要的创造对象呢？除了上述少数人之外。经过上述历史回顾，我们不是想证明如今的作家们对批评的关注是在有独立体系的前提下发生的，而是旨在说明正由于这样一种文学氛围，可能造就他们远不可预料的理论探索体系。这是一种自觉，一种没有多少功利目的的内在自觉。例如：民主德国文学在近期的发展中就异常鲜明地说明了这一点。作家们争当双重角色，既是创作者，又是批评者。自20世纪60年代中期，尤其是20世纪70年代以来，为数不少的民主德国作家以相当大的热情，从理论和创作两方面对古代神话、传说和历史进行关注。例如，彼得·哈克斯提出，人类早期历史，即神话传说时代，是诗的时代。神话中表现的世界是一个没有劳动分工的整体。因此，今天的文学任务就是赋予现实以诗意，从整体的角度描写人。尤其是老作家安娜·西格斯，从创作实践和理论探讨方面，给幻想、甚至是怪诞的幻想，在现实主义文学和理论中奠定了一席合法地位，开了一代文风。她在《旅途邂逅》中，构筑出一场事实上根本无法实践的不同时代、不同国别的三位作家的奇遇。在一家咖啡馆中，霍夫曼、果戈理和卡夫卡不期而遇。通过三位作家对他们各自代表作品的看法，回应了批评界的不理解，而吐露他们在创作这些作品中的痛苦心情——这痛苦来自于社会。痛苦本身就体现了作家对现实批判的积极意识。这里可以承认，西格斯不是在写作，而是在论辩，以小说形式提出自己的艺术主张，即，现实可能有两种形态，一种是能看得见，摸得着的；一种是幻想的，梦幻的。并且这两种形态的现实可以互相转换。正是由于这一提倡，民主德国在19世纪70年代文坛上出现了一批霍夫曼、果戈理、卡夫卡式的作家，创作的境界呈现出一种异想天开、奇思怪诞的或然性。

第二，有一些作家，可能由于天分或其他原因，不想也不奢望在理论思辨领域创造自我。但是，批评对他们艺术性格或审美情趣的矫正将突出地存在着。他们在默然之中，对所有理论都加以关注，尤其是注意自己的作品在批评那里得到了什么样的再创造，被什么理论在说明着，放入了怎样的功能系统，被赋予了怎样的现实地位和历史意义，从而有倾向地在理论中汲取营养，并把这种批评理性放入自我的艺术经验世界里加以消化和形象化。于此，他们开始了别具一格的理论建树，即开始了可以体现自我某种理论企图的模糊理性来调整创作航向，整合自己的形象系列，把自己的美学主张附在作品整体的构成规模上向世人显示。也许，这一类作家在推出第一个具有上述理论企图的形象时纯属偶然，是在直感作用下的如实表达。但这一偶然和直感一旦进入批评的视野，就不会再是偶然和直感了。对批评者来说，也许是充实其理论体系的灵感和材料，因而必然会得到批评者在理论上的创造性说明。这一说明不仅对批评者的理论体系建构有莫大作用，更为重要的是将成为作家创造自我的强有力信息，使这一具有某种理论企图的偶然、直感，变为自觉追求的内在必然和创作理性，构成系列，形成新的创造亢奋中心，在增强创作阵容的同时也加深着可供理论开发的范畴。此类例子，在我国的新时期文学创作中可随手拎出若干：蒋子龙在1979年推出《乔厂长上任记》之时，正是文坛描写“伤痕”的极盛之日，正是在这里，当时的批评界把它和《机电局长的一天》连在一起，异常明确地指出了“开拓者家族”的创作未来。事实果不其然，除乔光朴之外，车蓬宽，刘思佳，解净，金凤池等一类人物相继在文坛叫响，贾平凹也是这样，《商州初录》人们当初是作为散文读的。但批评已经发现这里可供开发的无限天地。自此之后，就形成了贾平凹新时期以来创作实践的重大转折，“商州系列”使他一跃而为名家饮誉神州。余下如李杭育、李宽定、张平、航鹰等人，他们在创作上的优势，除了题材拥有之外，更多地是来自于批评的发现和强有力的及时创造。作家们从批评中得到的不仅是对作品反馈的外在，其批评对“文本”的时代发现和创造，最宝贵的是因为这里有在系统理论催动下的宏观预测。

到这样的时刻，也许有关思维类别的讨论，就不再具有引人入胜的诱惑力了——思辨与形象、理解力与感受力、哲学洞悉与文学观照，逻辑的力度与直感的能量均被主体综合、融汇、聚合为一种新的人类对存在的感知方式。

今日文学的这种现有情状与发展趋向就必然造就创作与批评的新型关系，必将在新层次上构筑起历史的新纪元，即：

创作与批评的共孕！

封闭性系统的打破与新时期军事文学的勃兴

文学的突破，大约总围绕下列几个方面进行：

一、题材内容的推进——开掘类型题材新的层次；二、改变对题材内容审视、摄取、处理的角度；三、使用动态思维，重新考察它的原因和结果，尤其是预见未来可能性的趋势。换言之，要么踏在已经成为历史的以往生活的肩头，调出新的生活色彩，塑造出属于今天的人物；要么在创作方法和艺术手段上实现变革，用全新的手段导演出历史的新画面，结晶出艺术的新世界。

这三个方面每个侧面的突破，都将迫使文学主体离开中心而向边缘移靠。新的因素，即突破性因素则逐渐驱入中心，突破和突入两面逆向而同时进行。当新的因素雄踞中心之后，就会形成文学在经过一段突破带来的动荡之后而取得高层次上平稳发展的逻辑定势。到了这样的时刻，文学就算完成了更新换代的大踏步跃进，以新的艺术的内容和形式，或更准确地说——材料与结构，展示出一个全新的面目。

我国新时期军事文学经过几年不无痛苦的蝉蜕，今天正呈现出一个令人鼓舞的可喜局面。从20世纪50年代中期肖洛霍夫的《一个人的遭遇》到20世纪60年代末《这里的黎明静悄悄》，以“战壕真实”为主要特征的所谓苏联卫国战争文学的第二次浪潮，迫使苏联的战争文学艺术格局发生了巨大变化。以法捷耶夫、冈察尔、布宾诺夫、波列伏依、爱伦堡等作家为基石的战争文学的“英雄史诗”时代宣告结束，平凡化和全景展示似一匹不羁的快马，突上了这一题材领域的新高地，发现了新的奇景，提供了一批新的人物，以新的现实主义艺术功能和美学内蕴再一次引起人们的强烈共鸣。在所谓“第二次浪潮”中，作家们的视野更侧重于战争的日常生活，通过最平常的思想和行为来展现人物内在的精神美。

我国新时期军事文学也是在这样一种大体相仿的艺术格局中领受它的

突破重托的。

“文革”前的军事文学，在它完成了自己的历史使命之后，已经成为一块路碑，一个台阶。新时期军事文学创作正是突破了它“英雄史诗”或“英雄传奇”般的、带有封闭性的艺术格局，跃过整个文坛的“伤痕”阶段，完成了军事文学创作在新的时空条件下的突然勃兴。人们只要稍加回顾一下就明白了，从1980年到今天的发展状况，军事文学创作已摆脱了在1978年、1979两年间的寂寞、冷落、羞怯，牵动了各个层次人们的视听，胜利地实现了它的艰难但却辉煌的突破。

军人生涯有严酷的生活节奏——服从是天职，献身是义务，呈现出一种单一的、外在的生活韵律感。在人类斗争中，在人类与自然的斗争中，他们付出的将是汗水、青春、鲜血和生命，因而构成了军人生涯和军旅生活的极端严峻性：战争、硝烟、枪林弹雨、刀光剑影，躯体与躯体的格斗、钢铁与钢铁的撞击；在痛悼的泪水中凯旋、在高扬的狂呼中覆灭。勇士的意志、强者的智慧、弱者的怯懦和怕死鬼的恐惧，将在战火纷飞的同时，构成军人生活的第二个战场。在这里，各自都献上了自己独具色彩的灵魂与精神……这一切都构成了社会非常时期的战争、军人生涯和军旅生活的特殊节奏和格调——不约而同地成为军事文学所要表现的共同内涵。作家们各自以自己的艺术创作给战争文学——军事文学这幅恢宏画面上增加了一个个鲜明的色斑：如《保卫延安》的宏大结构、《红日》场面的酷烈、《林海雪原》的奇幻……过去战争中许多复杂的色彩和音响，几乎都在作品中留下了，留下了军人生涯极端阶段上的历史印记。

但是，军人生活的全部内容不仅仅是战争，军人的存在价值只能在和平与战争中确定和界定。以战争为主旋律的历史毕竟已经成为过去，历史的“新生界”将展示出军人生涯的新内容。这种新生活的日益延续——在它延续到足以使自己的历史价值成为远景，当过去岁月的自豪价值随着时代的进程拉远了距离的今天，历史的新生界需要文学的新生界相对应。度过了一场动乱和三十年和平岁月的军人，他们的精神状态有何变化，他们在新时期各种因素关系中如何选择和改变着自己的位置，他们又如何在这种“非典型”的军人环境里实现自己的价值，这些对于作家来说，全是新的生活。可以说，文学的时代感要求新时期文学不仅仅是突破，这种突破必须带有多方面创造性的开拓。

在以战争为节奏的历史年月里，活动在单纯化的时代格调中的军人，和社会其他阶层相比，其特殊性显得并不怎样明显，各种因素、关系在一个统一节奏的节制下形成了一个强制性和谐的机体。人们因为熟悉战争、熟悉时代气氛，从而熟悉了军人和军旅生活。但在经过了三十年和平时期的今天情形就大大不同了，并非所有社会阶层的人都能明白下列这样一个事实：和平时期的生活不但没有减弱军人生涯的严峻性，同时以新的内容充实了这种“非典型”环境的严峻性。军人生活和其他社会阶层的生活显然不同，其差异性日益明晰和强化。军人和其他阶层的两种因素被从社会整体中分离出来，并在差异性中互相渗透与作用。社会各个阶层生活色彩对军人生涯的影响越来越强势，甚至在某些时刻成为军人生活变动的外在强力和激素。在长时间的相互渗透之中，军人生活相对于整个社会生活的特殊性，都在日益减弱。军人生活的社会化（生活格调与节奏、气氛）在保持独立性前提下日渐明显，这一现象将在军人社会发生联系的各种渠道强有力地表现出来。如果我们单独考察军旅生活这样一个封闭性系统，以人、人的活动为主体内容，以其在矛盾对立统一中的情势状态，和一般社会其他阶层的人、人的活动相比，实际上鲜有不同。但，我们如果能够直接穿过这种外在表象的“特殊”，去捕捉那些“绿”色之下，和人类社会主体性节奏完全一致或基本一致的灵魂的律动，模糊军人生涯和整个社会相对的界限，向社会生活靠近，使作品题材、主题意蕴和美学意蕴日益靠近社会共性要求，这便是军事文学在新时期的首要突破。

例如《天山深处的“大兵”》，显然是将主人公置于社会与军事生活交叉的疾风暴雨中展示其活动的。郑志桐是知青运动的亲历者，在那充满痛苦和惆怅的岁月里痛苦过，发过狂、沉思过。尽管作品只简略描写了他在入伍前的极富有抽象性的理性思考，但还是可以看到他是一个从精神危机爬过来的人，精神和灵魂中带有不信任危机造成的感情断裂。这种在危机中诞生的深层感情和理性认识，一旦进入严峻的军人生活，立即就显示出它的崇高和深沉。正义感情的爆发找到了契机：奋斗的欲望、需要无保留奉献的职业，使一个从危机过来的灵魂，得到了完全自我意识化的锻炼。在性格形成过程中，历史（知青生活）和现实（未婚妻）的冲突，构成郑志桐天山深处的对立，成为他的灵魂彷徨、犹豫、痛苦格斗的两个象征性背景。郑志桐面对的不仅是情有可原的未婚妻的世俗，更重要的是社会上弥漫的一种看破红尘的颓废、幻灭情绪，它集中于未婚妻这一渠道显示出来。人们看到，在和平环境下的战士，崇高不仅来自于有价值的流血，更能昭示这种品格的，是和世俗的长期较量，崇高多半是在精神的流血与牺牲中获得的。这是一个在和社会密切联系的色调压抑舞台上挣扎的军人的灵魂。

在这里我们看到，艺术创造者们为了展示军人生活与社会生活的相通性，把人物活动的背景与具体环境作了大幅度调整，冲开狭窄军营，把军营和社会联在一起组成一个多色调的背景，在各种光线里全面展示军人灵魂的各个侧面。

和军旅生活特殊性相关联的还有军人生涯的神秘感。也可以说，正是由于它的特殊，才在社会其他阶层产生神秘，也正因为这层神秘，在社会其他阶层人眼里的军人生涯，更多地强化了其特殊性。军人可以说是生活在一个相对封闭的生活状态之中，在诸多限制下的对外联系，使得军人生活的全部内容并不可能为外人所感受。看着那些从军营中走出来的人们，也许不免会想到：他们每天的生活究竟怎样？他们在规整性的生活节奏下怎样寄托相对自由的理想和信仰？他们有哪些痛苦和欢乐？实际上，人们对军人生涯所持有的探询和好奇，是神秘感造成的。这种探询和好奇在得不到正确解释之前，必将产生若干的误会。需要了解、渴望了解、必须了解，给这种渴望以形象的回答，应当说是新时期军事文学创作付出努力的一个重要方面。那么，新时期军事文学的开拓者们又是怎样全力排除军队生活这种神秘感的呢？

袒露军人心理世界的风雨阴晴，捕捉他们心潮波澜起伏的节奏变化，描写他们那带有重负的痛苦折磨，带有理性节制的欢乐，那真正意义上的离愁别恨，那些不可能得到尽情迸泻的失去亲人的哀伤和憾恨，甚至那和社会其他阶层一样的夫妻生活、家庭生活的种种不幸、苦恼、折磨与打击。正是在这些非正规的军营生活外围，年轻的作家们长驱直入，剥茧抽丝，描绘出过去军事文学中不曾有过的画面，调制出过去不曾有的色彩，导演出过去不曾出现过的别有洞天的生活剧——《射天狼》中主人公袁翰那种理智与感情的搏斗，那离不开工作而又实在不能忍心离开自己久病虚弱的妻子的、处在极度矛盾中的内心痛楚，以及归队以后，对妻儿日夜萦绕在心头的刻骨惦念。在火热的工作中他会忘记这些，一旦稍有空闲，歉疚、惭愧、惆怅、欲哭不能、欲笑不忍，百感纠集心头，使他心灵承受着事业与家庭的双重重负，忍受着公私感情的双倍折磨与啃噬，忍受着需要付出与需要克制的激烈交锋。在袁翰这里，一个军人的激情与一个丈夫、父亲的柔情常常处在一种动感十分强烈的对峙状态之中，甚至常常面临舍此取彼的残酷选择。这种完全融化了军人生活特殊性与神秘感的情感起伏，引起社会普遍人生的强烈共鸣，是完全自然的事情。人们在感情完全沟通的情况下理解了军人，理解了他们的一切，更为重要的是理解了他们的神圣——一种牺牲感情为代价的神圣——在具有社会人生共性的土壤上产生，又被社会普遍人生所反馈。社会其他阶层在此种情势下便完成了对军人生涯特殊性认识的升华。这种特殊性在他们那儿富有人情，但又有着异乎常人的克己精神。特殊性在于军人的牺牲与奉献总是在无私的理性境界中完成。在需要激情与温情的时候，他们尽管不无痛苦，但却又是那样决绝地选择前者；他们总是把天伦之乐，抽出来给予人民和祖国。

由感情上的隔膜，到感情相通之后对军旅生活特殊性、神秘感的理性认识，由此而重新奠定军人在人们心目中的崇高性，是一批青年作家的初衷，他们完成了自己的使命，军人以新的光彩，依然耸立在人民心中的神圣地方。

紧贴在整个社会生活激荡下受到波及的军队生活，也是新时期军事文学在题材领域内富有开拓的重要方面。“文革”的终止，思想战线上的解放运动，尤其是开始于1980年左右的自上而下的经济、体制改革，都给予军事题材文学以具有震撼意义的强烈冲击。一批又一批带着新的观念与思索的社会青年走进军人行列。他们富有个性的开放性的渴求，改变着一直是单色彩的军旅生活。军队单纯的时代已经属于过去。由于人的复杂性构成了军队、军旅生活机体的成分的复杂性，呈现出现代军旅生活纷繁、甚至可以说有点纷乱的生活全景。社会的和军队为改革给上下层所带来的思想、感情上的种种复杂状态，构成全部当代军人生活复杂化的两极，成为在改革的统一时代气氛和节奏下一个令人注目、又极可能引起人们兴趣的社会领域。新的纠葛、矛盾、冲突连锁产生，原有的官兵关系开始发生变化；以往放之四海而皆准的工作方式和方法，显得笨拙，不灵；要求绝对服从的理性和心灵沟通的正常感情需要，二者之间的不融洽成分似乎骤然增大；现代化军事意识与宝贵传统发生了令人惶惑的摩擦；同一层次上的人与人之间、新老之间的“代沟”日益明显……把上述列为新时期军事文学描写的重心，并以此作为界定、衡量新时期军事文学时代感强弱的标准，几乎是部队作家趋于一致的直感认识。如《雪国热闹镇》《啊，索伦河谷的枪声》《最后一个军礼》《引而不发》《两代风流》等作品，因此在整个新时期创作中，特别是在军事文学创作中占有引人注目的突出地位。这里，我们只要看看《两代风流》就够了。

“风流”了一辈子的李辰将军，在有能力继续“风流”的暮年却要无可奈何地失去“风流”！这一切来得这样猝然，几乎是在毫无预兆的情况下发生的。使他感到伤感的不只是年轻的参谋长对自己“风流”历史的不经意，而是自己的对手竟是几十年前在自己师里当战士的程剑——对他构成有力的威胁。这一变化，使得李辰产生过嫉妒、脆弱和敏感。就连程剑的小车在无意之中超过了他的车子的小事，竟使他耿耿于怀，时时想起。但是他又无法自己面对程剑精神上的劣势。从感情躁动到理性的解脱，李辰的灵魂竟在和平时期经历了一次严峻的蝉蜕！和这种事业生涯相联系给他带来不宁的还有家庭、妻女。他拥有的“风流”往昔，竟是在漠视了妻女无私的爱中获得的。他不习惯理解别人，包括自己的妻女，尽管一切都那么不经意。他在从事一种事业的同时，却又无视身旁一个平凡却丰富的灵魂的存在——这是一个怎样的疏忽！诚然，把全部责备加在将军的头上肯定是不公平的。但有一点值得思考：他的英雄生涯，是在牺牲了不该牺牲的东西之后获得的、完成的。正是这种缺乏常人色彩的生涯，使得他对现实的一切变化深感突然、陌生、不解和无法迅速自遣的尴尬。“两代风流”都属于历史，历史总是在不同阶段上选择不同光点呈现“风流”。昨天的无论怎样宝贵，总不能忘记那只是历史。

从上述这些作品中我们还可以清晰地看到，新时期军事文学在题材领域内容处理上的两种基本手法值得注意：

一、作品主人公所处的矛盾冲突的两极，已不再是人与客观，而是人的主体内精神各个侧面的对立、较量。人物立体化描写已成为新时期领骚文坛的部队年轻作家们不自觉的美学追求。

二、全景展示。既有客观，又有主观，生活中所有因对立统一关系而取得存在价值的一切，都在作家的涉笔之内。我们再看《两代风流》，李辰的活动区域不仅仅是高级指挥所，与其在笔墨上平分秋色的另外一隅是家庭私生活。李辰在这两个并不统一的区域里，显示着他的“风流”，也在披露他的颓废、惶惑。伟大和自私竟巧妙地联结一体，构成了活的平凡的“风流将军”！李辰——这样一个集“风流”与窘涩、伟大与平庸、出色将军与失职丈夫、父亲的立体形象。

打破封闭性系统观念，给新时期军事文学带来巨大变化的第一股浪潮是军事文学格调的趋实性。和平环境中的军人生活内容已不再是战火、硝烟、格斗、流血与牺牲，已不再是强节奏。相对于战争岁月，和平的生活可以说是“软性”生活。冲突趋势的内向化，使精神世界显得丰富多彩。这种隐身于每个人内心深处的精神活动，有更多的时候，则是超越集体生活的基本格调之外具有相对的独立性——最富有动感的历史——灵魂瞬息万变的历史！以文学来对这种微妙节奏实行直接感应，是取得表现新时代真实性的先决条件。平凡而又琐碎的日常生活，已不再是可有可无的点缀，而是作家表现作品力度的用劲处。这方面《西线轶事》堪为范例，它比其他描写和平生活的作品更能突出体现作家这一追求。20世纪70年代末的那场战争中，主人公已不再是思想、意识、意志单纯的人，而是带有时代的复杂性。他们多半是带着各种各样的伤痕走上战场的。刘毛妹在过去的生活中曾有过理想炽燃的岁月，但当历史沉淀之后，留给自己的多半是令人颓丧的灰烬。她们寻找过，但似乎收获的全是些失落。战争——使她们经受着灵与肉的双重洗礼，是一次灵魂的再造。作家把战争的单一与内心纠葛的复杂放在一起，在并非传统意义上的悲壮细节进展之中，形成一种布莱希特般现实与历史的“间离效果”——形象的结论却令人鼓舞：投进去一块矿石，捞出来一块纯钢。

给军事文学带来第二次飞跃的是在趋实性基础上的升华——英雄悲剧性与普通人悲剧性的大大强化。以往的军事文学也在牺牲中描写悲，但这种悲往往被所谓的“豪壮”所淡化，实际上缺少真正意义上的悲剧美。而新时期文学则以普通人的眼光审视悲，让毁灭的得以真正的毁灭再现，读者在灵魂的震颤之中捧起一颗颗如牛负重的军人灵魂。悲剧视角点和基本格调的改变，使军旅生活与军人生涯在悲剧高层次的美学意义上获得质感。《最后一个军礼》《三角梅》《高山下的花环》《山中，那十九座坟茔》，如此长久地激动人心，原因就在于此。

在我们大略从题材内容与美学意义上对新时期军事文学创作进行了粗

浅概括之后，不妨再回头看看就会发现，新时期军事文学创作的勃兴，似乎直接省略了“伤痕”阶段，而在整个文坛的思辨思潮中展开攻势，获得突破。突破又引出一个十分有趣的现象——担当突破主攻手的几乎全是新人，和时代一样骚动不安的新人。李存葆、朱苏进、朱春雨、刘兆林、李斌奎、唐栋、王中才、海波、刘亚洲等等，他们在文坛上的出色表演，标志着新时期军事文学创作阵容的奇峰突起。他们也许起初无意要承当什么历史的重负，但辛勤的耕耘，出色的成就，可予厚望的创作优势与潜力，却又必然地要为军事文学创作上明显的更生换代写下最耐人寻味的一页。他们的努力开始于历史的新纪元，而新的历史也因拥有他们而显得年轻、富有，充满活力。

在时代理性中崛起的“军人”

结束了十年浩劫的我国新时期，人们从漫长的宗教迷狂中沉静下来，开始了在痛定思痛感情燃烧中的第一次反思。反思使历史镀出了迷茫，反思使中华民族开始了新的探求，反思使每个人都在掂量自我的真正价值。反思之中，中华民族自古以来就缺少的理性在时代中诞生了，本体观念拥有了自己富有时代感的全新解释。

并不想超然于时代之外的文学，用自己特有的认识形式再现着这一时代特性，表现着在时代理性蒸腾中的主体——人。

任何一种历史运动的伟大与荒谬，都只有内化为人类自身感情变化的风雨阴晴、腾挪跌宕时，才有可能得以审美凝聚和审美升华。十年“文革”的悖谬给人生造成的多重伤痕，在时过境迁之后，必然成为人们感情的吸附力以及人对自身观照的对象或参照系统。所以，新时期文学也并没有违背这一铁的必然性而开始自己的复苏。带有机械性模仿毛病的新时期文学伊始，其价值并不在独立于内容之外的形式完善上，值得注意的是呈现在里面的人的感情被现代宗教意识和行为强奸的全部痛苦。凸现这一痛苦而必然伴随的艺术的浓郁悲剧气氛，使人第一次摆脱了时代政治的过分亲昵而具有了独立的存在意义与价值。它提供给我们一个毋庸置疑的历史事实，在时代理性大规模觉醒之中，文学的独立审美觉醒和人的精神的全面复苏，是新时期文学全面展开的鲜明特征。从这一特征延伸开去，使我们看到，“艺术解放”在特定的历史时代里得到了真正纯洁的、直观的、感情形态的时代认可和人的认可。这是一种弥足珍贵的时代艺术气氛，它不仅为自身的高度繁荣奠定了基础，表明了可能，也为文学观念的时代新阐释提供了观照对象和实践论据——文的自觉和人的觉醒——来自于外部题材领域的信息刺激，有力地作用于尚处在冬眠状态之中的新时期初始的军事文学创作。不论自觉与否，军事文学在大规模突破前开始了对自身往日历史的反思与反省。反省中选择，选择中反省——这似乎构成了新时期军事文学临战前的阵痛，初期特征便在这阵痛中缓缓浮现。

以往的军事文学创作中，人的形象是个什么样子呢？这在几部经典性的作品中已经给了我们充分的说明。不论是非常时期的战争环境也好（如《保卫延安》《红日》《林海雪原》等），还是常态的和平环境也好（如《霓虹灯下的哨兵》《开顶风船的角色》等），人对环境的依赖性是那样强烈而鲜明。作为个体活动的人，其存在价值在离开集体之外的生活领域中无法得到界定。人的运动趋向和时代的进程完全一致——一致到看不出独特个性的程度！人为环境而存在，人的一切活动都在说明环境、体现共性。每个形象的审美内涵、审美价值只有借助于时代政治和一统化思想这一解剖刀才能完整体现。个人作为历史和时代运动体现者的载体性质，表现为艺术描绘的极端化趋势。文学艺术对这一唯物主义的人的原理的机械运用，因有意无意地离开了辩证原则，本体意识因为过分强调群体活动而不自觉地倒退了——由人倒退到一种神秘的理念，便使本体在艺术表现中大大简化了。在这里，时代精神的高度自觉与个人人格的相对模糊，形成了创作实践中的二律背反。为了追求文学的最后意蕴升华与时代格调的高度一致性，作家笔下的军旅生活已不只是作为社会既定现实的特殊形态而存在，而且已成为观念——浸透着并说明着时代制约力量的形象观念。生活在这里依据观念建构成一种模式。封闭性组合中，生活被程式化了，人只有也只能在程式中保存自己、保护自我、确立自我，呈现自我的存在形态与价值形态。这一来自于经验哲学的认识模式，作用于文艺创作，便形成了体现“理念”本体的创作论异化套路与程式，文学陷入了自觉的迷醉。现实生活被纳入程式中重新排列组合，而这一组合且被推崇为最完善的审美组合而得到理论的恒久支持。一切复杂性——尤其是超乎于程式范畴之外的意外复杂，均被剔除。人的一切活动也在程式中简化、定型。所以说，这样的文学作品作为独立整体被观照时，由于封闭性观念决定使它只具有一种明显封闭性的召唤结构，作品对审美接受者来讲具有严格的选择性，实际上等于以自己的审美范畴限定自己的接受对象——必须是生活在作品同一情境中的人，才可能与作品达到最大的共鸣度。一旦这一环境成为历史的遗迹，并且不再是人生形态的常态（战争结束和平开始），那么，艺术作品的审美价值也将会随之冻结在那个时代。由于作家是在无意之中追求一种近于黑格尔的“理念——感情”显现，因而人物性格的生成历史中加进了许多人为的痕迹，许多外在观念化的客观现实没有经过复杂的内化过程而变为心理现实，略去了中间环节，直接表现为人的外在行为。人在集体中的能动个性及可能与现实相悖的心理过程被漠视和淡化。个人与集体形成了前者对后者的价值意识的永远依附性。

在这里，我们明显看到，本体论所要立足的对象是时代，是观念，是理性，而不是人。在强调时代规律与人之能动的关系上，前者始终被置于决定论的宠爱之下。这种本体论认识的偏颇性，或曰人与客观关系处理上的偏颇性，导致了艺术独立性的渐渐丧失，审美视角的摇晃和迷乱，艺术形式结构力量的衰竭及艺术永恒性的历史局限。

十七年军事文学自有其不可否定的长处，但长处也只有在这样的理论框架中说明。

对本体论的认识由人之外回到人自身，这是历史进步的关键，也是文学裂变的前提，新时期军事文学也是在这样的认识中，找到了自己繁荣的土壤。

本体论认识的根本转变，直接导致艺术着眼点不再是活动在特殊领域中的“兵”，而是军队生活的“人”，是军人！完成对具有博大人生历史内涵的军人性格的艺术塑造，标志着新时期军事文学全面突破的真正开端。

新时期军事文学中对人的分外关注，其艺术实践首先表现在打破由于职业不同而造成的对军人带有某种神秘感和轻视感的人为界限，冲破军事生活的封闭性，把其置放于全面的人的社会活动系统中，在军旅生活和社会其他生活的联系中看取军人，在内外的关系坐标上，界定军人与世人所共有的人生形态，表现他们与社会其他阶层人的共同的心理素质、行为动机、生活欲望、人生追求和自我尊严。也许正是在这一点上，徐怀中的《西线轶事》在1980年的优秀作品评选中一举夺魁。请看刘毛妹在其女友眼里的历史与现时的对比：

“小陶觉得，刘毛妹除变得人高马大之外，其余什么也没有变。和他握手，涨红了脸，还像个怯生的女孩子。”

但后来变了，陶坷已发现了由于历史的不正常运动给刘毛妹造成的复杂的心理外现：

“那一对眼睛朦朦胧胧的，失去了原有的明澈光亮。当孩子的时候，衣服总是整整齐齐的，现在倒很不讲军风纪，常常解开两个纽扣，用军帽扇着风。”“无论说起什么事情，他都是那样冷漠，言语间带出一种半真半假的讥讽嘲弄的味道。”……

这些忧郁的时代表情，我们不是在其他题材领域里经常可以看到吗？但是外表的冷漠，并没有泯灭隐动在内心深处的对民族、国家的“危亡之忧”。从似乎“玩世不恭”到带着四十四处伤痕壮烈捐躯，当代军人性格便在这一矛盾的复杂组合中被凸现。“危亡之忧”的深沉责任感，决非来自军旅生活的外在强加，而是主体自我灵魂蝉蜕的积极成果。他有着和人们一样的“浩劫”所给予的创痛，有着和世人一样的失望和幻灭，他也和世人一样对一切怀疑过，同时也和世人一样从怀疑中走出，重建了信念。性格的逻辑为生活的逻辑所规范，所以，这一形象的审美效应已远远超越军旅界，而化为全社会成员的审美效应。

“军人”的博大性，尽管在上述两个不同内容的社会具体存在形式中可以得到某些说明，但绝不能得到全面而深刻的说明。军旅生活的特殊性，必将使活动在其中的人的感情、行为、实践等方面留下印痕，这一生活特有的内在本质也只能消融在人的本质表现之中。在这里，军事文学对时代理性的人化思考，获取了自己独有的特征。即，不仅在各种外在关系中确立人的职业价值，而且把人类在特殊区域里或生活环境中的实践性和精神状态化为一种生命活动，生命活动的艺术表现，把军人在同外界横向的关系中理性地加以分离，并且在本体活动自身的内部关系中使其强化。基于上述认识，艺术创造者们并不浅薄地为了获取军事文学的全社会效应而无视军旅生活的特殊性。他们在把军旅生活与其他社会生活沟通的同时，决不漠视它的独特价值。写人在这一特殊活动领域中非同一般的现实生活、实践活动、生活情状、感情波动，展示他们在这里信念的建构、确立、生成、完善的全部精神过程，重新看取这一活动领域中人的意念、人的活动、人的行为动机和行为表现，人的道德意志及庄严竣烈的责任感、使命感和献身感。军旅界和其他社会领域，有着因各自的生活内部规律支配并形成的区别于其他领域的特殊质点阈限。生活的矛盾、矛盾出现的契机、矛盾组合的方式以及矛盾生成、发展、激化到解决的程式，人的主体在其中活动的方式及其受到的必须正视的限制，都无不带上这个特有生活阈限的印痕、色彩、个别性与特殊性，人类的生命活动在这里呈现出许多令人惊异的表现形态。于此，我们单举《高山下的花环》中赵蒙生的形象加以说明。

是的，梁三喜及其一家多蹇的命运和靳开来的人生不幸有着更多的社会生活共性，但是，我们在为上述人物洒下热泪的同时，不应该淡忘赵蒙生的存在。其实，只要我们正视《高山下的花环》所赖以存在的社会关系全部，那么，赵蒙生身上所包蕴的社会时代和历史的内容就更为令人深思。

“文革”的社会毒化，产生了一批与社会主义革命的根本力量相悖的异己力量。这里，有一些属于动乱年月的既得利益者——“四人帮”及其渣滓，这些人容易识别，在历史一旦被拨入正轨，他们会遭到应有的惩罚。另一些或曰大部分人，在他们人生观将要形成之际，却被正常的社会抛弃了，他们在迷茫中走过了十年。一旦越出，迎接他们的，也是他们不敢相信的——历史今昔的天壤之别首先表现在家庭命运的急剧变化上。侮辱被笑脸代替，鲜花驱走了凄风苦雨——如果说在当年的厄运中，他们还曾有过不满反抗斗争的话，那么在今后一切都可以唾手可得的时候，其中的很多分子反倒成为一种社会的惰力——可怕的人生贫血在这相对温柔的气氛里暴露了他们的症状——赵蒙生就是这样走进军队的。在军队这个特殊人生范畴中，赵蒙生与梁三喜、靳开来，一句话，赵蒙生与复苏了的现实生活爆发了一次又一次暴风骤雨般的激烈冲突。我们不难想象赵蒙生这样的人在部队里是怎样当上摄影干事的。但是，军队并不是他的久待之地。清闲而实惠的工作条件，优厚的物质享受，永远忘记苦难的温柔之乡，这就是他的最高理想，也是他高高兴兴来到九连的最隐秘的动机。美与丑的冲突，在部队将要开赴前线的特殊情境中，赵蒙生通向了必须迅即进行极端选择的关头——英雄或狗熊，二者必居其一。在梁三喜、靳开来与赵蒙生冲突上更具有时代典型意义的是，他们乃同代人两种类型的冲突，同样遭到历史谬误践踏的人生，却练就了两种截然相反的灵魂类型：一方是“位卑未敢忘忧国”；一方则是得苟且时尚苟且。

赵蒙生的一切卑怯在遭到梁三喜、靳开来的痛骂，特别是雷军长在大庭广众之下的霹雳般的怒斥下，他的人格尊严面临着空前的挑战。屈辱、愠怒、怨恨、悲愤，无法告知于人的感情跌宕，使他那灵魂颤抖着、抽搐着。正义对邪恶的无情鞭挞，并没有使他走向灵魂在猝然打击面前的紊乱失控以至扭曲变形。自愤的怒火和泪水洗涤着心灵深处的积垢，他终于在爆发中实现了人的第一步复苏——这是在正义召唤下的特殊回声："是英雄，是狗熊，咱们战场上见！"

非常态的战争生活，饥渴、疲劳、炮火枪弹、鲜血与死亡，使赵蒙生在多种感情因素作用下迅速改变着过去的形象。战争不仅是献身的考验，也是灵魂再生的土壤。当他扑在梁三喜身上失声痛哭的时候，当他几乎丧失了理智冲向敌人之时，这里不只是因战友死亡带来的复仇心理，更有一种内疚、自责、羞愧、痛悔等等复杂的精神裂变。一个曾经摇摇晃晃的灵魂，经血与火洗去了那上面的灰尘，挺立了起来，赵蒙生由不光彩的角色成了一名真正的军人！

赵蒙生的性格，在历史和现实这两个侧面的组合中，达到了立体化。历史的不幸和现实的崛起，成为他性格生成史的两个鲜明标记，从这两个鲜明标记前后更替中，我们看出了社会生活必有的逻辑——生活在它失去常规的时候，会带来主体灵魂被扭曲的不幸；而当它真正恢复了自己的严峻，它必将按照自己的规律对每个生活者予以严格考验与苛刻选择。赵蒙生在这一苛刻选择中脱去了历史带来的苟且，以人的真正尊严的实现，无愧于历史，也无愧于时代——诚然了，代价的惨重几乎使这个年轻的灵魂无法承受。

在灵与肉大起大落的波峰浪谷中推出当代军人——这也许是《高山下的花环》的真正历史意义？

抑或还可以在这一点上使我们真正找到如《三角梅》《天山深处的"大兵"》《沙海的绿荫》《射天狼》《引而不发》《啊，索伦河谷的枪声》《最后一个军礼》《兵车行》《两代风流》《亚细亚瀑布》《黑马》等大批优秀之作激动人心的美学底蕴。

军人——在新时期文学中的崛起，无疑，伦理意识在作家的创作论中的自觉强化应是我们不应漠视的又一重要现象。伦理意识范畴之内的道德、爱情、婚姻等，它们既是社会历史在家庭细胞中的抽象意识，又是家庭活动里神圣内容的全部关键。军人职业的献身意义，使得伦理意识在他们精神活动中更具有特殊重要性和人生悲欢离合的庄严气氛。保卫他人宁馨生活的义务，走南闯北的动荡生涯，与亲人天涯一方的分离之苦及随时都可能牺牲的不安全感，使他们永远渴望那亲情交融的天伦之乐，浪漫气质则成为这种感情赖以寄托的形式的关键内在。他们一方面在付出着在别人看来是纯粹意义上的牺牲与奉献，另一方面在他们的内心又不得不和世人的外在观照形成一种反差——自我意识靠对自身活动价值的淡漠来保持对伦理意识的清醒知觉。这是一种更加折磨人、更加痛苦、更加需要意志做支撑、更加伟大但却不宜外在表现的内在牺牲（电视剧《战神女神》在这一点上的描写感人至深，整体气氛使人恒久难忘）。但是，这一切却未都能得到现实承认而使忧患的心灵得到完全的慰藉，相反，社会生活中的某些异化现实，使得军界生活者，不得不相当长时间地处在与时代世俗、时代惰性、民族劣性积淀意识等种种世俗现实表现的抗争与搏斗之中。这是一种真正的英雄必然经历的人生磨难，比之流血捐躯要艰难得多。也正是由于其相反社会存在和社会意识的反衬，使他们练就了“大肚能容，容天下难容之事”的博大胸襟，使他们在感情炼狱的煎熬中进行自我观照后而达到理性的超脱，灵魂的现实存在和精神的内在构成便具有了钢铁一般的含义。《天山深处的“大兵”》中郑志桐为死去的指导员余海洲献上的“碧血洒满天山，捐躯为谁？为国威军威振奋；十年夫妻分居，幸福何在？在千家万户团聚”的挽词，因为有十年知青生活的理性崛起，因为有面对强敌侮辱的民族义愤，因为有都市灯红酒绿下的灵魂堕落，因为有指导员妻子那无言的却深深理解军人的目光，使我们读到它不禁为之热血奔涌，一种庄严的神圣在拷问着每一个现实生活的灵魂。同样，我们在《高山下的花环》里，因为有梁三喜的忧国肝胆，因为有靳开来牢骚包裹着的赤子之心，因为有梁大娘、韩玉秀的崇高人格，我们才理解了赵蒙生对边境艰苦生活的选择——这是每一个有这样经历的人所都会有的必然趋势。《亚细亚瀑布》中连长陈隆华那奇特的三次恋爱、婚姻，以及夫妻在现实的窘境，使我们对他“死于师长意志之下”的悲剧遭遇，不是更加揪心裂肺吗？在这些篇章中，献身已超出了传统的规定范畴，它不只是人物活动可有可无的外在点缀，不是涂在人物面部以示“烟火气”的堂皇的油彩，而成了生命活动的基础，成了人物内在意志、情感存在和理想附丽的内容实体。一旦割裂了他们在作品中的存在，那么，审美大厦就会立即倾倒。也正是这样，我们在此有理由宣称，部队作家的伦理意识强化构成了新时期军事文学突破、“军人”形象崛起的内在机制。

如果再回顾一下上述的艺术分析，那么，究竟什么是新时期军人人格的真正内涵？什么又是这一真正人格的核心与灵魂？

不论是人的本体论认识也好，抑或是创作实践上摄取点变化也好，还是由外部到内部或反之的双重逆向描写结构的艺术建构也好，还是伦理意识的强化也好，艺术家都想通过上述内容与形式的全部审美组合，在一种新的结构载体上力图刻写上艺术的永恒，挖掘并用多方面都得到强化的艺术手段，凸现军人人格中纵贯历史、未来，横盖现实的最为博大的人道主义精神，同时在这一精神掩映下，通过对军人无时无刻不在的责任感，贯穿一生、指导行为的使命感和着力现实放眼未来的献身感的艺术传达，确定社会主义时代军人人格的全部内在。

为此，人类社会在其发展的历程中，尤其是中华民族的多难岁月与依然存在的“危亡之忧”现实基础上所特有的悲剧意识，在新时期军事文学中的军人人格里有了更为深沉的内容与表现。他们那种基于历史经验、现实状况和自身痛苦的对悲剧的理解，并不停留在甘愿承当悲剧的崇高上，也不把服从的天职意识局限混入思索之中从而失去个性思想的存在价值。而是以富有鸟瞰人类历程与宇宙变化的纵阔感，在因失去了现实局部幸福而涌起的悲剧感情的涟漪中，孕育着灵魂对未来整体幸福追求的持久激情与理性沉思。悲剧在他们看来，不仅仅是，或不应是在现实避免的不懈努力，而是一种精神拥有，一个伟大灵魂的必有侧面，人道主义建构未来世界必然经过的理性层次。为此，他们变得不那样拘谨、审慎与小心翼翼了，而是洒脱、深沉了，他们不再为自我的现实牺牲作那些传统悲剧意义的呻吟，不再执着于对某些异化现实的迫切谴责，而是立在高远之域来对待人类历史的全部、一切。《射天狼》里袁翰那隐动在心的忧患直感，《亚细亚瀑布》中副连长金国庆的全部活动及临战前的无意识状态，以及王中才近作《黑马》中那一对刚离开军校的战友，《两代风流》中新任司令员程潜的气度，都在这一点上表现了未曾有过的思想力度与艺术强度。责任感、使命感、献身感在新时期军事文学中被熔铸成一个全新的整体，它的名字就是：现代军人！

在时代理性的观照下，新时期军事文学的创造者们也以同样的责任感、使命感和献身感踏破旧囿，四面出击，纵横裨阖，左右开弓，把军旅生活者从封闭的环境中托出，让他们在超越旧有的层次上，得到全社会各个社会侧面的辉映，从而认识他们生命活动的哲学含义。由本体到创作，由外部到内在，由理性意识到人道精神，由传统的悲剧意识到全新的悲剧升华，推出了一大批区别于“兵味”、“战士味”的军人形象。从而完成了我国军事文学由“故事文学”到审美构造的重大突破。

当代战争笔墨的文化思索

国外有的学者在把文化和美学都看作是人类特有符号的前提下，试图对文化符号和美学符号做精确性地剔析和区别。他们把创造者本身所具有的历史特性看成是一条重要线索（如美国克莱德·克鲁克洪等著《文化与个人》中所述)，并由此解释到：作为一种有确定含义的文化符号，历史的特性总要化为明显的标记烙在上面。因而，它在价值包蕴上比起美学符号具有更大的任意性。我们从中可以看到，他们把美学排除在历史联系之外，忽视了它们存在基础的同一性。我们知道，文化符号和美学符号所拥有的解释功能和象征结构是大致相同的。美学符号作为文化符号的一部分，其历史的联系和特性应特别注意在它产生的时代条件、时代矛盾中去寻找。这里将涉及一个相当重要的问题，即历史运动中所体现出来的统一的社会价值取向。

新时期文学发展的十年中，人们在浩劫刚刚过去的喘息时代里，手抚创痛的感伤和稍加回溯就激逗起来的激愤，均伴随着纯粹的“不相信”情绪。这种“不相信”，便是产生于人们内心深处、自觉且统一的社会价值取向。十年特殊文化摧残的印记都通过人们对其坚决的否定态度而深刻地体现出来。当然，正如今天许多新时期文学研究者屡屡指出的那样，刚蹚出悲剧旋涡的人们，还不可能在面对历史时具有深广的反省意识。政治上对昔日存在的率先反拨，得到了时代需求的普遍强化。人们首先从政治角度对历史进行反思，便是自然而然的事情。但是，其中有一点只有到今天，我们才看得格外清楚，十年“文革”的历史存在，不仅是政治混乱，是非颠倒、道德沦丧的时代，更为重要的是文化危机从产生而走向极端。这场所谓“革命”，不仅搞乱了社会政治，也搞垮了整个社会文化——生存方式，人际关系、价值观念、精神状态和心态构成。精神一旦从废墟上站起，文化危机便显得十分强烈。历史的辩证法告诉我们，度过危机的第一步，常常是从否定开始的——那么，“不相信”，就是人们对文化沙漠的第一个理性判断的标志。当时的中国文坛，自觉或不自觉地接受了这一统一的社会价值取向。“伤痕”文学浪潮便是在对上述价值取向的接受中形成。

但我们知道，对于上述统一社会价值取向，军事文学创作显然具有某种“间离”效应。新时期军事文学的勃兴似乎是省略了“伤痕”阶段。那么，我们是否就可以据此说，军事文学就完全摆脱了整个社会统一的价值取向了呢？有几方面的因素使我们不能不产生疑虑——

第一，我们无法在历史的连续性实践活动中把军队看成是一个完全封闭性的存在。整个社会处在非常时期内的状况，难免通过各种渠道施影响于它。作为一个特殊群体，必然受到时代政治在非常时期内对它的强行制约。它的文化肌体尽管和社会其他领域相比，很少由于外在强大冲击而发生激变的情形，但渐性变化总是存在的。当这一时期结束之后，也有医治伤痕和深刻反思的历史课题，并相对缓和地选择与社会价值取同一角度来开始自己的文化重构。

其次，在军队与社会相通的多种渠道中，伦理联系作为相对恒定性因素起着重要作用。伦理中被时代自觉维护、张扬的感情因素，不但成为军民之间相互沟通的强有力纽带，而且有着对文化心理结构施加影响的独特功能。亲人们在这个领域之外的苦苦痛痛、歌歌哭哭，总是要在军队内部激起持久而深远的反响。这些暂时可能处在心理深处的情感因素，必然会借助于军队内部的特殊结构而施展自己的意识渗透力，导致原有色调的变化和新时代矛盾的产生。

再次，军队本身结构成分的明显变化，大批在这个时代里成人的青年被补充进来，他们用异于前人的眼光来看待这一特殊领域内的存在群体。他们带来了军队以外的信息，又把军队之中的自我感受反馈到社会上。封闭性的“绿”色生活被打破了，对话成为寻常之事。以文化及心态冲突为基因的灵魂骚动包孕着创造的渴望，继而强化为一种富有时代色彩的生活实践。

从上述种种原因看，尽管整个社会及文学的价值取向曾以多种多样的渠道影响着新时期军事文学的文化意识，但军事文学在一开始却把改造英雄意识作为自我崛起的主要理性特征。

从过去的主导倾向来看，军事文学中所体现出来的英雄意识，在非常时期的政治制约下一直未能得以健康地自由地发展。因为没有多色彩的、复杂的、具有多种联系的生活作为基础，所以只剩下一些被政治强光映照的苍白的骨架，在这种英雄意识支配下而出现在艺术王国中的人物形象，随时都可能为了理念而毫不可惜地牺牲掉生活真实的内容。同时，在艺术展示中，也不断把英雄意识的外现方式加以模式化（如危险时刻舍命扑上等）。久而久之，人们由于对这种模式的嫌恶，而对其所负载的内容亦产生怀疑以至推拒。这是英雄意识在美学领域中遭遇的典型悲剧。基于此，新时期军事文学作家们首先扩大英雄意识及这一意识的生活支撑面，正确地处理崇高与普通的关系，在艺术的具体描写上，把英雄意识赖以生成，发展的生活方式予以如实地表现，内化到人的精神的复杂构成之中，以改造了的英雄意识为主导，对生活加以综合、全景式的展开，这便是军事文学在其勃兴初期的文化意识方面的价值取向特征。

当 20 世纪 80 年代第一个生气勃勃的春天悄悄滋润着从凄风苦雨中奋起的民族灵魂的时候，伴着文学主潮的汹涌澎湃，军事文学进入了全面而又深刻的勃兴时期。填补感情空白，揩擦心灵血污的文学功利性已经逐渐隐退为一种背景。人们在生活的创造中，开始了对过去生活的仔细咀嚼，渐渐跳出了仅仅限于自我经验世界之内的感情褒贬。民族开始了第二个文化回味时期——反思时期。作为第一阶段感情否定的进一步深化，理性的普遍崛起，实际上构成了新时期文学的又一个新的文化特征。各种各样的心灵波动，都将具体表现为民族在新时代理性映照下对历史的判断。正是在这里，军事文学获得了迅速勃兴的极好机会。

富有时代色彩的文化选择开始了。在这个大规模的文化选择运动时期，理性精神和重构意识是两个重要的文化现象。“十年动乱”的是非颠倒，最惨重的损失无疑是民族理性的迷失和失落。在一开始人们感情褒贬的寻找中，由于感情的压抑而造成一旦解冻之后的喷发和狂烈，迫使人们不得不从自身的现存状况中看待人生，看待历史。历史的教训使人无法在以往“闪光的理性”面前再俯首听命。为新生活进行开拓而需要的新的精神力量，激逗起一种普遍性渴望——文化选择的渴望。这一渗透着民族忧患意识的抉择欲望不仅选择认识价值，社会理想、真理判断，还将在生活方式、生存体验、生命意识面前做出抉择性判断。显然，这些只能够在感情燃烧后才能完成。真正对悖谬历史的否定，也只有在这一深化中才可能开始。

理性精神的时代崛起，造就民族站在充满痛苦的大地向现代文化彼岸急切张望，又产生一种激动不安的历史骚动，并由此掀起了军事文学创作的新浪潮。

我们再对十年来军事文学的代表作做一番重新检视，便会立即感觉到几年来研究界对大量作品的阐释还远远不足。像《三角梅》《天山深处的"大兵"》《最后一个军礼》《敬礼，妈妈!》《母亲与遗像》《高山下的花环》《射天狼》《啊，索伦河谷的枪声》《亚细亚瀑布》《秋雪湖之恋》等，这些作品的时代意义可谓说尽了，但这些作品所依次出现的文化背景，依次出现所形成的纵向结构层次，以及这些结构层次中所具有的递进式文化特征，至今未能被人们所认识。《三角梅》里守岛战士对一位少女的感情征服，《天山深处的"大兵"》中郑志桐理性极强的选择和其未婚妻对之极其痛苦的感情皈依，《高山下的花环》里，"位卑"者勇赴"国忧"的悲壮及生活苟且者在血火中走向新岸的灵魂蝉蜕历程……都渗透着强烈的时代文化选择性质，人物活动开始具有文化意义。如果没有上述一大批作品的"非自觉"的文化表现努力，就不可能有近年来军事文学自觉向文化选择格局靠拢的美学实绩。

理性精神的崛起，就是在种种对立范畴的文化心态冲突中完成的。自感情否定到理性辨析再到以此为基础的文化重构，新时期文学已经走过了十年的历程。这是相当艰难的一程，还将继续进行下去，重构意识必将全面代替以否定为主的理性精神，从而使民族文化走向新的繁荣。表现在军事文学创作中则是继续以英雄意识为主导的时代气息，战争描写中展示的日愈浓厚的文化意识，从现代化意义上与整个民族文化的时代融合。这样一来，军事文学不仅获得了坚实的理性精神，而且导致对自身题材领域的超越。军事文学的存在，不仅只在题材分割上有其意义，而且在整个民族美的历程中是一个必不可少的因素，从而获取永恒的价值。

这一创作趋势，自1984年以来越来越明显。一大批作品由特定生存式样而表达的生存意识，已经超越其"特定"领域，而取得了社会化的普遍意义。朱苏进从《射天狼》《引而不发》到《凝眸》《第三只眼》《战后就结婚》《悄悄地说》，作品人物活动背景不断扩大，说明作者已经自觉地且成功地把创作的美学价值引渡到文化范畴里来。莫言的奇峰突起原因也可以在此找到说明。

以乔良《灵旗》为例就可以看到，文化选择和文化重构意识，已作为军旅作家的主导意识进入了作家对人生进行观照的审美思维之中，他们所要发现的不是战争本身，而是导致战争和战争导致的一切。《灵旗》是在写什么呢？是写当年的湘江之战吗？是在以山民的口吻叙述历史吗？似乎都不是。而是写那一场战争留下的一切。它留下的残酷，血腥，也留下了美妙、神奇，它留下了刻骨铭心的印记，也留下了难以理清的迷蒙、恍惚，它留下了至今可以让顽童戏耍的白骨，也留下了让人不敢怀疑的轮回观念；它留下了世俗的感情，也留下了天国的宗教，它留下了神秘包裹着的辉煌，也留下了迸射着正义之光的宿命文化。湘江一战，腥风血雨五十年不改其迹。自此之后，水牯岭人们便萌生了一种新的生存观念，也开始在一种新的方式中生活，一种文化心态也油然奠定。作品屡次写到青果老爹看见当年那汉子向自己急急走来的幻觉，写到他不时嗅到的呛人的“血腥气”，这可谓作者神来之笔！五十个春秋，人世间可谓变化大矣。但当年湘江之战的一切却永恒地留在情绪记忆之中。湘江之战，开启了民族辉煌的新生，也开始了新生历程中的极端残酷。文明史将在血光之中掀开一页，民族的生存状态也在骤然间得到改变。然而，在这漫长的生存改造征途上，历史却把各种各样的命运加在个人头上。当了逃兵的汉子，却成为一个“魔鬼”，使每一个杀害红军的刽子手都得到应有的惩罚。汉子为此失却了九翠的爱，失却了人生应有的幸福。作品以湘江之战为背景，把战争的残酷点缀在人生半个世纪的沧桑生涯里，写出了人从某个时刻开始到某个时刻结尾的全部生命过程。那汉子、二拐子、黑廷贵、九翠，青果老爹，他们在当年都基于某种外在情由选择了一种生活，而生活在发展中却不断地强迫他们接受一种不公平的选择。他们当年都用自己愿意或不愿意的手段、方式造就了一种生活，但他们却终究被逐出了正常的生活之外。卑琐者升入了天堂，豪勇者不得不进入地狱之门。悲剧之于主体的颠倒错置，构成了民族发展史上的喜剧式文化。《灵旗》作者，借战争带给几个人不同色彩的命运，完成了对半个世纪以来民族在挺进中文化类型的勾画，完成了以文化价值意识对战争过程的审美开掘和展示。

艺术创造主体的文化——审美意识的崛起与强化，就可能托举出我国军事文学绚烂而辉煌的未来。英雄意识这一军事文学赖以存在的核心精神，将借助于文化的艺术灵气进入新的民族文明史。军事文学真正成为现代式的文化特殊存在形式，从而结束军事文学只占有“题材”而不拥有文化的可怜局面，实现其文化重构意义上的完全勃兴。这正是笔者从文化角度考察军事文学创作的内在动机。

中国当代军事文学的审美反思

编者按 席扬同志的文章，虽系有关我国当代军事文学的审美反思，实际内容已经越出了军事文学的范围，而触及了近半个世纪以来我国新文学的整个历史格局问题。

我们刊载此文，意在贯彻双百方针，推动文学探索，希望能够以此引发思索，形成讨论，冲击我国军事文学研究、批评领域的沉闷局面，在探索和争鸣中促进批评与创作的发展深化。我们期待着各方面的同志们热忱赐稿，欢迎大家就这篇文章提出的问题发表各种意见和看法。

自走进近代大门以来，中华民族便在连续不断的、剧烈的阵痛中孕育产生了许多独特的文化现象。“反思”就是一例。一百多年来，不论外部催迫的，还是内在迸发的，不论是政治、经济的，还是军事、文化的，每一次足以引起国人灵魂震荡的过程之后，反思便会尾随而来，而且常常是反思的长期性总要持续到下一次危机的到来。1840 年以后一直到 1949 年，反思几乎成为民族心态演变史中的中心情结。新中国成立以后，尽管中断了将近三十年，但近十年来，我们的每一步可以说都是以反思开始的。就文学的反思情状而言，其广度、深度与剧烈程度真可谓撼心动魄。当我们假设把反思作为新时期文学的一种恒性内驱力来纵向回顾一下，那么，它的发展的层次明晰性也许可以看得更加清楚。我们知道，文学于“文革”以后是在全民族痛定思痛的大反思潮涌挟裹中仓促上阵的。但它却以极迅捷的姿态凭借其形象的感召力冲到了时代政治及其他领域的前头，以自己引人入胜的“故事外壳”，开始了囊括一切的超前性反思。不论从什么角度说，创作都从反思那里获益匪浅。反思给了艺术创作以持久的内在激情，而艺术式反思也无疑大大深化了时代的反思层面。从这个意义讲，新时期文学毋宁说是反思的产物。如果我们从反思后的社会进程和发展趋向来看，随着谬误的纠正，规律威信的重新肯定及经济文化的稳步发展，反思的文化热点应当随之消失才合乎常理。然而，事实却溢出了抽象逻辑的推理之外。就文学而言，反思依然是人们面对现实的思维制导力量。并且我们可以从近年来的诸多现象中看到，反思的难度在日益加大，大有些反思不下去的意味了（但绝不是说没什么可反思的了）。由此我不意想到了近年来文学的反思及其过程。当我们对这一过程稍作些分析，问题便显露了出来。十年反思之于文学领域，从来不曾有过真正属于艺术自身的反思。我们不是把社会主题接过来顺手推下去，就是在“共时比较”的思维新惯性支配下把反思的价值归宿盲目地瞄准西方文明存在。反思对象的“非我性”与反思价值阈限的遥远空疏性，其结果是导致了审美反思本体的失落。尤其是当新时期文学不再能够连连爆出“轰动效应”后，我们于审美欢呼之余而面对以往历史的巡视检索，便成为“非理性”的“油然想到”或“顺手牵羊”而已。反思的单侧面视角，不仅在实际意义上降低了新时代审美创造的价值品位，而且日益模糊了我们对往昔进行宏观、整体反思的视线。当我们在不自觉的一直把文学的“热效应”当作审美的价值属性张扬的欢呼声中，却想不到文学已悄悄地走进了“冷谷”。一时的茫然过后，我们又想到了反思。然而，今日的反思不应该是过去的翻版或重复，它应当体现出层次的跃进性来。同时我们还应当竭力避免使用惯常的“倒挂法”——即总是把今日的一切定为不可证伪的正确存在去指责过去的种种不是。而应当取“历史——文化”的审慎态度，把现代意识和价值观念化成一种解剖力，除了对审美产生的主体心理、形式惯性的评估以外，更应当做的是“还原”作品在当年产生所依赖的文化情境，从而达到对审美生成土壤的文化定量分析，顺而达到对审美文化土壤的时代更换。

一

上述这一切，在方法论和认识论上就构成了我们对中国当代军事文学审美反思的逻辑起点。如果我们把1942年和1966年作为我们反思时域的上限和下限的话，那么首先可以肯定地说，军事文学或曰战争审美总是和文学整体的大繁荣联系在一起的。这无疑构成了我国当代文学繁荣的一个重要侧面。放眼当代几十年，我们还可以说，没有战争审美的存在，文学的当代史几乎是不可想象的。如果我们再从主体创作心态与作品结构表现形态两方面细细作些考察，“战争审美”在当代文学中的地位、作用与影响同样显示了其强大的生命力与存在价值。长期以来，题材本身在审美创造活动中被人为强化的重要性能，不仅影响了“战争审美”本身的结构形态，而更重要的是这一作品形态背后的审美心态也在无形之中进入了对我国当代审美整体发展的牵导、制约作用范畴里，久而久之，便生成了艺术创造所必须依赖的民族当代的“战争文化心态”——这是我们要说的第一方面。第二方面，“战争文化心态”借对创作主体的影响而产生的“本体”趋同势能与“战争文化心态”在以读者接受为主要外化方式的社会体制化过程之中而形成的“战争文化环境”，合二而一为当代文学史上最典型、也最具有同化力量的审美发展的文化土壤。在这样的文化土壤和崇拜政治的时代情境之中，“战争审美”就越来越离开“题材”层次的原有意义而跃为统摄一切的审美时尚与艺术理性。在创作与接受的双重意义上影响了当代文学的整体格局。

我们不妨先从“战争文化心态”的生发谈起。“战争文化心态”不仅是一种文化划分上的类型概念，更是一种历史概念，它的生成发展与定型离不开历史时代环境的制约和地理环境的限制。从某种意义说，它是中国现代审美观念文化表现形态的最高的、也是最极端的体现，也还是“党性”对艺术改造的最高形式。相对于 20 世纪 30 年代以前党对文艺的外在影响，20 世纪 30 年代后期随着延安解放区的确立，新民主主义革命价值范畴意义之中的文艺运动才得以在政治统摄的先决条件下实现了真正的实体把握。这种把握不论从当时、还是今日来看，都是一种全方位的把握。如果说，《讲话》之前这种把握方式还处在朦胧探索过程中的话，那么《讲话》以后，这种把握就正式进入了定型和稳态发展时期。在延安这个特定的政治区域里，由于民族实际面临的“实践救亡”日趋峻切等原因，新文学自“五四”以来的审美独立、多元选择历程过早地进入了终点。《讲话》以前若干次或大或小的关于新文学前途的讨论；并没有在理论上完全证明“向民间靠拢”就是新文学今后发展、繁荣的唯一途径。况且，“五四”以来新文学的巨大成绩又在无形之中向人们昭示，离开了西方文学的发展参照，民族文学便不可能完全具有新质。也就是说，相当多的艺术创造者是在没有多少理论准备和创作积累的窘迫状况下被推上了“为工农兵服务”的窄窄的一途。从抽象意义上来讲，这一产生在特殊区域中的时代审美理性，因为它既符合时代政治的迫切利益，同时，符合于这一理性的许多幼稚的创作也的确赢得了普通审美接受者的喝彩——为此，在这样的层次和意义上，艺术创造者们便很轻易地囫囵吞枣式地接受了这一理性。然而，抽象的接纳远不能说明这一理性可以轻易地融化在审美创造的全程之中。这一审美理性与审美本体意义早就形成的悖性，便在艺术创造的个体劳动中突现出来，继而与他们（主要指来自于国统区的许多知名作家）那奠定于“五四”多元选择时代的审美心态、审美的价值观念发生了冲突。我们可以姑且把这种与“战争文化心态”相对的心态称之为“忧患文化心态”。集中在审美焦点上的心态冲突，导致了身处延安这一特殊区域里的作家们的困惑。翻检延安时期的文艺资料可以看到，这一困惑都程度不同地存在于延安作家们一开始的艺术探索过程之中，尽管我们看到当时，由于人们忙于民族图存而无暇顾及如何建立一种文化环境，但整个环境的塑造力量——政治，它的鲜明强制力早已为人们深刻感觉到了。特定区域中时代政治的价值观念、是非观念、理想模式和建构原则及面向未来的姿态，都已经在全方位上无时无刻不在制约着文化环境的生成。先进的马克思主义文化与寄植在革命依靠力量农民身上的传统文化，混合而为延安区域的特殊文化。简单地说来，这种文化便是一种新伦理文化。它与古典伦理文化的区别首先在于这一文化是马克思主义文化为构成中心的（尽管这早已是被改造过的多少有些失真的马克思主义文化），因而具有了现代色彩，并且也同样具有开放、科学与民主的意向性，其二，它的伦理目的，当其时是以反映普通人生为范畴的，因而从某种意义上来讲是一种“泛人民性”文化，这种伦理文化因处在战争激烈的时空中，所以具有了自己压倒一切的切近目标——赶走侵略者，实现民族的独立。这三个方面的不同，以第三方面为凝聚中心，把“泛人民性”与开放，科学民主的意向性统一起来，重铸而为那个特定时代、特定区域人的精神宗教与激情触媒。民族在当时情境下的任何选择都必须服从战争的需要和理性。战争不仅是时代的必需，而且在需要中也迅速成为文化建构的最强大动力。战争成为当时文化建构的最有效形式。在这样的时代趋势下，自然而然地作为战争之神的“军人”也就从“工农兵”字面下被推到了第一位，军人人格成为当时全民人性中的主导人格。于此我们就可以瞭望到当时文化的大致轮廓了——文化建构的“战争”方式，军人人格的主导地位，时代政治的切近目标，这三者迅速靠拢而联为一体，形成以“战争理性”为主导的“战争文化”和“战争文化心态”。

从战争文化环境过渡到战争文化心态，标志着这一文化自身建构的深化。这一带有群体专制性质的文化在向其他社会侧面辐射时几乎都采用了直接替换的方式。而它之于审美领域，情形要稍微复杂些。复杂的原因首先来自于战争文化心态与忧患文化心态的冲突——实际上也就是以时代政治功利为目的的战争理性与五四以来以科学、民主、自由为中心的现代理性的冲突。两种理性的冲突固然有时间维度上的差异，但当一同在审美领域中相遇后，这种时间差就隐去了，而成为赤裸的价值冲突。几乎所有从国统区来的作家及文学青年们（他们是延安区域20世纪40年代上下的创作主体成分），都通过五四运动及以后的新文学实践接受了西方现代审美价值观念和现代忧患意识，这一切都构成了他们心态的基本色彩。正是忧患所培育的对正义、光明，民主的执着追求，才使他们毅然投奔到延安来。但这一行为本身并不包含他们对延安这个特殊区域全部存在的全部认可。也正因此，所以他们不曾料到到达延安后还将产生不适应，不曾具备好“适应”的准备和承受痛苦的能力。当他们以都市人身份目击到这异样的现实后，初来乍到的惊喜过后尾随而来的则是“不适应感”。当这一不适应作用于创作实践时，就发生了我们在前面已经提到的审美困惑——实际上也就是一种文化困惑。都市文化心态与延安区域特定的由马克思主义文化和农民文化混合而成的“战争文化”发生了一系列的、由里到外、由隐含到显豁的冲突。多元选择的惯性与一元定位的强制，审美的本体特性与时代政治对审美世俗功利性的强化要求，艺术创造的自由天性与伦理审美的服从意识，便在这一特定区域中层开了一场具有深远意义的文化冲突。冲突的结果可以丁玲的被批和王实味的被杀来说明。尽管这一冲突在“批判”之后不再作为审美领域中的中心冲突兀现了，但却导致了以后发展的极度尴尬局面。在当时的要害首先是，从此后，延安文艺中就基本上排除了异质审美价值的建构参与。冲突的精神化和地下化，便埋下了新中国成立以后文艺发展史上“运动”隐患——反胡风运动，批丁陈反党集团及冯雪峰的悲剧等盖源于此。

那么，1942年以后延安区域的作家群体构成又是怎样的情形呢？除丁玲，王实味之外，萧军因不能同意某些文艺观念而一人进了山庄窝铺，开始投笔为农，何其芳、周立波成了鲁迅艺术学院的教书先生，偶有创作，也大多失去了往昔的艺术灵气，周扬成了当时的文艺领导人，选择什么，他只能听命于政治。其他一些稍有文名的作家情形也大致如此，不是就任于文化普及工作，就是投笔从戎。构成20世纪40年代延安区域作家主体的是从国统区来的文学青年和土生土长的作家。他们的审美实践之所以被推到了时代领骚地位，原因很多，但最根本的原因，是他们的心态与这种战争文化环境中的审美理性达到了完全的契合。我们先看从国统区投奔到延安的文学青年。他们的文艺活动大多开始于20世纪30年代以后，生活的贫困和文坛上的试笔，实际上他们并不曾有过真正的艺术创造时期，不具备独立的审美选择能力，内心的痛苦并不曾上升到“五四”以来现代文化与传统文化冲突的层次上来，对于他们来说，艺术的认同惯性远大于他们在艺术上的求异创造意识，并且，在特定的区域文化与时代政治的条件下，基于内在政治激情而产生的对延安政治的崇拜，便以覆盖的形式代替了包括艺术在内的其他方面的独立选择。再者，他们从一开始就愉快地接受了文艺就是宣传的主张，审美的社会革命手段意义便构成了他们最初的艺术理性。在这些崇拜式的认同前提下，他们的审美感情就很快“工农兵”化了，价值观念，审美标准也随着很快转到了“民间”轨道上来。也就是说，在他们进行大规模创作之前，就完成了审美心态的“延安化”。另一部分是从各边区过来的青年，他们当中的绝大多数人都未经历过良好的艺术熏陶，尤其是对西方现代审美观念和五四新文学中的艺术理性都知之甚少。他们主要从地方戏曲、说书艺人、古典通俗小说中所积累的艺术趣味，与延安战争文化环境中的审美需求一拍即合。当他们明白用笔用艺术可以同拿枪的一样革命时，其余的一切便都迎刃而解了。

从这一作家群落的审美着眼点上看，都首先注目于题材与革命之间的直接关联，几乎是本能地把重大政治事件本身的层次和逻辑确定为艺术世界展开的层次与逻辑；他们都不约而同地把“战争气氛”作为共同的背景；一样地把“军人战斗”、“农民斗争”、“土改运动”、“军民情谊”等作为自己的题材选取范畴和描写重心；共同地表现一个主题“革命必定胜利”；也同样地把时代政治的价值范畴作为自己审美创造价值升华、界定的最高的、唯一的范畴。

从军事文学的现代定义上看，延安时代并不曾有过真正的军事文学或战争审美。如前所述，战争文化环境的形成和战争文化心态的普泛化，也同样造成了战争审美的普泛化——也可以说是稀释化。我们可以看到，真正以“战争”、“军人”和“战争心理过程”为本体描写内容的作品几乎不存在。新中国成立前的20世纪40年代的延安时期，我们仅有“民兵文学”——几乎所有叫得响的作品都越不出此范畴。马烽、西戎的《吕梁英雄传》，孔厥、袁静的《新儿女英雄传》，柳青的《铜墙铁壁》，孙犁的《荷花淀》，草明的《洋铁桶的故事》等还有许多作品都是如此。人们如此看重“民兵”这种社会身份可以这样理解：即，“民兵”这一身份的特殊性在于它把“军人”和“农民”合在一起了，身份的双重性正如契合于时代审美理性对作品人物的要求。还有一点需要说明的是，延安作家群落的主体的审美心态准确地讲是“农民化的情感”加“战争化的环境”合并而成。对战争的感受与对农民情感皈依是完全一致的。因为在这样的文化环境中，尽管军人人格是社会主导人格，但并没有自己的独立价值。他们是依附在“工农”身上。对他们人生价值的最后判定区域不是纯粹“战争”本身，也不是军人存在的特殊性，而是他们与工农的关系，在延安就直接表现为与农民的关系。战争文化环境，无形之中打破了军人与农民的界限。人生存在常态的战争形式，使军人与农民的关系由“军民一家”发展到“军民一体”，且不说当时军队构成成分里就具有浓烈的农民色彩。

二

上节重点在说明，特定区域的战争文化是在时代政治的强化功利需求与原生状态的农民文化中生成的，因而便决定了这一文化本身具有两重性：时代政治的强制理性与农民文化的封闭性。这种两重性的战争文化心态作用于审美实践，就顺然带来了战争审美价值的寄植性质。在这一节里，我想通过20世纪用型0年代～20世纪60年代军事文学创作中“人”形象建构的抽象论述来加以说明，并且揭示与战争文化直接对应的战争审美中“人”的生成过程、个性存在方式，价值归属和理想模式等。

一般地讲，人的个性行为中多少总可以勾现出社会的“质”来。若在特殊时期，在特殊文化机制的作用下这一对关系就可能趋近极端，最终发生倒置。延安特定区域中在战争文化土壤上生成的审美世界里的“人”与社会的关系，正可作如是观。由于生活的战争化，由于近百年来中华民族救亡与启蒙社会文化主体的无形牵导，便导致了人们在那个特定时空中对战争神圣性的崇拜。也就是说，战争既是历史主题的最有力的实践形式，又是时代主题的集中凝聚。中国传统文化中积极的“忧患意识”与民族现实危险处境所昭示的出路正相投合，升为当时中国文化界的主导精神。一方面是时代政治基于时间现状而对个人存在形式的绝对要求，一方面是图存兴国意识支配下对个人前途的选择，双方对逆的无可选择性，其结果必然是个体与群体的心态大融合。时代精神与个人价值互为依存，相互表里。时代的政治需求，便由此而成为文化时尚，也成为个体的存在价值。个人便在这一时代呼唤中重新找到了群体归属感，时代政治成为文化整体的最高理性，而以个体方式存在的人就顺然成为这一文化（政治）的载体。这一单个人存在价值的时代化，具体到审美创造过程就表现为审美动机的时代酵化，审美构思的主题先行，审美构型的“事件化”，审美表现的政治归属和审美升华的教化性。具体说来就是，创作主体的审美层次或侧面的整合，就是中国当代军事文学包括其他题材在内的主导审美格局——这个结论尽管残酷，但却是事实。

在对中国当代军事文学的反思中，我从战争文化环境与心理，战争审美中人的生成过程及“英雄意识”审美原则化、理性化过程等三个层面进行了论述，并且在最后推出了这一审美制导下的中国当代文学的整体格局面貌。诚然，我知道，反思的科学性应在教训与经验的同时搜寻中才能抓获。然而，当代文学史（指 20 世纪 40 年代到 20 世纪 70 年代）的苍白存在及它对今日审美发展无意识制约的残酷性，使我并不想去追求这种科学性。反思是一个抽象的过程，更应当成为一个描述的过程。时代的审美新创造只可能在弄清了历史的真实存在之后才能踏上真正的起点。

新时期知青题材创作系统试论

在新时期文学发展最富有动势的六年中（1978—1984），知青题材的创作，一直强烈地牵动着人们的视听，形成了属于自身的题材内容、主题内容、形象内容与审美内容的独立系统。可以说，知青运动，阻断了一代人的健康成长。不幸的人们以其文学的笔，把它带给整个中华民族对纵向命运的思考。知青题材创作始终以一个强音符，跳荡在整个新时期文学交响的轰鸣之中，形成最富有色彩的一个侧面，为我们民族悠久的文学史，贡献了前所未有的东西。

知青题材创作系统的独特性，一方面在于它完全拥有从那场不幸的旋涡中挣扎过来的新兴作家；一方面在于这一群新兴作家是以完全自我化的观念，审视，剖析，表现这一历史的。因此，我们就无法用新的历史时期政治思潮的偃仰起伏的节奏轨迹，对它的动态弧线，做出正常社会批评逻辑制导下的确切说明。它经常越出社会主要思潮的理性航道而开拓自己的领域。其实这也难怪，知青运动历史的独特性，必然推出一批具有独特思维行为的作家。他们为过去了的那个特定历史阶段付出了惨痛代价后，痛定思痛，完成了自己思想上的反拨。诚然，这种思想上的反拨，得力于社会历史的彻底反拨，但是他们在感情上的反拨，却早在社会历史反拨萌芽崛升之前，就已经开始了。这一历史反拨从情感形态到理性形态的演变经历了知青题材创作中由表及里，由浅入深，由狂烈的憎恨到相对平稳的思辨，再到辩证的扬弃这样一个缓慢发展的进程。历史的进步，又给他们开辟了一块可以自由思索，自由选择，自由表达的天地。他们敏感于往昔思想、精神情感的奴役，不惜以某些偏激来捍卫付出高昂代价的觉醒。这种具有强烈排他性、抗扰性的独立思维，是知青题材创作发展的心理基础和行为基础，同时也酝酿着知青题材创作整个态势的封闭性。血腥的过去，使他们在反顾时并不想把眼睛睁开很大，以免晕眩，同时还不可能闪出多少吸人亮色的时代，使他们依然感到陌生。他固守着噩梦中刚刚醒来的姿势，对周围观察了很久很久，然后才不无小心地悄悄走出。知青题材创作在一段时期内的这种封闭现象，值得我们今天的文学研究者的重视。

知青运动的不合理性，甚至荒悖性，作为局外人，因为“左倾”思潮的泛滥而造成的思想奴性，依然以其强大的惯性，驱使着人们的思维，这就决定了大多数人在没有得到政治性的抽象说明之前，对知青运动的褒贬、臧否态度还是暧昧的。但对于这场带有悲剧性历史的直接承担者们，却早已在感情上开始了否定——他们正是从自身命运遭受蹂躏这个角度，开始了对历史的回顾与审视。被欺骗、被奴役的人生困痛，使他们无法持有暧昧。从一开始，他们的眼光中就燃烧着憎恨、愤懑、屈辱与羞愧。诅咒，大胆地诅咒，不需要任何顾忌和任何限制的诅咒，一时成为知青们共同的心理状态。这一心理的文学具象化，无疑形成了1978—1979年两年间知青题材创作的主要格调。属于这一层次的知青籍作家们，可以说不假思索地选择了对题材处理的悲剧角度。如果我们从艺术构成的整体和高层次的美学意义上，对这一时期知青题材创作进行一番透视和剔析，就会发现这一批年轻的作家们，在有点莽撞地闯进文学园地之后，各方面的准备（除了感情之外）显得相当欠缺。他们的创作，还未进入真正的文学创作状态，尚未具备一个艺术创造者应有的理性意识和艺术哲学上的必要准备，需要宣泻的只是个人的感情。自己的经历，就是作品主人公的经历。感情燃烧的狂烈和灼热，使他们无暇顾及一个艺术形象对于社会人生，对于动态历史的应有的涵盖率，同时他们也无意在高层次上取得作品内蕴的真实。这些作品受到社会异乎寻常的宠爱的原因，只是“十年动乱”的规模和历史，使得每一苦痛的喊声，都会在社会人生中激起回声，一个人的真实遭遇，会很容易在依然处于痉挛状态的时代里，找到无数个对应点——这种得到社会完全承认、强烈共鸣、但并非艺术哲学意义上的艺术真实性，成为这一时期知青题材创作特有的审美价值。

知青题材在第一阶段——“伤痕”阶段里的悲剧性和特殊的真实性，构成了知青文学的自然质，也是第一批知青文学形象性格的自然质。人们从这些形象身上，认识到的不仅仅是自我痛苦的再现，更为重要的是看到了伟大民族的不幸和那截历史的悖谬——这一功能质的显现，取决于题材的悲剧性和人物形象的纪实性真实。

我们以卢新华的《伤痕》，郑义的《枫》，孔捷生的《在小河那一边》等作品中的形象为例，王晓华的感情危机，李红钢和丹枫的无价值的牺牲，严凉与岚岚乱伦的奇耻大辱，原因都是那样一致。他们都经历了从盲从到觉醒的过程，他们都承当了历史的悲剧。生活留给他们的是不尽的痛苦和悲辛，他们能够喊出的只是诅咒、诅咒、再诅咒。这些不仅是本期知青形象性格特征，也是他们觉醒的外在标志。但是，我们说这样的觉醒还不是真正、完全的觉醒，对历史，他们还处在简单的消极否定阶段，还缺乏冷静的、离开感情牵制的理性思考。他们需要冷静，而这冷静，将成为知青题材创作离开伤痕范畴，向前发展的契机。

1980 年到 1981 年，是我们民族在狂怒之后，走向理性沉静的过渡性岁月。知青文学比起整个文学创作迈出的步履更为沉重。就整个知青题材创作来看，文学的主旋律依然低回着悲伤与诅咒。但有一点值得注意，知青文学主旋律节奏的狂乱性在日趋减弱。它像一位大恸之后的少妇，泪眼凄迷，但已经没有了那撼天动地的悲声。整个文坛其他题材领域日渐兴盛的反思潮头，开始冲击着知青文学的封闭性创作状态。只有思索，才可能冷下来，也只有彻底冷下来，才能更加有效的思索，就在这种外在冲击与内在要求，冷静与思索的交互辩证作用下，知青文学在创作上可怕的静势开始被打破了，为它尽快进入第二阶段迈出了大大的、有力的一步。

第一个向前跨进的是韩少功。他在《西望茅草地》中，一反过去窒人气息的悲怆，以一种不无爱怜的忧郁格调，展示了前一时期创作中难以见到的生活侧面：在酷烈的时代背景下，人的精神的二度异化。主要人物老场长——已不再是面目可憎的知识青年的对立面，而是一位抽象理性与被遏止的具体感情交织在一起而形成独特灵魂世界的复杂老人。他的神圣是在牺牲了自己和别人无数感情的可笑生涯中被堆起，但他却以为这种异化无可动摇。而今，他醒悟了，一半由于女儿死得太冤，另一半则不得不归于他精神的缓慢净化，小马和知青们离开了，但农场生活的具体象征——老场长却留在读者心里。

实际上，这种描写，在知青文学创作上，还尚未具备真正的开拓性，只不过是作家目光的转移，不只是看到血腥，还要看到血腥笼罩下的花草。作品的典型冲突，不只是只有在准型的完全对立的现实关系中才能找到。那种具有理性模糊感的各种因素，关系的交叉地带上，才能站立起立体的人来。冷静——思辨——立足于现实看取历史的全部，到这样的时刻，知青文学才真正进入了新的发展时期：历史回顾思辨期。

真正的理性思索，与客观上的知青运动彻底结束联系的比较紧密。他们——知青们为了推拒过去而返回城市，但城市生活对他们却也意外地采取了推拒的态度——不安宁的生活，空间的争夺与拥挤，不和谐的家庭气氛，精神上的失落感和失重感猝然间袭来。面对现实，他们先惊异于自己原来理想的虚妄，这难道就是向往已久的？——变得躁动不安的国人的灵魂，昼夜喧嚣的人流车流，疲惫不堪的单调节奏，机械的上班下班，物质享受上的无穷尽追逐和相互夸耀，住房、婚姻等来不及考虑的琐事，竟在别人的唠叨之中，成为整日摆脱不掉的困扰。失落了，失落了什么——他们不自主地要问现实，问历史。带着困扰的发问开掘着历史，沟通着现实和历史，也在开掘着知青文学创作的层次。王安忆因《本次列车终点》一鸣惊人！陈信迷茫地望着离开的大西北，望着那离他而去的历史，咀嚼着那今生不可能再经历的生活，一种惆怅——莫以名状的惆怅，在咀嚼中产生。过去的历史，不管是何样的色彩，总给人以回味，他要找到今日失重后的精神平衡的砝码，那么只有认清了历史的整体后才可能找到。

从此时开始，知青文学冲出了“伤痕”的狭窄河道，在思辨的广袤原野上漫涌而去，出现了许许多多从各种角度，对过去历史的加以自我意识化扬弃的知青文学创作的热潮。

《晚霞消失的时候》似乎是找到了这上述失重的原因：不要埋怨了，那都是虚妄。现实的一切都带有欺骗性，只有宗教才是灵魂得以永恒安宁的最好栖所。主人公南姗的大彻大悟，实则是她在受到损害之后，对现实一种高雅的躲避，是一种在被扭曲精神支配下的大误大迷。人生社会在特殊年月里，曾用宗教般的统治戏弄了他们，他们的报复也用宗教戏弄人生——这无疑是将灵魂按进宗教的死水中溺毙。

那么，另一些知青籍作家却不是这样，他们毅然离开对人生观察的悲剧视角，用理性的思索，形成新的题材凝聚点，制导作品的定向。人物活动在现实与历史的时间、空间交叉中，立足于现实而回顾，目光凝结着痛苦与留恋的复杂感情。被现实撩动的不安灵魂，渴求着、寻觅着，企望着驱除多种感情而织成的浓雾，看看以往历史的全景。这种自觉的意识，这种交织着惶惑，执着的企盼，是他们——知青们重新生活之前的内心骚动。想有所为而不知有何所为，成为第二个时期知青文学创作中人物性格的显著特点。作品意蕴摆脱了单一性，托出一种复杂——精神方面的肯定与否定构成形象主体内心冲突的典型形式。由前一时期人物与环境的冲突，进入人物自身精神状态的冲突。前一种冲突所揭示的只是时代历史的表层真实，而后一种则是挖掘到了时代历史的深层真实。这表明，仓促上阵的知青籍作家们，在实践中趋于成熟，他们创作时的心理结构，已进入艺术化、多元化，人物形象也因其活动在复杂的社会的、历史的、时代的、道德的、现实的多层次、多交叉关系中而趋于圆形。

人物形象内心失落感的消弭，有待于对题材内容处理的进一步深化，这种深化的实现，要求作家走出个人的旧囿，以全景展示的气魄和笔触再现历史，完成对历史的最终考察和结论。梁晓声《这是一片神奇的土地》《今夜有暴风雪》，孔捷生《南方的岸》，史铁生《我的遥远的清平湾》等类似作品，正是在这个意义上赢得了自己的艺术生命。理想之火燃烧在“鬼沼”之上，这里有难以想象的困苦和恐惧，但也正是这样的背景，使李晓燕他们的生活升华出崇高——毕竟这是他们真正向人生进击，为人类贡献的第一步。他们有胜利，但也有可痛惜的牺牲，他们为“鬼沼”献上了一腔激情、燃烧的青春和宝贵的生命，一片荒凉之地，播下了理想的火种，足以自豪的是他们在痛苦牺牲之中，占有了充实而又闪光的人生。《南方的岸》主人公易杰的返归，决不可理解为作者的趋时，而是强者的性格使然。他们只有一个目的——实现自我在整个民族前进中的价值。

在沉甸甸的价值找到之后，悲剧显出了壮美。时代气氛的悲剧性，便成为作品有机整体中被淡化虚化的远景。正是这些肩着历史悲剧的人们，却在历史被颠倒了的背景下，从事着把历史重新颠倒过来的壮丽事业。人物形象在这种描写中陡然升华，他们无疑成为祖国特殊历史岁月中的一代脊梁。这是一种精神，这种精神只属知青们——忍辱负重中却做着最无私的贡献与牺牲。

知青文学就是在这种完成了对历史和现实焊接，并留下了明显焊接痕迹以后，进入了它的第三个时期，现实实践时期。

我们首先在张欣辛的笔下，集中地看到了这一代知青在新的历史时代中拼搏的剪影。回溯历史，它的最后归宿在现实。奋斗——这一无声的时代召唤，再一次吸附着知青的目光，再一次燃起了他们的激情，他们恨不能立即在现实中找准自己的位置，把自己久被压抑的欲望，变为巍巍的现实高塔，赢得那久违了的尊严、荣誉、成就和地位。张欣辛不无偏激地展示了这种“孟加拉虎”式的拳击家的性格。自然，对他们的拼命无可厚非。但她笔下那些在自我价值现实化过程中人物心理的阴冷，孤愤，蔑视一切社会行为约束的赤裸、畸形，对此我们有权利感到不安和忧虑。人物的发狠，透露了心理世界的某种扭曲性。从他们向世界投来的睥睨的眼神里，我们似乎可以捕捉到带有病态的灵魂的呻吟，似乎是对过去不完满生活的一种别致的报复。人物在一遇到现实时，似乎已经完全忘却从以往生活中吸取的理性的沉着，恢复了原来应当扬弃的变态。如果我们立足于时代，从中可以察觉到终究会将其自己毁灭的悲剧性格。

那么，相对于张欣辛，张承志则在《北方的河》里，给我们推出了一位具有坎坷经历，但神志坦然、目光豪迈的现代青年奋斗者。主人公在河的形象里，寻找历史和精灵，寻找民族命运之根，寻找现实和未来，在河的形象里，选择自我更高的人生立足点，把个人价值的实现，放在民族崛起的宏大背景上。一种凛然难犯的正气中托起一个不无困扰与痛苦、但却完整的灵魂。

到这里，我们可以说知青文学的创作正式形成了由暗到亮色调构成的系列，排列出自己立体化的形象系统。

这一历程可以简要称之为：

题材处理：悲剧性——思辨性——实践性。

人物形象特征：诅咒——反顾——甦生。

美学意蕴：单一——朦胧复杂——甦生后感性与理性的交织。

知青笔下的中国农村

不论今天或者明天，不论人们试图以什么角度入手来探讨新时期的中国文学，都无法排除他们——知青作家群体和作品群体的强大存在。他们及他们的作品，在新时期以来的发展历程中，几乎在新时期文学的每一个时期、每一种潮思、每一次审美探索里都留下了自己扎实的脚印。诚然，他们登上文坛的机遇是那般偶然——带有某种历史荒谬感的偶然。尽管他们在初期的作品中所表达的只是他们那一段人生经历不免浅薄的人生事实。但是，十年来，他们从这一幼稚的起点上一次又一次地起飞，数次领风骚于文坛——而这一切，都未能离开他们与农村的关系。尤其是近年来，当他们以一个成熟作家的自信面对农村时，不仅超越了前人，也超越了他们自己。农村——农民——农村的今昔风貌——农民的文化存在……这一切，都在他们作品中被得以重新认识。

也许，从这个角度来探讨他们的审美历程，有助于我们对新时期第一个十年文学发展整体面的逻辑把握。

一

是的，假如我们的后人来研究这一时期文学史的时候，那么，他们会对知青籍作家们与农村的联系渗透着的强烈的时代荒谬感惊诧异常。在那个一切都失去常规的年月里。今天看来，人生命运的宿命性质，仿佛一下子被淡化了。这一代人在其初始，并不像俄国 19 世纪民粹主义分子那样，把广大农村视为自己理想可能实验的基地，因为他们并不具备理性，也不具备在这一理性牵导下的是非鉴别能力；他们没有在自己的内心升腾起一种改变乡村的豪气和志向；农村对于他们，像天堂般遥远，像一个幼儿对公园那样充满着迷幻色彩；他们到那里可以去做客，可以到那里观光，但他们并没有想过成为农村人生中的一员，他们和农村的一切有着一层天然隔膜。他们对于农村的认识，一半来自于书本，一半来自于那些从战争年代里走过来的长辈们茶后饭余的闲聊；对于农民在中国现代历史上所作出的牺牲与奉献。尽管他们也曾和他们的父母们一同真诚地激动过，但历史与时代所形成的环境时差，终究难以使两代人对同一对象保持相对一致的认识。在他们那充满好奇心的幼年时代里，也许早已产生了要了解农村的勃勃欲望，但是，可以肯定地说，幻想的世界里，有的是那富有魅力的群山大川，是天姿逸然的百草野花；是大地的辽阔，四季的奇瑰、五谷的芬芳、六畜的吟鸣。也许，他们对这块土地上人生的苦难，曾有过真诚的怜惜和慨叹，但仅仅只此而已。他们并不清楚，为了温饱而苦苦挣扎的人生，并不了解时间的流逝对于古老的农村并没有太大的意义；也不明了，那些一辈子和土地相依为命的人们一生曾有几多欢乐，他们的每一声轻叹里都压缩着多少值得诗人大叹特叹的人世沧桑。他们也许知道农民的手总是粗糙的，但却难以悟出这粗糙之中所反映出来的时代悲凉；他们也许曾真诚地相信过，农民黧黑的面色就是一种美，然而当他们自愿而又执意保护自己白而嫩的皮肤的时候，不知想过没有，这一外在认可与内在追求所存在的悖性，究竟说明了什么？他们敏感于自己周围的一切，然而面对农村，却陷入一种无意识的麻木里。

我们说，中国革命的胜利并没有排除这一隔膜，并且在新的时代，在很大程度上宽容了新的一代——都市青年们对农村所持有的陌生。他们并不负有一下子彻底改变城乡差别的特殊使命，他们有权力在都市化的生存环境里编织自己青春的梦。

但是，上述这一宽容并非是一种历史的逻辑必然。他们这一代命运没有操纵在历史的手中，远没有操纵在人民的手中，而是被充当了可悲的实验品。如果说，自1958年上下就开始的知识青年上山下乡活动，的确为广大农村的未来发展展示了一副甚可乐观图景的话，那么，伴随着那场“革命”的骤然到来，则很快全部充斥着荒谬。他们昔日对农村万分真诚的了解意愿，被专制扭曲为强力干预；在他们刚刚学会做五彩之梦的年代里，遥远的“天国”逼到了眼前，成为他们含泪接受的既定事实，他们听从了诱惑，被光明正大地赶出家门，被冠冕堂皇地抛入凄凉之地，更为可悲的是，这一切都是在他们的“梦中”进行——他们那纯情的泪水被廉价地引诱而无限止的抛洒，他们的热血，一次又一次被真假参半的口号所烧沸，他们的心灵，一次又一次被虚幻吞没，被欺骗充实。而这一切，又在他们的梦幻中变得那样美好，庄严、神圣、雄壮——他们想起了“敢教日月换新天”的明天，想起了战争岁月里的冲锋号角和进军的歌声；想起了民族百年来征服屈辱的庄严；也想起了把自己燃尽换来大地春华常在的灿烂……他们时刻准备着用牺牲去装点神圣！

但是，迎接他们的是什么呢？当初来乍到的新鲜感失去之后，当那朴实的老乡发自内心的嘘寒问暖的声音淡漠之后，当那些大山的雄奇、山花的芬芳再也驱不走寂寞的时候，他们的欢声笑语少了。他们的青春在褪色，他们似乎从一场梦中微微睁开了眼。他们的双眸里骤然少了许多燃烧，他们感到了生的艰难，活着的痛苦，看到了理想与现实的巨大落差，陷入了时代性迷惘里——灵魂，在痛苦中附归于自身。

几年过去了。天没有改，地未能换，神奇蜕变为可怕，向往里有了几缕仇恨。辽阔大地上他们读出了难以改变的苍凉；绵绵群山大川，仿佛在证明着贫困的永恒。沉默啊，沉默……

不在沉默中爆发，就在沉默中死亡——他们终于迎来了时来运转的一天，当年轰轰烈烈地出城，今日又轰轰烈烈地回城，只是多了几分悲凉而已。

就是这样，他们在农村生活了十年！他们当了十年的农民，他们做了十年土地的主人。单调的农村却铸造了一代复杂的灵魂和精神。

他们和农村，在荒唐岁月里，结下了不解之缘。

二

但是，我们说，在他们没有离开农村之前，甚至刚刚离开农村的伊始，农村这块土地上的一切并没有成为他们的认识对象；知青在农村生活期间的群居特点，更加深了他们和那些世代生活于土地上的人们之间的隔膜——因为，当他们在另一个世界——城市而对农村急于了解的欲望，随着他们和农村时空距离的消失，便被耳闻目睹代替了，也同时在无什么急遽变化的司空见惯和习焉不察之中被麻木了。他们在都市生活环境中所业已成型的价值眼光和心态构成，加之他们在任何艰难困苦环境中都不可能灭绝的回归希望，便使得他们在面对农村时，始终处于局外的角度。在农村生活的岁月里，自然界和人生社会的天灾人祸所给农村生计造成的困顿，他们无法和农民处在同一层次上加以感受——因为都市的家总是给他们或物质或精神上的慰藉、支持；尽管知识的拥有，使他们比普通农民具备了更加深广，可以超越具体生活时空的忧患感。但是，他们从未真正体会过收成的歉丰对人生生命的重要意义，也未能体会多一个子女对一个贫困家族的影响。然而，这种天然性的隔膜，却在无意之中造就了他们能够在离开这块土地之后，以独立的人生意识和眼光对农村进行理性思辨，进行审美创造的独特角度。他们自身的文化心态构成（即都市文化心态）与农村农民文化，相互成为参数，并共同活跃在他们的思辨领域之中。他们能够自始至终以局外人的文化眼光看待眼前的一切。并且，这一独立的人文品格，又得以在与自身文化属性相异的人文环境中滋养。处在同一生存环境里的两类不同的文化，知青们都有着切身的体会，尤其是对两种文化的差异的体味就更加深刻。这也许就是知青籍作家们可以在新时期文学第一个十年后期，在农村题材创作方面高人一筹的心理原因。在上述这一文化“间离”之中，都市及都市的一切文化存在，在他们那里已经化为一种情绪，一种难以割舍的感情，一种积注在精神底部的意识，一种和生命同在的东西。而农村、农民文化，对于他们却是现实的，可感可触的，可以进行理智分类、解剖、辨析、认识、判断的客体存在物。当他们一旦对农村农民的生活有了全部的、透彻的、切身的咀嚼之后，那么，都市化的文化价值观念将作用于眼前这些对象身上。他们将在无意之中实现其自身作为“知识者”价值的对象化过程，也将在这一对象化过程之中，不仅加深对客体的全方位认识，而且也在深化对自身的认识。

完成这一过程，还需要一个中介。这一中介就是知青们在理性照耀下的对农村、农民的温情宽容和深刻理解。正是在这里，我们抓住了知青作家们把农村视为自己审美领域的最初心理动因，从这一角度，还可以看到他们对农村进行艺术表现的深化轨迹。

追随全国性的反思热潮，以回顾作为自己对以往生活实施观照的起点，并且在这一反刍中强化自我与农村的情感联系，既是他们对农村进行时代发现的自我视角，又是知青作家们用自我价值标准对农民进行评价的开端，也是他们用审美方式再现农村生活的第一阶段。

在这一阶段里，叶辛和竹林的作品可谓代表。从他们二人及其他作家的作品中我们起码可以明显看出两点：

第一，环境与人物的某种背离，这就是说，出现在他们作品中的人物，是知青而非农民，是游离于典型农村文化范围之外的“都市型”孤独者。他们的痛苦可谓感人泣下。然而，缺乏真正农民的参与而使作品分量不足。也许是感情的作用，或者是受文坛“伤痕”展览时尚的左右，知青作家们所揭示的人物苦痛，还只是他们这类人的感觉。还无法顾及把那一场历史动乱的全部社会人生加以全面又立体的展示，以强化悲剧的时代性和人生辐射广度。环境在此仅仅是作为背景来使用的。环境——农村土地上所发生的一切，知青作家们在审美化创造过程里，无形之中滤掉了许多。他们这样做显然有两个原因：一、在悲剧时代刚刚结束之后，人们总是情不自禁地使用自己的悲剧经历来实现对整整十年悲剧时代的折射式反映，还不曾注意到如何在更加宽广、富有交叉意义的地带上，托举自己作品的悲剧之魂。二、基于对阴谋文艺、帮派文艺的极端蔑视，“写真实”一时成为新时期文艺复兴的一面旗帜。人们真诚地认为，只有在真实里才能找到真正的文学。那么，把个人真实的经历稍加艺术润色以快世人眼目，在当时，也成为艺术上的一致追求。

第二，尚处在选择之中的作品人物主体。一开始，我们看到，真正的农民还不需进入到知青籍作家们的审美视野之中。尽管知青们曾一度农民化了，但其本质——价值观念，是非标准，道德准则，生活习性等一切文化行为并非彻底农民化了。在知青们的艺术世界里，他们要塑造的和我们能够看到的，都无非是知青，无非是知青在农村的生活，并不是真正的农村图景。在这些他们初期的作品中，尽管我们可以通过知青们的苦苦痛痛、悲欢离合领悟一些那块古老土地上曾经发生了些什么，但终究无法看到动荡年月里一代农民的真正心态。

但是，从这些初期的作品中，我们毕竟看到了一代知识者眼中的农村环境，我们毕竟可以感受到微弱的农村脉搏，毕竟看到了他们对农村还是熟悉的，并且拥有了自己对之审察的独特视角。他们对土地及农村环境的出色描写，为后面作品主体的变化奠定了基础。

三

第一阶段里这种对农村生活的非自觉性侧于表现，既是一种有意为之，也表明了他们理性准备的不足。如果我们把知青到农村的情形与通常作家们到农村体验生活的情形做一比较，便可以明白：他们尽管和那些作家们一样，自始至终保持着“局外人”的身份，尽管他们面对农村农民时有着大致一样的陌生眼光，但是知青们并没有从一开始就以审视的眼光和态度来对待这一切，像作家们那样有意进行捕捉和观察。而是不由自主地浸入那种生活之中。所以说，当他们还身在其中的时候，并没有自觉地把农民作为土地的主人加以认识，思考和研究。刚刚步入青年时代的幼稚，使他们并不具备在异质环境里进行生活的理性。他们只能用一颗心去体会，对身在其中挣扎的生活一切予以消极认同。所以说，一旦当他们从这样的环境里走出，留给他们的是，也仅仅是非常重要的感同身受。我们说，十年的农村生活留在他们脑海之中是一片混沌状态的人生生活图景，是一种人生生活方式和生存观念交替作用下的动态程式，留下了一块可供艺术之神左右驰骋的广阔天地。

20世纪80年代初期，是知青籍作家们从自身伤痕旋涡里走出而开始把审美目光投向农村的真正开端。最重要的原因是，整个中国农村正在进行的巨大改革吸引了他们。这一改革给农村带来了前所未有的变化，也引出了许多前所未有的新的矛盾。新中国成立以来的“一大二公”的所有制形式及生产方式，已经在农民尤其是农村基层干部心灵，形成了类似“天条”似的，不可动摇的“既定”。如今在20世纪80年代，农民们面对不可阻挡的历史潮流，又一次开始了自己的独立选择。选择是愉快的，也渗透着痛苦。农民们并不习惯自己掌握自己的命运。当新的时代将以否定前代为发展前提的时候，一种情感式的深切恋念黏滞着他们的脚步；他们对能够给自己带来实惠的巨大改革表示惊喜，又同时感到也失落了一些他们本不想丢掉的东西。农民们这一莫名其妙的苦恼，喜忧参半的心绪，便立即引起了那些土生土长的作家们的强烈关注。古华、周克芹、王润滋，赵本夫、贾平凹、路遥，甚至包括高晓声、何士光，他们迅速地用自己的艺术敏感反馈着这一切，推出一部又一部脍炙人口的杰作。

新时期文坛农村题材创作的新变化，也深深触动了那些在农村生活了多年的知青籍作家们。他们开始把自己排除在外，用一副被都市和农村两种文化造就的艺术思维开始重新审视那块土地上的今昔变化。

我们以矫健《老霜的苦闷》和铁凝《啊，香雪》为例来看，尽管两部作品在风格上完全殊异——前者充满着忧心的沉郁，后者充满纯情的诗意。但他们却表达了一个共同的主题，即进入历史新时期的农村主人的内心骚动。《老霜的苦闷》里，老霜到底苦闷什么呢？这位贫协主任、老贫农、老党员心里到底想起什么呢？他为什么要十几年如一日地监视本家兄弟老茂呢？这一出 20 世纪 80 年代里具有田园风味的“墙头记”煞是好看！他自觉地监视别人，可心里却有着说不出的懊恼与苦闷——困惑，从未有过的困惑包围着他，袭击着他，缠绕着他，同时也挤压着他。是的，世道是变了，昔日一切的不光彩，仿佛在今日变得格外光彩了。“钱”——商品意识，成为冠冕堂皇的东西，不仅冲击着他心里那基于“为集体”的坚定信念，也掀起了他家庭中一场又一场风波，连他的儿子也毫不客气：“你熊！你弄不着钱回家，你没有治家的本事，就会开会训人！”是的，老霜的灵魂显然已经在那个死去的时代里被锈蚀了。他的心态充斥着异化，维系他生命和精神的，竟是那些极“左”口号及其奖状。老霜的苦闷，是一代人的苦闷，是一个时代走向末日的哀婉。农村改革的未来方向，必将是以牺牲小生产的生活方式为最终目标。对于农民，这是异常痛苦的事情。他们并不愿意亲手屏弃那些陈旧的，但他们早已习惯了的生活方式和生存观念。

《啊，香雪》里，我们看到了一群对现代文明的热情崇拜者！也许，香雪及其台儿庄的伙伴们对于列车及“小白脸”列车员的惊奇，还多多少少带有些孩子气。但作家却没有这样看。她们面对列车的叽叽喳喳，表明了古老土地上新的梦幻，现代文明正借助于青春的力量而向神州漫延。

从这些作品中我们可以看到，相比于上一阶段，这里的环境不仅是农村化的，而且人物也是地道的农民。知青作家们由眼前农村现实切入，去描写他们所熟悉的土地上今日的情形，土地主人在现时条件下的苦闷、喜悦、追求和痛苦。对农村进行时代观照的政治视角，一方面表明他们对于农村改革进程的强烈关注，同时也说明，就是这些颇能轰动当时的作品也依然没有摆脱文坛时尚的影响。也就是说，作为知青作家的独特的主体意识，并未在他们的农村题材中凸现出来。与上述这种审美格局雷同的还有李杭育的《沙灶遗风》、韩少功的《风吹唢呐声》等。

细细地对上述作品的审美创造过程加以考察，其中的疵点则更加明显。首先是他们的引爆灵感的触点。在他们离开那块土地之后，再到艺术地再现那块土地上的一切，这一转变并非来自于主体对既往生活的自觉反省。也就是说，20世纪80年代上下的全民族反思热潮，并没能使他们用新的理性来看待历史。审美创造的灵感，多半来自于客体的变化信息的刺激。这样一来，外在的对艺术灵感的诱发原因，具体为艺术过程，就只能是现实的一切，就只能是农村生活的表面变化。而这一表层变化所激起的审美激情，不仅难以持久，还容易滑入纯粹功利追求从而导入庸俗，其次，便是他们在这一功利目的牵导下，有意无意地漠视了对农村特有氛围的艺术熔铸。概念化的人物活动于"萧条""干巴"的时代环境中，甚至可以说，相对于第一阶段的环境描写，显得逊色。作家有意把人物置放在"选择"事件中，让其抉择。苦闷也好，喜悦也好，都无法在他们所活动的农村背景里找到更为深刻、更为内在的原因。再次，知青作家们面对农村时应有的历史意识还处在冬眠状态之中。他们只展示了生活一个横切面上小小的静态复杂，而远未写出农民作为历史存在的动态复杂性。他们有意于揭示农民的心态，但仅仅是改革事件里的点滴心态，无法让人从中意识到更为深广的人的历史内容。"纪实性"的笔触，难以看到艺术想象的魅力。知青作家们，截止到这个时期，对于苦难，对于农民的认识，还处在相当浅显的层次上。

相对于那些土生土长的农民作家们，如周克芹、古华、路遥、贾平凹等，他们显得逊色多了。

时代向他们提出疑问：你们的笔在这块土壤上能拥有优势吗?

四

面对着民族全方位漫涌而去的历史反思，他们一方面开始尝试用多种多样的创作方法和价值视角对自己过去的生活进行再思考，另一面也在寻觅对农村题材进行开掘的现代切入点。

当历史临近20世纪80年代中叶的时候，民族反思发现了文化。在这里，知青籍作家们终于找到了表达自己农村体验的独特角度。他们一下子屏弃了那种仅仅着眼于农村现实表层变化的浅薄，把农村题材创作水平提到了一个前所未有的高度。

如果说，李杭育在1982年发表的《葛川江上人家》《最后一个渔佬儿》等一组小说，已经和《老霜的苦闷》类型作品格局稍有异样的话，那么，在郑义的《远村》发表之后，就可以说完成了对上述模式的完全突破。从此开始，我们将看到真正的一代知识者眼中的中国农村、农民、乡村历史和乡村文化整体。

我在前面就已经隐约谈到，知青作家们早期由于艺术理性的相对模糊和艺术自觉程度的低下，致使他们在审美创造过程中始终难以摆脱旧有模式和文坛时尚的左右摆布。对生活切入的单一角度，对艺术功利性的偏狭理解，对艺术结构的模式化认同以及在审美创造全过程之中，有意无意地对主体意志的抑制，都是他们长期难以突破经验型艺术格局的原因。在前些阶段的作品之中，他们所选择的事件总是那么富有意义；人物也总那样面目鲜明，仿佛是在被创造出来之前就已经在作家心中涂毕了底色，好孬善恶一目了然；环境与人物性格的发展在逻辑上总是那么一致，一致到令人怀疑的地步。结构无论怎样，也无力摆脱起承转合的陈旧规范——这些不仅制约着创造主体艺术能动性的发挥，而且在一开始就大大削弱了作品的审美力量。

而到《远村》一类作品，则大大不然了。作家们不再为农村表层的琐屑变化而盲目自喜。他们已经升腾到历史与未来的相切点上来看待时代，来追寻生活主人动态的、历史的行为轨迹。生活的意义，不再需要时代政治来裁决判定；人物的个性特征不再需要到共性之中附形类比，结构时序大可以不必按照生活的顺序来安排。古老土地上的一切，都在独特的主体感受之中被重新组合。农民作为土地的主人，已由时代、历史的层次转跃到文化的层次上了。

《远村》里，我们不否认其间所发生的一切都带有改革时期的种种痕迹——但这不是郑义艺术运筹的重心。时代特征仅仅是一种艺术的缘起，仅仅是一种生活碎片的黏合剂。作家借此要展示的是，古老土地的主人在什么样的心态下进行自我价值的痛苦选择。作品里男女主人公的挣扎，那种背负生活和道义双重重负的人生长途跋涉，都在作家笔下被强化了。男女主人公那里的道德和爱，总是和生存密切相关。他们从来没有奢想过在没有任何痛苦的真空中来享受一下人间的欢娱。他们不是为了爱而活着，也不因为“拉帮套”这种人走形式有损于文明而一辈子忐忑不安，他们所痛苦的是，人为什么活得这般艰难。人生的苦难把一切美好都冲淡了。

作品里，道德与爱，仅仅是作为生活的一种力量而存在的。它们对生活并没有独立的制约力量。在现代文明规范里所早已屏弃的一切，都在作品中得以最大限度的宽容——而这一宽容只有知青作家们才会慨然给予。为什么呢？原因似乎很简单，他们在这里发现，文明在历史流程之中的断裂，发现了愚昧、落后与崇高、美好，水乳般交融在一起。

相对于郑义，王兆军的《拂晓前的葬礼》更能发人深省。作者尽管采用了对农村观照的政治角度，但从这一角度进入而看到的却是一部中国当代农民复杂的心态史。田家祥的成长过程压缩着农民三十几年的挣扎的历史，作品的时间框架，显然是新中国成立以来的历史，然而填充这一巨大画框中间的却是一代农民的全部行为，行为过程和行为动机。我们如撇开作者本人的倾向性不谈，看看田家祥从挣扎、得势到落魄的全过程，总不免涌起一种深深的敬意。他有过正直的青年时代，但正直换来的是蔑视，被欺；当他向生活索取的时候，生活却显出丑恶与残酷。而当他洞明世事，以残酷对待人生的时候，生活却频频为他喝彩，把一顶桂冠戴在他的头顶。他就是这样在正反两种力量的揉搓中成熟了——他没有泯灭天良，但把它只保留在内心；他奢望权力，然而目的仅仅是复仇而已；他甘心吃苦，却仅仅是让别人看。他的行为总是和目的相悖——一种有意追求的相悖。他在生活中游刃有余，一切一切，他都可以作掌上玩——起码在田家庄是如此。但他空虚，他感到有许多失落，他疲惫极了。轰轰烈烈的背后竟是“空空荡荡”！田家祥不只是个性非常突出的一个人物，更重要的是一种文化代表。他的人生中所压缩进的深广的民族历史内容，让人思索，也令人惊叹！

全民族的文化反思和重构热潮，不仅仅给知青籍作家们在农村高飞远跃安上了翅膀，同时也构成了他们对农民进行时代重构的有力起点。

似乎是，他们不再满足于仅仅只是一个农民文化的局外观察者，仅仅只在民族范畴里来看取农民的历史存在和文化属性——这里将涉及一个宏大而又深刻的命题，即，那有着沉重历史包袱的农民们未来的命运将如何。要展示并在局部回答这一命题，首先得具备几个先决条件。这就是首先，对整个农民进行时代解剖的参照，仅仅有农民自身的历史还不够，有本民族的历史也不够，有共时性的全民族现时人生还不够，必须具有超越具体生活时空，民族生活区域的全球意识与超前意识——这一切，知青作家们显然是拥有了。新时期以来，以历史反思为标志的十年文化选择运动，他们从中得到的感受比任何一代作家们都更加强烈。从对生活的政治性选择，到人道主义选择，再到英雄与自我中心的选择，最后达到对民族未来生存意识的超前选择，一种强大的、深沉的，特大的民族危机感和忧患感，弥漫在他们的整体艺术活动之中，成为他们面对人生，尤其是面对农民的一致目光。

也同时从这个时刻开始，对旧有文化的批判理性也开始转化为扎实的艺术实践。他们亮出了自己的大旗：“寻根”！并在1985、1986两年间推出足以使这面大旗猎猎飘扬的作品群体。代表作是《小鲍庄》《爸爸爸》《老井》《河魂》《厚土》等。

相比于第三时期，这个时期知青笔下的农村题材创作具有两方面值得强调的新质。

一、浓烈的忧患意识。这种忧患远不是对农民苦难的同情一词所能够解释的。这也绝不是对某一个体不幸的浅薄、狭小的怜悯。它所关注的是一类人、一个民族及至整个人类。也同时不仅仅把这一关注局限在人的一时一刻的悲剧遭逢，而是纵观历史，放眼未来，在人与自然的整体观照之中得出的忧患。比如《小鲍庄》，我们已经很难在作品表面看到作家的主观倾向性了。作品那小孩——捞渣的死，如果在以往，则会牵动作家的全部感情，不惜把最令人心碎的语言用于其身。但在这里，王安忆却表现的分外冷静。她只写了这么一件事情，在这冷冷的客观叙述里，却到处潜伏着引爆读者强烈感情的暗道机关。作品中仿佛始终有一种冷冷的，但又异常深沉的声音对我们说：瞧！他们就是这样生存着！他们至今尚未觉察到自己早已被文明历史抛出圈外！

读《爸爸爸》，使人在神话意味里，在咀嚼着一颗历史的苦果。而崽的荒诞是民族人生的荒诞变体，而崽的痴呆，似乎向人们宣告着民族充满危机的未来，而崽的大难不死，说明着人类尽管活下来，但活得并不光彩。这是一个把人生的过去，现在、未来都蕴涵进去的现代神话。也许每一个人都不可能全部读懂它，但每一个人都能得到些什么——只要你认真去读。厌恶也不失为一种折射。也许它对于某些特殊心态的人，只好用这种方式呈现。诚然，在《爸爸爸》里，忧患感并没有采用社会化的一般感觉来表达，因而我们也无法用通常感觉来接受它的全部内涵。但忧患毕竟是藏在里面，那就是，人类只要从崽身上能够找到类似的东西，那么，就不应当对未来的前景表示盲目乐观。

二、强烈的批判精神。这可以说是知青作家们面对农村时特有的感情态度。因为他们毕竟与那里的人生没有血缘式的感情联系。现代文明照射下的古老大地，展现给他们的也多是令人痛心的事实。例如：一场动乱，侯七竟发了大财——靠制造纪念章提前成了万元户（《活鬼》）。队长对民主权力的理解仅仅是“选举”，不无荒唐地来让村民们“选贼”（厚土之一《选贼》）……这一切需要批判。农民文化的重构，也只有在接受彻底批判的基础上才可能实现。

相对于那些“农民身份”的作家们，知青作家完全屏弃了创作过程中可能导致对农村的历史产生偏颇的感情联系，以十分清醒而强烈的现代理性审视着农民，农村及农民文化的一切表现。他们笔下的农民是思想、文化的载体，他们在这些载体身上寻觅国民灵魂的痼疾，察看致疾原因，描绘民族心态的全部形态。使民族的灵魂在阵痛中苏醒。

过去的农民塑造了他们，而今他们在塑造未来的农民。

黄河与高原之神的时代雕刻

——晋文化小说的抽样分析与思辨

文学，乃至整个艺术史上的奇观，常常总是在深刻、痛苦的困惑之中孕育而成。“晋军”在崛起之前也确实走过一段困惑的路程。探讨陷入困惑与冲破困惑的远因近势，想来颇有意义。

早在五千年前，山西南部就已经参与到新石器时代仰韶文化的结构运动之中。在晋、陕、豫交界的三角地带，活动在这里的蚩尤曾经与黄帝、炎帝部落进行过激烈的战争。随着蚩尤的战败，早期两种黄河文化于此开始了杂交融合的发展历程。从西周开始，包括山西南部在内的陕西渭水一带开始成为具有自己独立面貌的文化区域。周初的大分封，晋南又成为成王之弟叔虞的封地。受这一文化辖属的范围，覆盖了今日山西的中、南部地区。以后，日渐强大的晋国在春秋战国时期，城濮一战，大败楚国，一跃而为中原诸侯盟主，霸权维系多年。也正是在这个时期内，孔子创立的儒家学派，以及这一学派的天道观，重视人世、人事的实用理性和各种政治主张，伴随着中原地区的日渐统一而成为黄河文化的核心。三家分晋到秦汉大统一，晋南地区一直处在文化对流与发展的中心地带。

当黄河文明的光带环绕过这块高原的西部进入华夏东部地区，在那太行山的崇山峻岭之中，原始的生存方式依然制约着生活的规模和气氛。从历史上知道，当晋南地区已经把私有制以国家的政治形式加以肯定的时候，晋北地区的林胡、娄烦等少数民族还处在原始的游牧生活之中。东汉末年，随着鄂尔多斯草原上南匈奴的南迁，直到曹魏时期，以忻县设郡为标志，文明才开始在这一地区发挥作用。混乱的南北六朝时期，羯族人进入上党地区与汉人杂居，并一直顽强地保持着自己民族的生活习尚。与此同时，鲜卑族拓跋氏也在平城（今大同）一带建国立都……从这个时期开始，在不间断的战争中诞生的，以雄强彪悍为特色的草原文化，与中原文化形成对峙。此后，由于种种地理上的限制，晋北地区的雄性文化得到了相对封闭的自我保护，并越发鲜明起来。三晋大地两种文化的传统、土壤及有趣的地理特征和现有状态，为今日的艺术开发提供了基础。

——这抑或可以看作晋文化小说赖以生长的历史土壤?

如果上述可以被认作是晋军崛起的远因，那么，它的近势就可以在对近十年来山西文坛的回顾中找到。

我们看到，在“十年动乱”中元气受到重创的山西文坛，一起步就暴露了自己的迟钝与笨拙。在这里，艺术传统，经过时间的裂断，在今天人们眼里的已经成为尽管遥远但却更为强烈的光辉标记。面对艺术园地的荒凉、寂寞，三晋骚人油然想起了20世纪五六十年代所享有的荣耀。曾几何时，人们面对“山药蛋派”的创作不无啧言。但，在时空的流逝里，挑剔因怀恋之情的过滤而日渐淡化了，苛责的目光变得柔和了。在人们要求尽快填补感情空白的焦灼等待里，旧有艺术存在对新时代创作进行观照的价值评判作用，使得许多接受者来不及树起新的美学旗帜从而把过去视为不可企及的最高典范。正因为如此，当《老二黑离婚》《李有才之死》等作品一问世，多数人便极以激赏。这一情形表明，不无辉煌的艺术传统，在刚刚复苏的山西文坛创作格局中，已经在相当惊人的程度上，变为创作主体和接受主体对艺术进行界定的价值桎梏。在这种对以往艺术传统的神圣崇拜之中，欣赏趣味濒于庸俗的边缘。强烈的怀旧情绪实际上在要挟新一代艺术家必须沿着先辈的路走下去。艺术接受过程中所造成的这一“多数人专制”，完全可以想象，对于那些想在文坛一试牛刀的青年探险者们，该是何等沉重的心理负担。

翻检那几年的创作，这一论述会更加触目惊心。较早在全国获奖的成一、张石山，除了他们作品的时代氛围之外，在论及他们的风格指向时，几乎所有的评论文章都把他们扯入“山药蛋派”的家族之中以壮其声威。是的，直到今天我们也无意否认，他们初期作品确实有着容易辨别的山药蛋味儿。他们在一开始创作时，也还不可能把传统仅仅作为一种参数而进行空前未有的艺术创新。新时期文学伊始的复旧趋向，也推挤着他们首先必须向传统的艺术审美水准看齐。

如果说，这一具有浓重历史回潮意味的审美皈依，在他们那里始终是非自觉的话，那么，当时的批评界却把传统的价值，在文学未来的审美坐标上规范化了，神圣化了，模式化了。自信的批评界似乎找到了“山药蛋派”历史存在与现实发展可以互为因果的对应两极，一方面急急忙忙为新时代的艺术创作在已有的家族谱系中安排座次；一方面又以新的艺术成果来强化对既定历史艺术存在的神圣崇拜！诚然，我无意在这里否认或贬低当年的批评界对青年创作成果进行历史归类的主观好意。他们也许是想通过这种历史联系的寻找为新的艺术提供理论支撑，帮助他们尽早找到艺术发展的最佳模式。但是，艺术传统的启迪作用与桎梏性，这二者在新的创造时代里所不可避免的矛盾悖性，却使批评界的好意得到了令人不快的讽刺。沿着批评界所指示的行进方向，孜孜不倦的青年作家们，却始终未能在文坛制高地上站稳脚跟并领文坛风骚于一时。截止1983年底，山西作家先后有五人次在全国获奖。但除个别之外，大部分作者所显示的审美意义却未能升腾到创造性的价值之中。（我在此系统论述中对这些作品的苛刻，并不影响把这些作品放在作家本人创作历程上的价值意义）期待突破的焦灼，甚至在进行了“山药蛋派”的激烈争论之后，仍然未能得到缓和。

审美格调的人为强制，在限制了新一代艺术创造者们大胆开拓的同时，也导致了山西青年作家们未能尽早地对已有艺术传统，做深刻、自觉、痛苦地自我反省，去发现自我与传统的错位，确定新时代艺术描写起点，继而在横向共时性比较中重建时代艺术审美的价值坐标。

与上述这种审美氛围多少有些对应关系的，还有创造主体表现在对社会、人生、艺术的认识局限——这不仅仅是只属于山西作家的局限，而属于整个文坛初期的困惑。新时期文学的开场锣鼓敲响之后，作家们一开始就巧妙地，却是无意地利用了当时人们只要求感情功利而无暇顾及艺术审美的普遍社会心理，所以，艺术对“荒诞岁月”的历史回潮，也正如这一“荒诞”生成的肇因一样，选择了社会斗争，政治斗争的切入角度。由此看到，一幕幕在艺术中活灵活现的政治性悲剧在接受效应中，一次又一次地制约着人们的喜怒哀乐。艺术作品的存在价值也只能够在这一情感功利的强烈色彩中得到承认，甚至，把眼光延伸到更早的历史空间里（反思文学后期即是如此）。但，文学在这一自然而然的纵向延伸中拥有的最高成就，也不过是用形象化的语言来解释悲剧产生的更为隐秘的原因罢了。在这里，层次的交替并没有带来创作主体艺术意识的根本性改观。政治化的艺术眼光，依然把审美价值局限在政治功利的直接兑现上面，本体观念还没有从人的历史转换到历史的人。形式结构也因对客观对象表现的单一性而继续陶醉在现实主义格局之中。对历史进行反思的概念范畴，甚至在许多方面还未接近历史本身。艺术还在政治性的价值观念中左撞右冲、焦灼不安——而这一点的突破在此显得太重要了。它意味着人们必须严肃的回答；什么是艺术的神圣使命，有没有艺术存在的独立性，艺术占有自己本质的手段将都有哪些等等。

艺术意识在蝉蜕之中给整个文坛带来的痛苦煎熬，山西青年作家也未能幸免。他们一开始也还是把艺术画面的展示，系在一个问题的起承转合之中。事件行进的逻辑俨然就是人物的性格逻辑。明显的社会背景，强化的政治冲突，也照常是作品功利与艺术审美的凝聚焦点。复杂的人生，也只能在政治功利的需求下进行有着诸多限制的排列组合——内容被净化了，形式结构也只好跟着净化。例如成一的《顶凌下种》，张石山的《镢柄韩宝山》，韩石山的《两个队长》等，内容主体是人的历史活动，而非整个历史活动中的人。作家通过艺术画面所传达的，似乎并未超出现实主义的早期理论原则。这样一来，人对历史运动的适应过程就自始至终占据着审美注意中心。也就是说，艺术对环境—行为的展示，要远远多于文化——心理的披露。环境——行为模式与文化——心理结构常常处在不相统一的一体之中。无数事实已经证明：行为的恒定性，代替不了外化全程中始终伴随着的心理模糊性和心态构成的动态性。性格的整体系统也只有到那些若有若无的联系之中寻找到自己的完善形态。艺术在这样的时刻和地方才有可能完全占有自身。

20世纪80年代开始不久，新时期文学便由自身题材时空的历史延伸而呈现出日益强烈的哲学渴望。这一点对艺术来讲是至关重要的。因为，文学对整个人生思索由此开始发生明显的转移。由内在的现实、历史，走向对二者整体含义的综合把握。历史与现实，不变与常变等相对范畴，多是以“共时”状态被主体所认识。艺术基于这种认识，在对现实人生观照中实现了某些超越，占有了某种永恒。文学中对历史的反思，对未来的种种预测，都在表明艺术力图把握这种永恒的不懈努力。

当我们今天回头看去，这一切努力，尽管在争取艺术独立性方面没有取得多少根本性成果，但它毕竟为艺术摆脱政治庸俗功利的恶性挟持做出了贡献。关键在于，这一努力，造就了新时期文学为拥有未来而必需的大规模选择运动。全面而又深刻的选择，使困惑的文学找到了自己的突破口。首先，选择改变了创造主体观照人生的惯常眼光。艺术不再满足于对生活的如实再现，而是通过对表象背后潜在东西的挖掘，取得艺术审美的表现功能。其次，随着主体眼光的改变，艺术材料的处理方式也随之改变。结构形式离开冲突式样而在无冲突或冲突淡化的生活里也找到了自己。人物在历史舞台上的独立活动意义得到了强调。行为与心理的悖性矛盾渐渐成为艺术表现的重心。再次，艺术趣味趋于现代型。故事框架被挣破，历史与现实的人生碎片，被作家用某种哲学抽象意念加以串联。主题变奏感越来越强烈。作品意蕴升华走上多向化渠道。基于对民族历史全程深刻思索而具有的生存忧患感，制约着整个作品的审美气氛和价值性质。

在这个文学力图重建时代哲学的阶段上，山西文坛的青年作家们也开始摆脱艺术传统的心理束缚，本体观念中人的地位得到了空前未有的重视。以表达历史的社会存在，到表现人的哲学存在，艺术意识的蝉蜕与重建同时进行。《陌生的夏天》系列开始了。生活主人在平静环境中的心理失重，使人们看到了生存方式与生存心态的悖性和矛盾，从而悟出作家借艺术语言提出的深刻命题：怎样才能获得人生存在的恒性平衡。张石山在《老一辈人》中笔法陡变，他不再满足于描绘一个动人的故事了。人物被推到时代前台，在并不典型的环境中，拷问生活着的灵魂。五个老汉，五副人生变形图画。作者首先发现的是，在时代的云头之上，生活主人精神气质的每道细纹里所压缩的人间沧桑。张平总是喜欢用生活者的道德完善来看取历史的价值。道德中的人格力量，多少冲洗了他可能滑入把历史道德化的危险。艺术的审美包蕴在道德感的力度之中。

但是，上述这一切，都只能看作是晋文化小说破土而出之前艺术意识的艰苦冶炼。把爱、生命、道德观念、伦理变迁、环境影响及种种感情式样融合在一起，描绘出高原人民面对黄河文明所特有的心态，这一目标的实现需要新的手段，需要时代提供契机。

这一契机，便是时代对文化的青睐。

新时期文学发展中，由哲学渴望向文化反思过渡，是文学开始走上独立发展轨道的重要标志。文化在今天人们的思维领域中已经成为具有哲学性质而又超越了哲学的宏大范畴。它不放过从社会行为中所获得的人的类本质，也更重视从心态的历史构成，模式中来确定人类属性的文化机制，并从现存的生活方式里寻找曾化入人生潜意识层次的因素。通过上述种种，描绘出历史活动中的主体——人那渗透着物质变迁，文化嬗递而形成的复杂，神秘的世界，完成艺术对民族灵魂的时代重塑！

文化意识的时代强化，如一把利剑，劈开了导致人们困惑的迷雾。三晋作家第一次以惊愕的神情，开始重新审视这一块渗透着黄河文明与高原荒凉的文化存在。

区域生存方式的“历时”结构，精神与心态蜕变的特殊机制和艺术活动中主体与客体的文化交感关系，是晋文化小说独特美学风神的三大支撑。

地理环境对于鉴别文化类型来讲，常常是不容忽视的重要因素。人类本身赖以发展的衣食住行，不得不以先存自然所能够提供的条件加以安排。这是因为，“人们用于生产自己必需的生活资料的方式，首先取决于他们得到的现成的和需要再生产的生活资料本身的特性……它在更大程度上是这些个人的一定的活动方式，表现他们生活的一定形式，他们一定的生活方式。”[①] 可以说，一开始，地理环境因素就以不可剔除性加入到人类整个文化史的生成和结构之中。不论古今，自然对人类性格的铸造作用是一直存在着的。主体与客体的双向逆反运动，人与自然的相互幻化（实际上只是人的感觉而已），便使文化具有种种特殊的区域色彩。艺术意识一旦进入到人与自然融合的境界，景物展示就不单单是静态的描写了，也不仅仅只是在酿制氛围，而是作品构成整体的有机因素。

成一是善于用“飞白”来勾勒自然环境情势的。他在这种展示中，不使用成群的笔墨，而是把这些撒在人物心态的披露之中。《泥房子》里，那重复十数次出现于作品中的“老院”，——到底是个什么样子呢？似乎难以在作品中找到答案。但是你完全可以通过一开始“蹲在屋檐下”的史金寿的表情、心理，揣测到这一老院的光景了。从“屋檐下”的“蹲”，到“小房子”里的“做”，“磨粉机”的隆隆声使一切都变样了。老金寿生活意识的前后变化，也正是在沉郁、滞重、凝结的“老院”里具有了超越具体实在的意义。郑义、张石山、成一、李锐等人，不论他们的具体展示

① 见《马克思恩格斯选集》，第25页。

有何不同，但有一点是相似的，即，自然描写的形而上已转入形而下，构成整个作品文化意识活动的广阔天地。

民族精神蜕变轨迹的理性勾画，不仅是“寻根”文学的精义所在，也是晋文化小说的艺术重心。

当时代要求回答民族文化真实存在的时刻，艺术也因此常常表现出如下情形：首先是生活冲突类型发生明显变化。不再是历史事件与历史主体的失调。冲突凝集点被时代文化选择所承担。其二，冲突内化了。文化选择决不像社会形态选择那样，具有容易认识的形态外壳。观念的斗争在社会发展的平静时期，多半集中在主体自身。其三，选择过程将成为艺术审美的注意中心。其四，主体的艺术视野因对象的浩瀚无边而变得异常开阔。俯瞰时代，巡视在历史与未来组成的广阔空间之中，努力想从永恒长存与转瞬即逝、生与死、爱与仇等生存范畴中寻找到他们对立之外的联系，达到对民族精神的彻底洞悉——即以审美形式完成对人类多方面本质的认知。

《老井》就是这一选择的产儿。作品以两条线索齐头并进。与老辈们保持着间距感的孙旺泉，同时与同代人赵巧英也形成选择两极。在父辈们那里，险恶的区域环境，强化了他们对自然的恐惧。宿命观念一方面支撑着对神的崇拜，在另一方面又在平衡着他们因屡屡失败而引起的心理失重。“恶祈”本身，在他们那里，绝不是以死、以鲜血来向神灵证明人的不可战胜。心态的畸形，他们永远看不到人在历史运动中的真正面目。如果说，一开始，他们文化心理的异化是由于区域环境的不可改变造成的，那么，迷信文化却把这种心态完全扭曲了。自然与人的对峙，遭受欺凌的最后还是人自己。人，把自然幻觉为神的意志的外化，对象反而占有了主体——这是多么深刻的精神悲剧和文化悲剧。

主人公孙旺泉的心态底色正是脱胎于此。他依然不具备清楚辨析人与自然异化关系的自觉理性，血缘关系使他的感情常常激动于父辈人为找到水所承当的悲剧经历上。他并不去分析找水过程与形式中所压缩的人生悲剧内涵，而更多地醉心于先人们面对种种悲剧失败而永不气馁的雄强、刚毅、坚韧。但是，他毕竟与其父辈不同。他相信，一定可以找到。不过，这些在孙旺泉的精神存在中还只是一种正在崛升的意念。为此，面对恋人赵巧英的选择，他困惑了，他无法向对方清楚雄辩地表白自己所作选择的理由。也许，赵巧英的选择，在我们看来过分利索了些——看不到她对这块土地现状的理性理解。仅仅是一种物质生活的表面比附，就使得她在城乡选择上那般决然。这一点很令人失望，市侩庸俗冲淡了她在时代人生中的文化代表性。如果要求摆脱某种生活境遇的动机，只能到物欲中说明。那么，这一选择的所有意义就有悖于历史而失去价值。相对于她，孙旺泉则显得深沉多了。他处在文化冲撞的中心，历史的悲剧尽管使他在选择上显得犹疑、迟缓、沉重，但他毕竟找到了崇高的归属，他把时代生活变化的强烈诱惑，内化为改造自身处境的欲望，冲动和信念。这一切，不仅标志着可能对自然的实际胜利，而且伴随着这一行为的胜利，精神蜕变得以完成。

比起孙旺泉来，已经在精神里战胜了旧我的贵武[①]，便显得神采飞扬。在那疯狂的年月里，他把菩萨拉翻在地。在七年后修大寨田的劳动中，一块隔河飞来的石头，在一百多人的劳动工地上偏偏砸中了他。几年后的今天，他用当年几乎无法医治的伤腿，身负重荷，登上了灵山主峰，由过去被迫应战者变为今日的主动挑战者。他望着在自己脚下奔涌远遁的连绵群峰，他明白了，今天参加灵山庙的修造，不是为了那个藏在冥冥之中的神灵，而是在建造自己，建造比任何大山都雄浑十倍的人类形象——自豪底部，是新型文化心态的自我亢奋！

艺术画面中文化表现的交感现象，也许可以说，是新时期文学强化自我的积极成果。一如人们常常惊异于那些没有战争经历却可以写出比身临其境的作家更为真实的战争文学一样，交感帮助了他们克服了一切历史存在的陌生感。他们运用自己的现代思维和现代感觉，去重新破译曩昔生活存在的密码，依照主观理解来整合生活。我们知道，文化心态的历时性质，与主体“共时”性的时代存在显然存在着矛盾。企望仅仅从共时生活状态中就可以寻找到潜在的文化痕迹，自然是徒劳的。因为历史生活的“所指”与今日概念的“能指”永难一致，晋文化的整体形态，正如我们在前边已经详细分析过的那样，历史因素，也许在今日的表现形态上难以辨认了，但它在人们的情绪表现中，在价值判断中，尤其是对生存方式的

① 见张石山《一百单八蹬》，《收获》1984年3月刊。

选择上依旧保持了自己的制约作用。不论是秀兰那于虚无中的期待（张平《梦中的情思》），还是史金寿老汉在权力面前的忐忑不安，终究是受着心态结构的内在制约。但是，我以为，仅仅把这些描绘出来，也并不是真正的历史文化。对文化历史对现实主体的干扰，只有到主体的时代意识中加以澄清——这一点，在郑义、李锐等人身上表现得尤为突出。

在郑义、李锐他们踏入这块高原之前，都市文化氛围已经为他们的意识构成涂上了底色。高原的一切，对于他们来讲毕竟是陌生的，而且，从某种意义说，这种陌生感永远不会消失。他们不可能用生命的感觉，即有着某种血缘遗传的感觉来面对这里的一切。这样一来，一种特殊的心境伴随着他们艺术生命的始终——不知是他们在受着文化和铸造，还是文化在接受着他们的铸造。比如，孙石匠鲜血淋漓的“恶祈”，其场面的悲壮、肃穆，尤其是这里头包含着的具有原始意味的力量，并不是土生土长的孙旺泉所能体味到的——这是郑义自己的独异感觉和体味。同理，赵巧英那种缺乏思想铺垫的决绝行为，也是郑义对高原愚昧落后的理智认识和感情态度。再如《远村》那条名叫“黑虎”的狗，既有“拒人千里的冷漠与威严”，在受到掣肘，又那样自信、自由、自尊、自强。这是人？是狗？是神？是魔？是象征！是激情的物化，是理想的升腾。作者的意图很明白，当雄悍豪强为自己挣来自由时，一切悲剧都显得壮丽无比。这是郑义对晋文化的深情礼赞！

《古墙》[①] 的结构最能体现作者的文化目的。“古墙”脚下，沸腾的现代化工程、沉寂的河口堡村和阴森森的古墓群同时在这里争夺着生存空间。现实的逻辑使我们无法弄清这一奇特的关系组合。内在联系只能是历史的——现代文明与“小国寡民”的冲突，终于在“古墓”群里找到了文化根源。作者把文化的断裂、延续、正、反、合，并在一起寄托作者对文化历史与现存状态内在冲突的全部感受。

晋文化小说的整体结构系统，集中体现在创造主体的批判意识与重构意识之中。成一作品的美学格致是沉郁的，表现对象在精神蝉蜕之中的犹疑、滞重，铸造了作者文化意识的忧患感；郑义则把高原的雄浑调子作为

① 见李锐《当代》，1985 年 6 月刊。

自己作品的底色，他激动于三晋人民的雄悍、顽强和自信，而对愚昧、麻木则深恶痛绝。张石山有力的“男性”笔触，使他把古今生活变成一副重担压在自己笔下的人物身上，看他们将如何占有生活、生命和未来。韩石山则多喜欢在少妇身上觅诗情，他浅浅地品味着这些女性身心深处的灾难、痛苦和带有酸味的笑；张平总是每每以对历史的道德判断形成自己作品美感的辐射中心。文化意识的强烈道德色彩，制导着他总是用淡淡忧伤的目光审视对象。也许正是对南部文化历史和现状的复杂情感，使他敢于把道德评价加在历史之上，悲剧恰恰是文化的质点。

以郑义、成一为代表的晋北文化小说，批判的重心是生存方式和生存意识。而以张平、韩石山为代表的晋南文化小说，所否定的多半集中在伦理范畴。两股文化均是把时代所呈现的历史趋势作为文化更替的最高目标，企图通过自己的艺术努力，帮助文化重构找到入口，即，重建无断裂的时代文化整体。

历史契机与现实选择

——新时期山西文学批评研究（之一）

如果以作家的出现作为标志来描述山西现代文学的生长史的话，那么，当年高长虹、石评梅等活动在“五四”时期的山西籍作家的创作活动就可以被认定为最初的材料。但区域文学发展历史的描述并不这样简单，任何一位作家（包括批评家）被认定为区域作家并进入研究视野，至少应具备以下几个条件：比如他的创作活动有固定的人文环境，他的文化心态的生成和成型过程，大部分或本质上被一种区域色彩的文化所浸染，从而构成作家在终生创作中难以自我剔除的“文化情结”；再比如，他的艺术趣味和审美意识的构成具有明显的社区特征和区域色彩（即我们可以从社区或区域的人们的生存方式、娱情方式中为其寻找对应性等），并且，在长期审美的创造性实践中形成风格或趣味的不同性。甚至还可以说，这种作家在长时间的各种审美时尚的冲击下敢于坚守并敢于以此为自豪。如此等等，尽管还不足以概括区域文学的特征要求，但以此对作家进行“区域性归属”已显得有些苛刻。如果我们用这样的条件来作为“区域文学”的描述起点的话，那么高长虹、石评梅、李健吾等作家就难以进入山西区域文学发展过程的描述之中，准确地说，山西现代文学的生成是以赵树理的创作开始的，后继者有马烽、西戎、胡正、束为、孙谦等人，在20世纪40年代初试锋芒，至20世纪50年代末60年代始形成大气，终于以“山药蛋派”定位于中国现当代文学的时空之中。

但就批评而言，其情形与创作又大有不同。文学史上，创作与理论的共生共荣是极为鲜见的。而更多地属于创作实践在前、批评描述和理论研究总结在后的情形。从山西现代文学的生成史来看，这种情形就显得更为突出。具体说来，山西现代文学的创作开始于20世纪40年代，但批评描述和理论研究只是20世纪50年代才开始的规模方式出现，且不说理论描述和创作研究各行其是（这种情形一直是我国文艺理论和创作研究的大毛病）。仅就创作描述而言，也多半停留在单薄的、零星的、随机和印象式的状态之中——第一是阵容薄弱（比如“文革”前以创作批评显示出个体实力的只有郑笃，姚青苗等少数人），第二是作家以“创作谈”方式出现的“亚理论”占了很大比例。加之20世纪五六十年代的“政治风雨”和“运动”状态，创作描述始终没有赢得走向理论的机遇，从而使创作描述一直未能摆脱尾随创作而缺乏独立品格、功能的“非创造”的态势。

当然，山西现代范畴的审美理论研究和创作批评的长时期沉寂，仅在结构上寻找原因是远远不够的。从20世纪40年代到70年代末，在理论研究和创作批评领域，占统治地位的一直是“延安艺术理性”。延安文艺座谈会之后所提出的政治与文艺、文艺与生活、世界观与创作方法、社会主义文艺与中国古典文学及外国文学、文艺与大众等等方面的关系原则，始终是理论研究界和创作批评界限定性原则范畴。当山西现代文学以“山药蛋派”产生为标志逐步走向成熟时，被时代尊为“旗帜”和“方向”的山西现当代文学，其理论研究和创作批评只能是对“方向”和“旗帜”的肯定和进一步阐释，不可能构筑起与创作并峙的理论描述系统。历史的进程还表明，“延安艺术理性”先置状态下的任何努力都只能在“量的增加”上显示功能，又因为其理论之于时代要求的“自足性”，使长期处在“边缘地带”的创作研究在整体文学世界的存在作用，实际上变得可有可无。这是大背景，任何人无法改变。与此同时，以“斗争”为特征的中国当代文学发展历程，每一次“批判”的结果，都积淀为对已有理论的宗教化、神圣化，僵化和无用化的外在包装，从而造成对艺术生产力的巨大破坏。20世纪60年代初对“中间人物论”的讨伐，就是以“山药蛋派“作家和作品为对象的。

我们可以清楚地看到，在这样的人文环境和理论话语背景之下，几乎所有的理论研究和创作描述都是在不断地和不得不“重复”的过程中延展其生命的。艺术生产力在理论上的功能根本无从得以体现。“艺术”理性的一统化，“话语精神”的一统化，最终导致的是理论研究活力的丧失和创作批评精神的耗损。

山西当代文学中理论研究和创作描述的沉寂，在20世纪70年代末之前应当说是必然的。

1976年以后中国社会的骤然转型以及由此带来的对“历史颠倒”的

思潮，显而易见，对人文学科产生的影响无疑是极其巨大的。鉴于“文革”文化政策的反动性，文学领域中的理论研究和创作批评首先是向历史的“回归”（这种回归的时空范畴明显指向20世纪50年代末和20世纪60年代初）。从多元角度来看，“向历史回归”尽管是当时时代的一种必然，但实际上体现为一种“文化调整”的策略。因为，不管人们是否意识到，“回归”毕竟不是“原样重复”，“回归”过程中对艺术生产力所产生的巨大诱发力，必然作用于理论研究和创作批评的未来发展，必然产生和诱发对“复归”终极目标的超越潜力。这种认识是我们今天重新审视我国新时期伊始“文艺复兴”运动的正确态度。区域文学和整个文坛一样，“复归”既是一种“时代必然”的“迫不得已”，同时又为区域文学的重整旗鼓尤其是在理论上的活跃提供了难得的契机。新时期伊始文学的景观有一点是和过去大不相同的，即无论是怎样的外部原因所促成，但理论先于创作是一个大家认可的事实，理论研究和创作批评在这时所扮演的角色，正如胡适对吴虞所评价的那样——是一个“清道夫”的角色。它至少在以下几个方面给创作以有力的支持。

首先为创作清障拨迷。理论上的直接否定和创作批评上的勇猛精进，使得作家以控诉为特征的审美激情得以空前的勃发。

其次，解放了被僵化理性禁锢多时的主体灵魂。当时人们用有限的甚至直接套用政治术语对“文革”“文化政策”的讨伐，为作家在审美实践中大胆突破禁区提供了多重意义上的启迪。

再次，“复归”时所形成的某种意义上的“理论”真空，使作家所获得了空前的创作自由——心灵自由的大幅度展开。理论研究者和创作批评者亦如此。新时期伊始“一切重新看取”“一切从头开始”的“草创”态势，使理论四面出击，左右逢源。虽然它在实质理性拥有和话语精神方面与20世纪五六十年代毫无两样，但相比于“活动”岁月的颠倒，毕竟是进步——很显然，它为理论的锐进提供了广阔的空间。

可以说，山西新时期文学整体中的理论研究和创作批评就在这具有多方面指归的广阔空间里，呈现出明显的崛起态势。

其崛起的标志可以从以下几个方面来看取：

一、以重新评价赵树理和“山药蛋派”创作为基点，关于“山药蛋派”的研究开始步入崭新的阶段，如对“山药蛋派”成型过程的梳理，流派特征的“学术探讨”，对赵树理“贡献”与“局限”的辩证认识等等[①]，这一批 20 世纪 80 年代前后出现的论文及其观点，其最明显的特征就是研究者已经有意无意地把它们作为一种严肃的“历史现象”加以研究探讨了。这说明赵树理与“山药蛋派”已进入了“科学范畴”。

二、山西文艺理论界和创作批评界对新文学传统尤其是对“山药蛋派”所含纳的现实主义精神的大胆褒扬，为日后的“晋军崛起”打下基础。一大批后来者成为这种传统在时代舞台表演的主角，有的甚至不惜以“续写旧作”[②] 来重新确立这种精神。如《老二黑离婚》《李有才之死》《顶凌下种》《镢柄韩宝山》以及一大批类似“软大嫂”“宋老大”的人物，包括与“山药蛋派”作品结构方式、主题深度相同的作品，一时间摆满了文坛。这些作品的出现，为以后研究“晋军”对传统的继承与屏弃方面，提供了切切实实的材料。

三、更具有价值的事实是，理论界和创作批评界已开始把目光由过去单纯诠释转向更广阔的视野，开始出现独立的理论建构意向。批评式样趋向多元化，不断更换范畴的横向共时比较时尚，使批评开始真正对创作实践产生影响。

山西新时期文学的理论研究与创作批评从复苏、活跃到臻于复苏，可以用创作与批评相互影响的深度来说明。山西理论批评界在新时期文学“复归”期中对“山药蛋派”新生代作家作品的肯定及时对此进行的“历时性”研究，显然对“山药蛋派”传统的恢复、发展和超越，起到了积极的作用。无论理论批评界在实际的批评实践中所操持的观念形态和理论范畴有多么不同，但在本质上所拥有的现实主义观念体系，以及以此对作品所蕴含的理论潜能的开发，都对山西文学顺利并迅捷地通过“复归”阶段从而走向真正的新生，产生了很大的推动作用。同样的，理论研究和创作批评在不断丰富的区域审美成果面前，始终保持着积极介入、独立运作的昂扬、亢奋姿态。例如，1980 年前后所开展的关于“山药蛋派”的大讨

---

① 这些文章包括李国涛《且说山药蛋派》，董大中《漫谈“山药蛋派”的现实主义特色》，方晓浴《从赵树理风格看“山药蛋派”的今昔》，高捷《从流派角度看赵树理创作的艺术特色》等。

② 这里指的是青年作家潘保安所发表的《李有才之死》《老二黑离婚》。

论，新时期农村题材创作研究，关于“晋军崛起”的态势描述，艺术生产力之于区域文学的研究，郑义、李锐创作中的“寻根意味”“文化意味”，山西新生代土著作家在叙事方面的“先锋”探寻，吕新在“先锋文学”浪潮的地位等，这些创作现象的研究，不仅之于山西现代文学的历史是一个进步，而更为重要的是它同创作一起，汇入新时期文学革命的浪潮之中。

总体看来，山西新时期文学在理论研究和创作批评方面有以下几点值得珍视：

第一是关于赵树理及“山药蛋派”的争论及其研究。新时期以前有关这方面的创作批评，由于种种因素的制约，基本上都属于“非艺术”“非审美”的研究。比如，主题类型研究的政治化、人物形象诠释的阶级论归宿，情节结构探讨之中的“生活真实判决”法则，话语研究中的大众文化趣味现象等等。正由于如此，文学研究始终难以构成对既有理论的超越，反倒成为既有理论可怜的奴仆。新时期的研究不仅在已有的研究方面得以向纵深发展，更为重要的是理论批评研究通过置换范畴，引入新的批评概念系统的各种各样“纯艺术”视角的自足研究（如文体研究），使理论与批评出现了全新的气象。文化学范畴对社会——历史学范畴的置换，传统与西方文学对区域作家的双重影响及其创作变异的研究，文体研究，参照生产泛的比较研究等等，[①] 都使赵树理与“山药蛋派”这一历史现象具有了越来越醒目的“科学意义”。从这个意义上说，“晋军崛起”的整体构成已给予理论与批评充分的价值地位。

第二，创作实践现象描述的全方位展开与功能强化。与“文革”前理论研究、批评描述布不成阵、单枪匹马的情形相比，新时期的山西理论与批评可谓是蔚为壮观、成果丰硕。几乎所有的作家、作品、现象都进入了批评的视野并得到了有说服力的解释。从对老作家新的时代认识开始，批评一步步地趋向繁荣。除赵树理、马烽、西戎、胡正、孙谦、李束为、冈夫、郑笃等老作家以外，焦祖尧、成一、李锐、韩石山、张石山、田东

---

① 指席扬著《山药蛋派文化特征初论》《山药蛋派艺术选择是非论》《农民文化的时代选择——赵树理创作价值新论》《面对时代的审察——赵树理创作的一个侧视》《文化整合中的传统创化——试论“山药蛋派”在整个解放区及中国当代文学史上的价值意义》等文。以及康序、傅书华、刘阶耳、王春林、李有亮等人的这方面文章。

照、王东满、蒋韵、哲夫等人，都纷纷凭借持论精到的“作家论”形式，在研究界确立自身；第二代“山药蛋派”作家如李逸民、义夫、谢俊杰、马骏、杨茂林、韩文洲等也都从“现象描述”进入“理论”的境界之中。山西新生代作家如吕新、常捍江、房光、赵瑜、曹乃谦、燕治国、王祥夫、乔忠延、沈琨、梁志宏、张不代、路潞、钟道新、周宗奇、谭文峰等，在各个题材领域中各擅胜场的作家们，都被广泛而认真地予以批评。很显然，对“山西文学研究”的研究，已经作为题目被提出，“山西文学研究”已成为新时期以来山西文学构成整体的重要侧面。

第三，理论研究和创作批评的“理论”含量加大，从而形成了理论之于实践的独立性。在时代人文背景不断变化的驱动下，理论与批评的操作者们开始有意地消除批评的“随意性”，而追求现象世界描述所生成的理论世界的系统性与个性特征。比如李国涛的“文体描述”系列，在老到亲切的文风中，不失论辩的逻辑力度。董大中以“朴学”功力成就的有关赵树理研究的许多成果，都将在方法论上给人以很深的启迪。由于批评家们这种自觉地执着与努力，使得新时期山西文学的理论研究和创作批评并不只是“乍起乍落”的“热闹”而是以其扎扎实实的成绩，成为文学全局的重要侧翼。

批评和理论的辉煌是难得的——正因为如此，对“理论研究与创作批评”的描述，才显得艰难而重要。

现象与症候漫说

理论的“感觉存在”

理论生成、发展的悠久历史与它自身存在形态的完备无懈，常常是件足以引人自豪的事情。而我，却常常感到悲哀——为此，我首先想到了我们几十年一贯制的艺术理论。当一种理论（例如现实主义）的伊始状态早已被人忘却，当某些人附在一种理论的反科学“变体”上飞黄腾达了之后，当用者已经不再把它赖以存在的外在条件、环境视为必需的时候，当它在历史或时代的发展的强烈嘲弄面前依然惊诧莫名的时候……我的悲哀则愈加强烈——这就是至今还被某些人以本能加以卫护，以“感觉存在”为呈现形态的艺术理论。

以载道教化为基本特征的中国功利式直观审美观念，在进入现代史之后，它在把马克思主义输入的过程中，一开始就伴随着“恶性同化”。时代之“道”，虽然因社会形态的改变，而被重新阐释，但“道”在进入民族思维时的原始含义及生存形态却始终未能触及。“道”在伦理化政治环境中所塑造完成的“原型”之义，凭借着自己在面向外部世界时所特有的“敦厚姿态”，对一切新的东西都进行着无形式的，也难以为人意识到的“同化”式选择。这一选择是极其苛刻的——古老而又难死的特殊排列组合方式，总是可以为一切拱出历史地平线的新鲜寻找到合于“道”之传统的表现方式。比如，艺术上的唯美倾向，被首先贴上“唯心”哲学的贱卖标签，加之“内容决定形式”的伪逻辑推导，最后被打入冷宫承受寂寞。再比如眼下的“寻根”，便首先由“根”想“老”，“老”即腐朽的“封建文化”，那么你所要寻的不就是“封建文化”之根吗？此着如若不买，便是先看看这货色世界哪块地方有——你的“寻根”不是从拉美来的吗？这有什么新鲜？睥睨的理论眼神里充溢着“感觉存在”理论的莫大自豪。

这一在现代时代很奇怪的现象尽管已经被除去了不少，但人们在对这一理论所造就的文学整体进行反思的时候，却有意无意忽视了对其理论

“存在形态”的严峻反思。几十年来被弄得面目全非的现实主义，其价值实际上等于一个垃圾桶，什么都可以被它吸进去从而被某些人自诩为巨大涵盖及其永恒性。当哲学已经名正言顺地在人类主观感觉里来试图重塑自己的今天，竟还有人以“经济基础决定上层建筑”的启蒙信条，作为自己理论的哲学支撑。当艺术已经在未来的超高点上来忧患人生的时候，有人还用直观式的审美观念对作品评头品足，这实在是艺术理论的时代悲剧。

说实话，文化大选择时代所持有的主体否定意识，早已对狭隘功利观所挟持的现实主义“刮目相看”了。理论论证的否决和实践领地的不断丧失，使它再难以找到可以骄傲的处所。基于“贫困”而又不甘承认“贫困”的自矜心理，也只好把这一理论储存在记忆里，凝固在感觉里，以“感觉存在”来显示它本已消失的存在。

理论反思的难点也正在这里。把全国化理论所赖以存在的感觉形态作为我们艺术理论彻底取胜的终极目标，才能体现出“史诗”式反思的本质所在。

“创作谈”外谈

作家除了“写书”之外，再来点“创作”之“谈”，不知起于何时。古代怕是极鲜见，近代也不会很多。在我们中国，此“谈”之兴，大约可追溯到“五四”前后。

一个作家成名之后，把自己作品的缘起、构思过程、写作意图等如实地叙谈叙谈，不但对研究者会有好处，即便是那些有志于文学的青年，在激情有余而尚不知如何下手之时，读了自然也有裨益。不过同时可以肯定，决不会因为看过几篇出色的创作谈就可以一跃而为作家。其实对这种行为，鲁迅先生当年就毫不留情地指责过。郁达夫当年成名之后，也不屑于摆起好为人师的威严来。

新时期以来，文学事业大繁荣的标志之一就是期刊层出不穷。多，自然不是坏事，但在某种竞争中所使用的手法，确有高下、贵卑之别了。为了争取到更多的读者，编辑们一方面在稿源上殚思竭虑，另一方面则在栏目设置上翻新花样。诸如“创作谈”、“我是怎样写作的”、“我的第一篇小说”、“作家专访”、“作家寄语”、“创作讲座”、“辅导站”、“作品病院”等等。在刊过一些如某外国作家写作时喜欢把脚泡在水里，某大作家的秘诀是“站着写”，一个脖子上吊着墨水瓶的作家，这位作家有个小本本，那位作家从来不记札记之类后，为了迎合一部分文学青年的好奇和急于求成，一些人便在一些初露头角的青年作家身上下功夫。你觉得没有什么好说，那好，我来出题你答卷，一连串的怪名目便出来了——“你喜欢白天写还是晚上写?”“你喜欢用什么笔？钢笔，油笔，抑或铅笔?”“打不打腹稿?”“修改抄写几份?”“是否有退稿现象?”……试想想，这些离艺术规律很远的东西，究竟能给人以多少教益呢？似乎用什么笔，在什么时间写作，可以决定你可否写出好作品。某位作家的作品玲珑，是因为他的脚泡在水里吗？某作家著作等身，是因为他脖子上常挂个墨水瓶吗？如果不理解文学的产生和生活及个人禀赋相关，徒对四壁，即便把这些“习惯”全部学来，也一样不济事。更有甚者，文学受了教育行业的诱发，居然也大搞起函授来了。你来一个“小说函授”，我来一个“诗歌创授”，你应允发给“结业证”，我承诺“优先发表作品”……不论上述允诺多么动听，重要的实质总放在后头——先交学费若干元，材料费若干元，报名费若干元，辅导费若干元，××若干、××若干。钱交来之后，作品可否发表，创作有无进步，那是另一档子事——因为我并没有讲可以保证你成为作家呀！

由此想及鲁迅先生，他扶持晚辈，看稿，改稿，推荐发表，非但不要这费那费，还得管吃管住，两相比较，上述那些做法的炮制者不知汗颜否？

搞创作，没有生活不行，不读书不行，没有勤奋一切皆空。有志于文学的青年们，不要过于在一些动听的广告上浪费天真。老实讲，有钱不如多买几本名著钻研一下，即便不会成功，也不至于太失望。

文坛内外的“热”与“冷”

前一阵子，在人们对文学“轰动效应”的失去而热热闹闹讨论的时间里，曾看到或听到一种说法：寂寞，乃是正常的，这才是文学发展的本来面目。言下还有没说出的，早先那一篇作品“倾国倾城”反倒是真正的“非常”。对于两方面的人，不论是悲叹者还是欣慰者，我无意来仲裁，反正事实就是这样了，你悲叹，它还是不“轰动”；他欣慰，依然除不去“寂寞”。借用鲁迅先生爱说的一句话：“随它去吧。”

然而，“去”也罢，“来”也罢，倒使我这个很关心文学的人不免产生些胡思乱想，看看今日文坛，竟不免有些“怪”异生来——也许是我多事也未可知。我想说的和大家差不多，亦不外乎文坛的“冷热”事。凡两年来，人们普遍感到，文学这个“灰姑娘”真是“灰”透了。“献媚”“讨好”甚至“求爱者”日见其少了。老百姓突然变得“俗”了。对于文学作品，不管作家们费了怎样的心血，硬是不肯光顾。非但如此，而且谈都不愿谈及。你欲谈，一看别人一脸的漠然，便就自惭得不得了。比如残雪女士，我读了些她的东西但不是很全，心想这位早在文坛“红”起来的女子应该有许多人知道她。但懊丧得很，远不如当年的“泥做的”蒋子龙，一任乔厂长一夜之间就把他的名声远播海内外。中国人是善于今昔作比的，我亦摆脱不了这个坏习气。看着眼前却老想着以前，文学昔日的那荣华富贵我总也忘怀不去。总觉得眼下文坛这“正常”大不该似的。若论起作家，老实说，比当年许多“光屁股”上场的好汉们，“招式”多多了。然而，“招式”多依然摆不起些波澜来，不知他们是否沮丧过，抱怨过，我倒真觉得沮丧并深感委屈。心里暗暗地想，中国的“浑哥们”也真太多了——这是我站在文坛内看、想后得到的结论。有几次，我推着自己站到“圈”外（这一年来正是如此）。从外往里瞅，与从里往外瞧是大异样的。文坛内，非但不寂寞，而是热闹得很！虽则“自由化”累及几家刊物倒了霉，但“拼杀”的阵地还不见太少，“呐喊者”众矣！有几位这几年的新秀作家，还没等许多人看清眉眼，就被“伯乐”们抬到云端上去了。你若想真弄清“新秀”的芳容，实在难了。如果你实在好奇，那么也只好跟着指点者点头称是。似是而非，稀里糊涂地叫几声：“好呀——不……”之类，出几身臭汗而已。即使抬到云端还不算，又被“毛延寿”们涂了“脸谱”——只不过不再是“红”的表忠，“白”的表奸一类老法了，而是赤橙黄绿青蓝紫一齐上。不仅令涂者自己不清楚自个的模样，别人也不明白。只有几个“呐喊者”心里有数——是不是起哄凑热闹？也未可知。

一里一外，一冷一热，仿佛是隔了好几条大山似的，你“热”你的，我“冷”我的，倒也相安无事。但站在山顶上往下看，总感到热闹的地方远不如“冷寂”的地方多。

何以至此呢？我想了好久，再看看似乎有所悟。外面的忙于钱，看“残雪”之类自然与赚钱无补，于是乎也就顾不上了。里面的，也似乎并未全脱“俗”气，多写点，多赚点，胡说八道也罢，只要能换来“满把银的和铜的”，自然也非坏事。

创作也罢，理论也罢，不妨看得远点，想得复杂点，做得严肃点，看得有分量些。切记，我们不要在我们手里把“文学”卖了，把创造的荣誉让给未来创作者。重要的是，我们要拿出真货色来，如此，也不失为一种改变文坛外“冷”内“热”的法子。

“玩”与“缪斯”

很有一阵子了，“玩儿”这个词在文坛时髦得很。翻开报纸杂志，“玩”得娇嗔，“玩”得哆气，“玩”得嬉皮笑脸，到处似乎可见。来势之猛烈，犹如当年的迪斯科了；“患”者之多，亦令人想起以前上海的“甲肝”。在“玩声四起”里，倒把自己弄得有些瘟头瘟脑起来。闭目沉思，也突然对自己怀疑起来，难道以前全错了？——不由想起上大学时讲文学概论、讲古典文学、讲现代当代文学的老师们那一脸虔诚的严肃来。因受业于虔诚、严肃的门下，故近年来，总是一提文学颇能“严肃”，而且就一直严肃着。面对今日之“玩风”，不能不觉得自己好可悲。据说，“玩玩”缪斯的专利首先是张艺谋先生申请注册的。因这位张公曾以《红高粱》在西柏林获了大奖，而且是“洋奖”。国内好事者在惊诧之余遂惊问：“何以得奖?”张公答曰：“玩玩而已。”于是张公获“洋奖”而“人咸言贵”，尽管“玩”的对象是缪斯，也就不大有人觉得不公或该死，反倒觉得像获了宝贝般播散着。于是乎，“玩”病便蔓延开去，争相“患”病者也适见其多。既然张公玩电影可以得“大洋奖”，那么，早就把眼珠子瞪向瑞典皇家学院的那班“诺贝尔情结”患者们，便大彻大悟，认定，缪斯恐怕必得“玩”才会有大出息。以张公类推，“玩”小说，“玩”评论……类似乎玩麻将般明里暗里便开展了起来。从诸多“玩客”们的言谈神采中分明让人感到：不仅痛觉前非，而且马上玩起来也嫌迟了些。还仿佛在告诉看客们：也许那些诺贝尔奖奖金获得者们怕都是世界一流的“玩”的大把式!

大约有一年了吧，就目下看，“玩”风风头似乎过去了。我自己也在“风”中“瘟”了一年居然什么也没干成。本想看看赵、钱、孙、李者们能“玩”出点样子来——呜呼！复又可悲，只是空喊了一阵子，如夜间都市广场上小贩们一样，招来了不少好奇，然而货色终于没有卖出去多少，与当年“玩”风大盛之际相比，真乃大煞了风景矣！

由此看来，缪斯之神是玩不得的。

当其时，张公奉出“玩”之经验，也许别有意味。怕只是听者未加细揣，便应而起之了。加上发明“玩”的又得了洋奖，这自然又引得敏感于“洋”的国人崇拜而效尤了。现实真是斑斓得很——由“崇洋”到“崇玩”，不就如许多大城市美国领事馆门前的签证长队一样令人深思吗？在许多人没有“玩”出什么花样的今日，我倒想了许多——且不说我们这个时代仍还是一个“严肃”的时代，是一个需要“严肃”的时代，就文学本身而言，也难以“玩”得起来。生活依然是苦多甜少，目下国人的哀叹、愤慨，漫怒以至于骂娘，这些怕是与“玩”接不上茬的。人人都想听点真的，唯文艺可以“玩”点花把式骗人？真实作为艺术的灵魂，也许在“活腻了”的西方可以忽略不计，然而于现在的中国却万万少不得。假如某君真悟到了“玩”的真谛，把文学看成是“不过如此而已”的东西，那就不妨“玩”去，不过我想要小心两点：莫把自己玩得一塌糊涂，于己于人都无益处；二要小心不传染别人，自己把“病态”当专长，又想竭力“患”于人，等到真是“病”的时候，大家一起完蛋。

说起“玩”我又想起一些似乎遥远的事。20世纪30年代，一些文人在讨论“小品文”的时候，也似乎提到过“玩”，并且都出自于一些中西皆通的名士口里。如今，我一看到“玩”就想起当年那帮现代名士们。“名士，是多么风雅的名儿！甚至也就是一种绅士罢了。他们比一般的绅士不同的地方，就是多读了几本书，晓得布置一间美妙的书斋，邀集三朋四友，吟风弄月，或者卖弄聪明，说几句俏皮话，或者还搭上什么姑娘们，弄出种种风流韵事来。这都算是他们的风雅。”[①] ——这样说，对于今日之“玩”者，似乎有些太刻薄。不过这味儿还不够辣，更有鲁迅先生那好听的：“在方寸的象牙板上刻一篇《兰亭序》，至今还有‘艺术品’之称。但倘如这挂在万里长城的墙头，或供在云岗丈八佛像的脚下，它就渺小的看不见了。即使热心者竭力指点，也不过令观者一种滑稽之惑。何况在风沙扑面，虎狼成群的时候，谁还有许多闲工夫，来赏玩琥珀扇坠，翡

① 伯韩：《由内雅人小品到俗人小品》。

翠戒指呢？他们即使要悦目，所要的也是耸立于风沙中的古建筑，要坚固而伟大，不必怎样精；即使要满意，所要的也是匕首和投枪，要锋利而切实，用不着什么雅。”[1] 两位“古人”的话，细想想并不古，听来亲切而又解渴。

1988年，据说可称为“苏晓康年”。苏公大作读得不多，倒也翻过几篇，别的记不清了，但其中的“真”“忧患”则还历历在目。许多人慨叹，如今这年月靠文学出名是难了，而苏晓康却出了名，岂不怪哉?！怪也不怪，我想有一条值得注意：他不曾患上“玩”症，比许多人还健康些。

“玩”风可以休矣！大家都来点真的吧——“世上如果还有真要活下去的人们，就应该敢说，敢笑，敢哭，敢怒，敢骂，敢打！”[2]

---

① 鲁迅：《小品文的危机》。

② 周木斋：《杂感》。

“海派批评”乱弹

据说，当前文坛批评战线上活跃着三派：“海派”、“京派”，外加一个“闽派”。几年来，它们与在文坛上叫响的创作方面的“晋军”、“陕军”、“督军”、“湘军”——当然还可以包括“直军”（北京）“奉军”（看势头正在崛起）等等，真可谓交相辉映。也许，这也可作为新时期文学多方面发展又一佐证吧！

在诸“军”诸“派”当中，“海派”显得很有些“特色”，正如人们在私下里以复杂情感所议论的那样，他们真有一套！很有几年了，他们精诚团结，配合中那种默契程度简直令人击节叹赏，拍案叫绝。立足上海，面向全国，捏成一个拳头，四面出击。或短的或长的，一来就是一束，一“炸”就是一片。或即兴演说，或临场“思辨”，东西南北，无所不至，真是红火热闹地令人艳羡。于是乎，知名度呈几何级数上升，一听名字倒真有些“如雷贯耳”的真切感觉。对于一些也想在“评论上”混几包烟抽的文学小青年来讲，不啻有高山仰止之叹！于是乎关于他们的“采访记”“谈话录”“对话纪实”“印象记”等一类文字也涌然沛然而生，其结果可想而知。“海派”真是一支左右文坛的不可缺少的力量。他们或“骂”或“捧”，都使被“骂”者和被“捧”者，不是受宠若惊，就是“胆战心惊”（例如吴亮对张辛欣的“骂”，竟使这位刚强的女子凄切地呻吟“吴亮，你也太狠了”，再探想一下，也许她还真掉泪了呢！）。

——凡此种种，都使我极为感慨，当今的中国，正应了恩格斯当年所说的那样，真是一个需要伟人，创造伟人并且成就伟人的时代！

几年来因为多种多样的原因，时不常地也在热闹不衰的文坛上凑凑热闹，对于他们应当说是神交已久。在一次座谈会上有幸目睹其风采，倍感亲切，意欲上前求教，因他们被许多比我更热情的人所“围困”，终成我至今还在遗憾的遗憾！读过若干写他们的“印象记”之类，总觉和我心中所想对不上：总觉得在那些貌似真诚的背后藏有一星半点的恭维，看似随手拈来的底下不免弄出些矫作。因此也就越发想说点什么——我知道一旦开口可能有些不入耳。好在他们已经“茁壮”得完全能经得起“风吹雨打”，在下也就自然少了许多“嫩苗地上驰马”的后顾。

对于文学评论战线上的“海派”构成，我倒有些自己的看法，即不好把他们一笼统地放在一起说。比如说陈思和、王晓明，这两位与吴亮、蔡翔的路数就有很大的不同。再比如，同是钱谷融先生的高徒，王晓明与许子东所使用的“拳法”也似隔着一层。总之，再把“海派”细分一下，还可以画出两股来——“作协帮”与“学院帮”。我下面的一通乱弹，多半是冲着“作协帮”的。

我不大清楚“海派”比如吴亮、蔡翔、程德培等诸位的生平，只凭道听途说，隐约知道他们的经历与“知青一代”相似，很有些曲折与崎岖。其人生也大约是在民族大悲剧的风雨飘摇之中渐渐成熟的。悲剧之中颠倒、荒谬、怪诞、血腥甚至包括那些人们在当时已习焉不察的岁月，都成为他们的财富，也是他们选择的起点和基点。也许正因为这些颠倒在当时又以强制的手段迫使人们视为正常，所以他们才青睐于理论，或者更准确地讲是理论过程中的逻辑力量。在这种逻辑与思辨之中他们首先要达到的目的是自救。而自救的方式又是那样崇高——完全是在创造境界中进行的。自我价值实现欲求和一开始就具备的使命感，构成了与新时期伊始和国人并不二致的二元精神世界。这二元精神中所弥漫的“历史联系”，递而进之，便构成了他们一开始创造的很有意味的“三维框架”。使命感与自我价值欲求在特定时代氛围中合二为一，所共同背对的又几乎是一片空白的悲剧历史。因而，他们的创造就显得比别人更“冲”些，相对于那些与“归来的作家”同龄的一群中年人来讲，他们身上没有任何负担，轻装上阵，自然也就走得快些，也想比别人走得更远些——大约是一开始就走在了时代的前面。可是，事实上他们并没有走得很远，在没有偶像，没有权威，自然也不情愿被人引导的决绝的探索之中却无意之中受制于自我的文化潜意识——走进了似上海随处可见的曲里拐弯难辨方向的“弄堂思辨”中了。这一点在吴亮身上表现得更明显些。他那些“对话”，如果我们把它们封闭起来欣赏，确不乏精彩之处。就思辨而言，他在“对话”中所取得的成绩并不是一般人所能达到的。遗憾的是，我今天仍然无法从他这些极富有弹性的话语中悟出什么实在的意思来，反而如坠迷宫，困惑不已，有时候我怀疑自己的智力是不是不配阅读这等文字。于是乎时不时地便会带着更深的虔诚去读第二遍，其结果也还是如此，困惑依然不能消逝，反而越加困惑了。我不得不跳出这迷宫之外，用怀疑和批判的眼光审视它。渐渐觉得，吴亮在这些“精致”的对话里仿佛就不想说明什么，而只是借个题目理一理自己的思绪，结果是“剪不断，理还乱”。价值走向的飘忽性、闪烁性导致的结果只能是价值实在性的失落。在这些文字之中不但很难感受到时代精神的搏动，甚至连一开始包裹在创造欲望之中的忧患也在大块大块地剥落。既看不到对已有颠倒的艺术意识的颠倒，也看不到对当时如火如荼文学实际的热忱，自我真正游离于时代与群体之外，变成了可怜的自我满足的一种手段。我们再也看不到一开始所提到的“自我”，“使命感”和“历史联系”的三维背景了。“对话”表面的哲人大气魄，沦落为弄堂胡同里的小家子气。我们暂且把这种思维称之为“弄堂思维”。至于蔡翔、程德培在他们踏上评坛的初期则要简单明了得多，今天读的那些文字，觉得与吴亮那些东西差别是很不小的。明显可以看得出来他们在当时的文章里，除了激情是新的之外，其余的都还被罩在已经过去的那个时代的阴影里，直截了当地切入，三段式的结构，叙述语码上的陈旧，与他们今天的文章相比真是判若两人。但是近几年来，他们走进了吴亮的前期格局，而吴亮“对话”完成之后，开始关注起文学实际，反而走进了他们的前期格局。过去是互补，今天是辉映，均成为对方的参照。但是有一点是基本的，那就是都没有脱开小家子气。“弄堂思维”类型与极强的自我创造欲望相结合，产生的结果令人惋惜，他们疲惫地奔命于一个又一个“小胡同”里，跑得大汗淋漓，然而却没有转出多远，所以，他们辛勤创造的理论价值并没有在实际的反馈中被得以界定。

与“学院帮”相比，他们既没有许子东那种“印象式批评”的灵气，也缺乏陈思和、王晓明的扎实与气魄。打通现代文学的人为划分界限，使他们的思维获得了无限驰骋的可能，扩大思维空间所造就的高屋建瓴，在“作协帮”里更是少见。尽管都生活在都市，陈思和、王晓明却很少那种“弄堂”思维的小家子气。就说思辨吧，宋耀良的则要严峻得多，同时有力量得多。从中可以看出，“海派”“作协帮”的底气不足。也许是他们常常游动于理论建设与作品评点之间，所以上述不足便使他们的创造被支离破碎化了。价值指归的相对模糊，创造方式的过于自由，“弄堂”文化的无形牵扯再加之对新的事物敏感所缺乏的“历史”支撑，他们评论世界总是在“勉为其难”的危机中浮沉，有时可以说就是挣扎。

另一个方面我所深切感觉到的是，“海派”“作协帮”的诸位有些蔑视真正的现实痛苦。也可以说他们缺乏对现实普通人生挣扎痛苦的体验，更不用说是生命的体验了。我有时每思索至此便很有些奇怪：为什么他们在诸多方面都表现得相当敏捷，何以在痛苦面前显得如此迟钝呢？也许有人会说我大谬，君不见他们对陈村的诸多评述，那是多么精致与细腻！是的，我不否认他们对陈村的宠爱，也不否认他们对陈村品评的精致之处。但是他们加在陈村这个“弱小”载体的太多的“意义重负”，已使陈村显得步履维艰，时不时还有些趔趄、踉跄。陈村作品所执着的死亡意识究竟能涵盖今日多大的人生痛苦还是有待证实的问题，但就陈村所表达的对死亡的感觉来讲，总有些“超前”的矫饰味道。讳言这些矫饰或闭眼不去正视这种“虚”的存在，一味想在陈村的作品中寻找“人类共同的恐惧”，怕只能是一厢情愿的单恋。因为他们在面对陈村这个对象时所标示的高价值，并非是“本文”所有，而更准确地讲是评论家们思维世界的东西。后者越是玄乎，前者便越是猥琐。还不用说陈村本身就是一个架不住多少分析的二流或三流作家（这是我个人的认识，并非有意贬低陈村）。问题更重要的是他们的从陈村“本文”中挖掘起来的痛苦，稍稍和现实对照一下是没有多少立足基础的。就现在情境中的我们民族来讲，其生命痛苦依然不外乎主体与客体之间的悖情所造成的痛苦。其异化的结果并非“活腻”了，而还是“想活而又活得太难”，当然，作为批评家来讲，完全应当参照西方生命痛苦的值数，从而真正把握艺术中的民族痛苦所具有的层次意义。但硬把一些也许到未来某个时候才能使老百姓普遍感受到的痛苦附在现实身上，从接受效应这个角度看等于无痛苦。这种痛苦的感觉方式最终会被时代中开除出去。还有一点，他们有时表现在不去做把自身经历的历史痛苦与现实痛苦相连结的工作，有时似乎是干脆有意忘却过去。靠想象来完成对人生痛苦的体验。这不能不存在巨大危险。这不仅从理论上阻塞了人生痛苦与现实的自觉联系，而且会使痛苦的感觉钝化——我们说的他们没有痛苦或没有痛苦的感觉，正是在这样的意义上来说明的——不是说他们没有痛苦，而是说他们所钟情的痛苦没有多少普通人可以接纳的实在意义。

他们在最近几年来又是以善于得出“命题”而著称于世。“圈子批评”就是很响的一例。也许上面提到的“弄堂思维”，在“圈子批评”这一命题中正好得到说明。实际上大家很清楚，在今日美学重构的时刻，任何希图尽快建立体系和流派的努力都可能成为一种框框，一种束缚，且不说“圈子批评”主张一开始就沾上了贵族气。今日文坛创作与接受之间的严重陌生，不能不使我们有义务重新对上述命题进行选择。“圈子批评”无疑是主张文学贵族化的，同时也就从理论上承认了贵族文学或文学贵族化的合理合法性。于此往下推，普通读者对创作的陌生也就用不着忧虑，“陌生化”程度无形之中又成为作品价值高低的砝码。这样一来，很多文学读者便从“阅读”意义被振振有词地推开去，也一并被剥夺了对作品评判的权力。无情造就了无情。当“圈子批评”把王安忆的《小鲍庄》“捧”得好得不能再好的时候，读者，尤其是普通读者的贪婪却造就了“通俗文学”的狂潮。“圈子批评”和普通读者各自拥有了一个世界，但两个世界之间所腾出的巨大空白却使人们陷入了沉思。各自拥有自己所需要的——这也许是“圈子批评”理论本初的一些意思，但实际状况的降临所惹出的麻烦，无意之中很是冲淡了理论本身所具有的价值色彩。“圈子批评”所奉行的原则受到了严峻的挑战，这挑战直到今天依然是那样咄咄逼人。于是，他们当年的振振有词、理直气壮及昂着头的自信，被今日的沉默代替了。人们也许会说，“圈子批评”的意义在理论，在未来。可是，实践与现实所能对之奉献的只有揶揄呵！

我们也不怀疑他们渗透在理论生成过程中的真诚，我们更不怀疑理论价值的未来意义，但是我们却怀疑它与实际的巨大落差里总有些谜，而这些谜并不是它自身可以解决的，也很有可能这些谜底的揭开会导致“圈子批评”理论的尴尬。

对于他们来讲，以“圈子”相称实不冤枉。细细看去，他们的确路数不同，但粗略看去却是清一色的，相互影响也历历在目，不自觉或自觉地育成了自己的风格，也造就了自己的圈子氛围。细细品咂，总觉其间有些“俗”，也许是因为他们整日“耳鬓厮磨”，相知甚深，便有了不算很多但确也不少的“你眼中的吴亮”，“我眼中的德培”的东西。从这些文章看，的确不是“王婆”类，而又的确是换了名字的“王婆”，年轻人“吹砍”

相知的朋友，我以为在今日还在崇尚权威的环境倒不失为一种最有效的自我肯定办法，但一来一往过于趋紧，倒仿佛真的让人感到有点“那个”。有人曾在私下里说，搞批评的，论个对个，上海不如北京，若论“伙”对“伙”，则北京就不如上海了。他们的某些行为如果认真深思一下，倒能证实这种“流言”并非全是瞎说、闲侃。

对以陈思和、王晓明等人为代表的“海派”“学院帮”们，我自己倒觉得更为亲切。也许因为我们是同行吧，不管怎么说，他们那种试图把历史与逻辑相统一起来的努力，更能给人一种深沉的启示。他们的扎实、厚实也是为文者们所必须下功夫学习的。

对于“作协帮”们，不论今天或昨天、明天，我的敬意不减。说了一大堆不大入耳的话，但愿他们不会因此而忌恨我这个与他们相仿的同龄人。就如大暑天里，喝龙井固然好，但吃一块冰激凌也不失痛快。尽管这里头没有多少牛奶、白糖和鸡蛋，但总是沁凉宜人的。

最后声明一点，我绝无想以批判他们而出名，也绝不是以此讨好谁——后一点是绝对需要强调的。

“技巧”是葱，是蒜，还是盐

一般读者在谈论文学史“上榜”作家时，除其代表作之外，挂在嘴边的常常还有那些可以作为“格言”流行的“创作经验”一类的只言片语。应当说，一个作家在文坛走一回，能有一句半句经典格言在一代又一代读者嘴里流转，实是了不起的贡献。孔子有言“一言以蔽之，思无邪”或“诗无达诂”，至今让人传颂不已且捉摸不透；二流作家曹丕也以一句“文章乃经国之大业”挤进文坛至今不见退意；“行于所当行，止于所当止”——苏东坡的这一句老实“废话”，比他那些豪迈大词知名度高多了去；清末诗人黄遵宪，创作成绩实属一般，然一句“我手写我口”，至今都是朗朗上口的名言；曹公雪芹“辛酸泪”、“作者痴”一类的牢骚话，也比他百万言的《红楼梦》让人了解得更多……文学不愧是产生格言的庄家。生在有这样“格言”传统国度里的作家，假若一辈子都没有弄出一句半句能让雅士俗人一听就铭刻在怀的格言，那至少是不及格的。尤其是当一个时代行将替换另一时代之时，有无“格言”并且视其流布程度，实际上成为厘定一个作家能否进入“史”的通行证。现代作家在这方面毫不逊色于古代先贤：胡适有“八不主义”、陈独秀有“三大打倒”、文研会提出“为人生而艺术”、创造社则独倡“为艺术而艺术”。至于鲁迅那就更多了——多了有时反倒难定哪个更“经典”、更“格言”。推到今天看，甘当“痞子”的王朔，几乎每篇作品都是“格言”——“过把瘾就死”、“爱你没商量”、“我是你爸爸”、“无知者无畏”等等，让你觉得，今天的世道或文坛，仿佛只有“痞子”才能混出个样来。

凡此种种，不用多想就已觉出这“格言化”不仅有“历史资源”，而且毋宁说简直就是一块未被开发的学术宝地——的确是大有研究之价值。

其实，“格言”没什么不好。作家们在世事浮沉中不但挣扎，而且还想品出这挣扎的意味，以“格言”来概括这“人生”境况，不但一般人做不到，也怕是弄不出“格言”来。但是若把作家们一时兴起或苦思冥想的一句半句的大话、仙话、气话甚而至于闲话、淡话、废话或鸟话，也抓来当“格言”，且不论什么原因所形成，都是弊大于利，会误人不浅的。

这里想把巴金先生的一句“格言”说开去——这便是“文学的最高境界是无技巧”。

无须多费力劳心我们就随处可以看到，只要涉及巴金作品的单篇分析，这句便是必被引用的，久而久之便成“格言”了（不过，其“格言化”与巴金先生是无关的）。大学中文系学生学完现代文学的巴金，恐怕最容易记住的就是这句话了。原因似乎很简单：这句“格言”，不但毫无深奥难解之处，而且其“素白”的意思在表达上也自然是不讲技巧的，这正好暗合了如今学生那浮躁、反叛且又懒怠的心理需求——既然大师都说了，你教授、学者的艺术分析还有什么价值?！笔者在高校教现代文学已有多年，至少我自己在讲巴金时，似乎没有怎么强调过这句“格言”之于巴金整体有多么了不起的意义。然而，当你和他们谈论文、谈巴金、谈技巧时，为数不少的学生却能自动地、不时地、顽强地又是不厌其烦地引用这句“格言”，噎的你真是无话可说。

巴金的这句“格言”真的就这么管用？真的就意义非凡？我困惑地请教一位一辈子都在钻研巴金的同行，他正色道：是的，这是巴金晚年一再强调的文学主张！既然重要且“格言”，就得解释得通——大多数认为，“无技巧”就是技巧高超到了看不出技巧。这也就是说“浑然天成”——不过，世上真有过完全“浑然天成”的艺术创作吗？同时还可以问：“浑然天成”是我们在“技巧”层面上的感觉，还是“天生”就有一种不生“技巧”的“技巧”？真是不太好思辨了。“无技巧”的“无”，既可以理解为“没有”、“本来不在”，也可以理解为“看不出”或“草色遥看近却无”之类。问题是，哪一句是作者的原意呢？是“没有”还是“看不出”？我查过，巴金说完也就没有再解释过——也许他根本就不想解释。既然如此，这句“格言”到底是一句什么话——大话、气话或是其他，不得而知。关键是，读者都是按通常的意思来捉摸的。显然，把“无技巧”的“无”理解为“本来没有”，那等于说“有技巧”的都不到“最高境界”，而只有修炼到“无”，才可能进入“最高境界”。这就像我们说“汽车快的最高境界就是无速度”，那汽车只有趴在那里别动。谁都懂得，文学本来就是“虚构”的东西。凡虚构得不像“虚构”，就只有靠技巧，没有技巧不成。它不是炒菜，一回两回没有葱蒜不要紧，而没有盐就不行了。巴金一再强调“真实”——他认为真实“就是言行一致，作家在生活中做的和在作品中写的要一致”。“不要隐瞒自己的内心”。为什么呢？他说“艺术的最高境界是真实，是自然，是无技巧”。依上所言，巴金的“真实”就是“生活的实在”，“写作如同生活”，那么，既然“生活”已是文学的最高境界，何必文学再来参照，这岂非多此一举?!

看过去这有点“抬杠”的味道，其实不是。当“格言”离开了具体语境后，它的作用可能会是负的。

我想巴金这样说，并不像有些研究者拔高的那样是有多么不凡的意义，而是在极复杂的语境因素作用下的“牢骚话”。一则我们知道，巴金的大多数作品是不大讲技巧的，他的大师身份是无法在“技巧”层次上得以有力的说明——他的大，得之于他的“激情式”创作正好应和了“激情时代”的“青春的需要”。他毕竟崛起于“浪漫、亢奋而又感伤”的20世纪30年代。如果我们没有淡忘20世纪30年代他与李健吾的那场笔战，就会明白，钟情于废名、何其芳、沈从文、林徽因的李健吾，他的“唯美”、“印象”恰恰是建立在对上述作家技巧别有心会上的。他直言巴金“谦伪”，隐含着对巴金有意“护短”的批评与洞见。“无技巧论”可能导致这样的误解：谁的创作的技巧愈“无”，则谁的境界就愈高。技巧越“有”的，则正好反之。巴金的创作也许真是无心于技巧，但却没有必要对有心于技巧者予以鄙薄。文学归根到底是有并且非要讲究技巧不可的，文学史，可以认定为就是一部文学技巧的创造、超越和贡献的历史！

由此看来，“文学的最高境界是无技巧”并不是“空话”、“闲话”，而是带点“气”的话。这委实是件大事——执意地要让文学与技巧“离异”，或在文学中驱逐技巧，后果会怎样，是可想而知的。

“格言”并不都是“绿色蔬菜”，如果是来头大的“格言”，我们尤要谨慎。文学本来就是靠“虚构”蒙人的，再不让人知道其“蒙人”的“技巧”，那也真有点太说不过去了——可能真的是“搛伪”了。

作家与作品随谈

门外谈《人生》

当我们的生活在沉沦中崛起、向前开拓的时候，面对着正在发生巨大变化的社会，我们的文学较之过去有了更加浓郁、沉重的思辨色彩，实在是件值得欢庆的事情。面对残酷、滴血的过去，哭泣、诅咒的岁月已经过去，需要的是冷静的思索，准确的判断，生活主人的迅速振作。中篇小说《人生》可贵之处正是给我们这样的启迪。但掩卷久久沉思，并不像有的评论文章所说的那样。结论恰好相反。我们似乎朦胧感到作者的立意是这样的：通过对青年高加林在虚荣心支配下对虚幻理想冒险追求的彻底破产，给正在成长中的青年以严肃警策。告诉人们不切实际的冒险，不仅会使你成为人生毁灭者，而且也逃脱不了爱情王国弃儿的不堪命运。人应该正视你面前无情的现实。可惜的是这样的立意并没有得到艺术上的完美体现。相反，人们倒觉得高加林是一位有抱负、有理想，不甘于命运之愚弄，富有才干、善于追求的新型青年。受到指责的不应该是他，他是一位受害者，一位被社会邪恶势力击败的不幸者。在他身上表现了不屈奋斗者的诱人的魅力。

下面我们就作品具体谈谈。

二十四岁的高中毕业生、具有三年教龄的青年教师高加林突然间被迫离开了学校。没有犯错误，谈不上不胜任，本人也不是发生了什么变故，而是被高明楼、马占胜这样的邪恶势力暗算了。对于一个高中毕业，稍有才华，热切向往现代文明的青年，打击不谓不惨不重。劳动中血染镢把而不顾的变态疯狂，集市上羞于见人的躲躲闪闪，土窑洞里不思茶饭的苦闷，完全可以理解。任何人也无可厚非。深受暗算之苦的高加林显然不是“忍为高，和为贵”的孔门贤士，他要抗议，控诉；他有权力抗议，控诉。唯一使人难以理解的是反抗的形式和方法。他有不甘忍受屈辱的精神，不愿做任人宰割的羔羊，在屈辱、迫害临头之时，一个农村青年还可能有什么高雅的反抗呢？对于这一点，我们又有什么理由可以指责呢？受到惩罚的不应该正是马占胜、高明楼这一伙败坏党风、沾污文明的坏蛋吗？遗憾的是作者却是按照已有的主观模式对高加林一系列举动作了别扭的描写，这些当然显得无力而苍白了。正在高加林稍稍振作之时，一直暗地里深深爱他的农家姑娘闯进了他的生活。爱情的春风吹散了满含屈辱的云，缩短了高加林心灵趋于安宁的路程。他开始了愉快的劳动生活。但是他并没有忘记失去的东西。叔父的转业，又一次打破了刚刚稳定了的生活节奏。原来的市侩马占胜——凶手变成了伯乐，高加林从后门到了县委通讯组。抗洪前线的出色报道，不仅显露了他出众的才华，而且也孕育了另一个祸根。高中同学黄亚萍，这位已经有了男人的富于追求的女青年，在这里遇到了知音。高加林为自己辛勤劳动换来的尊重而感到陶醉与欢乐。他看到了自己才华换来的财富，望见了如花似锦的前程。这种情感（即使是虚荣心）不应该受到尊重吗？接下去，作品又出现了不可忽视的败笔。作者既然已经在先前勾好了主人公的脸谱，也就不能不落入概念化窠臼。违反生活真实的陡然转折就避不开牵强之嫌了。爱情知音的高加林这么快就已经厌恶巧珍言谈的粗俗、不雅，如果先前高加林接受巧珍的爱仅仅是寻找苦闷的解脱，那这里也倒容易释然。可实实在在的是，对巧珍的爱，高加林是深知其中三昧的。他们爱得真挚、深沉，他们是患难之交。就这样，高潮在缺少铺垫的情况下来到了。高加林抛弃了巧珍，热恋上黄亚萍。富有个性、志向远大的高加林竟让黄亚萍肆意地而且是高雅地玩弄着。他们二人热恋时期的解放性举动，浪漫的东岗之夜，县城大街上的飞车兜风，雨中寻找刀子的恶作剧。这时的黄亚萍，并不是前头作者笔下的黄亚萍，高加林也面目全非了。也许作者此举是为了加重高、黄二人生活悲剧的惨重程度吧！不过，却忘记了性格发展的必然逻辑性和转变的时间性、条件性、环境性等因素，人为的痕迹加重了失真的程度。最后克男的母亲——一个共产党员出于复仇心理告发了高加林。乐极生悲，高加林没有摆脱自己命运的制约，尽管出于爱才的目的，老景极力在县委书记面前斡旋，最后还是徒然。值得注意的是，似乎作者在说明高加林是罪有应得。不过，让人深思的并不仅仅是这些。一时的飞黄腾达，并不是高加林自己钻营的结果。他早就对此担忧着。遗憾的是，虚荣心终于使他仅仅停留在一闪念上。正义伸张了，但受谴责、迫害的却是高加林。马占胜也尝到了恶果。

作品提供的仅是这些。怨高加林吗？这类事情在现实中不是可以举出千千万万？克男的母亲要像克男那样，又怎样呢？这些偶然性事件，不能不影响到作品的深度。高加林是值得同情的，他成了马占胜这类政治市侩的赌注，作为一个还未成熟的青年，高加林是无辜的。那不平于自己命运的追求精神，是不宜轻易否定的。

作品在展示主题上是模糊的，逻辑上是经不住推敲的。

除此，在人物刻画上有许多失真的地方。概念化、理想化影响了作品应有的艺术感染力量。高加林如此，巧珍也不例外。

一个人信念的确定，生活态度如何，追求的目标正确与否，爱情观的高尚与低下，和一个人学历、教养、环境、经历有很大关系。巧珍是一位不识字的农村少女，其父又是个见钱眼开、嫌贫爱富之辈，富裕而殷实的小康家景，并没有多少区别于常人的人生坎坷。她单纯——思想单纯、性格单纯，但又是一种脆弱的单纯。她貌美，并不意味着思想深沉。她的爱憎只是躲躲闪闪，也只能够这样。然而出现在我们面前的竟是一位聪明、美丽，富有信念，趋于追求高雅，勇于向世俗挑战的斗士，一位只会爱，不会恨，忍受一切痛苦，普度众生的菩萨，实在不可思议。因为只有爱得最深，才会恨得最深。作者装饰她，但是缺乏基础。形象的虚假是显而易见的。

另外，作品有些议论显得平庸，缺乏刻意的提炼，不具有哲理之美。语言的组合形式和思想的哲理没有有机地融汇在一起。例如老景告诉他被揭发一事后的作者议论。

读完作品，给人的印象：最好不要在改变自己命运方面有什么追求。有也是冒险，而冒险只有悲剧结局。德顺老汉在作品最后一段话恰好在说明忍为高，和为贵。追求是不应有的，因为这要付出代价，是和毁灭较量。当你受到命运拨弄，邪恶势力压迫时，最好的办法就是默默忍受。高加林就因此而丢掉了名誉、爱情、人生的价值。

也谈《糟糠之妻》

张平同志的短篇小说《糟糠之妻》的主题并非很新，用一两句话概括出它的全部题旨意蕴亦不为难事。它之所以能和王润滋的中篇《鲁班的子孙》一样，引起人们的争论，关键并不在于《糟糠之妻》把人写活了。今天，社会经济的迅速起飞和与之相关联的社会结构、人与人之间关系的重大改变，必然导致人们对由经济改革而受到冲击的意识形态之一——即道德的现实与历史的深沉思索。这才是小说价值的真正所在。

我们知道，审美客体的质的规定性，决定着审美客体的属性。而审美客体的本质属性就不能不决定着审美主体意识活动的范畴和触角定向。《糟糠之妻》里主人公改改在与“我”家庭的典型冲突里，体现的是道德冲突，也仅仅是道德冲突。改改在“我”一家落魄时节以身相许，肝胆相照。她没有嫌弃大年初一的窝头、红薯、糊糊汤，亲热地喊爹叫妈，有滋有味地吃着，那说到高兴处的“笑声”，丝毫不亚于当年普罗米修斯偷给人间的“火”。这一切，使“父亲眼睛潮乎乎，端起碗来，拨拉了好一阵子，却一口也没吃下去”。公公在此时此刻的深深感动，既有对家庭荣衰的瞬间回溯，又有对改改人格崇高美的理性认识和绝处逢生的巨大欣慰，极端复杂又高度真实。以至于到“我”的家庭重新挂起“书香门第”的匾额之后，父亲和母亲的深深憾恨和痛悔，改改在课堂上的举止引起“我”的愠怒之情及离异之心，完全是由于教授一家地位变化而导致对糟糠之妻感情的自我淡化，是良知的自我泯灭，是理智的自我堕落。假如这可以说是生活中的一幕悲剧，那么悲剧的承担者应是教授一家。不记朝冷夕暖，改改还是过去的改改，不以荣辱论是非，不以环境之变而更移初衷的爱。作者由此而在作品中对公婆施以道德谴责，对改改的人性美加以褒扬，有什么可厚非的呢?

如果照丁东同志在《仅仅把人写活是不够的》一文中指谪的那样，改改应该对“自己文化知识的贫乏，对自己在文明社会中所处的尴尬地位”表示不满与深疚，继而投入“不可逆转的文化建设浪潮”，“学科学，用科学”，几度春寒秋苦，夫妻双方，携手联袂，荣登金榜。这样，改改就不是糟糠之妻的改改了，似乎成为《风雨故人来》中的彭银鸽了。评判一部作品，既要有现实和历史的思想高度，又不能无视作品具体场景所体现出来的一定历史阶段性，方才不失之公允。不从人物性格的内在逻辑中寻找人物的归宿，不从历史与现实的结合上权衡作品的得失，单单于现实时髦的理论里抓来几个概念，由此规定人物的性格、性格进程的轨迹及结局，那么，这种演绎，在理论上的悖谬和逻辑上的“跑马”，自然是显而易见了。如果照丁东同志这种有点庸俗的社会学观点出发，那么鲁迅笔下的阿Q在临刑前太不该那样笨拙地画圆圈，而似应振臂高呼“打倒军阀”了。由此看来，丁东同志在责备作者“创作时缺乏自觉的历史意识”的同时，自己却说了一大堆“缺乏自觉历史意识”的话。

主人公改改“报纸读不来，两位数乘法弄不清，不知阎锡山为何物，不相信地球是圆的”，从某种意义上说，不失为一种缺憾。但全民族文明的高度繁荣离不开经济的全面繁荣，生产方式的全面改观并非朝夕可及。在我国农村目前仍以手工劳作为主的现实中，靠力气吃饭的改改还是具有代表性的。笔者在此绝无有意褒扬愚昧和落后，问题是作品的意蕴揭示并非在这样的范畴之内。在“我”接到大学录取通知书的时候，她不也是兴高采烈地像个孩子吗？在“我”走后，家务劳动的无休无止，衣食住行无情地循环往复，改改毫无怨言地承担起这人生必需必然的一切，毅然地牺牲了她所能牺牲的一切，这难道不是对自己“知识丈夫”的巨大支持吗？尽管这种牺牲、支持还不可同为理性，也无法说明改改已有向往文明的自觉意识，但这种绰约朦胧的向往却已属难能可贵了，改改是理解丈夫的。丁东同志判定改改“在恪守妇道，安于现状方面，却持一种近乎执拗的态度”，是没有多少实在根据的。

任何一场革命和改革，尤其是革命本身引起的人们精神上的变异，更足以反映历史交替的广阔性与深刻性。对这种变异，仅考察其本身，或只和产生这种变异的时代做比较来权衡取舍是不够的，因为它不可能得出全面准确的结论。必须把它放在一个民族的精神延续变异的历史进程中，放在当代的社会指导思想和未来的社会政治制度目标上加以综合考察，才能看得远一点，深一点，评价才具有历史深度。改改身上所体现出来的忍辱负重，吃苦耐劳，节俭成癖的传统道德，不仅令人起敬，而且也是我国古老文明中道德观的精华所在。在今天，它依然与我们党正在进行的社会主义精神文明建设相吻合，与未来的共产主义相一致。诚然，时代的变异，社会历史的前进，物质文明和精神文明的不断发达，道德需要充实进新的内容，需要对它在已经变化了的社会条件下所应该容纳的范畴和包孕的社会意义作些说明或修正，对它的历史推动作用作些阐述，使它成为具有时代意识和历史意识的新的道德机制。对《糟糠之妻》的时代感和历史感也应该作如是观。任何超越一定历史范畴和人物活动的特定情境而作的结论，实际是没有意义的。道德的诬论性和实践性，总有一段不小的距离。一定阶段历史的道德观，对推进此段历史有着不可替代的情感力量。真实而典型地再现道德领域内的冲突与变异，不仅是社会的需要，也是文学自身企求完满的需要。《糟糠之妻》在思想与艺术上的追求，无疑是有意义的。

张平的家庭系列小说

文学创作的开拓性是多方面的。每一种都以它前所未有的独特性，提供给人无尽的思索。系列小说创作势头的勃起，这是近年来当它的序列已初具规模的时候，不得不为之惊叹了——张子龙的开拓者系列小说，高晓声的陈奂生小说，张贤亮的“右派”系列小说，王安忆“雯雯”系列小说，梁晓声的北大荒系列小说，王蒙的“伊犁”生活系列小说，李杭育“葛川江”系列小说……生活的差异，决定了作家各自拥有系列的色感区别，再加之创造本质、禀赋的差异以及题材处理观照手段和意蕴生发的不同倾向性，形成了他们各自绝少雷同、独擅风流的作品内容机制和艺术特征。

我省青年作家张平，在这方兴未艾的系列创作势头中，于人们不经意之时挤上了这块高地，毫不犹豫地亮出了自己的王牌——家庭系列小说。

从思维形式角度来讲，作家大致可以两种类型：直感型和思辨型和个人拥有的思维类型。在许多作家来讲往往是无意的。气质、心理结构、人生生涯的顺逆、时代现实转变为心理现实的反馈程序和序列等，将合成这种自主性选择的内在制约力。

直感型作家，习惯于在现实生活中感受，形象储存并不经过理性的过滤。生活对主体来讲，有着上帝般神圣的意味。他们似乎并不刻意在生活中寻找是与非，拥有的是生活的整体和全部。但是他们需要生活的沉淀，企望在这种沉淀之中保留一种情绪，一种若有若无，紧紧依附在全部动态生活内外的情绪。它具有游移性、模糊感，不很强烈却久久不绝如缕。生活所给予他们的机遇，类似于历史学家——远距离的透视和考察。正因为如此，直感型作家具有非凡的再现能力，他可以把对生活的全部印象如实地再现出来。作品中生活理性的强弱，多半取决于读者的二度创作。

思辨型作家，他们的优势在于表现。他们在生活中巡逡、寻找，企求找准生活现象被组合成一个有机体的磁力中心，寻找事物之间相互纠结的凝聚点。经过一番主观过滤之后，保留在思维之中的当然首先是形象，但这种形象却因经过理念的浸泡而发生某种变形与膨胀。思辨型作家有意无意地排斥对生活的原样摄取，不论这种摄取的角度多么别致。他们所传达的艺术化的生活，将在理性严格制导下。理性在全部精神方面的主导地位，使它成为一种凝聚着作家主观意志的约束力量。他们在这种约束允许的范畴之内，创造生活，写出今天，昨天，甚至明天。

笔者唠叨这些抽象的理论，对于下面评价张平的创作有着非寻常的意义——思维类型的不同，决定着呈现生活的不同方式，会因之形成不同的艺术格局。

张平的思维类型显然属于前者。

纵观他从1981年《祭妻》以来的十几篇作品，可以看出，在神秘的文学面前，他有过各种各样的探索，在探索中有着半有意半无意的选择。处女作《祭妻》1981年8月发表之后，引起的反响之大，为作家本人始料不及，以至于“又激动又惭愧”。但可惜的是，在激动和惭愧之余，张平没有深思这一巨大反响对于自己今后创作所具有的预示性、制导性，没有由此看出自己可能有所成就的优势。一个无可厚非、可以原谅的疏忽，使他随便瞭了一眼，便从这刚走出一步、但却前程可观的路口挪开了脚。从1981年底以后，他陆续发表了《月到中秋》《布谷声声》《军长的女儿》《他是谁》《静静的山洼地》《争地》等若干篇作品，其中不少篇什，人物性格在戏剧性极强的矛盾冲突中尽管自有特色，描述语言也显出功力，但作品的生活涵盖性却相当低，留给读者掩卷之后的沉思几近于无。这说明了当张平用直感型思维去反映这种在道德范畴上没有得到初步界定、尚未沉淀的动态感强烈的现实时，便立即捉襟见肘。如《月到中秋》，作者把主人公翠翠放置于一个决定命运的抉择关头，让她痛苦、忧虑，最后毅然地抗争，心理刻画亦是微妙，但是富有悲剧意味的冲突的根源，作者却把它当作淡化的背景来使用，因而也就无法写出翠翠的感情层次，导致了作品没有跳出千百年此类题材描写的窠臼。《争地》从现时看来，是他当时创作中现实感最强的篇什。无奈事件集中而单一，在单一的环境中，人物的个性鲜明却平面。“争地”一事不能说没有意义，问题是，这一事件是在什么样的历史，时代条件下，是在哪些复杂的关系，因素合力作用下产生的——这是事件所应包孕的深层现实，惜乎没有得以应有的昭示。

从1981年初涉文坛，到1984年《姐姐》发表，对于张平的家庭系列创作，中间有过可惜的断裂。三年后，他终于走出困惑，在寂寞中转了一个圆圈，又无意走回到《祭妻》的路口——“近来，我觉得有太多太多的东西要写，只是苦于无法赢得双倍的时间……”经历了从幼稚到成熟的过程，直感的幼稚使他疏忽，今天，直感又赐他创作腾飞的恩惠。

张平的家庭系列小说的内容机制，总是被置于婚姻这个磁场中组成其结构序列的，在张平这里，家庭成为人物亮相的舞台，舞台所上演的人生活剧，并没有多少通常意义上的崇高和壮丽。平凡、琐碎的生活起居，千百年来不断重复的衣食住行、油盐酱醋、锅碗瓢盆、婚丧嫁娶、喜怒哀乐，成为他在选择题材时重点收容的情节血肉。张平并不喜欢描写那种浑身豪杰气质的女丈夫。女人，以一个真正女人的面目出现，以女人才有的力量加入对生活的改造。他有自己独特的题材领域，他并非对生活中一切都抱有兴趣。只有当生活的某些特质被家庭所包孕、显示的时候，现实才可能触动他那根灵感神经。家庭成为他创作定位时最常用，也最为擅长的视点。张平对生活做主观反映时的选择性竟是这样苛刻：人生的崇高与猥琐，纯洁与污秽，发狂的欢乐与耿耿的长恨，总要千方百计纳入家庭这个民族、社会最基本的单元里予以表现。题材开掘的单向性和直线性，使得作品的主题内容并不复杂。

表现人在灰色命运中痛苦的抗争，由家庭的兴衰荣枯折射出带有特定时代色彩的世态，是张平家庭系列创作中系列主题的第一方面内容。在《祭妻》之中，兰子满含屈辱地出嫁。但是她并未在屈辱中了却一生，她以一个家庭主妇的姿态开始了抗争，吞下痛楚，重新生活，把无私的奉献作为一种改变命运的别致方式。她的自身价值在家庭的变化中实现，正如作品中所说：“有了女人，才算是个家”“死板板的家，忽然有了生气，有了依靠。”

的确，兰子给赵大大一家带来了春意，但是在那个非常时期，她的奉献，并没有换来起码的人格尊重。在荒唐的岁月里，竟意外地成为人们鄙弃的对象。社会对兰子的作践，作家并没有直接写出，而是在家庭成员身上使之深化、具体化、尖锐化。赵大大的一记耳光，无情抽灭了兰子在痛苦中燃起的生活热望，她在绝望中走了，而且永远走离了人世间——带走了赵家的生气和依靠，留下的是绵绵长恨和思念。

面对着赵大大几年后祭妻的痛疚神情，人们能到历史中去寻求最终的答案。整个作品哪里是“血统论”三个字可以诠释得了!？意蕴的深广性在于，作品对特定历史条件下，盲目而自害的民族某种腐败性的严峻批判。

与上面此类作品主旨互为表里的，则是另一些不大为人所注意的侧面：在我们为兰子一类人物的悲剧结局洒下哀痛泪水的时候，也看到了她们自身的弱点。在生活中，她们似乎并无多少要主宰自我命运的自觉主观意识，稍稍有所希冀，可又是那样朦胧、虚弱，甚至不敢有所披露便自行泯灭。揭示长期的封闭所造成的愚昧、软弱在民族心理中的积淀。这是张平系列创作中系列主题的又一方面内容。诚然，我们并不否认作者在揭示此种主旨时的自觉性，我们更没有权力苛求作者去加以美化与拔高。同样，我们对梅梅娘（《情分》）赞美，也不能没有保留。她一辈子都在扛着一种无比的压抑，可悲的是她已经习惯于这种压抑，习惯于这种有缺憾的人生，习惯于在自我欺骗中生活、奉献。一句话，她安于这种精神幽禁。作者揭示出了人物性格上的深层悲剧。从某种意义上说，是一种惰性在蚕食主体。从作品的结构安排和笔墨运用上，我们可以肯定，作者多半出于不经意。能够取得这样的客观效果，凭借的是作者对生活全景性的直感把握，得力于作者对生活作了历史、时代经纬交叉式的考察。

与以上人物面目大不相同的，张平笔下的一些新时期女性则别具个性。她们也经受着像多数前辈们一样的命运折磨，但她们立足于反抗，并且总是以胜利者的姿态走入幕后。表现在新的历史时期的觉醒和斗争，为张平系列主题的第三方面的内容。《月到中秋》的主人公翠翠，她最后选择反抗，经历了多么剧烈的精神格斗！而《像河流一样的泪水》中的翠翠，性格则呈现出爆发性。她“抹了一把满嘴淌的血，痴心不改，‘打吧，打死俺，俺也是李家的人’!”——多么刚烈的女性！两个翠翠互为映衬，前个是后个的补充，后者又是前者必然发展。不过，此外需要说明的是，像《月到中秋》的悲剧性，那常常给女子带来不幸的残酷的封建性，为什么会在社会主义已经进行了几十年的今天接连出现？它究竟渗透在什么样的民族心理中而时时作祟？究竟蛰伏在何样的掩饰层下？这是新时期描写婚姻悲剧主题开掘上的不足。同样，张平于此也无多少突破。

在论及张平家庭系列创作的人物系列时，有一个相当明显的事实需要强调，即他笔下最具有风采的人物全部是女性。

这里的人物，有的横跨两个时代，有的遭遇比较奇特，有属于今天的，有的则属于刚刚逝去的昨天，有的已经步入暮年，有的还是翩翩少女。但她们却令人惊诧地有过一样的遭遇：婚姻的不幸！在这不幸面前，有的在一辈子默默地吞咽着；有的则在不幸中奋起抗争；较多地则是在不幸一袭来时就予以坚决推拒。在人生的长途上，她们如牛负重，艰难地跋涉，把不幸和痛苦踩在脚下，把青春无私地奉献给人间。最引人注目、令人感动的是几位家庭主妇形象。

《祭妻》中的兰子，《像河流一样的泪水》中的李雪儿，《糟糠之妻》中的改改，《情分》里的梅梅娘，《姐姐》中的姐姐等，她们在与现实的冲突中，都作为弱者被牺牲了或被牺牲过什么。在生活中，迎着她们而来的多半是风刀霜剑，她们承担着自身岌岌乎难以承受的精神悲剧重负。在贫困、愚昧、极“左”思潮弥漫的客观环境逼迫下，她们被剥夺了自由，青春和欲望被无形的巨手残酷地扼杀，血肉之躯被当成一种特殊价值的物品在人间兜售。她们的价值只在于是女人，是生儿育女的遗传工具。这种已经延续了几千年的人生大悲剧，无疑是作者的感情突破口。引爆作者创作灵感和欲望的，就是对妇女不幸命运的深深同情。但是张平并未把笔触局限于这里，他力图展示在多重悲剧命运重荷下，灵魂不屈不挠的呻吟，表现一种伟大道义感情支配下的无私奉献，显示女性在生活中不可替代的力量。让悲剧氛围中凸起人性的壮美丰碑，塑起母性的崇高与伟岸——她们是在承受磨难的平凡的女神！

作者的这种人物造型主导意念，在其代表作《姐姐》中体现得最为明显。

姐姐有过风流光耀的迷人岁月。形象整体的出色，不仅仅表现在她相貌身段的姣美，更主要是表露在她的学习、交际上。曾几何时，她是一个引人视听的中心——一个以自己的才华、聪慧、美丽而赢得人们艳羡的命运“宠儿”。1957年，一个晕乎乎的年头，由于父母被挫，姐姐由宠儿变成人所不齿的弃儿。大家闺秀，名门千金，不得不下嫁给一个身材矮小，一副病容，全家七条光棍均在贫困中挣扎的农民。生活的强大压力，摧折了她的精神支柱，也许等待她的只有在极度抑郁中死去。但她竟奇迹般活转了，而且分外有声有色！很显然，拯救她精神的，是丈夫一家人诚恐诚惶但却真挚无限的人性召唤。丈夫的崇奉尊重，公婆的百般安慰，小叔子们的舍命卫护，这哪里仅仅是通常意义的感情？它包含着无保留的真诚，图腾崇拜式的最无私的尊重，不无悲壮感的信赖和难以名状的希望……它给予姐姐的震撼，触动了灵与肉的全部！在震撼之中，绝望没有了，生命的旺火在悲壮的信赖与重托中烧起。灵魂一旦被真正唤醒，便立即迸射出惊人的热量——她勇敢地挑起了改变一家人生活命运的重担。她接受了无私感情的温暖，她也将这无私的感情提高十倍，捧给这些真诚者。生活在劳作中变样，而劳动也培育了新的灵魂。当分家完毕之后，姐姐——生活脊梁的象征者，在悲壮中陡然闪射出异彩。

《糟糠之妻》中的改改，在张平的家庭人物系列中，个性显得分外突出。她精神境界的高度纯洁，在于她从不用利害观念看待人生。精神上完全自主的改改，在任何时候也没有想到要依附别人，也从没有依附于别人。当年她嫁给“黑五类”子女，没有想得到对方的感激报答。那么时过境迁，当颠倒的历史被重新颠倒过来之后，“我”的一家地位的改变，对于改改并不具有特殊的意味。在她眼里“我”的一家，无论过去的阶下囚，还是今日的人上人，都是一个个活生生的，普通的人。她直观地要求人与人在人格上绝对平等。过去，她的牺牲并无多少理性。那么，今日“我”的一家因为地位的改变再要求改改在人格上牺牲，这不只是庸俗的苛求，实则是要扼杀改改的精神自由。诚然，我们在充分估计到改改生活环境的具体限制后，对她的愚昧性天真无可颂扬，但也无可厚非。作品的倾向性，并不在文明与愚昧的冲突中呈露。它的主题要旨是从道德观上说明：人与人不论在什么样的客观环境下都应当具有绝对的精神平等。改改的形象也正是在道德评判的范畴之内显得崇高而平凡、质朴但却丰满。作品发表后，有论者从时下一些流行的观念出发，把人物从具体的历史背景和生活环境中割裂而抽出，用现代知识女性模式对改改无端苛责，其结论自然很难令人心悦诚服。文艺史的发展表明，要对真正的、复杂的艺术创造品作出判断，仅依据几条政治的、思想的教条怕是力不从心。

《情分》中梅梅娘这位农家主妇，她的悲剧没有姐姐那样具备沧桑巨变的震撼力，人格上也缺少改改那种敢于把全部心怀袒露给世界的天性。命运使她和“又瘦又小，成天吭吭吭地，像个病佬，奇丑而又软弱无能”的老二结缘。“虽然不公平，可她认了。”为什么——作品的题目回答了我们——情分。这情分来自丈夫奴隶般的默默忍受，来自老大对她超出一般感情的爱护与崇奉，来自老三对她似母般的深情。她缺乏姐姐的才干，也无改改性格上的率真，但她的确是个善于操心的女人，她把一个女性所特有的细腻用到对兄弟三人生活全部细枝末节的深思熟虑上。良心，成为她无私奉献的精神原动力。这是一种人性的潜能，一种并不太多接受历史和时代制约的超然的感情。情分成为他们之间关系的一种无形，但却无处不在的调节力量——这就是“情分”的全部内涵。

艺术个性，总是每一位艺术创造者自觉或不自觉的追求目标。艺术个性对于直感型作家来讲，总是和他对生活把握的立体程度、题材处理的别致角度及意蕴升发的突破口等方面密切相联系的。他们力图找准并使用最吻合于自己气质的描述语言，创造出自我随时可以左右作品氛围与格调的条件，然后选择最佳最能够反映作家艺术个性的独特艺术机制。

张平创作的语言特色正在于斯。他找到了可以消融自己气质的叙述语言——不急不躁，不生不僻、力避热词热句，平平淡淡，隽永清逸。他在悲剧色彩浓烈的几篇作品中，用淡写悲，以淡出浓，把具有高层力度的深情裹在几乎无色的语言里。内向抒情的个性，致使他总把情绪的层次推进和描述的渐进性密切关联起来。没有突发性的感情迸溅，一切都在平缓的娓娓情韵里。举《姐姐》中几个关键细节来说，比如两个小叔子的叩头，公公对老四的训斥，弥留之际的举动，分家开始的念故之情等。从接受美学角度说，作者于此时此刻依托渲染放肆一下，绝不会被认为是笔墨的奢侈。但张平没有利用读者在这种情形下的宽宏大量，在绝不冲击整个作品平缓节奏的前提甚至显得有点吝啬，但却造成了一触即发的蓄势。不动情则已，一动则非出自内心深处不可。

细读张平那些最能引人灵魂震颤的篇什，我们能感到他在艺术手段运用上的独特追求。在那半阴半晴的作品氛围笼罩下，作者把悲剧正剧艺术的两种特质糅在一起，人物性格在悲剧中淬火，在壮美中闪光。悲剧中包容着历史，而壮美却透示着人性与时代的力量。

题材处理的别致性，体现在作者总在道德范畴之内组织生活，总是把人物、事件、主体统辖于道德视野之内。不论悲剧也好正剧也好，主体与客体的沧桑之变，作家全要其置放于道德中过滤、沉淀、鉴别和定性——这一点是一般容易在时髦生活现象面前动容的作家所不及的。实际情形中，一切政治的、经济的、文化的社会变革，最后必然要在对道德这个恒性领域的冲击中显示其真正威力。道德领域是一个历史积淀性最明显的社会领域，它的变化频率最低，幅度最小，周期却最长，动态值也最富有恒性。历史变迁的价值，只有在道德领域内的纵向积淀程度上才能得以最后确认。张平对此深有所悟，也精于表现。

出现在张平笔下的典型冲突形态，大多不是通常所见的主体与客体的外在形式。表面上看去，他的作品，环境对人的制约力似乎很大，但促使人物性格转换的根本性条件，则是人的精神内部以对峙状态存在的各个侧面的撞击。人物精神内部的自控系统在动势下增加着冲突的典型性。冲突两极的内向化，相当鲜明地体现了张平作品艺术格局的别致性。在这点上，《姐姐》依然最具代表性。

在情节发展的最后，恰恰出现一个令人意外的结尾。这种结尾粗看和作品的表象系列并不怎样吻合，但细味之，则并没有脱离作品内在的逻辑发展轨迹。试看《像河流一样的泪水》，在阅读过程中怎么也不会料到刘保成就是杰子的亲父；《布谷声声》里的翠翠滚下山崖的结果，竟是一种精神上的解脱和超然；《姐姐》以分家来结尾也是读者始料不及的。在这里，张平并非有意制造情节发展的奇兀。生活的辩证法则，导演了多少"山重水复"之后却又"柳暗花明"的奇迹！严格地按照生活的辩证法则，制导情节发展的内在逻辑定向，在平凡中升发奇突，作者相当出色地做到了这一点。

张平的家庭系列小说，严格说来，还只能算是雏形。许多重要的人物还未出场，不过，读者不会失望的。张平在和笔者一次交谈中透露，家庭系列中的母亲、父亲、弟弟、哥哥和妹妹，均已构思完毕，不久就会和多情的读者见面。

有人曾不无好意地说，张平在题材的开掘上是不是有些作茧自缚……作家本人对此也不无忧虑。我以为则大可不必。山涧溪流的清韵，并非能够在长江黄河中领略到。历史本就是生活创造的永久延续。文学史亦然，它只照顾那些最富创造性的角色。

巴尔扎克说过：文学是不挽留人的。文学家的忧伤，应是当今中国文坛骄子们的警策——

君须努力！

张平，我想对你说……

张平兄，每当我面对你那被纯情浸泡的真诚时，便勾起我对你洋溢着温善、和谐而又富有诗意感伤意味的审美世界的绵绵情思。曾几何时，痴迷的沉醉里，我总想对你说点什么。想说在你所捧出的凄婉哀怨的审美氛围里，人间普通灵魂所能得到的温热与抚慰，想说那从你笔下走来的一个个女性是怎样穿过悲剧的烈焰而登上读者情感世界里神圣的祭坛；想说说每一个矛盾冲突里所凝结的你对生活的严峻思考；还想说说你怎样从历史的情思中走出迈向民族审美的灿烂未来……但，我似乎更想对你说点别的……

是的，在你《姐姐》之前的创作里，历史的情思，构成了你作品悲剧的审美品格。农民式的真诚与忧患，使得你惯于把凄后作为你对“荒谬历史”进行艺术表现的基本色调，人物所具有的审美力量，每天总兑现于伦理范畴之内，但正在这里，你走得太远了，当传统伦理观念的价值很难在已经变化的时代里找准对应的时候，你置放在人物身上的苦难便失却了许多真正的悲剧意义。你那基于伦理观念而对历史做出的道德判断，因缺乏清醒的时代认识和逻辑理性把握，而成为艺术失误。如在《糟糠之妻》中，改改在与丈夫的感情较量中显然是胜利者。但你尚觉不够，还让其丈夫、公婆都为此作出真诚的理性的忏悔。这一对传统文化的复归式认同，使你立即陷入把历史道德化的危险境地。也许正是这一道德化审美价值取向，使得你在表现现实的作品中也同样难免此弊。表层的矛盾冲突常常黏滞着你看取时代变化的目光。你有意无意舍弃了大量能够表现人物复杂心态变化的生活细节，为了故事情节的需要，“恶念”的设置成为你作品结构的关键枢纽。单向性线索和单一的冲突背景，无形中成为人物活动的桎梏。至此，人们便难以看到作品人物面对现实的生活艰难感，或曰在历史与时间之间进行选择的感情困惑，也难以看到个人的生命欲求与社会的功利需要因永远不能统一而特有的悲剧忧患意识。你没有自觉地把人物放在历史前进与道德评判所形成的“二律背反”的困境中，让其显露选择的困惑，体验挣扎的痛苦，承担沉重的悲剧，完成对特有时代条件下特殊人生的文化性格塑造。是的，你似乎忘记了整个人类社会在前进中留给文学的恒久性命题——道德与历史同构之中的矛盾。而这恰恰是“伦理式”作品最有价值的开掘方向。但你的“家庭系列”创作的整体结构却始终未能进入这一矛盾范畴的中心地带。

不过，事实上你未曾全然淡漠。从《夜朦胧》、《较量》两部中篇看，你似乎悟出了自己审美困惑的真正原因所在。你试图用上述“背反”格局重构你的艺术世界，前部作品中，你没有把胜利交给传统伦理的代表彩彩，而且，还让李军在对她生活方式和心态构成全面批判否定的基础上产生强烈的爱。可惜的是，闪烁着现代文明之光的自由之“爱”，却被溺死在彩彩为伦理献身的顽固与愚昧之中。诚然，在这篇作品中，你确实创造出了“背反”性质的文化空间，但作品主体的呆板，又使人物与环境的关系落入窠臼。《较量》的确是一曲漂亮的“悲剧四重奏”：四户人家，两对冤家，生活的沧桑巨变使他们都扮演了各种各样的角色。殷实与富裕并没有带来精神上的自由；而精神的优胜者们也不得不在现实欲冲击下显出尴尬。昔日的荣耀已不足以支撑人生的现实，而今日的风流总被过去的阴影所调侃。究竟是什么神秘的力量阻碍着人们无法获得真正的自由呢？可惜的是，这一深刻的悲剧命题还未展开就被你那狭小、拘谨的结构模式扼杀了。为了“操办婚事”这一情节，你又重蹈覆辙，把作品意蕴削足适履地塞进封闭结构之中。悲剧的故事意味取代了悲剧的“历史性”意味，心态冲突因没有进入文化范畴，只能被看成是一般的心理描写，仅仅具有手段意义，而失却了“意蕴”升华的可能性空间。

时下里文坛的叹息多了起来，除了那基于某种外部原因的叹息之外，更多的则是面对文学本身的真诚的叹息。博大而深刻的民族忧患意识渐渐看不到了。但是，张平兄，你有，然而，你如果只在悲伤一途上置放它，显然是太不够了，它的审美实现，不仅心，更需要一块廓大厚实的文化土壤——即面对整个历史和现实，具有哲学深度的宏观把握气魄。如果你能在这里冶炼自己的悲剧意识，并运用到道德等历史存在的“二律背反”的审美结构之中，那么，中国式的《百年孤独》、《静静的顿河》必会产生。到那时，民族送给文学的不再是叹息，而是永恒的自豪！

张平兄，我等着给你说……

哲 夫 论

一

细细想来，最先抓住我的，也可以使我产生困惑的便是哲夫作品中“冲突形态”，或曰“冲突式样”。当然了，我们也不可否认，在文学瞬息万变、求新创奇的今天，再不会有哪一种冲突式样可以造成一个时期的典型审美形态。就文学主潮来看，各种冲突式样在共生共荣，冲突态势的多变化、多元化，尽管使我们的宏观研究越来越困难，但在每一个艺术创造个体那里，这一宏观地把握，还是有可能的。尤其是对哲夫这样一位在传统与现实审美选择迄今无甚侧重的作家这里，在他那似乎是要追求某种恒定东西的作品世界里，我以为这是一个最佳切入口，我们可以据此进入作品内部，在发现和准确勾勒出作品审美冲突式样的前提下，去进一步阐述他与生活的关系、作品与实有的关系、文化心态与审美结构的关系，甚至作家尚未感觉到的困惑以及他将怎样选择……

先看《光电声色》。主人公何小菲、陈亮一对新婚夫妻。何小菲深深爱着陈亮——连他自己也毫不怀疑地自豪过。他在一个农场做工，是副厂长，而且干得很出色，是新闻人物；而她却在大城市里供职——尽管只是一名工人，但她父亲是厂长，就是她所在工厂的厂长。两地分居。她也为丈夫的“出息”自得过，不过感到总有些遗憾——要是他在自己身边多好！于是，一贯服从于她的丈夫，忍痛割爱调回来了。他当了一名学徒工，她曾向父亲哭闹，想让他当车间主任。没当成，她恼了，恼父亲不给独生女儿面子；也恼他——尽出废品，丢人现眼。于是她总是气他，他忍耐着。终于有一天，他爆发了，给了她一个耳光，回到了当年的农场。她伤心、痛苦，最后理解，也以调到农场而皆大欢喜。故事够复杂的，对了，中间还有一个人，黄云。她中学时的情人，而他的同学——一个聪明、轻浮，不干实事，耽于幻想且又早死的人。

一番挂一漏万的介绍，也许读者已经明白，这是一种理想与生活的冲突，是价值选择中的冲突。何小菲不仅自己选择了一种生活，也要丈夫服从这种选择——要不就改造他。如果没有作品最后她调到农场的壮举，那她确实够“浑”的。她喜欢都市，喜欢消遣，喜欢世俗的享乐，同时也渴望一种创造，但不是自己去创造，而是让丈夫去实现那个“夫贵妻荣”的梦想。他因为爱她，屈服了，回来了，却觉醒了，失落了许多。他们都在选择，但生活也在选择他们，谁是强者呢？显然是觉醒者。作品不是在歌颂一种“不慕荣华”的人格精神，而是在此宣布，一切为了人，哪里可以实现价值，就到哪里去。诚然，何小菲到调回去也还不理解，她理解的只是看到了一个真正的男子汉。这里没有时代吗？有！这一选择本身就是时代的特点，时代一切变迁便借助个人对生活的选择得以全部包容。

与上述那篇稍不一样，《爱情、雪花和小白鼠》充满着悲剧意味。是的，尽管它并不很浓烈，但因为悲剧而显出了深刻。刚到一个单位工作的大学生——渔夫，和三个不同的女青年产生暧昧之情。他第一次被妮娜的大胆、直率的行为征服的时候，也正是他放弃理想追求而倒向了世俗的怀抱。在他坚定的选择面前，对象却在一瞬间消失了——妮娜很痛苦地告诉他，她已经属于别人了。为了实现自己的梦想——当一个演员，不惜把爱送给一个所不爱的人，而他所爱的人却只好空幻一场。两种真的冲突——渔夫为了真爱而不自觉地扔掉了自己的追求；而妮娜为了实现自身也不得不牺牲真爱——饶有兴趣的二律悖反。难道不能统一吗？这仿佛是作者在字里行间的深沉发问。在前面《光电声色》之中是理想与生活追求的冲突，而在这里则是爱与理想的冲突。不适当地沉溺和选择，都会导致一方面的痛苦丧失。这里除了社会不完满的悲剧因素之外，不是还有主体的某些性格基因吗？

这种理想与爱的冲突形态，在《一个演员和他的两个导演》之中，则是在奇特人生组合之中得以体现。闻小莹被两个导演都爱着，黎文思老而丑，而凌飞却年轻英俊，说不准前途无量。结局却是闻小莹依偎在凌飞的身边——这难道是一种世俗的选择吗？不是！她对黎文思的爱要深沉得多。但黎文思终于和轻浮的、毫无修养的、没有任何目的的伊虹站在一起。是什么原因终于导致了心心相印的人不能走在一起？是闻小莹的豁达、随意和无所谓吗？是黎文思的自卑吗？是伊虹那为了自己而可以采用一切手段的残酷吗？是凌飞的俯首帖耳吗？仿佛都不是，而是一种刚刚觉醒的灵魂在选择背景下的偶然失足，是对自我价值，包括爱的实现方式模糊认识及对自我力量的相对自怯。理想与爱的冲突所造成的悲剧性，在此便具有一种人类本体的、超越时代的悲剧感。

不过，在这一典型的冲突态势中，作者所置放理想或理想人生、价值的框架总带有某种虚幻色彩。生活中主体的省悟，并不是出自于人物对自身现实行为的深刻自省，而仅仅取决于某种生活的偶然。生活者对价值的某种理解和对一种人生形态的选择，因为不及深思熟虑而带有随意性，恰恰是这种随意性冲淡了悲剧所应带有的历史、时代的凝重感。

但不管怎么说，这确是哲夫小说中的冲突形态，它被作者娴熟地使用着，同时，也在娴熟的自信之中形成了难以趋近更加深刻的模式。

二

读哲夫的小说，我感到，“爱”是他最爱写的。他似乎在作品的所有画面中向人们说明：尽管爱的形态有那么多不同，但爱本身却是永恒的，常翻常新的。人们为了爱，牺牲了许多，割舍了许多，也自觉地压抑了一些什么和大方地贡献了一些什么。爱给人生带来了数不清的色彩，它仿佛是个原色，生活靠它才调制出姹紫嫣红。不过，哲夫作品中的爱，毕竟是我们这个时代的品种，也正是在现代背景下，我们才看到了审美世界的爱在哲夫手中的一些独特形态。

《光电声色》里是一种残酷的爱。为了爱，何小菲几乎变态了，她企望用改造的方式来实现自我爱的梦。但是梦终有醒转的时候。她实际上不必那么快地走向“农场”，而应该让其经受一下悲剧的冲撞，我以为更有意义。不是吗？她那么煞费苦心的经营到如此难料的惨败，到底说明了什么？它，难道不会给主体以强烈震憾吗？悲剧过程难道不应该具有悲剧结果吗？在这里，作者对悲剧的理解局限，也同样地反映在作品之中。残酷的开头，却换来喜剧式轻松的结局，妙则妙，但留下了太多的遗憾，人生并不这么简单，审美更不应该把这一简单摄入自己的视野。

“爱，也可能是荒诞的!”因为在大千人生，通向爱的路也有荒诞一条。《电影导演和他的两个女演员》正是这样。黎文思这一位已四十出头的中年人，却在若干年前就把心头神圣的一块地方让给了当时还是瘦弱少女的闻小莹。他爱她，那是一种掺杂着父亲与情人的双重的情感。也许，当他十多年后重新来找闻小莹时，尽管羞于提及，但深沉的内心却早已掀起了爱的浪潮。也许正是在对事业与爱情孰先孰后的痛苦内向的抉择中，他失却了时机，失却可能获得的双重收获。当然了，问题的重要尚不在此处，伊虹对他的爱却有着荒诞意味了。她评价黎文思：“屁！才不是呢！他有什么好的？罗圈腿，满脸胡子，还喝酒，不修边幅，脏里吧唧的，谁爱他呀!”但是，她还是坚决地，满怀苦恼地爱了。在伊虹眼里，他什么都不如年轻的凌飞，但还是言此而依彼。与此情形相同的是，闻小莹是属于把爱随便施赐给人的那一类。她多次居高临下地嘲弄凌飞，她知道对凌飞请求的答应，仅仅是一种无意识，缺乏深沉的基础的，尽管她每当看见黎文思，眼里就泻出那么“欲说还休”的遗憾。但是，她终于还是没有弄清自己是什么，她只是在别人的眼里，追求里看到了自己的价值。她——闻小莹还不具有自我判断和设计的能力。他们的结合会幸福吗？恐怕连作者都不敢确信。那么这里所展示的全部或最本质的内在究竟是什么呢？困惑中让人思索。也许，作者在这里，仅仅是摆出一代人在特定文化背景下的选择类型吧？不过，我还是想指出，作者在这里写得太平淡了——而非深刻浸泡的平淡。没有在道德、情感、友谊、历史与时代等种种因素组成的合力中，看看他们如何表现，看看他们是带着怎样的重荷选择，而这正是可以显示其选择具有历史意味的地方。

“感觉式的爱!”这又是一个奇异的品种，也许它在现实生活中难以找到类比的原型。然而，在哲夫的笔下，却被描绘得有滋有味，险象丛生而又入情入理。我想许多普通读者一旦读完后便会脱口而出：“这不真实!”是的，在已有的真实观念里，它当然不真实了，但在感觉世界却异常的真实。我以为这才是哲夫所靠想象而创造的文学。“原子”和“蛾子”——一对从没有见过面的恋人，最后结局的突兀，是显而易见的。但是，整个爱所抛洒的过程却是无可挑剔的。这里的画面，全部应是心理领域。多曲折啊！他们从一封信上感到了久久寻觅的对象的价值！他们那样真诚，甚至已在为这种“危险”的爱做出了许多牺牲。当然，他们也为此种爱怀疑过，但只不过一瞬间罢了。他们曾从世俗的择偶标准位置，猜测过对方，但很快就销声匿迹了。当他们在海滩上见面时，那是一番怎样地惊喜——“瞧，他一点也不丑，但也不像我想象的那般漂亮。”“身材高大，眼睛明亮，鼻梁挺挺。”够了，这太迎合庸俗了。而他呢，得到的不仅仅是炽热、活泼的爱，而这位姑娘居然是“名门之后”。说实在的，这种喜剧式的结局太令人失望了，也太没有力量了。

哲夫小说中的一些悲剧意味作品，往往出现令人扫兴的情况，要么，悲剧过程而喜剧结局，要么喜剧过程而悲剧结局——不是说这样的搭配决然不可置放在一起：问题在于，作品的逻辑力量如何从悲剧中而来，那么，悲剧的必然性也应当对作品的结局进行制约，过程与结局的非历史、非逻辑的扭合，不能不让人感到作者整体艺术意识的陈旧感。当我们的艺术还不能把或不敢把悲剧作为生活逻辑加以自觉地把握和使用，而仅仅是用来调制生活的色彩，那么，就势必影响到艺术主体对现时生活和人生历史的开掘深度，而缺乏深刻性的文学，毕竟不是上乘之作。

在《爱情、雪花和小白鼠》中，作者的题旨尽管集中在理想与生活的冲突上，然而这种冲突都是集中在主人公渔夫对三位女性的爱的鉴别和爱的选择这一基础上的。爱而不可得，这又是多么残酷！一如《光电声色》中何小菲与陈亮一样，他们都在为爱情付出什么，但终究是，付出的却没有寻找到报偿。何小菲因为爱而使陈亮痛苦；而渔夫也因为爱，变得粗暴。不一样的是，何小菲以醒悟的姿态去拥抱明天，而渔夫所爱的姑娘——妮娜，因委身于他人，只好遗恨终生。

当然，这种强行把作品划分为理性的格式并不是我们的初衷，但毕竟只有经过这种切剖方式才能完成对他们之间差异的认识，而要完成这种统一，那么只有到他整个作品所透视的人生价值及审美价值，及二者之间是如何达到有机统一的过程之中进行探讨。

三

哲夫的作品，没有逃脱人生生活所给予的规范性，同样，并不具有超前意识和对民族人生的大跨度描写。他们都是现实的东西。从人物活动的背景色彩，到人物选择的价值归宿；从主体的创作意念，到作品所达到的审美境界，都有明显的时代感、贴近感，同时也有一种陈旧感和陌生感——时过境迁之后对生活审美的必然接受心境。

完全可以看得出，哲夫是在城市文化氛围熏陶下长大的人，我不知作者的身世，他的整个思维方式和审美情趣更接近于都市市民风味与格局。善于从生活的细枝末节上体味人生，然细腻中缺乏应有的阔大感；缺乏博大的忧患感，使得所有作品的冲突都似乎有点“小打小闹”。他不善于、也许是不屑于或者不能够从生活抓取牵动一时代民族视听的尖锐矛盾，而使作品具备一看便知的鲜明的时代感。这样一来，也许就在一定程度上限定了他对人生整体某一部分的片面侧重，他的优越之处因为多次显达也不自然成为一种短缺。

我们可以先看看他笔下的人物谱系：

一般的知识者占据了绝大多数。《光电声色》中，陈亮和何小菲都是城市的小知识阶层。《爱情、雪花和小白鼠》中，渔夫是一位大学生，但不成气候，在他眼里，人生还太简单；颜杰则是一位人生的“出世”者，楚三平不过是一位小有头脑的工人而已，至于刘小琳则仅仅是一个善良的姑娘。就是电影界人士，在哲夫的笔下，也趋同于一样的面目：即浑身具有市民小家子气的庸常之辈，他们并没有多少独异的动人心魄的人格力量。《谁坐一把金交椅》也觉得所有人物都像如今城市的街道工厂的班组长一样，头脑稍稍复杂，但未臻深邃；气魄有点儿，但表现不出一个民族在非常时期的力度。总之，他笔下的所有人物都小市民化——这绝非通常意念的小市民，而是一种社会阶层及他们所具备的气度、素质、胸襟及行为。这样一来，作者不管是有意还是无意，都在以市民的眼光看待人生，看取具有市民兴味的人生，发掘市民在整个社会、文化动荡下的各类作派，包括改革、包括永恒的爱，也包括生活的酸甜苦辣。这些人物在他的笔下有如下的特征：

一、喜欢对生活进行异想天开地自我设计，而这一设计本身却不曾有什么目的。

二、追逐时髦，喜欢用统一的方式调侃人生，有时甚至盲目地去当一种不实在生活的实验品。

三、感情细腻却狭窄，敏感于对自我愁苦的体验，但却缺乏对人生的包容。对生活敏感而肤浅，对人生执着却缺乏远见。

上述这些无疑更是当代中国不发达城市市民的典型心态。在这种心态支配下，他们仿佛那样喜欢爱，善于爱，然而却不怎样懂得什么叫真爱，怎样达到爱的佳境。我们在上面分析的那种形态不就足以说明吗？他们的爱，因为抽取了特定的时代、特定的人生悲剧内容，而变得单薄异常。悲剧只是爱的悲剧，而不是爱在向“真正境界”过渡过程中的外力所造成的结果。这样就难免使悲剧格局趋于单纯化。而作品的整个审美也只能放在封闭状态中看取。在作品人物所活动的天地里，他们的举动已不可怀疑地具有某种崇高感。他们为了爱而悲痛，忍受生活的不公平；他们为了尝到爱的真果，不惜以青春做实验；的确，他们是为了爱而活着——反之，就将死去。《光电声色》中的黄云不就是这样死去的吗？是的，即使这种爱的追求不怎么震撼人心，但本身也已构成了人在社会活动中的悲剧性——悲剧感便是这类人物及由他们支撑的整个作品的首要美感。

与此相适应的，就是人物的个性特征了。我想这一点，是作者没有意识到的。他并不想，或有意去表现现代不发达城市的市民文化心态及其生存意识和生存方式，但作品却让人感到了。书中人物对生活变化的琐琐屑屑的体味，他们对爱的执着和脆弱，他们在时代风云激荡之中的旁观者态度，以及所缺乏的时代悲剧感和民族忧患感，都使他们在对自我进行现代化设计的同时，露出了心态构成上的破绽。请看，在作者的笔下，他们——所有作品中出现的角色，都仿佛没有经历过什么苦难，他们对人生没有基于切肤之痛的感情体味。因为在他们眼里，“两地分居”便是莫大的痛苦。没有在一切方面攀上时髦，也成为悲剧之源。偶然的邂逅之爱，便使主体痛苦地快要失却自身；为了爱，不惜进行各种各样纯真但却愚蠢的冒险。如果说，他们作为现代小都市的“个体”，特性是鲜明的，而作为整体，却都是相似的。这一看法是我们读完作品后的意外收获，作者既没有想要表达，而作品也不存在这种意蕴层次，只有在我们整体看去，才有蛛丝马迹可寻。

可以这样说，并非强悍的悲剧感，无疑是哲夫统一作品人生价值和审美价值的唯一纽带。“爱情”作为人生进行选择的兴奋中心，以爱情的意识为辐射线，以人在爱情生活的价值为半径，画出了他们自己所特有的人生和审美世界的半圆。

哲夫的贡献毕竟是有的，但却是很有限的。比如他的语言，那样畅达，但几乎每一篇都是如此，畅达就成为模式，失却了语言在他手中组合审美画面的特性和创造性。

在结束这篇文章的时候，我又一次想到“哲夫成熟了”这一感觉。这意味着，他已经在文学的大海中取得了自由的资格。但这只是第一步，自我肯定到自我反省到自我否定再到自我超越，这才是真正的，有前途的成熟。也许你的生活经历限制了你，也许你的思想还不够深刻，也许你还没有真正弄清现实与审美的真正关系，也许你还未曾注意到在现代意识牵引下对自我艺术意识有必要进行一次手术……但愿这一切“也许”不成妄言。

王安忆十年创作批判

细细想来，新时期的所有作家在文坛陷入深度反思的今日，值得并敢于用“批判”的苛刻眼光来对待的委实不算很多。当我随着新时期文学“热效应”的散去而沉静下来的时候，我首先遇到了王安忆。原因既不是我先前是那样崇拜过她，也不是眼下她的作品发表少了而使我失望，当然更不是王安忆十年来一直处在被娇宠的地位；而是我从中发现了些过去不曾想到的东西——我不能不震惊于这发现：她的耀眼的、富有创造价值的才华发挥竟是那么短暂的一瞬间；她竟是那样轻易地丢失了自己，甘愿在为潮流裹挟而去之中表现得竟那般沉着、理智。十年来，她那一篇篇刚出手就惊倒一大片的好作品，今日细细咀嚼之后竟是“模仿”的苦涩，尽管她“模仿”得那般圆润，长期受宠的美好，最终依然没能掩饰住当我们把她的审美构造比之于新时期文学整体动态过程时所凸现的她个人审美心态的悲剧性。她在新时期十年来的每一个浪头上都搏击过，并重重被摄入评论家们的镜头，但当这一切都进入了历史范畴之后，王安忆的审美价值存在竟是意想不到的脆弱、单薄。在“宠爱”与“实在”的落差之中，我们窥到了她那远远不够成熟的审美心态——这并非王安忆所独有，甚至可以说是她们那一代作家的共性弱点。

“雨”声住了，究竟算不算失落？

新时期许多杰出女性作家，几乎全是靠她们那非男性所有的、天才般的艺术悟性挤上文坛的，王安忆便是其中的佼佼者。尤其是在对审美把握的本体独特性上，她显得更为突出。任何惊险、艰难、困苦、悲酸的生活经历，对她来说，都几乎是一种奢侈。你看，在别人以为那么值得大叹、大悲、大哀、大哭或大笑的知青生活，在王安忆一起步的审美世界构造中竟显得那样平凡、微不足道甚至到了可以忽略不计的地步。也许我们都起码认为那段坎坷毕竟促成了她的早熟，然而王安忆毕竟已到了成熟的时候，她的成熟似乎并不仰仗于生活的坎坷。如果说，“上山下乡”运动的确改变了中国整整一代小知识者的精神构成，并且从此在苦、悲、哀、愤中建立起自己价值观念和理性的话，那么，我宁肯把王安忆认作个例外。在她那以单纯为基调的刚刚成熟的精神世界里，她只想新奇地品赏生活的各种味道，包括悲苦。因而她在理性上不曾把那个时代看成悲剧，这方面王安忆至今未曾像叶辛、梁晓声等那样痛心疾首地表达过。也许一切都该发生——她一定这样想。所以，当许多她的同类以在苦难中铸就的理性来重新面对苦难时，当许多“上山下乡”的小知识者在风云动荡的新时代里变得愈加敏感的时候，当许多人从同类千方百计地“逃离”之中看出了自己的可怜并激起愤怒的时候，王安忆依然是坦然的。单纯的精神并不因处在悲剧境地而黯淡了自己的光彩，她甚至常常沉醉于这一坦然之中。当生活把一页又一页沉重的日历频频揭过之后，一切留在这个单纯心灵之中的只有色彩的折光和瞬间的微妙震颤。在这微妙震颤的频袭里，她悄悄地激动着。她从未想过要把历史在理性锤打下沉重化，包括在自己的生活经历中苦思冥想出合于普遍范畴的哲理来。一切外在对于她，都只是以直感去领悟的对象，而不是理性诉诸的实现。她坦然地感悟着，又在新奇地咀嚼着，自然也同时萌发着欲要表达的愿望。正因为这种天性使然，她甚至敢于充耳不闻那民族进入20世纪70年代末期后时代海洋日渐洪亮的涛声，用自己的纯真去调制那个充满悲剧的岁月，记下一个少女玫瑰色的梦——《雨，沙沙沙》也许就是这样写出来的吧。在这个被霏霏细雨淋湿的梦境之中，王安忆设计了一个被主体特有情感冲淡了的、自由开合的情节，把两位纯情而又敏感的少男少女诱进来。他们相逢在尘世喧嚣的大街上，双方只不过偶尔也平常地多看了两眼，然而纯真的对撞便幻出了梦的多彩。雨的缠绵代替了他们灵魂相俟的缠绵。无声的行为正借助于纯真絮絮对话。一切都那样迅速地结尾了，然而留下的更多。试想，世界上还有比这以纯真接纳纯真更令人动怀的吗？在那个严峻的岁月里，在那个人们还来不及想到自我，更谈不到享受自我的时代里，王安忆则以淳朴、细腻的笔触，展示了人类追求的美的极致。这不能不说是奇迹。对于只有二十几岁的王安忆来讲，人们的宠爱当然可以受之无愧——因为她一出台，就显示了自己天才般的独特！这绝不是题材的独特，新时期许多作家不是得之于此又失之于此吗？也不是理性充实的独特，新时期许多作家的确在民族文化转换刚刚开始的时候以理性之光赢得了审美的时代价值——然而，在那样的时代中所能够有的理性是多么脆弱啊！不等岁月冲刷便自行贬值的也真是太多了。自然，这一独特也算不上得之于某种“文化”冶炼之后的聪明——大凡聪明的获取总是以付出真诚为代价的。王安忆的独特是来自生命本体存在的天然的独特，是一种直觉选择后的独特。她尽管坦然地感受着生活，但并不排除自己情感的悄悄介入，她新奇地咀嚼，但不因新奇而坠入盲目。那份纯真里，除了灵魂的圣洁之外再没有别的。那份细腻，令人动怀之外可曾还有一点什么别扭？没有！一切都圆润极了——这并不是我十年间的印象，而是今天重读之后的深悟。

这悟性以及环绕在悟性周围的自由心态，对于任何一个在我们这个文学急功近利根性甚深的环境中进行审美创造的作家来讲，委实太重要了。王安忆一开始就避免了对生活的理性式硬化处理。我们在时代政治理性制约下建立起来的审美意识，一旦诉诸实践所带来的恶果，十年来可谓比比皆是。王安忆一开始就用本体——情感的方式表现生活。她并没有意识到需要把自己的审美趣味丢进社会规范化审美理性之中以获得什么“资格”，一开始就保持了审美个体体验的天然性、灵动性、真实性。把一个完全的自我留在了作品之中，我禁不住要惊呼：这是一种多么辉煌的创造起点啊！

王安忆的独特我们还可以通过比较看得更清楚。在民族历史经历了大翻转的1979年左右，昔日荒谬感的时代审视，造就了民族当代历史上空前悲动的情景。人们在异口同声地诅咒，悲愤正是这个时代的特色。曾经在上一个时代被政治弄得痛苦万状的人生，一个早上醒来，又成为新时代政治的强烈共鸣者。早就在悲愤中浸泡的理性，在政治的诱导下一下子迸发了出来。出人意料而又在预想之中的是，时代政治理性又一次成为新时代审美创造的统一理性。人们由于自身遭遇而对于这一理性的认同，很快便转为实际上在充实这一理性的自觉行为。新时期文学借此一下跳到了时代的前台。控诉罪恶，披露伤痕，一时间成为文学的最好归宿。慷慨激昂的时代里，王安忆到哪里去了呢？她没有哭诉，也没有诅咒，却真诚地奉上了自己的感受和希冀。在卢新华、孔捷生、竹林、叶辛等她们的同类，以大胆撕开灵魂的创伤而走红文坛的时候，王安忆则腼腼腆腆地走进了人们的视界。天真里不乏深刻，单纯里更多的是撩人的理想。一片纯洁的天地里，站立起一个“自由的我”。然而，处在极度亢奋状态中的“关西大汉”们，听不得这“红牙小板”，许多人向她进言：是不是该走出那“沙沙”的“雨”地了？可他们哪里想到，这等于要王安忆放弃那个可贵的“自由的我”。

而更重要的是，王安忆也不曾意识到这一拥有的重要性。她也许是抵不住热闹的诱惑，焦躁代替着坦然；在那个由时代政治理性凝聚起来的审美世界面前，她也许本能地感到了自己的渺小，总之，她要走并且终于走了出来。然而，她又听到了另一种呵斥：“王安忆，你的优美哪里去了？”刚刚踏上文坛圣地的王安忆，想不到一走竟进入了两难境地——她在这种情势下不得不去掉早年的“任性而为”而进行理性的选择了，这对于王安忆来讲可谓一个极重要的关头，而王安忆又一次过分地相信了自己的敏捷。照王安忆自己的说法，尽管“优美”“在无意之中失落了”，但“真诚”并没有失落。那么，仅仅只丢了“优美”吗？不是的。王安忆在急欲要摆脱窘境的急躁中粗心了。

“失落”可以在理性的抓获中得到补偿吗？

上述情形还给人一点启示，王安忆虽出身知青但却不擅长于知青题材。不管是什么原因所致，那一段岁月给她留下的仅仅是一片模糊而已。她始终未尝揣摩到一代知识者在那样特定的时代背景与具体生存环境中的悲壮的脉搏。比如她在后来写的《绕公社一周》，仅仅是从美丑的角度对知青群体人生做了点自描而已。知青人生的质感全然没了。她在一开始走上文坛时对生活进行审美观照的思维发散性特点，使她远没有把目光集中在自己最熟悉的生活上，而更多扫描到的是“非经历”性的其他人生。这样一来，就决定了她在选材上的不确定性。当然这并不是坏事，只是因为她过于单调地使用着同一个“叙述人”才导致了别人对她“题材面窄”的苛责——这种指责，今天看去显然没有多少道理。王安忆的审美特性不在深刻而在敏捷。过于贴近的生活对她来讲都可能因过于熟悉而失去关注兴趣。反而是那些刚刚开始或陌生的人生，可以使她在直悟中高人一等。少年题材《谁是未来的中队长》便是明证。再如，知青们在返城以后的人生，对于任何人都是一个有待打开的“黑箱”。王安忆走出“雨”地之后，便迅速被时代反思浪涛挟裹而去。在她抛却“自我”接纳时代理性的过程中她写出了成名作《本次列车终点》。与在历史反思中走红的梁晓声、史铁生、孔捷生等人相比，王安忆巧妙地避开了自己对往昔生活“朦胧模糊”的缺陷，而在知青籍作家中第一个把返城的对象作为反思的载体。她在这篇作品中不厌其烦地向人们絮叨着主人公陈信返城后所遭逢到的各种各样恼人的但又是实实在在的坎坷，目的只有一个：为主人公恋旧情绪的油然而生提供反作用力。现实的一切都构成了压力，迫使着主人公不能不想起当年，悟到“我觉得为了回上海，付出的代价有点不合算”，强烈地感觉到：“心理空落落地，像是少了什么。十年中他那无穷无尽的思念，现在是没有了。这思念叫人好苦，吃不下、睡不着，这思念叫他认准了目标，不屈不挠地为之奋斗。这思念渗透了他、充满了他，如今没有了，倒真有点不习惯，常常感到茫然。”陈信究竟失落了什么？作品没有明确。

这不是不可以明确，而是王安忆就是不明确。因为她不曾以特殊人生中抓获过什么“本质”因而也就说不清究竟失落了什么。然而问题的提出适宜极了，自然也时髦极了。试想一下，反思不就是怀疑提问吗？怀疑什么并不要紧，而怀疑本身才构成反思。王安忆由当年的独特一下子又转到理性支配下的知青文学创作的前台，这仍然不失为奇迹！但当我们把这层裹在作品外面的理念价值剥去，剩下的还有什么呢？除了小市民琐碎生活的几笔勾勒之外，余下的就很难再谈点什么。我们除了看到她把真诚献给时代理性的不自觉的自觉外，主人公却没有什么真诚可言。这并不意味着王安忆有多大的改变。表面上看，单纯依然是她审美心态的底色，但实际上过去的“自由的自我”式单纯消失了，而代之以理性化的“单纯”。先前的自由的直悟失去了许多，明显表现出她向政治化社会审美格局不自觉皈依。这种皈依因得不到同质内在精神构成的回应，便很快在相继出现的作品中显出了单薄与脆弱。比如当梁晓声尤其是张辛欣冒出来之后，她在《本次列车终点》中的发现便很快黯然失色了。

由此我们清楚地看到，王安忆失落的不只是“优美”的格调，而是那天然的基于直感而对人生的启悟方式，失掉了自我的自由与灵气。由此而始，她在无形之中被潮流所左右，凭借着她那天才般的敏捷，追鹜着一个又一个新的审美新潮。在大写“普通人”的风尚中，她及时地推出了《小院琐记》与《庸常之辈》等，在“婚姻道德”热里，她写了在当时颇让人争论了一阵子的《金灿灿的落叶》；“寻根”的口号刚喊出，她迅速地抛出了《小鲍庄》，变化之大以至于使许多评论家们惊呼陌生，弗洛伊德在中华大地突然走红的当儿，她一鼓作气变出了令人惊绝的“三恋”……包括她那唯一的长篇《六九届初中生》，它出现的原因很大一部分不也是出自于王安忆对“长篇热”的一时迷醉吗……令人感兴趣的是，王安忆在这一次又一次追赶之中从没有显露出疲惫的窘相来，总是那样生气勃勃、亢奋激昂。仿佛你气喘吁吁地刚攀上一个高地，转眼间她便飘然而至，那般轻灵，又那般迅急，面对王安忆，先觉者们不禁会想到：真是英雄所见略同呵。但仔细分析，却不然。当年在她把自己的热情倾注于“小杂院”样拐弯胡同及那些把结婚当作一件人生最大事情的人的时候，她已在无意之中贴近了市民文化的层次，可以说在某些地方已端出了这种文化的底蕴。然而可惜的是，王安忆并未曾意识到这一点。在《绕公社一周》中就已掠过时“鲍庄”，便在寻根浪潮之中被她重新记起。她像以前轻易地抛却了“优美”，那这一次又随着别人以为古老的文化大约只能存在于古老的“葛川江”“长白山”“太行山”或“鸡头寨”里，“小鲍庄”便很快变成了王安忆文化意念的载体了。审美理性随着时代的变化而闪烁不定，可贵的天然审美情趣，被一次又一次的理性时髦追赶，搞得神魂颠倒，破碎不堪。深沉表面上看固然比过去多多了，但来自于艺术天才的圆润却不见了。不论王安忆对新潮追赶得多么及时，她的许多作品就是“准新潮作品”，但毕竟藏不住“理性”模仿的尾巴。当我们把王安忆放在新时期文学整体格局和动态进程中想要精确界定出她的独特价值时，除了早年的“优美”，别的只好付之叹息了。

王安忆，你在哪里？

对于一个已表现出杰出才能的作家，文学研究对其进行价值界定总是避免不了的，或许这就是文学研究的最高责任。不论界定的价值范畴是什么，也不管界定方法有多少，但对其独特性的完全把握总是这些工作的唯一归宿。独特性不仅存在于审美个体那个封闭自足的各要素之间的联系之中，更重要的是存在于一个时期审美整体的各要素之间的联系嬗变之中。有许多作家当我们把他封闭起来加以静态观照时，他的确是非常杰出的，其形态因素之间的确达到了“自足”的完善程度。但文学史总是群体创造史，它的价值合成离不开对每一个独特价值点的动态整合。而每一个审美个体的独特性也只有放在动态的整体中方才能真正显现。审美过程中的个体与群体存在的正反合过程，是每一个艺术创造者在接受历史检测时的必需的过程。当我们以这样的原则来看王安忆时，王安忆在哪里呢？除了她在“沙沙”“雨”中所显露的天才般艺术悟性之外，还有没有别的呢？我的回答将是迟疑的。对知青这种特殊人生的平凡体验，是她一直未能进入深刻的先天性原因。就艺术悟性来说，王安忆比其他知青作家显然要高出一筹——她能在十年来的创作劳动中一直保持轻松愉快的心境就是一个明证。她不曾真正感受过审美分娩的痛苦。天才的艺术悟性总要化为在此基础上的审美理性方才使主体在自由境界中“登堂入室”，而王安忆恰恰缺了这一环。刚从悲剧漩涡中爬出来的国人对艺术的强功利要求，以及社会发展本身在那个特定时刻必然得出现的反思高潮和在反思土壤上生成的时代理性，便在极短的时间内进入了王安忆的精神构成之中，直接影响了她审美理性的确立。过快的理性认同，又因其对往昔生活的认识朦胧和眼下现实的变动不安，使她难以从容地找到一方浸润了自己精神或追求的土地来置放这一理性。外在输入的理性在王安忆这里被闲置了起来。这一被闲置的理性又因王安忆甘愿放弃了自己的“优美”悟性而更加无处附丽。在一个又一个审美新潮面前，自我审美理性的确立便在这一个个浪头的冲击下，在急急追赶的快节奏变幻中被淡化了。她在每一个新时期的审美高地上都留下了脚印，但常常是还未来得及拓开自己的地盘，便又被新的高度所诱引，轻易地跳开了。她把自己消融在十年来波涛翻卷的审美长河里，哪里都有她，哪里也可以没有她。她的独特性价值被稀释掉了。

真诚，这在王安忆那里绰绰有余的。但真诚并不等于深刻。前者向后者转化的一个重要条件就是自我的、消融了时代理性的审美理性——而这一点却是王安忆久久未能意识到的。她的作品不乏深刻，但几乎全是瞬间的深刻。当瞬间进入历史构成之后，这种缺乏超前意识的瞬间深刻便自行消失。我们曾屡次寄希望于王安忆趋进“历史的深刻”，但几乎都因为她对历史动态的把握能力而常常落空。例如她的寻根作品《小鲍庄》，既不是郑义那样在主客体因文化间离所造成的陌生中达到对历史的文化俯视，又远不如韩少功那样站在时代的思想制高点上以浓烈的“象征”取胜，也缺乏贾平凹生于斯长于斯的自在纡缓，似乎也不是阿城式的对民族文化形而上性质体味得那么到家……所以，我看到，作者便以浑浑噩噩的手法写出了一群浑浑噩噩的人，连作者恐怕也不大知道这谜团的谜底。

这是艺术创造者的悲哀，但却不是王安忆独有的。她们那一代作家或多或少地都染上了这一悲哀。我曾在一篇文章中说过，超人的艺术创造常常是在不寻常的深刻困惑中被孕育而成。不知道王安忆是否感到了这样的困惑。悲哀也许是每一位想趋进独特的艺术家的职业病。我想他们这一代作家不会在没有付出代价之前随便抛弃这悲哀，因为他们正年轻。

创造就是苛刻选择的结果，艺术的选择尤其需要这样。对于杰出的王安忆来讲，但愿她能闯过这苛刻的选择。

评《槐花岭人家》

如果我们要想精细地品味秦溱的中篇新作《槐花岭人家》（《黄河》1987年第三期），就不能离开对这一中篇特有结构的分析。这是一种类似“挂历”的结构，每一个画面都独立成为一个单元，而每一单元之间都有其特定的界限——即封闭性。有意思的是，这“界限”，恰恰成为所有单元产生联系，并富有韵味的“空白”式线索，依靠读者来完成形象的整合。

诚然，这有一个前提，正如作品一开头就清楚地交代的那样，在1983年秋天将尽的时候，这座林场承包给个人经营。于是，小院里住上了一户人家。这家人姓魏，有爷辈，父辈，儿辈和孙辈，可谓四世同堂。如果按照人们惯用的写法，作者可以把一家人所有成员放在同一时间和空间内，构制几个冲突，让每一位家庭成员都在矛盾中亮相、抉择。但作品没有这样做，而是采用了别样的方式，正常的情节展开，刚刚开头就断了，作者把艺术表现的镜头集中对准每一位家庭成员，采用大特写手法，重在披露其内心世界。一切都属于描述。没有高潮，貌似松松垮垮之间，却有浓烈的韵味萦绕。每一个人内心世界的悲苦欢乐，风雨阴晴，不仅为人物性格塑造所必须，同时也成为“槐花岭人家”的特有侧面，只有等到全部呈现后方得以窥见作品的整体。

这种静式拼接的结构方式，作品中明显的叙事者的存在，冷静、悠缓的描述式口吻，使作品特有的悲剧意味有了形式上的支撑与呼应。每一位在大特写镜头下的人的言谈举止和内外剖示，在上述形式的制约下，便具有了相同的背景、相同的原因和渊源，也可以说就是历史与时代交替过程中特有生活情境在每一个人物身心之中的独特体现。长者自有长者的感喟，少者自有少者的体味，种种体验便形成了没有明显外壳的矛盾锋面，一切的兴盛荣衰，都将在这一前提下寻找自己的归宿。

看得出，这一结构方式在作者那里是有意为之的。作品的题材性质，无疑是时代改革。但，既然是描写改革，作者在一开始就面临两难境地。其一是，新时期文学十年，描写改革的作品可谓多矣。如果仅仅想以童心般的眼光来看待目前的社会改革，那么，就可能坠入一些读者已经不太感兴趣的“模式”之中，作品的所有新意，就只能靠时间上的贴近感而取得。其二，是遵循纯粹的悲剧构思，即不仅结构富有悲剧意味，而且造成这一悲剧结局的原因是悲剧式冲突。这样一来，作者就不得不在如何寻觅和构制重大冲突上下功夫，甚至为了完成这一构思，不惜脱离人生实践而虚构一些“猎奇”性质的矛盾。上述两种结构方式，都将牺牲作者的独到发现。“挂历”式的，拼贴式的外形结构，使作品在很大程度上避免了平庸的危险，同时昭示我们农民在时代感召下的艰难选择，不仅可以融进更多也更深厚的历史内容，而且也可以使其具备超越具体历史之上的人性内容，而实现这些超越的前提是作者把历史、时代融进审美人物心态之中的能力。具体说，是如何整体性地把握所有人物。

作为长房媳妇的玉兰，其抑郁情怀似乎和魏家所处的现实地位很不相称。她那因丈夫春生早逝而难以排遣的孤独，悲苦，凄凉与漠然，并没有因魏家承包了林场，财大气粗而减弱一分。生活对于她——一位背负着传统而又憧憬着美好自由的女性来讲，价值并不在于是否拥有了物质上的富裕及家族社会地位的高扬，而是身心的充分自由，爱的自由。她性格中传统一面，使她的追求只能停留在内心，怯懦而又生分的人生实践，不自觉地导致了玉兰把自身的幸福寄托在别人的赏赐上。“亡夫”事件在此似乎有了特别的意味，不仅披露了这一柔弱女性内在的追求，同时，也为她后来与保山结合设下了性格上的伏笔。如果我们明白了她的真正的基于爱的追求，就容易理解，几年后，槐花岭林场的四合院里，为什么只剩下了她和保山二人。对于他们来说，重要的是，可以在这块远离人群的地方实现自我。他们在封闭中收获，自然也意味着失落——丢弃了人生拼搏。

“奸猾”的魏家老二秋生，偏偏又遇上个刁泼、蛮顽、庸俗的杏儿。不知是作者有意为之，还是无意挥就，同一色彩的人物以夫妻关系置于一起，表明了作者在对作品整体审美创造把握上的迷误。似乎是，杏儿的浅薄、庸俗的直接诱因是秋生所致。这样一来，时代情势所积累的特有的选择势能，就远离了这一人物。杏儿这一形象因此而无法压进更多、更深刻的历史时代内容，很像某种理念的演绎。杏儿的追求，在已拥有相当财力的今天，是很容易满足的，相差的只不过是槐花岭与县城的地理区别而已。当追求没有历史和现实的支撑，仅仅从已有的概念出发，用流行的价值标准，对其人物行为进行审美式道德判断时，就可能导致人物的片面化。正因为如此，杏儿的人生不是以构成时代大选择中的一个现象。就作者的创作意图看，秋生夫妇的生活，的确在魏家大院之中构成了一种特别的色彩，但仅此而已。

而在其父金成眼里显得“稚嫩”的小儿子冬儿，却无意之中成了时代选择大潮中的弄潮儿。在有些人看来，可能觉得作者在这一人物身上着墨过多，但如果我们不只是单单把恋爱看成一种本能需要，而以社会化眼光视之，那么，就不难理解作者的苦心所在了。情爱的过程和归属，恰恰是冬儿自我价值的过程和归属。正是在这样的意义上，我觉得冬儿的两次恋爱意味深长。当他还是一个名副其实的山的儿子的时候，急速趋向成熟的青春带给他许多迷人的、五光十色的然而又温馨醉人的梦。在“梦”中，他没有烦恼，不知道什么叫痛苦，生活在他看来真像一泓微波轻涌的春潮，玲儿就是这春潮的闪光点。但生活终于捧出了苦酒，玲儿走了，自由的追求突然中断。在选择的岔道口上，他没有退却，也没有消沉，而是毅然离开了槐花岭，开始了独立的人生抗争。尽管我们难以预料他和淑芳的夫妻店前景终会怎样，但目前是令人欣慰的。他们所承担的一切，包括胜利与失败，欢欣与痛苦，都与历史无涉，现实感的强烈，使他的人生追求，只能指向未来。

丙午老汉作为魏家的最高长者，其心境是青年一代所难以理解的。他已无力向前看了，垂暮之年，所有的记忆都脱不开已经走过的几十年人生。今日魏家人丁兴旺、家势茂盛的现状，对他来讲，自然是一种莫大的安慰，也同时压出了几十年来一直未能了却的夙愿——他没有忘记创业的艰难和远离故土的痛苦。相比于老子，金成则陷入了更深的困惑之中。多年的基层支书生涯，使他并不敢相信这一切都是真的。在父亲的遗训面前，他突然感到命运的不可捉摸。贫困的昔日，其历史影响颇使他在大把大把的钞票面前深感不安。收获和失落的对比，又使他不敢相信收获真是收获。终于，他从槐花岭下来了，不再回去，把命运交给了算卦先生。

社会运动，尤其是其剧烈运动，总意味着牺牲，或者说必须做出牺牲。当这种牺牲一旦成为精神蝉蜕时，每一个生活实践者的命运，便成了历史与时代命运的有机侧面，《槐花岭人家》正是在这一深刻之中完成了主题。

在同一时空中的“意味”落差
——对山西省内外作家的一种抽样定点比较

从新时期文学发展的整体上看去，就作品阵容和审美影响来讲，农村题材的创作非但没有占据过主流，而且于边缘地带也常常显出疲软来。一方面因新中国成立以来无形之中丢弃了鲁迅所倡导的对国民劣根性的批判精神，使农村题材创作在文坛复苏的最初几年间多半成为现实生活晴雨变化的简单说明书。农村因处在民族政治动荡的旋涡之外而从一开始就失去了引诱作家青睐的幸运。这种情形顺延下去，进入20世纪80年代后农村所发生的变化也仅仅在观念上唤起了作家对农村的兴趣。尽管在1980年以后，出现在艺术作品中的“喜悦的农民”显然多于“苦涩的农民”，尽管当时表现农民生存状况的艺术创作还曾掀起过高潮，但这并不能说明农村题材创作达到了繁荣境界。另一方面的原因是农村题材的“本体意味”当时依然处在失落之中。作为农村活动的主角——农民，依然被时代政治所挟持的流行观念所铸成。农民存在的本体意义（文化意义）与时代观念的有限意味依然混而未分，并且是，作为文学形象的农民又一次被置于让新时代观念塑造的可悲境地。“李顺大”、“陈奂生”、“冯么爸”们的身上，所过多负载的具有浓烈政治色彩的“革命历史”内容，使得此类作品中许多精彩的局部描写也因之而显得黯淡。与知青文学狂潮和以知识分子命运为主要载体的对民族当代问题的尖锐反思相比，它的苍白、孱弱是显而易见的。这一窘况的稍稍改变，已是接近20世纪80年代中期的事情了。纵观这一时期的农村题材创作，我们感到，无论艺术创造者们怎样敏捷地把已经变化了的时代观念移植在这一存在身上，都没有可能达到对农村题材更生换代的划时代认识境界。农民、农村及其关系，依然在传统的惯性中向前滑行。

上述这一情况，从理论上概括为政治式的“本事崇拜”——即作家所要从对象身上挖掘的意蕴及其所要寄植的理想，在很大程度上属于非审美性质的。给农村题材创作带来时代创造契机的是后来出现的文化热潮和“寻根”文学。一如现代战争审美是由那些没有经历过战争的年轻人所创造的一样，生活方式完全都市化的一代青年作家，倒是率先把现代观念、现代角度引入到这一题材领域，并且成果迭出。也许我们从传统视角上看，他们对作品人物的生活描绘显得相当生涩，也许他们对题材的“本事”规模与色彩缺乏精确把握，或者如许多人所讲的那样，他们的居高临下的态度就失去了表现这块神圣大地与土地主人的资格（对农民的爱他们比前辈要淡然得多）。但正是如此，他们才真正取得了对对象观照的客观性，他们不仅把农民、农村及其关系看作是现实的生活存在实体，而且更为重要的是视他们为民族文化、历史的活动的实体，以新的审美态度和表现方式把农村题材从流行但短命的观念脐带上剥解下来，置于现代文化背景之下。这样做，不仅重新焕发了自鲁迅开创的批判精神光彩，而且使农村题材的“本体意味”得到了全新的弘扬。农村和农民不再被当作一种流行观念的注释来处理。他们以自己叛逆性的艺术观念和显赫的艺术成果向历史也向时代庄严昭明，神圣的土地及其主人，其价值在于它是一个奥妙无穷的文化密码系统——这一突破在新时期显得非常重要！甚至可以说，这种艺术意识及其审美形态的生成，已经成为判断农村题材创作价值高低的基本标志。

我正是以此来看取新时期以来山西新派作家的农村题材创作的。

相比于全国，山西作家们对于农村及其农民命运的关注，显得更为真诚，更富有耐心，注入了全身心的始终如一的激情。我们可以明显地看到，他们的艺术良知和审美灵性，只有在面对这个题材领域时才显得那般突出且富有持久性。十年来，他们满怀热忱在这块土地上辛勤地劳作着，收获倒也颇为丰富。除了焦祖尧、蒋韵之外，绝大多数如郑义、张石山、成一、张平、韩石山、李锐、田东照甚至包括柯云路，无一不是跟着“农村”沾了很大便宜。尽管我们在回首历史的时候，不能不为他们辉煌的成就感到由衷的高兴，但当我们回到现实来，尤其是置身于现代审美潮涌之中的时候，我却常常为这一群体的绝大多数感到或多或少的惋惜。多年来，我觉着他们始终在自感斩断了和“山药蛋”的联系而实际上却至今未曾斩断的矛盾境地挣扎着。对于“农村题材”的观念拥有与实际的艺术体验所形成的落差始终在困扰着他们。对现代审美思想的新奇感与连他们都不曾觉察的“山药蛋”审美潜意识之间的相互挤兑以至于格斗，表现得是那样频繁，而往往总是以“现代观念”与“传统体验”的相互平衡形成艺术创作的悲剧情形。说他们的艺术成果总带有“山药蛋”气，这绝不是物理时空条件下的机械比较结论，而是艺术感知方式或曰审美思维方式的比较结果。我自己曾在一篇文章中对这种结果形成的历史影响作过说明：“如果说，这一具有浓重历史回潮意味的审美皈依，在他们（指山西新起作家）那里始终是非自觉的话，那么当时的批评界却把传统的价值，在文学未来的审美坐标上规范化了，神圣化了，模式化了。自信的批评界似乎找到了‘山药蛋派’历史存在与现实发展可以互为因果的对应两极，一方面急急忙忙为新时代的艺术创作在已有的家族谱系中安排座次，一方面又以新的艺术成果来强化对既定历史艺术存在的神圣崇拜！审美格调的人为限制，在限制了新一代艺术创造者们大胆开拓的同时，也导致了山西青年作家们未能尽早地对已有艺术传统做深刻、自觉、痛苦地自我反省，去发现自我与传统的错位，确立新时代艺术描写起点，继而在横向共时性比较中重建时代艺术审美的价值坐标。”① 诚然，批评的牵导今天看来也许仅仅是一种契机，寻找山西新派作家群体十多年来一直未能在这一题材领域达到时代最高审美水准的根本原因，是“山药蛋”艺术既定传统的“历史影响”对创作主体的无形制约力。在新时期文坛复苏的最初几年间，以成一，张石山、韩石山等为代表的山西新派作家农村题材创作，尽管表现了明显的传统意味，但因这种“图解”缺陷是文坛共有的，所以使他们与全国同仁相比并未显出太大的差距。高晓声、何士光、古华、周克芹诸人焉没有如此过？这一情形只能说明，自《讲话》以后的解放区审美传统与模式，依然是当时文学创作所企望达到的价值阈限②。只不过，这种阈限膜拜在“山药蛋”的故乡表现得更为鲜明罢了。相比于高晓声笔下李顺大新中国成立后几十年历史行程的艺术描写，《顶凌下种》的横切面绘摹更显得“观念”些，在这里，艺术描写的本体力量远远逊于作品场景里所蕴含的直接的政治观念力量。《乡场上》的“冯么爸”在历史与现实的直观比

---

① 见拙作：《黄河与高原之神的时代雕刻》（《批评家》1987年3期）。

② 均见拙作：《山药蛋派艺术选择是非论》（《上海文论》1989年2期）。

较中朦胧崛起的“人”的尊严意识，在张石山的早期代表作《镢柄韩宝山》里则难以寻觅到的。作家以喜剧笔触所传达出来的主人公的生活行状，因缺乏对历史总体反思的沉重意味，早已透露出作家心态的单一和作品内蕴的微薄。仅从我们新中国成立以来所标示的现实主义原则来理解，除了上述不足之外，我们山西新派作家在对中国农村和农民在三十年来总体历史状态的观念把握及面对这一复杂庞大对象所应表现出来的艺术气魄上看，与擅长同类题材的全国其他作家相比，其差距就显出某种根本性。总览他们当时的作品，我们还很难说具有了类似《芙蓉镇》那种“寓时代风云于风俗描写之中”的审美力度和历史含纳量，亦难以与《许茂和他的女儿们》的大跨度的时空感和宏大场面相提并论。总之，在新时期伊始的悲剧文学阶段里，我们山西作家缺少自觉地、持久地、以人的价值为中轴的悲剧意识。中国农民在那一段特殊历史中所怀抱的特有的悲剧情怀，不曾受到作家们深刻的注意和有意识的开掘。当代农民复杂沉重的悲剧性在变为艺术成果之前，已被心态庸俗化的创作主体这一中介稀释化了。说到此，问题并未完结。就上述这些差距本身来看并不可怕，因为这一时期的山西作家的创作与全国农村题材创作的总体水平并不存在层次上分野，其差距也是在同一层次上观照的结果。但随着时间前移，这一原本不需要过虑的担忧，竟很快变成了现实。导致层次差别的隐患就潜伏在上述这一平行比较的小差距里。原因很明显，这些差距所暗含的未来危险不曾被山西作家及时而强烈地意识到并加以矫正，在时空的流逝中这些共时性平面差距便慢慢衍化为后来的“历时性”发展趋向差异。何士光、古华等人在早期创作中所不自觉显示的对人的价值的关注，启迪了后来的作家们——比如贾平凹、张炜等。这一不自觉的行为在社会反思浪涛的拍击下，日益增强着把“人”从纯政治的历史领域向文化属性的历史领域过渡的可能性。这种凸现着的可能性一旦被付诸群体的、自觉的艺术实践，就必然会导致农村题材传统“意味”的彻底改变。农民存在的文化意义及价值，逐渐被审美注意到了。这一滥觞于他们之手的农村题材由传统形而下向现代形而上过渡的创作趋势，无疑为后来“寻根派”完全把农村题材做观念化（文化化）处理铺平了道路。当然，我如此评述，并不是说山西新派作家们当初对这一意向毫无感知，他们明显地意识到了，而且几乎是与这一趋势同步，很快矫正着自己的艺术创作。这一点在郑义、张石山、成一身上表现得很突出。1983年，张石山推出力作《老一辈人》（我一直认为这是张石山最好的作品之一），这不但标示了张石山"青石沟"现代神话系列的萌芽，而更重要的是，张石山的艺术观念正在发生着差不多可称之为根本性的变化。作品中，"人"的描写力度的陡然强化，一方面说明他在艰难突破传统旧囿的同时，审美感知方式已趋向现代化层次，另一方面对农民的命运他已尝试作某种文化式解剖与处理了——尽管这一意念还不是十分地自觉。从作品的艺术本体意义上分析，他的《老一辈人》及以后"青石沟"系列中的许多作品，都开始突破着传统的叙述结构，作品人物活动的背景已大规模开始从先前那贴近的现实境况中走入了廓大之地，被从文化角度所强化的土地与人的关系，使张石山已经冲到了对农村题材观念理解的现代层次边缘。成一也仿佛是。《陌生的夏天》诸篇，沉郁格调的深处，站立着一个对农民文化试图做出现代式思索的无痛苦的主体。他所企望的从农民生存方式的内在蕴含上来对土地与农民的关系合力所要做出的解释，不仅使他们的作品有可以走出"本事崇拜"的怪圈，并且他所尚好的心理开掘，已经使他这时的作品底蕴厚实多了。我曾想，他们此时的努力在以后"晋军"崛起的价值引导上产生过影响？从历史上看，这两位作家在山西新时期文坛的前驱意义是非常明显的。然而，由于复杂的内外部原因所致，他们在已经显示出魅力的艺术征途上，却令人遗憾又令人意外地表现出价值把握恍惚性。如果设身处地地为他们想，我们可以理解他们在强大的传统崇拜面前对自我艺术追求的半信半疑的心态，也同样可以体谅他们为了取得更扎实的创作成绩而有意显露出来的持重，甚至还可以宽解他们的许多……但是对他们在传统制约下的意识迟钝则不能不表示遗憾——"山药蛋"传统的"本事崇拜"观念常常或重或轻地笼罩在他们的艺术实践上空。传统的客观"旁围钳制"和主观"心理钳制"，在悲剧文学已经大大减色的新的历史时空中，一方面削弱着他们对自我艺术探索的自信，另一方面也在对自身怀疑的前提下开始了对传统潜在制约的妥协——这一妥协的新表现是，他们不得不接受改头换面的新的时髦政治观念对艺术创作的导引。非但如此，当这一导引下的艺术成果以轰动式效应赢得社会认可后，又从反向挤兑着他们向早先已开始背叛的传统做出不自觉的归顺。这是山西文坛特有的"招安"现象。就他们的创作实际而言，张石山仅仅依凭情绪记忆就企图创造出"青石沟"系列现代神话，便在社会各方面的时尚引诱下渐渐发生了倾斜。人的命运值数便在不断动荡的现存环境中离开了原初的开掘方向——“改革”也罢，“性”也罢，追求之中因渗入了赶时髦的成分，作品面目便显得驳杂不堪了。我们不否认张石山每个单篇质量在纵向排列上价值提高（如《含玉儿》就很精彩），但这些放在“青石沟”系列中却增加不了整体性审美分量。少年情绪记忆中的一切，在进入创作前，主体已将其不自觉地“本事”化了一番（这一点张石山肯定不曾意识到）。比起张石山来，成一应当说更有条件斩断与传统的脐带（他是河南人且大学毕业），但意外的却是，他比张石山陷得更深。他对农民生存方式的艺术思考因总摆不脱“改革”现世背景而显得步履蹒跚。成一作品可贵的沉郁格调，也因此不是附丽于作品的艺术本体属性，而变为主体（指作者）的一种困惑与挣扎了。顺着这条路，他们一同迎来了令人更加困惑不已、痛苦感慨的商品意识全面泛化的岁月，以往的探索也就打了一个句号。

在山西那些土生土长的中青年作家中，我一直认为只有张平从创作一开始就具备了别样的艺术格调。他那种与生俱来的忧伤情怀，那对女性内在情愫的灵敏的感应，加之那种淡泊的叙述方式，使他不用苦思就具备了天然性的“苦戏意识”（刘心武语）。我曾预想，张平的“家庭系列”将以斑斓的色彩给予人们一个持久动人的境界。然而又是遗憾，1984 年以后，张平转了——他也许是感到了自己“红牙小板”的“软”？便开始追求《血魂》似的惊心动魄！非但如此，这些直接从现实中听来的曲折故事并不曾经过艺术审美的充分酵化就拿给了读者。此端一开，使张平永远离开了那忧伤雅然的天性与境界。他们最大的共同的缺陷是，始终未曾大量地把形而下的故事提升到形而上的观念层次中去。

说到这里，我想起了李锐。在文坛颇为清冷的 1987 年，他以一组“厚土”令人刮目。但细细想来，缺憾也很显然。“意念”的无限与载体的有限所构成的悖性，使作品的许多描写并不具备如诸多评家所阐释的内蕴趋向。“速写式”的笔触，我以为毕竟难以支撑农民存在的复杂文化属性。不论怎样说，它都未能达到对中国农民文化进行艺术式整体思考的博大与深刻。但是，我同时还认为，就山西新派作家来讲，在农村创作上，他毕竟是在对农村题材现代“意味”的观念把握上真正实现了某种超越的少数者之一。

上述种种情形说明山西新派作家群体从心态上讲还不够康健。原因是多方面的，我以为主要有下列两点：

一、艺术思维基因的老化。就艺术创作的整体而言，作品价值高低的最根本制约因素是创作主体的艺术思维方式。能够保持与时代同步的审美思维，从根本上讲是一个艺术创造者应当具备的起码的条件。要使作品底蕴达到博大、深刻的境界，关键在于艺术审美思维的超前性——这一点是“山药蛋”传统中最为缺乏的①。渊源于战争岁月的审美思维，在外力驱迫下，不得不去努力追求艺术描写与时代需求的直接对应性，不得不在“服务”的要求强调下对自己的所有艺术感知进行通俗易懂式的“本事化”——故事化。主体的独立探索又不得不在贴近的生活中寻找艺术思维的一切对象，包括题材、主题，叙述方式和角度。这种审美的短期行为，必然导致艺术生命活力的天然缺乏，因为生命并不附丽在艺术本体之身，而是别的。这种“延安艺术精神”在新时期十年来一直未能得到人们深刻地反思，反倒在频频发生的“轰动效益”陶然醉意之中被新时代审美所悄然接纳。山西许多中青年作家正是在这一传统与时代的悄悄融合的情势下，完成了对农民题材进行观念（价值）把握的心理定式和思维惯性。

二、文化土壤的瘠贫。孕育“山药蛋派”审美的土壤是战争文化土壤。马克思主义文化的功利性与中国农民文化的直观性构成了战争文化的核心精神。由这一文化精神主宰的文化心态和艺术审美思维，必然是大大强化艺术的政治功利价值，并且把直接功利追求贯穿于艺术创作的始终。创造主体所应当发挥的灵性便在这一追求中被窒息。所谓的“黄土文化”非此莫属。且不要说土生土长的作家思维已被这种文化所塑造，就是外来者也难以抗拒它的侵蚀。如果不清醒地意识到这一点，其后果将是痛苦的。上述一些作家在现实动荡面前一再表现出来的恍惚与困惑，正是这一文化心态作祟的鲜明外显。

早几年，当我对中国文坛1985年以前的农村题材创作进行了一番巡礼之后，我曾满怀希望地讲：“农民、农村及其关系将会在一种令人惊异的宏阔艺术结构中得到全新的表现。这一全新的表现中，农民阶层必将在

① 均见拙作：《山药蛋派艺术选择是非论》（《上海文论》1989年2期）。

作者的笔下，作为一个独立的客体得以理性地肯定与批判，审美注意中心必将从农民阶层的存在意识与存在形式、自我价值的实现与非对象化认识，历史的承续与时代的断裂，精神的苍白与完美的道德外壳等等复杂式样的生活组合整体为重心，描画他们命运的曲线，和时代政治一起，完成中华民族历史上农民灵魂的再造工程，使他们真正成为推动历史前进的灵动主体，承担起民族升崛的伟大使命”①。今天看来，这些热语换来的多半是苦涩，但我依旧这样希望。

① 见拙作：《农民、农村及其关系——新时期农村题材创作综论》（《黄河》1986年1期）。

在文化的“厚土”里

——读李锐近作《乱弹》

历史总是以不断更换自己的时代旗帜用来记录自己前进的足迹，这大约已成为某种恒性的文化存在。例如说语言、文字，尽管数千年以来变化甚微，但它却并不使人感到僵化，也许原因正在这里——当它以“符号”形式出示的某种概念在某一历史时刻反复出现时，那么，这一概念的惯常面目就会在人们惊讶的神情面前迅速滑去，从而以“上帝”的姿态接受所有朝圣者的崇拜——“文化”一词在今天正是这样。

且不说“文化”这一符号本身能提供给人们多少联想，但我相信，作为一个作家，面对它时所感知的东西，却要比它自身能有的固定内蕴和习惯理解要丰富且活跃得多。时代的“文化热”由文学开其端并在眼下漫延到所有的人文学科领域，这实在是对文学的一种分外推重与宠幸，仅从此点说，任何对文学的漠视都是愚蠢的。“文化反思”和“文化表现”或曰“表现式文化反思”构成了今日时代的文化环境。这是新时期文学发展以来一个很有趣的现象。人人都在关心它，也就可能导致它反转去“关心”每一个人。在此情形里，作家便是“近水楼台先得月”了。不论怎样，在现在的文学现实面前，力图用封闭的“文本”“结构”研究，以挽回评论本身已经出现或正在孕育的困惑与危机，似乎并无多少可靠性。我们放眼中华文坛，便看到，审美物的创造者已在“大人生”背景里寻找对话的深度和广度。但如果不从这样的角度接近或切入，而是孜孜以求“文本”封闭，试图在封闭的静态分析中找出超然的结构一统模式，其结果只会加深审美创造历程与这一历程理性显现的悖性与矛盾——这绝不是故作惊不之语，我以为，这是把握李锐“厚土”系列的必要前提。

我们在此提及“文化”决非有意追骛时尚。读罢李锐作品之后，深切感到他的艺术意识里所包蕴着对上述“文化反思”时代氛围的丰富感知。他身处在此种文化环境里，感知着文化，也被文化所感知——影响。文化对主体的双向对逆关系，使我们隐约感到，他在表现对象时意在超越，而在追求超越的实践里却时时感到对象的重坠。一种难以把握的焦灼和压力，使李锐在紧逼对象时，对象不能不显出“重影”——价值可取性与价值可弃性之间的冲突。这一切都已消融在作家艺术实践的审美情感之中——我以为这就是他在写下“厚土”系列时的心境。

“厚土”所属的每一篇小说，几乎都有一个特定的情形，或曰典型环境，很奇怪，在时下人们力图冲破典型论所带来的艺术惰性的时候，李锐却钻了进来。这个特定的情形可以使我们把小说提供的艺术时空封闭起来，去深味发生在里面的活泼的一切。请看，打麦场上，以“选贼”为中心议题的会场；毒日下的“锄禾”劳作；人命关天的“重载”“陡坡”；一个年轻干部在“古老谷”的一来一去；蹲在荒坡上的放牛人的百感交集；田野上那种为了了却某种群体心愿的“合坡”仪式；“假夫妻”的几天几夜……作者有意凝冻的时空里，逼迫着灵魂作最后的挣扎和最淋漓尽致的表演。在现实逻辑因果制约下的历史纵深感，也许并非作者在这里的追逐目标，“人的历史”是在封闭的，到处是道路的环境里，由灵魂的挣扎写完。封闭时空里所发生的一切，粗粗看去，颇具“故事”的兴味，但似乎缺少许多得以整合故事的因素。比如，在小说里，我们似乎找不到可以充当结果的表面原因，也难以确认什么是过程的真正结果；“事件”都很小，几乎难以认作“情节”，有的只是些不起眼的小事，有的只是琐碎生活的琐碎过程。一句话，尽有着极其普通的生活现象。但它却超越以往的现象描绘。正是在对这些现象的似不注意的涂抹之中，现象得以向主体还原，还原过程就是作者借实践的审美手段向文化价值系统嵌入的过程。而且抛开了文化构成的物质性表层，直接进入深层——即心的层面，并由此显现对所有现实文化存在的价值取向。《选贼》里，队长看场，而一麻袋麦子丢了。但谁是“偷儿”呢，却要用“民主选举”产生。糊糊涂涂的老百姓队长开了一个“愚蠢”的玩笑。如同他们同意他当队长一样，也不假思索地欣然同意这非凡的贼也应当是队长。然而事情出乎意料，一贯豪爽且勇于承担的队长却大吼一声不干了。（我想队长手下的这些顺民是这样考虑的，能在队长手下把麦子偷走，这可谓神奇之举，非队长这样的神奇人物不能。于是乎他们把贼当英雄桂冠戴在队长头上）。山民们这才清醒了，“队长”和“贼”原来并非都一样的辉煌。糊涂时的清醒被清醒一世的糊涂压倒了。再看《眼石》，“他”和车把式因为女人而在生死关头展开冲突。“白晃晃的车道朝半天里升上去，胶轮压上了六十里山路当中最险的陡坡——豹子岭像一个阴险的狎客躺在半空中冷笑着”，充斥着杀机的冷笑里，一切感情均被扭曲了。“他”一路上的沉默终于在这里找到了复仇的时机，不惜车毁人亡的最后价值的归宿，却仅仅是换回老婆的“贞操”，这和“假婚”里“他”那种阴毒心理的产生与发泄，原因竟是如此一致。这就是“现象”，这一“现象”里所蕴含的人的全部历史，其中有多少民族精神衍化的起承转合啊！我们说，任何形式所铸成的“现象”是极端丰富的，可供审美涉猎的“现象”领域可以无限广大，而“现象”所表现的文化机制却是永恒的。正由于这样，作者方有了把“现象”还原为“本体存在”的可靠支撑，方可能达到对生活现象的文化定位。正如上面所举的例子那样，导致民族耻辱感的动力源，不是相对于客体存在的愚昧和贫穷，而是文化主体中的“贞操观念”被亵渎了。同样可悲的是，善于或苦于在屈辱中苟活的人们却在这一观念中建立了自己真正的悲剧意识——这是多么可恨的悲剧意识和悲剧性格。在《选贼》场面中，“权力”专制下顺从的臣民，长久地压抑的主体，也时时有反抗的火星迸溅。但是，一旦当这种抗争之火将危及“权力专制”生存的时候，其结果仅仅是反抗的反面——妥协或投降。惯于做“奴隶”的人，一旦看到没有了“皇帝”，此刻才真正觉醒了，惶恐了。“犯罪感”使他们开始对自己的行为进行彻底的自我否定，自我否定的结果便导致对“权力专制”的自觉认可——这就是我所看到李锐笔下民族文化心态的畸形存在形式，作者的态度也就在这里得以披露。文化反思中的批判意识，超越了“现象”的封闭式描绘，从而完成作品深层的，本质性结构。

列宁曾经表述过的关于每个时代的两种文化形态，用来观照我们民族的文化构成历史和现状时，需要做更多地补充。历史过程实质上就是文化过程，当我们今天不论用什么方式从文化角度向历史索取时，文化的阶级划分显然是不可靠的。文化存在在更多的时候是以显型和隐型来确立自己的形态，并不那么循规蹈矩地对其阶级框架的严肃服从。尤其是当某种文化形态可以直接发挥作用的时代成为历史之后，情形更是如此。

在中国悠久的封建历史中，伦理价值观念借助了每一时代的政治默许而逐步得到强化，形成了社会时空里人际关系的价值体系。而这一切终将在人们的生存意识、生存方式、道德信念，社会实践活动里铸造为世代相习的伦理文化。由于它与伦理化政治在作用目标及价值指归上的一致性而被政治及其体制所倚望、培植、养护，发展成为标准化的专制文化和价值评判原则。我们在历史上也常常看到，尽管这一文化的实际形态，早已被历代统治阶级表面上的正人君子，骨子的男盗女娼的矛盾冲突所改变，越来越具有欺骗性、虚伪性和宗教性，但它仍然不失其在整个社会公开场所的威慑作用。它在全社会成员的一致认同之中，便构成民族在自己每一个特定时代里价值取决的“文化倾向性”。这一建构在伦理名教观念基础上的文化体系，一旦加入到对人的作用过程，动机和结果是一致的，即对人性存在的压抑和扼杀。这种文化，就是我们所说的显型文化。

而在民间，整个封建社会经济体制的松散，使得农民可以在相对自由和稳定的狭小区域里决定对整个社会专制文化的态度。没有经过系统的文化接受，反而使他们对专制伦理文化保持陌生、疏远，尽管充满敬意。而在自己的天地里发展和丰富着自己的文化观念和文化形态，并以感情接受为中介得以横向传播与纵向承续。随着社会进化，渐化为本阶层特有的文化意识，固定在乡风、民俗和习惯里。这是一个至今到处可见的文化形态，用不着进行先验的推导。在民间，由于多种原因生成了与专制正统伦理文化完全两样的洒脱的，粗野的，充满活力和原始情感魅力、基于人性而又不乏愚昧的民间文化——即，隐型文化或潜文化。

这一由“厚土”孕育，被民间自由天性所宠幸的文化形态，尽管在它产生的伊始，并不直接构成对专制文化的叛逆和背离，但这一文化的特殊的存在形态、组合结果，所具有的内涵及价值指向，却与专制文化大相径庭。它不是在悖于人性的基础上去伦理范畴内的理念，也决不为了形成体系而力求到社会人际关系中去验证。它摒却偏见，崇尚情感，在自然且自由的追求中谋求永恒——李锐的作品情形不正是如此吗?《锄禾》，男女以“对骂”的形式完成感情交流。粗野不失天真，赤裸中不乏真城。“红布衬”与队长在光天化日之下的野合，使我们不仅想起了亚当和夏娃，还油然感到一种舒人心怀的意趣——然而，可悲的是，这个“男人”为什么是队长呢？正是在这里我们产生了悲哀。李锐在展示伦理文化与民间文化的双重悲剧时，于此设置了转折点。“权力”与“权力”给这里的一切罩上了阴影。它渗入民间文化的肌体之中，腐蚀着它，改变着它的结构和价值。一切都在权力之下被异化，活泼的背后露出了专制的马脚。队长的大声叫骂变成了专制者的蛮横，“野合”的意趣里散发着令人憎厌的卑鄙与龌龊. 请听队长和“红布衬”在“野合”完了之后的对话：

“你个日的不要光图了个人痛快!”

“放坦心吧！既当家就管事。今年冬天队里的救济粮、救济款要是闹不回来，我再不登你的门!”

太令人惊讶了——男女和情意在这里得到升华！

一切都是为了活命。如此一来，我们还能体会到那一幕的原始的、活泼的意趣吗？我们还能看到他们陶醉之中的真诚吗？看不到了，一切都被权力赋予悲剧色彩。在权力——伦理模式里，正统伦理文化的最后是伦理文化的最终是伦理丧失，而民间文化，则由于其经济基础的不稳定性而使它最后向权力屈服妥协，失却了原有的色彩，成为无价值可取的奴性文化。

两种文化的悲剧根源均是以权力为标志的专制主义——这似乎就是“厚土”现象背后的东西。

上述两种文化其最后目的与价值的野蛮性，反人道性，必然推出长期在“非人”环境里生活着的人们那极其荒谬的生存方式。《选贼》就异常典型而真实。作品一开始就展示出这一惊人的荒谬来。

自己看场丢了麦子，却一点没有自责之感，反倒气势汹汹：

“行了，选吧!”队长敲惊堂木一般，把手中的青石片在碾砣上叭地敲了一下，而后又把一条腿高高地举起来，朝碾盘上很有气势地一踏。

“日他老先人！不是嫌我太霸道？给了你们民主又不动弹，咋？还得叫我替你们民主？县官大老爷也不能有这么大的派头。选！今天不把这偷麦的贼选出来，咱的场就不打了。今年的麦子就不收了，过大年全都啃窝窝！快些！快些！各人选个人的，不许商量!”

这就是我们看到的农村的民主场面！它是由队长恩赐的，是专制下的“民主”。而让“民主”的缘由却是“选贼”——这一极端荒谬的事件。但整个作品使我们看到，“民主”的结果是强化的“专制”。这一结果又恰恰是他们自己造成的。受制于人又毫无感觉，被人愚弄竟也麻木不知。浑然不觉的“玩笑”使他们丢掉了“皇帝”。恍惚之中每个人都惴惴不安，内在的犯罪感把本来就抬不起来的头颅又摁到地上。“需要主子，需要好主子”的奴隶意识在每个个体的精神之内，自觉地对个性自由予以弹压。“奴性”便在对此时此刻，即情即景的忏悔里成为自觉。“人无头不走，鸟无头不飞，村里没有头了，没个人管这还能行?”村民们对队长的荒唐作法并不感到奇怪，反而把怒火泼向那个也许就根本不存的“贼”身上. 恨“贼”“为什么要在队长看场时下手”，骂“贼”是诚心坏大家的事情，咒“贼”吃了麦子烂肠子。处在荒谬之中的人，视荒谬而不见，于专制而自嘲忍让，却又连连生出些荒谬来。荒谬里，他们自觉地泯灭自己，践踏自己，去维护荒谬和专制，甘心为奴。李锐从农村人们荒谬的生存方式入手，进入对荒谬主体的荒谬意识的开掘与把握，在那畏缩着头，提吊着心去“请回专制”的行列里，托出了民族“自觉奴性”的灵魂。

民主，个性及自主意识所赖以生存的环境——人与人之间的轻松、和谐，理解关系，每每被专制渗透而扭曲。具有土腥味的民间“性文化”被专制理性毒化而只具有廉价拍卖的资格。自由式生存方式被伦理政治干预下畸变为荒谬，而人们却习惯于这种荒谬和怪诞。正是通过伦理文化与民间文化在专制理性制约下的双重畸变，以及对于这种畸形生存方式、生存意识的特定描摹，托出“自觉奴性”的灵魂，完成对悲剧式民族心态的时代勾勒。

接下来，我想谈李锐在“厚土”中的两类人物：队长和学生。

从笔墨使用上，也许这一组人物构不成对比的可能，但这在小说却构成最为尖锐的矛盾冲突。作为队长们，长期的专制生涯，使他们在记忆中早已抹去了“学生”的存在。“学生”作为一种文化的代表意义，仅仅在于读报或写选票时能派上点用场。队长们对“文化新层次”的极端蔑视，其实并非“少数专制”的结果，而是队长的顺民们所形成的“多数专制”。专制者与被专制者，面对“学生”，或曰新型文化，却采取了极端一致的态度。再举“选贼”，当山民们很为自己得罪了队长悔恨不已时，学生却冒出一句：“他实在不干咱们就再选一个呗!”而得到的回答是那样斩钉截铁，不容置疑：“选谁？选你？到年下你为队里弄回来救济粮、救济款吗?”——这就完全说明了，为什么专制在穷乡僻壤可以和“皇城”里一样畅通无阻的内在原因。学生所代表的文化层面，在文化需求与求生实际所产生的巨大冲突里，显得极其微弱。“顺民”们并没有感到文化观念的改变将会改变他们的生存环境。一句话，他们还难以意识到现代文化对

“奴性”的叛逆力量。

队长、学生——这是李锐用来概括民族自近代以来不断冲突的两种力量的特有的象征符号！

作者似乎在暗示：当“队长”与“学生”——专制与自由的冲突一旦进入你死我活的爆炸时期，那么，民族的生机才能真正产生，农民文化方可能在现代层次上重新进入对历史的塑造。

读毕《厚土》，我又生怀疑，李锐弄得这些是不是小说呢？封闭的表层结构与速写的笔致，却真有点“厚土”的原观。何以至此？思来想去，大约是全景式文化牵导下的艺术意识在起着作用。他不是在勾画一种表象，而是在揣摩一种心态。不是完全把“现象”封闭起米，而是在“现象”底部留下许多小孔，容人进去，去发掘那些造成表象光怪陆离的“色源”。

李锐找到了文化。也似乎找准了文学的“文化式表达”。

现代与古代的沉重对话

——1989 年《黄河》中篇创作巡礼

从新时期文学迈过第一个十年的 1987 年至今，以文字为主体媒介的艺术创造便在长久的困惑与寂寞中奔突、拼杀着。所有的作家全像刚刚从“轰动”的文学酒场上大梦初醒一般，初而惊诧，继而沮丧，终了不得不满怀痛苦地回溯以往，正视残酷的现实，时不时抬头望一眼烟雨蒙蒙的未来前景。人们不得不暂时遁于沉默，一任讨厌的寂寞扑漫于文学的天空。人们仿佛在思考着什么，又似乎什么也不思考。艺术创造者们在新时期文学伊始时那种“铁肩担道义，乾坤手中转”的上帝气魄，一时间几近于烟消云散。文学在政治角逐、商品竞争的强烈光束的直射中，显得既苍白又无力。舞文弄墨的知识者们，一下子被推倒在社会人生的台阶之下，信念与价值的铁壁被洞穿，更遑论光彩！士大夫的清高，正如眼下疲软的市场里物劣价高的产品一般，再无人光顾！知识分子在确信找到了自我价值而大干的几年之后，又突然在一个早晨发现，属于自己的什么也没有！当代文化构造在改革阵痛中所冒险经历的严重错位和倾斜，使中国一百多年来在艰难的选择中苦修正果的知识者们的心理世界，来了一个大大的翻倒！

艺术创造者们在寂寞与困惑的重围之中愤怒地等待！

奇迹会出现吗？奇迹在哪里？——焦渴的嘶哑的吁声撞开胸腔，越过已经死去的上帝而消逝在茫茫远方……

然而，艺术的骚动天性，又内在地迫使着人们不能淡泊这种毫无光彩的困惑与寂寞之中。创造奇迹的欲望的火焰只有暂时黯淡下去而永远不会彻底熄灭。人们期待着奇迹出现，无法挥斥昔日文学繁荣情景所展示的永恒的诱惑。作家和研究家们面对这浓浓的压抑，第一步首先开始转换自己的表情，先前那冲动的哀怨被理性的平和渐渐盖住了，随着紊乱心态的渐次推移，许多先知先觉者们开列了诸多药方子；基于对中国人尚古崇往的精神情结，他们反其道而行之认为昔日的繁荣是一种非艺术的繁荣，它的轰动正说明它装载了许多自身以外的招摇过市的东西。如今的寂寞恰好表明艺术已以非驴非马的处境中摆脱了出来——一句话，艺术脱了俗，所以俗者才不睬；这一说法诚然很有道理，但依旧无法消解惯了在“闹市”中生活的艺术家们的寂寞病——于是又有人到历史中找来许多援例，给人指点着艺术创造其本身就有其寂寞的一面——正如最伟大的人常是最孤独一样，最伟大的文学也必然得在寂寞中分娩，并正告那些艺术痴迷者，耐不住寂寞便将断送你的前程……一番寂寞里空谷足音般的大喊大叫之后，众多的人的确在认可的前提下把翻倒的精神扳了过来。但产生于同一症结的问题仍不断冒上来：当“圈子文学”俨然独秀一枝地陶然自得一阵之后，人们发现，“圈子文学”不具有“外向型”功能，而且圈子越来越小，寂寞非但不去，困惑反又添了一层。文学这个绝妙佳人总不能老待在闺中(圈子)，她的光彩应该照人才是，如果她得不到追慕者的不断刺激，勃勃的春情必然会消失，失却了内在的春情，我们又到何处去寻找那动人的妩媚与摇魂震魄的娇柔呢?

文学成了一位嫁不出去的“美人”!

上述这些看似无甚紧要而实则却十分关键的话，在我读了1989年全部《黄河》之后才感到必须说出来，而且必须先说。作为一个文学的痴情追慕者，我也曾于几年间的寂寞、困惑中痛苦着，我斟酌着每一个疗救病症的理论药方，而且多次强迫自己违心地去认同他们，期望它能满足我那脆弱的期待，但最后我不得不咽下一个个苦涩的失望。于是我忽然悟到，与其在这灰色的理论中苦苦寻觅，倒不如进入那鲜活的文学世界里放松一下，也许可以收获到民族人生的生命原色。我踏上“阁楼院”的石阶去瞭望，“山那面人烟”，看到了“深林”中的“小土屋”，一任“开阔地”的“古风”从身边掠过；看到了“大山凹”“那年八月”里的“酒中之梦，梦中之人”，“倾斜的青山下”“小县一条街”上的世事沧桑，“乡逝”大潮中热闹的“权力场”、“蓝色舞厅”中的“红颜三重奏”和停放着“黑棺材”的那“带有五个头像的夏天”……

正如此，也许我可以说，在文坛相对寂寞的处境里，“黄河”却依然浊涛滚滚地奔流着，从那朴拙厚重的气息里，从那粗辣雄悍的外凸形象里，你意会到的不仅是忧患艺术精神的现实献身，改革之途中西文化的复杂冲撞和贫瘠土地上生活者内心所蕴含的震天动地的欲望，更为明显的是，你可以准确地看到旧的既存是如何被超越，“晋军崛起”的艺术标高以现代与古代的沉重对话里所显示的内陆文明的艰难选择和非同寻常的创造指向。

二

一种文明总是在顽强地孕育着一种与此文明具有同质同构性质的有特色的人生，而进一步，这种人生的全部丰富性也只有体现在这一特色之中。“特色人生”在思维方式、价值观念、行为显现和人际关系四维的合力作用下所整合而成的全部内在与外在形态，在生存方面则表现为形而下的生物性生命维系，而于形而上方面则更容易导向一种现象——即主体直观地对所处情景的透视、把握能力。尤为值得注意的是，当这一直观透视、把握能力再返转用来观照自身时，它便奇迹般地产生出极似“陌生化”的客观性效益。一旦沉醉在这一效应所促成的创造境界之中，艺术家们那与土地共生共荣的天然才情就可能以喷薄的形式奔涌而出。如果这一点在理论上看来还显晦涩的话，那么在艺术的创新实践中则会看得非常清楚。山西文坛这几年所涌现出来的一批新秀，他们的生成过程及其创作实绩，就为上述推论提供了扎扎实实的确证。秦溱、吕新、浊涛、冯浩、房光、常捍江、郭俊明等辈们所具有的那种能把传统与现实揉碎的罕见的能力，那种在自我精神的“时间隧道”里还原和重塑人生价值构型的潇洒，那种“化腐朽为神奇”的转换本事，不仅把一座艺术风神矗立于黄土高原之上，而且其作品鲜活的生命力又推着我们不得不闯入一个近百年来极端重要而又争执不休的理论老式范畴——“土”与“洋”双向对逆式冲突范畴。肇始于“五四”前后的中国大陆新文艺运动，半个多世纪以来，总是在或土或洋的左右摇摆之中苦苦寻觅着自己的位置。一方面，来自于包括沿海在内的异域文化总能以其新奇突破传统的铁壁而逞强一时，迫使本土文化不得不调整姿态予以应付；另一方面，传统总能在剧烈摇摆之后重新立定脚跟，以其极富有弹性和韧性的同化能力把对方含纳进来或干脆以销蚀方式推拒出去。诚然，这是两种极端式结果。从历史上看，这两种极端都难以造就艺术的繁荣，唯有活动在这二者中间地带的“渐化”过程，才构成了我在上面所论述的“土洋冲突”的典型模式。身处于这一冲突中的艺术创造者们总是或总能借此把自我独特的才华发挥到极致。此外，很显然这两种结果还给我们这样一些重要的启示：首先我们感悟到，在这样一个冲突完成并趋向定值目标的过程中，所有面对艺术的行为并不仅仅只是艺术活动，不论主体如何使它远离俗界都难以剔除艺术与大千人生的密切联系。传统与现代（也可以表述为“土”与“洋”）的价值观念的冲突，经由道德伦理这一中介便直接介入人的生存方式之中——而文化学研究表明，有关人类生存方式的一切描述（自然包括艺术）都是文化范畴的命题，它的价值归宿也只有最后进入文化领域而完成最后界定——毋宁说这样背景下的一切艺术活动都无不具有文化的选择与重构的意向；其二，正由于如此，所谓的纯艺术效应在这一磁力场中只会大大减弱，以至于某一表现方面的放大而使人产生全部消解的感觉。同时，减弱过程便是非艺术成分即文化成分的强化过程。艺术的全部（包括对象、创作主体和接受主体）都会在一种无意识的牵导之下迢递完成艺术成果中内在含蕴的最大限度的开发，最终使艺术创新成为民族文化创新的前奏；其三，承接其上，文化的功能被艺术所接纳，并通过自己特殊的功能手段，使之更加完善其外化形式的普泛性，而其效应的终极目标只能有一个：即完成对本土文明模式的现代化重塑。

这显然是民族审美发展要达到的最神圣的境界！

对于那些以“纯艺术”来贬抑这一文学内在的人，我们完全有理由提出具有说服力的驳议。很明了，世间根本不存在什么绝对化的东西，当“纯艺术”这样的口号被使用来当作论战的矛头时，就已经改变了性质而成为某种隐蔽功利的借口。谁也清楚，艺术永远不可能成为不负载任何外在的独立自足体，艺术衡量的一个恒性标准，很简单，那就是看它如何负载并负载了多少。用“纯艺术”的观念来斥退艺术的文化功利性，就如同人们以爱情为理由结婚和离婚一样，总多多少少有些不实在感。假如说爱情的永恒在于它是一个梦，那么艺术的“至纯”境界也只不过表达了人们的一种自我安慰。对于上述这些，这一批山西文坛的作家是相当明智的。尽管他们涉足文坛的历史时刻正值审美大紊乱时期，各种不断翻新的花样又令人眼花缭乱，加之批评家们真诚而又热情的鼓噪，但他们并不为之大动。他们显然在艺术创作上视自我的直观感受为上帝，如实地向人们描述着民族在大裂变时期他们所看到的一切。

上面我说到，我惊叹于他们那种把现实与历史揉碎而后重塑的能力，但他们这样做，决然不是现世世俗的功利主义在起作用，而恰恰于近百年来中国历史的沧桑巨变的辽阔背景上显示了他们对多维性“历时性”文化生成过程的巨大穿越能力。我们不妨先来看秦溱的《阁楼院纪事》（《黄河》1989.4）。这部作品距他与张发合作的《有福老汉》所发表的时间相差近十年，两相比较，进步可谓巨大。十年前那种平实、朴拙和意蕴的浅显，尽管在当时不乏撩人的特色，但今日看来，我所惊诧的是那平实之下所透显的艺术感觉的模式化。此类作品所立志要释明的要义因与时代政治过于合拍而失去了自身，甚至连“艺术的表现”也一同被轻薄。到了十年之后的《槐花岭人家》与《阁楼院纪事》，最令人感动的是作者不再把生活只当成生活而直线式显呈了，除开艺术意识的自觉之外，秦溱有意地赋予笔下的人、事、情、景以诸多象征意味。他把生活的老底翻上来，抖落拂拭去历史的尘封，横着竖着，倒着颠着，拓出一派由死活构成的文化态势景观。《阁楼院纪事》里，最让人玩味不尽的便是那院中的“阁楼”。作者显然不想用巴尔扎克式的细腻对它的内外进行古典主义式的精描细绘，而是在“简化”的笔墨中显示出“阁楼”对历史与现实的丰富弹性。远观：阁楼竖立在村中心的一片高地上，看上去也还气势巍峨，古朴典雅，但绝对谈不上富丽堂皇，只不过是穷乡僻壤里一座古老的建筑罢了。远想：它也许先前很阔，雕梁画栋，翘角飞檐。神明也灵，香火也盛。……而近观：它却到了垂暮之年，墙壁斑驳，脊角残缺，当年的盛景，一去不复返了。确切地说，这是分座二层建筑，两侧有登楼石阶，院里有东西厢房，还有颇为气派的门楼。当作者把阁楼的作用落实到“办公”一点之后，它所具有的象征含蕴，便在“阁楼院”里所上演的沧桑之剧的丰富之中得到了其意义确指，又因为它与作品主人公李二旦的依存关系，从而使“阁楼”的象征又多了一层神秘的魅力。主人公李二旦因为住在阁楼而使它平添了一层神秘，而阁楼院因为住了一位支书而继续着“香火供奉”的威严——这一种威严神秘的人与物的关系及其生存历史，自然就构成了作者所珍惜的艺术含蕴所在。自然人们无法从开头预见到作者要从这种神秘且威严的深沉中翻出一堆浅白的荒唐来。作品的起笔氛围很重要：垂暮之楼与垂暮之人相向为伴，压抑与无聊的现世表象，逗引着人们去检视形成如此结果的过程与源头。你会渐渐发现，随着你的脚步在历史腹地的不断深入，神秘与威严的——“阁楼”便会自然倒坍——支书李二旦原本贪且懒，这在历史的非常时期却使他走上了革命之途。负伤返乡之后，暂时的荣耀背后紧随着长久的寂寞。尤其是看到自己的所爱——九兰姑娘被人占有，他的心中便腾跃着一股神秘的复仇之火。革命经历恰好在这复仇意识支配下变成了他满足个人私欲的堂皇的手段。神秘地失踪两天之后李二旦便当上了村里的粮秣主任。从此他便在别人眼里一下子变得堂堂正正，勤勤恳恳，尤其在支书——九兰的丈夫三秃面前表现得更是得体。这一变化得到了三秃的双重信任——这正是李二旦巴望的效果。之后他又顺理成章地把三秃弄去外地，而自己成为村长，并且与九兰重修旧好。我们可以看到，李二旦那堂堂正正，温良恭让，神秘威严的背后，竟是一个九兰姑娘在起作用。人在历史的荒唐中串演着重要角色，庄严的生存却似荒唐的神秘作为自己的基础。这是对历史的重估，还是有意展示一下庄严背后残酷的荒唐？抑或是勾勒出单调生存环境中那一丝不光彩的颜色？我们从作品的整体上看，都是又都不是，它的重心不外乎呈示在历史奔腾的激流里人类生存状态的多元与丰富。不过，相对于李二旦淋漓尽致的人生风流，三秃这一形象则用力不够。他的过分忍让与平庸，恰恰削弱了李二旦形象其精神开掘方面的力度。

这一不足则在韩尚芾《山那边人烟》里得到补充。这是与《阁楼院纪事》人物具有同一精神状态的现实人物在现世挣扎的结果。作品中的人物于望生和支书王世元的冲突，我想不妨就认为是李二旦与三秃的另一种排列组合。于望生高中毕业后，未能考上大学而沮丧地回到村里。枯寂的心灵因有高中同学皖眼的赤诚之爱使他并未对生活失去信心。但阻挠这一相爱难以产生结果的却是支书的儿子王吉成——因为支书一家不论在政治上还是经济上都是村里至高无上的。一半为了自尊，也一半是为了皖眼的爱，于望生开始疯狂地找门路赚钱，但结果钱没赚到手反而赔进了老本。在多重压力之下，他最后不得不屈就于另一个真正爱他的支书的女儿板板的膝下，一番挣扎换来的依然是苦涩。除开作品所明显标示的时代氛围之外，作品的深层内在依然在对人的生存方式及其挣扎的披露上。作品所告知人们的离开生存的理想必定破灭的道理尽管不无深刻，但因作者过多地着眼于异性多角关系从而使所有主要人物的心理开掘平庸化，比如对皖眼的爱写得过于单纯了些，对板板这位土财主的姑娘性格展示过多地掺进了一些灰色，尤其是对主要人物于望生在现代文明感召之下而产生的精神裂变过程描写过于粗疏，使作品整体描写的深度未能趋向应有的标高。

这一缺憾本身便向我们昭示出一个艺术难题：民族的伦理情怀与现代生活方式之间所具有的巨大落差，到底该在怎样的现世或文化氛围里向人们展示？也就是说，艺术创造者如果仅仅把审美的冲突范畴局限在上述两个极点内，那就必然会形成作茧自缚。原因很简单：变革时代里民族人生的精神错位只能发生在上述两极之间的中介地带上，在那些是非不清，混浊一片的人生境界里，才可能孕育出精神叛逆的真正勇士。房光的中篇力作《大山凹》(《黄河》1989.6) 则在这里让人玩味不已。小说浓郁的伦理氛围是在四个家庭及相互关系中被奠定的。一是主人公维旋一家；二是维旋未过门的媳妇一家；三是村长广前一家；四是孤寡老人曹李氏。作者为了使所捧出的画面更富于弹性和空灵，铺设了几条并行不悖的多条线索。村长广前的收贷款，曹李氏一辈子为别人哄孩子，维旋对教书职业和书的痴迷及维旋媳妇那种整日里处在冥想之中的坚执的追求，组合而成为现世里由现实和历史调拌而成的多元的生活。也许，正是由于这一生活的艰难、琐碎、平庸、单调，才使得维旋媳妇的许多举动令人震撼不已。她深爱着维旋，却见了面无话可说；想去找他，但一想到那胶鞋的臭味马上又兴味索然；她信赖维旋，而又总觉得不满足；想嫁过去过小家家，但又被未来的不可知吓怕……她追求什么呢？她始终不嫌弃贫穷的维旋，她也不曾执意表达过对“大山凹”外世界的热望，她的沉重的惆怅，并不全是来自于对所处压抑环境的感觉。我们不能不感叹，这位“山凹”少女的心灵委实太复杂也太广袤了。她始终忠实于自我的体验和感觉，而又难以给这体验找到理性的归宿。她的满足与不满之间似乎并不存在明显的界限，正如她在与维旋结婚的仪式上又突然决然不办那样，谁能准确道出其中缘由呢？她显然是夺“大山凹”里一个骚动的精灵：特有的耳濡目染的土地伦理情怀，决定了她永远难以拥有一个质异于“大山凹”的精神姿态，而现代生活气息的吹拂，又使她感到了从未有过的快意。爱的内涵既有传宗接代的义务，又夹杂着自由驰骋的意念。为此，她不仅痛苦，而且也给别人制造着痛苦——重要的是她不曾感到这痛苦的灼人。我想这怕是内陆文明在异式文明冲击之下的个体精神的典型体现吧。一切都在解体，而个人却想维系以便使这一解体过程免于激烈——她感谢临明时辰做的那个梦。那个梦医治了她听到维旋他们搬家的消息以来烦乱心痛的心绪，使她理清了脉络，作了一项决定。她决定要尽快地恢复维旋对自己的信任和好感。她很自信，相信有把握做到这一点……我不知道作者为什么偏偏要让一个梦来平静那早已并且永远难以平静的心态。这也许是作者的一厢情愿，因为维旋媳妇所承载的文化重塑的艰难性还将持续。

在这里，我想着重强调一下房光这部中篇所具有的独特的格调。我想作者由于对笔下的一切太熟悉了，以至于使他难以提供给我们一种陌生化的新奇之感——这种“漠然的沉沉叹息”就是这独特格调的最好说明。这“漠然”显然是作者对一种既定揉碎了又推以重塑的软弱表现。生活就是这样在人们叹息、痛苦、哀号以至愤怒的注目下悠然走着自己的路。作者明白，真正自由的对话只有面对自己，而一旦他欲想使自己与既存构成一重对话关系时，他便会陡然感到眼前对象的庞大、浑厚、广袤和主客体之间的巨大悬殊——为此他只好选择沉郁的格调，他只好随时把与自然（人化自然）的对话在进行不下去时转换成与自我灵魂的自语。他难以像李锐、郑义那样以另一重文化身份，对眼前的一切进行轻松的指点，惬意的嘲弄。为此，这叙述过程的沉郁就始终含纳着自我对生存环境的直观体味。他轻松不起来，他清楚一切轻松的描述都潜有调侃或亵渎对象的可能。在对象面前的不自觉地自卑，使他的目光中常含忧郁，使他意欲在老人似口吻，藏匿自己的另一面，他把沉重的叹息传达给别人却不愿让别人也像他自己那样“漠然”。他总是回避着对人与事做定性的价值判断，并极力开导读者到那些语言的缝隙里寻找深在与别意、领略他那沉郁的格调下文化重塑的艰难。我以为，这种类似于郁达夫的智者情怀，恰恰是内陆文明对人精神塑造的特殊结果。这一艺术精神的真实，正因为涵合了主体与客体的所有隐衷而显得难能可贵。

描述文明与愚昧的冲突，似乎已成为过时的判断。而《黄河》1989年中篇创作中的许多作品并没有完全摆脱这一范畴，而且在这一范畴的边缘斜刺里开掘了出去，即重在展示文明渐入过程里愚昧的各种转换及其与文明自身的现代式冲突悖性。在这些作品中，文明的现世身份被金钱和地位所替代。生活主体的愚昧不再表现为对近代文明生活式样的推拒，而是表现为对文明价值观念的变态式消化。物欲追求本身并不值得贬抑，关键在于这一追求一旦失却真正的文明导向才是真正可怕的。郭俊明的《蓝色舞厅》《深林》，桑子的《小县一条街》，尤立的《乡逝》等作品，都在这方面有较深的开掘。不论是李初月腰缠万贯之后的百无聊赖，还是其丈夫——一个中学教师在金钱逼视下而感到的内心痛苦（《蓝色舞厅》），在《小县一条街》上不论个体户李晓大的胆大妄为及最后流泪的忏悔，还是其女友马莉——一位基督教徒精神和心理的一度紊乱，都传达了我们民族在文化转型时期所特有的灵魂悸动与蝉蜕。这些同一景况下作者对同一类心态的极为相似的把握与开发，实实在在地说明着文化变革的最隐秘层次——价值观念变革的万分艰难。在穷乡僻壤上文化大选择过程中的必然扬弃而引起的长久的阵痛，也同时在历史发展的现世代里构成了一种从未有过的罕见的文化现象。遥想“五四”，在都市知识者身上我们熟悉了它，而在七十年后的今天，这一阵痛居然已波及最僻远的地方，这一事实本身就说明内陆文明的长足进步。《蓝色舞厅》对这一现象的艺术展示相当别致。这部小说的人物只有三个：“你”——也就是那位中学教师；李初月——“你”的妻子；还有一位局外人汽车司机。作品情节在两条线索的同时并进中全面展开。“你”和李初月的心理世界是艺术画面的重心所在。其时间幅度是夫妻俩的婚前婚后。故事听起来很简单：李初月刚刚返城后工作，而这时丈夫却考上了大学。她害怕丈夫瞧不上自己而拼命靠辛苦挣钱。几年后她发了，成了一个手中握有巨资的自办大商店的老板。过去的一切缺憾都因为金钱的滚滚而来而全部改变。丈夫大学毕业后却当上了中学教师。过去怕丈夫看不起，而如今她却看不起丈夫。丈夫当被妻子宠爱显得坦然，而如今却在歧视里痛不欲生。两人的精神世界从此越拉越远。丈夫为了挣回尊严而冒险走私，而李初月则在金钱所买到的世界里空虚无聊得要死。我们从作品的整体上看，故事情节并不显得具有特殊的意义，使我感兴趣的则是两个灵魂拉开距离的全部过程。过程有声有色则在于作品的心理化结构。一条线索是李初月面对舞厅里旋转的霓虹灯在无聊之中对往昔的回溯，另一条线索是丈夫在茫茫黑夜里的山间小道上的走私途中对过去苦涩的反刍。两个灵魂的全部活动合起来便括出了上述旨蕴所在。作者的高明之处首先在于尽力避免把这一痛苦放入道德价值体系进行判断，继而凭借两人那难以言传的痛苦，提示人们看在这一痛苦的背后的操纵者是特定时代的价值转型而非其他。有人说这是李初月的精神已被金钱锈蚀而必然的归宿，也有人说“你”的痛苦在于“你”作为一个文化人格守君子之道而在商品世界里形成的精神真空所致。我以为这些理解绝非是作品的精义所在。“蓝色舞厅”是归宿还是坟墓，作者把拥有结论的权力交给了我们——然而我们也无力回答。也许正是这一混浊的态势才真正可以展示特定时期的特定人生。我们既无理谴责李初月以老板身份轻蔑丈夫；同时我们仍然对“你”的君子之风怀有敬意。谁导致了这种颠倒和错乱？我们从作者所扮演的叙述人与“你”之间亲密关系上看，可以肯定他更同情后者。但我还是要说，作者你也许错了。李初月的处境与《乡逝》里原妹的处境有什么不同呢？原妹认为因为穷而被“卖”给丈夫这是无以改变的“命运”，李初月不想承认“命该如此”，但她同样不是和原妹一样任凭生活激浪的揉搓吹打？民族灵魂的全面觉醒已是明事，而是向哪里却不知道。这正好昭示：内陆文明的价值转型正处在艰难对峙的中途。

相比于《蓝色舞厅》的空灵，《小县一条街》则显得更富写实。人物众多是一个原因，另一主要方面是，人生活动的舞台是现世中的伦常日用而非心理。主要人物李晓非从拒绝恩赐起始而靠劳动立稳脚跟，到后来却在崛起的过程中沦丧了灵魂，给人的启悟是深刻的。即，人如何在文化转型过程中暂时出现的价值真空里保有人的尊严。马莉从一个基督教徒一开始对世俗生活的向往及到最后又重新舍弃尘俗而皈依宗教，似乎更加有力地说明了畸形商品文化在道德方面的自我贬值。李晓非面对爱神马莉弃他而去而发出的痛苦忏悔以及马莉本人对自我追求的否定，又一次把内陆文明自我改造的历史进程置于尴尬境地。李晓非、马莉他们既想在现代生活氛围里放松灵魂以呈现真的自我，另一方面又想在真的自我上罩一副面纱，随时准备抗御那来自世俗的群体仇视。这种历史前进过程中人类精神需求的二律背反，不同样又是一种文化选择的绝大困惑吗？作者最后用快刀斩乱麻的方式把李晓非、马莉又推回到原来的位置，这只能表明作者在文化大选择时期的价值把握上的恍惚和对历史趋向的迷惘。

二

从上面的分析中显而易见，披露民族各色人生在文化转型期内灵魂波动的信息，这已经成为作家们一个共同的追求。这一追求所依附的艺术精神，一旦在主体的艺术实践中臻于自觉，它便可以导致对一个区域里不同时期人生的重新排列组合——这就是我先前已经说过的把古今揉碎而后又重塑的能力。冯浩在这方面的表现尤为突出。正如《黄河》的编者在1989年第五期的要目提要中所说的那样：“作品取材类似《红高粱》，但又不同于《红高粱》，由此我细读作品更感惊奇：生长在黄河文明熟透了的晋南的冯浩，何日调制出类似塞外的剽悍雄浑格调？扑面而来的是在作品中洋溢着豪强之风的‘草原文明’气息。我相信，冯浩在为焦疤虎（作品主人公）寻找合适的活动氛围和语言表述时下了一番相当大的功夫。”《那年八月》里这位集抗日英雄与践害百姓的土匪为一身的焦疤虎，其性格的“二重组合”性是显而易见的。如果作者以心为基点去开掘人物精神的复杂性便很容易办到——但其性格的复杂性恰恰是不重要的，这一点冯浩在动笔之前便已很明白，若不然他就不会把浓墨利用在对焦疤虎七年抗战历史的追溯上。那么，作为创作主体的冯浩在追寻什么呢？也就是说，冯浩在对题材进行处理时所注入的文化激情是什么呢？他的激情的爆发点在什么地方？这是一个难解的谜！假如我们找不到作品的独立自足性与主体灵魂之间沟通的中介，怕只好把它当成一篇历史小说来读了。

先让我们来看作品雄悍的艺术氛围。这种雄悍背后所依托的文明背景，显然不属于过于成熟的中原内陆文明即黄河文明系统。从风神上体味，倒是更接近于草原牧区文明或早期齐鲁文化系统。焦疤虎的残忍、侠义、不受羁绊的天性和视死如归的情怀，那种勇于私斗又勇于公斗的丈夫气概，难以在晋南这块黄河文明发祥地的近代范畴里找到（诚然，这种论断仅仅是根据区域文明态势的整体性质而言）。问题便就在这里出现——一种与所处环境（文化环境）相距甚远的性格，作者却要把它放在反差极大的情景之中展示，不能不让人感到奇怪与费解。在莫言的《红高粱》系列中，不论莫言如何在被打乱的时间秩序里变换着叙述人，也不管他如何发挥其对语言感觉的怪异性，但有一点却是前后同一的，即人物与环境的色调和谐——这一点正是电影改编可以超出原作的基本所在。在面对《那年八月》寻找中介过程中，我首先想到这是不是作者有意把处于不同时区的文明态势焊接在一起的呢？焦疤虎其身份（抗日英雄）所能确定的文明时区显然是现代，而其性格全部表现则产生在另外一个时区的文明里，即黄河早期文明时区。而这种焊接所依托的心理背景却是基于目下内陆文明选择与重构时期所特有的人文激情。我这样推论是想说明：冯浩是站在今日文化选择的制高点上来看取往昔的，这就是我们所说的中介——往昔的一切被这样看取，便恰如其分地传达了作者骚动于心底的当代文化情怀！

其次，我们再来看焦疤虎这个人物。无疑，在抗日这个特定时代中，焦疤虎的一生富有光彩，这从作者在字里行间掩饰不住的赞赏之情中可以看出。尤其是焦疤虎在民族受辱的凄风苦雨中所有的豪悍之举，不仅为他挣得了英雄的桂冠，而且还隐含着作者对民族文化重塑姿态的理想模式，读罢作品我有一个明显的感觉：作者的目光在随着焦疤虎的举动移动时，每时每刻都在被感染着。焦疤虎酣畅淋漓的一生，附带传递出那种文化在生长期的勃勃生命力。被感染也罢，赞赏也罢，作者揉碎历史后的重塑指向，总是被焦疤虎的生存方式所代表的活泼文化所牵引。作者站得愈高，这种吸引力就越强；焦疤虎性格愈鲜明，作者的影子就越模糊；焦疤虎活得越痛快，作者对现代文明过于成熟而带来的暮气沉沉之感就越揪心。作者是不是曾失落了什么？或者说他越来越强烈地感到我们今天的生存方式里丢弃了不该丢弃的东西？是的，我们的这种怀疑可以在作品中得到确证。在作品世界与现实存在所形成的巨大落差里，作者分明在寻找——寻找什么呢？他究竟丢失了什么呢？显然，作者为民族文化或曰内陆文明进入成熟之后而失落了那种活泼泼的雄悍豪强而痛心。他要寻找的就是焦疤虎式的中原文明的勃勃状态。

由上述两点分析来看，作者让焦疤虎死于“内讧”，则又是大有深意。他没有死在敌手，而是死在自己人手下，还可以表述为，以焦疤虎为代表的文明，没有泯灭在异域文明的强力冲撞之中，反倒在自我酿制的环境中自我萎缩，这不揭示出民族文化异化的深刻主题吗?！在这里有必要提一下郭俊明的另一个中篇《深林》。作品通篇只有一个人物，而且这个人物几乎在五分之四的篇幅中都没有开口说话。这是个具有浓郁神秘色彩的人物——他当年曾率一营将士在他今天所居住的山上与敌人一个军拼杀，最后全部捐躯，只有他一人被救。新中国成立后他隐姓埋名遁于这座山中，经营着由自己亲手栽植如今已郁郁苍苍的一片树林——这段经历别人不知道，别人以为李保明营长早已作古，县烈士陵园内的石碑上所刻的第一个名字就是他。在这片树林中，他把全营每个战士的姓名都分别刻在一棵树上。每年的除夕，他都要祭祀并陪伴他们到天亮。几十年后的今天，县委决定要到这里开煤矿，他在奋力抗争之后痛然死去——带着满腔的忧愤与遗憾。牵起这个奇怪故事的是老人亲手营造的这一片树林。在这里，他把自己毕生追求的信仰连同生命一起化作了一种神圣不可侵犯的图腾。为守护这图腾，他舍弃了一切——什么英雄的桂冠，什么世俗的享受，什么人伦的温暖。仿佛他的灵魂早已随着三百多名战士一同去了，而活着的他就意味着一种奢侈。只有当他面对这片“深林”时，他才真正感到生命还有延续。他为什么要这样呢？是那场残酷的厮杀吓怕了他？还是作为一名营长面对全体死难战友那永难摆脱的负疚？抑或是死里逃生之后对生命的永恒淡漠？他守护着图腾的全部行为意义仅仅只是忏悔？作者在向读者抛洒谜团的过程中并不想让人们猜到谜底。作者用“神话”似的艺术方式把历史在我们眼前彻底打碎而且试图重塑，使“深林”与老人在“图腾”的意义范畴里得以神圣化，而后又无情地把他们毁掉，摊给读者一堆感伤而又深刻的启悟：所有在历史范畴中赢得神圣、崇高的信仰，当它一旦成为时代进步的障碍时，其结局必然是惨烈的轰毁。读过这个作品的人们多么不愿意接受这个残酷的必然啊——如果老人当年死里逃生之后不是躲进深山而是追上部队，如果即使他留下来但早让人们知道他的英雄壮举，如果这位老人在那位老将军（当年的旅长）来访时战友相认并说出实情……也许我们就不必这样感伤了。但当我们转向作者时，他所有的残酷不就是期望我们接受这份感伤吗？正像巴尔扎克在其作品中对贵族命运的感伤一样，正像浪漫主义艺术对大自然失去的感伤以及以卡夫卡为代表的西方现代艺术骄子对西方后工业文明的感伤一样，不正标志着历史的进步、人类文明的日臻完善吗？在历史的时空里，感伤总是那样美丽，而在未来的视野里，感伤的叹息只好打住。

上述这些作品，与《黑棺材》《古风》《酒·梦·人》《历史上的三分之一》一起，使我欣喜地看到，这一批标志着“晋军崛起”时代价值标高的新秀们，一踏上文坛就以其相当自觉的艺术意识和含纳历史，时代与未来的宏大气魄，赢得了人们的广泛侧目。

吕新与浊涛的创作，可以说构成了山西文坛一种相当独特的现象。如果单就艺术感觉来讲，吕新比浊涛及其他新秀们走得更远。他们二人在创作上体现出来的独特性，从其表面看仿佛是在民族人生的感悟方面，实质上则是一个对语言的颖悟和运用的问题。尤其是吕新，假如你有能力拨开他故意用繁密意象铺漫的浓雾，找到意象组合排列的模式，你便会发现，他与浊涛对人生注目的切入点与别人原本没有质的不同，而且其意象与意象之间发生所指意义关联的中介还相当单调。吕新与别人的不同在于：别人把梦揉捏成像生活一样，而他则把生活幻化成黑夜里的梦。他把自我的灵魂藏在梦的背后，而全然不像浊涛那样用赤裸裸的灵魂去撞碎所有真的或假的梦。

放过吕新，我们先研究浊涛。

在读发表在《黄河》1989年第二期浊涛的《小土屋》《开阔地》两部作品时，我总是情不自禁地把作品中的“我”与浊涛本人叠合在一起，而且我希望这种主观的叠合应该有客观存在的支撑而不致遁于虚妄。说实在，浊涛作品中那自始至终残酷的血腥味，令我窒息又令我惊讶。两部作品在主题上显然构成递进关系：《小土屋》道出的是在苦难中一种精神的孕育，而《开阔地》则是这一精神功能在外化过程中的价值追求。一前一后揭开了唯有血腥的人生青春之梦绚烂的帷幕。作品这样告知我们：用苦难铸就的青春既是迷人的又是沉重的。作品以第一人称“我”为叙述者，以残酷真实的笔触，把青春的“苦难历程”以内在感觉形式托出。全篇共十一节，在时间顺序上以世间物理时间为顺序。先写“我”与弟弟苦难的出生；继写他们唯一的生活依托——妈妈的惨死；再写姐弟二人相依为命的万般艰辛；最后写出他们在羊倌爷爷死后的人生成熟之状。妈妈“活”的信念，羊倌爷爷对生活的“挺”，“我”和弟弟在苦难中练就的“挣”和“硬”，既串起了青春的万般艰难，又勾画出青春成熟的轨迹。而当我们发现这一切均是在“我”的感觉世界完成时，就使人在惊讶之余又不能不钦佩作品那超乎常人之外的直觉能力和传达能力。精彩之处俯拾皆是，例如“我”对死亡的体验：

“我真像死了一样，刚才如爆炸似的疼痛仿佛已耗取了我全部的生命。然而我的灵魂还在太阳与太阳穴之间的那一块狭窄的空地里横冲直撞，仿佛满怀憎恨地要撕裂我的整个躯壳……”再看她与死亡的搏斗体验：

“那时候我真是踌躇满志杀气冲天，我故意让死神东游西荡无处归属，我明明知道胜利在握却要尽量拖延下手的时刻，明明知道凶残的死神已经陷入我勃勃向上冒着热气的生命的重围……我的灵魂脱壳而出，凌空而起潇潇洒洒，我不知道它要往哪里飞，我只觉得有一股力量在托浮着我的灵魂，推动着我的灵魂，一会儿向这儿一会儿向那儿飞去……黑暗是透明的，发出蓝幽幽的光，巨山不是立体的，全像舞台上的道具……”

值得注意的是，即使是对死亡的体验也充满着青春式的骚动与抗争，与其说作者是在传达对死亡的意会，不如说是在讴歌青春的雄奇。由此我们可以看出，作者的所有感觉都有一个经久不衰的恒性范畴——青春。不论是伦常日月的艰难，还是死神临头的挣扎，无论是面对浩渺太空的孤独，还是抗争胜利后的自慰，都有一个勃勃跃动的青春之魂闪烁在高空，那浓浓的青春之气环裹在周遭。也许正因为如此，浊涛在作品中所传达出的感觉才如此富有动势，才使任何压顶的苦难都成了人的一种陪衬，才使感觉焕发出如此生命的蓬勃英气，在青春生命力的咄咄逼视之下，苦难退缩了，死神遁了，人的豪迈与刚毅的灵魂才获得震撼内在的崇高与伟大。

相比于《小土屋》里那种粗辣辣的青春之气，而《开阔地》上的青春则显得缠绵多了。女性的感情以及由心孕育而成的特异感触，并没有因苦难的重厄而变质、消失，反倒在其成熟之后愈加显得动人。假如你有心把作者的两部作品中的“我”放在一起加以细心地比较，便会发现，“小土屋”周围那个执拗的“我”正在消退，继而代之的是愈加潇洒，愈加自由，愈加本色的“我”。也许是因为“小土屋”的苦难太厚重的缘故，才使“我”不得不把其他情感压抑下去而疯狂地挥洒其抗争的情愫，不得不把青春当成一根鞭子来抽打残酷的生活。而在这里，一切都变了，苦难铸就的灵魂已具有了抗击一切苦难的能力，并且可以潇洒自如地对付，青春的本能便在一夜之间活转过来，昂头扑向爱的太阳。也许，从此以后这个坚硬的灵魂会因爱的挫折变得软弱，也许青春的挥洒过程正孕育着“我”从未经历过的苦难，也许一切可能重新开始，但浊涛值得骄傲的是，他拥有过实实在在的、火爆爆的、强烈的青春感觉。面对浊涛我想问一句：你如果一旦厌倦了青春怎么办？

吕新的梦一般的意念群委实太难读了，相比于浊涛，他似乎一开始就有意拒绝用青春给自己的艺术奇想打底色，又仿佛在用哈哈镜来看取已经过去的和正在发生的一切。极似毕加索画中一样，尽量把可有可无的装饰与线条都去掉。他站在哈哈镜的背后把过去与现在堆放在一起然后一脚踹碎，而后又在哈哈镜下把它们自认为有重塑价值的再提起来。由此看来，把人生的一切“意念化”就变得很容易了，所有变形的东西只要你凝神注视，便极可能在艺术想象的翻搅中映出一堆堆令人惊异的荒唐来。对于吕新，我们要思考的是：吕新的哈哈镜是如何来的？它是用什么制成的？我们能否还原那变形意念的原生状态呢？而且更重要的是，原生状与变形意念本身在怎样的范畴里产生着怎样的联系？

以《带有五个头像的夏天》为例。弥漫于作品始终的或曰在作品中起主导作用的是历史范畴的特有气氛。如此可以看出吕新小说主人公意念的活动区域显然是历史与现实所组合而成的浩大时空。因而使得吕新总不忌讳让人物的意念所指带有那个刚刚过去的时代印迹。如作品的人物之一——姓周的老师：

“姓周的老师走在路上的时候，看见房顶上层层的瓦片像一些大寨梯田一样。姓周的老师那时边走边嘴里哼着一种很抽象的小调。姓周的老师在观看房顶的时候，听到了一种轰隆隆的泥土塌方的声音，后来响起了尖利的吹哨子的声音。姓周的老师在到达家门口的时候，觉得有几个人共同推着一辆小平车朝公社卫生院的方向跑去……姓周的老师那时候觉得像一个医生一样，远远看见一群一群的黄脸病人向他走来。”（标点系引者所加）这些带标点的东西不是历史中很具体的东西？在“大干快上”的年月里，神州大地何处不曾响过“轰隆隆”的“修大寨田”的声音？那种尖利的哨子声曾支配着多少人的自由？而这些带来的结果则是“一群一群的黄脸的病人”，医治他们的和都是一些和农民一样的“赤脚医生”。

再看另一个人物汉子。

“汉子说，这杆子真沉，我实在扛不动了，我想喝水。没有一个人理会他。大家都觉得听不懂他的话，大家那时就觉得汉子像一个操着陌生口音的外地人一样，大家一致问他从什么地方来，来这里做什么。养蜂、裁衣服、修表或弹棉花。汉子说，我是看风水的。”在这几句对话里，历史的跨度不是显而易见的吗？历史的具体进程就这样被浓缩在这一颠颠倒倒的“八卦阵”中。五个“头像”——汉子、会计、姓周的老师、知青于铁民、灵魂，我们只要看看他们具体的行为方式就知道这些谜底了：

汉子是一位与工地打交道的人，活动在他周围的不是鸟、驴、西瓜，就是石头、水库、打谷场之类，显然他属于在生活的底层中挣扎的一类人。他面对土地时所闪出的意念都与土地有关，都与生活的艰难和压抑有关。他似乎在寻找一种作为典型劳动者的自由。

会计的身份使人能联想起很多。出现在他视野中和脑屏上的是粮食，仓库以及象征村寨权力的钥匙，还有大大小小的官员们以及指示报表一类，这完全是一副农村统治者的派头。他那因忘记了上级的通知和指示而极度的惶恐心理，他那熟练地操起“算盘”的举动以及对开会“吹喇叭”等的职业敏感，一样可以依稀找到历史翻转之后既得利益者的失落心态。

知青于铁民与“灵魂”在一起，更是耐人寻味的一种组合。他被灵魂征服之后而痴迷于下棋，是否在暗示着当年那场知青上山下乡运动的荒唐呢——作为改天换地的主动者最后竟被被动者所同化。这种悲剧意味正好说明：文明的形而上追求已被愚昧的形而下挣扎所代替——看看出现在于铁民面前的罐头、棋子、女人之类，不正是一种文化的悲剧吗?

姓周的老师这个人物在作品中显得很特别：也许正是因为他具有“老师”这一外在文化标志，所以属于他的意念活动就更加非逻辑性，除了学校这个环境之外，经常出现在他身边的是女人和杏花，或者杏花似的女人，我想，这抑或就是周老师对文明渴望的一种“图腾模型”?这两个意象的确在界定着姓周的老师这个人物在这个“夏天”的神圣的创造使命。

几个人物构成了这紊乱无序的夏天。吕新的哈哈镜从我们上面费力的阐释中可以找到出处——他是从民族荒诞的历史岁月中拿来的。

由此我们可以得出结论：无论吕新对语言进行新奇组合的方式有多少变幻，但其那种向往自由而产生的文化忧患则是一个常数，在这一点上讲，吕新所尊崇的艺术精神依然现实主义。

不过，上面艰难的阐释正遗憾地说明吕新在语言表达上的局促之状。他似乎并不曾想到他的模仿，而其实他正实实在在地在模仿——模仿莫言和残雪因而才有那么多的不畅、不利、不明、不白、不鲜、不活。在对历史现实进行揉碎并重塑的空间上尽管吕新提供了更为广阔的视野，但他自己的操作却是不太自由和不太潇洒的。艺术的沉重感不是来自于文字的背后而是文字本身，这无疑意味着危险，我期望他能尽快捅破这一层。

总之，我认为，在一个相当广袤的心理空间里来重新组合人世的一切，并能使作品的价值导向趋向文化，这既在时代氛围中重铸了可贵的“山药蛋”艺术精神，又以人们鲜明的惊诧矗起了“晋军崛起”的审美标高——为此，《黄河》做出了大贡献!

三

艺术创新的真正含义，不应只包括作品主题旨蕴的深邃与广阔，还应当必不可少地含纳对语言（指书面语言）的直观能力和把握运用能力。其实在这一点上正能反映出一个艺术创造者艺术意识的真正面貌。这种能力涉及作品形式部分的全方位。可以这样说，对文字的感触，必然包括其所指、能指、动势、情景、色彩、力度等。那么接下来，要在语句中如实保留这些感觉到的一切或者不仅如此，还想使它们在一种过程中产生料想以外的张力与弹性，那么就得注意并潜心营构语码的排列组合，这便是结构。再加上叙事人特定的口吻和作品整体要求控制下的氛围意向，便使语言的运用成为至关重要的基础与枢纽。

在语言上，他们忠实于自我的直观感觉，为了能如实传达出这种感觉，便直接在词语的搭配上做功夫。如“夜里，月亮把四周的一些房顶照得很平静”，“那时候于铁民只觉得灵魂脸部的所有气色都很灿烂”（吕新），“刚才如爆炸似的痉疼”（浊涛），把在惯常情况下按语法教案上所不能搭配的而有意放在一起。他们要么在动宾组合上故意违反常规，要么在修饰性的定语上做文章，要么让富有声响的字与色彩感很强的词放在一个句子里……总之，只要你细心，就可以从中体会到作者当时的瞬间感觉，并由此可以确认其感觉是否新鲜和富有创造力。

二是在结构上，在阅读品味中我发现、他们在结构上的追求显然越来越精致，力图使结构在接受过程中的陌生感强化结构运动功能。如《阁楼院纪事》，秦溱把阁楼这一象征物作为人物立足的基础，把支书李二旦在进入阁楼院之后一劈两半：一半从此时走向过去，一半则从此时走向我们今天。不同色彩的历史时间让主人公由年轻到老的变化串联起来，人物在各个时区的具体行为相互映衬，形成一种类似圆桶似的艺术连缀画面，赤橙黄绿，阴晴明晦，相互交错。为人物活动提供了一个巨大的历史空间，由此奠定了作品厚重的基础。郭俊明的《蓝色舞厅》却是另外一种方法：作者把身处不同具体情景下的两个人物，置于“共时”状态中，李初月由过去向今天走来，而“你”刚从今天向过去走去，两条并行线索扭合一起类似麻花，互为依存而又特性分明。两个灵魂的内在漫游，恰好组合推出具有真实性时空跨度很大的物理时空。为此，人物行为的变化便具有了演绎历史的外向效应。

《带有五个头像的夏天》与《大山凹》无疑是拼盘式结构。如《大山凹》，四户人家各有声色，但却不见表面性的故事性关联。也就是说，小说叙述的全是结果，而没有他们在一起时发生的原因。维旋一家忙于攒钱娶媳妇，维旋媳妇则在父母做爱的环境中驰骋着梦幻；村长广前回到家里听儿子儿媳吵嘴打架，走出门去便是收缴贷款；曹李氏哄一群娃娃哼她的儿歌……似乎那么不同，然而有一基本点是相像的——即他们各不一样的所作所为都是为了应付艰难的生存。四种生存式样，也就拼就了一个“大山凹”里生活的立体旋转景观。空间的多维与时间的多向，便达到了文学审美的雕塑效果。浊涛的两部作品的心理化结构的表征一目了然。但这一结构的行进过程则与物象世界顺序相吻合，不同的只是，作者在时空占有上获得了充分的自由。

最后需要提及的是《权力场》这部作品。钟道新的老练可见一斑。他能把人生最复杂的权力斗争写得如此潇洒，真令人佩服。这原因可能是因他作为一名知青所拥有的不同的文化属性吧。

观其 1989 年《黄河》的中篇创作，我由衷地感到：从作品所达到的高度和所拥有的力度上看，说它是《黄河》创刊以来的最佳时期，实不为过。

关于权文学创作的几则笔记

一

从容的作家是不计较别人说长道短的。从某种意义上说，成就越大则愈显得潇洒——这既不是一种浑浑噩噩的自我满足，也不是慨然健忘的自视清高。艺术创造者自我创作的潇洒与从容，是建立在主体艺术理性充分自觉，对己对人都晓之甚深的知性把握基础之上的。在这样的审美范畴里来看取山西省作家权文学的创作，似乎显得更为合适些。新时期十多年来的连续不断的艺术骤变，使得每一位作家时刻都处在被环境选择自我与自我选择环境的双重险象之中，从容和潇洒便日渐成为艺术创造者们难得的外在风度与内在品格。有那么一些作家，也许他们在头一两次的双重选择冲击里依然可以保有既定成就带给自己的充分自信，甚至于可以进入从反面确证自己的坦然佳境。然而在新时期文坛那种朝云暮雨的迅疾变化中，这种自信的韧性很难保持长久。当自信者所恪守的诸种艺术法则，不断地在现实艺术飞速变化的实践中露出笨拙，无情的新异审美洪流不断把那些昔日引以为自豪的光彩涮洗以尽的时候，艺术创造者对自我的怀疑便开始了。这一自我怀疑必定会朝着两个向度的价值范畴发展——一则以此为自我审美省醒的起点，及时调整创作视角，在怀疑中调整充实，最后达到对旧我的高层次超越；二则是固守城池，艺术选择的意识逐渐被从理性王国放游于感情世界之中，以自渎形式走向自我艺术创造生命的终结。

权文学到底选择了什么呢？

二

若从 1980 年权文学发表第一篇作品《臭臭外传》算起，迄今已十余年了。而这十午正是中国文学审美意识发生巨变的不寻常历史时期。异质审美模式及手段的大规模横向渗人，导致了民族审美历史上前所未有的“江山日有人才出，各领风骚三五天”的亦忧亦喜的局面。同时，这也是艺术选择显得最无情的十年。选择与被选择总在犬牙交错中进行。个体审美成就拥有的辉煌，在整体性的审美奇峰兀起的情势下，愈来愈显得微不足道，黯淡无光。困惑在不断地产生，而奇怪的是走出自我困惑的恰恰不是自己而是别人。还有许多人甚至来不及弄清眼前的困惑是怎样的模样就被干晾在后面。不甘于或不能甘于寂寞的艺术创造者们不得不肩负起困惑的重负而向前奔跑。

能否意识到困惑是一回事，而能不能真正冲出困惑则是另一回事。我们现在所面对的权文学，似乎正处于这二者之间。他曾心情颇为复杂地向读者表白：“路还很长，我不能歇，也不敢歇，虽然步履维艰，仍在蹒蹒跚跚地走，不敢想望胁下生翼，只求不要倒下。”说这话的时分大约是 1985 年。如若我们把它放在最近几年或更长一些的历史时空中加以品味，令人不免沉重。显然是，权文学走上文坛后的几年间，激烈的艺术竞争与苛刻的审美选择，已使他经验到疲惫的滋味，也从此步入到创作的挣扎阶段。尤其是当许多人已认为他陷入困惑之后，他在创作上十年来一直起色不大的平平之状，便成为山西作家的一个类现象值得研究。

三

我们不妨先回头看。权文学当年一走上文坛亮开手脚，就一步登天地踏入老一代“山药蛋”作家们创作的最前沿，在当初，这委实是可喜可贺的事情。对于善于在生活上的某一断层上描摹人物的“山药蛋审美”来讲，权文学的处女作《臭臭外传》发表后获殊荣，也是符合逻辑的必然。当 20 世纪 80 年代上下处于复苏期的中国文坛还在为写出有血有肉的人物形象而张扬呐喊的时候，当文学还在政治的统一挟裹下向往昔回归的时候，当艺术创作的主体意识和现代审美理性还在羞答答、半遮面的选择前夜，“写活人物”——无疑是当时文坛审美的膜拜趋向。这也是现实的需要之于艺术创作的结果。另一方面，新时期伊始文学对其现实功利性的不自觉地追求，正好与“山药蛋”审美的价值特性相呼应。为此，一走上文坛的权文学就把自己模仿的对象界定在“山药蛋”这里，一点也不奇怪。这样的问题在山西文坛的初期可以作为一个共性问题加以研究。比如张石山的《镢柄韩宝山》与《臭臭外传》，从严格的艺术分析角度看，简直就是孪生双子。他笔下的主人公不仅与“山药蛋审美”的经典人物赵满囤、宋老大、赖大嫂等有直接的血缘关系，而且他所展示其性格的环境氛围也被酝酿得一模一样。他们都一同先入为主地赋予人物的正义理性，都一同设置几个大同小异的细节场面让主人公的理性在行为上得以具体展示，都一样地用农民式的机智与幽默来奠基作品的氛围……而作为创作主体，都同样在如何使作品更加“土”一些方面费神用功。很显然，权文学他们初期的艺术感觉是对往昔的无原则的认同结果而远没有经过理性化的自我反刍。在这种认同式的文化心态上所构筑而起的艺术机制，以当时看就存在着许多危险。危险之一是，假如说这一在当时被群体追骛的审美时尚一旦在主体那里蜕变为固守意识，那么他就必然会陷“起点就是终点”的艺术创作的悲剧窘境，危险之二是，固守的结果不仅会很快导致艺术感的钝化，而且极可能形成对一切异质审美的推拒意识，就十多年来新时期文学发展的全部情形来看，克服这种危险的途径也很多。

首先是只要主体并不想仅仅停留在这样的艺术感觉层次上拳打脚踢而是把此仅视为起点，敏捷而又自觉地把异质引进这一艺术理性的基础之中，从而使自觉的审美创造机制获得一种开放形态，那么自我的超越契机随时都可能到来，同时这一超越极可能以突变式完成——这一点在权文学来讲是几年以后才意识到的。实际上在他意识到自己在创作上的困惑之后他就陷入困惑很久了。这些情形于他的第一个小说集中得以看得很清楚。在反复阅读过这十多篇作品之后，我曾想，如果这些作品全都发表在1980年之前该多好，那就是说，权文学的创作在当时的确切入到整个时代审美的前锋层次。当我们把这些作品仅仅作为一个独立艺术画面来欣赏时，的确可以发现他在创作上的许多优势。比如他对特定区域里人们的生活方式知之甚深，写起也似随手拈来；他笔下的人物就作品提供的框架来讲其完整性也是一流的。甚至你可以明显感到，权文学在审美把握上的典型意识——也就是着力描写人物的典型性方面，始终执着得痴情。还有其细节的工描能力，主题的积极性开掘方面都一样很见功力。然而，当我们把这些作品放在一个历史的范畴里——即运动状态的新时期审美过程中来加以观照时，它们的雷同令人吃惊。略去题材的差异性不谈，那隐藏在艺术画面墙后的艺术思维模式则是完全一样的。权文学前期创作中主题意蕴最深刻的地方，表现在他对改革之中山民道德迷惘的描写上。如《在九曲十八弯的山凹里》《常发的电视机》《路漫漫》《风被》《乡邻》等篇什，都是如此。另一类则是抨击时弊的——《张所长的沉浮》《客为何来》《芍药梦》《弃女》《拜罗汉》等。时至今日，人们越来越清楚，对于艺术来讲，表现什么这没有怎么表现来得重要。从权文学以上两类主题的作品中可以看出，其表现方式都是单样划一的。不论作者的原始构思情形如何，我总是怀疑他有个主题先行的毛病。《常发的电视机》这篇作品可引为典型加以解剖。作品的理性价值指向很明确，即展示商品经济冲击下某些人的贪婪自私和道德的沦丧。我们可以看到这一附在主人公常发身上的意念，不仅成为作品完成后的目的标识，而且一开始就被预定为作品展开的逻辑线索。作品是每一个细节、每个场面甚至每一句对话都有意无意地按照这个先置的理性价值坐标进行设计和取舍。为此，也就影响到作品的氛围。先入为主的主体选择，围绕主题选择的艺术构思及艺术展示过程的主体——人和氛围都一同被理念化了。作品的最后完成，完全违背了自我的初衷，最终成为时代大一统概念的演绎。有意无意间，作者为了使自我理解的时代理性能够在作品中时时凸现，同时引起接受者的共鸣，因而便在艺术趣味上迎合大众，属意于编一个有趣的、有头有尾的完整故事。故事本身的有序性如开端、发展、高潮、结局等阶段因素，在此时此刻就不能不成为主体审美思维进一步展开的强大限制——在这一限制面前，使得他无暇顾及人的精神世界的多层次性、丰富性、错综复杂性、多变性和艰难性。艺术氛围常常是点到为止，远没有推出与灵魂的博大、深沉相适应的文化背景。作者对艺术功利性质所采取的直接理性理解与把握，使得他总在人生活动的外层寻找艺术灵感。在寻找过程之中，一旦发现生活中的某些事实与时代理性之于艺术的要求相吻合时，他便欣然认为找到了对象，导致艺术创作在一个层面上令人惋惜地机械重复。

四

也同样由于对时代大一统价值理性的无原则认同，导致了他的创作在纵向层次突破上的格外艰难。同样的主题意念在他不同的艺术画面中反复出现，一方面说明权文学真正把握时代能力的欠缺，另一方面则说明他对艺术创新理解的偏差。所谓真正把握时代本质能力的欠缺，在他身上表现为一种自我辨识能力的老化和钝化。亦就是他认为，社会人生的一切变化都是政治的衍生物。因而一切变化的根源不但可以到政治那里寻源，而且毋宁说也是生活方式变迁的最高范畴。只有当人们的价值观念切近了这一层次才算是有了时代感和崇高感——上述这种对时代精神实质的偏狭理解，一旦渗入艺术创作过程，带来的伤害可以说是致命的。不仅会蓄成主体的审美短期意识，而且导致审美的短期行为，甚至可以说，在艺术创造过程中，对这一理性坚持的愈执着，离真正的审美境界就愈远。

历史的发展已经鲜明地向人们昭示：任何一场社会变革及其人的精神蜕变的真正动因，都是其固有文化内在选择的最后结果。政治变革作为文化选择的一个重要侧面，其终极价值的觅取只有在文化大选择的整体系统中方能得以完成。也就是说，时代大一同理性及其价值的未来意义，只有在这样的范畴里才看得清楚。我想，在这样的层次上来对时代大一同理性进行消化，对于一个艺术家来讲委实太重要了。这样不仅可以避免你在这一理性的暂时辉煌中因无原则认同而丢失了自我，并且可以帮助你重建自我的艺术理性，获得可俯着时代的宏大气魄——十年来，权文学所赖以为生的审美理性首先迷失在这里。因此，当我拿起他那诸如《活寡》《隐情》等近期力作时，也同样感到未能尽如人意。他的创作正好与别人差了一个节拍。当别人已把人生情爱作为文化的一个侧面加以申发时，而他还停留在对情爱做人性理解的层次上。这一点需要申明：人性与文化的关系我们在此不赘。要说清楚的是，把人生情爱视为文化的一个层面或重要层面，其基础的参照是对民族文化全方位把握的内在需求所决定的，而其指向是对人类“本我”的寻找以及对“本我”沦丧过程的痛苦的阐发；而在人性层次上把握情爱，其理性背景是民族的封建历史，其反叛的价值如《活寡》里银杏婆婆的“偷汉”，仅仅只是对贞洁观念的一次示威，而无法使其进入对主体精神需求加以肯定的现代层次上。所以我们看到，《活寡》的冲突只能是封建与反封建的冲突，而不是文化的古今冲突。这样一来就大大降低了作品对时代人生的涵盖能量，成为历史上诸多反封建题材作品的现代翻版而已。

权文学审美理性迷失的第二个地方是他对自我艺术感觉的漠视上——这一点与他对时代大一统价值理性的无原则认同密切相关，而我们在这里主要想谈谈他的审美气度问题。就从《活寡》说起，类似于这个故事的题材，在新时期许多作家笔下出现过，最典型的莫过于贾平凹的《天狗》和郑义的《远村》了。《活寡》《天狗》《远村》三部作品都把民族人生中特有的“拉边套”现象作为重要的生存方式参与艺术展示的。但我们不能不说，《活寡》之于《天狗》《远村》这两部作品，其艺术趣味的雅俗却判然有别。后两者的那份深沉是前者所比不了的。原因何在？这正是我们要思索的。反复比较之后我们首先可以发现：权文学与其他两位作家在对同一题材的处理方式上或视角上是大不同的。《天狗》《远村》的作者，一开始就把“拉边套”作为一种文化的独特生存样式予以注目。也就是说，这一生存方式一开始就在他们那里有着诗“意象”般的浓缩力，环绕在这一“文化意象”周围的是两男一女三个灵魂各有隐秘的但却激烈的自我冲突。与作品基调相适应的深重叙述口吻，传达出特殊人生在特定环境中的精神的特殊挣扎。因为这一挣扎不只是为了性爱，不只是一味听凭感情的调遣，也不只是仅仅为了生物性的生存，所以才显示出人生在胶着状态下对自身“本我”追求的文化内涵。人们可以不齿于这类生存，人们也可以在廉价的同情下替他们安排种种出路，但人们又不得不承认他们的生存过程是沉重的、严肃的。这里面使你悟到的是一种建立在生存基础之上的文化对人类的残酷塑造——而《活寡》在这方面的意蕴则淡薄得多。一方面由于受到已有艺术理性的驱使，作者不得不在故事的复杂曲折上下功夫，另一方面，对题材着眼点的不同则是更为关键的原因。钱杏婆婆的“活寡”苦痛，在权文学看来仅仅是她作为一个女人的性痛苦而已。你看，当她一听到“磨剪子来锵菜刀……”的喊声时，不仅双目放光，而且手脚都不知措处。在她与黑子“苟且”的多少年来，作者没有向我们披露过她在与“情人”待在一起而想起家庭时所特有的复杂情怀。她丈夫也仿佛经过那一夜痛苦之后一切都得以超度。两个灵魂在这样一个令人尴尬的环境中最能撩人心悸的精神裂变，作者却一笔带过。而把重墨浓彩用于婆媳二人的冲突之上。作者为了让钱杏得到报应式惩罚，不惜以极突兀之笔使其男人死去，人为地把银杏拉向作者预置的圈套之中。婆媳二人身世沧桑过于偶然的类同，不仅给人以某种虚假，而且又一次使我们想到：权文学为了那先入为主的意念，又一次重复着对生活的任其所需的残酷割舍。一切都服从于作者对对象的先置意念——这是否就是《活寡》与《天狗》《远村》之所以不同的根本点呢?

正如前所说，有意无意地向时代大一统理性的认同，从一开始就影响了审美创造的层次界定。当他只把《活寡》作为人性现象而不是注目于隐藏其后的文化意蕴来处理时，其审美视角的选择就立即受到限制，意蕴的单一化最后只有靠情节与故事的曲折来加以弥补。这一教训显然说明：基于同一审美理性而对作品题材幅度的拼命拓宽，从根本意义上不能改变审美的层次属性。审美的纵向突破，其关键是审美的思维机制问题。这一点，对今日权文学来讲，似乎显得更为重要。他要弄清的不只是如何获得观照人生价值的独特自我视角，不只是怎样更换具体的艺术创造手段，也不只是对审美所有细节点的深入反思，而应该是对自我审美思维机制的思考。

五

审美思维机制即主体的艺术机制，不仅是审美学理论的中心命题，而且也是在艺术实践中常常会遇到的难题。我以为，审美的思维机制主要是由结构形态艺术理性的价值观念两部分所组成。从纯粹的理论意义上讲，审美的思维机制在很大程度上要受到民族的恒定文化情感所制约——这是造成审美思维机制不同的根本原因。但审美发展的求异本性则又从另一重含义上确定了这一范畴里思维机制的动态特征，就现代文学艺术的发展来看，艺术着意于功利范畴之外去实现自己。作品的意义所指正日益消融在“意思”（情趣）的能指之中。艺术创造者可以不必为一种外在理念去献身，但他却终生不能不去追求文学在现代人生中已被大大强化的多重含蕴。从这样的角度看，艺术只服务于某种意义的时代永远将成为过去；而另一方面，艺术家又不得不在自我良知的牵导下对人类那些恒久性情感范畴刻意关注。走入这样的层次，审美的价值指向才可能既不会遁入虚无，又可能对人类精神的自身塑造发挥效应，就审美思维机制的结构形态来讲，开放性应是其恒性特点。一方面，它的存在不会被特有的民族文化情感所任意左右，另一方面又可以含纳八面来风，使其永远保有一活泼泼的切入生活的锋面。从以上的理论阐发来看，权文学等一批山西作家所面临的困惑就更加深重，突破的难度也相应加大。主要阻力来自于他们那业已成型的审美思维机制里所天然存在的回归惯性——这一惯性来自于“山药蛋”艺术经验传统的深重影响。“山药蛋审美”思维机制中处于中心位置的是对时代大一同理性的自觉认同以及善于对生活进行平面撷取的“本事崇拜”。这种思维的导向，使得此类作家曾在生活与时代理性的完全对位里寻找创作灵感，而不是把他们主要表现对象——农民、农村及其关系的本体存在置于文化范畴里加以考察，去觅取他们在文化选择时刻精神深处的悸动，展示他们身负传统道德重负面对现代与古代的巨大断裂而特有的精神变异，他们始终不能把农民作为一种民族所特有的文化现象自觉加以立体、宏观地把握。而这一弱点由于时代大一统理性的功利需要被作为精粹得以保存与承传，构成每一位向其模仿的新兴作家们必先认同的原则前程。权文学在近几年来创作上的实际停滞状态，就似乎说明了这些。我以为，处在强大惯性审美土壤上的那些困惑的山西作家们，似乎更应当强化自我，引入异质参照，于审美思维领域来一个自我破碎，并在现代审美理性牵导下完成审美思维机制的重塑。

诚然，对于权文学，任何苛刻的选择对他都是必要的。一个作家的创作经历可以引出诸多话题，其本身就是一种价值体现。我相信，山西文坛“权文学现象”被解开之时，就是他们步入审美创造新境之日。

智慧构筑的小说世界

——钟道新小说创作漫论

一

作家对于题材的选择，大约分来有两种情形：第一种受制于自身生活的制约，总是把自我所经历所熟悉的生活领域作为进行题材选择的第一对象。因为这样做不但为了操作方便，更重要的是所选择的生活中浸透着作家作为人的全部，说到底这是一种感情选择，题材选择意味着一种人生追溯和生活的挑拣。现代以来大部分典范的现实主义作家均是如此。另一种作家的选择则是表现为他们并不严格地受制于自身生活的制约，而是把人生的一种范式理解升华为审美感触后，而有意在寻找与这种审美感触相吻合的人生表现场所。这里不存在严格的熟悉界限，题材选择服务于作家本身现有的对人生和审美理解的范式。钟道新属于后者。

我们把他的小说称为“智慧小说”，是因为在他的小说世界里处处找到这样的佐证。智慧体现在人生的全部活动中——它不只体现在对某一事物或某一人生领域的稔熟，更重要体现在对一切动作随即产生的应变能力。表面看，它表现为一种理性的晶体状态，但实际上则更多的是感觉和知觉的共同活动。在伦理化社会中，能使智慧淋漓尽致地展现的首推政治权力——权谋，即政治智慧。因为它含纳了人生历史和文化过程的全部，因而具有雅俗共赏的特点，历史转型时期一切足以影响社会人生活动选择的举措——毋宁说就是那些准政治领域：经济的、文化的、科技的、外交的等一切高智能活动领域。这些人生场所的本来属性，便自然与钟道新的智慧崇拜产生耦合，他之所以在他最有影响的作品中选择上述题材，或者说他一再青睐于这样的题材，原因不外乎智慧展示与栖所容纳的最大对应度的契合。钟道新并不讳饰这一点。《权力场》《经济场》《股票市场的迷走神经》等，从题目上看就一目了然。此外，他涉及的还有“法场”（《历史十分钟》），“科技场”（《博论》《超导》《有感于斯文》），“竞技场”（《国手》），“外交场”（《金色护照》《部长约你谈话》）、“文化场”（《被传递的文化》），“金钱场”（《豪华客栈》《有钱十万》），“教育场”（《图书馆学家和他的孙女婿》《T 教授教子篇》），甚至“猎场”（《塞北猎鹰》）等等。

很明显，他在这些“场”中不是要抖落生活于历史或人生的意义，而是出示令人惊羡的文明智慧，从描写中我们可以知道钟道新是用怎样的特征要求来抓取这些题材的——换句话说，这些题材本身的什么特点吸引了作家的选择目标。我以为首先是场面的争斗性强，这样便于活动主体的智慧渗进其间。其次是范畴的界限性明显。比如《股票市场的迷走神经》，主人公常锐的全部心智就围绕股票市行情而活动。这样做，便于把个体智慧的运用推向极端——有趣的是，这已成为钟道新作品中塑造人物的一个惯常方法。再次是有利于组织情节，并形成火爆场面。实际上，钟道新作品的可读性正来自于这一主体智慧指向与作品内在之间的对应关系。不过，说到底，钟道新的题材选择最后重要一点就是以题材对自我智慧或者作品人物智慧的活动空间大小和自由幅度为指归的。隶属于题材的众多因素也许并不重要，只要获取了这一点，一切题材都并无差别。钟道新在此就比很多作家获得了在审美创造上有更大自由的权力与方便。

钟道新作品中属于传统的因素不少，其中不忽视人物就最为明显。不过，有别于一般现实主义作品，他们似乎并不是使用传统的合成法来集合成人物特征，因为钟道新并无意于性格或形象的不朽。作为人物风采的智慧闪烁，更多地来自于天然——比如《有感于斯文》这个中篇，全篇出场人员七个，人物活动的环境是计算机研究院，清一色的名牌学府毕业生。每个人不仅在专业上身怀绝技，同时在人生的其他方面也很脱俗。从对话、谈吐、生活方式、追求爱好甚至包括衣着、坐姿等都无不是智慧的一种表达。这样做，既可以免除仅仅把智慧作为机械性塑造人物的方法从而落入窠臼，同时还可以淋漓尽致地展示智慧在获取人生潇洒方面的作用。钟道新注重笔下人物的天然智慧性。所以，出现在他作品中的人物群落，有一大批属于高知阶层；老一代的，不是麻省理工学院毕业，就是牛津、剑桥大学的高才生，且大多是资历非凡，造诣不俗。年轻一点的，则无不是清华北大毕业的。每一个这种身份的作品主人公，再加上作者在作品中不断地对其家资、家学、书香门第历史的渲染，因而，作品人物在所有场面中的雅然举措，使读者产生一种对智慧者的本来就是无须质疑的感觉。这些人物活动的具体空间——研究院、图书馆、大学、科研机关等，也顺势成为他们的智慧展示人生潇洒的最佳栖所。他们或沉湎于研究课题，或奔走于研科前沿，或孜孜于一隅，或不倦于终身，支撑他们的均是对智慧的崇拜。人物身份的智慧类型，活动区域化和生活过程的潇洒高雅，一同完成着人物风采的外凸。这是钟道新作品中智慧型人物的主要品类。

不过，他却不仅限于此——这一点则更能证明他那建立在智慧崇拜基础之上的审美观念和艺术实践。《“公爵”被困》就是好例子。作品写的是一个很简单的故事。教委主任叶冬心前往清凉山开会途中小轿车被阻的事情。人物只有两个：叶冬心和司机方棋。构成作品实体内容的是叶冬心与方棋的对话及心理活动。

与其他作品相比，这篇小说虽然也是智慧型的，但智慧的承载者不是叶冬心而是司机方棋。作品没有介绍方棋的家学或其他的学问出身，但他却是一个智慧的化身。从他开车到清凉山途中，他对所有事物的独到断判及睿智的表述，不仅使叶冬心倍感惊讶，而且给了他许多别样的启迪。类似的人物还有金亚伟（《历史十分钟》里的一位普通民警）、韩亦平（一位插队出身的自学成才者）等等。与前一类人物相比，钟道新屏弃写实而采用空灵之笔，人物不再是可以和现实对应的实体，而是一种象征，一个完全的载体，一个在智慧世界里起作用的符号或代码。这些人物语言表达的贵族形态与其卑俗身份之间形成的错位，也正好说明这一点。用人物的某种社会身份来标示人物的机敏与才华，还只是一个普通的方式——钟道新上述人物的一些特征可以用这种方式加以体察。他作为审美创造主体的自觉意识更多地表现在对各种“场”里人生专业智慧的熟悉。比如《历史十分钟》里，通过刚从大学毕业的卫晋到检察院后接手一个棘手的受贿案件过程，集中表现了主人公卫晋对司法、行政、金融、涉外经济活动规范等方面的知识拥有及自如的运用。因为在他这里，一场知识不只表现为静的积累，而是表现为动的能力。诸如受贿案犯江泽林对外贸活动中营私手段的心领神会，卫晋的老丈人——肖一泯对官场体制运作奥秘的准确把握，黄塞（《部长约你谈话》）对我驻外机构权力的巧妙运用，袁成吾（《权力场》）对县级政权中升降规律的认识；唐开智（《有感于斯文》）一类知识者出身的官僚对文人心态的洞悉，都体现出非同寻常的过人之处。这些人物的智慧风采，不仅大大增添了作品在整体上的传统现实主义意味，而且也使作品偶然带出的时代感具有独特别样的意味。由此我们可以进行一下这样的理论设想：当一个作家一旦执着地把自我审美理性凌驾于全部审美具体活动时，对传统的超越就成为一种极轻松的事情。当代名家王蒙的创作就可作如是观。甚至于现代郁达夫的感伤，林语堂的幽默，鲁迅的辛辣，张爱玲对中西美学实践的圆润融合，无一不是这样。

钟道新作为一名真正的小说家，我以为正在于他分外看重审美对于虚构的依赖性（我们现当代有一大批缺乏虚构能力的作家）。他本人就极善于把静态的知识积累迅即转化为能动的智慧。他的小说，毋宁说就是他自我智慧的对象化过程。读遍他的作品，我的印象是，他从不在任何一个狭窄的人生生活领域中作长久逗留。其情形类似打一枪换一个地方。这种生活观点的频频转换，之所以不影响他整体创造的价值指归，原因就在于他始终把自己的审美创造性规范在智慧的范畴里。任何一位忠实于自己感觉的作家，对于专门知识的了解都是不求甚解的，这可能由于对太多的知识积累会造成审美思维灵动感（虚构性）减弱的担心。智慧在扩展自由的同时总被搁浅在限制的险滩上。而限制的序列就是文明构成的序列。钟道新是否清醒地意识到这一点无须证明，我们只需知道，他对知识的了解是以服务于审美创造为限度的。例如《有感于斯文》作品发表时（1987 年），绝大多数国人对计算机究竟是怎么一回事并不清楚。它对所有人的新鲜感也一样体现在钟道新身上。为此，在作品过程中，他便不厌其烦地让唐开智、屈天成、凌丽这老、中、青三代人直截了当地向读者介绍计算机及那些神秘的使用方法。诚然，这些一般性的介绍（审美式介绍），并不是计算机科学的全部，但已足够了。因为对计算机介绍而形成的氛围已足以展现人物各自不同的智慧。《国手》中对围棋技艺知识的介绍，《股票市场的迷走神经》里对股票市场历史、知识的描述，《超导》中这一名词的铺陈式解释，甚至于对名牌服装、猎枪、打火机、香烟、名吃等有意把玩，你也许可以看作是可有可无的东西，而在钟道新的作品中却非常重要。没有了这些，就失却了他自我智慧的具体附着物。人们之所以对他有卖弄的訾议，更多应归于上述那种直裸式介绍。如果智慧只起着一种装潢作用，那不仅要流入卖弄，而且也表明是作者艺术思维后继乏力的一种症候。钟道新作品的毛病在这方面是显而易见的。不过，我们感兴趣的是他对自我智慧对象化过程的执着与痴醉。

二

作品的文体特征总是和作品的整体审美情调相依为命的。这是因为小说的虚构总力图创造出“幻真”的迷惑性，而“幻真”本身就不只有“意思”，而且要有思想者的“意义”来形成作品的纯净与严肃，从而成为理论或历史关注的对象，以区别于“卖文为生”者。这点在钟道新这里体现为对智慧置放栖所及情调的寻找上面。

我们知道，钟道新无心去塑造英雄——不论这种英雄属于历史还是属于今日改革的时代，他笔下人物的超人之思和非凡之举，都不是典型化的结果，而是人物在特定情势下的一种生存努力。因为这种努力，不论从主体的角度，还是人物性格发展逻辑，都不具有要含纳历史内容于个体行为的功能。也就是说，他并不刻意去到历史的必然规律的经纬网中为作品寻找值点。人物活动的超现实性，使他的作品总笼罩着一层明显的浪漫情调。在这一浪漫里，既没有基于对现实的失望而生发的感伤，也不存在以逃避的方式来达到对现存的批判。也没有仅仅执着于未来而使作品成为社会理想的一种摹本。而是让人物以极端超前的方式弄潮于生活之上。以出世的心态去入世，以生存方式的潇洒追求来显示心灵的超拔。作品人物之于读者所诱发出来的英雄实践效果，因具有与一般生活者相对应的情趣化而使人着迷，作品的纯净与严肃，体现为一种普通人生对高雅的向往而已。钟道新作品中上述这种浪漫情调，主要体现在主体内在的抗俗意欲，文化人格的未来指向，自我超越的实现和对精神与物欲双重潇洒的追求。

他作品中的抗俗意欲，说到底是基于民族文化现实存在的忧患，而不是仅仅局限于对现世世俗人生某些畸形的愤慨。比如说，他并不曾以小说的创作来参与到所谓俗文学与雅文学的论争之中；对纯正文学的忧患并不仅仅停留在世风日下的感叹上。这一忧患，说白了就是想在民族历史的价值转型时期，为民族文化的时代重构提供一个范式。这即体现了当代中国知识分子的一种共同心愿，同时也是钟道新基于复杂经历与心态而意欲超越自我的努力——这正是钟道新作品人物在文化性格上具有英雄色彩，在作品情调上选择浪漫的内在根由。从作品的实际看，出现在他笔下的正面人物，其身份总有些若隐若现的知青色彩。不论他们的往昔如何，钟道新注重的是这些人物的现在。例如卫晋（《历史十分钟》）、华烨（《部长约你谈话》）、屈天成（《有感于斯文》）、苏群（《有钱十万》）、常锐（《股票市场的迷走神经》）等等，虽然他们在事业的最关键时刻都收获了失败——卫晋这位年轻的检察官因迟了十分钟从而使国家的巨额损失终于未能挽回；华烨作为经贸机关的驻外代表，其正当进取心的姿态终于能以战胜权谋；屈天成的才华招来的嫉妒和暗算，不得已以辞职来开始新的人生；精明的常锐终于在风云不测的股票市场上丧失了最后的自信……但这正是鲁迅所说的中国式的失败的英雄。英雄式悲剧或曰悲剧式英雄都使智慧的所有表现具有撼人心魄的壮烈与穆然。我们设想一下，如果卫晋的责任感和效率感成为国家公职人员的共同意识，如果华烨的上司都能以国家利益为最高的捍卫目标，如果屈天成的天赋有充分的法律加以保护而不担心权欲的陷害，如果常锐投身的是一个机制健全的股市……那么一切都会是另一种样子。显然是，打败他们的不是智慧，而是世俗的劣性及建立在这一劣性基础的权欲、私谋、体制及人治。他们需要抗衡的恰恰就是伦理文化生发的一切。

如果我们用悲剧的古典概念来解释他们行为的话，那么，他们的结局正好是“历史的必然要求与这种要求不可能实现之何的矛盾”而产生的。他们行为的未来指向于此便可了然。钟道新自觉不自觉地将人物的文化代表性（即文明类型），作为情感诉诸的基本衡准。他情愿用浪漫使人物成为智慧的借代，也不愿用写实方法来获取“生活的真实”。这是他的一大特点。正像许多人所看到的那样，他善写高级知识分子，高知家庭。即使是那些世俗身份卑微的小说人物，他也不忘记给他们一些惊人的智慧色彩。在他的理想王国中，最有意义的游戏是能看出智慧分野的游戏；科学的神秘与深奥，因为有人物行为的先化实践而变为一种实在的，可以效仿的人生方式。可以概括的是，紧紧地拥抱现实，不断地用自我的智慧去创造生活，并把这一创造过程自觉地作为自我智慧的升华机遇。文化人格的健全之途在于充分地拥有今天，以一种凌然于世俗的超拔姿态去引导生活，把对世俗的不屑，对愚昧的抗争全部化为对人类先进文明成果、生存智慧的贪婪地吸收上，以不是英雄的英雄风采弄潮于时代——这就是他笔下人物在性格所显现出来的未来色彩，以区别于以往英雄的“布道”。而且，他让人物以智慧的面目展示，甚至不惜卖弄一番。这些人物对读者的感觉是一种吸引、一种情动于衷的诱惑，一种趣味相投的同向迎凑，而不是对训诫之下的勉强皈依。

这其中浸透着钟道新本人对人生的理解和对时代有分寸的把握。他显然试图在这一浪漫创造中寻找自我超越的方式，以显示文化的魅力。钟道新从不囿于题材也不孜孜于人物，这显示了他在艺术方面的努力。他既想把小说创作作为人生的主要方式，这正如从事其他行业的一样，更多的是自然选择使然。对艺术的理解，也可以视为一种对人生的理解，他不在意世事翻卷刺激下的艺术地位的变化，原因是他对艺术已抱定了宗教般的献身情怀。更深刻处还在于，他并不是困守，更不是以困守代替逃避，这种艺术创造之中恰恰浸润着他大胆锐意入世的心魄与欲望。显而易见的是，他从艺术的自我创造中看到了超越自我的曙光，哪怕这曙光在目下看来是那样微弱。在充满浪漫的小说世界里他有意把个人的全部生活积累统驭在向前看、大胆走的理性意识下，把一切的知识化成智慧的人生过程，去到虚伪的现实中冒险、实验。所以我们看到，这样一来，作品那些吸引读者的生活场面及其冲突，都成了他对人物的理想执着性、智慧的灵动性、自信恒久性、人格高雅性的试验场，并随之结伴发生了一些有趣的现象：《历史十分钟》里的主人公卫晋，作为无所恃凭的大学毕业生，却有一个副省长的女儿做妻子。不论岳丈如何傲慢，但最终还是为卫晋所用。华烨的失败因为有其上司黄塞的心地龌龊而令人钦佩；而常锐失败的意义在于为现实的变革注入了一种必然的动力。人物活动现实空间的不定性，正好为其忧患意识的多方位外化提供了可能。

作家通过作品告诉我们：他不是一个精神唯一论者。他曾无意夸耀地对人说过——“我与豪华同在”。自我超越的实现范畴并不仅仅是精神领域。显然，钟道新惯以让自己的人物活动在智慧的领域——种种较量场所以显其潇洒。但我们只能把之看作是他浪漫表现的别样方式而已。他笔下的人物，在实际的产生过程中，不但不拒绝豪华，而且还在有意追求。《国手》和“我”对弈的洪老生珍藏有一副“云子”。作者这样描述道：“所谓云子，就是以产生云南的大理石为基料，外加一种发黏的原料，高温熔炼，反复磨制而成的。这棋子沉重扁圆，古朴浑厚，白的就像羊脂，黑的又透出鲜灵灵的绿劲，只需轻轻往硬木棋盘上一放，就能奏出有名贵乐器才能发出的美妙声音，简直绝了！据父亲讲，这种棋子以个论值，最棒的能值一两银子一个。云子加宋版明版棋谱，豪华堂皇让人瞠目。诸如昂贵的“雄狮”牌双筒猎枪、“轰塔250”型摩托，价值数千元的打火机，名狗、名烟、名酒等等，也是他小说中常常出现的不可或缺的道具。难道他仅仅为了显示主人公的阔气？不！这在钟道新来讲是对文明的一种膜拜。他甚至让自己的主人公把玩着打火机发表高见：“打火机上可以看出一个国家文明的程度。”

我以为，这一切都表明了钟道新比别的作家更早地从中国历史文化中的“理欲”对立中走出，在小说世界里大胆把二者予以统一。一句话，他追求的是精神与物欲的双重潇洒。

三

钟道新也可以目为一个知青作家——这是因为他和那些早年在文坛走红的知青籍作家一样拥有共同的心态——这是他们最大的优势和财富。他的创作生活是从1981年开始的，而1981年前后正是知青文学潮席卷新时期文坛的热闹岁月。但你若翻开他的全部作品来看，几乎无一篇是正儿八经的“知青体小说”。这一点已有众多的评论者看到了。熟悉他个人的生活经历的人都知道，他拥有过苦难，也一同在苦难中对青春崇奉的对象产生了理性怀疑，生活的沧桑感同样深烈。但他却没有去表现这些。原因是什么？我以为，本文开头的一些论述能够回答这个问题。对于一个智慧崇拜者来讲，带有苦难血腥的个人生活，对表现这种追求是限制的。他不动情于悲剧的原因是因为生活的悲剧总是对生活主体的智慧构成嘲讽。往昔岁月并不能从生活的履历中抹去，毋宁说就是构成它对智慧产生膜拜的催化剂。苦难与贫瘠总是相连的。往昔生活的存在价值，最根本的一点就是不断强化他对智慧拥有的珍视之情，也是他先借智慧走向潇洒的动力。它作为智慧存在的反色背景永恒地站立于作家心中。这种知青型情感拥有，也是他作为知识分子文化忧患意识产生的基础。都市文化调就的心态底色，与农村文化对青春情感的充实，城乡两种文化所产生的“间离效果”，也同样作用于他对现实的忧患——文化选择的自我思考中。他全部小说创作的整体效能，就是通过对文明前沿生活方式的极度夸饰，以达到对愚昧、落后、贫困的强力冲击。从这个意义上讲，钟道新的作品同许多作家一样，不自觉地切入了以文明与愚昧冲突为标志的中国现代历史的绝大命题。

正是由于这样，钟道新作品中的时代感才不显得很重要。与其说是人物活动在时代，不如说是人物在时代中摆擂台。时代感构成了照亮人物性格和智慧的一束强光，因为这样我们才可以在强光集束中看清人物招式的真正含蕴。

钟道新的小说创作已走过了十年历程。今日中国，像他这样的小说家并不多。他恃凭于智慧而对审美创新的顽韧努力，已被时人所认可。中国需要这样一批在艺术思维上极富灵动感的审美创造者。正因这样，钟道新的小说创作，前景定然看好。

变奏于历史风尘中的沉郁与隽永

——张行健小说创作漫论

当“人生”的全部被凝结在相对于今日的换昔时空时，那么，这一切仿佛就应该称为历史才是。对于历史来讲，关于它的评价则永远意味着命运的未来。从通常看，历史存在的绝对值，不外乎“文明的实体材料”或“鉴古知今”。我相信，历史学家对往昔人生的逻辑化过程，就是“举纲张目”的过程，说白了，就是以牺牲生命活力成就“逻辑”的过程。一如真理的奥秘可以从谬论的小径上获取一样，当“历史”沉淀在那些无意于对它进行逻辑整形的审美创造心灵里，一旦主体的审美创造意识被唤醒，“历史”便死而复生——其实附丽于这样的主体它从没有失去过生命的蠕动。非刻意的储存，意味着已化入生命的态势；暂时的尘封，孕育着宿命式的未来勃发。一俟主体在当代意识的激荡下把初恋的妩媚痴醉属意于一直在心理中成长的历史时，审美的创造力便因了这“苦恋”的酵化，顿显出激人心魄的昂扬——我省青年作家张行健的小说创作，我以为正于此获得了独属于他自己的意味。

行健的创作已逾十载，但“找到自己”却是近来的事，其中的坎坷苦情自可以从作品中看出。新的历史变革时期里所有的审美骚动，具在他创作里留下或深或浅的印象。无疑，他是在文学倍受宠爱的新时期文学伊始萌生艺术梦想的。旧有的艺术惯性恰因文学受宠无意之中强化它对每一个艺术入门者的塑造能量，张行健也莫能出其规范之外，所以就有了《田寡妇后传》这样的幼稚之作。当他略略意识到艺术应当独特才是，旋即才颤颤恍恍地撩开了心灵历史的尘封，写下了以教师生活悲辛为基调的《秋风萧瑟》，然而，可惜的仅仅只保留了“心灵历史”中的悲怆气氛。秋林之这一主人公身上过于浓重的时代共性色彩，使人感到这与一篇有文学色彩的“好人好事”并没有实质性区别。《姨夫》的出现（这是他第一篇有分量的作品），使人们赫然瞪目于他独特细致的艺术感觉，寄厚望于他自此开始。但他尚未自觉的艺术意识，却在这一新气象面前竟保持默然——一次极重要的突破机遇错过了）随后被青春激情所挟裹，写下《我是个外地包工汉》《秋天，不能收获的爱》等。他惶然，开始到处寻找那当年一闪即逝的自我——一年以后，他在沉默与苦恼中与“姨夫”感觉邂逅。他果决地攫住。1989年，行健走出惶惑，他在拂去尘封的心灵历史中呼啸着向前。兴盛于文坛的本体探险，使他不仅具有了重塑历史的勇气和能力，而且生出变革语言的自觉来，一切都有了新鲜感。“陶冶历史韵味”与“磨砺思维语言”齐头并进——自此以后便佳作迭出。平淡无奇的历史风尘，被他用自我感觉凝成富有韵味的人生板块，一个个掷地有声地卓立于读者面前。

——张行健走上了艺术创造的坦境！

二

纵览张行健的小说创作，常有一片悲婉之气溢于纸外——照此把他的小说归入悲剧范畴也不为过。但当别林斯基把悲剧看成是人类最完美的艺术时，悲剧的价值便被拖入了个体生命的层次，成为人类文明过程中的愤常现象。个体的人的存在，不仅使历史被赋予生命，久而久之人被异化为历史，从而迫使人为历史承当悲剧。人的历史化，个体的典型化，进而导致人生悲剧的类型化，从此悲剧便有了崇高。在这里，个体的悲剧感觉不是生命范畴，而是共性文化范畴——它所造就的艺术意识，使得许多艺术创造者总把悲剧情怀当成“君子”“贤达”或英雄的专利。张行健似乎从一开始就疏离了这一惯性轨道。从“历史风尘”中获取而又尽此重塑历史的“苦戏意识”，总是亲昵于感觉而拒入理性的祠堂。他兴冲冲穿梭在凡人琐事的卑微之中，不自觉地用平凡置换着崇高，以平淡无奇的人生琐屑聚合为生活的沉重。也许直到今天，这一切对于张行健来讲均非自觉所为。但，不论不屑于此也罢，还是题材本身特性所致也罢，终究不曾使他笔下的一人、事、情景崇高起来。比如那位人到中年倒插入赘的“姨夫”，“他高个子，脸长而发红，厚嘴唇爆着白皮儿，一副憨厚样。”一家几口靠他吃喝——够沉重了！但他不恼、不愁，任何时候都给人一种亲切感。在前夫孩子们的嫌弃中他默默地劳作着，忠贞便写在他的生涯里，一声

“唉”便销蚀了孩子不敬带来的刺痛。日出而作，日入而息，为孩子的病焦急，为老伴的死痛苦，“憨厚”而又义无反顾地背负着生活的重轭。张行健的很多作品都是这样。有意无意所推出的人生模糊背景，反倒因略去了时代政治风云激荡而显得分外真实！

在平凡的生存挣扎中表现他的悲剧意识，是张行健创作的又一个特点。生活在他这里，被尽力保持着原生态。他似乎一直在致力于怎样使这些原生态更加陌生化，更加凸现化。他善于把笔下人物置于几乎没有任何流动感的唯静态画面中，与沉默厚深的黄土高原一起，慢慢地打发着人生岁月。任何巨大的欣喜与变故，他笔下的人物都一样在认真着，拘谨着，卑微的企盼总藏在心里。不论是丧妻的痛楚（《姨夫》），还是炽热的恋情（《红薯花开》），不论是失子的巨创（《天边有颗老太阳》），还是新婚不久的永诀（《姑夫》），甚至是《土著人家》里王家六婆的死而复生，老奎失去“老碗”后的震怒，都似乎显得那样冷，那样静。沉沉的冷酷勾画出“山民们”世代不变的沉重生活。真乃无声胜有声。张行健给自己笔下的人物创造了一个自足的世界。在这个世界里，一切壮怀激烈的社会动荡并不能够影响他——大山阻隔着一切，生命与自然在同一节律中蠕动。甚至可以说，就是“山”的冷造就了“灵”的沉。生活在这里呈现出一种苦涩的纯自然状态。偶尔拱出的笑声，也显得那样轻渺。空旷的大山里，“灵”的叹息形同于无。大自然无可思寻的神秘，在“玄”的默默里更衬托出生命蠕动的寂然。我以为，这正是张行健的独特处。当新时期的许多青年作家在历史的变革面前，在传统与现代对峙的两种文明范畴里，把“山民”押进历史与道德的背叛刑场上对他们的灵魂进行拷打之时，张行健却有意撇开了这种外在的参照。他感兴趣的只是历史的沉重，他兴奋的恰恰是那服膺于宿命安排的心灵的慢慢蠕动。他以为，“山民”只有山民的挣扎，尽管这种挣扎从理性上常常被排除在民族文明的进程之外。他玩味着人生的苦涩——那些往往被人遗忘的卑微的苦涩。他没有像《鲁班的子孙》《鸡窝洼人家》《老井》那样，以清醒的现代意识，把“山民”的存在作为一个底片，从而映射出变革时代的风云激荡；也没有走入《最后一个渔佬儿》一途，让历史的进步耸起了老一代无可奈何的叹息之中；当然更没有像韩少功的《爸爸爸》那样，把“山民”的存在完全神话化，以托寓民族历史几个世纪的艰难与荒谬。张行健执着“守旧”，从某种意义上自然削弱其对历史、现实含纳的厚重，但，在他那封闭的审美环境中，却自有一份独特厚重——在岁月的苦熬里，他们奉献着全部真诚；无形的压迫里，他们永远挺着腰杆；平淡的生活中；他们创造着乐趣与激情；生与死的寂然中，他们卓然于自我的存在。卑微平淡的人生风雨，并不影响他们坚韧地高扬起生命的旗帜。

这就是张行健笔下的悲剧！主体的当代意识表现为对往昔生活的一种重新发现，审美创造性体现为原生韵致的盎然撷取，历史感不再是穿越时空隧道后的三维范畴，而是对“感觉化历史”的一种执着，一种固守，一种充满危险的苦恋。从根本意义上说，任何历史意识的获取，都是当代精神的产物，只有二者的自觉结合和自觉理性化，才具有走向未来的时空穿透力——他的危险也正在于此，当他有意无意只把人生的兴味囚禁在历史风云之中时，一种隔膜必然会在读者心中升起。观照历史的范畴如果不是过去、今日和未来的全方位，那必然造成当代意识的日趋淡漠。因为失去超越性的参照，最终难以取得更大的价值。甚至，当主体的历史感觉一旦告罄，你将又一次陷入困惑之中——这一切，似乎应该引起张行健的充分注意。

悲剧的永恒，并不只是就真实而论，而应当是昂扬地面向未来！

二

就作品人物而言，张行健小说创作中有两类人物颇值得注意，不仅因为这两类人物构成了他迄今为止全部作品的重点，而且我以为这两类人物浸透了他的苦诣与匠心。

第一类人物我们不妨称之为“老山汉子”。《姨夫》中的姨夫，《姑夫》里的拴娃子，《新土》《谷雨》中的老栓，《老碗》中的老奎，《红薯花开》中的山汉叔，《甜石榴、酸石榴》中的张老汉，《老村子　新村子》中的季老汉、《黄土峁》中的黄女爹，《冬夜》的黑子和赖狗，甚至《山校》《教书日子》的那两位校长——也是识几个字，吃皇粮的山汉子。这些人，作者赋予他们的性情特征首先是憨厚，沉默寡言，终身与土地为伴。过多的苦难总使他们谨小慎微，但心里总有一团热望的火。对这些人物，张行健动情处总不免要从正面写上几笔：

“见老爹一人在山峁上自家的责任田刨地……汗褂子甩到地角头光了膀子埋头刨，汗水从瘦削的背上流下来，把落下的土屑冲成条条小沟直流向裤裆里，裤裆处洇出一片花白如地图形状。爹确实老了，以往结实的背弯曲不用说早已皮松肉吊有了无数皱褶，脊梁骨高高兀现如远处瘦瘦的山梁。灰白的头发像一团发脏的麻纸贴在脑壳上。”（《黄土峁》）

“老栓两颗细碎的眼睛也像那没意思的星，从里面泛不出半点内涵。只木木然随着脑袋的操纵机械地牵动身躯随了木犁游移……”（《新土》）

“老栓又翻了一片地，汗珠子就顺着老脸的皱纹四下里爬。咳，咳，咳咳……一阵咳，脸涨得泛紫，喉头上下滚动时，几根青筋便暴暴地突出。”（《谷雨》）

即使那些没有对人直接描摹的篇章，作者也往往借主人公的感觉，把人、事、情、景加以“山汉子化”。从作品展示我们可以看到，这些“山汉子们”，年龄都在五六十岁，可谓饱经风霜，一辈子都与土地为伍。他们注重的是踏实的劳作，企盼着靠自己的辛苦换来温饱。他们的痛苦和欢乐都来自于最实在的伦理亲情。“家”的意识不仅根植在他们的灵魂之中，而且左右着他们的悲欢歌哭。“栓娃子”的悲剧与那位死去的“姑姑”密切相关；“姨夫”之所以可以坦然地面对一切，正由于姨母的爱及在爱中生动的家。“山汉叔”最后的铤而走险，那是因为他觉得这样可以换来一个“家”。“老栓”面对往日的凄苦，顿时被那位把热饭送到地头的“相好”消融得无影无踪。“李老汉”从老屋搬出又搬入，那份温馨只有他一个人知道多么可贵。等等。他们无意识地把整个生命交给了家。失家等于丢魂，等于被上帝抛弃，所有人生的完满和希冀均可以在家中得以实现。展示他们在寂然无欢的生活长旅中深沉的伦理情怀，这显然是张行健有意为之。作家愈属意于此，则笔下的主人公情怀更凸现悲剧性。我觉得，也许作家感到了此种情感在现实风浪中的脆弱性，所以才有意把人物活动的环境刻意地加以封闭，让其在自足的状态下使主人公得以从容地咀嚼那有家的甘甜和无家的痛苦。写他们背负的沉重，恰恰是为了强化伦理亲情之于生命的绝大意义。写他们的痛苦，恰恰是为了证明灵魂的活力与“家”的须臾不可分。真可谓浓得化不开的情——过分的沉重有时连作者也感到喘不过气来。所以，我看到张行健有时便不自觉地写到了这种情感在外在冲击下所产生的摇晃。《老村子　新村子》中李老汉经过一番挣扎又搬回到的老屋，但他毕竟感到了新屋的堂皇——朦胧地意识到世道变化的不可抗拒。《甜石榴　酸石榴》里张老汉与儿子的冲突更明显。尽管作者让石榴树的灵气也一同随着张老汉死去了，但历史前进中的道德代价毕竟被送上了祭坛，这本来是一个现代中国进程中的绝大命题，深下去将产生力作，然而张行健却不善于此。他不愿看到有情的历史与无情的现实的厮杀。如果从文化角度来评价，这便是行健作品内蕴浅显的重要原因。

两类人物中的另一类是“他”。不谙世事，卑己自牧，谨慎生活而又有点知识的农村知识青年。把览张行健泼洒在这一类人物身上的笔墨，我油然想起郁达夫。一种“零余者”的悲酸自心底透出。这一类形象在《山校》《教书日子》《天边有颗老太阳》等篇作品中表现最有力。“他”，一个十七八岁的青年，因了父亲教书的缘故，比别人多了一点文化，同时也比别人早感到了生活的艰难和苦涩，比别人更敏感于不平。“他”所到的学校：“在源上走了许久，忽地前面有一条沟，很深，但不陡。有蛇样小路斜仄仄伸下，随即看得见半沟里错落着十几孔土窑。”宿舍“是年前由驴圈改成”，教室是由“窑项端一圆窟窿”透着气眼的羊圈改成的。“他睡不着，满窑里都是驴身上气味。”“想到自己，远远从川里上来，几百里地，托人到这深山里，谋得一饭碗，一时就有爹妈的影子晃了眼前；都瘦，都黑黑的，都拿了期待的眼窝瞅他。不觉中，眼窝酸酸地，结出两颗泪。原本黑沉沉的夜，又多了些模糊，他就在这模糊里睡去……”（《山校》）。如果说，“山汉子”们的生存的沉重是借他们的行为表现出来的话，那么，“他”的沉重与苦涩则完全是被感觉出来的。在那“革命”的非常时代里，为了生存，“他”钻进深山，面对一群山娃子，教他们，训他们，也爱他们。因为这娃娃们的笑，更显得环境的“荒”与“寂”。就在这荒山野沟里，“他”独立地劳作，也独立地思索，开始有了孤独，有了青春的向往。日子是枯燥的，但织成日子的人生故事却催熟着“他”的理性。在这里，“他”看到了落后、愚昧与贫困，也看到了迷信的力量与专制的淫威，收获了从没有过的爱与憎。在这里，早熟的灵魂与寂然不变的外在，形成尖锐的冲突。正因为无力抗拒，才使作品的整个描写进入博大的人生。对命运宿命般的屈服，正说明了外在的落后与愚昧。“他”像一个被人收养的弃儿，在挣来的一口饭后，只能默默领受所发生的一切。“他”不敢评价，更无力抗争，一切都默默地积储在心里——一座生活的大山。尽管“他”

有知识，但作者安排给“他”的境遇不比“山汉子”们好！一样地沉寂，一样地认命于生活的揉搓，一样地把企望埋在心里，一样动情于“家”那样的伦理亲情。

“山汉子”行为对沉重生活的演绎与“他”以客家身份面对对象时所日益浓化的感觉，使得一个个藏在大山荒沟里的“山民”灵魂被拎到我们面前。

真是“山”的雕塑——有荒芜的沉重，也有高耸的坚韧，人与自然交织着……

三

张行健不是一个会编故事的作家。用稀松平常的话却能编一个离奇古怪的情节，此道张行健并不擅长。他属于另一类作家——默默地感受着，只觉得人生有太多太多的意思，肚子里塞得满满的，但他一想到用话表达出来则惶然。因为他感到平常的语言之于自我感觉的苍白。对于他，纯化感觉的过程毋宁说就是语言在自我感觉里被反复锻打、创造新生的过程。张行健的突破也就是从这里开始。1987 年《姨夫》的发表，已露出端倪。经过了两年的彷徨，1989 年开始走上自觉，近年来便越加练达。许多认识他的人都说“张行健会写了”！我想这“会写”的赞词怕就是指这份对语言的认真。在翻阅他的作品时，读到精彩处，惊绝之余，便立即想到他“两句三年得，一吟双泪流”的写作苦况。

善于以静写动，是他首先的特点。以静写动说白了也就是把动态的东西作为静物加以精雕，如静物画一样，线条疏密，色彩明暗，背景与实物的对比及空间的层次都很讲究。比如《山校》的开头：

“在源上走了很久，忽地前面就有一条沟，很深，但不陡，有蛇样小路斜仄仄伸下，随即看得见半沟里错落着十几孔土窑。有稀薄的烟，从窑上扭上来。”

“小路斜仄仄伸下”，“斜仄仄”单独挑出来令人费解，但有“蛇样小路”做前置，不但形象，而且有了言语节奏上的韵味。“伸下”两字顿住，使人想见路虽然窄但视野开阔。“从窑顶扭上来”，一“扭”字，再好不过，写尽深山荒野的阔散、沉静与封闭。

再如："声音麻绳般拧在一起，从破窑拽出，把个李家坡箍住。此时喂鸡喂猪的婆姨们，都停了手中的活儿，愣起耳朵听，像陶醉模样……一天很快地下来。晚下罩子灯下备课，鼻子干干地难受。手指探进去一转，转出一圈黑，就独自儿笑起来。炕里面窑壁一大片又白又光，是做驴圈时毛驴蹭痒的位置。俯下身去看，见许多灰黑的驴毛还贴于其上。嗅嗅，特殊的味道刺进鼻孔，鼻孔再不发干。他闲暇无事或躺在炕上，常探去脑袋依壁而嗅，时日一长，就对这味儿有了好感。"

整段描写中，写实与空灵相错而成韵。"声音麻绳般拧在一起"显然有些空灵，连下是实写，"手指探进去……"又是空灵。像叙事诗又似抒情诗。张行健把叙述描写在自我感觉中完全空灵化了。这般功夫实不简单。

善抓细节，是他又一特点. 每每写到有味处他便弃实就虚，把细节当为意象加以精工细描，极尽诗化之能事。比如：

"小解他喜欢站在院边朝下放，长长的一条下去，像挂了瀑布，碰巧沟下有一半块青石，就溅出些细碎声响，排除了不少寂寞。"

《山校》中写孩子们上学离家甚远，放学回家各户都派狗儿来接，作者这样写：

"嗷嗷地，圈了一日的娃子们，小畜牲一样从圈里挤出，嗷嗷叫，释放沉闷，也招呼狗儿们，一举两得，一时间，娃子寻找自家狗儿，狗辨认小主人，小土院里热闹异常。狗儿腾起前爪，将两腿搭于娃子身下，撒娇。娃子紧搂狗儿的脖颈，嗔骂，人和狗就亲热地滚作一团儿，土院里的尘土昏昏地扬起，渲染一个兴奋的场面。"

能把场面写活——写得耐人咀嚼，富有诗趣，我以为这是张行健最独特处。这些是否就是周作人当年所说的"涩"味呢？我想凡读过废名小说的人，怕都有这种类比。涩中有柔，平而有味。节奏上长短相杂，就连那每一句的尾顿，是单音字还是双音词，他都下过一番功夫。乍一看，作者是在叙述，而细品之，觉得他是描写。浓浓的情浸于字里行间，缓缓的节奏语感里，自有一份与生活对称的沉重。

如果要作代际考察，行健显然属于山西新近崛起的一代作家，在吕新、房光、常捍江、冯浩等这一群人里，张行健自有其独特点。他不像吕新那样刻意于意象，具有把一切都幻化为"神话"的能力；常捍江的"黄土地苍凉”，在张行健这里只表现为历史的范畴；他不像房光那样善于在历史与现实的二维空间里置放忧患与痛苦，但张行健却具有把历史风尘加以诗化的能力。沉而不滞，以俗为诗，涩而不苦，寓庄于谐。可以预料，行健的感觉语言实验，必将带他进入审美那纯然而又博宏的大境界。

历史与生命的沉重交响

——重读张炜长篇《家族》

几年前，张炜以《家族》给我以凝血般的沉郁——几年后这份沉郁却出乎意料地凝重依然。中国近百年来的战争、革命，胜利中的倒退，历史前进中的人性沉沦，改革之中的道德空白等，都显示了中国社会进入现代转型时期的艰难性、复杂性和长期性。和近代西方人文科学的构成质点迥然相异的是，中华民族自近代以来的人文科学则是以不断而深入地对历史过程及人与历史之间关系的反思而获得其独特性的，文学始终以昂奋的姿态参与其中。每个试图在纷乱中理出头绪的研究者，其真诚所构成的“人文情怀”，遂构成中华民族现代精神整体中的最富有光彩的一个侧面。“人的历史”还是“历史的人”，一直困扰着人们对民族历史现代进程的评判过程。尤其是在“五四”时期，这一问题就在那些从西方角度来看取中国历史与现状的文化先驱者们的行为实践中表现了出来。以审美形态表现其思想家深度的鲁迅，集中提出并在一生中都始终坚持的对国民性进行批判、改造的思想，很显然是从“人的历史”的角度对既往反思的结果。他所期望的是把民族从“历史的人”的生存中解放出来，开启民族“人的历史”的新阶段。有许多文学史家把“五四”文学称之为“人的意识觉醒的文学”，是深刻的。从20世纪30年代到70年代末的几十年里，鲁迅式的思考逐渐在日趋现实化、时髦化、商业化的文学实践中被淡化，文学从“人”的视角到“阶级”的视角的转换并长期定位于此，“阶级的人”成为“历史的人”的另一种表述，从而在人们无察觉的状态中倒退到了“五四”以前的对历史文化进行思考的认识水平上。这种转换及人们对这种转换的广泛认可所带来的后果是，文学离自身的特性越来越远，文学在民族社会文化重构过程的思想贡献越来越少。新时期文学二十几年的历史，就是以其对这种倒退式“转换”的断然否定来建构自身的。“人的历史”的观照角度，成为作家们面对历史、现实、文化、传统的基本态度。尽管20

世纪80年代来的文学并不像“五四”文学那样，试图以自己的思想改变社会，但思考的质点是一致的。在社会及其影响下的文学日益鄙薄思想的时代里，在生存式的商品化意识日益孤立文学精神的危急时刻，任何一位试图以文学的思想深刻性而挺住自身的作家，都显示出饱含悲壮的伟大。

在这方面，张炜近年来的“固守式”的文学实践，便具有了独特的价值和耐人寻味的意味。

当“卢青河”的年轻、单纯和浪漫，随着张炜初入文坛的冲动过去之后，张炜就以持重的笔触开始建构自己的“人文情怀”了。《秋天的愤怒》之后，这种“五四”以来许多文化先驱们所钟情的、巨人式的与中国现代历史的构成相生相成的忧患襟怀，伴着20世纪90年代的到来，在张炜身上表现得越来越浓烈，越来越执着。他把历史和现实叠合起来深究人与历史关系的努力，透视出他作为新时期崛起的作家们所少有的大家风范和哲学家的深邃。相比于《家族》《九月寓言》也许只是他的一次成功的演习。“人与历史”关系的复杂性在这里得到了进一步的延展与深化。比如：历史的真实到底是个什么样子？人的命运在历史中是由谁来掌握的，是否每个历史辉煌目标的实现总是以人性之花的黯然凋零来作为陪衬？为什么历史在它的特定时刻总可以堂而皇之地亵渎人性的善良？人性的惨败是否真正可以在历史的构成中得到确证？这一切类似“天问”的难题，不仅是张炜，也使所有读者的思考趋向沉重。人们用最大努力试图揭开康德所提出的“历史与道德”的二律背反命题也于此获得了关注及“历史和人性”的持久的激情。

《家族》中震撼人心的正是这种激情。

《家族》中所讲述的故事，显然不仅仅是一个或两个家族的过去，其蕴含中浓缩着民族近百年来的曲折复杂的历史进程。在曲府呵护中跨入青年人生的曲予，离家出走的原因表面上是简单的，而实际上是相当复杂的。对于闽葵的爱只是曲予对生于斯长于斯环境的试金石而已。作者对曲予的“平民意识”的拥有过程虽然写得相当模糊，但我们已明确意识到，他在开满白兰花庭院中所感到的是安逸的空虚，幸福的无聊和满足的失落。他向往外面的世界，他在学校的生活，与他回来的地方形成了鲜明的对比。那些当年的同学们的种种神秘行为，不仅证明了他与他们之间的隔膜，更使他痛苦地感到了世界在变，他意识到同学们神秘行为的某种崇高和神圣，而他却离这个将要发生巨变的时代越来越远。他为此感到自身身份的某种耻辱，并由此对他们包括自己家中的下人——女佣闽葵，产生了从未有过的亲近感。这种因时代变化而带来的精神反叛，在当时不仅是普遍的，而且也是有着时代的典型性的。他痛恨母亲的残酷，并继而带着恋人远走高飞。曲予正是怀着那个时代所给予他的刚刚生成的理性和对未来生活的冲动——还有某种模糊和茫然，由家庭进入社会，开启了他悲壮的一生。在这一点上，他似乎和巴金笔下的觉慧有共同之处。不过，曲予并不像觉慧那样自觉地接受了某种思潮的影响，并以此来指导自己的行为。曲予在家庭以外的学习生活中，吸收的是对美的敏感和珍爱之情，是对平等的向往和对眼前不平世界的困惑。他只是想以自己的真诚的劳动来获得一份真正的人生。从“平民意识”发展到人道主义——这一切与他的学医生涯、甚至抛别恋人赴荷兰进一步深造、回国后倾其家财创办医院都是互为因果的。他的医德成为他精神世界向外人呈示的一个窗口：救死扶伤、不分贵贱、甚至不问病人的政治倾向，这就是20世纪20年代富家出身的叛逆者试图实现人生理想的最佳的也是唯一的选择。正是对于美的敏感和珍爱之情，对平等的向往和对眼前不平世界的困惑，才使他在未来的世界里获得了极高的荣誉，才使他乐意为宁珂及其“同志们”做些事情，并情不自禁地为他们担惊受怕。他对于旧世界的厌恶，包括对“港长”金志等人的鄙视和提防，都是以自己对这个世界的日益腐败的认识为基础的。据此我们可以分析到，曲予对革命的认识，是在他找到了革命与他所终身追求的正直——人道主义、平民意识、爱美的理想之间的契合点之后才产生的意识，也可以说，他从开始到人生的终结，都始终不曾从“革命”的真正意义上去对待他人和自己的行为。在对待李胡子这个土匪时，这一点表现得最为明显。他厌恶土匪，但因为宁珂、飞脚他才破例为一个土匪诊治，这是因为他感到在飞脚、宁珂的含蓄的话里，李胡子正在走向新生。

曲予的人生选择和最后的死，都以自己的正直、清白，留下了历史的回声。他相信正直可以战胜一切。凡是人类，总应当在正直面前产生景仰并为自己的私欲感到羞愧——连魔鬼都应当如此。然而“历史的人”复杂，粉碎了他的幻想，他至死都不知道谁是冤家。

作品中的宁珂可以被看成是曲予生命的必然性延伸。这位在阿萍奶奶的呵护中和叔伯爷爷宁周义威严的期待中成长起来的叛逆者，是作品中另一个值得注意的人物。他所处的时代，比之于曲予的青年时代更具有动荡感——每个个人都必须进行毫无模棱两可意味的人生选择。不过，促使他走上革命道路的最初基础依然是对正直、有意义的人生的渴望，但他并没有像曲予那样在“第三条道路”上选择徘徊那样久。投身革命使他疏远了亲情，然而他却正是从此开始更懂得了真情的可贵。他之所以发誓要伺候阿萍奶奶一辈子，他之所以能在审判宁周义的大会上镇定自若，原因就在于他拥有并始终坚持自己的是非判断标准。当亲情与自己所从事的事业的阶级属性相背时，他毅然选择后者，显然，革命的神圣意义他比曲予理解得更多、更远。因为他认为，在这样的时代里，真正正直的社会和人生必然是革命的结果。对正直的渴望，才使他的许多行为显得更加动人——比如，他对许予明那种把搞女人当成是革命的一种“休息”方式的“放荡”，既同情又憎恶。对“革命的领导者”殷弓骂他爷爷奶奶是“狗娘养的”，明确予以反驳。对飞脚“革命行为”的“神秘”，也持有自己的疑问。同时，他对曲予的“中立”表现了急躁，对出身于大户人家的曲靖的爱，也显得那样光明磊落、襟怀坦白、一丝不苟、毫不退缩。然而他最终以“莫须有”的罪名被判刑。在这种阴谋对正直的行刑面前，宁珂的无奈、愤懑，这才是民族历史的最大悲剧。他倾其生命所有为之奋斗的事业的终点，竟是对自身历史神圣的否定，这是多么残酷的人生啊！

《家族》的故事叙述一直在燃烧的情感中进行的，一种无法排遣的压抑笼罩在整个作品的叙述过程之中。历史的进程，竟是黑白颠倒、是非混淆、忠诚的花朵无情飘零，邪恶的阴谋大肆其虐、历史对人性无情嘲弄的过程。这一点，在作品中另外两个人物——殷弓、飞脚身上表现得更加充分。殷弓这位其貌不扬、个子矮小，但却有着钢铁般意志的南方革命者，我们怎么也不能相信，宁珂的一系列遭遇竟都和他那永远不敢置于阳光下的私欲是连在一起的。作品中写到这样一个细节：当他到曲府养伤时，他震惊于曲靖的美丽，甚至在第一次见面时就毫不犹豫地向这位少女传达了他要拥有她的不可更改的欲望，当他知道她的心上人是宁珂后，他对自己的这个下属产生了难以消除的“仇视”——在以后的漫长岁月里，他用尽各种堂皇的手段对宁珂进行各种各样的折磨：他让宁珂作为审判组的成员参与对宁周义的判决；他背着宁珂把阿萍作为人质；他还公然地在抗战胜利之后把曲予的所有财产充公；又是他强行让宁珂离开军队转入地方，最后在他阴沉的、一声不吭的逼视中把宁珂关入监狱备受折磨。还是他，在曲予死后，逼迫淑嫂不得不选择死、曲靖母女逃入荒原——而这一切基于私欲的报复，却都是在“革命”的名义下进行的。殷弓这个人物是中国当代文学中的一个崭新的人物，其独特意义不可忽视。

相比于殷弓，飞脚真可谓是一个革命的无赖。出现在作品中的飞脚，就是以其诡诈立足的。他那一身奇怪的打扮，那无论何时何地都叼在嘴上的价格昂贵的雪茄，那种对所有女性都怀有淫意的目光，以及一旦被冒犯便凶相毕露的凶残，使他成为殷弓性格的一个有力的补充。在他这里，根本谈不上对革命的理解，他的精神世界是肮脏的，更可怕的是他竟掩饰得那样巧妙，以致骗取了曲予的信任、宁珂的崇拜，也许正是如此，飞脚才深得殷弓的信任。

在作品中，昔日和今天两个时代的人物之间性格的延续性是令人吃惊的，“历史的荒诞感”就在这古今交错中被表现得鲜血淋漓——从殷弓到裴济，从飞脚到黄湘，从宁珂到“我”，从曲予到陶明，从民主革命时期到大开放的今天，个人的私欲总是以种种堂而皇之的理由放逐着真、善、美，“历史的荒诞”以时空主体的身份永远睥睨着人、人性及那些理论上永远值得珍视的一切。

正是在这种“人的历史”和“历史的人”的搏杀之中，过去和现在才在叙述和结构中显得如此和谐。作品以“过去”的故事为主，串起了“今天”和那个永远探求“真善美”的“自我”。“过去”和“今天”，尽管“故事”不同，但所包含的内蕴却是一致的。当作者在现实中体察到的竟是历史荒诞的重复时，任何“形式”——叙述、结构、诗化处理、时空布置等等，都成为一种必然的选择了。张炜的沉郁是全方位的。“人文情怀”的灼热感，使他并不想以反传统的结构来体现结构的创新，他并不想以语言的拆卸来显示感觉的新鲜。和“冷叙述”相比，张炜钟情于火热的倾诉，不仅“我”的诗一般的追寻和渴望贯穿全篇，而且就在故事的叙述中，那份热得发烫的压抑愤怒之情，到处都可以让读者明显感到。

《家族》对中国近代以来百年历史的表现是值得玩味的。作品的历史背景被作者有意进行了模糊化处理，我们看不到人物活动的具体的历史时间表，“历史”始终以灰暗不明的色调立在人物身后，但人物的历史浮雕感却得到了强化。不论是五四运动对社会的巨大影响，还是土地革命、腥风血雨的八年抗战和三年解放战争，这一切构成中国现代时空主体部分的历史事件，都是相当模糊的。作者这样做，其目的是凸现人在“历史”中的浮沉，写出“人的历史”，而非“历史的人”。对历史的虚化处理，也同样显示了作者以忧愤情怀反思历史的不同之处和深刻之处。作者不是在“政治清明与否”的范畴来探寻历史荒诞感的生成原因的，也不是以历史主义的态度来解释人的一切遭遇的合理性和必然性的，而是在“历史的人”的范畴中提出了二者难以和谐的命题。这一命题的展开，便使文学的悲剧力度达到了一个新的层次；既有历史的基础，同时又在现代理性中获得质感。这并不是一般的悲剧，而是历史与人的双重互动中的悲剧。作者以百年近代历史作为作品的时空构架，既可以展示人物悲剧的宿命感，又为主体的理性反思提供了一个无限的弹性空间，作品的意蕴因“历史”和“现实”的虚化，便走向超越和永恒。

在“人与历史”的这个范畴中，展示“历史荒诞感”的具体构成体现在人生选择的艰难性上。这种艰难性说白了就是个人选择与历史选择之间的矛盾性。比如，在曲予这个人物身上，所谓个人选择的基本内涵就是以自我的精神为基础对外部的感应而最终形成的对人生正直、真诚的渴慕与实践。从一开始，这种基于理性的个人选择，就与党派纷争保持着距离——非但曲予如此，宁周义也是如此。然而他们却最终放弃了自己的恪守，缓慢而又是不可避免地向历史的选择靠拢。从作品的展示过程看，他们二人最终向历史选择皈依，都是自我良知驱动的结果，并非强迫。不过，尽管如此，仍有一种淡淡的无奈在。无奈表现在他们难以在血腥的岁月里洁身自好，难以把自我的追求化为一种群体效仿的社会规范，难以以永恒的自信姿态参与历史而无愧无悔。曲予对殷弓、飞脚他们的日夜忧虑，宁周义最终放弃“赋闲”，而“出山”，都带有他们对自我良知负责的慷慨意味。他们都死了——这显然不重要，重要的是他们都死得相当糊涂。曲予、宁周义人生选择的艰难性，一并集中体现在宁珂身上。作为背叛者，他加入历史的进程是相当自觉的，他对人生观照的阶级眼光也是理性沉思的结果。然而那种来自豪门的高贵气质，却始终和他的理性选择产生龃龉。因为在感情拥有上始终难以“民间化”，而历史的选择恰恰是以“民间化”为最终归宿的——宁珂的人生悲剧根源可以于此得到说明。作者的高明之处也正在这里。张炜没有在“血统论”的范畴来界定宁珂的人生悲剧质点，而是在“历史选择的情感类型”与“个人选择的情感类型”的隐秘冲突中强化凸现这一悲剧，从而显得非同凡响。宁珂一方面对革命保有最纯粹的真诚，另一方面又不因此放弃对阿萍的回报和对曲靖的爱情。支撑他生命的不仅仅是对革命的神圣感，更重要的是对曲靖等人难以替代的亲情温暖。他在“历史选择”中的悲剧角色，正是他为真诚付出的代价。其实从作品其他几个人物来看，虽然如曲靖、阿萍、淑嫂、李家胡子、麻脸二婶、“小河狸”等人的身上并未表现出对“历史选择”的理性认可，但由于每人与他人（历史选择的代表）的亲情联系，便被自觉而不自觉地卷入到历史进程的传动链上，承担着他们并未意识到的或悲或喜的后果。这种次要人物与在前台表演的主角们的多种联系，一同表现出中国现代历史进程中的人生选择的艰难性、复杂性和无奈性。

《家族》中有意无意所使用的全方位的对比手法，使历史的荒诞被呈现得更加触目惊心：个体与群体、历史与现实、土匪与革命者、家族之间、代与代之间、同一身份的不同时空、故事的叙述与抒情、革命者之间、土匪之间、善良者之间、赤诚的奉献者与投机者之间、动机与效果之间等等，正是这些对比，道出了历史与现实隔不断的联系，写出了历史荒诞生成的隐秘性和它的不可思议的延续性、相似性。张炜正是在这种极端复杂的展示中，不仅表现了历史与道德的二律背反，同时谱就了一曲历史与生命的沉重交响乐。

“主体”与“历史”的可能性

——论“可能六人”的“新演义小说”系列创作

20 世纪 90 年代中期以来，历史在文学创作中的对象化进程在方式、空间及其主体与历史的关系等方面都不断遭遇到难境。当市场经济以日常化的方式开始大规模重构起我们的生活之时，交换原则对于道德的普遍漠视，致使文学的道德历史主义声势大减。历史作为对象的无限可能性受到质疑，市场的主体性同样在文学的历史题材领域得到显现。历史的新的可能性也越来越多地被操控于市场权力之手。有趣的现象出现了——几乎所有的历史“可能性”在此却拥有了共同的朝向与目标。“戏说”的历史、“新历史主义”、“经典”的历史等，一并被市场之手齐置于时代的舞台之上，文学的“历史价值”第一次完全决定于读者。历史的“可能性”似乎走到了极限。

“可能六人”是否想通过“新演义小说”系列创作，试图冲击这一极限?

作为一种探索性创作，它把古代的故事和传说作为想象性建构的对象，将“历史”进行花样翻新，努力追求种种言说的“可能”。而“修辞”作为一种看取既定对象的叙述范式，在诸多“可能”的延展中所扮演的是某种规约的角色，它直接参与了新演义小说文本的建构过程，活跃于其文本言说所涵纳的每一个细节，并对其中极具新鲜感的创作指向、风格特征等结构性因素产生了决定性的影响。从这个意义上讲，新演义小说文本言说的种种“可能”就自然而然地表现为“修辞”投身于文本营构过程时诸多显在的“奇异”特征。换句话说，就是文本“修辞”化运作过程中所显现的各种“奇异”特征成就了新演义小说引人注目的“另类”面貌。同时，创作主体所极力倡扬的独异于人的“可能”性言说姿态，究其实质也是一种旨在求新求异的“修辞”化姿态。原因在于，决定他们这种个性化言说姿态的历史观和当下意识虽说属于人的本体性范畴，区别于言说文本本身，但是，一旦创作主体进入写作状态，“修辞”便将其所包含的与创作有关的思想构成成分纳入一种预置的言说“情境”，在其中自然也就包括主体的历史观和当下意识。这种“情境”如影随形般贯穿整个文本建构过程，只要创作主体没有从对既定对象的“可能”性言说中抽身而出，“修辞”就时时存在于他们的思维运作状态中；而我们知道，对于比较成熟的创作主体而言，让历史观和当下意识作为一种思想构成在文本言说中充分表露出来，并使读者在接受过程中直观感知，自然是不可避免的。特别是当言说对象被设定为某种“历史”的存在状态时，这更是他们表达上的必须。如此一来，创作主体的历史观和当下意识就在预设的言说“情境”中获得了“修辞”性因子的“包装”，并在它们的裹挟之下，漫溢流贯于新演义小说文本言说的全部过程中，与具体人物形象处理和个性化语言追求等文学化修辞手段一起，共同表现出丰富多彩的“可能”性特征。

当然，如果我们对新演义小说的“修辞”分析仅仅满足于文本的新奇外观，或者说只停留在它的言说表象层面上，显然就无法对其生成的过程作充分的把握。为此，很有必要对新演义小说中“修辞”在文本言说过程中的“奇异”化延展作出话语上的“还原”。我们认为，在带有“奇异”特征的“修辞”的规约作用下，创作主体按照他们对于以古代传说和故事面目出现的诸种“历史”存在状态的自我化理解，以现代小说的形式将其变为生动可感的文学话语，旨在彰显一种既合乎时代要求又切近自我，同时还能最大限度赢得接受者的新意识。而“修辞”也正是借此在主体的“可能”性言说中悠游自在地穿梭，尽情展现着“奇异”的身姿。在这里，“修辞”的生发延展与创作主体的言说行为之间构成了一种互动的关系。一言以蔽之，新演义小说中所有主体的“可能”性言说实际上都可以被归结聚拢为“修辞”。当我们把这种“修辞”充分展开时，就会发现，创作主体的历史观和当下意识在“修辞”的动态“还原”流程中构成了外部重要的两极，而新演义小说具体的文本言说内容和技巧则被置于这两极中，构成了“修辞”“还原”过程的内部要素。具体地说，就是“修辞”在它的生发萌动之初，是借助创作主体的历史观在写作行为中的投注而得以进入文本的建构过程，并在之后漫化于具体的言说中；而前述创作主体对当下意识的追求又为“修辞”超越文本言说本身，最终走向“意义”创造条件。我们耳熟能详的文学作品中“借古讽今”、“鉴古知今”的艺术创作倾向在修辞学范畴中的表征正在于此，这也符合我们对“历史”的认知逻辑，即通过历史观确定对言说对象的基本态度，再借助对对象的改造、变形，从中发现其合乎当下的“意义”。

除了对新演义小说“修辞”运作过程进行“还原”之外，对其“修辞”指向的把握也很有必要。这是因为，文本言说中“修辞”的共有指向与其“还原”过程是同步的。我们认为，新演义小说文本的“修辞”指向主要包括两个方面：一是“修辞”指向“自我”的心灵，这里的“自我”既包含创作主体，也包含接受主体。他们都可在“修辞”向演义小说文本的转化中获得心灵的体验，创作者通过“修辞”化了的“可能”性言说彰显自己的文学要求，而接受者则在别样的审美感受中取得情理认同。“修辞”的另一个指向是文化。作为一种具有某种先验性的精神运作方式，文化无处不在。小说作为文化范畴中的一个意义的承载物，理所当然地要在文化这里获得某种作为合理性存在的依据。而我们知道，“修辞”自始至终在小说文本的营构过程中发挥决定作用。所以，一旦文本的言说开始，也就是当对象变成一种变动的“可能”存在时，“修辞”指向与文化的关系就间接地存在。这两种指向体现了“修辞”在文学领域中的两种不同追求。指向心灵的“修辞”是一种极其私人化的状态，与他者无涉。就好比“隐秘的镜子”烛照独立个体内心的幽微。而指向文化的“修辞”则大不相同，它不仅追求一种言说的自洽，而且还努力彰显一种话语共同性。

当主体对某种“历史”的存在状态进行言说，并试图将之转化为某种“叙事”时，其潜含的态度——历史观，将首先对既定对象的“可能”性呈现产生影响；与此同时，“修辞”也开始介入“历史”作为一种“真实”向“叙事”的话语转换过程。

在“可能六人”那里，“历史”已经失去了它庄严典重的面貌，作为一个被言说的对象，在它向“叙事”的转换过程中，可以根据不同要求进行拼装组接。诚然，作为相对独立的个体，“可能六人”肯定会有创作风格和指向上的差异，但不可否认的是他们作为一个创作组合所具有的群体性。“修辞”对主体的潜在制约使这种群体性表现为他们对古代故事和传说一致的虚构态度。不过，他们的虚构态度与我们在类似的文本中经常见到的“戏说”存有一定的差异，“可能六人”对历史的虚构态度带给受众的不仅仅是“戏说”，也能引发的愉悦感，他们的着力点实际上更偏重于文本内部的沉重感和话语穿透性的营构，并为读者留下足够的“可能”性想象空间。“修辞”借此进一步融入对对象的言说过程，它的“奇异”特征作为文本言说的表象也渐渐得以显现。

“可能六人”对“历史”施以“修辞”化改造时所具有的虚构态度，实际上与言说对象本身有着密切的联系。这种联系主要在以下两个方面得以体现。首先，他们对以“历史”面目出现的言说对象的选择问题应当引起我们的关注。这也是创作主体的历史观在进入文学话语营构层面时一种表象“修辞”的显现。“可能六人”不偏不倚地选择了侠客、名媛、儒生的故事以及几个家喻户晓的成语作为“可能”性言说的对象，对它们原有的“修辞”显在特征和意义指向进行颠覆和重新定位。这里必然有其内在的原因。我们认为，既定对象所具有的独异性似乎可以作为一种解释。侠客故事的独异性主要表现在它的神秘特征以及由它承担的所谓侠义精神的不可捉摸；古代名媛的逸闻似乎天然地具有成为被言说对象的资质；儒生们在古代社会的命运沉浮当然也少不了目光的投注；而成语故事历来就是人们喜闻乐见的形式。上述这些独异性特征完全可以为创作主体所发觉，并借此使多彩多姿的文本景观得以呈现。而对于接受者而言，文本景观所具有的新鲜感显然是他们最希望获得的。如此一来，言说对象的独异性特征就在创设文本迷人外观的同时，在创作主体与接受主体之间搭起了一座沟通的桥梁。而“修辞”在这里则发挥了一种“催化”作用，强化了小说文本虚构“历史”的意味。另外，我们通过对文本的解读还可以看到，被言说的对象已经不是纯然的“历史”化存在。不论是行侠仗义的故事，还是佳丽名媛的传奇，抑或是穷酸儒生的遭际，当然也包括被“另类”处理的成语。凡此种种，都属于“修辞”化的成品。原因在于，它们在被“可能六人”进行花样翻新之前，就已经在历史的时空中被古代的创作者所言说，被“修辞”在参与言说的过程中内在地驯化，所以也就自然而然地获得了某种先在的“可能”性，这种“可能”性是以传统文化的面貌出现的，而传统文化因历史的积淀而形成的超稳态结构使这种“可能”性变成习焉不察的存在。为了突破这种存在，创作主体就必须以一种别样的言说态度去营构文本，对原有的“可能”进行颠覆，并在话语的重塑中彰显一种新的“可能”。很显然，“可能六人”的言说较好地做到了这一点，特别是在其语言的选择和运用上更是独具一格，“修辞”在此处随之也呈现出鲜明的个性特征，它的“奇异”性表现为一种新的“修辞”样态在融入话语重构过程时对旧有组成的颠覆。

新的“奇异”“修辞”样态的产生必然带来新的意义指向。我们从新演义小说文本中可以看到，言说对象原有的正统道德说教功能正在逐渐消失，取而代之的是对心灵和文化的探寻，“可能六人”试图通过虚构的世界形象化地向受众展示现实的“可能”。同时，他们在新的“修辞”意义指向规约下的言说行为，实际上也在有意无意之间为种种“历史”化存在状态的“故事新编”式改造提供某种新的言说范式，并丰富了文学的描述手段，同时表现出一种新的创作境界。

在对人物的处理方面，新演义小说文本呈现出与众不同的风致。我们看到，一般小说在涉及人物时必然要涉及的典型性格、命运浮沉等话题变得不再重要。“奇异”化“修辞”在文本内部的“还原”过程中更倾向于表现人物所遭遇到各种扑朔迷离的“可能”，并让他们在诸多“可能”的困境中经历难以言表的焦虑，表露人性的幽微；同时消解原有的意义指涉，最终从“历史”中逃逸，换上现代“新装”，实现文化身份的当下转换。在这一过程中，前面提及的“修辞”的心灵指向也在此处得到了一以贯之的显现。指向心灵的“修辞”在文本人物身上集中表现为他们普遍存有的形式多样的内在焦虑和困惑。在《新侠客传》中，侠客的焦虑体现为对自身身份的一种不安。作为侠客的潜在规则无时无刻在限制着他们，使他们的真性情无法得以正常的舒张。女侠聂隐娘明明心潮起伏，在表面上却冷若冰霜，她的焦虑始终被压抑在心灵深处；荆轲本来完全可以避免赔上自己的性命，但在他的内心深处却无法抗拒一种作为侠客的使命感，最终他在灵魂的冲突中死去。在文中有一段原话清晰地描绘了这种内心的矛盾：“他是这次行动的囚犯，作为一个剑客，他必须死在该死的地方，虽然他最强烈的渴望并不是成为曹沫和豫让。他本可以收拾细软，远走高飞，但他并没有逃走，这不是一个剑客应该做的。”而在《新列女传》中，衣食无愁的名媛们的困惑表现为对生活和情感的无助。杜十娘的生活被设置为二十种可能，但对于每一种可能她都无法掌控；薛涛实际上充当了种种离奇荒诞行为的道具；王美则成为追求完美婚姻的失败者，褒姬的遭际更像是红颜祸水的另类显现。焦虑与困厄也同时让《新儒林传》中的书生们深深地陷入心灵的牢笼之中。在令人眼花缭乱的场景中，几个儒生都迷失了本性，范进放浪形骸，终日依红偎翠；周进则在卸职之后令人匪夷所思地建造了一座奇怪的牢狱；而本来就愁肠百结的宁采臣不得不去面对只有他自己才能体味的情感困境。即便是在最能给人带来阅读轻松感的《另类成语》中，也免不了存在人物的精神困厄，樵夫庄隐在得到魔法树叶后的际遇便是明证。不同的人物在不同的情境中将各自复杂而奇异的心灵焦虑与不安以“可能”的面貌呈现出来。“修辞”的心灵指向也因此在文本延展中获得形象的诠释。

在《新侠客传》中，被解构的对象是在中国古代历史文化范畴里占有重要地位的侠义精神，它在旧有的观念体系中是不容置疑的，而这部作品偏偏对它进行了无情的嘲讽和消弭，并把这种侠义精神当成是侠客们心灵困境的罪魁祸首。在惯常思维中，侠义精神总是具有某种崇高感，或者说至少不应该被批判或者调侃；然而人们却很轻易地在文本阅读过程中感受到了鲜明的反差。“修辞”由此显露出一种接受范畴上的“奇异”特征。而在《新儒林传》中同样显示出了“修辞”的“奇异”性，只不过被解构的对象换成了传统道德礼教。在该作品中，原本应当是礼教维护者的书生们却成为最彻底的反叛者，正因为不再循规蹈矩，他们积郁于心中的苦闷才能得以宣泄。虽然他们的内心困境并不能因此得到最终解决，但至少使原本高高在上的礼教在观念世界里渐行消弭。与上述两部作品略有不同的是，《新列女传》和《另类成语》并没有明确的解构对象可供“修辞”化处理，然而它们本身的向壁虚构意味却很浓。因为两部作品都致力于丰富多彩的“可能”性的营构，散布面目模糊的文化观念；同时文本的格调也呈现出某种怪异的特征，所以，一旦“修辞”介入文本时，它的“奇异”性也就顺势被“还原”，而且表现得更加明显。如果我们进一步查考这些“奇异”的“可能”，则似乎可以透过它们朦胧的表面，发现种种“可能”在它们的无序、漫游状态中蕴藏着对全新精神理念的向往，表现出一种回到当下的话语归趋。

“修辞”以叙述角度为生发点的“还原”集中表现为新演义文本描述手法的多元化。《新侠客传》中的《去楚国杀一个人》这一篇就是几种叙述手法交叠的产物。其场面设置极具流动感，营构了几个叙述空间，让它们交错出现，并使人物同时在几个空间中间出现，为专诸、要离、庆忌等主要人物展现种种“可能”创设了适宜的“修辞”化情境。此篇还以第一人称“我”作为“旁白”的角色进入文本叙述中并不时出现，使整个叙述过程更加富有跃动感。又如《新儒林传》中的《我的情人聂小倩》也是典型例证。此篇也是以几个空间的叠合作为叙述的基本构设，并借助人物的情感历程铺陈出三条基本线索，即宁采臣与聂小倩、宁父与狐仙、聂小倩与周围的人，同时以第一人称叙述视角切入，用倒叙的手法将它们“追忆”出来。人物的各种“可能”性命运也就被归结聚集在这种“追忆”中。此外，在《另类成语》中的首篇《呼唤龙》里，同样存有“奇异”的叙述结构，五夜的书话实际上构成了五个“修辞”施以“还原”的叙述空间，这五个空间由说书人“九聋子”——串联起来。值得一提的是，该作在叙述自由度的展现方面比之前二者要高出一筹。具体体现在文本对被言说对象“叶公好龙”的“修辞”化叙述上，本来它只是一个带有相对固定意义指涉的成语。但作者却以此为思维的生发点，尽情地让想象去掌控文本叙述的节奏，加之对象本身就富有鲜明的神性色彩，无限的“可能”呼之欲出。

当然，除了上述文本实例所展现的多样特点之外，“修辞”在叙述层面进行“还原”的过程中还存在共同性，那就是“修辞”为了“可能”性的目的而使所有新演义文本叙述构成的时空关系交错化。这个特点也是前述叙述手段多样化在修辞范畴上的成因。

与对人物处理、行文意旨和叙述角度三个环节的“还原”相比，“修辞”在这些新演义作品的语言层面上，与被“还原”对象的联系显然更加密切。在具体可感的层面上，“修辞”被“还原”为一种个性化的、极其视觉新鲜感的语言，这种语言表现出“奇异”性特征，而且戏谑意味也很是浓厚。时而是庄严典重的文言表达，时而是俗不可耐的市井粗话，时而又是略显冗长的欧化书面语，种种语言的错置交叠，营构了一个奇妙的表达空间。比如在《新侠客传》中，作者用这样的语言来描写刺客要离：“他不是王子，不是将军，也不是杀猪的，他是一位杀狗的。这没什么，问题是他觉得自己也活得像一条狗。”而在《新儒林传》中却出现了这样的语言：“如今我已白发苍苍，告别尘世的日期屈指可数，可是当斜阳照耀江畔，把暖暖的光洒在这个寂静的走廊上，我便深深地怀念我的情人聂小倩。”类似的例子在文中俯拾即是，不一而足，然而，仅仅由此我们就可以感受到语言的奇异多变所带来的视觉冲击力。在这里，“修辞”流露出超凡脱俗的个性。正因为如此，新演义小说文本的审美价值才得以进一步显现。

那么，究竟是什么使“修辞”在融入新演义文本语言层面时彰显出鲜明的个性呢？我们认为，是一种修辞认知的“权力”使然。这种“权力”体现为对文学语言内在规则的遵守，从而对主体的语言选择产生了潜在的规约作用，“修辞”融入文本内部的“还原”过程的内驱力也正在于此。作为创作主体的“可能六人”在选定一套语言作为他们的表达介质时，语言的内在构成与他们的创作行为之间实际上就自然形成了某种“修辞”意义上的同构共生关系，二者在互相磨合中促成了“修辞”向文学话语的变换。在这一过程中，不仅“可能六人”在选择“可能”的语言，而且本身就充满无限“可能”的语言反过来也制约着“可能六人”的“可能”性创造。

“修辞”的“权力”机制还直接影响了主体在文本言说中对象征隐喻意象的选择。很显然，具有涵纳多种“可能”功能的意象理所当然地受到创作主体的青睐。我们认为，文本之中有三个核心意象值得特别关注，它们分别来自于几部新演义作品的标题，即“隐秘的镜子”、“个人的牢狱”、“呼唤龙”。这三个意象均可视作是创作主体与言说对象之间的某种“修辞”关系的体现，心灵和文化这两个“修辞”的基本指向使这些意象既具有相对的封闭性，同时更具有明显的开放性。在“隐秘的镜子”这个意象中，封闭性主要来源于“修辞”的心灵指向，表现在它对个人的隐秘心灵世界的喻示，体现出独立个体的生命体验和文学要求；而开放性则由“修辞”的文化指向所规约，并由意象本身所具有的象征隐喻功能所决定。我们知道，意象在文本中的主要作用并不在于传达本义，而是使它的喻义潜入言说对象，充当其“修辞”的载体。具体到新演义小说，意象的功能就是承载多种“可能”性的“修辞”。基于此，对于上述三个象征隐喻意象来说，以开放的姿态显现一种话语上的共同性，或者说使自己所包含的喻义带有文化范畴上的通约性十分必要。以“隐秘的镜子”为例，它的喻义就是把当代人在生活中存在诸如关爱、隔膜、猜忌、同情、歧视、信任等精神特质和有关家庭、制度的问题映现出来、当然，在这个意象的指涉中，并未就上述这些问题对现代人的影响作出探讨。而在“个人的牢狱”这一意象中，则把现代人的复杂情感所产生的精神束缚作了形象化的比喻，展示的实际上是一种人本困境。周进建牢的故事本身只是充当了象征隐喻意象生发的承载，作者所要表达的是人人心中都有牢狱这一喻义。相比于上述这两个意象，“呼唤龙”明显具有特殊性。一般来说，人们对意象的指认是取其静态特征，强调它们的象征隐喻功能。而“呼唤龙”很显然有别于此，它具有动态特征，虽然从严格意义上讲并不能将其视作标准化的意象，不过，它的“修辞”指涉功能却要超过一般的意象。这主要体现在该意象不仅喻示了人们在面对心灵困境时朦胧迷离的状态，更重要的是它对摆脱困境的姿态作了一个别致的隐喻。“呼唤龙”这一意象同时也可以视作文本“修辞”“还原”的“奇异”性在特殊向度上的展现。

如果我们把上述三个意象联系起来查考，不难发现三者似乎存在一种内在的喻义层递关系，依次是从“隐秘的镜子”到“个人的牢狱”，并结束于“呼唤龙”，集中展示了人的情感丰富性和由此带来的心灵困境，以及寻求超脱的复杂流程。

我们在前面提到，新演义文本的“修辞”向“意义”的转换来源于创作主体，他们的当下意识和视点成就了“修辞”的超越，两者之间存在因果关系。从这个意义上说，当我们清楚地把握了“可能六人”的当下意识，“修辞”之于“意义”的全部内容便会显示出来。

我们认为，“可能六人”的当下意识在两个向度得到体现。其中一个向度来自于他们自己的心灵困境和内在紧张。从某种意义上说，“可能六人”的创作实际上就是在为自己在精神方面的困境寻求解决办法。此种取向决定了他们在面对作为“历史”而存在的言说对象时，总是在有意无意间将之作为探寻人性幽微的通道，而不论对象本身是否提供足够的灵魂舒展空间。这说明，“可能六人”正不知不觉地将思维的触角伸向历史，努力寻找一种与传统大化的价值理念认同。他们之所以如此，是因为他们作为相对的个体，虽然可以有自己的选择，但文化已经作为一种先验的存在方式规约了他们的生存方式。他们只有在文化的护佑下，才能获得心灵的慰藉和解脱。另一个向度则是从“可能六人”对全新创作境界的追求中获得。原因在于，文学对他们来说就是精神生活中不可或缺的一部分。基于此，他们的文学创作就必然呈现一种高蹈的姿态。而这种姿态恰恰促使他们在对既定的历史和传说故事进行内容和形式的花样翻新的同时，努力在文本中追求一种缘于自我，独异于人的创作境界。一旦独特的创作境界在具体的文本营构中得以贯彻，那么势必使“修辞”表现出鲜明的个性。对于接受主体来说，个性“修辞”所带来的审美新奇感正是他们所希望获得的。而前述的新演义小说文本的“可能”性营构也正是借此赢得了许多读者。

不过，创作主体当下意识的这两个向度并非决然孤立地存在，它们之间也存有某种内在的联系。心灵的困境所催生的强大内驱力大大加快了超凡脱俗的创作境界孕育过程，而求新求异的创作境界则为心灵困境和内在紧张的舒缓消解提供了极其弹性的空间。总而言之，二者在相互的审视、不断的磨合中创造了引人注目的种种“修辞”化“可能”。

忧思与壮怀的放飞

——漫论“莆田六人”创作

这是一个以少量而精锐的作品引人关注的群体——“群体”之于他们并非是研究者的“正名”结果，而是他们相互砥砺的活动式样。他们都有着“体制化”的身份，但同时又是屡败屡战、愈挫愈奋的受伤的灵魂真实的放飞者。他们生活在这样一个南国的小城——福建莆田，莆田并没有什么特别之处。我感兴趣的是由莆田小城这一语言命名事实所勾起的普泛意义上的“小城文化”指涉。无疑这是一个让人欲说还休，内涵丰富而动荡，富有诱惑而又无法抽绎出真实、难以体认的地缘文化概念。我知道，“地缘文化”对这一群体的分析是基本没有帮助的。但“小城”这一存在的“空间”和“时间”上之于中国百年变迁而具有的文化身份，即中国现代性追寻中的呈示价值却不可忽视。如果说在 20 世纪 80 年代以前，“小城”只是个人口相对集中，带有生活规模景观的中心居住地，那么，经历了 20 世纪八九十年代社会风云激荡后，它犹如挑着地球和太阳的月亮一样，成为城与乡所有信息、变化的整合区域。它既收凝着都市的欲望与乡村的朝气，又挥洒着都市的功利与乡村的野蛮；它既过早地呼吸到都市“后现代”迷惘气息，又不得不敞开胸怀任乡村的“前现代”的风沙扑面捶打。异常活跃而又空前沉重的“小城”之魂，无处无刻不映现在小城里那莫可名状的——愚钝的麻木者、狂傲的投机者、单纯的满足者、盲目的游走者和灵魂痉挛的痛苦者——的脸上。莆田这一群体：黎晗、杨雪帆、王及（即麦冬）、张旗、杨静南、康桥，无疑我判定他们属于上述的最后一类。也许他们并非自觉为这小城的精灵，但他们感到了一份由孤独支撑的真实。他们甚至不乐意接受小城精英的加冕，这是因为 20 世纪 80 年代的“精英文化”言说给他们的启迪是悲剧性的——但可贵的使命痛苦感却悄然融进了灵魂。他们遥祭《今天》，是看到或刚刚领悟出《今天》民间立场的崇高处。他们不想继续“启蒙”之梦。他们出生在“专制语境”余威尚烈的年月，情绪记忆是深刻的。他们第一次壮怀激烈的青春献血正值共和国“精英文化语境”惊涛拍岸的高潮时分，而他们拥有了体制化身份时，“大众文化语境”的漫漶浸染，犹如魔鬼入室，逼挤他们交出要么身份，要么灵魂。他们抵抗着——文学是他们最便当也最趁手的盾牌。“小城”里演绎着一场又一场小精灵与大魔鬼的厮拼——他们无可逃遁，被迫成了战斗者或不期然的英雄。

我想我只能用这种极度的抽象来勾画出他们的文化处境和心态色调。他们是“小城”里的“一群”，不代表什么，又寓含着所有“小城”的文化风云和文学操作特征，在“类”上，他们属于“六十年代出生”，但他们没有光屁股冲锋志在换掉“城头大王旗”的浮躁，却是以播种痛苦也收获痛苦的方式，创造真实，抒写良知。

面对他们的创作，题材的鉴别已没有意义。在他们为数不多却很精纯的创作里，生活显然不再凭恃“社会化过程”或“细节性色彩敷设”确立自身。它意味着发现，意味着个人空间对公共空间的收容。“发现”的过程和结果并不指涉庸常语境中的“生活”，而是坐实在观念上。这是自20世纪80年代中期以来中国文学叙事诗学大转变的影响所致。这种现代性的文学“生活”观，是他们从事创作的意识原色——并非刻意为之。“生活”是一种个人化叙述的语言事实，他们在笃信基础上全力实践着这一点。为此，“现实”与“历史”、“个人化”与“公共性”、传说与正史等古往今来对“生活”的言说分类，其权威式界线已被他们抹平，我感到遥远的“历史”与行进中的“现世”，在他们这里只是感觉上“新”“旧”罢了。显然，这是看透了“生活”与“语言”之间的关系实质的行径。它的意义在于，文学的真实已不再需要某种“体制”（“历史”视界就是一种最通行的体制化标准）来做裁判，“真实”可以随时随地加以自足、自塑，其实说白了，“真实”已不成为标准，毋宁说就是他们要消解的对象。当真实的存在状态可以在任何一个个体这里获取体认时，真实就变成了感觉机制视野中的产物。我想这种分析对他们是重要的前提。黎晗的《石子跑得比子弹快》《巨鲸上岸》，其场景的“当下性”是明显的。前者讲了一个发生在普通幼儿园门前有关“疯子”的故事，后者则更浓烈地洇染出当下的嘈杂的共生与转折的神秘，与杨静南的《愤怒》、王及的《回去》一样，“当下性”场景并不是转达的主体，毋宁说，这是他们对真实感觉的选择结果。在他们这里，真实感觉是“观念”出壳的适时温度。“当下性”场景把我们读者引渡进“观念”之后，它们实际上就消失了，一如杨雪帆在其《荆轲》中对“历史”赋予的作用一样，“荆轲刺秦王”不再是历史，而是一种适合传达作者意念的“当下性”场景。对“生活”题材概念的诀别和残存意识的粉碎，使他们获得了某种舒展自我的绝对式自由。无论是“忧思”还是“壮怀”，放飞的过程便是自由的热身、观念的哲学飙升和体积空间的无限延展。在随意性的组合中，“生活”的“公众性”剥落，个人观念对场景的重构活力与载体性——仅仅只是载体性得以确证。幼儿园门前每天下班时刻的热闹，歹徒在抢劫银行时与呼啸而来的警察的惊险场面，没有被过分地渲染，在文本中仿佛只是偶然瞥见的瞬间一幕（黎晗《石子跑得比子弹快》）。机关信息科小柳的活动，海边美仑岛管理者的浪漫欲望及小柳妻子的娇嗔，连同一个小女子生出五胞胎的信息转播及连锁反应，这种“嘈杂”“混乱”所托出的是作者对当下生存的荒诞性的感觉。不过，这种感觉被包装在一个类似魔方或阴谋的叙事里罢了（黎晗《巨鲸上岸》）。杨静南的《愤怒》也可归入此类。而迷惑性更大的则是如王及《回去》这类作品。它像是一个相当完整的故事——尹喜因表弟“出事”而从山里赶到小城找同学借钱，与杜文、王席相见之后，吃饭、喝酒、唱卡拉 OK 等等。我们不禁要问：这与“借钱”何干呢？对了，叙事动机与“生活”场景的相悖或毫不沾边，怕是作者刻意为之的期待效应。“借钱”与“场景”无法确证，而同时又在隐蔽处确证——“心”与“行”的分裂，也许正是作者要表白的人生命题。正如前述，“场景”只是桥与船，“过河拆桥”“登岸弃船”成了深文周纳的策略。

可以看到，以往以“生活”为参照的文学解读方式在这里搁浅，所有物性存在的场景看来只是道具，不再指涉本体。这种对“生活”题材性的放弃，并不像“六十年代出生”作家那样是为了最终达到人生戏拟化，而反倒是人生的别致抒写，具有浓厚的文化关涉——小城知识者的意识形态意欲。他们努力的目标是，以离开生活的方式表达生活，人生的春意孕育在峭然寒风中挺直的梢头。

他们究竟想表达什么，能够而且实现了哪些表达——面对这一群体作品的复杂性理应从这里切入。他们不想做生活的边缘者，当然更不是精神茫然的游走者。他们所恪守和清醒意识到的早已被他们时时痛苦的心态所制约着和规范着。“小城”是他们的梦境，为此他们试图表达“小城”——这里有争斗：权力话语制约下的多种纠葛显得微妙而又复杂。每一种事物与每个人都在选择什么，而最终又在被选择之中毫无选择。在黎晗的笔下如《巨鲸上岸》，小女人马小雅生下五胞胎所掀起的市井风波的同时，也暗暗通向原本风马牛不相及的官场角逐，美仑岛巨鲸上岸的风传与马小雅事件并置在一起，成就了黎晗笔下所特有的“时代庄严的盛景”。这里没有生活，只有“言说”、场景，生活的“事实性”只是也只能是一种“言说”。“小城”的存在状态是被作者在一种自我化的“言说”当中完成的——而其中的观念正来自于作者的忧思。“疯子”与“小孩”，都在抛掷石子中既认识了“铁皮房子”，又认识了“对方”，“我终于找到你了!”这是发现，“小城”的智慧与深沉竟由这样的两个非常态的人担承——这是否是一种悲剧呢？正是这种壮怀之中的忧患，忧患之中发现的荒诞，使“小城”的时代性得以实现。批判体现为一种存在状态的“超现实”的处理。相比于黎晗的“荒诞”，杨雪帆在《荆轲》里显然想表达一种“意念”，我以为就是“寻找”。身处假英雄遍地、无英雄可言的当下，作者想起了历史，想起了历史的英雄或英雄的历史。秦王的暴戾、残酷、狂躁来自于对“对手”太久的寻找。一切英雄都死了，田光、高渐离等等。无赖般荆轲既无意于英雄，并一身妇人姿态。当真正的男人（秦王）与另一类真正的男人（女性化包装的荆轲）相遇时，“匕首”成了彼此确认的信物，这是极精彩的一笔。“寻找”的完成，必然是历史的震撼。作者眼里的“历史”就这样被“寻找者”抒写着，也不断改写着。我以为这是一种典型的“当下叙述”，历史成了足球场，人们被吸引的是场上的奔跑者和牵动奔跑的球。这难道不就是一种对当下靡靡之气的浩叹?!在杨静南、王及、张旗、康桥这里，他们的创作呈现出共同而强烈的“失落”体验。“城市在我眼里总之还是迷宫”，“如何跨越黄昏和我之间的这条间隙”？只有在“幻想”与“沉默”中“蹉跎”（《诗：秋冬之间的叙事曲》王及）。《回去》是作者的小说。“失落”展示在“同学”之间，更显得触目惊心。这其实是“小城”的失落。失落来自于变化，而所有的变化并不能选择——恰恰是作品中主人公们无视这种变化，失落成了一种灵魂的灼伤和心痛。杨静南善于在他的小说中涂抹迷离的“感伤”，自然感伤也同样来自于“失落”。《模糊的光影》似乎是想说情与钱的复合互动与组合，当

“他”介入姐姐与姐夫婚变漩涡之中时，他想用“钱”来讨回“情”，不过，最终唤醒的依然是游离过久的情。故事并没有结尾，“失落”的感伤已完成，三个人也许会在体味感伤中回归。《声音》一篇，用故事讲了一个“好人”的悖性追求，它仿佛暗示出生活中“身份”与作为的不可分离性。在医院扫地的林家平为医院捐赠一尊华佗铜像的追寻，不仅牺牲了太多，而让人难受的是愿望与效果的极大悖反。“华佗像”立起来了，不再是他心中那样对所有医院腐败的警示，而成了医院“精神文明成就”的说明或永久性纪念——这真是莫大的讽刺。康桥的《庄园》与杨静南的《秋风》可做同类观。前者描述了一段乡野风情背景中的恋情，因其朦胧而劳燕分飞托出美丽的感伤。后者则叙述“我”、王甸语与学生晓梅之间的情感确认。在失落的背景中，它试图解开“我的记忆”与“我的经历”、生与死、永恒与瞬间等人生的天谜。死与生或未死之间，仿佛只有感伤是永存物——这是基于当下生存的一种天问。

“小城”是他们讲述的起点又是终点。并不是他们没有能力走出。正如余华那样，“小城”的感觉是锐利而痛苦的。他们离不开痛苦，感伤因痛苦而产生思想。“荒诞”“追寻”“失落”，这些属于 20 世纪 90 年代或世纪末的体验，是他们放飞壮怀的财富。为此，他们自觉远离文学的热闹与焦点，更不想制造什么话语的霸权，恪守一份平静的咀嚼，把忧患赠给阳光和文学的叙述，孤独地肩起一份责任和承诺，表达着爱憎缠绕的小城情结。

我欣赏他们的叙述，这是因为他们自觉地为自己的文学创作之锋刃，在现代性中淬火。关于文学门类或艺术理论的主义分类或争议对他们一如“生活”“题材”一样，不产生本质意义。我甚至相信他们并一直在拒绝师承谁或什么。“小城”的一切对他们的启迪，就是一座开发不尽的宝藏。黎晗喜用全知型冷叙述，场景描绘与意蕴显示的别致方式，使他的反讽既不是王朔的粗野，也非王蒙那种“影子”叙事，而是把“荒诞”加以意象化处理。试图以网结的复杂性联结，物筑多向度视界和多种可供选择的进入通道。他的小说创作与他的散文正好相反，后者的写实性似乎有意地亲昵历史。他在故事言说表层故意敷设的一层社会化色彩，细心的读者能够触摸到作者那种敏感而又忧患的情绪。杨雪帆从目前作品看，其冷叙述的主观性是很强的。他离不开故事，却又在不时用意念掰开故事，他把观念深深摁在故事的额头，就如一幅字画上的印章，不显眼却必不可少。他无疑是观念化叙事的好手。其他如王及、杨静南、康桥则喜欢以“我”的介入来推衍故事。“我”明显承担着叙述人角色，他们不回避作品意蕴的浅直，仿佛只有如此，感伤才会真实。“梦幻”对他们来说，既是一种寄托，又是一种心态。他们隐晦地表达着小城种种的可能或可能的表达，“不打算反映某种现状，不打算提出什么要求”。“仅仅是个载体，尽可能地避开那些不可能的东西”——这是他们在名为《可能》的六人作品集序言的话。是这样，他们知道了“可能”与“不可能”，故而沉着又坚执。

在今天，纯粹避开某种现实利益而专为文学的“群体”实在是太少了。他们无疑是孤独的这一个。不同的个性的集合，又是小城智慧的风景。我暗忖，生活在南方的他们，却与北方的某些植物相似，讨厌滋润，拒绝雨露，为绝对真实而战——但“战斗”却有往昔“隐士”们的悠然与雅致。为此，它极可能成为稀有“物种”。

作家书简

——席扬给乔忠延的信

忠延君：

首先对你第二个散文集《豆蔻岁月》的出版，表示真诚的祝贺！

集中的大部篇什，在出版之前我已细细读过，当拿到书之后，我一样像没有读过一样细吟慢斟。我们知道，凡世间之书，能值得在回味之中重读一遍的并不多——这似乎并不取决于阅读体的意志操纵，而更多地来自于作品的审美魅力对主体的无形感染程度。阅读进入得愈自然，就证明对象之于主体时诱惑力愈强。一种多元的、多向度的审美直觉一直在读者心中生成，我以为这也可以作为作品成就的一种诠释——重读你的《豆蔻岁月》，我首先收获了这些。

在这部集子中，总惹人情思的是你对乡村生活的回忆之作和你年届四埂时对身边生活的感兴篇章。我看得出，虽然你力图写出那段时间里作为凡夫俗子的实在的生活过程，但 20 世纪五六十年代中国社会生活的政治化痕迹，依然明显地留在里面。虚狂的大跃进、天灾人祸交织的三年自然灾害，四清运动的凄风苦雨，以及由此产生的一系列连锁式人生动荡，都被你化作生命的节奏、旋律，从而形成一阕阕哀婉而不失理性的歌儿，历史生活的粗糙让你用八面来风而铸成的时代理性之火，在审美的锻造之中精致成了艺术。不过，这种“精致”的过程也是最容易失足的地方。虽然过往的岁月能够积淀于内心深处的很可能是那些人生永恒的光影与花香，但它被重新唤起时所必然附带起来的历史烟尘，也极可能干扰到主体对精致化过程的操作——有两种彼此相连的危险将同时存在：要么是在“历史的烟尘”中丢失了时代理性，从而在审美的生活化、物化过程中走入“泥实”状态，以至于把审美创作无形之中变成了仅仅再现耳闻目睹的回忆性打捞，最终使创作难以精致；要么是受到创作者写作时临场理性的奴役，把心中的意绪化为一种“缅怀式”氛围，从而使构成作品实体的却是作者今日的生活感兴。这种无形之中的“榫接”便迹同于虚构，而虚构则散文创作的大忌。直抒胸臆的笔墨也会因此变成一种不讨人喜欢的矫饰。

欣喜的是你却巧妙地避免了上述两种危险。你有意稀释了个人在历史参与中的情感判断，把个人的全部体验自觉放在人的生命过程中予以定位。在历史云影的深处，你所品味的是人类之于终极关怀映照下所具有的复杂滋味，故而，你的很多作品总能在历史的沉重回忆中传达出生命的昂扬。青春的绿意因有了悲壮凝重的背景从而让人感动，一如当年的沈从文、李文田，审美的自觉和自立意识，驱使你有意避开政治化生活带来的轰轰烈烈的“意义”，去着意搜寻“意义”背后那人生的“意思”（情趣），而作为情趣之文的散文，其魅力和生命也正在这里。林语堂提倡“闲适”的格调，梁实秋关注“普遍的人性”，沈从文要执意保留心中那座湘西风采的“希腊小庙”，周作人一生都在致力于“涩味”与“简单味”的调和，甚至当代用文中方家们颇有微词的杨朔散文模式的趣味升华方式，无不是对情趣所表达的厚爱。尽管你的若干作品还不能从情趣角度达到精致，但渗透在创作中的努力已经是清晰可鉴了。这说明你已获得了对散文审美的本质认识。

情趣的发现，我在对现代散文的研究过程中感到与主体的心态有着绝对的关系。在你的作品讨论会上，诸多评家都注意到了你作为一个政务工作者与艺术创作者之间的角色转换问题，我以为这也是对你的心态进行分析的一个不切入角度。遍览古今为文造艺者，这种显现于同一主体之身的角色冲突总是程度不同地存在着，这是一种生存与创造的冲突。任何一个作为生命存在的人都必须首先获取生存的权力，也就是首先扮演一个被动劳动者的角色；同时作为靠精神活动协调生命平衡的非物态化的人，自由创造的欲望也同样与生命一起同生同灭。而在生活与人的相互创造中，这种角色冲突在你身上表现得更为突出些。我以为，能够使你在两种角色的转换中做到不顾此失彼而又悠然自得者，是因为你不论在哪种角色中始终拥有一份文化人的通脱情怀。你明白，世俗的抗争并非全是悲剧的注释，同样，人生的自在状态也并不全靠创造获取。生活的严酷与创造的挣扎，一同被你视为生命共时展开的不同侧面。如果说，生活中你拥有不尽的感慨，那么这一切将化为审美创造的对象而显示它们的价值。文化人的情怀，使你拥有了漠视人生世俗得失、超乎自我到利害之外获取生命发展的通达；而入世的执着，又始终使你的文化人情怀附着在现实层面而免于走入“童话式浪漫”。犹如我们所看到的壶口瀑布一样，浊浪因为有河床石槽的不断拓深显示了力量，同时静默的石头也因为创造了瀑布的奇观而拥有自豪——真是矛盾的和谐！类似的冲突情形，才形成了你作为双重角色的文化，常能以入世的凝重感味悠然，以出世的纯静谛视生存挣扎的悲悯。这正是你的优势，也是作家们应当孕育的恒久心态。

不过我想，在这种不论自觉或是不自觉的转换中，你必然能感受到一种苦累。虽然，创造的成功自会冲淡这苦累，但苦累一旦成为心境的一种颜色，就会对创作产生影响。这种影响在你今后的创作中是正面还是负面，我心中总有些隐忧。

散文创作是一场艰难的审美苦旅，所有的巧取、矫情和浪漫都无助于到达辉煌的彼岸。超达而不遁入虚无，执着而不陷入混世，忧患里多一份潇洒，质朴中多一些智慧，以本真的自我去构筑平凡的堂皇。我想这对于你定不会是太遥远的目标。

意随笔疏，难以深窥，乞谅不赘！

本真的情愫　撩人的韵致

——乔忠延散文谈

在新时期文学的涌涌大潮之中，散文的创作领域可谓凄清极了。遥想当年新文学伊始，散文以其夺关斩隘的斗士气魄一举为白话文学争得天下的壮观情景。面对近十年来散文创作之窘况，真令人黯然神伤！岌岌乎被人全然遗忘的散文，如弃儿一般，与审美的“新潮标异”无缘，与“通俗”、“地摊”无缘。偶有几篇佳作，也难得人们之青睐。久而久之，散文这一审美式样对于初学写作者来讲，因难以带来轰动性功利而在一开始就被忽略。至于大家名家们，也大多在“大部头”的边角料舍不得弃之的情况下才偶尔为之，成为笔余。早年的贾平凹，曾一度痴情于它，果然佳作迭出。但终因难以带来预想的结果而转向中篇创作；头几年，张洁曾以其《挖荠菜》等名篇为人激赏，但以后亦鲜见她顾盼散文的眼神了。王蒙的一组《访苏心草》痛快淋漓，然冠以散文却令人觉得别扭。举目新时期十余年的浩浩长空，那些最亮的星，哪一颗在闪烁着散文的光辉?!

正是在散文备受冷落的时分，我不断读到乔忠延同志的散文作品。从漫不经心到侧目以视，最后竟至于真被它陶醉过几回。及见其人，闻其诉说，才得知他十多年来几乎把全部的激情献给了散文。痴迷之深，信念之笃，毅力之坚，创作之丰，委实令我大大感动了。我大胆地想，他是否可算文学新时期以来第一愿把终身托付给散文的人呢?

在翻检乔忠延几十万字的作品时，我同时在思考这样一个问题：散文作为一种审美式样，其独特的本质到底是什么呢？我以为在于它对本真的自我所达到的淋漓尽致的抒写。林语堂曾对散文触角的自由度进行过大胆想象：小到一只苍蝇，大到茫茫宇宙，复杂的古今人生、神秘的自然万物，全部都是散文可以自由驰骋的空间。尤其是对人类种种的神经末梢的注目与展示，才是它最为独特的优势。人类精神世界对时空一切存在的无限含融性，使得散文一开始就具备了切入本真层次的客观条件。自我与客体的高点汇通，也就是说只有当自我在面对对象时倾注了真情，方才完成了自我与美的对象化过程，也同样在此拥有灵感与激情。很显然，乔忠延的这种散文意识是最近几年才臻于自觉的。正因为如此，他才那样轻易而又自然地把人世沧桑融于一事一物、一情一景的描摹之中。无论是故里那“老水磨”、“弯桃树”、“合欢树”，老中、尧枣、古渡，还是异地的“泰山云海”、“香港见闻”、“济南群泉”、“北京览胜”……这曾在无数人笔下被揣摩过的一切，均在他独特自我的眼神中显示了其新的奇特与不凡。如《水磨纪略》，借水磨的几易其主，叙人世的迁变腾挪。从那水磨悲欢交织的咝咝声中，人们终于听到了现代文化对国民精神改造的未来之音。类似这样的篇什很多。我悟到，乔忠延并无心写什么意义，而当他把一物一景的意思写得完满之后，其深在的内涵也就被读者意会了——这正是散文高手的做法。

本真的自我情愫抒发，需要靠足以牵动衷情的视角获取。乔忠延目下正在大规模展开的系列散文创作《童话岁月》，的确把握住了这一点。他用一个童子的眼光，悠悠看取着那早已过去的、然而又难以让人忘怀的20世纪五六十年的一切；目光愈纯真，历史则显得逼真。童子目光中的纯真、好奇、幻想及荡魂激魂的追慕，使共和国那一段特殊颜色的历史更增加其沉重。悲酸苦辣甜对历史的充分酵化，使历史的沉重变美了。如《合欢树下》，从表层看去是写一群小学生离开合欢树又以回到合欢树下的经过。但过程叙述本身因为有“大跃进”狂热的童心感触，从而投射出历史的影子，因为有周老师的凄然出走而显露出愚昧对人生文明的摧残，也因为有失而复得的合欢树而使叙述中的历史过程而让人悟以人世的无常与追求的艰难。诸如此类的篇什，正应了郁达夫先生早年所说的“一粒沙里见世界，半瓣花上说人情”的散文创作真谛。乔忠延如今已年届不惑，所谓的童年视角也只能是理性支配下的追忆。在这里，童年的感情记忆与成年的理性判断，在反思的哲学层次上合二为一。童年情感记忆使成年理性被浸泡在有意味的叙述之中；而成年理趣又使感情记忆始终沿着深沉的哲理导向，互为因果，相衬相促，完成着童年视角里人世沧桑的现代理性反刍。

周作人当年在评价俞平伯散文时曾下过“涩如青果”的断语。这一说法似乎与他一贯主张美文的“白”相矛盾，其实不然，“白”是指语言的朴质与通畅，“涩”则是指其语“白”下面的“意涩”。表“白”里“涩”，外“白”内“涩”，虚“白”实“涩”，这之于审美层次上说，可谓散文创作之佳境。通观乔忠延的创作尤其是近年来的散文，似乎正向这个境界走来，在他的文中，每一篇似乎都有一个相对完整的细节，甚至有的迹近情节的规模，猛看去像在专心叙事，一如能说会道的庄稼人那样，漫不经心然而又隽永有味。但实则那叙述之外的理趣才是他所痴迷钟情的，在《水磨纪略》里，水磨的几易其主的过程叙述完成之后，乔忠延顺势写道："清清流水打在那悠闲多年的木轮上，木轮带动着磨扇，磨了多少代面粉的水磨，吐出了丝丝缕缕的木粉，磨扇下堆起了一围起起伏伏的山峦，山峦喷着木香味呢。”这真乃情景交融之妙笔——一笔点透了水磨纪略的韵致。有对历史反复的感喟，有失而复得的喜悦，更有自我面对历史的冥冥遐想。

艺术创作的前途首先要讲悟性，而对语言的悟性则又是第一位的。他是在用性情去“贴”语言，而不是在语言中找性情。他生性淡然，遇事沉静。因之在他的作品中随处可见他对“淡雅”语境的偏好。且不说那些重叙述的篇什。单就那些意在阐发些什么的文字，便也能看出。如《尧枣》的最后：“叙谈间，张君已捧出一包红枣，但见颗颗紫红，小拳头般大。我和孩子一人捡起一颗，轻轻一咬，薄皮碎了，蜜汁满嘴。只一口，谁都夸，甜!”忠延喜欢用双声叠韵的词式重复词式，诸如“攀攀爬爬”、“跳跳跃跃”、“走走看看”、“思思考考”、“汹汹涌涌”、“澎澎湃湃”、“迷迷蒙蒙”、“搬搬打打”、“扣扣摸摸”等等，这些单个挑出来平凡之极的形容词，经他在恰当的语境中一用，便神气凸现。淡雅的审美偏好，在这些热词热句里则表现为一种激情的含蓄。

假如，他今后在散文创作中再多一点郁达夫的坦荡，多一点沈从文的质朴，多一点周作人的潇洒，多一点朱自清那不见斧痕的雕琢，那么，乔忠延成为一个散文大家，则便是指日可待的。

拟儿化、视点、选择

——舒婷《我儿子一家》阅读分析

《我儿子一家》（新编初中语文第一册）从文体上说属于散文，细分之应归入叙事散文一类。以叙事散文的传统和常规特征而言，说或记“事”是它的基本性质。这类散文我们一般人读过很多：有的侧重于“事”的过程，自然在行文中要注意对象在时间过程上的完整性；有的叙事散文，则是有意突出“事”背后的“意味”，这样就会用“意味”来选择若干“事”从而托出“意味”的完整性。若从叙事散文里“事”的作用上看，一般不外乎专于“事”或以“事”衬人两类。简言之，叙事散文总是围绕“事”而展开的。

但仅仅以上述这些基本的特点来阅读作品，只能了解一篇作品“写什么”的问题，却难以把握相同文体、相同题材的叙事散文千差万别的根本原因。我们在阅读相同文体作品时，不同作品所给予我们的“感受”差异，很多不是“事”的不同带来的，而在于对“事”的写法的不同，即“怎么写”的问题。如教材中的《背影》与《从百草园到三味书屋》，前者给人以“美”的“忧伤”，后者则多是一种思考的启迪。这种“意味”“情韵”的差异，即与作者所苦心选择的叙事口吻、叙事视点和叙事策略大有关系——这应当是阅读文学作品最须用力的地方。

《我儿子一家》在上述三方面都体现出作者的追求。即使我们粗读一遍作品，也能觉出其中很浓、很鲜的活泼而又不乏幽默、寻常俗景而又有雅然的“情趣”。“情趣”，说白了就是作品作为对象，在我们阅读中自然走进内心，并在感情层次上体味到“意味”。这“意味”，有的可以说得出，有的则难以表达。《我儿子一家》的“情趣”是如何来的呢？我看需从以下三个方面加以体会。

一是“叙述口吻”。这句话初看很陌生，其实内涵并不复杂，无非是说一篇作品（主要是指叙事类作品）的“事”是由“怎样一个人”讲出来的，这个人也可以称作“叙事角色”。“角色”不同的年龄、阅历又与“事”的不同关系及对“事”的不同评价态度等等，都能在“口吻”上表现出来。《我儿子一家》从题目上看，“事”的讲述者（角色）似乎应当是“父母”，但在实际作品中，说“事”的人却是“儿子”。通常说，题目应当与正文一致，如此，题目应当改为“我的一家”或“我父母一家”这种题目与正文在“视角”上的错位，正好启示读者，作品的“叙事角色”的背后，还有一个指导“角色”的人，用现代叙事学的概念说，这个“指导者”称为“隐含作者”。本文正文的叙事采用“拟儿化”方式，这里的“拟儿化”指有意采用儿童、幼年者来说“事”，这种方式可以说是作者预先就设计好了，它在作品中起一种规范、限制的作用，即必须用“儿童”或“幼年者”的眼光来看待“事”、感受“事”，对“事”的叙述或描写应当从“儿童”或“幼年者”最容易注意的方面入手。叙述“事”免不了带出“体验”，而这种“体验”也必须是“儿童”式的，即有它的“范畴”、“深度”和“时间性”。为此，本文紧紧围绕“妈妈”“父母”与“我”的生命诞生、成长的过程，其“视野”丝毫未超出“我”能观察到的范围，“对话”内容也全部是与“我”有关联的，这样就为作品给人以真实感创造了前提。文中又以“我”在叙事中的“成人化”用语，比如“大吐特吐”、“供应妈妈”、“高卧在床”等等，在“错位”中形成“幽默”。

二是“视点”。“视点”就是视角，通俗说就是作品中的叙事角色是站在什么位置上来向读者讲述“事”的。这一点与叙事角色的“能力”有关。本文采用“拟儿化”方式，规定了“视点”。这“视点”，我们可以从两个方面理解：一是“幼年者目光”，是站在与成人相比较的“儿童”位置；二是“家庭”，这也可以称为“视域”，即视能力可以延展的范围。这个范围，也显然是根据“拟儿化”方式中的叙事角色的能力而定的，再通俗一点说，《我儿子一家》中的“视点”就是家中的“父母身边”。为此我们看到，“我”所看到的一切，尤其是几个“外人”，也是在他们走近“父母”或走进“我”家时，“我”才看到并进入叙述之中的。

三是“选择”。这里讲选择，意思是说叙事角色对“事”讲什么，不讲什么，这其中含着挑选、取舍、详略等方面。如果按本文叙事的时间段来划分，可分为三个单元——一是“出生前”，二是“两岁前”，三是“两岁后”。文中这样划分，显然有这样几个目的：首先是想借此叙述“我”

生命诞生到初期成长的“完整性”，其次是为了写出“我”对生活世界感受体验的不同层次——由简单到复杂、由父母到家人及客人、由家庭到“儿童社会”（幼儿园）等。第三是为了表达“我”所感受到的生活情趣从相对简浅走向丰富多彩，使作品的“情趣”也同样达到“完整性”。

当然，“选择”也包括“语言”，值得我们特别注意的是，整篇作品的“拟儿化”口吻、视点与叙述过程中的“成人话语”之间所形成的意味。作者在口吻、视点方面严格按照“拟儿化”方式，而在叙述“事”的过程中却有意杂糅一些“成人话语”进去，不但不别扭，反倒恰恰是作品活泼文风、幽默情趣得以形成的必不可少的条件。

阅读作品应以整体感受为主，在叙事散文阅读中，我们对“事”拆开分析，是为了说明“整体性”是如何形成的，切不可以“分析”结论来代替“整体性”感受。

“回忆”的过程性和“韵致”的生成性
——《父子情》阅读分析

散文的“回忆性”是散文创作很常见的一种情形。一般而言，其文体的内在“时间性”只要是指向“过去”，那么其“回忆性”是显而易见的。如果笼统地看，“回忆性”散文的共通性是很多的：比如文本时间的“过去性”、叙述中所凸现的“回溯感”、主体创作情态的对往昔岁月的浸淫与认同等等。但这并不能说一切“回忆性”散文的差异都可以忽略不计，像课文中的《父子情》与《背影》两篇作品，其差异性还是相当明显的。简而言之其主要的差异有两点：一是“回忆”的过程性差异，二是“回忆”中“韵致”的生成性差异。《背影》属于“定点式”回忆，即创作主体在回忆中已预先有一个“中心意象”（也可以称为“情结性意象”），其后创作的一切因素都自觉或不自觉地围绕它而进行，包括结构的整合、视角的定位、主体情态色彩的调制、叙述语调与节奏的斟酌等等，并整合为一，共同完成对“韵致”的托举。

与《背影》相比较，《父子情》属于另一类“回忆”，它不是为了“定点”凸现而有意肢解“过程”，而是分外注重“过程”的完整性和渐成性。这里没有“中心意象”，没有执意想要表达的理性意图，在主体心中也许只是有一种想凭“回忆”来倾诉郁结的欲念，结构服从于主体的情绪，“历时性”的过程成为作品的主体内容。“过程”的完整性不是体现为一个事件了然可见的来龙去脉，而是过程中“情绪”的饱满性和“韵致”在过程中逐步浓郁化的动态情形，也就是我在前面所说的“渐成性”状态。《父子情》的回忆过程是漫长而大跨度的——从“一岁半”至写作此篇作品时。但作者在究竟想要回忆什么，上面似乎并未多费心思，而是径直从印象出发——幼年的、少年的、青年的以至于中年、老年的“印象”，甚至还包括当下在面对已故去多年的父亲所整合其一生而拥有的新的“印象”。这个“印象”无疑是完整的，不过这一“完整性”应当说还是表面的，因为“印象的完整性”不仅仅体现在对父亲一生的陈述，而重要的是“我”的印象的完整性——叫“我”“撒尿”的父亲、八岁前后“摸摸我的头，叫我‘小乙’”的父亲、“一张嘴就是一串笑话”“常常指着我不无亲切地叫我‘傻小子’”的父亲、“见到我，不再叫‘小乙’，而是称呼‘舒乙’，而且伸出手来和我握手，好像彼此是朋友一样”的父亲、“常常得意地对朋友说：儿子是学理工的”的父亲、非要我带上“两根”皮带的父亲、“对我的恋爱婚事”“采取了超然的态度，表示完全尊重孩子的选择”的父亲……以及把教育孩子的“许多独特的见解”留给后人的父亲，这些才托出了父亲在“我”眼中的襟怀、气度、做派和生命的韵致。双重的“完整性”叠合在一起，就形成了我们说的“过程”的“完整性”。

我们所说的“韵致”，指的是一种弥漫在作品整体之身的情趣。这种情趣有时可能包孕着某种理念性的东西，而更多的时候则仅仅只是一种“情趣”。这篇作品的韵致可以这样来理解：作者写出了一个“独特”的父亲——随和而又有主见、幽默而又负责、亦师亦友等诸种侧面和角色交合为一的“复杂”的父亲。作品中，除了细节本身具有的情趣性之外，“韵致”的形成还与“我”对这些细节随着年龄的不断增长而不断变化的且又是不断深入的理解密切相关。从知道“我和他一样”的幼年，到能够欣赏他幽默和健谈的少年、彼此做朋友的岁月，直至成家立业之后对“他的爱的价值”的解悟，这一切均凝聚成“情趣”背后的神圣与庄严。“我”更懂得了难以与他倾诉这份心路历程的“悲伤”。我以为作品的韵致就体现在叙述者这一由“不懂”到“解悟”，由“爱”生“悲”，再到“悲”“爱”互渗的渐成性的“过程”之中，“父子”情深于此毕现。

隽思的复杂与凝重的澹然

——评黎晗三篇散文

青年散文家黎晗，已在这“边缘文类”的创作路上跋涉了多年，又恰逢散文从外围突至中心，盎然热闹的年月，为此，便使他痴情眷恋的“散文言说”生发出“幸”与“不幸”的双重意味。说“幸”者，是因为散文这一被周作人称为“文艺少子”的文学物类，终于在20世纪80年代末至今十余年间，经“小女人”们的“抚摩”，“学者们”的“栽培”和各类“杂家”名星们的“侍弄”，忽闪之间长大成熟，并在文学舞台上揽了个“主角”位置——时间散文滚滚，名字亦“云蒸霞蔚”起来。不言而喻，所有接触过的散文者，都跟着沾了不少便宜——恐怕想歇手也欲罢不能了。黎晗恐怕也有着被这滔天热浪裹挟而来的身不由己和苦笑罢。所谓“不幸”者，我指发酵般延展的散文，犹如超级市场或夜晚马路摊点或免费入住的“话吧”，头脸齐整的、衣衫褴褛的、气壮如牛的骗子或胆小如鼠的偷儿，各色人等——均可来此一游。反倒使那些于此想做点“真生意”的人们，不堪嚣烦而意欲逃匿了。黎晗以专注、痴迷的精神跻颠其间，“不幸”的苦处谅也不少——我这样说并非无凭空言：十余年来，他常常游弋于散文与小说之间，襟怀的日益深邃与文类选择的“言说阻隔”之间的矛盾却始终存在。不过，我以为正是在这“不幸”之中，他寻求并托起了一份自我而又卓然的“散文表达”。

就《为什么要愤怒》《走神的时光》和《细节中的温暖》三篇作品来看，至今为止有关散文的基本特征，黎晗已熟练地思考并运用着。当“散文表达”在他的创作跋涉途中逐渐显现出它作为知识分子言说方式的独一性时，黎晗的创作便不期然地迈进那有意拒绝民间而仰望高贵俊逸的品性境界。在我看来，这确是一种根本的颖悟——在诗、小说、戏剧、散文这四大文类里，唯有散文与知识分子有着单一血亲式的资源关系。这是我们辨识黎晗散文“卓然性”的有力视角。《为什么要愤怒》可以被视为鲁迅式“忧思”的诘问与追索的当代薪传。体制化“做作虚伪”的背后，埋葬的是无数小人物或百姓无声的抗争与无奈。文字表达其表面的平静与澹然，拽出的是“杂文的凝重”和“小说的荒诞”。这可以认作是散文之于知识分子良知呐喊的别致的艺术表达了。其思想内核与黎晗的大篇幅小说《巨鲸上岸》《石子跑得比子弹快》等是极一致的。我不禁想问：“这是小说对于散文的影响呢？还是反之？”深寻中我悟出，或许是知识分子的言说良知使文类影响成了互动关系。《走神的时光》里，把“走神”定位为人生挣扎的某种境界，显然有着无奈的凄切在。当“走神”成为商业文化语境里人为了生存而刻意追寻的目标或只有在“走神”中才可抓住自我时，世间的复杂便可想而知了。如果说《为什么要愤怒》中“隽思”依托于一个相对完整的故事，那么《走神的时光》只是个细节，于此可看出黎晗在“散文表达”方面的变化意识。《细节中的温暖》一篇，我是作为“思想随笔”或“读书小品”来看的，黎晗假想着面对一群有品位的同好，坦诚而又入神地讲述着他对那些卓然不群的艺术创造者的阐释体验。这里有某种凭了想象而前行的玄思推想，而更多的是对倾慕者们的内心复活——这油然使我想起徐志摩散文名篇《曼殊菲尔》的笔致，我喜欢这种被自我感情浸漫的创造式随笔。

散文的精神是什么？这已在今日闹哄哄的散文实践里真相隐匿、难以说清了。其实，如果我们认同于“散文表达”之于知识分子的单一血亲关系，那么其精神的内涵当去“文化的尊贵性”中翻找。黎晗是有意这样做的。“隽思”的复杂并不包含“庸俗”，澹然的背后是良知的凝重。题材并不重要，“文化指向”可能会把散文从目下“繁华的贫困”中救出。

舒婷论

如同时代造就英雄一样，历史的新时代也在造就着足以体现本身力量的出色诗人，在历史和时代某个严峻转折的关头，诗——这位艺术家族中的浪子，自觉或不自觉地成为时代的激越歌声和冲杀的号角。诗人，也将肩起历史与民族的重托，充任最敏锐的形象见证人，时代风云的弄潮儿，未来的预言家和新生活的积极召唤者。当诗人的悲欢歌哭，一旦在由民族命运奠基的历史时代峰壁上激起巨大的回布，在同舟共济的普通人民心中引爆异乎寻常的强烈共鸣之时，诗，它的美学价值因为历史、时代和人民的渗入，将会变得格外沉重、厚实，因拥有人类命运阴晴圆缺的复杂的全景色彩而与世争久。诗人和诗，将作为一种独特的推动力量而被历史所缅怀。此时此刻的诗人，被推上历史新生界的受人瞩目的制高点，那就是顺理成章的事情了——舒婷，就是如此。

她，就如一颗金亮的小星，腾空而上，闪烁在刚升起一缕玫瑰色黎明的新时期诗坛上空。欣喜者们，相见恨晚；陌生者们，惊诧愕然。拍案惊起，吹毛求疵，褒贬毁誉，纷然而起，并且由北生发开去，引爆了一场关系到我国诗歌究竟向何处去的轰轰烈烈的大争论。尽管这场争论因为多种因素的加入起伏微妙，朝强夕弱，但仅就其给当代诗坛带来的醍醐灌顶般的震撼，都会迫使不失赤子之心的文学家毫不含糊地写入史册。

基于此，我们在此探讨一下新时期诗坛“一群人的代表”——舒婷的创作，艺术道路的上下曲直，诗人在诗作艺术探索上的历史轨迹及诗人创作的历史地位等，对于我们今天把握新诗历史发展的定势，诗歌在时代精神的烛照下所闪现的独特的审美价值、哲学意义上的深刻性与艺术创造性二者之间的辩证关系，艺术家一时的迷乱与创作暂境的内在因果纠葛等，都不无意义。

一

舒婷之所以被举荐为“这一群人的代表”，历史和时代的原因都比较复杂。选一群人，指的是在“文革”前后的畸形遭遇者们。他们的确是在乐园中辞别童年和少年的。安宁的社会环境和比较清明的政治气氛，使得他们在接受着良好的智力开发的同时，又无条件地承受着带有“左倾”意味的正统思想的感染熏陶。天真未凿的心灵圣地上，时刻变幻着彩虹般美丽的梦想，历史优惠他们，他们在毫无准备抵御任何风雨的幼稚冲动中，朝着蔚蓝色的天际欢呼。理想的旗帜在他们手中被高高擎起，先辈们的浴血生涯无时无刻不在神圣地激动着他们，企求献身的激情和渴求建造伟业丰碑的欲念，在他们心中炽燃。崇拜英雄的全民族单色调激情，把他们熔炼得那样单纯，然而又是那样脆弱。也就是在这样的时刻，时代突然在一个早上改变了自己的慈祥和宽厚、狰狞，闪电般到来；腥风血污扑面而至；汹涌翻卷的历史浪涛把他们打翻在地；一艘艘鼓满风帆的小船，被严酷地、猝不及防地搁浅在历史的沙滩上。正如作者本人所说：“噩梦，梦见十几公斤的木牌、铁丝上渗出的血珠，辱屈在我尊敬的人的眼里变成阴暗的河流。我总是满头大汗地从梦中惊醒，收拾些衣物和食品，送去给被监禁的家人，走进另一个充满呵斥、白眼的噩梦……生活表面的金粉渐渐剥落，露出凸凹不平的真相来。”①

这一群人，他们曾几何时恨自己晚生了若干年而未赶上挺枪跃马的岁月，但现在，历史以极其相似的面目突然降临在他们信念之柱远远没有经过生活锻冶的灵魂上空，他们不理解，愕然万分地瞪视着生活撕咬着真理、美好和善良，毫不怜惜地抢掠着青春和年华。失学、流浪、下乡“改造”，风雨陪伴着他们走进一个陌生的人生，风雨陪伴着他们步入青年时代，风雨陪伴他们过早地开始了独立自我的创造。特殊的历史阶段，造就了一代特殊的人生。在灰色的生活中，舒婷独自走着——曾在五年级所享受的老师起劲讲评自己作文的“开心”，由眼下“挤在破旧的祠庙中”的

---

① 引自舒婷《生活、书籍和诗——兼答读者来信》，见《福建文艺》1981年2期。

凄凉所代替，“冷冷的犬吠声”中，泪水涮洗着中学时代发表在校刊上的诗作给她带来的“着实得意”；贫瘠的山地里，再也寻找不到可以“搂在怀里”的“彩霞”[①] ……但是，不凡的灵魂多半是在生活的折磨中诞生。舒婷在独自行走中，看到了历史表象的背后。对于她，“十二月革命党人”的精神已不再是理念的安慰，高尔基当年注满辛酸和不屈的足迹，使诗人第一次切身体会到信念在逆境中的极端重要性，苏醒地自我发誓：“要写一部艾芜那样《南行记》的东西，为被牺牲的整整一代人作证。”[②] 我们不难看到，诗人的选择尽管那般艰难，但却令人振奋。劳动、学习、创作。生活的充实终于战胜了流泪的寂寞，性格的力量一旦被民族所容纳，它便具有恒值。诗，标志着一个苦难灵魂的理性觉醒：

如果有一个晴和的夜晚，
也有那样的风，吹的脸发烫，
也是那样的月呵，照得人心欢
呵，友人，请走出你的书房。
谁说公路枯寂没有风光，
只要你还记得那沙沙的足响，
那草尖上留存的露珠儿，
是否已在空气中消散？
江水一定还那么湛蓝湛蓝，
杭城的倒影在涟漪中摇荡，
那江边默默的小亭子哟，
可记得我们的心愿和向往？
……
（《寄杭城》）

明丽的色调，却包孕着一个灵魂的沉重崛起。坚定的生活信念和对未

① 引自舒婷《生活、书籍和诗——兼答读者来信》，见《福建文艺》1981年2期。
② 引自舒婷《生活、书籍和诗——兼答读者来信》，见《福建文艺》1981年2期。

来的热望，组成全诗撩人的主旋律，贯响其间。

正视现实，而又对明天抱有必胜信念；憎恨丑恶，但决不放弃对任何光明的追求与拥抱。舒婷就是在这种理念观照下开始其艺术耕耘的。

诗人在1972年返城之后，尽管因没有及时就业，产生过被搁浅的感觉，也曾使她产生了寂苦和不甘如此的自我孤傲。但，毕竟很快就过去了。一旦投入生活之后，拥有生活的主人翁感就压倒了这些暂时的、琐琐屑屑的情绪波动，诗的触角因伸入了深邃的社会里层而显得深沉有力。尽管祖国还在昏暗中挣扎，但诗人已超越了自己，她不屑在自己的脚下寻找冲动的契机，诗的刀剑一经时代、祖国、人民汪洋般感情大海的淬火，便锋芒毕现，锐利无比。舒婷捕捉形象的诗网已撒向风云变幻的时代，《致大海》里，诗人已经看到了压抑气氛下的生活中，“也还有勇敢的人/如暴风雨中/疾飞的海燕”；《丽帆》中那位“埋葬”“我”“苦恼”的姑娘，无疑蕴涵着诗人对亿万人民重造乾坤的认识的深刻性；《海滨晨曲》，以优雅深婉的爱情诗旋律，喊出了人民的心声，倾泻着诗人自己豪迈的战斗激情；深沉雄浑而让人不忍释手的《珠贝——大海的眼泪》，以鲜活的比喻，组成空间很大的意象之群，通过读者的二度创造，力度感变得分外强烈。雄健和柔婉交替使用，形成刚柔并重的情绪势能，诗眼在警句中张开，体现了作者恪守真理与信念的艺术构思质点。创作于1976年10月之前，和上述诗作基调一样亢奋的《初春》《诗神与爱情》《呵，母亲》《秋夜送友》《忘却》《赠》《春夜》《相会》《中秋夜》《心愿》等作品，不论是爱情，缅怀，还是酬和，即景，都以惊人的真实而显得楚楚动人。它们真实记录了作者和人民息息相通的灵魂挺进的曲折历程，对真善美的孜孜追求，对黑暗的蔑视及为真理献身的愿望。今天读来，它们那内在的震撼力量依然如昨。但是，我们不能不遗憾地指出，舒婷的独特艺术探索还没有开始，她还未从传统的重负下挺起身来。

人们也许难以忘记，20世纪70年代末的时间车轮在神州大地行进得多么艰难，中华民族进入空前的沉思期。舒婷和广大人民一样，正在用不断加重的严峻，审视着过去，审视着那场“浩劫”给祖国和人民留下的巨创深痛，审视着自己似乎有些模糊的风雨足迹。这个时期是诗人的思想发生巨变，包括情感、追求、信念、人生观、历史观、价值观等在复杂的现实面前进行沉淀的最关键时刻。我们看到，岁月的流逝，风雨的洗礼，自我探索，自我挺进，自我崛起，自我亢奋的生活搏斗与精神更迭，使诗人完全摆脱了幼稚和娇嫩，变得深沉持重了。创作上加重了哲理色彩的浓度，抒情主人公由过去感情外露，激情迸射变得冷峻严肃。她在历史和时代的回音壁上重新试探自己歌声的力度和音高。《悼》，便是她思辨系列诗作的第一音符，作者摒弃悲凄的呻吟，写出的不仅仅是思念：

……
请你把没走完的路，指给我，
让我从你的重点出发，
请你把刚写完的歌，交给我，
我要一路播种火花。
……
人民在清扫战场时，
会从祖国的胸脯上
拣起你那断羽一样的旗帜，
和带血的喇叭……
诗因你崇高的生命而不朽，
生命因你不朽的诗而伟大。

正如作者在回顾这一段生活道路和创作道路时所说的那样："沉重的思索代替了早年那种'美丽的忧伤'。"的确，在这样的历史关头，每个想要重新把握历史和未来的人，思索的羽翼不能不显得格外沉重。在历史的反思之中，作者在探寻那血污的年月究竟会给人们以什么样的启迪，飞逝的青春中有多少真的激情和虚的狂热。历史的空地上，有成片的污秽，有乌云投下的巨大暗影，有枯枝败叶、朽萼残红，同时也不乏被劈裂、折断的树杆上拱出的新芽，阴影四周漫延着的春光，这春光正以极艰难、然而却是凛然不可侵犯的气势向新的岁月走来。过去，那些曾点燃过自己心灵之火的一切，将在严酷的历史和时代衡器上重新称量。生活的改观使得过去清晰的情感、激情、追求变得模糊迷离了，诗人在寻找新的抒情突破口。于是，寄托遥深，底蕴丰满的咏物诗《致橡树》问世了。笔者不认为这是单纯描写爱的小夜曲，诗人把对生活的热爱之情偕橡树和盘托出，在思索中抒情，独特的是作者故意不披露自己思索的结果。《雨别》这首小诗，带有相当明显的原始创作冲动的痕迹，“忍不住”的爱，表现得那样大胆、痛快、隽永。与《雨别》写于同时的《茑萝梦月》、《无题》、《黄昏》，巧合成一组，表现了作者对基于人性的挚爱的深切渴望和大胆追求，展示了作者“沉重的思索”另外一生活侧面。在这种爱的饥渴中，不自然地流露了对现实不完满的哀怨之情，这里要特别指出的是《四月的黄昏》，这首诗在当年《福建文艺》组织对舒婷诗歌的讨论中争议颇大。许多论者都从它身上看到了朦胧，只因为未能体味作者象征意境的意象组合方式，而断言它“不知云何”。其实，诗人是在怀着一种复杂的情绪，描写了一种类似恋情，又高于恋情的崇高情感，并通过这外在意象的描绘，寄托了作者自己在面对现实苦苦沉思，时而感悟，时而孤寂、空虚，时而迷惑，时而又觉得充实的变幻不定的心境。我们在这里引用作者本人的一段话可聊作佐证：“七七年我初读北岛的诗时，不啻受到一次八级地震。北岛的诗的出现比他的诗本身更激动我，就好像在天井里挣扎生长的桂树，从一颗飞来的风信子，领悟到世界的广阔，联想到草坪和绿洲……令我欢欣鼓舞地发现……在我们这块敏感的土地上，真诚的嗓音无论多么微弱，都有持久而悠远的回声”。[①]

同时，我们每个人都还清楚地记得，十月的欢呼并不会冲淡生活的严峻，阳光与阴影的搏斗是残酷的，这一切社会交叠过程中的必然现象，新旧较量的惨重斗争，只会使人们更加明白，生活，并不因东方出现了一缕玫瑰色朝霞而削弱了它的艰险。舒婷本人也意识到这一点，于是她在世上流行的否定一切的思潮面前，表现了难得的持重和坚强。

……
一切的现在都孕育着未来，
未来的一切都生长于它的昨天，
希望，并且为它斗争，
请把这一切放在你的肩上。

① 引自舒婷《生活、书籍和诗——兼答读者来信》，见《福建文艺》1981年2期。

这岂止是诗的艺术，庶几乎是哲学的严谨！唯物主义和辩证法使得这首《这也是一切》，升华到从未有过的时代和历史的理性高度。

与《这也是一切》相呼应的，是舒婷写于1979年4月的名诗《祖国啊，我亲爱的祖国》。这首诗以咏叹调的四环抒情方式，勾勒出诗人面对祖国贫困的现实和勃勃的生机，决心为祖国重新崛起而献身的博大胸襟。这种比之在逆境中产生的诗作更加深沉、含蓄的作品，如《遗产》《双桅船》《小窗之歌》，尽管作者不是在宏观上展开笔触，但正因为加入了自我的切身体味，同样以小见大、高昂、深沉，别有一番境地。

但是，在这一阶段末期，我们也不无遗憾地看到，作者在沉重的思索面前还不时陷入惘然和彷徨，信念之星不安地闪烁不定。舒婷本人因没有在一早上看到晴空而失望，创作之路的足迹出现深浅不一，曲折弯环，孤寂之情不时流露。《也许?》是回答一位读者的寂寞，别人的寂寞没有回答，反而引起自己的寂寞和惘然。诗人叹息：

也许我们的心事/总没有读者
也许路开始已错/结果还是错
也许我们点起一个灯笼/又被大风一个个吹灭
也许燃尽生命烛照黑暗，身边却没有取暖之火
……
也许肩上越是沉重/信念越是巍峨
也许为一切苦难疾呼/对个人的不幸只好沉默

这是多么矛盾的若干个“也许”！以至于“春夏秋冬”都是花期的“三角梅”，在这么多“也许”纠缠的心灵面前，竟“不知是悲是喜”。作者以致不得不用“错觉”来诠释新生活信息在自己感情深处的反馈，企求在“寂静”中做几个“半明半昧的梦”。

1980年以后，随着“朦胧诗”的成批崛起以致成为一种文学时尚，舒婷本人也在这种历史机遇中迅速走红，知名度越来越高，诗坛上对她的臧否，已越出自身而成为整个新诗的争鸣。尤其后来，在某种政治因素介入中，诗坛的争鸣沉寂了，各种各样的批评蜂拥而至。在作者本人还远远没有完成第二次抉择的时刻。许多不负责任的批评导致的结果是可想而知

的。难怪舒婷失去了应有的持重而显得的冲动，她真诚急促地向人们坦露、解释、呼唤、争辩以至于进行不无意气意味的抗争。从《一代人的呼声》开始，她连续发表了《在诗歌的十字架上》《墙》《还乡》等诗作，表达了自己忠于艺术而自甘受责的执着之心。她重新用赤诚然而略含凄婉的声调呼唤真理，开始寻找自我的真实存在，为“那支圆号的突然沉寂”痛感茫然。当她那“人啊，理解我吧”的凄切喊声无人应答时，我们就不能怪她与一时醉酒的时代拉开距离。时代对诗人评价的反复无常，却加速了诗人的成熟，她开始了不无偏激的反抗，反抗这“挤压我，勒索我，要我适应各种各样的形状”的一堵“冷冰冰的墙”。反抗“我对墙的妥协，和对这个世界的不安全感”。[①]

人们似乎不明白这位三十岁的名诗人怎样一下子沉寂了，那么让我们看看发表于 1981 年 9 月的《?!》[②] 和 1982 年 10 月的《致——》[③] 两首作品，就可以多少了解诗人当时的处境：

……
现在，让他们，
向我射击吧
我将从容地穿过开阔地
走向你，走向你
（《?!》）
我举起我的旗子，
引来春天的风，
叫醒热烈响应的每一株草，
如果我熄灭了，
血色的花便代替我，
升上你高高，高高的树梢。
（《致——》）

① 引自诗作《墙》，见《舒停·顾城诗选》。
② 《?!》，见《上海文学》1981 年 9 期。
③ 《致——》，见《上海文学》1982 年 10 期。

二

生活之路的崎岖坎坷和艺术使命的神圣召唤，使得舒婷一踏上诗坛便不得不对人们早已习惯的审美传统进行大胆却是非常自觉的反拨，用独特抒情，展示了一个个真实而又复杂的抒情主人公形象，在当时的确有振兴诗风，起诗歌创作一代之衰的巨大影响。

舒婷笔下抒情主人公的真实复杂的有机整体由下列三个侧面构成：

一、典型情感的复杂性。在这个侧面论述之初，首先应清醒地认识到的是，舒婷诗作一经问世，能激起人们罕见的普遍的强烈共鸣，除了特定的历史境遇之外，其中极为重要的一点，是它适应了已经变得异常复杂的社会生活，在艺术再现社会生活的创作活动中，凸现了多侧面的、复杂的美的神奇光彩。把抒情主人公的艺术真实性、复杂性和生活真实性、复杂性辩证地高度统一起来，把审美主体多指向的审美理想和审美主体多变幻的审美现实有机融合，以求最大限度地包孕生活本身的丰富性，以立体化典型情感来替代单纯化、平面化的典型情感，力图臻至多元化的现代抒情境界。

构成这种复杂性的首要点是，作者决不把一种单一色彩的情绪作为一首诗作通贯前后的脉络，而是从情感的跌宕中寻找质点，并排列出数个感情画面，读者用自己的生活经验和审美经验经过二度创造去填充各个画面本身和画面与画面之间的空间，造成一种多向化主旨摄取。同时，读者在审美全程中，通过各种色彩于主色掩映和辉照的比较性渐化体味，最后取得对主色——即主体情绪的强烈印象。

《致大海》，反映的是对生活的哲理性颖悟和现实美好的发现。开头，诗人用动人的柔情，歌咏大海的日出、夕阳，海风的呢喃，接下便转入悲叹之声，叙说大海的浪涛，又把“多少行人在沙滩上留下的足迹，多少次向天边扬起的风帆”秘密地埋葬掉。一种玫瑰色，一种灰青色，一统在大海之身。“有过咒骂，有过悲伤，有过赞美，有过荣光。大海——变幻的生活；生活——汹涌的海洋。”诗的第五节，表明了作者借大海抒发的对生活的认识，有黑暗，更多的是光明；第六节，诗人用传统的艺术手法，又毫不掩饰地向世人披露了在汹涌的生活海洋面前，“我”的寂寞，“我”

的“骄傲”。诗的最后一节又是对第六节的否定，通过大海“佯装的咆哮”“虚伪的平静”，终于完成自我感悟的升华——生活中“有沉沦的痛苦，也有苏醒的欢欣”。

此诗在意象的流动上，起伏很大，把对大海的爱和怨结合在一起，从而完成对大海——复杂生活的全景认识。不是一味歌颂也非着力揭露、把情绪深植于自己对自己的把握和溶解，找到大海这个心灵感应的对应物，做到了理趣俱胜。在这里，抒情主人公对生活的迷惑感，实际上成了对生活洞察性的映照物，使读者在一个事物的相反侧面对照中，心悦诚服地接受作品的理性。同时，由于写出了复杂生活所激起的心灵的复杂感受，情感也就具备了普遍意义上的典型性。

再如《贝珠——大海的眼泪》，作品的内在主旨应当说比较明朗。借对贝珠的描绘，坦露的是自己对生活中真诚的弱者屡被愚弄的深切同情和对这些弱者身上所具有的崇高的热情赞美。但在具体的艺术构图中，作者并不想把上述主旨作为构图行程上的逻辑线索，而似乎在有意避开它，采用了好似与烘托主旨需要相悖的凄婉笔触，在感伤的氛围中，写它泪的面容，又写它少女般的多情；写它被“拥抱”的欢乐，又写它被“遗忘”的冷落；写它“撒出去”而永恒的价值，写它“矗起来”更壮观的崇高；写它伟大的浩瀚，又写它渺小的素洁。抽象和具体，无限和有限的两种想象，互相补充，互为映衬，凄婉并不悲戚，同情并不溢美，以亲切，真实获取人们的由衷共鸣。

二、抒情主人公的复杂性还表现在诗人在创作中构图情绪的不定性和意境的非完整性。我们稍稍对女诗人舒婷的作品有所涉猎就会感到，诗人并不在感情完全沉淀之后再来构思动笔，而有意保留现实生活和历史现象在心灵激起联想、旋即产生不定性创作冲动的原始痕迹。《流水线》就很突出，诗在描述诗人对一种生活的感受（仅仅是一种）“一切我都感觉到了”，但“我唯独不能感觉到/我自己的存在”。矛盾的感受，说明情绪的很大波动。这种转移，或者说捕捉形象的能力所表现出来的不定性，导致作品内在意蕴的多元性、歧义性，甚至朦胧绰约。《赠别》，作者初衷要表达的是诀别之时的祈祷——“人的一生应当有许多停靠站/我但愿每一个站台，都有一盏雪中的灯/……但愿灯像今夜亮着吧，即使冷雪封住了每一条道路，仍有向远方出发的人。”可在诗的最后作者又这样写：“要是不敢承担欢愉和悲痛，灵魂有什么意义，还叫什么人生!”既希望有“灯”，却还设想承担没有“灯”的风险，两种相对的情绪同时出现，这便在诗的意象组合上，出现很高的台阶，产生断裂似的跳跃，使人们很难用一两句话，准确概括出诗的意思来。构图情绪的不定性决定了意境传统意义上的非完整性，表明诗是流出来的，而不是“做”出来的。

三、诗人在寻找选择心灵感应物——客观景物时的随意性，是主人公复杂性的又一个侧面。不仅仅是舒婷，新时期的许多年轻诗人常常在作品中把一些在外部特征上没有联系的景物放在一起，组成让读者可以自由想象的驰骋地带，以这些景物的象征含义来暗示心灵起伏的每个节奏和对情绪的多视角透视与把握。看诗《兄弟，我在这儿》——“你属于太阳/属于草原、堤岸，黑宝石的眼眸/你属于暴风雪，属于道路、火把，相扶持的手/你是战士，你的生命铿锵有声/钟一样将阴影从人心震落，风正踏着陌生的步子躲开/他们不相信，你还有忧愁。”当我们把这些客观物放在“人”的面前认识，这些内在联系不大，甚至不太相干的一景一物，彼此紧挨在一起象征了人的性格、经历，处境、心绪的多样性、丰富性、变幻性，使人真正成为由各种色调组合起来的完整有机体，其寓意是极为丰富的。

诗歌抒情的独特性，听起来实在很“古”，但我们在进一步研究舒婷的时候，就不能不摆出它来。舒婷是独特的，她在纵向的历史上，拓出了诗的新生界，怎样的轰鸣，也湮没不了她的声音。

当我们直面她作品的时候，就会无时无刻不看到一个倔立在诗行里的“我”!“我”，成为她作品的凝聚点或散射点，主观涂抹和客观点缀交错在一起，一切对生活的洞悉无一不是从心灵中耸起。“任凭弱水三千，我只舀一瓢饮。”“自我”意识的顽强与高扬，不仅是舒婷，也是新时期一代诗人的一贯追求。赠人也好，咏物也罢，不论是胸臆直抒，还是委曲披露，不管即兴的，还是沉吟的，无论是传统的明丽，还是颇具现代味的朦胧，都是生活在主观海洋中闪光的摄取。

“自我”与诗同寿。舒婷何以独特？气质！舒停本人多愁善感，不甘沦沉又相当脆弱——从传统中走来的现代知识女性的典型心态。追求与怀疑纠缠在一起，使她在气质上表现为深沉，内向，早熟，执着和某些偏激。她厌于装饰的虚伪而以素洁的真实和世人见面。任何不理解的东西，她决不诉诸文字，且不论这种理解在政治家看来有何利害。让我们仔细地读读小诗《船》——

一只小船
不知什么缘故
倾斜的搁浅在
荒凉的礁岸上
油漆还没有褪色
风帆已经折断
既没有绿树垂荫
连青草也不肯生长

满潮的海面
只在离它几米的地方
波浪喘息着
水鸟焦灼地扑打翅膀
无垠的大海
纵有辽远的疆域
咫尺之内
却丧失了最后的力量

隔着永恒的距离
他们怅然相望
爱情穿过生死的界限
世纪的空间
交织着万古常新的目光
难道真挚的爱
将随着船板一起腐烂
难道飞翔的灵魂
将终身监禁在自由的门槛

诗一开始，便以白描笔触写实。面对这不知什么原因被搁浅在海岸上的小船，面对着船在咫尺之内都无法自救的凄凉境况，作者陡然扭转笔锋，紧紧抓住这景，这物，这境在心灵上激起的一种愤恨与同情交加的感触，对船、海那“越过世间空间”“生死界限”的爱感慨系之，最后两句就是对此种感慨的沉淀、凝聚。全诗以冷静地写实起始，又以凄伤的气氛作结，虚实相生，百感融会。用写实增加气氛的真实凝重，强化诗的力度和质感，又以结尾的抒情之笔，点铁成金。

《路遇》也许最能体现舒婷本人不修饰自己，而追求诗歌创作在冲动阶段上的原始意味：突然倾倒的凤凰树，悬浮在空中的自行车铃声，飞速倒转的地球，把久别乍逢所引起的感情上的强烈震撼，变形性地逼真地表现了出来，当这一瞬间过去之后，一切又趋平常——但“我”的震撼余波还在鼓荡，最后以“不曾发生”还是“都已发生过”的不定性疑问结尾。表现了作者立足现实偶思往昔的惊悸、震撼和想忘却又难以忘却的矛盾心理。

那么，我们说，诗人是怎样将自己气质上的独特性转化为艺术上的独特的呢？我以为，这种转化的触媒应该是才华！至为关键的是，对诗歌这门艺术的奥秘的深悟和娴熟。出众的才华，集中表露在对诗“味”的酿造上。

舒婷抒情独特性的第二个特征是，诗人总不把对生活消化的结果直线说明，而是精细地描写出某种理念由萌动到升华的全过程。比如《当你从我的窗下走过》，意思的重心是面对逆境的不屈。但作者并未用这样的思想来串景联物，而通过“灯亮着”这样的比附，具体写出抒情主人公获得此种信念的过程，把自我意识的结果消融在对灯的描绘和赞美之中。

节奏上的大幅度跨越性，形象组合上的高密度，语言上追求张力和弹性，这三点是舒婷形成独特抒情性的外在表象特征。

舒婷在诗歌创作中不让笔墨在一种景物，或一种感情上停留时间过长，单独的画面和情感一一相连，形成快节奏。在《祖国啊，我亲爱的祖国》一诗中，每一节都有几个独立性很强的画面组成，单举第一节，“我是你河边上破旧的老水车，”“我是你额上熏黑的矿灯”，“我”是“干瘪稻穗”“失修路基”“沙滩上的驳船”，五个画面描出了祖国的贫困之状。每一行，为一单元画面，不加任何修饰性润词，九行就写出了祖国的现实，大幅度跨越显示了优势。形象组合的高密度效果，可以使诗歌在极有限的字里行间包容无限的思想、情感意蕴。请看《兄弟，我在这儿》的第二节：

你原属于太阳
属于草原、堤岸、黑宝石的眼眸
你属于暴风雪，
属于道路、火把、相扶持的手
你是战士，你的生命铿锵有声，
钟一样将阴影
从人心震落，

这里，太阳的温暖，草原的广袤、堤岸的雄峙、黑宝石眼眸的幽深、暴风雪的狂烈、道路的崎岖、悠长、火把的烛照黑暗，相扶持的手的有力和亲切、战士的献身精神，钟的召唤和警醒含义，密集地排列在一起，使“你”的性格如大自然那样丰富、绚烂、多姿。

语言的张力和弹性，具体来说，是在大与小，远于近，虚与实，有形与无形，有限与无限。内与外，具体与抽象，主观与客观等各种对应关系中，进行巧妙地“搭配”，从而使诗获得特别大的“运载量”。

下面聊举数例看看：

主观与客观：

人们相信了你
相信雨后的塔松
有千万小太阳悬挂。
（《童话诗人》）

“相信你”，“你”的具体内容是何，作者没有去对“你”做具体的解说，而是故意抛下主观的“你”不管，用“有千万颗小太阳悬挂”的“雨后的塔松”这样一个客观实在之物加以暗示，“你”便有了光明的含义。

有形和无形：

我在这儿，
我从思念中走来，
书亭、长椅、苹果核
在你记忆中温暖地闪烁
留下微笑和灯盏
留下轻快的节奏
（《兄弟，我在这儿》）

具体与抽象：

我的，
冰封的、泥泞的、龟裂的土地呀
我的，
忧愤的、宽厚的、严厉的土地呀
（《土地情诗》）

冰封、泥泞、龟裂的具体可感与忧愤、宽厚、严厉的抽象想象融在一起，使土地的自然形象与人格化了的形象并列，立体感陡然加强，被描写者已不再是被动者，而成为诗情运动的因素之一。

在以上所举之例里，对应物的有机而巧妙的组合搭配，造成诗本身可供读者介入的空间，深入挖掘、反复咀嚼的弹性。欣赏者在鉴赏过程中，使诗获得无数次被创造的机会，因欣赏者不同，从而使诗的美学价值得以多方面的摄取。

舒婷是独特的，只有占有独特，方才会被历史所收留。从眼下看来，年轻而才具卓然的女诗人，显然是胜利了。

（文中所引之诗除注外，均出自舒婷诗集《双桅船》。）

"符号"与"歧义"

——《红旗歌谣》"情诗"解读

作为中国当代文学史的一个重要现象——1958年的"新民歌运动"，长期以来由于研究者习惯于从"思潮"角度对它实施价值评判，所以致使这一现象在研究方面存在两类缺憾：其一，由于新时期以来对当代文学思潮在范畴界定上的飘移，从而导致20世纪80年代以来研究界对"新民歌运动"作为重要现象的价值恒定性难以确定；其二，与此相关联也就随之形成对作为整体性审美存在的新民歌中一些富有生命力的且不无独特性的抒情因子的无形遮蔽——比如，人们对新民歌"爱情叙事"及其独特表达的长期漠视即是一例。

我们今天重新解读这些诗篇，所要关注的不应只是新民歌中爱情言说与当时时代意识形态之间的对应关系，而是应当努力去揭示特定的浪漫激情时代的爱情是如何借助"政治话语"与"时代意象"来成全自身的，即它的"爱情"的存在形态及其特殊的表达机制。诱撩我们兴趣的应当是这样一些问题：在当时的已被政治话语挤占了几乎全部空间的公共领域里，为何那些具有审美意义的爱情样态依然能如此公开化地存留下来？又是什么样的缘由致使强势的政治话语仍不忘预置出言说空间交由爱情"放声歌唱"？它与政治话语之间构成了一种怎样的关系？究竟什么样的情诗叙述在这种语境之中才能成为可能？这一时期的爱情抒写的独特性究竟应该获得怎样的合理的解释？

首先，从当时爱情和政治的关系来看，单一化的政治符号是以"胶合"形式进入到爱情叙述的想象空间里，一同表达着某种早已被确立的观念。在这里，虽然公共言说（政治）的"通约性"以其极度膨胀性始终操控着私人话语（爱情）的空间，但爱情并未自动放弃关乎自我的表达期待，而是巧妙地借助于这些政治符号被"转意"的可能性，得以重新打造能庇护自己的生存基础，可以说二者之间存在着一种隐形的互文性关系。

这种互文性的存在，使得我们可以把这些情诗放在两个层面进行思考：联系的（政治与爱情之间的内在勾连）和转换的（彼此作为独立主体的互动）。从这两个参照性的关系入手，我们就可以有效解释这一时期爱情言说与社会政治化语境之间的隐秘“同体”性质，以及这两种言说被作为“符号”运用过程中所产生的“歧义化”的景观。1958年前后在全国大规模展开的“搜歌”运动中，政治宣传通过整合和提供合法化言说的方式，为新中国成立以后中国当代文学一直在寻找的“新的人民文艺”框架内的“爱情表达”展示了某种可能，并给正在艰难生长中的、贫弱而苍白的爱情诗篇提供了公诸现实的场地与载歌载舞的舞台——不过，这显然不可能仅仅是为了“爱情”的解囚，而是政治权力在私人情感领域的一种策略性延伸，其真正的目的显然在于建构一种政治化的道德秩序感。恰恰正是这样，政治与“爱情”具有了彼比对象化的可能性，政治言说可以堂而皇之地介入爱情，借助于爱情言说或把此作为一种替代性的方式呈现自身，使之有效穿透受众的审美感受，得以完成情感化的政治言说。“爱情”也于此取得了言说的合法性和正当性，可以说是种两相裨益的互通合作。以郭沫若、周扬主编的《红旗歌谣》为例，集中的爱情诗篇除了编选者已预置其中的某种政治企化外，也隐含了通过男女感情这扇窗扉来洞见社会政治生活的翻新与和乐的“意识形态意图”。在这些诗篇中革命化的爱情抒写与传统的爱情审美的差异是显著的，政治言说有意识地规约着爱情抒写，它的作用主要表现在对爱情叙述的内容、形式等方面的渗透或规定方面。政治话语在这些爱情诗篇中被归置为情感的符号，这些符号作为叙述集体政治记忆的替代词，在寄寓着爱情的同时也规约着爱情的言说。但在表达爱情的过程中由于承载这些符号的语境链条的脱离，更张，借用的政治符号已无法切实地还原原带的信息，或因私人空间中的情感内化碰撞而使得符号的政治性所指趋向散滞。这样，政治符号在情感化的同时也必然偏离自身原有相对单一的价值指向，而在与受众的理解整合过程中产生一定的形态或价值意义方面的变形，其氤氲而生的“歧义”形态的新的“意义”，却正好玉成了特定时代的爱情叙述。同时值得注意的是，政治符号化的限制也生发了《红旗歌谣》中一些爱情诗篇的独特艺术视角。在当时义正词严的政治屏风下，生活与语言都被政治话语组织了起来，爱情话语在表面上也只能自觉地让位于当时的政治权力话语，没能提供更富有生命力的文学内容，但通过对“政治话语”与“时代意象”的假借和改造，爱情叙述获得了全新的表达形式。这种特有的表达形式，为当时人们的情感抒发预留了缝隙，有助于后人感受那个时代微弱的原欲躁动和隐匿的生命本真。如《引水上山再结婚》（甘肃）：“男：太阳出来红墩墩，隔沟望见心上人，我填沟来你平坡，一同做上有精神。女：……我爱哥哥志气高。男：……昨日老远望见你，你望河水想什么？女：听见水响我心热，独自一个下山坡，眼望河水心想你，想水怎忘想哥哥。男：叫声妹妹加油干……群英会上好见面。女：……不当模范不见你，水不上山不结婚。”爱情抒唱的对答或告白方式的运用，让人感受到某种现场感。一问一答中展现了恋人间的透彻表白，错杂着政治化的语码，急促的行板流动把对政治先进性与爱情愉悦性的追求，率真大胆地结合起来，在爱情心理与政治热情的奇妙嫁接中展现了时代心灵的剖影。在这些爱情诗篇中最引人注目的是一些来自女性的真情告白。如《妹把红旗当嫁妆》（上海北郊）：“春耕播种比蜂忙，哪有闲空把镇上，/哥成模范要入党，/妹把红旗当嫁妆。”或《问姑娘》（山东）：“大树底下问姑娘，为啥还不配情郎？姑娘脸上红霞染，笑语过后把话讲：封不好山不出嫁，治不服水不出庄！青山绿水当花轿，满山花果当嫁妆。”在这些女性身上已完全看不到封建制度投射在她们身上的荫翳，她们是觉醒的个体，以自主之身自由之心追求着爱情，落落大方、毫不娇怯，心地如一池清泉般纯净。

当然，爱情诗篇回应历史政治也存在一个适可而止的度的限定，若爱情只是为了附俪于政治，那结果必是顾此失彼落入滑稽化的俗套，不仅无法表达出情感的瞬息万变，而且单一化的政治感召只会遗人以浅俗之感。如《映红桂姐脸蛋蛋》（陕西）：“哥哥打井打得好，/上了社里大字报。/大字报，贴的高/叫来桂姐瞧一瞧。/桂姐看着大字报，/悄悄念着眯眯笑。/大字报，红艳艳，/映红桂姐脸蛋蛋。”诗中的情感被做了纯客观的政治化冷处理后，视境显得单薄、狭窄，人情意绪也被政治稀释。由此看来，只有当“政治”与“爱情”在一种意义结构里能够相互置换时，真正的爱情表达才能得以实现。这就要求我们一方面要正视政治对爱情的制约和影响，但同时也不能忽视爱情与政治之间的“动力学”关系。我们可以看到，这一时期爱情诗篇中的政治话语也相应受到特定的爱情文化选择惯性的制约，它的运作模式在层递传导中也相应受到民间化的爱情叙述模式的收束和缓冲。在一大批的“新民歌”类型的爱情叙事里，爱情和政治似乎处于一种动态的制衡中，爱情言说并非被动地反映政治，它常常显示为政治情境的一种建构性的因素，有效地介入到对社会意识形态的再生产过程。像在《河中的鱼儿跟水游》里明确宣告的“……我盼阿哥像雄鹰，/入社别落人后头……我盼阿哥像河里浪，/跟党一直走到头”中，虽然意识形态的标杆在不断提升，情歌里的情爱因素已经有意识的消隐，并没有细腻地给人呈现实在的情感，但爱情言说中的柔性话语却在无形中软化着过于强调意识性而变得坚硬好斗的现实政治性。更难能可贵的是，即使当时的爱情言说处于附从的地位，爱情叙述作为非政治的传统审美机制，仍然为民众提供了更多的非政治情感的抒发可能性。在诗集中就有这么一些小诗虽强烈的无感情宣泄，却以点到即止的含蓄性，升华出一种使人净化的静谧、温馨。情感的稽留漫漶开去，构筑了一片自为的情爱天地。如《搭瓜架》（河北）：“瓜秧叶，碗口大，一对情人搭瓜架。一个捆，一个扎。不让小伙踩了瓜儿花。瓜秧呵，快长吧。蔓儿长，叶子大，顺着藜桔爬，搭满整个架。好让瓜儿藏在瓜架下，脸挨脸儿说说心里话。”或《井台上》（河北）：“哥哥妹妹心连心，两人推车劲头匀。哥哥飞跑妹紧跟，水车哗哗吐白银。一日能行千里远，不离井台一寸寸。地下泉水提不尽，水深不如爱情深。”诗中满孕流动的轻盈乐感，充满明朗乐观的笑意。恋情飘绪在情境化的情思空间中呈示，拈花一笑消融了特定时代诸多被压抑的心灵本性。

其次要谈到这一时期的爱情诗的独特形式，最值得一提的还是它特有的民歌体式。“全民采风”“察看民情”的新民歌运动，使得爱情文学在政治的首肯下获得了民歌的体式。这种相对开放的形式使得爱情这一敏感的题材借助民间文学得以生发，从口语、俗语中寻求到语言的活力。在充盈着世俗情调的乡土社会，人物的心态质朴与纯粹，为爱情的表达提供了健康的人性参照，使得蕴涵地方色彩的乡土文化与政治语码在遇合与杂糅中形成互动共生的联系。政治语码在张扬既定政治理念的同时，亦托出了民间生活的真诚和鲜活，一浪浪本真的心灵潮汐在这些歌谣中得以传唱。利用和依赖着民间歌谣这种调侃加调情的直白形式，爱情中的所谓“不正当性”情愫的表达被赋予了某种政治形式的合法性，旁裔的民间与正统的政治通过爱情的勾连也达到了巧妙的遇合，两性心灵深处的彩蝶翅翼得以施舞翩逸。在这里，民歌体的情歌创作已经从以往对知识分子的情爱描写相应转移到对普通劳众情爱的关照上。民歌中恋人间表达炽烈情感，不一定需要完整的句子，不一定需要有意义的词语，多以无意义的喃喃之声传情。因此在民间情歌中多只借用“现成词组”如“胡麻麻开花一色色蓝”、“桃花开，一片霞”等，选取直接表达情感的场景和习语，从身边密切相关的事物兴发，见什么唱什么，带着亲切的民间声口，简静的情感构图往往如布如麻般素朴，配以音调、节奏、韵律等独具民间快板的效果。如《新嫂嫂》（湖南）：“花喜鹊，尾巴翘，/哥哥娶了新嫂嫂。/大眼睛，黑眉毛，/脸孔像个五月桃。/青布裤，/花袄，/袖口露出红柳条。/不吹打，不坐轿，/自己走来就上灶。/第二天，大清早，/她和哥哥把地刨。/乐得妈妈咧嘴笑，/夸我哥哥娶了好嫂嫂。”或《新媳妇走娘家》（河南登封）：“桃花开，/一片霞，/新娶的媳妇走娘家。/穿啥哩？/月白裤子花夹袄。/戴啥哩？/鬓角插朵白梨花。/谁送她？/哥送她。/谁见啦？/我见啦。/我还听见体己话，/哥问她：‘走娘家啥时才回家？’/新媳妇，/头低下，/脸蛋红的像桃花：/‘你呀你，别牵挂，/今去明就回来啦！/一不耽误社里活，/二不误俺学文化，”以农民于家常事物中的直觉、印象为基础，率性放歌，逶迤数语，种种心绪宛然呈现眼前。全诗流淌的感官愉悦，流畅的节奏呈现出乡民人生的单纯健康，阳光灿烂的心性，朴实流畅的语言，无疑隐含了时代民众心灵历史的某些真实。

其实，《红旗歌谣》中“爱情表达”的超越性，并非因为“爱情”的永恒性所致，恰恰在于爱情在表达上对时代政治的假借与改造——而这正是我们在过去的研究中轻轻放过的地方。

生命，在爱的激励中收获昂扬

——评十二集电视连续剧《情韵》

当现代的艺术创造者们自觉地把人的生命意识镌刻于自己的艺术风帆上的时候，爱情也顺之构成了这一生命趋向庄严的不可或缺的色彩背景。生命的有限与爱对美的无限昭示之间所形成的难以和谐的天然缺憾，在演绎出绵绵不绝的悲欢离合之时，也同时催着人们不停地在进行这样的思考：人类在怎样的范畴里才能获得爱的真诚与永恒，生命的青春，总是自觉而不自觉地把本然的爱情渴慕与范式的理想追求黏合在一起，生命便在这爱情与理想的变奏之中，摒弃着世俗的偏见，消融着历史的误会，采撷着心灵的温馨，吸吮着时代的风露，在向明天跋涉的坎坷里收获蓬勃与昂扬。如果说爱情是一片古老的艺术命题，那么，把对爱的渴慕与理想人生境界的追求合二为一，让爱情与理想在甜酸苦辣里结出丰硕的果实，这则是当代浪漫主义文学的新开拓。电视连续剧《情韵》的全部蕴涵，也许正显示在这一古老与新拓的和谐共振之中。

《情韵》一剧的剧情，围绕康、丁、王三家两代人的感情纠葛而展开，既定的或未定的伦理亲情关系构成了作品全部情节坚韧的脉线。这一点，与近年来大陆播映的众多港台剧目颇为相似。这些剧目的审美兴奋点，已不再是人物形象的内涵的剖析或性格特征的展示，也不是把人与人之间的性格冲突作为画面支点，而是错综复杂的伦理亲情，是伦理亲情范畴之中人物心灵深处情感的腾挪变幻，并在亲情乍疏乍离、欲显还匿的生活化画面展开之中，映照或拼射出人生历史或时代的风雨阴晴。现代伦理题材电视剧目的这一特性，决定了编导在审美创造过程中看重的不是某个单位的个人，而是伦理亲情规范下的群体，不是在性格中寄托深重，而是在氛围中含纳人生。“寄沉痛于悠闲”——也许正是这类电视剧的审美质点所在。《情韵》在这方面进行了有益的尝试。全剧除农民企业家薛豪之外，其余所有人物都被伦理亲情一线牵挂着。康、丁、王三家两代人，老一代人之间似乎早该忘却的纠葛，却在青年一代的爱情恋眷中被重新续起；年青一代痴迷的情意、却不得不面对老一代人痛苦的历史坎坷，一方是对儿女未来幸福的祈求中意欲淡忘过去，而另一方则在追求自身价值里迷失于现在。爱无意中勾起了憎，而憎则有意转为爱。爱憎恩怨粘连着历史，烘烤着时代，也从此开启着朝向未来的理想。

剧中，无论是肖静卿几十年如一日以钱赎过的歉疚，还是董彩莲最初对王天昕与康佳羽爱情的阻挠，无论是马大宾留学归来的悔恨，还是康立恒夫妇在佳羽、晓霞两个女儿身上抉择的痛苦，甚至包括艾玉萍、丁晓芸的妒意，丁晓霞对乔飞的“绝情”，都构成了人类灵魂的痛苦中得以升华的典型场面。我以为，正是这些纠葛，造成了《情韵》诱人的魅力。这三室两代一群人，面对令人心酸的过去，他们一如既往地企慕着真诚，面对现实叠加的痛苦，他们心甘情愿地倾洒着理解，面对生活阴差阳错的误会，他们无私地奉献着纯洁；正是这种伦理亲情之中具有人类普遍特征的真诚纯洁的爱，才使历史的沉痛得以消融，使支离的情感得以交汇，才使所有虔诚的企望与追求都收获了沉甸与甜蜜。作品以伦理亲情为人生活动范畴，以心灵之起伏变幻为情节重心，以历史、时代、未来的三维空间为理解升发的前提，以情爱与事业的共同追求为生命的燃点，在生活实在的酸甜苦辣里觅取真实，在走向未来的潇洒中赢得心与心的无私相融，从而步入人生的完满。正是编导这一浸透于作品始终的浪漫情愫；使得作品悲而不衰，平而有致，真而不滞。

——也许正由于这样，我才敢于淡漠该剧在电影语言使用上的贫乏，在画面构图上的粗疏，以及演员在表演上的内功不足。正如眼下许多家庭伦理剧一样（包括轰动一时的《渴望》），当情节的错综复杂已是引人入胜时，何必再去追求那以画面暗示为主要方式的电影语言特性呢？不过，我在此不得不指出，以情节本身生活质感来代替画面语言的特殊韵味，在平淡中求得深蕴，这的确是一种高境界，但同时也充满着危险。《情韵》于此，也令人深长思之。

在伦理亲情的世界里，扮演主角的总是女性。当艺术创造者把笔触伸到女性的心灵深处，拽出来的将是一个比宇宙还壮观的世界。为女性一旦把爱情等同生命进而用全部心血加以培植时，同时就意味着她将用柔弱的肩膀扛起可能遭逢到的所有苦难与痛楚。她们的敏感，常在人生误会的偶然中调制出情感的缤纷五彩。生活正因为有了她们的欢笑与眼泪，才变得温馨、亲切，令人永恒留恋。正如编导在《裂变》中塑造了金凤、小荷、杨改英三位性格鲜明的女性一样，《情韵》的所有女性也令人动怀。从悲剧的漩涡里挣扎过来的老一代三位女性，有着共同的坚韧，共同的情愫。她们在历史的拨弄中品尝了生活的不公，但这不公铸造的却是向未来的豁达和对真诚的敏感与执着。肖静卿在丈夫死后，不仅含辛茹苦把两个女儿养育成人，而且以一种特有的方式代替了丈夫进行了长达二十多年的忏悔——一个女子承担了时代的不幸却还要替时代去忏悔！她那意志的顽韧与爱心的博大，于此便昭然若揭。正因为如此，才使这位着墨不多的女性显得光彩照人！董彩莲算是最苦的了，她原本该是康之恒的妻子，但阴错阳差嫁给了一位大夫。继而丈夫又被整死，不得不下嫁烧鸡王。但丧夫之痛，屈嫁之苦，并不曾泯灭她的爱心，当她主动把康佳羽接到家中的时候，当她把存款交给肖静卿的时候，我们怎能不为之流泪呢？小顾在晓霞与佳羽之间的抉择中所显的气度，也堪称非凡。相比于老一代，年青的四位女性，在性格上则各显异彩——天真的丁晓霞却对事业有着誓死不悔的追求；丁晓芸的“强人”风采，标志着中国当代历史的天翻地覆；康佳羽的柔韧与内向，丰蕴着东方女性的人生殊韵；就连颇有些轻佻的艾玉萍，她从爱情追求中所最后获取的人生启迪，也让人窥测了那份藏匿有浮浪背后的坚贞与纯洁。编导无意在性格上用力，但仍然形象可感，正是她们，用真粹的爱与憎，情与热，撑起了民族当代的真实与斑斓。

《情韵》之韵何谓？韵在爱情缠绵！

现代戏《山凹人家》漫议

临汾地区戏曲研究院眉户剧团最近上演的现代戏《山凹人家》，是一出颇能引人深思的作品。它在戏曲与现代生活的结合方面，有了进一步的探索。其中的情节设置、节奏安排、舞台造型和人物性格的刻画，都有新颖之处。

这出戏剧情展示方式颇具戏剧性：十九岁的红果中学时代与同学石头相恋三年，为了哥哥换亲，不得不嫁给因水土病而致残的刘根。剧情就是在全村人喜气洋洋迎娶新娘的气氛中展开的。婚礼上红果发现刘根竟是个“站着不如坐着高”的残疾人。她悲痛欲绝，深夜逃出。石头见心爱之人嫁与别人，也悲愤地欲离家出走。红果在众人的苦劝下与刘根生活在一起，刘根娘知道自己的儿子已失去生育能力，便瞒着刘根邀石头来家劝说整日以泪洗面的儿媳。二人在新房内互诉衷肠。红果在乞求石头带她出走不成时，竟跪下求石头留下“血脉”。七年后石头返乡，小根已长到七岁，并患了与刘根一样的水土病。石头捐出在外地挣下的八千元钱，为村人引水改水。刘根为到县城催要地方病拨款，不幸跌伤胳膊。为了不拖累老娘妻小，服毒自杀。县卫生局长送来了改水拨款，引水工程顺利开工，全剧在“引水有理”的乐声中落幕。

剧情矛盾集中在石头、红果、刘根的情感婚姻纠葛上，但造成爱情“阴差阳错”的根源却是因贫困而无法根除的地方病。爱情剧情与改变贫苦恶劣的环境斗争结合在一起，两条线索相互绕缠。“水土病”导致的残疾，使“换亲”这一恶俗成为必然，换亲给当事人带来的精神折磨下产生了“借种留后”的人生荒诞；荒诞的生活中使深受其害的人们才有了根治这荒诞的共同而强烈的渴望。很显然，剧作者在这出戏中的主观意图，既不是要对“换亲”陋俗进行批判，也并非要在爱情悲剧的折磨中展示“人的自由意识”的觉醒与抗争，从而引导人们对现实生活的“文化存在”进行深入地反思，而是要向人们说明，这一切人生荒诞的形成，都是由贫困落后、地方病所造成。作家意欲在戏的整体上和剧情高潮中透露出新的时代为生活带来转机的“亮色”。正因为如此，红果当年欲跳崖自尽的悲愤最后竟转变为对刘根的“怜悯式”的爱情，石头也在“引水改水”的壮举中似乎忘却了过去留在精神上的创伤，也才有了刘根到县城被冷落的多余的戏。

这出戏，作者有意无意地使用了一连串生活的“突兀”，从而形成了剧情的起伏跌宕。开场“喜”与“悲”的突兀下转变，红果欲死不成，俯首就范的回转，刘根的突然自尽等等，都在强化戏的“戏剧性”冲击的同时，使人略感到由于过多地使用了“偶然性因素”而使剧情的真实感受到削弱。

剧中主要人物石头和红果的性格刻画还是颇具艺术力度的。石头因爱而不得不愤然出走，不仅表现了他对真爱的忠贞，也为七年后返回故里担起改天换地的重任做了铺垫。他最后把个人的精神挫折一变而为征服自然的气魄，展露了新一代农民的开阔胸怀。红果的性格相比于石头则有更强的丰富性，忍痛换亲，“借种留后”，从痛不欲生到默默许可，对刘根先厌弃到怜悯，这些情感转变都是由各种复杂因素促成的。既有对亲情的屈从，还有“山凹生活”惯性对她的塑造，既有质朴的同情意识，又有对前途茫然中所产生的无奈。剧作者如果能对她的精神痛苦开挖得更深一些，让她在“石头——刘根”（爱情——怜悯）的两难境地中多作几次痛苦的挣扎，那么，红果的性格就能具有更博大的内涵——而这正是现代名著《春桃》、《为奴隶的母亲》等作品中已经揭示的美学境界。

在“大众文化”冲击之下，戏剧的困境依然未能得以解除。此时此刻，《山凹人家》的出现，既表明了艺术工作者对艺术的执着，也同时预示着，在这种努力中，戏剧亦必能重新占有时代。

昂扬起时代的正义

——评电视连续剧《忠诚卫士》

长篇电视连续剧《忠诚卫士》，是近年涌现的反腐题材中一部弘扬正义精神的代表作品。

这部作品的成功，首先体现在对党和政府反腐倡廉理念内涵的进一步拓展方面。《忠诚卫士》的剧情展开——与过去大多数此类题材创作一样——也是由一封来自南方省滨海市经委普通干部肖静宜反映该市强力厂财务问题的检举信拉开序幕，并由此把剧情纳入两条平行且缠绕的线索徐徐延伸。一条线索逐步突入省、市党政机关内部，另一条线索则辐射到由企业和公司为主体的社会层面。随着两条线索的交合及其人物关系的逐步明晰，渐次呈现出日趋复杂、尖锐的斗争。

《忠诚卫士》通过披露正义在利益等多方面因素的威逼利诱面前所遭逢到的严峻考验与挑战，形象地昭示出：立党为公、执政为民，不仅仅属于理念确立的问题，而是一个需要在长期的、不懈的实践中才能解决的问题。这也正是剧作中正义的一方——南方省委安南书记、省纪委龙书记、明健、老董等人的信念之本与力量之源。他们所面对的日益复杂的现实使他们深深明白：反腐败不仅仅只是案件的查处，也非仅仅是以案件的真相大白、责任追究到人为归宿，任何案件的查处，都是正义与邪恶的较量、是公利与私利的搏斗、是共产党人精神沉落还是升华的庄严考验。这些都从某种意义上突破了反腐败就是查案子的创作套路，或者反腐败只是为了稳定大局的旧观念，从而把反腐败升华为执政者不断强健自身的有效方式。从剧作中我们看到，省委调查组并未以强力厂问题弄清楚了而结束，明健书记又积极奔走于滨海与香港之间，与人民一道终于赢得了强力厂的新生。同为纪检干部的老董与老严，前者以鲜血铸就了永生，而后者则不得不在愧悔之中接受正义的永久诘难。剧作正是通过上述一系列社会和人生的多层次冲突，实现了对反腐败理念内涵的拓展。

《忠诚卫士》深入地揭示了新时期以来我们党领导的反腐斗争的复杂性、尖锐性与艰难性。在《忠诚卫士》一剧中，其复杂性可以说并不体现在案件里——因为强力厂的问题是简单的。此剧的复杂性体现为查案过程中案情的不断变化，体现为所有社会因素的参与，体现为是非、利害、情理等方面的判断难度，体现为复杂性、尖锐性与艰难性的交织与夹缠。从审美意义上说，《忠诚卫士》从一开始就把案情敞开化，这就能有效地克服仅仅围绕案子来安排剧情的旧套，而是在案情敞开中使它具有多种变化的可能性，并随着冲突双方矛盾的日趋尖锐而不断呈现新的复杂——新旧交和的混沌性复杂。

就《忠诚卫士》而言，尖锐性不仅是构成复杂性的一个因素，也是升华主题的有利方式。在剧中，我们既看到段德辉走私集团不惜一切代价为挽回败局硬抗死拼所带来的血腥，也能细腻地体察出卢梦达、陈克清等人良知与欲望在内心搏斗的尖锐性，还可以看到南方省委内部那平静下面几乎是不可调和的尖锐分歧，更看到了像关严这样的纪检干部为了私欲而出卖原则的惊心动魄。这些因素和人物，都以其不同色彩，以其在不同境遇里所变换的角色，一起营构了本剧复杂而又尖锐的世界。

《忠诚卫士》有意凸现了主要人物的诚信品质。过去类似剧作，有些作品之所以给人以概念化、做作化之感，源于剧作者在刻画人物时未能充分重视广大接受者基于自己的生活经验而对人物诚信度的挑剔。此剧作者在剧情展开过程中，没有被案情的复杂性牵着鼻子，或者说作者不仅仅只是以案件的扑朔迷离、复杂多变作为吸引观众的唯一追求，而是有意识地把人物形象饱满性刻画与情节的复杂性交织起来，相互促动。剧作始终以人为重心，以对人的精神深度的展示为归宿。

"戏曲"处理"历史"的难度

——读林瑞武新创历史剧《枫落寒江》有感

自近代西方文学相关理论及其概念系统传入中国以来，不仅促动着本土文艺观念的持续性裂变，也日渐成为现代中国解读文艺范畴内各类现象的基本知识。与此紧密关联的本土戏曲，亦因"历史"与"现实"、"历史真实"与"当代意识"、"历史剧"与"现实题材"等等概念常规化运用，使得中国普通观众对于原本在本土的戏曲历史上盛演不衰的传统历史剧或新编历史剧的正常欣赏，变成了一个无以求解并不断被开放的"问题"。本土戏曲的受众传统和近代西方文论入主中国之后的逻辑模式，两者显然成为自现代以来本土戏曲创作者们所难以绕开的焦虑性影响因素。"问题"与"焦虑"的长期存在，直接造成了剧作家在具体创作实践中如何调配各戏曲元素时的困难状态。比如，当戏曲内容的意义呈现需要"历史真实"作为基础的时候，传统的所要依托"偶然性"酿制戏剧性的手法，必然要遭到挤压；同样的，当本土戏曲的"行当"需要在既定的传统格式中获取最大观赏性时，"历史真实"范畴中人与事的单一性又势必需要虚构的填充。凡此种种，都对剧作家的创作平添了许多麻烦。正是在这样的视野里，林瑞武新创历史剧剧本《枫落寒江》，则能为我们理解并解决上述困难，提供若干有益的启示。

戏曲处理历史的第一个难点，表现为"求真"与"造奇"之争。

林纾在中国近现代历史上的复杂性，既体现为他作为中国最后一个古文大家在五四时期"文白"之争中的反派角色，又体现为他在"没有晚清何来五四"的中国文化现代化连续性过程中难以抹去的历史身影。其实，正是林纾对于历史既建构又解构的复杂作用，才使得对他的历史评价无以确认，这恰恰是长期以来历史本质化——即所谓的"历史必然性"作用下的认识结果。而林瑞武则有意忽略可能引起争议的林纾后期历史，聚焦于林纾开始与西方结识的起点——《茶花女》的翻译，这是相当独特的选择。固守于传统的林纾是如何认识异域的？这种认识是缘于救国济邦的理性，还是肇始于个人遭际的偶然？抑或是对于时代潮流的追随？等等这些问题并非不重要的历史细节与文化侧面，既是中国近现代众多历史名人身上的重要存在，也是相关学术界没有深入展开研究的空白。林纾的情形亦是如此。当然，这不是戏曲或其他艺术形式的创作所要解决的问题，但却是任何严肃的历史创作所必须有所思考有所选择的问题。艺术化的历史并不能看作是真正的历史，但人们对于艺术化历史的真实性的要求不会降低。对于林纾而言，熟悉的人都明白，还原本真的林纾并不能带来戏曲创作所需要的“造奇”——集中于林纾身上的古今之争的文化断裂式冲突，是巨大的历史冲突。只有当这种历史冲突表现为日常生活或具有情境性精神状态时，它才有可能为艺术所青睐。显然，“求真”无法赢取“造奇”的可能，而有意虚构“造奇”却可能因失真造成对林纾这一历史人物既有价值形象的损害。作为艺术的戏曲本质规定性，其在演绎人生时对于对象情感世界的特殊偏倚等，在一定程度上规约着剧作家的想象可能性和处理历史时关于“合法”“合理”“合情”等方面的考量。本剧正是在这里显示出独特性。林纾与《茶花女》翻译的关系，表面上看只是近代文人身上的偶发事件，但正是这一偶然，不但开启了林纾作为近代中国翻译名家的历史，同时在历史与个人、偶然和必然的转换过程中，林纾个人内心所生发的精神诉求的丰富性，便有效地整合了他在时代新旧变换特殊语境中因各种矛盾性角色所形成的复杂悖性，令人信服地展现了林纾生命的圆润状态。

戏曲处理历史的第二个难点，在于“戏曲行当”与“历史性”之间的无法完美对应。

“生末净旦丑”的本土戏曲角色分类，虽然是着眼于本土戏曲整体性的概括，同时也因各个地方剧种发展演变过程中对于某类行当有意营构并形成了特色，故而一种地方剧种里五类角色并重齐盛的状况并不存在。但是本土戏曲中仅靠单一角色要完成意义传达和趣味生成也是不多见的。这实际上就为剧作家的创作预设了有限性的前提。本土戏曲从接受角度看常常具有的“悲喜”交加或转换的突变性、“严正”与“诙谐”共生相济的趣味性、“文唱”与“武打”同时展示的视觉新颖性等等，既是戏曲演出实施意义传播的有效方式，同时也可能成为剧作家在处理某个具体历史事件和历史人物时的陷阱。《枫落寒江》中，作者不仅深谙本土戏曲传统行当所具有的特殊美学效应，而且有意地把行当意识贯穿在对于历史事件和历史人物的处理全程中。作为旦角的谢蝶仙，在其性格发展过程中，如果说第一场她与林纾的初见是其单纯、多情一面的展示，那么第三场中谢蝶仙大段有关身世的唱段，则是她忧思、悲苦的重点戏份。剧中作为“悬念”设置的谢蝶仙暗中对林纾的买画接济，林纾落魄时分的以情相许等等，无疑是其爽快、侠义性格元素的有效呈示。剧中正是有了对谢蝶仙性格多侧面的展现，这不但玉成了谢蝶仙形象的鲜活性，也为林纾内心世界的外显和精神状态的变化提供了多种可能性。在我看来，谢蝶仙这一人物就目前《枫落寒江》的结构来看，其功能是第一位的。她的性格发展和这一形象的多方位照应，与剧中的林纾形象达成了相伴相生、相济共荣的有机状态。这种处理给我们的启示是，当某种历史虚构能够最大限度地使具体的历史人物的丰富性得以提升时，这种虚构不仅是合理的，而且是必需的。同时我以为这应当也是本土戏曲行当意识驾驭创作的良好结果。对于作为悲剧呈现的《枫落寒江》而言，在剧情发展中一步步强化其悲剧震撼感是容易做到的。但有必要提出我们的担心：本土戏曲传统悲剧剧情，常常在其悲剧情调的推进中有意“宕开一笔”，并在这样的“宕开”空间里嵌入另一种格调的元素——比如喜剧性的轻松、解构式的调侃等等，从而在极具反差性的戏剧情调情景中凸显主设情调。为此，《枫落寒江》何以为之？当我们看完剧本之后便知道了作者的处理方式。剧中两个小人物——林慧明、银月的设置，正好起到了“宕开一笔”的功能。与本土戏曲在人物设置上所形成的传统一样，剧作者并没有把这两个人物作为性格对待——我以为这显然是有意为之。林慧明、银月的道具性和其在情节推进中的细节填充作用，不仅为观众理解“幕后”内容提供了方便，也是该剧主设悲剧情调之外另敷其他对照性色彩的有效载体。他们努力促成林、谢姻缘的单纯与美好，他们在整体剧情中所展示的青春生命的欢快与干净，不仅与剧情最后林、谢难成眷属所生发的悲剧性形成了鲜明的对比，也为本剧能够形成的“悲喜”交加、跌宕起伏的动态情景发挥了重要作用。如此观之，剧中另外两个人物王寿昌、魏瀚，可能因为作者过分执着于其在情节推进、陪衬烘托的预设作用，而显得单薄。

戏曲处理历史的第三个难点：“戏眼”和“价值”在预设时的冲突。

当然，我们在这里并不想从戏剧美学范畴或视点来讨论“戏眼”，而只是把“戏眼”理解为戏曲情节发展过程中发挥了重要推动作用的因素。在《枫落寒江》一剧里，“戏眼”内容显然是林纾、谢蝶仙的关系。如果把“戏眼”理解为一个“点”，那么本剧第四场《林谢言情》正是这个点。“戏眼”应该是情节发展中的一个结果，并且这一结果会导引出另一个结果的出现，所以，“戏眼”在一出戏曲的整体中有时表现为高潮，有时则表现为剧情转折点。在历史剧创作中，“戏眼”的考量与预设显得尤为重要。《枫落寒江》的作者林瑞武，一个时期以来一直致力力图用戏曲形式再现福建籍近代名人伟士，《别妻书》的成功已为作者赢得广泛好评。正是在这样的情形下，林瑞武的剧作正好是我们讨论这一话题的最好由头。林纾一生的复杂性并不意味着他的生活之于艺术表现有着天然的丰富性与趣味性。一介书生的刻板生活及其生活领域的单一性，正是戏曲艺术力图寻找“偶然性”“戏剧性”的困难所在。显然，林纾在中国近现代文化历史上的卓越性与其生活过程的单一性，就必须形成剧代家在把他作为艺术表现对象时其“意义”与“戏眼”预设的冲突状态。从现有的剧本实际来看，我以为林瑞武破解这一难题的方法就是“悬置意义”“创设戏眼”。其实，林纾作为文化名人的种种价值，是不适宜于舞台表现的，正如孔子、老子一样，所以才有了对电影《孔子》的种种疵议。然而林瑞武注意到，林纾的生命过程中不只是全部都由“形而上”的文化所构成，也有一些被人忽视、暧昧不明的日常性且极有意味的生命鲜活细节。在我看来“林纾”作为近现代文化变迁的一个符号，已足以确立他的历史价值，倒是其生命的鲜活性丰满性却是普通人理解林纾时所普遍缺失的。在历史记忆的“空白处”创设“戏眼”，以“戏眼”的创设重构林纾，把符号化的林纾还原为鲜活丰满的文人形象，无疑是消弭“意义”和“戏眼”预设冲突的妥善方式——也许是最好的方式之一。具体来看，作者用力之处体现为两点：一是在全局结构和剧情发展方面，以林、谢爱情为主体对象，以林、谢爱情生发高潮转折为剧情线索，把林纾丧妻前后的精神状态、翻译活动、社交友情及其特定历史语境之于林纾的微妙影响等等，全部汇融于短暂而凄艳的爱情体验中，达到了“借离合之情，写沧桑之感”的以小见大、以微观著的叙事效果。二是对于林、谢爱情的悲剧性处理。就艺术创作而言，对有关林、谢相爱的历史传说做艺术处理，其方法应该是有多种多样的。就新时期以来关于“历史叙事”种种情形看，“还原历史”、追求真实的是一途；“新历史主义”借助历史名义言说当代感受的也大有人在；同样的，把历史当作消费物“戏说历史”者也不在少数。林瑞武通过《枫落寒江》一剧使我们得知，他显然是以“还原”为主，并在戏曲要求规约中兼用“新历史主义”的某些观念。这样的方式，既可以通过“悬置意义”的手法使林纾这一人物的文化价值与现有主流见解相吻合，同时又通过对林、谢爱情的细腻展示丰富人们的既有认识。同时，我们还应注意到，悲剧情境中的林、谢爱情，其能指的空间得以放大，不仅凸显了林纾作为传统文人的情爱观念与操守，也使得谢蝶仙形象的独立性得到强化。如果说，在剧本开始作者意欲用谢蝶仙来衬托林纾，那么从第四场开始，谢蝶仙性格内涵已逐步撑破这一预设，她的身上已经生长出越来越多并不是在依附于林纾形象之身所具有的新的意蕴。也正是在这里，我们体味到了作者的良苦用心。

戏曲处理历史的第四个难点：“性格”与“情节”孰大孰小?

在西方文论话语占据主导地位的一百年来，本土戏曲创作中的“性格”与“情节”之争从来就没有停止过。大致来看，新中国所开展的“戏改”运动，有意无意造成了戏曲创作中“性格”应大于“情节”的情势。如果说对于传统剧目的改编还不得不顾及性格与情节两者之间的平衡，那么对于新编或现代戏的评价方面，有无性格或性格形象是否突出，便成为衡定一部戏曲作品优劣的重要参数。多年来，戏曲创作由于备受其他文类——诸如小说等一些艺术理念的影响，“性格塑造”优于“情节编制”的观念长期成为戏曲创作界的主流观念。20 世纪 90 年代以来这种状况虽有所改变，但这一观念在一些大型导向性会演与评奖过程中依然发挥着评价作用。我个人认为，这一评价的困境依然将长期存在。本质上属于“民间”的本土戏曲艺术，其注重情节性的根由来源于它对普通人能够愉快接受的效果诉求。如若深入考察，包括戏曲在内的本土各艺术形式，并不存在只有情节没有人物的作品，只是我们更看重情节在塑造人物形象方面的作用。对于《枫落寒江》这部剧作，林纾作为主要人物是容易理解的，但是如何使这个在一般文字作品中显得刻板无趣的人物活起来、活得有血有肉有情有欲、活在人间活在日常，并不是一个可以轻易达成的目标。据我的阅读与体会，《枫落寒江》的作者并没有刻意关注“性格”与“情节”

孰大孰小，而是集中精力揣摩林纾在“旧爱”与“新爱”之间的选择困顿。为了凸显这一叙事要旨，剧本不只虚化了近代中国处于多事之秋的外部环境描写，还有意地把王昌寿、魏瀚等留学归来从事洋务的文化代表性也给予缩略，始终把二人定位于林纾好友的范畴之内，并蓄意强化他们之于林纾的陪衬作用。这是本剧主要情节——林、谢爱情得以顺利展开的又一个重要考虑。现在看来，由于林、谢爱情富有跌宕感的有效展开，林纾“本真”状态得到了呈现，这种伦常日用范畴中的复杂性不失为是对其作为近代文化名人文化复杂性的有效补充，同时为林纾性格丰满性生长提供了土壤，林纾性格也就自然而然地出来了。是否可以这样说，林瑞武正是选用了本土叙事中“情节出性格”的元素，才使得本剧取得了意义与趣味共生、情节与性格并茂的效果?

不可否认，戏曲处理历史的诸多难点，常常成为富有探索精神与探险欲求的剧作家的创新标高。正视、思考这些问题，不只是理论家的职责，也应是作家不断创新的思维基础。

文学能否给我们一些独一无二的东西

——读福师大学生获奖作品有感

文学在变化的时代里是敏感的——其实这种敏感更多地来自于我们这些热爱文学或者依靠文学活着的人们。远的不说，单看20世纪以来，文学着实在中国的舞台上热闹过：文学曾在攻城略地的豪举中猎猎扫过城头，鲜艳如血，昂扬如山。曾引得多少男女才俊顶礼膜拜；当然另一面是，当“文学已死”的冷峻判语从一位颇负声望的国外文论家嘴里大声喊出时，我们也曾瞠目愕然，揪心无语……文学给了我们这些痴迷者太多的壮怀激烈或黯然神伤。一如那些脑满肠肥的政商大佬们不谈文学一样——姑且算他们太忙或者不懂吧，我们的谈资里文学的味道也越来越淡——我们隐约感到，今天的世道似乎已经找不到一种清洁的话语，让我们悠意忘情地闲话文学。我想，有时候不谈便是呵护！

多时以来，我便是用了这样一种方式守候着文学，在心里暖着她。

集中阅读文学新作——一批新作，对我亦是难得的奢侈！多年来对于文学新作，我的阅读方式是偷着看。我最害怕的是在一个文学难以成才的时代里，许多冠以文学之名的“码字”让我痛心。我宁肯孤陋寡闻地让过去文学的美丽活在心中，也不愿意瞅着各路粗糙的黑手当面蹂躏文学，以至于陨灭在眼前。

读完这些获奖作品，我并没有多少意外的惊喜——但它们让我平静和严肃，我触摸到文学在一群纯粹者那里被精心装扮的纯粹与周正。文学活在她应当生活着的地方：多思善感的青春花园、无欲无求的情感宝地、好奇探求的征程上和遐想无羁的眺望里……

在文学这种特殊的表达里面，“表达什么”总是不经意地浸透于文学的各个角落。概而观之，年轻的作者们，生活给予他们的一切，无论成熟与否都可能成为他们诉求于文学的理由。直观的痛楚与邪恶、揪心的迷惘与无奈、难解的悖论与疑团，甚至是刹那间的惊愕与游丝般的心绪，显然成了这些作品所要面对的对象。主体感觉的清晰与朦胧，也顺然变为文体择取、情调酿制、视点确立与修辞斟酌的因由。生成自然，不见做作，成就了一份天然与真实。

获奖的小说作品里面，《白光》有意把两个有限叙述交错叠加在一起，差异性叙述所造成的阅读混沌，也正是主体要复现在实际生活价值判断过程中所收获的真幻难辨情景之于叙述方式的有意选择；《蚯蚓》的寓言写法，使得作者对于人类困境的忧思，多了一份戏谑的味道，直白却有些情趣；《百万富翁》的沉重，并不在于底层反抗豪强的血拼复仇，而是复仇者长达三年的冷静与复仇过程的有条不紊。有节制的冷叙述，把激烈的冲突裹在冷寂之中，颇有举重若轻之风。显然，年轻作者们并不回避已有的文学阅读及其偏好可能在作品的浮现：《往事并不如烟》颇多张爱玲的语调，《梦中梦》的武侠笔墨，虽拙却不丑；读过沈从文《长河萧萧》的读者，一定能从《那一架山花的烂漫》里再次看到一些沈从文式叙述的从容与细微；同时，那几篇写到少男少女的作品，也多半取了凌叔华一派的曼妙与轻柔。

散文易工不易散——营造意象、辞工句整，多下功夫则可。而要在散漫中有意趣，随便里寓深蕴，难靠词句功夫可以磨得。窃以为，散文创作需要灵动的心智、超然的意绪、融通的理性以及掌控文字体温的能力。诚然，如此要求，我们的文学史剩不了几个散文作家。细看本次获奖散文，《秋之况味》的忧郁传达，使我想起了陆蠡。忧郁之于散文，要求行文始终有一股下沉之势。本作的情景交融性，似有隙缝可圈；《光阴似弦》叙事与抒情交织，叙事的细腻托出了情感的浓烈。不过明显的倾诉口吻，多少弱化了有时本该内敛的情感力度。《大年踏雪》颇为典雅精致，比之冰心，少了些随意开宕，多了些匠心工笔。《拾荒者》《桃之夭夭》，其所散发的悲凉令人心动；《四季物语》《沙漏——时间的旅行》，前者属于散文诗，后者有些许地山、何其芳早年散文的影子，人物与故事演绎出一个哲理式的人生启悟。这类创作构型，亦与后来的杨朔模式有着承续关系。《秦淮桃花魂》《以木棉之名——写给咫尺天涯》，前者拎出了历史的沉重，后者吟咏着青春的过失。虽拙于深入，但富于真诚。

本次获奖的诗歌作品，我认真读过——然而并不太懂！我知道，我试图在那些我不太懂的作品中寻找些什么：或“说什么”或“怎么说”。也许，如此这般，并不是这些诗的预设与期待。然而，我只能说这些。《关于夜晚，我知道些什么》，我反复地不自觉地与我记忆中的各路现代派的诗作相比较，那些无法用物理时空或逻辑关系解释的密繁的意象，在呓语般的结构中似乎要呈现出“夜”的混杂无序，这种感思的能指，想必与主体之于生活的种种遭遇相关。《我有一个哥哥》，在直白而又不乏弯曲的描述中，显然已把抗俗勇士的形象塑造作为诗歌的主要追求了——有意隐瞒的褒贬取向，反倒隐藏着诗作者的深情。《咏怀五百字步韵杜诗》，现在的青年能完成实属不易，不过，为“步韵”致使诗中多有生造之语，难免生涩。通感手法的大量使用，主体存在的现实困惑，普遍地表现在诸如《说吧，时光》《安慰》《我的手抄本》等作品中。读完这些诗，我进一步明确了，诗歌在今天已真正成为心灵的艺术。心灵的无限性，也许只有诗歌才敢面对。

文学评论的价值，多半取决于其对研究对象独到性的把握和提出问题的别致角度。如此看来，《父亲的意义》一文可圈可点。类型研究是文学研究的常见方式，然而，获取新的类型并不容易——这里的获取指的是能在不经意的阅读中发现散见在不同作品背后值得注意的问题。《父亲的意义》不仅找到了问题，并能够注意到这一问题在不同对象身上被呈示的差异性，并给予价值判断。《评里尔克等诗四首》，细读方面用工颇深，显然有着英美新批评学派的风致。《跨境欲望及其逆反——试析国家形象宣传片角度篇》，运用西方现代修辞学方法，试图解析国家形象在关系因素中的预设与效果之间的价值生成的多伸可能性，视野开阔，然而，未及深入的仓促也是显而易见的。

也许，这样的点评就是多余。然而，我不免终于有了些欣喜——读了这些，我对开始提出的问题又多了一些继续寻找的沉着。我们的生命需要滋润，也许文学给予生命的滋润是独一无二的，因而也是不可替代的。

书里与书外游赏

中国现代文学思潮研究的一部力作
——评刘骥鹏《变革中的启蒙诉求——中国左翼启蒙派文艺思潮研究》[①]

20世纪80年代以来，学术界对中国现代文艺思潮的研究，呈现出拓荒与深耕齐举、脉络梳理与学理建构并重的良好局面，尤其是对文学史上比较边缘化的复古主义与自由主义文学思潮的研究，甚至成为引领社会思潮研究的源头之一。但我们同时也看到，由于新时期文化语境的繁复变化和西方话语的深层介入，与中国现代革命密切相关的“中国现代左翼文艺思潮”的学术考察，却没有得到应有且有效地深入与拓展。学术界对雄踞20世纪中国主流位置的左翼文学思潮研究，虽然在关于“七月派”文艺思想、延安文学的复杂性等方面也取得了相当的成绩，但左翼文学思潮研究领域仍有一些盲点未被实质性触及——比如，“七月派”文艺思潮研究与鲁迅影响下的其他左翼作家文艺思想的研究之间，处于某种脱节状态。从这个意义上来说，刘骥鹏的《变革中的启蒙诉求——中国左翼启蒙派文艺思潮研究》具有鲜明的开创性学术价值，着实将左翼文学研究向前推进了一步。

首先，该著提出了“左翼启蒙派文艺思潮”这一原创性概念，将左翼内部对文学发展的认识差异、宗派主义以及与此相关的政治规训等问题给予系统化、理论化的解读，言他人所未言，至为肯綮精当。自左联后期始，左翼文艺阵营内部就始终存在着不同作家群体之间的思想对峙与交锋，这种对峙构成了左翼文艺运动的独特景观。在某种程度上，它催生了毛泽东《在延安文艺座谈会上的讲话》和胡风著名的“主观论”，也导致了自20世纪40年代末到反右期间左翼文艺阵营内部一系列的思想批判运

① 《变革中的启蒙诉求——中国左翼启蒙派文艺思潮研究》，中国社会科学出版社2013年9月。

动。改革开放以来，随着胡风问题的解冻与平反，学术界对胡风文艺思想及“七月派”的文艺实践进行了深入研究，取得了一批令人瞩目的学术成果。然而，对于左翼文艺内部的思想差异问题，则缺乏整体性的分析与解读。相当多的相关研究者，多是仅从“七月派”的角度看待胡风和胡风问题，这就很难将胡风与“七月派”之外的丁玲、王实味、萧军等作家联系起来进行深入考察，因而也就难以从左翼文艺运动的整体视野来把握左翼内部的思想差异、政治分歧与文学趋向等重大问题。虽有学者或深入阐释了胡风与冯雪峰之间的思想联系（支克坚），或述及胡风与丁玲、萧军等人的相同倾向（张永泉）或以“左联内部的反对派”来指称这一作家群体，并以“革命与启蒙相遇”这样的命题来概括其思想困惑（严家炎），应该说，这些观点都是相当深刻的，但因命名的缺失、各自研究对象的局限和研究角度的侧重不同，因此都未能给予全面的审视与研究。刘骥鹏整合了上述学者的相关论述，并加以创造性的发挥，以“左翼启蒙派”与“左翼功利派”这两个分析性概念，重新命名左翼文学内部互相对峙而又互相联系、共生共存的不同思想派别，相当准确地抓住了左翼文学发展过程中存在的几个关键问题，并给予深入阐释，给人以豁亮之感和至深之思。

其次，该著将逻辑的与历史的方法结合起来，对“左翼启蒙派文艺思潮”的生成、发展与湮没过程做了全面的梳理。作者从左联内部的宗派冲突入手，以鲁迅支持的青年作家胡风、萧军、聂绀弩等人所创办的《海燕》杂志作为左翼启蒙派作家群体生成的起点，并对“两个口号”论争、鲁迅去世、胡风等人经营《七月》杂志等这样一些文学史史实做了进一步的梳理，厘清了左翼启蒙派在抗战爆发前后的生成过程，进而对国统区与解放区两个左翼启蒙派作家群体的存在形态、思想特质给予清晰、透彻的解读，发掘出一些为文学史家所忽视的历史事实。这其中，对胡风与丁玲、萧军等人内在思想联系的梳理，从具体史料入手，层层深入，颇具说服力。在此基础上，作者又对延安“文艺之春”、胡风倡导主观论思想事件、萧军在《文化报》的社会文化实践以及左翼功利派在香港、沈阳发起的思想批判运动等等，从整体上进行观照，逐渐廓清了这一影响巨大的文学派别的思想发展脉络。

再次，总结、归纳了左翼启蒙派迥异于左翼功利派的文艺思想特质，并将该派别文学思想的生成机制及其与五四新文化思潮的内在联系做了透彻的阐发与解读。该著指出，尽管左翼启蒙派生成于左联后期，但思想分歧却萌生于革命文学论争期间。正是由于坚韧地卫护并全力张扬着文学的思想启蒙取向，才使得鲁迅成为创造社、太阳社作家的批判对象，而左联的成立并没有解决鲁迅与左联领导层之间的文艺思想分歧问题，这也是左联内部出现分裂的根本原因。从革命文学倡导、左联成立到延安文艺座谈会，左翼功利派在文艺的价值取向上是始终如一的，他们把追求革命胜利作为文艺工作的唯一目标。因此，把文艺工作与其他革命工作等同起来，把文学视为革命的重要工具与手段，强调文学的宣传鼓动作用，不能容忍革命阵容内部的批评声音，忽视文艺与作家劳动的特殊性等等，就成为左翼功利派（周扬等）所竭力鼓噪并借助于体制力量加以原则化的基本观念。而左翼启蒙派虽然也认同革命，并在不同程度上参与了革命阵营的活动，但仍始终坚守着五四启蒙立场，追求的是文学的启蒙价值，试图在变革浪潮中把民族解放、阶级解放与人性解放结合起来，因此依然固守文学本身的主体价值，重视文学的思想批判与社会批判功能，强调文艺对民众素质的提升作用。这样一来，该著就从文艺的社会作用角度，廓清了左翼启蒙派的文艺思想及其实践与左翼功利派的文艺思想及其实践之间发生冲突的根本原因，从而对 20 世纪四五十年代左翼文学内部的思想分歧以及左翼功利派针对左翼启蒙派所进行的一系列思想批判运动有了更为深刻的把握与理解。

此外，该著全面考察了左翼启蒙派作家在社会大变革浪潮中的政治选择、现实关怀、主体意识以及个性冲突等等问题，并对左翼启蒙派作家在新中国成立后命运遭际的某些成因等，进行了翔实有力的讨论，从全局性背景上深化了对相关问题的理解。该著从左翼启蒙派作家的个性特征、该作家群体性格瑕疵对其命运遭际的影响、革命阵营的传统文化阴影以及左翼启蒙派作家独特性格的现代性价值等多个角度，对左翼启蒙派作家的“性格悲剧”进行了鞭辟入里的剖析。将作家性格及其瑕疵置于广阔的历史背景上，全面解读了社会变革过程中变革主体的官场意识、权谋智慧与朋党伦理等传统劣性文化，对变革参与者命运的消极影响。这些分析颇具振聋发聩的意义，已经由性格分析进入到反思革命这一颇具现实价值的重要课题。毕竟，左翼启蒙派作家作为革命阵营中的参与者，尽管有时处于某种边缘位置，尽管偶尔也没有很强的组织纪律性，但对革命的忠诚与对共产主义的信仰是无可置疑的。这群特殊的革命者在革命成功之后的命运遭际，正反衬出和平环境下“继续革命”理论与“阶级斗争”实践的失误。对此，作者虽然做了一些比较深刻的分析，但在广度与力度上仍显得着力空间有限。这或许不是本书的主要关注点，但却是个关涉到文学史、思想史、革命史、社会发展史的重大问题，可以视为作为新时代理论创新的重要源泉，值得学术界反复深入探究。

敞开20世纪90年代文学学术化的可能

——关于《传媒语境与20世纪90年代文学转向》的审思

在共和国文学发展的五个时期（“十七年”文学、“文革”文学、20世纪80年代文学、20世纪90年代文学和新世纪文学）里，20世纪90年代文学，无论是作为历史存在还是作为学术对象，相关学界对它的关注依然远远不够。个中因由固然多多，但其中20世纪90年代文学面临的文化语境的新异性及其所造成的这一时期文学腾挪变迁的动态复杂性，无疑是最重要的原因。它在自觉剥离历史牵绊时所生成的与历史的新的联系和其在不断标高的创新诉求中所不断遭逢到的困惑与干扰，叠合为研究界对之进行有效解析的重重雾霾。这严重影响着中国当代文学史对20世纪90年代文学的清晰叙述。

作为长期从事中国当代文学教学与研究的学者，我在面对20世纪90年代文学时不仅仅只是困惑，更多是困惑无以破解而日渐形成的烦恼甚至恐惧。为此，我曾经向自己提出了一连串的问题：比如，20世纪90年代文学究竟属于共和国时代里文学发展的一个“新时期”，还是依然和20世纪80年代文学那样仅仅只是“过渡”“转折”的延伸？再比如，文学生成的条件——观念的、生活的、文化的或者其他种种有无明显的变化？这些变化的能量究竟被植入怎样的结构系统中从而作用于文学并促使着文学新质的萌生繁殖？又比如，必须走向经典化的20世纪90年代文学，它的“新”在哪里？这些“新”的价值应在怎样的认识或文化范畴中得以确指？20世纪90年代文学究竟能在何种层面上为我们开放真正的美学问题？

……

我毫无保留地把这些思考交给了年轻人——我的学生们。

刘文辉毫不犹豫地接过了这副思考的重担——他跟着我攻读博士学位，上述思考最终凝结为他的博士学位论文。审慎的思考与深入的解析，获得好评。

20世纪90年代“传媒”的崛起及其在迅速扩张中形成的具有霸权意味的“传媒文化”，无疑是中国当代的重要文化现象。然而，并非所有人都能意识到它的重要性和影响的连续性。也许正是在这样的盲视里，20世纪90年代文学的混杂迷离被凸显。人们曾久久惊愕于20世纪90年代文学异象丛生、变幻无定。急切地追问中，要么流连于文学的辉煌往昔从而认为真正的文学已经死亡，一个删除文学的时代悄然地疾驰而至；要么在后现代理论中寻求文学碎片化的合理性，断言审美创造终将仰赖于个体的特异；要么以文学自由的名义，为文学的放任自流重新正名，甚而认为这正是20世纪以来文学梦寐以求的正当境遇等等。这些努力，后来被发现并没有有效解答问题，反倒暴露了文学理论和文学研究的孱弱。一如当年卢卡契试图在“总体性”中分析资本主义危机所阐述的那样，任何局部的异动，人们总是可以在隐蔽的“总体性”视野中看到问题的症结。“传媒文化”作为中国20世纪90年代的“总体性”性质，并不是说它具有无所不可的多元整合性，而是指传媒文化在自己的诉求中迅速建构起公共可能性，以其难以察觉的强制性转变社会导向，形成具有“总体性”的生活土壤。刘文辉在本书中不仅自觉地把“传媒文化”视为一个生成的过程，更重要的是“传媒文化”生成过程中社会生活的被型塑的过程。这是至关重要的。中国当代20世纪90年代文学的种种异象，在这样的文化境遇中显然不是无为而治、放任漫漶的结果。刘文辉在这一课题研究中，提出诸如“传媒文化”“传媒权力”“传媒文化景观”“传媒文化力”等等概念，它们在传播学领域的“所指性”已经在被置于新的研究对象时具有的“能指性”所更新，生成为观照20世纪90年代文学的一种新的“总体性”——无疑，这为我们有效解答这一时期文学的诸多难题，提供了新的可能。

现在看来，把“新时期文学”在20世纪80年代、20世纪90年代的存在样态看成是一个柔性变化的连续性过程，显然是不恰当的。新时期文学在20世纪80年代与“革命文学历史”的勾连，一方面体现为对文学社会功用的持续性强化——虽然是反向的，另一方面，诸多现实因素必然导致变化的有限性。题材领域的扩大、同质性格的差异化、表现形式的局部试验、作家自我解说的新鲜感等等诸如此类的“新景象”，并没有彻底离开原有时代总体性的制约，20世纪80年代文学的过渡性十分明显。而20

世纪90年代，文学功能的实现条件逐步消失。文学的边缘化，衍生出来的是文学话语已无力参与社会主流话语的建构，文学可以被省略或忽略，文学的劝谕功能不再是文学生命的表征，文学意识到需要到消费世界里重建生命。也可以这样说，20世纪90年代文化语境的重大变迁，导致了自五四以来的现代性中国文学必须有效地开始与自身传统实施剥离——刘文辉在本书第二章《20世纪90年代传媒建构的文化生态》中关于"'工具文学'的式微与转移"、"作为'精神创造'文学的迷离与新向度"、"文学'改造'的转移"等等问题，所指涉的不只是20世纪90年代文学"破中有立"的复杂状态，同时又是20世纪90年代文学作为学术对象的重要问题。在上述问题论述中，关于文学的精神性质及其在20世纪90年代传媒语境的存在样态的分析，其新颖性是相当明显的。

如果说，上述讨论中的问题更多地涉及20世纪90年代文学与传统的疏离过程及其形成差异的话，那么，刘文辉在本书的第三章《20世纪90年代文学与意识形态的新关系》、第四章《20世纪90年代作家姿态的复杂转移》、第五章《20世纪90年代走向"新民间"的文学》和第六章《20世纪90年代文学自由的可能与不可能》等篇章中所提出的问题，则确属20世纪90年代文学的独有问题。在我看来，20世纪90年代文学的问题视域可能有两个方面是绕不过去的：一是在清理20世纪90年代文学历史过程中，无论是还原或是在某种理论牵导下对20世纪90年代文学的历史叙述，历史面相的呈现总会伴随着诸如文学现象来龙去脉的清晰性、文学事实的细节挖掘、各相邻领域的真实关系图以及其他大量文学史实问题；其二则是20世纪90年代文学在不断变化的文化语境中所可能不断生发出来的具有超越自身的问题，比如外部世界与文学的关系发生了何种变化或者究竟能够发生哪些变化？文学功能实现的可能性是增多了还是减少了或者是转移了？在新的外部总体性的影响下，文学的"总体性"何以产生并形成对主体的新的约定等等。其实深究一二我们可以感知，这些问题的"特定性"，是因为除了20世纪90年代之外我们无法在以往的中国文学历史其他时期找到该类问题的通约性。

当20世纪90年代的意识形态已由"单一"变为"家族"构成时，不仅弱化了以往意识形态独尊时代所建立起来的威权效能，同时也使得文学与意识形态的关系变为一种可以相互选择的关系。"领域的意识形态"或

"意识形态领域化"不仅区分着社会人群的价值归属，也给文学的阅读属性带来了新的稳定性和自主性。文学不再属于特定的社会权力主体所支配的特殊产物，而可以在社会生活的多个领域中获得宠爱。这种文学景观是从未有过的。传媒文化强化了社会的科层属性，文学消费的科层化促使着文学不仅为科层代言，也加入到领域化的意识形态建构之中——这是文学与意识形态的崭新关系，刘文辉发现了这一点，同时通过有力的论证，也说服了我们。

20世纪90年代文学中作家姿态之所以成为一个必须关注的问题，在于"审美伦理性"的凸显。文学的道德教育功能，在中国古代文学传统中是一个基本元素。现代中国文学，虽然只是在政治维度上强调审美伦理，但它之于人类或者国民精神的塑形作用不但没有弱化，反倒在一个个民族精神危机时刻不断得以强调。任何时候质疑审美的伦理塑形功能，都是愚蠢的做法。20世纪90年代作家就遭遇到这种两难。人们由于对历史上形成的文学政治伦理化的反感，曾使得新时期文学中关于"审美伦理"话题一度灰头灰脸，其后果是一批文学后继者不仅淡漠了这一意识，同时又打着突破创新的旗号，直接把审美伦理作为进攻的目标，导致20世纪90年代文学中各种极端欲望的泛滥书写。尤其是当欲望的合理性一度得以在庄严的领域——意识形态体系中找到援手，并在阅读市场里征服读者而能够使作家的经济收益日见丰厚时，审美伦理问题就不再只是一个学术问题，而是关乎国民精神的重大问题。面对此境，任何作家都不可能无动于衷。刘文辉在《20世纪90年代文学审美伦理的失据与抗争》一节中的论述，激烈而沉痛！这是非常必要的展开与深入。文学对于任何权力的屈服与膜拜，对于任何欲望的极端式认同，对于书写中批判精神的忽视与剔除，都是审美伦理缺失的表现。正因为如此，我对刘文辉在这些问题的冷静观察与理性批判，是极为赞赏的。

"新民间"的提法，也许是受到了相关学者的启发，然而，关于"新民间"的内涵及其深入的推论，则显示了刘文辉的诸多独特。"由于新的文化因素的注入，诸如市场经济、传媒霸权话语以及全球化等，从而使民间的建构已经呈现出新的文化气象，这就是所谓的'新民间'。""首先是新民间'间'的迁徙。""工业文明社会成为'民间'依据的主体语境。新民间的'间'已经由乡村的主体背景置换为喧嚣的都市。""'民间'中

‘间’的变化以及蕴藉的话语导向远远不止这些，不仅表现为城市化趋势，还呈现出市场化、全球化的气象。”其次是“新民间‘民’的身份发生了变异。市场经济把所有人都纳入到籍籍无名的大众里，消费语境中的‘民’或者大众，广义上不仅包括广大的乡村农民、城市市民，而且还包括知识分子甚至政府官员。虽然他们（知识分子、政府官员）相比数量庞大的农民和市民而言，仍然具有相对特殊的社会身份，但是在市场经济语境下，他们同样是芸芸众生中的一个普通消费者。”

一方面是现代性带来的社会科层化发展趋势，另一方面各阶层成员在特定视野中又不可避免地被“通约化”——这正是现代社会个体角色在文化属性上的吊诡之处。“新民间”在此凸起。当然，我们更关心的是“新民间”之于文学的利害关系。当新的民间不再是文学的被动反映对象和启蒙对象时，文学与民间的关系其实成为平等地相互选择甚至相互利用的关系，不但文学的主体性多了一重制约，文学消费也可能在传媒文化所制造的时尚追逐中失去理想与意义的诉求，成为一种无意识动作与表演。诚然，“新民间”所给予文学的活力，也是此前所未有的——失去尊贵的文学要寻回尊贵，这一过程的博弈性，也许正孕育着一种新的审美的诞生。同样，文学的天性是反规约的，撑破新的规约也许成为文学的持久激情。文学之于“新民间”的“融入”与“脱出”，都会为文学的创新提供机遇。

“文学自由”曾经作为文学主体的理想，庶几成了贯穿20世纪的持续性呼吁。然而进入20世纪90年代，似乎这个难题已经解决了——写什么和怎么写，几乎看不到任何的限制了。其实这多半也还是盲视与遮蔽的结果。显然是，“自由”中“不自由”却又是无处不在。刘文辉看到了这种“正常”背后的“不正常”。文学的媒介性，并没有因为第四媒体的产生而改变。为了某个共同的利益诉求，文学的“交易”在一个又一个的“策划”中变为愿打愿挨的热点。来自于各方的谋求不明的“排行榜”，诱惑着作者与读者一同注视着写作可能或已经产生的“经济利润”……这些在人们的不经意中已经形成的时代“总体性”，越来越深地潜入关于文学理解的习惯与常识之中，左右着国民尤其是青年一代对于文学审美的基本认识。如此看来，文学不是越来越“自由”了，反倒是越来越“不自由”了！这是可怕的然而却又是不可更易的现实。指出这些的目的，并不是为了改变。若是我们能够从中体味到关于文学自由的新的定义或理解，注意寻找或捕捉文学审美自由的可能，这才是正道。

……

学术探讨在我一生中，总是和庄严的诉求与亢奋的激情连在一起的——由此我不禁常常想起，我和文辉师徒二人促膝长谈、言来语去、不达共识不撒手的热烈情形！他对于问题的热忱顽韧、咬牙拼命常常让我吃惊——如今有了这般成就，实属不易！他是一位把学术作为信仰的人——这并不是随便就可以企及的境界。为此，我感到由衷的欣慰！这注定了他一生，将在学术中获得幸福！

如何让“美”成为“震撼”
——关于徐志坚“新型彩墨画”创作的透析

当维特根斯坦在自己的“分析哲学”世界里把“美”和“美的”有意地区分开来，并加以固执地推演与雄辩时，终于使我们知道了对象与主体在关系中所产生的无穷可能。显然，“美”（客体或物性）是因为有了“美的”（人或社会化）的判断而生成价值。面对艺术家所展示给我们的所有创作，我们总是习惯地甚至就是被强迫地赋予它“美”或“不美”的认知——否则，那一定是认识主体的弱智。然而，当我面对徐志坚这一批难以类化、格调奇异的彩墨作品时，我长时间“无语默然”：困窘于在已有概念系统中竟遍寻不到那个或那几个能与之对应的词汇；惊诧于艺术家竟能把那么多关联着传统与现代的各种兴会与意绪、奇思与妙悟，凭顺手一把的线条与色彩幻化成意味深长的“画谜”，让我们在费解中享受；自然，我也被激动了——激动于尺幅之间生命化的点墨线形里，那些“已知”又不可“尽知”、“欲至”却难以“臻至”、“欲说”仍旧不如“不说”的朦胧恍惚之中！

这究竟是何等的一种境界?！兴奋盎然中浸漫着不安，惊喜愕然里升腾着感佩……

看来，能否认识徐志坚的新型彩墨画作，已经成为一个相当重要的问题。

“可感”与“未感”

作为一个已经成熟的艺术家，徐志坚自然可以有多种道路供其自由选择。驾轻就熟的套路在与市场的热络中，不仅能带来丰厚的物质收益，因为西方早在18世纪就已经把一个艺术家的市场化定位看作是“名垂青史”一种有力手段。这方面，徐志坚所擅长的装饰性壁画，在今日市场化的中国应该是恰逢其时——而他却淡然于此；当然，另一条路亦可谓坦途：已经因《民民俗风情组雕》《乐坛六巨子》等雕塑作品扬名界内的实力，只要愿意，徐志坚依然可以长时间地名利双收，然而他并不留恋；当然，他还可以像中国高校美术学院的一大批教授那样，授课收徒之余偶一为之，在不大不小的画作赛事中只要不间断地露脸出声，自然也能获得身心俱恰的尊贵与体面。然而，他仍旧不无坚决地丢弃了。

那么，徐志坚究竟想要什么？

也许仅仅只是一点——他只想在已经耕耘了三十多年的“彩墨画”世界里，搅起一阵风云，竖起新的标高，寻求“彩墨画”汲古纳今、中西熔融的创新“可能性”与大境界。正是在这样持久的向往里，徐志坚多年来享受着艺术突破与创新的“大苦”与“大乐”。苦乐终于凝晶为一批新人耳目的“重彩墨画”——《承古开今汇群贤——纪念近代文学家、翻译家先驱林纾先生》《洋洋俗音洋洋情》《彩墨风景画系列》《彩墨人物画系列》《中国印花税票＜闽构华章＞》系列等。

“人”、“物”或“景”在成熟艺术家的笔下，从来都没有把“像”与“不像”作为标的——这自然是业界的常识。我们所要追索是它们在艺术家的眼里或者在其创作的过程中究竟意味着什么。简单说，艺术家与对象的“对象化过程”绝不是单向施受的呈现过程，而更多的是“赋予”或“寄托”的点化。就人物而言，尤其是历史名人，他可以在不同的社会生活范畴获得“本质”或“意义”——这些显然可以借助于还原或阐释得到昭示。更重要的是，在艺术家这里，“他”或“她”却有着无限被赋予“意义”与“价值”的可能，正是在这里，艺术家显示了永远不可取代的地位。徐志坚笔下的林纾，既不是历史学家在求证还原世界里复杂的林纾，也不是文学家笔下富于世俗情感、红尘烟火中的林纾。林纾作为一种能穿越历史现实的文化符号，在墨色线画结构中被重新创造。《承古开今汇群贤——纪念近代文学家、翻译家先驱林纾先生》，侍椅端坐的林纾，自信与隐忧交织的表情里，含蕴着民族特定时期的风云变幻和排解无方的困顿。神情凝重环绕四周的四个同道，期盼与茫然，一同化成那一段令人揪心的如晦岁月。画面中“可感”的林纾，显然是我们借助于那些有关中国近代史的简约描述而获得的，然而，徐志坚笔下的林纾显然早已撑破了我们理解林纾的“前知识”，林纾在特定时代的多重联系，被置于整体象征的有限的平面空间中，新的结构及其结构中各个因素之间形成的动能，便生成了新的林纾形象本质——远远不只是一种本质。这正是我们的“未感”，也是艺术超越历史的地方。因此，画中高挑的屋顶、细长而直立的木柱、打开着的房门以及不远处醒目的上翘屋脊等等，都在这灰白弥漫的沉闷中具有了引人慨然的意象之韵。

徐志坚似乎常常愿意给自己出些难题——瞄准历史名人是一例，拉住“惠安女”不松手又是一例。“惠安女”作为一种人生类型，其特殊性庶几已成国人常识。以常人看来，在常识层面觅求创新之机，不是笨法，也是险棋。诚然，“炫彩”颜料的研制成功和“色层分离”手法的创制，使得徐志坚拥有不少取胜的底气——然而，绘画语言所仰赖的色墨线图，本质上并不是艺术创新的制胜利器。能够抬升“表现力”的永远是艺术家主体的思想深度与重新结构世界的能力。在又一个有限“可感”与无限“未感”的难题面前，徐志坚举重若轻，有意打碎常识层面已被完型化的“惠安女”，去掉“所指”，最大限度使之“能指”化。面容“丑化”的惠安女，在天地万物间成为激活生命的神灵。画家有意使观者的“前理解”与眼前错位撞击，在新的陌生化语境中感悟画作背后的怪怪的而又是绵长的韵味。《潮起潮落》的“酣睡”、《海天逸怀》的“陶醉”、《云水可居》的“遐想”、《大秀如风》的“弄情”，始终居于画面中心的惠安女，早已在徐志坚的“赋予”中超越了关于惠安女的传统规约与常识定位，行走于思接千载、视通万里的阔大时空中。作为“符号化”的惠安女，汇聚着天人合一、应运乐天、身心邈远、与时进退的澄明与通彻。不过，这还只是笔者一人体认到的九牛一毛而已。

“可观”与“未观”

徐志坚擅长于装饰画的创作，并常常情不自禁地为之自豪。也许，此类创作带给徐志坚酣畅淋漓的快感，因为无可名状便显得神秘而又富于诱惑。令许多人好奇的是，徐志坚并不愿意在充盈热辣的快感中“快感”下去，他似乎有意无意地开始追寻有着丰富痛苦的快感或者是那种充满动荡、不确定的、不时被跋涉途中冷不丁冒出的迷茫恍惚所骚扰的快感——这是一种需要用心捕捉、可遇而不可求的惊诧式“快感”。醉心于彩墨画的创新与超越，擅长是无法丢弃的。而问题的关键是，如何在自己心仪的崭新的彩墨画中置放此类传统因素。从他已经推出的多组成功之作中，笔者体会到，他需要一种“照亮”的方式——要让传统的彩墨画“亮”起来！我认为，这种被照亮的彩墨画，不只是明亮、晶亮、清亮或清丽、明丽、绚丽，而要“炫”起来！要让彩墨画亮的瞠目、亮的雅致、亮的厚重。我把其命名为“澄亮”的风格。

整体上“温润暖和”的色调定位，使得徐志坚“重彩墨画”首先给人一种环绕全身的可人又可意的诱引。《乐天娃》中人物遍身的皂色，在周遭趋红偏蓝的山水比衬中，反托出人物内在快乐的纯洁与天然。在我看来，“趋红偏蓝”的山水样态与随性用笔生成的疏朗，不仅挥洒着“写意”的放浪，也使意境在简约中赢得丰富。轻红浅蓝与厚黑重皂的鲜明对比，“亮”出的不仅是主旨，还有氤氲着的深意与空白里缥缈的隐含。这是否可以称为创造出来的“造化”？至此，我不由地想起德国法兰克福文化学派在评价“现代派”艺术时所得出的结论：不是艺术模仿生活，而是生活在模仿艺术！

因为创造，艺术的生命才赢得永恒！应该说，进入现代以来，“人与自然”相互模仿的历史就被开启了！这一状态，在徐志坚《闽构华章》一组作品中的创作中体现得尤为自觉。笔者一贯认为，面对久经沧桑的文物古迹，向来都是“写实”容易“表意”难。九幅画作选中的八闽历代构筑经典——上杭蛟洋文昌阁、福州三坊七巷、莆田湄洲妈祖庙、泉州东西塔、南靖田螺坑土楼群、屏南万安桥、永安安贞堡、南安蔡氏古民居，均是国人耳熟能详、熟视无睹的极为著名而又极为“平常”的遗迹。这些无声的存在，在徐志坚选中它们的同时，它们也在考量着徐志坚——你有没有“主体性”？你的主体性何以表达？你将采用何种方式把你的主体性融入而又能得以“特别”地呈现？徐志坚一如既往：他要让大家“亮”起来！用他自己的话说就是“必须在图式语言上加以必要的艺术化处理，尤其是绘画肌理的疏密变化设计和色彩张力的发挥，以视觉兴奋的补充和转移打破某些固态的呆板”，“在还原建筑与环境的骨气形似之间，创造艺术化的图式意境”，“采用了皱纸法和宣纸正面着色背面衬染相结合的技法”，“有意识通过大面积的留白强调建筑及其环境的外形特征和韵律美感，营造一种集中的、整体的艺术语境，同时采取大疏大密的肌理变化，以增强画面的节奏美艺术韵味，在绘画语言的具体把握上选择既明丽清晰又不呆板的方式。在力求保持建筑历史风貌的基础上，充分体现绘画的形式美”。放手使用“‘炫彩’着绘和色层分离”。

在我看来，《闽构华章》的“亮”，不妨称之为“细节改造”和“结构升华”。“细节改造”具体说来，就是在建筑局部着色时，全力使用“炫彩绘”，尤其是建筑顶部、窗棂门扉、面墙阔坡等，改变原有建筑陈色，着以浅蓝、淡黄、嫩绿、纯白等暖亮色彩，使之在亮丽中灵动起来。“结构升华”在这一组创作中体现为背景的重造，敷色走线以烘托主体物象为主导。冷暖匹适、俯仰有度，形成了九幅画作构图的完型整体——和谐悦目，朗然澄明。单从视角选择看，就有近仰、远仰、近平、远平、深俯、远俯等多种，展现出“完整”“阔大”“澄明”“悠远”等多重韵致的完美融合。

站在这些画作之前，你常常是无语的——它们很“耐看”、架得住“玩味”、撑得住细品。你愿意久久地注视，你的思绪会在它们的引领中悠然荡开，甚至因思绪的回环往复，它们仿佛动了、飘着，一种澄明包孕的暧昧升腾起来，一种极端惬意的、轻松无比的感觉，缓缓在心头涌出，涌出……你明白，这是一种难得的沉醉！其实，这也许正是徐志坚在“照亮”之后所殷殷期待的——“色层分离”手法的新颖、恰如其分的留白和画面里各得其所的意象，混融为一种撩人的绰约风致与洇漫妙境！有界无边，虚实相济，满目洁净清爽，一派澄澈空明！

徐志坚的几个“关键词”

徐志坚常常会在稀松平常的聚会闲聊中，不时带出“艺术信仰”一词来——瞬间的严肃甚至严正的神情，有心人能觉出这显然是他窝在心底的绝大问题。“信仰”之于“艺术”，或者“艺术”之于“信仰”，究竟在他这里意味着什么?！是专业的挚爱？还是行当的恪守？抑或是抗拒沦落、抵挡俗流的盾牌？当我在他近年来所创作的新型彩墨画世界里巡礼一番之后，我似乎有些了然了——“艺术”能够成为“信仰”，既需要艺术家奉献一生的真诚，也需要有把人生艺术化的不懈向往，更需要能从艺术创作中获取大快乐的敏感与智慧。在那些真正把“艺术”作为“信仰”的人们看来，“艺术”应是灵魂最宜居的老屋，而作为最具“形式”感的艺术，却常常需要在忘却形式的得意忘形里，寻觅穿越时空的法宝和涅槃的良机。正是这样的逻辑，才使得那些关于艺术与生活、艺术与人生的种种套话，成了可厌的通词。艺术只有在“信仰”的摇篮里，才会活得纯净而又自信。

“思想”，这也是徐志坚喜欢的一个概念。艺术家会有“思想”么？这种“思想”只是关乎“艺术”还是有着更为阔大的指向？能够与那些历史上依靠思想改变了世界的思想家的“思想”并置齐观么？我当然没有当面请教过徐志坚。不过可以肯定，他的回答一定是：“不但可以，而且非常可以！”他笃信“思想”对于艺术的引领。观其画作，他那些“形式化”的思想里，显然不乏感时忧国、慷慨沉郁之意，不过，更多的是对超越现世的眺望，向完美境界的追寻和关于万物众生何以能够共生共荣的耽思。在他看来，“思想性”让艺术充满力量。

“张力”，这是个能让人提气凝神并与“创新”毗邻的概念，徐志坚甚是喜爱。他用自己的艺术创作持久地对之进行阐释。在徐志坚这里，“张力”有时是冲破俗念的异想，有时是改变常规的乖张，有时又会是古今中外在有意并置中呈现的惊诧效果。显然，徐志坚是把“张力”当做“创新”般加以款待的。也许，徐志坚更多的是喜欢营造一种富有“张力”的状态或氛围，诱使观赏者进去，与他一同完成那些“留白”背后的未竟世界。“张力”的接力过程，是充满魅力的。

解读徐志坚的新型彩墨画作，需要时间与智慧——而后者更重要！

文学：在释读中成长
——写在《广西文学的哲学解读》前面

在考察文学发展或成长的历史时，人们自然会更多地关注“创作”——这当然是无可厚非的。不过，我们同时也应当注意到，文学的历史并非只是文学所经历的往昔印痕的线性排列，或真实履历的确指与明晰。历史构成的选择特性，实际上规定了“历史”是由那些“有意味”的日常——即有连续性的“意义瞬间”所构成。由此我们可以说，文学史也只能是“有意义”的文学历史，而不可能是别的。关于文学发展或成长的观察与考索，对象也许永远会被锁定在诸如小说、诗歌、散文或其他文体身上，然而，这些具体具有文体分类标示的存在却并不能完全包含文学的意义，或者毋宁直接说它们仅仅是文学意义的生成材料也未尝不可。我们要想到的是：“谁”用怎样的方式使得文学获得了意义？这种意义是在何种情形下或何种范畴中得以显现的？文学被意义化之后又是怎样赢得了进入历史殿堂的方便？如此等等。

于是，关于“文学释读”的种种努力，走到了我们的面前——并因此有理由赢得尊重。

《广西文学的哲学解读》也因此激起我们的阅读兴趣。

文学释读的历史源远流长——这是常识。但“文学释读”对于“文学”本体的依附性似乎也成为常识——这显然有必要辨别区分。自从中国现代引入西方“文学理论”至今，文学研究的独立性地位是获得了——不过，这也仅仅只是大家承认的理论预设而已。在实际的文学史研究中，尤其是文学史撰述成果中，“文学释读”的历史面影依然是可有可无或模糊不清的。当文学史亦被视作另一种形式的“文学释读”时，整体的“文学历史”中实际上便驱除了“文学释读”的存在身份。这种情形至今仍在延续。在这样的情形下，我们也许至少可以讲，由于对“文学释读”种种努力的漠视，文学史中“意义”生成的有趣性及其文学史身姿的多姿多彩，无形中弱化了许多。这也是我们应对任何一种关于“文学释读”的努力保持敬意的理由所在。

“哲学释读”至于文学，究竟是一种方法还是一种角度，在理论上并不是可以找到现成答案的。纵观以往中西文学释读的种种方法或理论，似乎被没有哪一种明确把自己归属于“哲学释读”——在我看来，这对于《广西文学的哲学解读》作者来说，既是一种困境，同时又可以全力开拓出一大片新鲜的空间。在日常生活或我们的研究工作中，我们常常是相当谨慎尽可能少地去指称某种状态或某个事情具有了“哲学意义”，因为哲学所追求的高远之境常常从一个重要方面印证着凡俗生活的卑微。即使是多年前形成热闹话题的“审美日常生活化”，并非能够关涉日常生活的所有重要方面。作为“艺术哲学”的审美观照，更重要的是要揭示日常生活所谓审美化的背后，“技术理性”借助于无所不能的“复制手段”已经制造的新的光怪陆离但却毫无个性的新的“大一统”世界，对于后现代文化的隐忧之影与批判之意，依然是明显的。从这里我们也许可以揣测一点所谓关于文化的“哲学释读”路径——大规模现象描述的所指，依然是“人与客观”的关系问题以及由此衍生出来的众多纠葛。

而文学是热衷于人世间的万千纠葛的——这正是文学的活力、魅力与生命力所在。

然而，关于文学的哲学释读，毕竟重点并不在理论的建构，而是要在具体的对象释读过程中进行艰苦的工作，诸如确定范畴、选择对象、校准角度和细部探微等等。正是在这些方面，《广西文学的哲学解读》做了一些值得注意的探索。

大致对“哲学”与“文学”的关系做一些梳理与辨析，显然是必要的——本书的“绪论”试图做出一些结论来。“文学与哲学的想象与推理”、“文学与哲学中的人生追寻”、“文学与哲学的二元相生”、“文学与哲学中的时间与空间”、“小说叙事中的艺术哲学”、“文化内涵中的哲学”等等节目的设定与展开，总体上为下文论述的具体展开提供了一些边界与标的。诚然，文学研究的同行们未必同意上述范畴的预设，也可能对上述预设的合理性、适用性提出种种质疑，但这里毕竟为文学的哲学解读，展示了一种状态——一种可能引发更多可能的良好状态。笔者认为，上述所涉及的想象、人生终极追寻、“二元相生”、时间与空间等等，都应当是关于文学的“哲学释读”所不能随意抛却的基本范畴。

第一章关于广西文学历史梳理中所提出的几个概念——“百越境界”、“文学的哲学精神转换”、“文化旅行”、“穿越视角与跨界思维”等等，应该说都是广西文学生态园地里所独有的。“独有性”源于广西文学的复杂性。正如本书中所概括的：“我们在考察广西文学的‘文化旅行’精神时，发现广西文学对‘文化旅行’的渴望与对‘百越境界’的坚守是同时进行的。换句话说，广西文学在20世纪90年代以来的叙事，总是以既穿越又坚守，既跨越又融合的文化立场来进行文学叙事的。在边缘与中心‘二元’文化视界里，广西文学创作者们选择了一种新的混合的文化立场。如同后殖民理论认为文化混合将会带来‘全球兼本土’的文化功效一样，广西文学的文化混合也必将带来‘中心兼边缘’、‘世界兼家园’的文化与文学的‘差异表述’。事实上，这种既融合边缘与中心、南方与北方文化又保持本土文化的差异性的努力，几乎成为许多新一代广西作家的共同追求。”这里表述出来的“大融合”与“并置性”，正是创作主体哲学意识轮番觉醒、有意转换的审美呈现。当主体在文学中有意呈现自己在生活里所发现的意义时，哲学就现身了。概括与抽绎，总是哲学的强项。

以“生活在别处”来概括林白小说的哲学意蕴，成为第二章论述的内容。关于林白，评论界已说得不少了。本书的作者意识到，林白一直在“找寻”着什么——女性或女性主体性、身体或身体中心、欲望或欲望的核心等等，这些释读甚至快要成为关于林白的识别常识了。而在“哲学解读”的视野里，作者想要给我们揭示林白的思考终点——这样的人生应该或最终怎样！这也许应当是文学研究界对于整个20世纪90年代文学的追问。当然，笔者亦要指出，本书对于林白的“哲学释读”，依然在“影响的焦虑”中不免模糊。

相比于其他各章讨论的对象，鬼子显然是本书的重点。鬼子的意义之所以超越了区域，是与鬼子小说世界所勾连起来的各种重大因素有关。正如本书在相关章节中所论述的那样，鬼子的作品世界，既有着与20世纪80年文学迥然相异的风貌，也与20世纪90年代成长起来的新一代作家差别明显。同时作为一个有代表性的少数民族作家，在他的作品中，不仅有着如扎西达瓦那样迎着现代性风雨反思自我民族的滞重与复杂，也鲜明地表现出在现代与传统之间实施抉择的两难。民族身份在连续性的普通人生存境遇的描写中似乎淡化了，然而正像20世纪30年代的沈从文一般，焉知其“底层生活”刻意描摹不藏有对某种强势文化统御的抵触与抗争?!也许这正是“鬼子”们的难处——身份、处境、历史及其所意识到的重重困惑，使得写作对于他们不可能仅仅只是物质的或荣誉的东西，更是一种责任，一个长期失声群体的呐喊，一种在既定历史石山上顽强长出自己不无悲壮的豪举！我们应该意识到，当我们面对少数民族的现当代作家文学时，不仅不能仅仅像一般性的汉语作品那样做比附性的理解，也不能过分依赖现代文学理论概念对之进行所谓全球似的拔高谀饰，而显然应当尽力寻找与他们相适合的话语方式及其价值范畴。符合事实的郑重的文学批评，从来都是看重实际的。笔者认为，新时期中国少数民族作家文学的实际，就在中华民族近代以来所共同面对的各种重大问题的交错重叠缠绕扭拧的复杂状态中——忽略了这一点，也许我们无法找到它们的独特性。

最后我想说的是，对于由来已久的“区域文学”研究而言，视野阔达的全景参照固然是不可或缺的，而我们更应当警惕“区域文学”研究的泛世界性危险——理论的高调，常常会在时过境迁之后变成覆盖在审美成果身上的灰尘。为此，我更愿意看到像《广西文学的哲学解读》一类的著述，因为它能给我们一些相当绵厚的意味。

散文的风神：走向清远
——序在乔忠延散文集《梦幻岁月》之前

一切艺术的历史和艺术实践的追踪评价，当其处在趋同性群体的共时性研究视野之时，那么，关于艺术研究的历时性和共时性（或曰“当代性”），便会呈现出种种有趣的情形——我以为，这一“有趣”在敬文这一领域中显得更为突出：当艺术的三个分支——艺术史、艺术理论和艺术评论的三种思维并置在研究者面对审美实体之时，便显出“史论”与“欣赏”混而难分的“灰色”状态。这一情形所隐含的全面意思是：是以“史的思维”来带起批评（欣赏），还是批评本身就是史的元素，从而潜在地说明“史”仅仅是个概念。很多专家认为，只有“史”的批评才是研究，因为“研究”是主体学养的充分展示。而我们已知道，民族的“史”的研究观念又总是和清代以来的“朴学”手段紧紧相连的，考察源头，避免“孤证”，“出处”处找字句，“来历”中寻话语，凭借文尾的长串“注释”来展现研究者的“富学”。几年来，我认真地从事着现代散文的研究，前述这种“有趣”已成为我的困惑之一。先前，我曾为那“激情支撑的理性”文字而亢奋（如拙著《选择与重构——新时期文学价值论》那样），而当两年前我故意要换一种“老实”的笔触写完《知识分子的心路历程——中国现代散文名家新论》之后，却亦然能自赏于这“老实”。一前一后，是耶非耶——诚然，我并不想在此把之作为一个艺术研究的“准命题”来研究。只是想在此玩“激情”又“老实”地提出：难道艺术研究中，激情的亢奋必得以“历史感”的淡然作为代价？“历史感”的凝铸一定得推拒“娇气”的“激情”？

当这几年我把“中国现代散文名家新论”与乔忠延不断问世的散文作品同时放在面前并不断发表些看法时，直到今天我才发现，这两者之间的“共通性”（具体指作品实体和研究者思维）是不是更具有一种研究上的“理趣”呢？仔细想来，其实这种“趣味性”，恰恰体现在研究者与对象之间的“共通性”和“矛盾性”的同振状态中。对于经常关注乔忠延散文创作实践的我来说，其“现代散文名家”的研究，无形之中已成为他的散文实践活动“欣赏”的“史”的背景（现代与当代话语表达方式的一致性正是这“共通性”最基本的起点了），而乔忠延散文实践的新尝试，又为现代散文（即“史”）的研究提供了一种具有语言承续性质的实践形态的文本。而更重要的是，作为时代文化产物的“人”的精神，又会以其崭新的编码方式，进入到包括艺术在内的“当代文化景观”的建构之中——而这所带来的与“史”相对所必然应有的“矛盾性”，恰恰在纵向观察视野中构成研究的“历史节奏感”。

人们常常惊喜于意外——这也许是我阅读乔忠延散文的又一个意外收获——我在困惑中甚感惊喜。

任何对家的研究过程，最终都将构成对研究者本身的思维考验。它意味着，如何避免研究者先置的完型理论与变化中的对象之间的融谐。乔忠延作为一个散文审美创造的执着者，从他十多年的艺术奋斗看，其本身在研究上是可以自足的，但问题是，自足的本体并不可能产生对“自足本体”进行确证的自足说明。这是一种我们常常碰到的情形：即我们如何为已成“气象”的每一个审美小世界寻找一个相对科学的评价范畴。这是个大前提。这一前提的重要性在于：它可以为任何一种评价提供一个“度”——既要避免追踪评价成为不可信的廉价颂辞，也同时尽可能消除因视界狭窄而对对象意义的漠视，从而得出恰如其分的当代性评价，为对象日后沉入历史状态及这种状态的历史研究提供可靠的时代旁证——基于这种考虑，我情不自禁地想把乔忠延散文形态加以“历史化”，即把它看成一种与今日的生活事实相浮离的“话语事实”。也就是说，我想把他的散文创作构成的全部要素变为“冷处理”的存在对象。为此，“寻找方式”既是烦恼的，又是有趣的。首先表现在我对批评方法和方式的选择。尽管乔忠延的为文意识（不同于文体意识）是在“文革”范畴（艺术上的“文革”时期应顺延到1985年）中开始生发的，但他在作品中（例如已出版的《童话岁月》、《豆蔻岁月》）所表现的有意对“纯政治”、“纯意识形态”的疏远和对现实生活气氛的自我超脱，已在告诫我们，面对乔忠延的散文作品，使用任何意义上的社会——历史学批评都是相当危险的。新时期作家文体意识的自觉，是开始于1985年以后，恰合的是1988年以后也正是乔忠延散文创作渐获丰收的岁月。那么，这是不是在启悟我们对他的散文创作使用“文体批评”更合适呢？其实不是。因为从作品的实际来看，乔忠延在这一时期的散文创作中，关注题材及题材中的“趣性”比文体选择（表达方式的选择）更为显兀。有一段时间里我想尝试用纯审美的艺术批评来面对他，然而我最终发现，他的许多作品中隐含的沧桑感，使得纯审美批评无力舍弃这些而进入自足的艺术推导系统。乔忠延散文作品中的意象或准意象（例如河、水、桥、石磨、碾子、枣树、鱼，甚至那些见惯不惊的月、山、雨、雾、春、夏、秋、冬等等）、情景、情愫，因为大都经过历史的过滤和时空隔离造成的“酵化”，便很容易使人想起“文化——文学批评”来。不过困难处在于，他在散文创作中呈现给我们的他那“承载情感”的“文化原型”的飘忽不定，最终会导致对象与批评方法之间的隔膜感。至于神话批评、生命哲学与精神分析、语言哲学与形式分析等等，就更难以寻找到光滑无涩的切入点。

在常用的批评方法中，我选择了分析乔忠延散文世界的印象式批评——但这并不是因为“印象批评”在中国源远流长，也不是像外行者所认为的是为了操作的方便而可以藏拙逃懒。倒恰恰是因为这种批评的直观性——它既可以含纳批评与欣赏的共性，又可以随时置放对象被观照时所需要的背景（包括艺术历史背景和批评理论背景）——这种选择，实际上便包容了我在文章一开头就提出的“史论”与“欣赏”的和谐共振命题。

在所有的艺术体裁领域中，“散文”的概念宽泛性是独一无二的。散文实践的进展总是和“散文的审美本质是什么”的“准哲学命题”的争鸣（争吵）连在一起的。人们一方面把“散文”和“韵文”结成对子来界定它的原初含义，另一方面又在理论概括中作用艺术哲学的种种限制来确立它的归属；一方面给它的实践发放“绝对自由”的护照，另一方面，又从操作者的种种条件必需方面提出若干别的体裁可以忽略不计的要求。（比如人情练达，淡泊明志，一粒沙里见世界，半瓣花上说人情等等）……显然是很多人未曾注意到，正是这种有意无意的“溺爱”，使得散文创作的每一次时代变革，每一个新因素的潺入，都面临进退维谷、两难不适的尴尬之地，人们几乎是以不计利害式地把“以物喻象”、“托物言情”的“比兴”专利奉送给诗歌，把叙事功能的权威身份判给小说，把随意使用“偶然”的权力赋予戏剧，最终把散文挤兑进既“叙事”又“比兴”，既“真实”，又“虚拟”，既“偶然”又“必然”，既要和“永恒”攀亲又要与“现世”联姻的似是而非，似非而是的“荒原”上。这种表面上看来“多角色”而实际大角色的境况，对专事散文创作的乔忠延来讲，也是常常谋面而又摆脱不掉的难题。比如，作为这个集子的第一部分《梦幻岁月》，是写最初阶段的“文革”的。但如何写呢？我想这是乔忠延首先要考虑的。如果摆开写“野史”的架势，那么作家这种意在“补史”的主观性和著史所要求的“信笔”，就必然要排斥掉所有可能出现的“文学性”（即虚构化）笔触；如果作家仅仅看中这一段生活对置放主体情感的“题材特征”，那么就会即刻遇到如何使用文学虚拟性来处理重大历史事件的难题。面对历史的“感兴”，和面对自然物的“感兴”，其差别是明显的。这种差别就表现在，“感兴”是叙述的情调还是叙述的本体。无论如何，“历史感兴”的本体要求对作家来讲是很明显的。乔忠延面对这样的“历史存在”和“感兴要求”，他一方面回到过去，打捞起一个初中生在“历史”中的情景，一方面又以过来人的中年态度，去获取历史情景中的当代感兴。这种状态正和克罗齐的著名论断“一切历史都是当代史”相仿。历史的存在要求他纪实（其实任何经历都难以从记忆中擦去），而当代感兴则要求主体必须在“历史”身上渗入新的文化信息和判断。这样，他便以“历史的存在”为线索，同时又以复述“传说”那样的、略带神秘的调侃谋篇，把“历史的语言”放置于早已变化了的当代情景面前，从而形成文本的整体反讽意味——这无疑昭示着乔忠延的散文在艺术上又出现了新景色。

尽管如此，我以为这并不是乔忠延散文的得意之作，也难以引起我们长久的流连。问题很明白，一如当年“五四”先驱者们把改朝换代的历史责任压在散文肩头一样，胡适的“问题”总是多于情趣，李大钊的“政治意念”总是主导，陈独秀的“沧桑激情”总是文章的骨架，而鲁迅的话语总是“绵里藏针”而示人锋芒的，即便刘半农、钱玄同的“热骂”、“冷嘲”，也因为主体态度的潜在“严正”性而不得不舍弃些“弦外之韵”，如此等等，不一而足。乔忠延的“文革”记忆，无论与他的当代意识距离如何适度，总是也免不了“历史”的制约。“历史”只有进入“传说”，才会在“人文化”过程中变为与“人”同在的情趣。而“文革”距今并不遥远。换一句话说，任何处在（包括历史）只有进入“欣赏”，才可能成为主体随意置放的审美对象。

艺术实践与批评的同构性，首先体现在它们同是一种选择与创造。我对乔忠延散文世界的关注（选择）与评价（创造），不应当只是对对象已有事实的复述，而应当像乔忠延从我的批评中获取创造的，选择与创造启示一样，我从他不断问世的作品中收获的更重要的也是有关我的理论世界所需要的选择的启示与创造的悟性。如此这样，很明显，我对他的作品的任何“印象式批评”，在我看来都是面目不同的理论推导过程——也许这才是批评者的最终使命。那种“寄生式”的艺术批评早应成为过去，而实际上也已成为过去。

基于这样的前提，面对乔忠延的散文世界，我愿意提出“散文的风神”这一大命题。这一命题如同小说叙述学、戏剧结构学和诗美生成学一样，是一个艺术哲学需要下大力气研究的课目。乔忠延散文创作的全部景观，不但使我们的散文“史”的研究有了“活的事实”。比如，《梦幻岁月》的调式与丰子恺的“艺术的逃难”系列不无相通之处；《童年四季》的轻柔与爱心与“五四”以来的女性作家尤其是冰心、苏雪林多有相似；《丑陋的角色》常含有梁实秋蛰居台岛时的怀思情调，《戏说沧桑》便迹近于杂文了。

和前两个集子相比（《童话岁月》《豆蔻岁月》），这里已没有了“学生笔调”，也消除了抒情关节点上的“虚泛”，生出的风采是：清远——这是不是当代散文的风神呢？

“清远”之境，认真想来并不玄深。它应当在传统韵致与当代意识的两极震荡中，高扬起文化人的旗帜，亲吻于“历史”而凝其“冷”，优游于现世而聚其“热”，钟情于纯净澹然而煅其“清”，目接于人生终极而显其“远”，力戒噪声浮气，弥解功利利害，以“自然之心”，化“物”入“我”，以入世之忧，融“气”于“骨”，我忞，那自然会成就出散文天地的大境界。

能走入未来历史的，是要能切进现在的伦常日用。当奠基于“人化自然”的“精神家园”最终迁入物我圆融的去处时，那里是不是又有一番迷人的风景线呢？

当我把“清远”风神标示在乔忠延所创造的散文世界时，就意味着我已经把他看作是一位成熟的散文创造者了。成熟难免意味着未来的沉落。我希望成熟——因为是果实必将成熟，而我同时又不希望成熟——因为斑斓的迷人处，总恰在“生成”的过程中。

不过，终归还得承认，当个体的创造有机会变为艺术史元素时，那么，“欣赏”的沉落是值得的。

我希望若干年以后，也有人像今天的我一样，像我满怀“清远”之怀研究现代散文名家如周作人、林语堂、丰子恺、朱自清、何其芳、李广田等一样，来研究“清远”境中的乔忠延，不过，造就这样未来机遇的，依然应当是作家本人。

中国现代诗学研究的可能性探索

——评郑家建《被照亮的世界——〈故事新编〉诗学研究》

“诗学研究”之于中国现代“文学文本”，其研究过程的展开与研究机制的设定，必然会遭遇这样一些难题：一、显而易见，并不是所有“文本”都具有被“文化诗学”进行开发的意义与价值，那么，研究对象的选择定位便不是可以轻而易举确认的；二、对象选择的过程应当是与制约其选择过程的“诗学研究”建构体系的完善同步进行的。然而研究的情势往往是“诗学理论”总是先于“文本对象”而预置，这样一来，其如何保证对象与理论之间的对应性就必将成为问题；三、“诗学研究”的建构指向并不是仅仅通过有限的“文本分析”可以完全满足，既然如此，那么有关“文学文本”诗学方式的具体分析能否具有“超越性”，就可能受到不断的质疑；四、中国现代“诗学研究”的“可能性”探索，不仅与上述诸多问题相关联，并且与对象的整体性观照、外来理论的中国化程度、阐释逻辑的合法性与深入“文本”的探险精神等方面也有着密切的关联性——这些“问题”所展示的不只是“诗学研究”难度，也包含了对主体思维能力始终如一的严峻考验。

其实在我看来，郑家建先生选择《故事新编》而不是别的文本作为其诗学研究的专注对象，并不决定于研究主体对它的熟悉程度，而更多的是被对象的内在性的特质所制约。“照亮”的光源来自阐释主体与阐释对象的高度耦合状态。他在“引论”中对自我学术研究选择与确认过程的激情化的叙述，可以看成是上述这种状态的无意识流露。他感觉到这样一个对他来讲可谓惊诧的事实：《故事新编》以“一种最深刻的真实却是通过最怪诞、夸张的形式表现出来，这是多么不可思议的创造”。当他在王瑶等人那里找到其所意识到的“照亮意义”的另一种理论表述——“典型现象”法时，其实，作者不仅完成了诗学研究对象的选择定位，同时也是对象的阐释期待在诗学研究这里被满足的可能性得以凸现的时刻。正是以这种自身与对象、对象与理论的两重期待重叠与互动，完成了作者理论理想与理想对象之间的颇为复杂的选择过程。

《故事新编》的研究，虽然是“鲁迅学”中一个可以独立的研究领域，但它和“鲁迅学”整体一样，同样是一块学人不敢轻易涉足的“学术熟地”。在此领域里如果期望有新的收获，途径不外乎两个：一是仰仗新材料的发现，二是理论依凭的更新。郑家建先生在《〈故事新编〉诗学研究》的研究中显然采用的是第二种方式。“语言问题”是作者首先注意到的：“当我们刚进入《故事新编》文本的解读时，第一个带给我们冲击力的就是《故事新编》语言的‘怪味’。”随后作者对《故事新编》语言的“戏拟”概括、对创作层面思维特征的“隐喻”的强调以及在全书中对涉及文体方面的概念群体里，巴赫金的诗学理论是其主要的理论依凭。但，同时我们看到，他并没有仅仅把巴赫金的针对特定作家的专论如《陀思妥耶夫斯基的诗学问题》等仅仅“视为巴赫金描述陀思妥耶夫斯基创作的一种独特的艺术论”，并继而只是从“艺论”或“技巧论”角度去理解、运用，[①]而是鲜明地将其作为进入《故事新编》、鲁迅整体的方式或解读《故事新编》及其他疑难的钥匙，实际上作者是想剔析出“真实感”与“荒诞形式”之间的结构状态。在这里，我以为作者已旁涉到海德格尔在其存在主义诗学理论中所提出的一些基本问题：比如，语言如何在构造语言现实并同自然现实相关时成为真理的事件的？是如何在构成诗意现实并同自然现实相关时成为真理的事件的？思与诗的对话是如何进行的等等。[②] 基于这种类型的探索，其研究对象的“对象性”就不再是具体作品文本的能指与所指的综合，而极有可能趋向一种被文本语言的“民族性”所规定的新的诗学研究——即中国现代审美文本的“诗学研究”状态——而这正是作者借《故事新编》研究企图趋近的“超越性”。比如他对《故事新编》“戏拟性”文化功能指向分析说：它“潜在地就构成了对儒家教育经典的一种含蓄而又深刻的反讽”，“《故事新编》的创作显示了鲁迅晚年的一次独特的生命体验和文学要求。在现实的种种境遇中，使得鲁迅感受到生存的荒

---

① 李斌《国内巴赫金研究述评》，《文艺理论研究》1998年4期。

② 余虹《西方现代诗学的语言学转向》，《文艺理论研究》1995年2期。

诞，于是，他试图通过写作的方式和一种价值认同来排遣这种不可重负的感受。写作本身就如一面镜子，使他能够从现实生活的不可逆转的流逝中抽身出来，获得瞬间的观照，以便能够更清晰地照见自己的面容，使自己内心深处的一些混乱的情绪、朦胧的感受得以比较清晰、完整的复现，并从中获得一种自我认同的价值立场。”“《故事新编》的创作再一次显示了鲁迅晚年内在心灵的这种不可排遣的矛盾性。”“他把自己心灵中最不可承担的重负、最黑暗的感受，却是最完美地表现、流淌在自己的语言形式之中”的状态，正是“诗学研究”的典型现象。

对“隐喻”这一概念的理解，郑家建先生借助于闻一多的阐释，把关注的重心定位于“隐”与“喻”的双向互逆的关系状态分析方面。这样一来，不但跳出了仅仅把“隐喻”作为一般修辞技巧的分析循环，而且更为重要的是在理论上把“隐喻”解释为一种相互指涉的动态的整体——这可谓全新的命名。在具体文本分析之中，当作者有意把“隐喻”与文本的“时间形式”联系在一起加以考察时，实际上便触及了《故事新编》研究当中的一个一直处于薄弱状态的环节：过去的研究，要么是忽略不计——研究者认为，《故事新编》的“历史小说”归类及对这种归类的泛性认同，其“时间形式”也同样在这一归类中被界划清晰，应用是不证自明的；要么把《故事新编》的有些“古怪”的“时间形式”，归结为一种鲁迅“杂文思维”的惯性使用。“古今杂糅”更多地被视为一种个体的独特的创作技艺而已，并无什么“隐意”。在以“隐喻”所孕育的“时间形式”，在这里不只是对过去研究的一种替代表述，而是一种超越。我明显地感到，《故事新编》的“时间形式”的“对象性”，在郑家建这里是自觉把其作为“文化修辞”的对象加以对待的。为此在分析中，他对“时间形式”的感知与把握是从《故事新编》、鲁迅生命整体活动以及其他非《故事新编》文本等三维世界里来展开的。他看到了《故事新编》“文本的语境中”“明显存在的古代/现代的张力”，并认为“这种古代/现代的错综交融的富有张力的时间形式，始源于作家主体一种更深层的对现代和历史的共识性的洞察方式。鲁迅是自觉地把过去、现在、将来放在一个共同的叙述框架内来加以理解与表现。并且，这种理解与表现的关注点是寻找其中内在的历史连续性、意向的对话性。这是一种与鲁迅所生存时代的多元性、杂乱性相适应的感知、观察的方式”。在这里，作者的文本分析不仅实现着其对所借鉴理论的超越性，而且，也以文本细读的方式回应并质疑了学术界关于鲁迅“中间物”意识的思想史探索的不足与新的可能性。正是这种“时间形式”关注以及对古今“张力式对话”的可能性描述，使其在对《起死》的阐释结论里就有了“庄子式的尴尬和在欲望的索求面前哲学和思想的苍白无力”，正是“对‘五四’启蒙者思想现实处境的一种隐秘的自我反讽”的不俗之论。

《隐喻与〈故事新编〉的空间形式》一章所讨论的问题，比之于“时间形式”的言说，我以为可以视为一个全新的命题。如果说“时间形式”在一般的文本中还有所提示的话，那么，“空间形式”则要隐秘得多。在这样的命题面前，我觉得其首要的任务是确认研究者的“空间”形式感的问题——即怎样才能获得“空间形式感”的问题。作者采用了从“意义”的生成的层次来切入的方式。在第一层次“文本空间”的分析中，作者主要瞩目于“故”事的不同来源是如何被作者置入一个能够表达自己意图的新的文本之中的，即必须解决好几个不同来源的“故事”如何在一个新的文本中“并置”、“共处”的可能性。第二个层次是“叙述空间”。他认为鲁迅在《故事新编》中采用了频频变换视点的方式从而使叙述形成多维性，并使文本之中的叙述对象获得了被多视点观照的可能，“在这个空间里，任何事物都是被从多方位、多层面来加以观照、描写和展现，从而使人们对事物的理解、把握趋于复杂化。”显然，作者在这里所强调的是不同层面的视点变换，而绝不是同一层面。第三个空间层次，作者是用“意象空间”的概念来描述的。作者这样解释：“所谓意象空间，即是指作品文本中的意象活动、存在的空间形式，又是指意象与这种空间形态之间所构成的内在关系。”在着重对后者的文本分析之中，他显然是从鲁迅“此时此刻”对世界的感受式样与文本的对应性上展开论述的，从而使主体的意象选择、意义植入及意象的置放式样等行为，一并成为我们对其空间形式感进行体认的影响性因素，同时还可以有效地避免“空间形式”分析当中因过分夸大“技术性”而遮蔽“意义”的危险。

我是极为欣赏这种做法的——“诗学研究”不论对于什么样的文本，都应当只有手段意义。尤其是像鲁迅这样的作家，对其“思想”存在方式多样性与状态显示的结构繁富性的探讨，都应当是对其“思想言说”、“所指”的最大可能的索解。这同样也构成了我们研究的归宿。

始终如一的文化阐释与指向，我以为应当是“诗学研究”过程中不可漠视的价值立场。

在开始阅读这部著作时我有一个担心：“诗学研究”的建构指向并不能仅仅通过有限的文本分析可以完全满足，那么，既然如此，有关文学文本的具体分析能否具有“超越性”？这些可能受到来自于哪些方面的质疑？郑家建先生在本书中第三章、第四章和第六章的论述，显示了他“诗学研究”的独特性——其“超越性”体现为对狭义“诗学研究”视野的突破。他对《故事新编》的“文体特征”分析，是建立在相当考究的细读基础上的。比如作者对《故事新编》的“叙述策略”的剔析是饶有新意的——他认为《故事新编》的叙事策略在其“叙事起始”的“设计”上是别具匠心的，具体表现为“人物设定法”、“时间设定法”和“叙事的戏剧化”。我感兴趣的是他把上述三种“叙事起始”的设定功能直接指向“假定性”这一审美预构的释读逻辑与过程。不过，我对作者所继续分析的“这种假定性就转化成一种对文本结构的均衡性的要求”的推论，是不大同意的。在我看来，“假定性”体现为主体面对“历史”与“现实”的共同态度，体现为对一种文本自由的诉求，也同时呈现了主体在“过去”与“当下”的“隐喻”互动关系之中的“他者”姿态。“他者”也就成为与“历史”、“现实”既可平面的、又可立体的第三维状态——这可能正是鲁迅自己所说的“因了一点因由，生发开去”的真正的潜话语指向。随后作者以“镜像理论”对《故事新编》“叙事张力”的阐述，对《故事新编》“反文体”写作姿态的强调，在第四章里重点论述的《故事新编》“叙事智慧”的“想象力”与中国古代神话、庄子之间的渊源关系，把“油滑”置入中国民间诙谐文化里加以观照等等，我以为，这些在《故事新编》研究历史上都是多少具有“拓荒辟新”的性质。其独特性是鲜明而强烈的。

在细读基础上完成了“诗学”之与《故事新编》的“内涵”（结构等）释读之后，那么，进入二者关系分析的“文化层面”——即“文化诗学”的探究，就是顺理成章的了。作者通过对中外“知觉形式”的比较，尤其是对中国“知觉形式”的形成过程、文化意义及演变走向的细致分析，从而有效而迅速地把《故事新编》“诗学研究”挪移到了对中国现代小说整体的文化诗学理论建构的范畴上来。我以为，这一“有效挪移”的意义很重要：它不但使我们更准确地了解了作者从研究伊始就具有的对《故事新编》这一对象进行“重读”的“超越性”企图，更为重要的是日渐鲜明地透视出作者在“叙述”过程指向上的理论化诉求与价值归宿。提出“边沿意识”这一新命题，不仅触及了鲁迅观照“全部外在”的独特姿态，而且探见了“历史中间物”的“本体性意义”——当然，这些“问题”只有在“知觉方式”范畴里才可能被提出。作者对“中间物意识”之与鲁迅的意义做出了新的解释：“‘中间物意识’，由于在时间知觉的框架内确立和突出了主体存在的情形和明确的‘位置意识’，所以，传统时间进程的特征，在这里就变得不可能完全是弥合无间的、永恒流逝的。主体在意识到他的‘位置’的那一瞬间，他就创造了自我的形象，就创造了反思过去、前瞻未来的能力，就获得了对于短暂的自我生命的突围。”由此我们会更加清晰地意识到，中国现代知识分子普遍存在的“中间物意识”并不是传统与现代挤压下的“文化宿命”，而起码在鲁迅这里是一种相当自觉的“位置”选择，也是其“现代性”的独特之处。

在第七章《未完成的探索——从〈故事新编〉诗学研究到建构中国现代小说诗学的思考》里，正如标题所示，这既是作者在这一章研究实际的自况，又显示了作者今后研究指向的更大企图。除了对“诗学研究”之与鲁迅研究的深化功能给予进一步说明之外，作者还通过关于“鲁迅与庄子”渊源性的分析，暗示了在中国现代文学与古典传统之间进行学术开发的多种可能性。他对中国现代小说进入“诗学研究”所必需的“类型划分”，尽管有明显的差强人意的地方，但其思路无疑是确当的。瞩目于他在这条路径上的不断前探，我们应当有大的期待。

大漠孤烟直

——评李建义诗集《杜鹃啼血》

如今的时代，真是个诗备受鄙薄的时代！腾然于世纪末神州大地的商品意识大潮，以席卷之势，恣肆于人文社会的每个空间，诗当然未能幸免。多年来，一直于新时期文坛担当冲浪角色的诗，家园早已七零八落，诗歌大军也同样不击自溃，状若“胜利大逃亡”！面对着这寂寥清冷的诗坛，十年来我第一次拥有了难得的平静。从以往热烘烘的追踪的疲惫里，我歇脚于那些有关诗但却亘古不清的问题上。我不断地深想，人为什么写诗？人间到底需要不需要诗？商品时代是否已冷酷到要埋葬美？……

据我看来，世间写诗的人大约有几种，一是生活优裕的有闲者。这种人在饱食终日之余，还有些清雅的向往。物候四季，人际沧桑，看得清，品得真，不免要率笔为文。不求他人闻达，只欲心灵自娱。第二种是常作把生活艺术化之想的人。此种人虽不舍尘世享乐，又常有碌碌之戚，为人处世中的甜酸苦辣、耳闻目睹的悲欢离合，使主体屡觉人世之乖，不经然常回到艺术之中自抚灵魂之创痛，实则为厌世自脱。第三种则是以情属诗者。此种人自觉地把自我囚禁于情感的小河，耳不闻世嚣，目不染俗尘，孜孜以求于一己情感小河之中的涟漪波浪，高兴时入世，失意时自悼，诗也就像小保姆那样，可随心境之阴晴招之即来，斥之即去。第四种乃是职业写诗者。他们之中很多人不期然弄了顶诗人的桂冠，当年也因此大大荣光过一番。而如今则如骑虎背，走不得下不得，写点诗发表出来，世人觉得某人还在，并还依然钟情于诗——诗的产生在某种意义上是一种职业痛苦使然。

而《杜鹃啼血》的作者李建义独不然！

我是李建义的红尘知己，我知道在投身社会的十余年间，“有闲”对他来说简直是可想而不可及的奢侈；虽然在那粗豪的底层不乏纤细，君子小人识得清，但他并不戚戚于心。诚然，你还可以从他纵议天下大事的深叹大概中知道，他并非一个自守感情一隅的多愁善感者，更显然，做一名职业诗人也是他所深不愿意的，因为他记着鲁迅先生的话：诗究不济事，而一炮就把孙传芳轰跑了！他的诗恰恰是一个时代青年在饱尝沧桑、几经大起大落之后而凝结成的人的自我威严的一种外显——犹如大漠里“孤直”的蓝烟！诗在他是一种饱满人生的外溢，是一种无须世俗回应产生价值的灵魂雕塑。犹如战士手中的旗帜，迎风猎猎之中自有其血染的风采。粗豪之中不乏真情的氤氲，直白里多含了悟人生的禅韵。当钢骨铮铮的自我跳荡腾挪于诗行之间时，我们还以为这仅仅只是诗么？他宗法于许多文学先师，他的诗不是用笔写成的，而是用生命用鲜血凝就的，当诗与生命的热血混而为一时，诗的本体也就大大崇高了，当生命借助于诗而托举自身时，诗与生命同样风采而辉煌。在《杜鹃啼血》中，李建义无意也无心在纯技巧上诉诸心思，他在瞬间感觉里把意象与情感沧桑攥为一团，驱使着“黄土高原”“黄河雷雨”“落雪高原”“长路”“大街”“古树”“都市之晨”，还有那镌刻在记忆深处的“中条山”，逶迤走蛇，豪情充于物，罡气附着我，呵气为电闪，挥手斥方遒，至情至性，粗粝豪迈，一并在真我的呵叱中显出真本色——好一派北国诗人的苍茫雄放！

诗自然有雅俗之别，但雅应是风骨之雅，气度之雅，而非玲珑小巧之雅。“俗”而有大气，自然不能称俗。几年来，诗坛风行语言实验、意象拼接，以为文字犹如古玩，经年的摩挲便会显出贵重的风采——其实大谬！弱“气”软“骨”的摩挲，到头来绝难免于沉沦——如当年鲁迅所说的那样：“在方寸的象牙板上刻一篇《兰亭序》，至今还有‘艺术品’之称，但倘将这挂在万里长城的墙头，或供在云冈丈八佛像的足下，它就渺小得看不见了。即使热心者竭力指点，也不过令观者生一种滑稽之感，何况在风沙扑面、虎狼成群的时候，谁还有这样多闲工夫，来赏玩琥珀扇坠，翡翠戒指呢？他们即使要悦目，所要的也是耸立于风沙之中的大建筑，要坚固而伟大，不必怎样精；即使要满意，所要的也是匕首和投枪，要锋利而切实，用不着什么雅。”（《小品文的危机》）用这样的隽语来评价李建义的诗，真乃一语中的。我以为，从这些话中，我们还可以体味到他为诗的风度和诗作风骨。

《杜鹃啼血》总体来看，李建义在为诗过程中并无明显的题材偏嗜。无论一己之慨，还是睹物生情，无论人伦亲情还是尘世沧桑，都好似随手拈来，随形赋义，其品性品位便自显妙肖，最主要的是不论怎样的题材，都有一个立体的、正气昂扬的“我”活在诗中，豪气逼人！这个“自我”吸纳着黄土高原的粗朴，“落雪高原”的苍茫，军人与警察的铮骨，游弋于从屈原到戚继光的民族风雨历史中，或低吟，或豪唱，或拍案挥斥，或呢喃亲情，唯真赋赞，唯贤是从，爱憎如泾渭，歌哭不矫饰，驱笔直觅率直，遣句力避俗恶，诗的风骨之美，恰在于此。

“学术”与“史”的可能性

——孟繁华《中国20世纪文艺学学术史》(第三部)读后

“学术”与“史”及“当代”的话题，至今仍是一个令学界困惑不已的难言之境。其复杂性若置于中国20世纪“十七年”至“文革”这一时域里，就会显得更加赫然。无疑，走入“中国当代文艺学学术史”的境地，等于选择了一次极为艰难的“学术探险”。

我自己亦是怀着深深的忐忑不安，走进孟繁华先生所著《中国20世纪文艺学学术史》（第三部）即中国当代文艺学学术史的“历史叙述”的。

孟著以“政治文化”为核心概念，以“政治文化”与中国当代文艺学学术诸因素包括学术主体、对象、理论期望及冲突与张力的关系为内容，剀切地剖析了中国大陆从20世纪50年代到70年代文艺学学术行进中既复杂又贫瘠的特异状态。其特异性既表现在当代文艺学不仅是“意识形态统治”的“表达式”，也同样是当代学人在日趋“紧张、焦虑状态”下其“研究心态”被培育过程与时代意识形态“时斥时谐”的履历纪录。当代学人中意识到“政治文化”对文艺学的专制式统辖并不在少数，但把它作为“历史主体性”加以系统的理论表述，比孟著更深入的尚未见到，以此衍生出的一些话题是道人所未道的——比如作者试图明确描述出“国家意志”与“知识分子”之间“双向互逆且互顺”的关系等等。

“毛泽东思想”与“苏联模式”作为中国当代文艺学建构的“先置性因素”，孟著不仅把它们作为“政治文化”的重要内容分别予以专章论述，而更为重要的是指出了“毛泽东思想”中的“新文化猜想”与“亲和民众的思想”对当代中国文艺学基本范畴的“奠基”作用。作者的论述中心不外乎“毛泽东思想”与“苏联模式”是如何在当代中国文艺学构成中发挥作用或发挥了怎样的作用等问题，但中国文艺学在建构自身时所遭逢到的“国际性”二元对立思维语境，又使文艺学中的“政治性”与“民族性”从一开始就呈现“夹缠”状态。为此才有了当代艺术理论话语（口号）的不断演变，大学文艺学教本的“引进”与“自编”的诸种矛盾、古代文学史“研究方法”的论争和现代文学史“研究内容”的朝定暮改等。而这些在一般文艺学著述中被当作当代文艺斗争的常识性内容，至此才有了被学术化观照的可能。本书完成了把“常识”“学术化”的任务。

对当代中国文艺学的主体——学者的直面审视，作为本书的一个鲜明特点始终激逗着我的阅读兴趣。从20世纪50年代至70年代，一直处于当代斗争风云漩涡中的文艺学人，其人格、学养及学术生涯所经历的考验，是触目惊心的。夹缝中的挣扎与安抚下的蜕变、驯化与失语在同时进行。如果说本书对周扬的分析已超出了学者个人的范畴而另有指涉的话，那么，对何其芳、茅盾、李何林、黄药眠、蒋孔阳、胡风等人心态行为前后矛盾的复杂性的分析，无疑为这部文艺学学术史，增添了几多令人苦涩的悲剧意味。文艺学领域里，“那些试图在专业范畴里展开人生、体现自我价值的学者，怀着极大的热情参与进去，而得到的却是意想不到的结果。”作者有意抛却仅以“正面成果”或“当代评价”来认定“历史学术人生”的惯常做法，而着意于学人心态错位与学术阻梗之间更隐在的关系分析，丰富了当代学术史研究中的人性内容。

以“语境”的核心概念切入，从而使著述一开始就踏入“理论话语”境地，亦为全书的结构铺设了具有超越性的阐释平台。继之从现象、体制、主体的事实分析入手，从而使这部学术史具有了“活的人”穿行其间的学术文化生成的临场意味。由此看，孟著对中国当代文艺学学术史的叙述，是成功的。

“文化”“文学”双重意识的直面渗透
——评朱晓进《“山药蛋派”与三晋文化》

在中国现代文学的研究历史中，“流派”研究真是一个未能取得实质性进展的“弱项”。究其原因；个中情形是相当复杂的。一方面，从现代文学的发展实际看，由于文学在发展过程中不断受到各种外部因素的干扰，一直未能赢得充分而健全发展自身的时代机遇。另一方面，作家们在民族特定时期所担负的多重角色，也影响到作家创造力的审美投入。作家的成长如此，文学史的生成也是如此。审美作为人类精神文化构成的重要侧面，其特殊性是显而易见的。历史已证明，审美发展的繁荣和辉煌，是可遇而不可求的——“流派”的生成、发展最能说明这一点。中国现代文学史上各个领域中众多流派，从其存在实质上考察，区别之大方家们自有心得。诗界的“新月派”、“现代派”、“象征派”、“红色鼓动诗派”，“七月派”、“九叶诗派”，甚至“晋察冀诗派”、“信天游诗派”等，有的曾打起旗号但最终是“麾下无人”，有的开头轰轰烈烈，但后来也就“悄然无声”，有的“名”是“实”非，既无共同的审美纲领，实践上也是各行其是。而更多地流派则是研究者们出于研究的方便而提出的一种类似研究范畴的东西。相比于复杂而热闹的诗界，小说界的“流派”则显得“少”而“纯”。除了20年代的“乡土文学派”和30年代的“新感觉派”被学术界广泛承认之外，其他诸如“问题小说派”“浪漫抒情派”（创造社）“为人生而艺术派”等等，大都属于审美研究的“方便”提法。近十几年来，有关“流派”研究的种种尝试，既说明了现代文学研究的新的气象，也从另外一个侧面说明“流派”这种文学现象研究的内在艰难性，同时也昭示出，每一个想在“流派”研究方面有所动作的研究者，在收获开拓之功的同时，也极有可能陷入虚妄。

“流派”现象的研究历史和现状表明，对这一问题的角度选择、理论依托，细部分析和目的指向，都自然有着随对象带来的严格的限定性。

在这样的背景中来看取朱晓进先生所著《“山药蛋派”与三晋文化》，它的确是一部少见的、郑重的学术著作。

在现代文学史上的所有的流派中，“山药蛋派”可算作是一个例外。它是唯一一个跨越现当代的文学现象，萌生在40年代却在五六十年代走入繁荣。它不仅显示了40年代解放区文学创作的实绩，成为区域文学创作的一面旗帜，而更为重要的是，它基本上代表了20世纪80年以前中国当代文学审美的基本结构面貌。它作为流派被认可的程度也同样远高于其他流派。“山药蛋派”自身的完整性，构成历史的前后一致性，作家对“流派”创作原则恪守的坚定性，与时代政治关系的特殊性以及它由于多种原因而造成的对中国当代文学整体发展影响的持久性等等，都是其他流派所无可比拟的。正如朱晓进先生在本书《导言》中所说的那样：“在中国现、当代文学发展史上，没有哪一个流派比‘山药蛋派’更具有地域文化的特征和意义了。这不仅是指‘山药蛋派’的作品在题材上的地域性，即表现了三晋地区的地域性物事、人情、风俗、民性等等，而且是指，在这种特殊的地域文化养育下所形成的这批作家相对一致的审美意识，主题思维以及处理题材的方式方法等等，而所有这些往往是其他区域的作家作品中所不具备或并不突出、并不明显的。可以说，从地域文化的角度来研究‘山药蛋派’，不仅可以从更广阔的范畴来探讨‘山药蛋派’的成因，而且还能以更多的渠道来揭示‘山药蛋派’的特征；同时，还有可能在对‘山药蛋派’作品的意义和价值的评估上有新的进展。”这既透露了作者对这个流派的总体把握，又显示了作者研究的理论逻辑起点。

从文化角度来研究文学现象，首先要对区域文化的本质、表现形式和存在形态有准确地把握——这一点在本书中有很突出的体现。对“地方色彩”和“乡土气息”这两个惯有概念，作者确立了以“风俗习惯”、“民间礼仪”、“民间文艺”、“语言特性”等“文化实体内容”中来加以研究的范畴，这显然是抓住了问题的关键。朱晓进在这部著作中用了大量篇幅来论证作家与本土地域文化的各种各样的关系。这一关系的分析实际上构成了全书结构的重心。第一部分是全书的理论构架；第二部分是“山药蛋派”作品具有“山西味道和晋阳气息”的实证性研究，第三部分是区域文化形成及其特点的历史考索，第四是民俗的审美表现形态，第五部分是作家与文化关系的定点解剖，第六部分则是“山药蛋派”审美世界中所表呈的文化精神钩玄提要，第七部分则是区域文化传统在“山药蛋派”中的承传。总体看来，对“区域文化”和“审美世界”的关系思考，是这部著作的学术重心所在。我以为，这种研究至少在以下几方面具有新意和开拓性：一是山西文化区域渊源的梳理。在过去的研究中，“区域文化”的概念被广泛使用，但其具体内容到底是什么，许多研究者是不甚了了的。此书在这方面可以说是填补空白之作。朱晓进从大量的地方志、实物性文化遗留中，不仅理出了“文化”的历史，而且概括出了“文化”的质点所在。第二方面则表现在“文化”在审美中的表现方式。这涉及“文化”与“审美”的双向渗入和共同创造的问题。作者从创作主体的精神构成，心态式样等入手，凸现出“文化”在他们身上的恒性积淀和“活”性存在，从而揭示出在时代因素制约下“山药蛋派”对“文化”的创造性化合。第三方面，作者回答了为什么山西作家何以全方位地体现了“讲话”所倡导的“延安艺术理性’这一难题——这就是他们基于区域文化的精神构成和起始于民间文艺的审美观念之于“讲话”精神的一种耦合结果。

其次，这本书在对“山药蛋派”进行全面深入研究方面有了新的开拓。自20世纪50年代末研究界提出“山药蛋派”概念以来，对这一流派的研究几十年来一直处在似有若无的状态之中。研究的零散、缺乏力度、表面化和重复是其主要弱点。50年代末那场讨论是开头，20世纪80年代初的讨论也只是“旧话重提”，未能在理论上更进一步。因为在很多研究者那里，只是把“山药蛋派”当作中国式现实主义文学的一个方便而有力的“佐证”而已，它的“例证”价值盖过了它的潜在的理论开发价值，远没有进入“科学研究”的范畴。朱晓进在这部著作中，从对“山药蛋派”的研究历史的梳理开始，分别就“山药蛋派”作品的文化表现、民性、民风、民俗的展示，作为流派的命运及其局限等等，进行了广泛、深入、全面的探索。比如对于“乡土气息”的形成及鲜明性表现，都颇有新意。在地域文化与作家关系的分析中，作者认为，“山药蛋派”作品所反映的“三晋文化内容”是属于“表层性的东西”，而作家自身受三晋文化养育而形成的独特的思维方式、观照问题的角度、评判事物的价值标准以及具体地处理文学题材的方式，“才是更为深刻的东西”——这探寻到了文化对审美影响的深层的、隐秘的方面，即“文化对人的塑造方式”。作者从文化心态构成和审美情感类型来剔析“三晋文化”对“山药蛋派”作家们的影响，的确抓住了实质和根本。

再次，这部著作在对“山药蛋派”作家作品整体研究中的细部个案考察也是很有特点的。例如在“山西味道和晋阳气息”这一章里，作者对“山药蛋派”作品中的“圪”字的研究就是最为突出的一例。仅与“圪”字相搭配而出现的词组就列出了几十种：圪台、圪垛、圪埏、圪蹴、圪弹、圪挤、圪吵、圪搅、圪仰、圪溜、圪埒圪土埒、圪圪嗤嗤、圪登登、圪叭、圪腾圪腾、圪针、圪量、圪皱、圪栏、圪膝、圪角、圪捞、圪堆，作者认为，这“圪”字词组的广泛使用，既“突现了山西方言中的一个重要现象”，同时“也多少证明了‘山药蛋派’文学与三晋地域文化的难以割裂的联系。”因为“圪”字积淀了山西独特的地理环境特点。再如本书中对“山药蛋派”作品中大量出现的“旱象”笔墨，人物性格类型的“文化渊源”，主题升华的区域价值观念的制约等等，不仅说明了本书的新意，而更重要的是展示了研究者本人严谨、踏实、注重实证、力避空疏的治学态度。

20 世纪 80 年代中期以后，随着文学新质的不断产生和积累，中国文学一个崭新的阶段正在向纵深发展。“山药蛋派”已结束了自己的历史使命——这对于这个流派来说并不是坏事。因为只有这样，“山药蛋派”才真正成为“历史”，才有可能进入“科学范畴”被人们加以研究。“山药蛋派”作为中国现代文学发展中 20 世纪 40 年代至 20 世纪 20 年代的主导性审美存在，说明着它有广阔的研究前景。它作为一个流派的产生是相当“偶然”的。由于《讲话》所倡导的“延安艺术理性”和时代政治对农民阶级及这个阶级艺术趣味的功利性侧重，才使得这个流派在“非常”时期得以存在并发展，因而，这个流派与时代政治的关系是一个不可忽视的侧面。这部著作在这方面的研究是比较弱的。如何在地域文化之于审美的研究中，看取时代政治对于“文化”的倡导作用，这在对“山药蛋派”的研究中不可或缺。

对“山药蛋派”进行研究，不应遗漏 20 世纪 50 年代成长起来所谓第二代“山药蛋派作家”。如李逸民、韩文洲、谢俊杰、义夫、草章、侯桂柱、杨茂林等人。他们的作品虽然没有超出第一代作家的水平，“模仿”的痕迹很重，但在横向上强化了“山药蛋派”作品的阵容，更具有价值的是，从他们的文学活动中可以看出，“山药蛋派”是如何一步步走向“封闭"、"僵化"和"衰竭"的。作为流派的完整研究，这也是不可缺少的一环。这些作家在新时期以来，都曾切实而痛苦地想摆脱"山药蛋派"创作模式对自己的影响，但几乎都未能从这"阴影"中走出，这也是很有意义的"流派"研究题目。在书中，作者未能给予论述，算是一个遗憾吧！

第三方面，"山药蛋派"作家有着自己独特的审美操作方式，其审美质点是相当明显的，比如他们那"满怀激情对现实关注"的忧患情怀，对农民文化"以理解和激励为基础的情感态度"，"直面现实的浪漫姿态"，尤其是"山药蛋派"作家那种"善于把过程的沉重消融在最后喜剧性结局中的审美操作方式，那种善于以农民式的善意幽默来缓冲生活悲剧力度的能力，那种精于在中间人物身上含纳时代变革效应的独特视点"① 等，在中国现当代文学史上都是相当独特的。这些审美独特性的形成，"三晋文化"和时代政治在其中都起到了至关重要的作用。如何在时代政治对审美发展的限制之中最大限度地弘扬三晋文化的个性，也是"山药蛋派"作家的一份贡献——关于这方面，本书还有很多展开的余地。

此外，对近年来新的研究成果的吸收，研究的理论力度等，都稍嫌不足。

在中国现当代文学流派研究尚未取得重大成果的学术背景中，朱晓进先生这本专著的学术品位是令人钦敬的。是一部"集成"以往，启迪未来，有力度有深度，既展现了研究者个人风采，又对所研究的对象推进了一步的学术著作。

① 席扬《文化整合中的传统创化——试论"山药蛋派"，在解放区文学及中国当代文学史上的价值意义》，《延安文艺研究》1992年3期。

对话：具有生命意义的哲学命题

——《人与人的对话》浅释

对话理论，以其对世界与人的存在、本质、关系及“真理”生成共性原则的崭新诠释，获得广泛的认同。对话，不仅在对人类漫长的有关“存在与意识”的“英雄崇拜”或“超验权威”等消解方面富有“后现代”意义，更有魅力的是，它的理论期待中蕴涵存在的多种可能，以获取创造的泛性机遇。

当海德格尔在语言本体领地构筑人类的“家园”时，对话就被提升为具有生存意义的哲学命题了，迦达默尔则在对话中寻觅到了“真理”生成的关系结构，从“思想的本质在于对话”的角度提出问题的巴赫金，干脆指认：思想创造的最高形式就是对话。对话关系，由此成为人类一切文化关系的原创性类型，它给人的深刻启迪在于：文化创造的“能指”/“所指”，一并可以在其中标识或辉煌敞开。

谭学纯先生《人与人的对话》，正是在这样的精神维度，展开作者有关对话的智性逻辑的“对话作为存在方式”，是规约作者诠释对话意义的隐在“元命题”，对话作为“生命关怀”和“生存样态”的相互参照，是作者论述的重点：“对话不仅是一种信息交换，也是一种价值交换，同时还是一种感觉交换。对话不仅是语言、思想的馈赠，同时也包含了人类生存方式的相互参照。”作为一种生命哲学，对话不仅在“关系范畴”中相互敞开，相互依存，也在生命延展中相互趋近，相互认证。在论述对话作为理性生存的手段时，本书的写作定位从话语层面向文化哲学层面延伸，由于占据了理论制高点，其思想含量和学术含量随之极大地扩容：“通过对话，倾听不同声音的交响，调适自己的经验世界，调整自我‘在场’的姿态，重建自我对外部世界的感觉。”在这个意义上研究对话，实际上就是研究人在“超文明”语境中的“文化化”过程。

对话与生存意义的关系在于，它开启了文化创造的多种可能性。我以为，这是本书智性展示和理性升华的核心。对话的先决条件，是“自我”对“他者”的敞开，也是“自我”与“他者”双重遮蔽的去除，人与人之间，共同理性的模塑和个体经验的相互提升，是在双向互逆的对话中完成。因而，“自我探询”的彼岸，在“主体建构”的目标里呈现，对话“思维”与“策略”，“对话角色”与“角色对话”的互换，倚重于对话的语境因素，“传统与现代”、“本土与异域”、“集体话语与个人话语”、“终极关怀与初级关怀”等，都作为对话展开的各种意义范畴，既在主体有意的理论隔离中逼近“诉求”目标，也在“碰撞”的“和声”中生成全新的对话文化。

在对话文化的视界里，“感觉的多向度敞开”，不但成为可能，而且成为必然。跨越梦境与实境的对话，跨越生界与死界的对话，及干脆暂停语言交流的感觉交换，使敞开的感觉照亮了对话领域中的所有死角。当我们把对话当作体认“感觉”的概念时，文学作为“特殊的语言事实”和“生命密码”，也就自然而然地进入作者的视野，并获得全新的释读。在《作为对话的文学话语读解》一章，作者针对文学在语言、文学、哲学层面相互隔膜的读解，用“对话”对之进行有效的消解。作者认为：文学话语读解的“理论定位需要向周边其他学科敞开，在理论资源共享、学术优势互补的良性运作中，对读解对象的存在方式、阐释路径、主体的专业训练等进行优化选择与整合，在相关学科的交叉地带打通言语空间。”即建立理论共享的阐释空间，作者提出的问题及其理论描述，足以让人沉思，也是极富挑战意味的实践性命题。

最后一章，作者要解决的，是“对话”自身宿命般的悖论，也就是以追求和谐为价值旨归的对话本身包含的“冲突性”。在“冲突”中走向和谐的对话，才真正具有平衡的张力。所以，“激活”在“抵制”中蕴涵，规约对话平衡的支点，是主体之间对“吸纳与改造”、“和谐与分离”、“阻断与期待”等“自在状态”的自觉把握，从而使对话之于生存的意义，在“未完成”的动态过程中保持挺进姿态。

我们相信，当作者有说服力地展示了对话之于“文化创造”的多种可能性之后，对话理论架构中人类文明的刷新局面，也许已经隆出地表。

漂泊与眷恋

——读《冰心与长乐》感言

读罢陈国勇先生主编的《冰心与长乐》，首先使我想起“遥远”与“亲近”及其它们之间耐人寻味的复杂关系。祖籍福建长乐的冰心，一生并未回过长乐。但在她的一生中尤其是后半生里，却对长乐寄予令人感动的深情。从未谋面不能不说是一种“遥远”，而“遥远”中诞生并随日月增长的却恰恰是那在冰心心中难以替代、也无以淡化的“亲近”——这自然令我们每一个关注冰心的研究者既兴趣盎然又不免困惑重重。我们自然要问：究竟是什么原因使得“遥远”与“亲近”会如此奇特地体现于冰心的情感世界里？难道只是因为她在孩童时期偶尔听到过祖父关于“故乡”长乐的沧桑告白？还是中华民族的崇祖尚故文化传统在她这样一位现代知识女性情感变迁过程中的独特折射……凡此种种，都值得我们研究。

单说“作家与故乡”，在有关中国现代作家的研究中亦属于“熟题目”了。由作品状态反观作家身世、进而探讨二者之间的关系，以此来揭示作家创作风貌独特性的来源与构成——这应当是所有“作家论”都惯用的研究套路。我们看到，这种“套路”对中国现代作家研究的深化无疑是有益的——比如老舍与北京、赵树理与晋东南、沈从文与湘西、萧红与呼兰、沙汀与四川、张爱玲与上海、陆文夫与苏州、冯骥才与天津、莫言与山东高密乡等等。不过同时我们也注意到，上述作家与“故乡”的“地域关联”，并不是仅仅表现为作家对所写的“题材”在属性上的认同，或者是在自己的作品风格中有意渗透着“乡俗民风”的种种因素，更为重要的是“故乡”构成了作家们艺术想象的生发之地。他们试图以文学形式把故乡“陌生化”的意图是明显的。

但是，如果我们想在“冰心创作与故乡”的范畴中寻找上述情形，显然要困难许多。冰心的散文且不说，仅就她集中创作于“五四”时期的小说而言，在“问题小说”的“地域”背景里，其“故乡”的影子无疑是相当“冲淡”的。即使是《还乡》一篇，所抒写的也多是主人公以超在还乡过程中的“尴尬”与“隔膜”，这可以被看作是冰心对故乡长乐的唯一想象——想象的状态与其父亲的“还乡”传说大有关系。除此之外，在其日后漫长的创作生涯中，对祖籍“长乐”的想象却未再出现。即使像《寄小读者》系列创作，那种温婉柔畅的叙述氛围应当是适宜于描述“故乡”的，但我们看到，当时身处“异邦”的冰心，对于“故土”的“爱”的想象，则多是集中在“祖国”之身。

我以为，正是这种有别于其他作家对于“故土”的情思状态，才真正反映了冰心与祖籍长乐之间关系的独特性。从未谋面的长乐“家园”，对于她因其神秘而变得神圣！也许在冰心看来，任何“神圣”的存在，都是不可想象也是不能想象的。也许她认为像她这样，采用任何文学形式对于“家园”或“故乡”的想象性呈现，都可能因难免缺憾而形成对“神圣”的不恭或轻慢。也许可以这样来推论，长乐在冰心的生命中逐渐被凸显的是故土之于自己的崇高与庄严——她，孕育了祖父这样一位坚强而智慧的精灵，她给清贫、厚道的父辈们以温暖的眷恋，她也带给冰心以神秘的伟大与庄严的诱惑。而这是需要用全部真诚与生命加以呵护的。

我们亦从这本书的篇什中看到，冰心为长乐的那些捐助、题词以及对故乡来人的热情接待等等，不只是一位世纪老人的“爱心”，而是渗透着冰心对故乡的膜拜之情与朝圣之思。她确为自己是长乐的儿女倍感自豪——因为，在长乐这个“自然母亲”的温暖的注目里，她不断收获着坦然与自信。

她爱长乐——因为她是值得终生朝拜的母亲。也许这样的解释，就把冰心的一生对美的追求与长乐紧紧地联系在一起了。

国勇先生所做的工作，正是从这样的意义上填补了冰心研究的空白，也为冰心研究的深化提供了一个新的平台。

《中国现代文学思潮导论(1917—1991)》序言

就中国现当代文学研究的整体历史而言，从“思潮”视野认真审视这一阶段的文学历史及其问题性，应当说是从20世纪80年代初开始的。随着文学思潮研究的逐步深入，上述研究方向既体现为“思潮”作为独立性研究视角的强化，同时又以对“文学思潮”理论层面的持续关注和有效开掘，填补着以往研究的缺漏。笔者曾在一文中针对这一状况表达过一些看法：

我们所说的文学思潮的“观念”与“思想”，其实不能仅仅理解为“有关文学”的思想，而是“如何看待文学”的思想，即有关文学与社会关系的价值观念。这决定了文学的整体性变迁。说白了，“文学思潮”对于文学历史进行的“思想叙述”，不是还原，而是阐释，它可以为文学的价值更新提供多种的可能性。

这无疑就探进到“文学思潮”作为“方法论”的层面。

作为“方法”的“文学思潮”研究，应当是指它的观察问题的独特视角和作为一种视野的基本原则及其策略选择。它主要关注的问题有：语境研究，语境与修辞的关系研究，作家独创性的问题和审美风格变迁研究。当我们通过深入了解感觉到某一历史时期确有一种整体性的“文学思潮”的时候，它便成为我们重新进入此一阶段文学的一种新的视野。原来林林总总似乎没有头绪、彼此夹缠的现象，被发现其实是由某种很强大的具有结构性的“框架”所整合，自有其“有机性”和存在秩序。我们进而还能够发现，作为构成整体的因素的任何“单体”（包括人和事件等），在这一“框架”里并没有足以和整体相抗衡的“主体性”，“思潮”必然对它发生影响——不论是正面的认同或是反向的调整。比如就一个作家的历史前后看，任何人都是会有变化的。这种变化如封闭起来看，我们的体认更多地会倾向于对作家个人创新能力方面的肯定。然而，如果将其置于“思潮”

视野，我们发现这些变化其实正是个人在“思潮”的整合过程中审美修辞的调整。风格变迁的主因原来在这里。

就是在这样的语境里，李建东先生《中国现代文学（1917—1999）思潮导论》是一部值得重视的思潮研究著作。

总体说来，笔者认为此著有两个特点引人注目：第一，此著把中国现当代文学发展史上有关“思潮”的林林总总的复杂夹缠现象，进行了有力的简化处理。比如“五四文学思潮”，作者关注的是“新与旧的交战”、“外国文学思想的涌入”和“人的文学”思想的确立与普泛化过程。显然，作者考虑到教学因素，以因果关系逻辑梳理了以“人”为中心的审美观念的生成过程。对此，我以为有着别开生面的新颖意味。对于“多元”的20世纪30年代，作者论述重心不是“多元”的历史现象的还原，而是抓取对后世影响深远的“革命文学”与“自由主义文学”，剔析了二者以对峙状态的斗争中各自发展的曲年报景观。这种分析在作者是包含有深意的。第二，作者有意对以往中国现当代文学思潮史上研究者因为种种苦衷而若隐若现的部分，实施了鲜明的放大处理——《文革文学思潮》一章即是如此。把20世纪60年代前期（“文革”前）看作“文革文学思潮”的预演，虽然也有学者论及，但作者能够在纷纭的想象中，条分缕析，无疑是论述得更深入细密了。作者对于思潮生成过程中的相关因素的捕捉及其现象之间内在关联性的剖析，相信能够引起阅读者深入思考的持久兴趣。真正的文学思潮研究，不得不涉及对于思潮置身其中的整体文化的认真考察。这一点，在李建东先生此著的第三章至第六章的论述中，显得颇为自觉。

中国现当代文学思潮的研究出新，自然离不开对已有研究成果的深入体味。在此著的写作中，作者对已有研究资料的搜求之广、斟酌之细、征引之精，并诉诸自己的理性反思，无疑更为加深了我们对于过往时代的全面认知，也加深了我们对于作者的敬意。

当然了，此著中的一些论述，笔者并不尽然同意——这自是见仁见智的学术常态。例如，如何继续自觉地强化在“过程”背后“文学思潮”的阐释作用，如何在现象的分析中凸现文学被规约的隐秘机制等等，这显然属于建东先生和我们共同加以深化的话题。

附录：

《选择与重构》——一部当代人"灵魂的历史"

李红卫

勃兰克斯说过："文学史，就其最深刻的意义来说，是一种心理学，研究人的灵魂，是灵魂的历史。"我省青年评论家席扬关于新时期文学的论著《选择与重构》就可谓是这样一部文学史。

在这部书中，席扬把新时期文学分成了三个时期，即"历史——文学时期（1976－1980）"、"哲学——文学时期（1981－1983）"、"文化——文学时期（1984－1986）"。在他的笔底，第一个时期的文学作品，映现出一种以披露伤痕为特质的悲剧意识的流动过程。在第二个时期则表现为现实使我们终于摆脱了个人恩怨，通过把悲剧反思的时空向更为遥远的过去推移，对于历史悲剧转为理性思索。在第三个时期，席扬认为，从作品中看，现实人们开始致力于"揭示民族生活中无处不在，可以左右一切而又感觉不到的民族——心理结构"，即从文化角度对民族历史开始反思，新时期以来，新老作家创作之丰，作品表现内容之繁杂，令人目不暇接，席扬能够找出不同作家不同作品的内在联系，并把它们反映出的思想内容归纳连理，作出如上系统的概括和描述，我们不能不说他是卓具识见的。

在述说每个时期的思想特点及其具体表现时，席扬还揭示了每种特点出现的原因，对每种思想能够产生的价值与作了探讨。如在谈及第一个时期现实人们的思想特点时，席扬认为，这是由"十年动乱"的灾难性质决定的，也是这场灾难成为过去之后的时代要求。它的价值在于，通过对十年悲剧的"情感式哭诉"，让人们从中汲取教训，从而开创民族的新纪元。在《选择与重构》中，席扬不只是清醒地描画了一条当代中国人心灵的复杂运动轨迹，还从历史、经济、社会、哲学等等方面对人们的每一思想波伏作了立体探视，这就使他从新时期作品中"收到的意蒙"既"被保存下来"，又"被超越"了。

序席扬的《选择与重构》

鲍　昌

我从前不认识席扬，也鲜见他的论著。当他亲身来访，把厚重的三大本《选择与重构》打印本送给我时，我颇感惊异。一个看来文静笃实的书生，竟于何时何地写成了这么一个“大部头”呢？说实话，我与他尚未“士别三日”，便“刮目相待”了。

《选择与重构》的副标题曰“新时期文学价值论”，顾名思义，论著内容当以论述十年来的文学价值为主。但粗加浏览，便发现内容比这要宽泛得多，作者对新时期文学纵向剖析，又加以横向比较，居然是一部“新时期文学发展史略”的架势了。目光开阔，气度恢宏，表现出一位青年评论家的理论锐气，对比之下，我觉得自己该要“退避三舍”了。

席扬把新时期文学分为三个时期，即“历史—文学时期（1976～1980）”，“哲学—文学时期（1981～1983）”、“文化—文学时期（1984～1986）”。这种分法是否恰切，读者们自可独之铨衡。但这种分法确实有其明快之处，便于人们去把握对象的荦荦大端。面在每一历史分期中，作者又抓住该时期文学现象的基本特征。比如在“历史—文学时期中”，作者突出的是文学的悲剧性。他分别探讨了“悲剧的历史回溯”、“悲剧的现实观照和寻觅”、“悲剧舞台上的浪漫曲”、“悲剧的人性开掘”、“悲剧气氛下的选择”、“悲剧外化过程之中的社会接受”等等课题。同样地，他在“哲学—文学时期”中抓住的是文学的理性思考，在“文化—文学时期”中抓住的是民族文化的反思。这些论点的提炼是否准确和全面，当然也可以商榷，但作者表现出一种执着的理论概括的追求，那是显而易见的。

我必须说，我个人并不同意席扬的若干具体的、个别的论点；但我又必须说，席扬的《选择与重构》是一部不容忽视的论著。即使无须用“穷究精深，洞达靡遗”来溢美，却也算是“搏心戢志，殚思竭虑”的创作了。新时期的重要文学现象，盖多已摄入席扬视野；凡现象之紏缦纷繁者，席扬能爬梳条理之；凡现象之混茫淆乱者，席扬则谛观明晰之，因而成此力作，定然会对今后文学价值观念的“选择与重构”有所禅益的。

在我看来，席扬这本书的最后一节，即“民族审美未来发展的简单预测”，其基本看法是有道理的。他反对今后的中国文学立即走向所谓“世界文学一体化”，而说“我们无论怎样煞费苦心都无法否认文学繁荣与生活的对应关系，即，是生活的变革带来了审美的变革式繁荣。它既是民族当代风云激荡在审美上的呈现，也表现了艺术为了最大限度地把握人生而不断进行的自我更新的努力。”这段话，我以为是符合新时期文学发展实际的。他的另一个重要的见解，即主张通过着眼于历史、时代、未来和全球人生的“博大忧患感”，去“矗起具有现代感的民族美学风神”，似乎也有道理，道出未来文学的一个必然发展趋势。此外，席扬在最后结论中还谈到了“到既定的文化存在中去为新时代理性多寻找几个支撑点”的问题，他提倡“到前人不可能达到的理性层次中创造历史、哲学与文化的综合”。这是个含义深广的命题，也可说是个振奋人心的口号。单从未来需要这一类文学的意义上来说，我们应当肯定这一命题是正确的。

但是，我想补充的是：文学的功能是多样的，它的价值也是多元的。中国既已步入了改革、开放的新时期，人们的物质生活、精神生活必然要形成新的格局，达到新的发展形态。与此相应的，则将是人们的审美需求的日益多元化和日益丰富。席扬所说的“到前人不可能达到跨理性层次中创造历史、哲学与文化的综合”，事实上只是未来文学的品类之一，尽管它是优淳雅致的一个品类。也许过不了多久，就会有崭新的、今天还难以设想的文学品类出现。它们的内容和形式，将主要由时代的钟摆来催动，从而突破了传统的文化躯壳，创造出令人眼花缭乱的艺术世界。关于这永恒发展的未来艺术世界，我真想引用佛经中的一段话来形容：“当于七宝池上，作莲华想，其莲华一一叶上，作百宝色，有八万四千脉，犹如天画，脉有八万四千光。……放千光明，其光如盖，七宝合成，遍覆地上。”（《佛说观无量寿佛经》）——这是玩笑话吗？不，我并不认为是玩笑话。试问，人类刚有了五六千年的文明史，就已有了如此惊人丰富的艺术创造；对于此后的汗漫时空来说，怎能不令人在七宝池上“作莲华想”呢？

总之，我们是胸襟开阔的辩证唯物主义者，我们设想的宇宙发展前景是无限的。对于已然逝去的时空，我们要力求做到有知；但对于尚未来临的时空，我们却不能以有限的“有知”去设计一切，安排一切。相反地，我们倒应当在不断扩展有知领域时，表现出对“无知”的尊重。承认并尊重自我的“无知”，正是有知主体真正的“有知”，因此，席扬在全书结尾时说的那句话很好：“未来的艺术，将属于‘神话’!”这表明他具有宏远的艺术投视目光，在渴求更为瑰奇的艺术想象和艺术思维了。

当然，任何神话都是人创造的。未来的“神话”，必然地也是未来人的创造。如果我们把历史的东西结晶为思辨的理性，再让它们构成未来“神话”的成分，这就是学术，就是启迪。

用上述的原则来衡量席扬的《选择与重构》，我们应该承认，它是一本郑重的学术著作，是会对今后的文学发展给以启迪的。

一部颇有价值的“价值论”

——浅评《选择与重构》

杨士忠

席扬来，送我一本书，他的《选择与重构》，厚厚的一册，竟然有五十五万字。

关于席杨，我是先看文章，后才见到人的。那种洋洋洒洒的气势，新颖独到的见地，很令人佩服。当然显得有点拗口的文句，也确实让人读起来颇费神力，以为这是怎样的一个怪人。即到见了面，却原来并不高大出众，怪模怪样，普通得倒像个农村的后生，那一口方言浓重的“普通话”，更让人想起了他的文章，于是转而又想，文章，尤其是理论文章，主要的并不在于形式上的妍媸（何况席杨的文章只是一种风格），更重要的是内涵。比如我们甚至有些名家的“大作”，花花哨哨，资料一堆、新名词满纸，内里却很空洞，简直提炼不出一个观点来，更不要说有什么独特的发现，那确实无什么价值可言。席杨的东西却不然，结实得甚至能够敲得响。

就比如这本《选择与重构》吧，副题是“新时期文学价值论”，既是“新时期十年”文学史，又是一部对新时期文学现象进行研究的理论著作。以往的文学史，多偏重于史的记述，成为一种作家、作品的编年表，看不出文学发展的走向和规律。而席杨在这本书里却把史与论结合起来，通过对新时期文学现象的爬梳条理、掘微归整；找出其内在规律，有描述、有分析、有回溯、有展望，这显然就要深刻得多。他把文学十年分为历史——文学、哲学——文学、文化——文学三个时期，并对每个时期小阶段中的基本特征加以论述。骤然间使人对十年文学的混沌状态，有了比较明晰的畛域区划，眼前好像清亮了许多，这无疑是一个贡献。而在对未来文学的展望中，更从审美这一中心层面上，分析了未来中国文学发展的趋向，将来如何，那很复杂，但现时来看，这种预测还是很有道理的。而这种宏远的艺术眼光更令人佩服。

鲍昌同志在为该书所作的序言中说："我们应该承认，它是一部郑重的学术著作，是会对今后的文学发展给以启迪的。"这样的评价，是比较公正、准确的。他还说作者"目光开阔，气度恢宏，表现出一位青年评论家的理论锐气，对比之下，我觉得自己该要'退避三舍'了。"那种奖掖后学的拳拳之意，那种为其成绩欣喜不已的殷殷之情，溢于言表，令人感动。虽然鲍昌同志已于今年不幸早逝，但那亲切的话语仍然响在耳畔，更惹动人的怀念。

在我的案头工作中，当涉及新时期文学的问题时，往往为找不到合适的资料烦恼，而《选择与重构》正好为我补上了这一缺空，对于我的工作是大有助益的。我想此书对于搞文学研究、创作的人，对于文科院校的师生，甚至文学爱好者，也都是很有用的。这就是这本"价值论"的价值。

席杨向以勤奋、迅捷著称，但忽然间变出这么一个大部头，也还是让人惊奇的。他是一匹奋蹄疾驰的野马，你赶不上他。他蛰居一小城，默默地、切切实实地工作着，这种精神与意志，确实令人感佩。每当想到他在灯光下奋笔疾书的身影时，自己不由地也好像鼓涌着一种力量，清醒地感到，一定不能懈怠。

现代散文研究的出“新”落“实”

——读《知识分子的心路历程——中国现代散文名家新论》

余　峥

中国现代散文以它的卷帙浩繁、篇札富巨令研究者在赞叹之余往往怵于深层把握；而散文名篇的新妍奇诡、绰约多姿又常常“诱惑”研究者耽于赏玩品味而稍嫌整体性研究不足。席杨的《知识分子的心路历程——中国现代散文名家新论》（山西高校联合出版社，1994年1月出版，以下简称《新论》）在对现代散文名家研究方面做了有益的尝试。

《新论》凡十三单元，涉作家十八人，以单个作家论为主，或合论，或对论。前有《散文的风流》代前言，后有《中国现代散文流派新探》作为收束，其框架虽以单个散文家之“论”彰显，实则具有“史”的脉络，可以视为一部“史论”之作。

细细想来，《新论》的突破性体现在“出新”与“落实”两个方面，其实是一个问题的两面观。“出新”有赖于“落实”——落到历史语境、作家心态、审美个性、语言本体的“实”处，落到研究者自身的第一阅读经验的“实”处。这样的“落实”，才可能真正“出新”——既出人意表又于人未道处有创见，于人已道处有新见，这正是《新论》学术品格的标志，也是著者学术个性的体现。

大胆质疑、自设难题，是《新论》“出新”与“落实”互为依托的重要表征。翻检《新论》各篇可以发现，几乎篇篇都有著者在切入研究时的问题质询和命题拟设。譬如，《新论》在论述何其芳时，从所谓“何其芳现象”谈起，指出：“当他面对自己的创作历史时，他持有一贯的否定和忏悔；而在他进入纯粹的理论开发进程中，其理论指归又不自觉地与前期创作的艺术理性基因相暗合。”在这个发现基础上，著者问道：“何其芳的文学生涯中是否存在一种前后一贯的‘审美潜意识’呢”？这一问，既避免了那种简单化的“何其芳现象”说的思维定式，又为进入何其芳散文研究取得了全新的角度。类似的质询、设疑往往与论述的命题共生，疑中立论、题中存疑，每每给人以拨冗驭繁、豁然开朗之感。

当然，质疑与命题只是研究的起始，真正实现出“新”与落“实”，则是从观念、视野、方法三方面得到全面的体现。

其一，散文“本体/主体”研究的联系与贯通，体现了《新论》著者散文观念的更新与重构。《新论》的成功之一就在于较好地解决了散文观念既是呼应现代审美趋势的，又是适应中国现代散文客观存在的问题。它打通了中国现代散文文本与心态的联系，形成了外观与内蕴互证互释的良性循环，本体与主体研究的一体化构架。

要取得逻辑起点与历史起点的一致，在中国现代文学研究中尤其需要能够找到适当的“中介”。《新论》根据全部的文学现象、参照有用的艺术理论，独立自主地建构（或曰寻找）适当的“中介”——“精神的自由”，并为此提出了“真”与“情趣”这一对范畴作为散文特质的尺度，使心态研究与文本研究获得统一。

“真”是《新论》用以概括散文家主体心态的核心范畴，“情趣”则是描述散文本体特征的范畴。这二者之间又以“情调”和“笔调”作为交汇的一种临界状态。由著者珍视阅读的第一感受，又兼得心态与语言的对证，因此，《新论》对散文家的个性和文风的把握都能言之有据并时有新见。例如，郁达夫和谢冰心的散文在求“真”上是同样显然的，但表现于文本的“情趣”却大相径庭，怎样才能合理地解释呢？《新论》采用的就是由“心态”外化“语言”，由“语言”内显“心态”的对证法。《新论》认为，冰心的“真”，是一种“真的爱——和爱的真”，这个“真爱”又是如何产生的呢？著者既联系作家家庭、教养、婚恋因素析出冰心抗战前的“少女情思”，又关注到作家在“五四”大时代中经过痛苦抉择后而找到“与现实不同的精神栖所”的爱的“皈依”，这样，就把“真爱主题在不同时空下的反复而真挚的变奏”的心态动因揭示得合“情”合“理”了。在这个基础上。著者深切地体会到，与女作家看世界“既显得纯洁无瑕，又显得人间情深”的心态相适应的“冰心体”的表征就在于“典雅之趣”和“隽秀之态”。这庶几就是著者所说的“情调”和“笔调”。对郁达夫的考察则从郁氏前期散文文本分析入手，并辅以郁氏散文意识和前期小说创作参照，揭示出郁达夫的“真”是“悲、苦、愤、哀”一体的“真诚”，他的“真”源于自我抑压的个性进发而显出“灵魂的真实披露”的放肆，因而，服务于“衷情的连续自白”的心态，郁达夫的散文情调充满“野性”的孤愤。

其二，散文“审美/文化”考察的交渗与对位，体现了《新论》研究视野的拓展与深化。我们看到，同属“王纲解纽”时代，《新论》均能细细勾剔不同散文家独特的文化构成，进而与其审美选择相贯通。比如，他在考察朱自清散文时，提取了“伦理情怀——朱自清所特有的文化情感”、接着辨析了“伦理”在现代中国所具有的“家”的特定含义，进而彰显朱氏散文选材乃至“亲情”情调的酿制所具有的现代文化蕴含。并进一步指出：“现代伦理情感对自我体验的分外推崇，其本身就是现代思想启蒙的结果。这种体验一旦面对现实时，就会产生更大的意义——救亡图强的现实要求与知识分子的理想追求取得了一致。”如此，不仅朱氏的“亲情”与“非亲情”两类散文都在“伦理情怀”这个根本点上显示了现代文化的意义，而且，为我们理解朱自清散文审美“雅趣”的两种形态以及“外白内涩、形白实沉”，“淡中纳真、平而见纯”的文体特质打开了豁亮的窗口。类似的论述在徐志摩“冥想式浪漫文体”与“自由意志的文化心态”和“浓艳富丽的审美偏好”的关系等方面都时有所见。

其三，散文文本、散文家个性的比较与互见，体现了《新论》研究方法的成熟和灵动。而比较视角的精当，是《新论》比较方法的一大特色。原题为《许地山散文论》（发表于《文学评论》1992 年第 8 期）与收入《新论》中的《许地山与丰子恺》一文最为精彩。许、丰二人的散文作品都有一股“仙”气——宗教化情绪凝就的审美品质。这是席扬合论二位散文家的起点，也是一种比较视角的切入。由“同”到“异”，论者以实证的比较方法从两位散文家身世、经历以及创作现象（包括许地山散文与小说创作关系，丰子恺散文与漫画创作关系等）互见出二者宗教式审美的差异——“丰子恺以出世为入世，而许地山则以入世为出世”。既而又进一步加以比较：“如果说宗教是一个文化整体的话，许地山接受的是这一文化的理性，而丰子恺接受的则是文化表现的生活式样。”由此又见异中之同、同中之异：从“文化功利目的上看，丰子恺与许地山几乎是完全一致的”，因为，在他们的“达观和飘然底下”，都包含着现代智识者的现实“忧患”；然而，“许地山的理想及理性信仰直接来源于宗教，他的作品就是这种理想的迫不及待的表白，而丰子恺则是把宗教文化自我行为化，通过自己的特殊生活方式使理想及信仰变为一种生活过程”，因而，用意同样“严肃”，文风则一显“拘谨”，一显“潇洒”。

比较视界的灵动，是《新论》比较方法的又一特色。席扬善于在论述某一心态或审美范畴中展开多层次多侧面的比较，颇见举一反三、触类旁通的文心。试看他对朱自清与谢冰心、徐志摩同为“美文”的比较：朱、谢同样细腻，但一显儒者风范，一显女性矜持；朱、徐艳白繁简区别甚大，而论者又能从中看到“淳真”“爱美”之同，在此“同”中又细细嚼出一重“情趣”、一重“理趣”之异，真是层层比较，互见微殊，令人阅之会心而得意。

席扬的《新论》作为散文“史论”的一部力作，也有某些不足之处：譬如，某些章节的节略（或是篇幅所限吧），影响了论述更充分地展开；作为散文“流派”的划分，标准似不够一致。最明显的“遗憾”是未能论及鲁迅，对此，著者在“后记”中交代：“鲁迅作为一代宗师，对他的研究远非一章一节可以奏效的……有关鲁迅的散文，我想写一本专著。”读此，我们除了释疑外，不能不翘盼于斯。

散文的风流

——评《知识分子的心路历程——中国现代散文名家新论》

杨立民

散文这种文体在中国文学发展史上历史是非常悠久的，可以说它是各类文学体裁的母体和创作的基础。且不说六朝骈文、唐宋诸家、公安、党校、桐城诸派，无一不是散文。即就先秦诸子而言，《论语》在言简意赅的说理中显示出不同的风貌和性情；《孟子》在渲染着感情和故事的驳难中，表现了锋芒毕露的逻辑力量；至于《庄子》，其神思驰骛，汪洋恣肆，更堪称散文之翘楚……中国不仅是诗的王国，也是散文的王国。而“五四”以来的中国现代散文名家更是有若星汉灿烂，为华夏文学史写下了一页浓墨重彩的华章。

中国古代散文的审美特质及文学史地位，已经得到较充分的研究与确认，使人遗憾的是，有很长一段时间，中国现代散文的研究却显薄弱。诚然，在中国现代文学中，小说、诗歌以及戏剧等创作最能显示出其实绩，对其集中研究也是情理使然。但是，缺少了散文创作这一块的研究，则不免使现代文学显得有些黯然。因为实际上散文不仅是“五四”而且也是整个现代文学中最有成就的文学体裁领域，不论数量还是质量，都不容忽视。从这个意义上来说，山西的青年学者席杨副教授新近推出的专著《知识分子的心路历程——中国现代散文名家新论》，以其独到的研究视角以及对现代文学散文创作的认真研究，丰富并深化和推进了中国现代文学研究，推进了散文本体属性的研究，值得研究者去重视。

我认为，席著名为“新论”之所以新，首先表现在研究视角的新颖独特。席著所论及和研究的十余位著名散文家，如胡适、李大钊、陈独秀、周作人、钱玄同、俞平伯、朱自清、冰心、林语堂、丰子恺等等，几乎都是左右现代文学的“大腕”级人物，其心路历程的内涵及其轨迹，在某种意义上，构成为中国现代文学的情感“原型”，把握这一现象，以其为研究课题，本身就富有学术开发价值和研究魅力。而席著的新颖独到，更在于他抓住了最能自然而然体现人之情性的散文创作，来洞见、探析现代散文名家的心路历程，并且，又从现代散文名家的散文创作，探析散文的本体属性。而这，恰恰是以往研究的一个空白。这就使席著的学术选题具有容量大、起点高、角度新的特点。席著着眼于文化心态、创作心态与散文本体建构的双向互动，对现代散文名家美学风格各异的散文创作进行了细致入微的研究，展示出丰富斑斓的中国现代文学散文创作的艺术画卷，林林总总，琳琅满目，蔚为大观。作者以中国现代散文名家独特的心路历程为经，以对散文本体属性的探析为纬，揭示了现代散文名家的文化心态、创作心态及独特禀赋与散文创作风格之间的同构对应关系，揭示了“五四”新文学以来现代文学的“人”的价值取向与现代用文学创作繁盛的关系。其选题与基本观点、基本绪论、具有填补研究空白的意义。

散文是自由的文体，它自然活泼、率性而发、无所拘束，苏东坡说它“如行云流水，初无定质，但常行于所当行，常止于所不可不止”，这是对先秦以来散文特质的准确概括。但在当代文学中，由于很长时期内“左”的文艺思潮的影响，造就了对散文本体的流离与隔膜，创作上虽不乏佳作但逐渐定型于模式化，“十年浩劫”，假、大、空盛行，更是使散文趋于八股化。而在散文本体的研究上，几乎是一片空白。散文创作的历史及实践证明，内容与形式那种机械的二分法不足以概括散文本体属性。因此，当散文创作顺应市场经济大潮中人们对真性情的珍爱与呼唤、顺应文学本体研究深化的要求，勃然而兴之际，学术研究上对散文本体属性的重新审视与研究就是必然的。林非、余树森、傅德岷、俞元桂诸家都对此进行了有益研究。而席杨新著对散文本体的研究却别具一格，自成一家之言。它以散文与散文创作主体之间的关系切入，来把握散文本体属性，这就是：自由的精神状态，丰沛的人生激情，入乎其内出乎其外的淡泊情怀，敏感而又不求甚解的意会，把玩语言运用自如的能力以及细细品味人生又能全方位表现的创造能力。一句话，散文是主体性极强的文体，只要把握了散文的创作主体，也就把握了散文；文如其人，有其人才有其文，其人不是别的，正是真性情、真感受。显然，只有揭示创作主体必备的创作质素，才能内在地、剀切地逼近对散文本体属性的把握。因此，席著对散文本体属性的这种把握，是散文研究中一个进步，一种拓展。我认为这是席著之所以新的另一显著特点。

散文天地的“锦绣中华”

——评《中国现代散文精品集萃鉴赏》

乔忠延

近来，有两处旅游景点看好：一处是深圳的“锦绣中华”，一处是北京的“世界公园”。“锦绣中华”，用适度的面积微缩再现了代表全国各地的风景名胜，临园一游胜于在神州大地驰骋一周。无论从时间上，还是从旅游费用讲，都是极为俭省有益的事。或许这正是“锦绣中华”的迷人所在。“世界公园”的建设手法，与“锦绣中华”不无相同。区别在于，“锦绣中华”是全国名胜的缩影，而“世界公园”却海涵了环球风景的名胜。

之所以提及这两处景观，完全是因为一套散文丛书引发了我的情怀。这套丛书名为《中国现代散文精品集萃鉴赏》丛书，共6卷，分为《浪漫抒情卷》、《沧桑情韵卷》、《闲适幽默卷》、《人生哲理卷》、《风流人物卷》、《山水游记卷》。全书选编了59位现代散文家的代表作，仅用近百万字的篇幅就勾画出了中国现代散文的基本面貌。可以说，通览一下这6卷的集萃本，就等于在现代散文天地里周游了一圈，其风光，其雅景，其情韵，尽在其中，任你去领略，去感悟，去收获了。因而，冠之为现代散文天地的“锦绣中华”，我想并不过分。

这种选萃览胜的做法，近年来并不少见。尤其是1989年散文行情看好以后，出版界便把散文的生意也做热火了。各种名家的作品如同股票一般，被炒得几近炎夏的烈焰，火极了！恰如该丛书前言所云：“各出版社出于各种各样的考虑，便竞相推出各种选本、辞典等，其数不下几十种：有以作家分类的，有以题材分类或体裁分类的；有的着眼于雅，有的则倾心于俗，分出了各种各样的趣味。”我不是专事散文研究的专家，没有耐心——观赏各种版本的丛书或辞典，然而，出于对散文的爱好和兴趣，也找了不少看了不少，总想从简约的文字中，全面了解现代散文园地的整体风貌。遗憾的是，这种愿望住往只是愿望，不少版本甚至使我的愿望很快变为失望。究其原因，或许也就是因为散文行情看好，市场上的货物顿时拥塞一满，有些假冒伪劣产品也是在所难免的。只是花时间和心血，仅仅索取到失望总让人心绪难平。

大抵是出于比较的缘故，因而，当我读到《中国现代散文精品集粹鉴赏》时，惊喜之情，不禁溢于言表。静心考虑，所以会喜形于色，不外乎这么几点：

一是选文的代表性。所谓代表性，大致为两方面，一方面是作家的代表性，另一方面是作品的代表性，二者的和谐统一方能反映一个时代的整体水准。可惜往昔的选本要么重视了作家的代表性，忽略了作品的代表性；要么重视了作品的代表性，忽略了作家的代表性，很难做到两方兼顾。席扬、刘阶耳等主编确是独具慧眼、不从俗流的，所选的文章，既重名声显赫的大家，如鲁迅、郁达夫、朱自清、梁实秋、林语堂等，也有名不震耳，然作品颇具特色的，如苏雪林、陈子展、李辉英等。这样一种选法，就把作家和作品的总体水平有效统一起来。因此，其中的作品，无论是大家巨匠的，或是一般作家的，总是经得住推敲的。

二是书卷的赏析性。每篇选文之后，都附有《作品简析》，对文章作必要的鉴赏。这是一种好方法，颇有些导游的意趣，要言不繁的介绍，往往引人入胜。这种鉴赏虽然并不罕见，但能把握好鉴赏特质的又不多见。要么鉴赏文章洋洋洒洒，比选文还要长出好多，完全否定了读者的创造能力；要么不得要领，隔靴搔痒，把读者导入歧途。但是，当我品评这套丛书时，尽管仍带着挑剔的眼光，却也得承认其赏析是得体的。至少说，编者没有把读者视为愚者，越俎代庖，像老太太一样想把东西嚼烂再喂给孙子，而是，作为向导，在易入歧途的道口仅作适意的点拨，话虽不多，却恰到好处。

三是编选的广博性。近年来，随着散文的热火，关注散文的目光也就大大多了起来，呼唤散文成大家气象，出大散文的声响几近雷动。然而，躬行者到底有几人？我也看过某些标榜为大散文的刊物，其中物什，也难见大散文的景观。倒是这套丛书的编者率先躬行，把毛泽东的文章《纪念白求恩》也选入其中了。众所周知，这篇文章在“文化革命”中曾被当作老三篇而迫使妇孺皆读，似乎是一篇政论之作。然而，这样的政论之作就不能步入现代散文的殿堂么？君不见，在世界散文中，华盛顿、林肯等人的政治演说都有合法席位。因之，只要符合选文标准的，都不因为政治或不政治而排斥在外。为此，我以为选入毛泽东的作品正是主编的大视野、阔胸怀所至。倘若不唯编者、作者、评论家均能如此，那么大散文的气象就为期不远了。

正是由于上述思虑，我才认为《中国现代散文精品集萃鉴赏》这套丛书具有散文天地“锦绣中华”的雅致。

我不仅喜读已有的“锦绣中华”，还希望看到编者的新作。我知道他们不甘寂寞、勤于操持，或许，还会务植出个散文天地的“世界公园”，我在此翘首以待！

开启新风的选家品味

——简评《中国现代散文精品集萃鉴赏》

王建江

向来潜心著述的席扬先生，据说也开始闭门编书了。这个颇为新鲜的消息起初传入我耳，我是无论如何也把持不住内心的惊异了。在目前这个文化疲软的落寞时期，诸多的无聊文人、假冒文人们带着商业的世俗气，竞相以那些粗编滥制的东西、倚门卖笑的嘴脸还腻否得不够吗？是不是席先生最终也抵不住“潘多拉盒子”的诱惑而向“魔鬼”伸手了？

一个偶然的机会，我竟有幸得到由他主编的《中国现代散文精品集萃鉴赏丛书》，当我将这套丛书细细地展开一读，起初的疑惑一扫而光。当我们这个封闭已久的民族迈着它那艰难的步伐进入现代时期，因隔海传来的西方文明的强力冲击，它首先在民族知识者的灵魂意识深处产生了空前的震撼，从而使中国的人文精神在此时此刻真正进入了属于它自己的自觉阶段。如果说渊远流长的中国散文发展史始终是蛰居于“儒”与“道”的双枢中——要么显示着正统的“君子”气息，要么流露着“出世”的“文人情怀”，那么现代散文所凸现的却是一种主体灵魂的高度自由与饱满情绪的空前展开。且不说林语堂、徐志摩乃至梁实秋们那浸渗着洋味的“牛油气”与“雅士风”，即便是鲁迅、陈独秀包括李大钊那淋漓的觉悟与锐利的反叛，也比之于过去几千年的文明历史中曾闪烁过奇异光彩的阮籍、嵇康、李赞与龚自珍们深刻瑰丽得多！至于说周作人的“冲淡”、丰子恺的“闲适”包括刘半农的“大众化幽默”也无不折射出自由灵魂的勃勃生机——言以蔽之，中国现代散文的内在血脉完全是“灵魂的直露”与“精神的开放”占绝对上风的！

令人遗憾的是，因为以后的时代气候与理论氛围对现代散文所形成的“后评价”，不能把现代散文的内在灵魂作出高度体现，从而难以让今天的人们一睹现代散文精神的整体风貌。

席扬先生的经意处，正是采取了一种极为机智的直观方式进行了实践演示——这套丛书共分为六大卷本，分别冠以《浪漫抒情卷》《沧桑情韵卷》《闲适幽默卷》《人生哲理卷》《风流人物卷》《山水游记卷》。这一新鲜的编排体例无形中抹去了先前那种以“作家”为纲的框框，代之而以“情韵”、“灵魂”这些内在精神为动态线索，真正扯开了现代散文繁富如锦的大幕！

同是一位作家的不同作品分别杂呈于各大卷本中而且编排的次序并无定式。如鲁迅先生的某些篇什在《沧桑情韵卷》中就入选卷首，而在《闲适幽默卷》中则是梁实秋、老舍、林语堂诸公的作品遥遥领先……凡此列举不一而足，只要我们细心品读就会顿然明晰其中的奥妙——原来在现代散文这一簇艺术奇葩的自由天地里，曾经是各占魁首又都自成一格的。如果说带着文化沧桑感对民族根性进行强烈批判的旗手，是“黑着那一张青脸”的鲁迅先生，那么善于从繁纷错杂的社会现象大至国计民生，小到身旁琐事，远至生死爱恨，近到芳华男女之中，抓获到富有生息的素材并能从中发掘出不平凡的幽默蕴涵来，梁实秋等诸位先生则无疑是当时的佼佼者。也正是当时那种众领风骚的局势才使现代散文成了中国文学史上的独特奇观！

“目前这看似很热闹的散文世界里，实则是荒凉得很，为此我们才敢于拿出这个选本……本着雅俗共赏的原则，做到了精、严、齐、全四个字，欲成就一套类似于《古文观止》那样的《今文观止》。”这是本套丛书的前言文字，我以为这绝非如某些粗糙选本中那些挺着脖子的“申明”，而完全是一种正规自身也正视文学的至诚坦白。

人类精神现象的审美观照
——评《中国现代散文精品集萃鉴赏》

杨新敏

散文是一种与诗歌一样古老的文体，但它在发展至今的四大文体中又是界定最模糊的一种，古人“非韵即散”的界定自是太过宽泛，而现代人对它的定义仍然要靠“排他法”：文体中除去诗歌、小说、戏剧文学之外的部分即是散文，这样的定义几乎等于没有定义。当散文在商品化社会里异军突起后，人们纷纷对它尝试做出精通定义，然而，各种定义却都难免有使散文削足适履之嫌。散文是一种充分私人化的自由文体，它本身就是逃避规范的，但规范它又是整理和研究散文的前提。这种悖论形态使散文至今没有一家较为权威的定义。

定义的私人化带来的是一种繁荣与芜杂相交织的散文生态景观，在散文的选辑与评论中，各执己见、标准互异、热闹与荒凉并存的局面令人茫然而晕眩：有的选本似乎没有审美界限，纯实直叙的文章也大量当作散文选入；有的选本又似乎文体意识过强，把散文仅仅看作抒情文章，而将放纵的情感稍稍内化和收敛一点的作品则被排除在外；有的似乎着眼于题材的重大意义，偏重“宇宙之大”，对“苍蝇之微”则不屑一顾；有的则是出于商业意图，品位有待提高。优秀的散文选本在这林林总总的集子中显得太少了。由席杨等人选编、山西高校联合出版社出版的《中国现代散文精品集萃鉴赏》丛书庶几可以归入这“太少”之中。

我之所以作此判断，是因为，在我看来，编选者抓住了散文构成的核心，即人类精神现象的审美化观照，把握了这一审美化观照在历史中具体展开的逻辑进程。作为文学的散文，首先，它不同于非审美的实用性文章，有些实用性文章结构上可能极其严谨，说服力也很强，但缺乏审美特征，自当归入实用文体的范文中去，而不应当归入散文，而有些文章看似实用文体，却具有审美品格，则可归入散文一类。例如：周作人的许多散文类似小百科或说明文，但他注重的是情趣。《乌篷船》对乌篷船的介绍可谓细致入微，但于此人们充分感受到的是他对乌篷船的喜爱之情。这套丛书所选入的带有实用文体特征的文章，诸如书信、论文、序跋、说明等都是以审美价值作为衡定标准。

其次，散文是对人类精神现象的观照，这是其本质特征。散文在商品化大潮方兴未艾的今天忽然响起，让那些大喊散文已经死亡的批评家们赧然无言，就是这一特征的最好说明。这次散文的崛起，不外这样几方面原因：一、商品化社会使精神产品也变成了批量生产的大众消费品，变成了拼贴画，个性缺席、精神离场，情感世界几成真空，作为充分私人化的散文便成为人们在世俗社会中寻找精神家园的必由之路。二、市场竞争的日趋激烈，把人们抛入了紧张的社会生活之中，一切乌托邦式的虚构在这个环境之中都成苍白的废纸一方。人们需要咀嚼这百味人生，寻找疲惫的精神的栖息之所，吐露复杂的政治化再现型文学思潮，文学里追求表现自我，追求内宇宙的开发，追求人类精神现象的审美化观照，使纯文学纷纷走向散文化。例如由王蒙发难的意识流心态小说、汪曾祺等人倡扬的“氛围”小说都已愈来愈像散文，第三代诗人如于坚的《作品第三十九号》等口语化追求也使诗歌愈来愈远离诗本身，而走向散文，即使戏剧，如高行健的《车站》等也远离情节，变而为人生道路的象征。正是通过对人类精神现象的审美化观照，使纯文学纷纷流向散文，终致散文大潮的澎湃兴起。基于对这一本质的认识，这套丛书的选文标准就不仅仅拘泥于《浪漫抒情》的所谓“狭义”或“艺术”散文的标准，而是除此之外，还分出了《风流人物》《山水游记》《人生哲理》《闲适幽默》。在这里，保留下来的不仅仅是经过剧选之后的纯之又纯的散文自性，而且充分注意到了作为最自由的文体在其历史发展中对其他各种文学的融汇与吸收的痕迹。例如带有小说味儿的散文，李广田的《银狐》很有典型性。文中对孟先生老两口的形象刻画给人留下深刻印象，但它是一篇成功的散文，历为作者通过对人物的传神叙述绘出了他们平常起居的那种生活情趣，兑现了一种人生的审美境界。再如诗化的散文，何其芳的《画梦录》承冰心、鲁迅而起，后续以丽尼、陆蠡等，形成并不细小的一股泉水。但诗化并未使散文自性失落，恰恰相反，它昭示的是一种散文的自觉。黑格尔说，文学的极致是诗，而诗的极致则是音乐。这话说出了艺术的真理。诗的介入，使散文走向自身的高品位。席扬是现代散文研究方面的专家，他苦心孤诣，对现代散文的发展状况经过了审慎的爬梳，因此，在选文方面既抓住了散文的本质特性，又在此基础上避免了艺术趣味的偏狭，广采博取，为人们提供了一套现代散文的较为理想的选本。

抓住了散文的本质特征，在鉴赏时，便表现出了与其他欣赏类书籍不同的特点，即不对全文结构及时代背景、作家状况作过多介绍和分析，而是抓住每篇范文的精神意向做“一语破”的评点，一下把人们带入作品所营构的那种境界，例如对周作人《雨天的书》自序的评点：“他对于《雨天的书》这本散文集的作品在审美上的追求，不是用理性化的语言来概括，而是通过对自己在雨天里对生活趣味的遐想及企求，曲折地传达出来。”使人立即寻到门径，虽然是评点，但这并不比一般的赏析文章好写，恰恰相反，它需要吃透文章，找到那幽微却又重要的东西，这套丛书在这方面是下了大功夫的，尤其对于相近的文章，特别找到了其细微的差别，例如柯灵的《酒》与周作人的《谈酒》，赏析中指出：“周作人着眼于个人，而柯灵则侧重于群像；前者写的是个人对酒的情志，而后者则描绘的是酒的风俗。”再如梁实秋的《客》和丰子恺的《作客者言》，赏析中说：“两篇作品的特点都在于写出了做客或接客时那种无奈，而这种无奈只有以自我调侃的方式向人诉说。”此外，从作家散文的总体特点及作家间特点的比较，也可看出赏家对现代散文发展的洞悉。

赵树理研究的新收获

——评《多维整合与雅俗同构——赵树理和“山药蛋派”新论》

黄修己

十多年前，我写了一本简略地回顾赵树理研究历程的《不平坦的路》。在这部书的《自序》中我写道：“说来令人好笑，我这部书是‘倒着写’的。”这指的是我在动笔时，恰好读到了张颐武和席扬两位年轻人新发表的论文，他们都从评价农民文化的角度，对赵树理的创作作了新的审视，给人以新颖之感。于是我便从介绍他们二人的最新成果起笔，由近而远，倒着写回去。那时的张、席两位先生，大概都只有二十来岁，在文学批评界都还是新人。后来张先生向当代批评发展，现如今已是文学批评界的当红作家。席先生则在广泛涉猎的同时，仍然关注赵树理研究，不断有这方面的新成果问世。十几年后，便有了他的集赵树理和“山药蛋派”研究成果的这部著作。当初引起我注意的《农民文化的时代选择》一文，也收在这里了。

我那时对文化问题那么感兴趣，是因为此前多少注意过作家研究的文化视角。1979 年我写《赵树理评传》时，流行的是政治视角，人们还习惯于从政治价值上来评论作品的意义。我那时写了一节赵树理小说的“乡土风味”，就是想在政治之外寻找新角度。这一节还曾作为单篇评论，发表在《汾水》上。两年后写《赵树理研究》，便扩大为一章，即《赵树理创作和晋东南地理》。这多少也是受了泰纳（亦译为“丹纳”）的影响。我曾在北大课堂上讲过这个问题，发现学生们很感兴趣。后来知道，我做的就是在 20 世纪 90 年代成为热点的“地域文化研究”。那时出的一套地域文化研究丛书中，还有一部青年教授朱晓进的《三晋文化和山药蛋派》，比我当初那一章规模大多了，内容也增加了不少。这部书成为 20 世纪 90 年代赵树理研究的重要收获。

但我当初注意的只限于作品的地方特色，没有像席扬先生这样，明确地从农民文化，实际上是从大文化的角度来认识、分析赵树理的创作。这样的角度视野更开阔，创新点更多。不妨举些例子：

关于赵树理的文化身份的辨析，席扬认定赵树理的“知识分子性”，就有别于前人的定位。以前我们只强调赵树理与农民的密切关系，有时称他为农民作家，但他毕竟是个知识分子。知识分子在社会上一般有两种角色认定。一是“幕僚”的角色，利用自己的知识为社会、为统治者制造幻想。一是“批判者”的角色，站在社会之外或边缘，同样利用自己的知识来批判现实，揭破幻想。赵树理爱写“问题小说”，为的是引起疗救的注意，正属于这一类，无论20世纪40年代的，还是20世纪50年代的作品，这个特征都是很鲜明的。他也有角色焦虑，那是做第一种、还是做第二种知识分子的焦虑，他是有思想矛盾的。但他坚持“批判性”所表现的骨气，充分显示了“知识分子性”的最可宝贵的特征，也是他至今为我们所钦佩的原因。我以前认为赵树理在社会上的境遇，是执政党与农民关系的反映，虽说并非没有一点道理，但如从执政党与知识分子的关系来分析，也许能更充分、更深入地发现并说明问题。

又如，席扬提出“情趣”的命题，这可能是他对赵树理作品艺术感受的基础上概括出来的。读赵树理新中国成立前的小说，从《小二黑结婚》到《田寡妇看瓜》，不论主题的大小，也不论艺术成就的高低，都有其特有的“情趣”，这是形成赵树理小说审美特征的因素之一。但在新中国成立后的作品中，这种他所特有的、惯有的“情趣”，在某些作品中失去了。这是很有意思的现象。席扬提出了“自由艺术理性”的概念，用以分析赵的“自由生成的审美选择机制”的形成、成熟，认为“赵树理的艺术趣味是在多重自由的民间文学土壤上生长起来的，由于这种兴趣的建立过程是一个纯自然过程，也就决定了他不仅接受了它的价值观念和创造方式，而且接纳了其自由意念并构成了赵树理自己在审美创造中的艺术理性和智慧”。（《面对现代的审察》）这就是赵的“情趣”形成的原因。而别人替他总结的“赵树理模式”，则给他带来了“不自由的限制”，使他失去了“情趣”。我觉得这不仅是对赵的创作的深度分析，而且创造了“情趣”这一美学命题，具有理论的价值。

还可以举“山药蛋派”研究的例子。席扬从这一流派的思想和艺术特征的分析，从逐一采访该流派主要成员所获得的感性认识中，总结了他们的文化特征和“山药蛋审美”特点；提出该流派是三种色彩的“解放区文化”的“最完美的结合与调剂”。所谓三种文化，即“政治文化”、“知识分子文化”和“农民文化”。这不仅有助于深化对“山药蛋派”的认识，而且是对解放区文学的很有力的解释。

赵树理研究在20世纪50年代曾是“显学”，粉碎“四人帮”后为拨乱反正，恢复现代文学学科建设，它又一度兴起，形成热潮。这一阶段的成就在于使赵树理研究摆脱对政治的从属，踏上了学术化之路，并做了许多基本建设工作。但这一阶段的时间并不算长，席扬的研究就出现在这一阶段的末尾。20世纪90年代后，赵树理研究落入低潮，渐成冷门。赵树理是写农村的“圣手”、“铁笔”，他出现在“农村包围城市”的革命的高潮，那时不说他在文学上的重要创造，单是他所反映的农村变革的故事，就够引人关注的了。他受到重视，得到很高的评价，是理所当然的。到上世纪末，中国社会开始了城市化的进程，人们的关注点从农村移向城市，农村题材在创作中受冷落，对赵树理感兴趣的人也少了。这是社会变动在文学研究中的反映，并不令人感到奇怪。但赵树理的出现和得到高度评价，毕竟是20世纪中国文学不能遗漏的重要现象，还要有人来研究，所以他是不会被遗忘的。不过像热潮期那样许多人集中地研究，成批地出成果，大概很长时间里都不可能再现了。今后要像席扬这样，细水长流，积少成多，一筐一筐地挑土聚成高山。现代作家在成为历史人物后，能够长时间里不被冷落的大概只有一个鲁迅。在不同时期还会有成为研究热点的人，如20世纪80年代的沈从文研究，20世纪90年代的张爱玲研究等。什么时候什么作家成了研究热点，这不好预料，这是有社会的、学术的原因的。“五四”至今的现代文学，历史还很短，有大成就的作家也不能说很多。当学科初建时，须要把一个一个作家过细地剖析，那时有人就是长时间里只研究一两个作家。但随着研究的深入，便不能再把自己的眼光局限于个别作家的范围，今后专门研究赵树理的人，可能越来越少了，要在赵树理研究中取得突破，也越来越难了。好比跳高，经过努力，跳过了两米，取得显赫的成绩；但此后要破这个纪录，哪怕只提高一厘米，便不那么容易了。为了这一厘米可能需要日久天长的艰苦奋斗。再则，文化的建设，学术的建设，不可能总是轰轰烈烈地高歌猛进，需要的是经年累月的静悄悄地工作。这是文化建设、学术建设的常态和规律。席扬先生在崭露头角后，就转入了静悄悄的、扎扎实实地研究中，一点一滴地积累，取得了现在的成果。这些成果并不少于先行者们在热潮期中之所得，而且可以说更坚实。上面我举出本书一些创新的例子，来同我以前的成果相比，不是可以看出席扬在学术上的超越吗？

赵树理研究现在是冷下来了。这时，席扬用他的成果告诉人们，只要耐得住寂寞，只要能坚持不懈，这同样是学术上可以有大成就的时期。愿我们能够抓住这时期，埋头苦干，更大的收获正热情地向着我们招手呢！

后　记

关于本书的一些基本情况，我在《自序》里大多谈过了，在此，我想交代的是几个细节：

一、书中的文章，除了按性质做了几个类型划分之外，目录顺序均是按照此类中文章发表的先后时间编排的。

二、三十多年来，我自己的学术对象先后涉及“新时期文学”“中国现当代散文”“艺术文化学”“文学思潮”的“理论”与“史论”、赵树理和“山药蛋派”、“中国当代文学学科史”和“中国现当代少数民族文学”等。收入本集子的文章，均没有在我以前出版的论著中收录过，因为，它们的“散”、“杂”、“感性”，与我之前的集子的“系统”“正经”的风格，似乎有所不同。

三、本书中的一些文章，是与我的朋友、学生合作完成的，比如《“城市化”思潮中文学的无奈与可能》、《历史契机与现实选择》、《同一时空中“意味”落差》、《变奏于历史风尘中的沉郁与隽永》、《“主体”与“历史”的可能性》、《“符号”与“歧义”》等，这是需要特别说明的。

四、当然，我还有不少的文章，这次没收录，以往也没辑集，比如关于现当代散文，关于现当代中国少数民族作家文学等研究文章等。这些打算未来单独列出类型加以收录。

五、特向福建师范大学文学院，郑家建院长，海峡文艺出版社的林滨、李永远深表谢意。

席　扬

2014 年 8 月